Taavi Soininvaara

Tot

atb aufbau taschenbuch

Taavi Soininvaara, geb. 1966, »zählt zu den derzeit politischsten und internationalsten Krimiautoren« (ECHO). Er studierte Jura und arbeitete als Chefanwalt für bedeutende finnische Unternehmen. Mit »Finnisches Requiem« – als bester finnischer Kriminalroman ausgezeichnet – erschien 2004 erstmals eines seiner Bücher auf Deutsch. Zuletzt »Schwarz«, »Weiß« und »Rot«, Leo Karas erste Fälle. »Tot« ist sein vierter und letzter Fall.

Lieferbar: »Finnisches Roulette«, »Finnisches Quartett«, »Finnisches Blut«, »Finnisches Inferno«, »Finnischer Tango«, »Der Finne«, »Das andere Tier«, »Schwarz«, »Weiß«, »Rot«.

Kati Soisalo kam ins Wohnzimmer. »Du wirkst so, als hättest du gerade ein Gespenst gesehen.«

»Zwei Gespenster«, sagte Leo Kara.

Leo Kara sitzt in seiner Wohnung und zittert wie Espenlaub. Diesmal ist der Grund kein Alptraum, sondern der Entzug. Er hat all seine Medikamente abgesetzt. Ein Schritt hin zu einem normalen Leben ... Die Erkenntnis, welche Rolle sein Vater bei Mundus Novus spielt, schockt ihn noch immer. Kara will nun endlich die ganze Wahrheit über seine Familie erfahren. Die Schwester seines Vaters könnte ihm weiterhelfen. Doch seine vermeintliche Tante entpuppt sich als russische Agentin, und er gerät in Lebensgefahr. Auch Leos Schwester ist ihm keine große Hilfe – ihr Gedächtnis wurde durch einen Eingriff manipuliert.

Seine Partnerin Kati Soisalo dagegen kämpft todesmutig darum, ihre Tochter endlich aus der Gewalt der Entführer zu befreien.

Eine Katastrophe jagt die nächste. Wird es Kara gelingen, die Ziele der Geheimorganisation Mundus Novus zu stoppen? Und gibt es für Kati und Leo noch eine gemeinsame Zukunft?

TAAVI SOININVAARA

Tot

Leo Kara ermittelt

Aus dem Finnischen
von Peter Uhlmann

aufbau taschenbuch

Die Originalausgabe unter dem Titel
Valkoinen kääpiö
erschien 2012 bei Otava, Helsinki.

FSC
www.fsc.org
MIX
Papier aus verantwortungsvollen Quellen
FSC® C083411

ISBN 978-3-7466-3035-9

Aufbau Taschenbuch ist eine Marke
der Aufbau Verlag GmbH & Co. KG

1. Auflage 2014

Umschlaggestaltung Mediabureau Di Stefano, Berlin
unter Verwendung eines Motivs von plainpicture/whatapicture
Druck und Binden CPI – Clausen & Bosse, Leck
Printed in Germany

www.aufbau-verlag.de

Hauptfiguren, wichtigste Institutionen und Termini

Alanko, Anni. Stellvertretende Generalstaatsanwältin.

Björkman, Eve. Kinderpsychologin.

Carter, Colleen. Persönliche Assistentin der Vizechefin des britischen Auslandsnachrichtendienstes SIS.

Delbar. Putzfrau, geborene Kirgisin. Bekannte von Manas.

DI. Nachrichtendienst der Streitkräfte Großbritanniens.

Egger, Nadine. Wirtin in Wien. Leo Karas Exfreundin.

Elliott, John. Generaldirektor des britischen Nachrichtendienstes MI5.

Ethem, Agron. Chef des Ethem-Clans, einer albanischen kriminellen Organisation.

FSB. Inlandsnachrichtendienst der Russischen Föderation.

GCHQ. Staatliches Kommunikationshauptquartier Großbritanniens.

Gilmartin, Betha. Vizechefin des britischen Auslandsnachrichtendienstes SIS.

Gunvor Oil B.V. Drittgrößter Ölhandelskonzern der Welt. Begünstigter der Stiftung Mundus Novus.

Illegaler. Hier: Spion, der unter einer falschen Identität im Ausland lebt.

»Kabinett«. Eine Gruppe führender Persönlichkeiten Finnlands, die in ihrem Land die Interessen der Machthaber Russlands vertritt.

Kara, Aleksi (Andrej Rostow). Wissenschaftler, verantwortlich für die Forschungsprogramme von Mundus Novus. Leo Karas Vater.

Kara, Leo. Persönlicher Assistent des Generaldirektors des Büros der Vereinten Nationen für Drogen- und Verbrechensbekämpfung (UNODC).

Karlsson, Jonny (Paranoid). Computerguru, bricht in Datensysteme ein, Hacker. Kati Soisalos ehemaliger Freund.

Kowaltschuk, Gennadi. Vorstandsvorsitzender der Russia-Bank. Begünstigter der Stiftung Mundus Novus.

KPdSU. Kommunistische Partei der Sowjetunion.

KRP. Eigenständige zentrale Behörde der finnischen Kriminalpolizei, deren Hauptaufgabe in der landesweiten Bekämpfung der organisierten und der besonders schweren Kriminalität besteht.

Legende. Erfundene Lebensgeschichte eines Spions, gestützt von gefälschten Dokumenten.

Lukkari, Saara. Inspektorin. Leiterin der Abteilung Gegenspionage der SUPO.

Manas. Kirgise, vom KGB ausgebildeter Killer. In Diensten der Stiftung Mundus Novus.

Messmer, Maximilian. Eigentümer der Schweizer Privatbank Messmer & Cie. Finanzverwalter der Stiftung Mundus Novus.

Metalla, Selami. Chef der albanischen kriminellen Organisation Veliki.

MI5 (The Box). Britischer Nachrichtendienst.

Mironow, Nikolai. Helfer von Mundus Novus. Ehemaliger Erster Stellvertretender Leiter des Nachrichtendienstes FSB der Russischen Föderation.
Mundus Novus. Eine Stiftung, die Forschungszentren betreibt.
Mutanga, Gédéon (Kommandant Gédéon). Anführer der kongolesischen Mai-Mai-Miliz.

Nyman, Claes (Klasu). Kriminaloberinspektor. Chef der Aufklärungsabteilung der KRP.

Oligarchen. Äußerst vermögende russische Geschäftsleute.

Poulsen, Helena. Vilmas Adoptivmutter.
Poulsen, Joakim. Vilmas Adoptivvater.
Puuska, Pekka S. Justizkanzler Finnlands.

Rinne, Eeva. Professorin am Institut für Physik der Universität Jyväskylä. Schwester von Leo Karas Vater.
Rinne, Markku. Landwirt. Ehemann von Eeva Rinne.
Rostow, Andrej (Aleksi Kara). Wissenschaftler, verantwortlich für die Forschungsprogramme von Mundus Novus. Leo Karas Vater.

Silowiki. Von Wladimir Putin geführte Gruppierung, die Russland beherrscht.
SIS. Britischer Auslandsnachrichtendienst.
Smirnow-Material. Finnland betreffende Geheimdokumente des Archivs der Kommunistischen Partei der Sowjetunion aus den Jahren 1944–1991.
Soisalo, Kati. Assessorin, Rechtsanwältin.
Soisalo, Vilma. Kati Soisalos Tochter.
»Specht«. Wichtigste der als Agenten für den KGB tätigen hochrangigen, einflussreichen Persönlichkeiten Finnlands.

SRR. Aufklärungsregiment, das den Streitkräften Großbritanniens untersteht.

SUPO. Finnischer Nachrichtendienst.

Timtschenko, Arkadi. Großeigentümer des Ölhandelsunternehmens Gunvor Oil B.V. Begünstigter der Stiftung Mundus Novus.

Ukkola, Jukka. Stellvertretender Leiter der KRP. Kati Soisalos Exmann. Mitglied des »Kabinetts«.

UNODC. Büro der Vereinten Nationen für Drogen- und Verbrechensbekämpfung.

Veliki. Albanische kriminelle Organisation.

Zakuani, Sylvain. Sprecher des kongolesischen Volkes der Hema.

»Die gesamte Kriegsführung beruht auf Betrug. Wenn wir bereit zum Angriff sind, müssen wir vorspiegeln, dazu nicht fähig zu sein; wenn wir unsere Kräfte einsetzen, müssen wir Untätigkeit vorspiegeln; stehen wir nahe am Feind, so muss er glauben, wir seien weit weg; wenn wir weit entfernt vom Feind stehen, muss er glauben, wir seien ganz nahe. Wir müssen den Feind mit Ködern herauslocken; wir müssen vortäuschen, dass wir uns in einem chaotischen Zustand befinden, und den Feind dann schlagen. Ist der Feind furchtlos und bereit, dann sei gerüstet. Wenn er überlegen ist, weiche ihm aus. Wenn der Feind jähzornig ist, dann versuche ihn zu reizen. Täusche eigene Schwäche vor, damit der Feind überheblich wird. Wenn er rastet, dann gönne ihm keine Ruhe. Wenn er seine Truppen vereint, dann spalte sie auf. Greife an, wenn der Feind es nicht erwartet, schlage dort zu, wo man nicht mit dir rechnet.«

»Chinas nationale Verteidigung im Jahre 2010«.
Informationsamt des Chinesischen Staatsrats.
Volksrepublik China. März 2011, Peking.

PROLOG

Der Mann, der aussah wie Putin

Zürich, 8. Februar 2000 / Zürich, 6. Februar, Gegenwart

Maximilian Messmer betrachtete den Mann, der ihm das Leben zur Hölle machen würde. Das wusste Messmer allerdings noch nicht. Er saß in der Kabine eines Düsenflugzeugs in einem Ledersessel und spürte, wie ihn der Teufel ritt, während Gennadi Kowaltschuk, der Bankier des russischen Präsidenten, zu ihm sprach. Seine ganze Erfahrung aus dreißig Jahren als Eigentümer einer Bank sagte ihm, dass es am besten wäre, Kowaltschuk für das Angebot zu danken, es höflich abzulehnen und das Treffen zu verlassen, ohne noch auf irgendwelche Einwände einzugehen. Aber etwas ließ Maximilian Messmer zögern; ein dunkler Engel flüsterte ihm ins Ohr, er werde nie wieder die Chance bekommen, so ungeheuer viel Geld zu verdienen. Messmer überkam dasselbe Gefühl wie in seiner Kindheit, im Schweizer Horrorwinter 1950, als Lawinen Hunderte Menschen getötet hatten. Auch seinen Bruder. Dieses Treffen würde einen Wendepunkt in seinem Leben darstellen.

»Sie bieten an, mir die Verwaltung eines Vermögens zu übertragen, das sich auf Dutzende, ja Hunderte Milliarden Dollar beläuft. Wer wäre mein Auftraggeber?«, hörte sich Messmer fragen und ärgerte sich, dass er sein Russisch hatte einrosten lassen.

Das schmale, melancholisch wirkende Gesicht des vielleicht vierzigjährigen Gennadi Kowaltschuk wurde noch ernster. »Es geht um das Vermögen einer Stiftung.«

Der Kaschmirstoff seiner Hose raschelte, als Messmer die Beine übereinanderschlug. Jetzt durfte er nicht den Eindruck erwecken, allzu interessiert zu sein. Er schaute kurz zu dem anderen Russen, einem sympathisch und gepflegt aussehenden Geschäftsmann, der sich als Arkadi Timtschenko vorgestellt und dann kein Wort mehr gesagt hatte. Messmer brannte vor Neugier. Um zehn Uhr morgens war er in der VIP-Lounge des Züricher Flughafens eingetroffen und hatte verfolgt, wie nacheinander elf renommierte Schweizer Banker einzeln in ein Düsenflugzeug gerufen wurden, das am Rande des Rollfeldes stand. Dann war er dran. Registriert war die Maschine bei dem finnischen Unternehmen Airfix Aviation, das zu Timtschenkos Firmenkonglomerat gehörte – das hatte seine Sekretärin anhand des Kennzeichens der Maschine herausgefunden, während Messmer darauf wartete, dass er an die Reihe kam.

»Leider kann ich keinerlei Verpflichtungen eingehen, bevor ich nicht Einsicht in die Gründungsurkunde und das Statut der Stiftung genommen habe. Ich müsste die Herkunft und den Verwendungszweck der Mittel dieser Stiftung kennen«, sagte Messmer.

Kowaltschuk strich sich über das schwarze Haar, dessen Ansatz in der Mitte bis auf die Stirn reichte wie ein kleiner Keil. Dann erhob sich der russische Banker, murmelte eine Entschuldigung, ging ein paar Meter zu einer schmalen Tür und klopfte an.

Als sich die Tür öffnete, sah Maximilian Messmer in dem schwach erleuchteten Raum die Silhouette eines Mannes. Das kurze Kinn, der lange Nasenrücken, die runde Stirn und der kleine Kopf – das war mit beinahe absoluter Sicherheit Wladimir Putin selbst. Der Mann, der es im letzten halben Jahr geschafft hatte, vom Leiter des russischen Geheimdienstes FSB erst zum Ministerpräsidenten und dann zum amtierenden russischen Präsidenten aufzusteigen und daneben noch dem Terrorismus den Krieg zu erklären und Tschetschenien anzugreifen. Wessen Finanzangelegenheiten wollten die Russen hier in Zürich regeln? Hatte man ihn absichtlich einen flüchtigen Blick auf den russischen Präsidenten werfen lassen?

Plötzlich ging die Tür wieder auf. Kowaltschuk nahm Messmer gegenüber Platz und wirkte nun noch betrübter – sofern das überhaupt möglich war. »Namen kann ich Ihnen erst offenbaren, wenn Sie den Auftrag übernommen und die Verpflichtung zur Geheimhaltung unterschrieben haben. Meine Kunden müssen in diesem Falle außergewöhnlich vorsichtig sein. Wie ich bereits sagte, geht es um eine gewaltige Vermögensmasse, und deren ... Verwendungszweck ist von historischer Bedeutung. Ich kann jedoch versichern, dass diejenigen, die hinter der Stiftung stehen, äußerst angesehen und verlässlich sind. Und sollten Sie in den Dokumenten juristische Unklarheiten finden, können Sie Ihre Zusage selbstverständlich zurückziehen.«

Messmer wurde seine Zweifel nicht los. Das Honorar für diesen Auftrag war so verlockend, dass er davon feuchte Hände bekam, doch konnte er es sich nicht leisten, in einen Skandal verwickelt zu werden. Er und die Privatbank Messmer & Cie. – das waren ein und dasselbe. Das Familienunternehmen verwaltete seit einhundertachtundfünfzig Jahren erfolgreich die Reichtümer äußerst vermögender Kunden. Der makellose Ruf war die wichtigste Stärke einer Schweizer Bank. Bat man ihn jetzt tatsächlich, Gelder zu waschen und zu verstecken, die nach dem Zusammenbruch der Sowjetunion unterschlagen worden waren? In Zürich wusste jeder Bankier von den gegen Boris Jelzin erhobenen Korruptionsvorwürfen; gerade hier in der Schweiz. Sie waren im Vorjahr im Zuge der Ermittlungen im Fall Mabetex aufgekommen, und inzwischen gingen die Behörden davon aus, dass von den Russland gewährten Krediten des Internationalen Währungsfonds Millionen Dollar in Jelzins Taschen gewandert waren. Man verdächtigte Jelzin auch, Gelder der russischen Zentralbank unterschlagen und mit der russischen Mafia zusammengearbeitet zu haben. In den Medien wurden Vermutungen angestellt, dass den Vertrauten Jelzins und den Oligarchen nach dem Zusammenbruch der Sowjetunion bis zu einhundertfünfzig Milliarden Dollar in die Hände gefallen waren. Handelte es sich bei den Mitteln, die er nun verwalten sollte, etwa um diese Gelder?

Jelzin und Putin – auf einmal sah Messmer die Dinge in einem anderen Licht. Vor einem reichlichen Monat, an seinem ersten Tag als Präsident, hatte Putin seinem Vorgänger Jelzin volle Immunität zugebilligt, und damit zugleich auch sich selbst und allen künftigen Präsidenten der Russischen Föderation. Hatte Putin, um an die Macht zu gelangen, versprochen, dafür zu sorgen, dass der Expräsident als Rentner in Saus und Braus leben konnte?

»Ihr Honorar beträgt drei Prozent vom Kapital der Stiftung. Pro Jahr«, sagte Kowaltschuk.

Ein unerhört großzügiges Honorar, dachte Messmer, für die Bank und für ihn selbst würde das jährliche Einnahmen in zweistelliger Millionenhöhe bedeuten. Es fiel ihm schwer, seine Miene unbewegt zu halten. Er konnte sich nicht erinnern, wann sein Herz das letzte Mal bei der Gewinnung eines neuen Kunden vor Aufregung gehämmert hatte. »Und ich kann vom Vertrag zurücktreten, sofern ... irgendetwas nicht in Ordnung ist?«, fragte er.

Kowaltschuk nickte wie ein Mann, der es gewöhnt war, zu bekommen, was er wollte, und sich wenig um die Meinungen anderer scherte.

Messmer tat so, als würde er noch über das Angebot nachdenken, obwohl er fürchtete, dass ihm jeden Moment vor Eifer der Sabber aus dem Mund laufen könnte. »Darf ich fragen, wie Sie zu dem Entschluss kamen, diesen Auftrag gerade der Bank Messmer & Cie. und somit mir anzubieten?«

Kowaltschuk zuckte die Achseln. »Ihr Ruf ist makellos, und Sie betreuen nach unseren Informationen das Vermögen vieler bedeutender Privatpersonen und Stiftungen. Ihre Großmutter war eine russische Emigrantin, Sie sprechen fließend Russisch und sind schon seit Jahrzehnten Mitglied der Gesellschaft Schweiz-Russland.« Kowaltschuk stand auf und gab zu verstehen, dass ihr Treffen nun zu Ende ging. »Das ist eine außergewöhnliche Chance für Sie und Ihre Bank, aber ich werde nicht versuchen, Sie zu überreden.«

»Ich übernehme den Auftrag gern«, sagte Messmer, erhob sich und streckte die Hand aus. Als er Kowaltschuks Gesichtsausdruck sah, wurde ihm auf der Stelle klar, dass er einen schwerwiegenden Fehler begangen hatte. So schaute man einen Menschen an, den man nicht mehr für sich zu gewinnen brauchte, eine Beute, die den Köder mitsamt dem Haken geschluckt hatte.

Maximilian Messmer hatte das ungute Gefühl, als würde er nicht einmal ansatzweise begreifen, worauf er sich gerade eingelassen hatte.

* * *

Die Pressenotiz in der Neuen Zürcher Zeitung war nur ein paar Zeilen lang, ohne Bild und auf der Seite ganz unten in der Ecke versteckt, aber als Maximilian Messmer sie gelesen hatte, wagte er kaum noch, von seinem Schreibtisch aufzustehen, der sich in der obersten Etage der Privatbank Messmer & Cie. in der Züricher Bahnhofstraße befand. Der Anwalt Roman Stutz war in seinem Haus im Zuger Stadtteil Letz tot aufgefunden worden. Dr. Stutz hatte wahrscheinlich Einbrecher auf frischer Tat ertappt, als er spät abends von einer Geschäftsreise nach Hause gekommen war. In der Mitteilung der Zuger Polizei hieß es, Dr. Stutz habe versucht zu fliehen und sei durch Schüsse der Einbrecher getötet worden. Aus dem Haus sei nur eine äußerst wertvolle mittelalterliche Lithographiesammlung gestohlen worden, somit schließe die Polizei die Möglichkeit eines Auftragsdiebstahls nicht aus. Um Dr. Stutz trauerten seine Ehefrau sowie zwei erwachsene Kinder.

Messmer schloss die Augen. Er wusste, dass Roman Stutz liquidiert worden war. Auch zwei andere mit Angelegenheiten der Stiftung Mundus Novus befasste Schweizer, die er kannte, hatten in den letzten Monaten einen gewaltsamen Tod gefunden. Schon allein der Gedanke daran, wie viele ihrer Helfer die Stiftung Mundus Novus im Ausland bereits zum Schweigen gebracht hatte, machte ihm Angst. Es hatte angefangen.

Er faltete die Zeitung zusammen, schaute zu Natalja hinüber, die an ihrem Schreibtisch arbeitete, und lächelte sie an wie ein junger Hund, der sich bei seinem Herrchen einschmeicheln will. Und das traf es auch genau, er war nichts anderes mehr als ein Schoßhündchen der Russen. Seit jenem Moment, als er seine Seele an das Geld von Gennadi Kowaltschuk, Arkadi Timtschenko und dem Mann, der wie Wladimir Putin aussah, verkauft hatte, waren Jahre vergangen. Kowaltschuk war jetzt Vorstandsvorsitzender der Russia-Bank und besetzte seit Jahren einen Stammplatz auf der Forbes-Liste der Milliardäre, genau wie Timtschenko, der Großeigentümer des drittgrößten Ölhandelskonzerns der Welt Gunvor Oil B. V. Es war Messmer nie gelungen, die Beteiligung Wladimir Putins an Mundus Novus zu beweisen; offiziell galt als dritter Begünstigter der Stiftung das Unternehmen Gunvor.

Je größer im Laufe der Zeit die Summen wurden, deren Verwaltung man ihm anvertraute, umso fester nahmen die Russen ihn und die Bank an die Kandare. Als der Saldo vor einigen Jahren schließlich die Grenze von einhundert Milliarden Dollar überschritt, war er schon zum bloßen Werkzeug degradiert worden. Vor einem Jahr hatte man eine Assistentin für ihn eingestellt. Natalja Tichomirowa war um die dreißig und durchaus kompetent – sie besaß einen Abschluss der Columbia-Universität in New York und der französischen Business School Insead –, aber hier in der Bank bestand ihre Aufgabe ausschließlich darin, ihn im Auge zu behalten. Die Russen überwachten zudem seine Telefone und Internetzugänge sowohl im Büro als auch zu Hause. Er war zu einer Marionette geworden, an deren Fäden die Russen nach Belieben zogen.

Maximilian Messmer lehnte sich im Sessel zurück und spürte sein Gesicht vor Scham glühen. In diesem Zimmer hatten in den letzten über einhundertsiebzig Jahren neun Messmers mit dem Titel eines Generaldirektors gesessen. Er betrachtete die Deckenornamente des vier Meter hohen Raumes, die Wandpaneele aus Edelholz und die orientalischen Teppiche. Selbst die Gemälde schienen ihn anzuklagen: Arnold Böcklins symbolistisches Bild, das Pastellgemälde Jean-Étienne Liotards und Samuel Hieronymus Grimms mit Wasserfarben ausgeführte Arbeit hingen seit seiner Kindheit und noch viel länger an diesen Wänden. Ein Glück, dass sein Vater nicht mit ansehen musste, in welchen entwürdigenden Zustand er Messmer & Cie. gebracht hatte. Er würde der letzte Messmer sein, der hier Herr im Hause gewesen war; die lange und erfolgreiche Geschichte der Bank fand mit ihm ein Ende. Mit ihm und wegen ihm.

Das Klingeln des Telefons unterbrach Messmers düstere Gedankengänge. Er lächelte Natalja abermals zu, nahm den Hörer ab und fühlte sich sofort unter Druck gesetzt, als er Gennadi Kowaltschuks Stimme hörte. Sie tauschten die üblichen Höflichkeitsfloskeln aus, aber der Tonfall des Russen wirkte ungewöhnlich angespannt.

Kowaltschuk legte eine kleine Pause ein, bevor er sein Anliegen aussprach. »Nun ist alles bereit. Die Zeit ist gekommen, Mundus Novus herunterzufahren. Ich will, dass du die Übertragung der Stiftungsgelder an die Begünstigten vorbereitest, in der Reihenfolge, wie die Gründungsurkunde und das Statut sie vorschreiben.«

Messmers Herz ließ einen Schlag aus und hämmerte dann so heftig, dass er spürte, wie sich sein Hemd auf der Brust hob und senkte. Er holte tief Luft und versuchte ruhig zu bleiben. »Ich mache die Unterlagen noch heute fertig.«

»Ausgezeichnet. Ich komme morgen nach Zürich. Wir unterzeichnen alles und genießen dann ein langes, feuchtes Arbeitsessen. Es kann gut sein, dass du von uns als Überraschung ein kleines Extrahonorar erhältst.«

»Bis morgen also«, sagte Messmer und legte auf. Die Angst hatte ihn gepackt. Er war sich bewusst, was für eine Überraschung die Russen meinten. Die letzte in seinem Leben. Die Stiftung

Mundus Novus hatte mit der Umsetzung ihres Planes begonnen, deshalb wurden die Menschen liquidiert, die über ihre Aktivitäten Bescheid wussten. Nun würde man die Mittel der Stiftung an die Begünstigten verteilen, und er, Maximilian Messmer, war der einzige Außenstehende, der wusste, in wessen Taschen die Milliarden landeten. Es schien sicher zu sein, dass man auch ihn zum Schweigen bringen würde. Doch er war vorbereitet. Auf diesen Augenblick wartete er seit jenem verfluchten Tag, als die Russen ihn in die Zange genommen hatten.

»Gab es etwas Wichtiges?«, fragte Natalja und verriet mit ihrem gezwungenen Lächeln, dass sie wusste, was im Gange war.

»Das Mittagessen dürfte heute ausfallen«, antwortete Messmer mit ausdrucksloser Stimme und machte sich an die Arbeit. Im Laufe der nächsten sieben Stunden stellte er als Verwalter der Stiftung Mundus Novus drei Überlassungsurkunden für Inhaberschuldverschreibungen über eine Gesamtsumme von achthundertneunzig Milliarden Euro aus und unterzeichnete sie, zudem zwangen ihn seine Prostataprobleme, in der Zeit viermal auf die Toilette zu gehen. Es war 17.06 Uhr, als er die Dokumente auf seinem Schreibtisch zusammenschob, hörbar seufzte und einen Blick auf die Armbanduhr warf.

»Du musst ja nicht jeden Tag so schuften«, sagte der Wachhund Natalja. »Und nun geht's ins Baur au Lac, oder?«

»Wie jeden Abend. Aber heute dürfte ich mir ein gutes Essen sogar verdient haben«, erwiderte Messmer. Er suchte noch einmal die Toilette auf, legte sich dann seinen Kaschmirschal um, zog den handgefertigten Kamelhaarmantel an und ließ Natalja im Büro zurück. Garantiert würde sie die von ihm fertiggestellten Dokumente durchgehen, und das mit einem noch feineren Kamm als sonst.

Messmer trat auf die Bahnhofstraße, sog die frostig frische Winterluft ein und schlug den Mantelkragen hoch. Eine blaue Straßenbahn raste vorbei und wehte ihm einen kalten Lufthauch und

Pulverschnee ins Gesicht. Die Frage, ob er das, was ihn erwartete, überstehen würde, machte ihm Angst. Er war kein Held, und auch sein körperlicher Zustand ließ zu wünschen übrig; Messmer hatte fast siebzig Jahre auf dem Buckel. Früher war er Rad gefahren, hatte Abfahrtslauf betrieben und Tennis gespielt, aber heute interessierte ihn neben der Völlerei und der Duckmäuserei vor den Russen nur noch sein Segelboot auf dem Zürichsee, die gute alte Lieselotte. Er war wie mit einem Strick am Pflock der Russen festgebunden, das hatte seine Lebenslust abgetötet. Es bereitete ihm nicht einmal mehr Freude, Geld anzuhäufen, dafür hatten die widerwärtigen Geschäfte von Mundus Novus allemal gesorgt.

Er ging ein paar hundert Meter bis zur Ecke Börsenstraße, bog rechts ab und dann links in die Talstraße. Das majestätische Hotel Baur au Lac, der inoffizielle Club der Züricher Bankiers, war so ziemlich das Einzige in seiner Heimatstadt, was er vermissen würde. Das Luxushotel war annähernd so alt wie die Bank Messmer & Cie. und hatte mindestens ebensoviele Kunden von Rang und Namen gehabt: Hier hatte die österreichische Kaiserin Elisabeth mit ihrem Gefolge den Sommer verbracht, der Komponist Richard Wagner gab hier die erste inoffizielle Vorstellung seiner Oper *Walküre* und sang dabei selbst, traf allerdings kaum einen Ton, begleitet wurde er von seinem Schwiegervater Franz Liszt am Klavier. Und hier im Hotel Baur au Lac regte seinerzeit die Baronin Bertha von Suttner den Dynamitmogul Alfred Nobel dazu an, einen internationalen Friedenspreis zu stiften.

Messmer betrat die mit dunklen Paneelen verkleidete Foyerbar Le Hall und schaute sich um. Es duftete nach Orchideen. Er fühlte sich so, als ginge er zu einer Operation ins Krankenhaus. Andreas war noch nicht da. Nachdem Messmer ganz gegen seine Gewohnheit einen Absinth als Aperitif bestellt hatte (er trank sonst fast ausnahmslos trockenen Weißwein, genauer gesagt, einen Fendant aus dem Kanton Wallis), setzte er sich in einen Ledersessel der schallisolierten, ruhigen Bar. An anderen Tagen betrachtete er hier gern das Panorama des Zürichsees und die schneebedeckten Alpengipfel am Horizont und kam so zur Ruhe, doch heute interessierte ihn die Landschaft nicht im Geringsten. Er ging im Kopf alles durch, was an diesem und am nächsten Tag geschehen sollte. Sein Leben würde sich vollständig ändern. Natürlich hatte er Angst, aber es war anders als früher. Jetzt mischte sich in die Angst Hoffnung.

Es war der schlimmste Fehler seines Lebens gewesen, als er am 8. Februar 2000 zugestimmt hatte, Verwalter der Stiftung Mundus Novus zu werden. Die Schuld daran konnte er einzig und allein seiner eigenen Habgier zuschreiben. Nun kannte er die Wahrheit über Putins Milliardenvermögen: Wie der russische Präsident den widerspenstigen Michail Chodorkowski vernichtet hatte, indem er dafür sorgte, dass der Mann eine endlos lange Haftstrafe erhielt und das Eigentum seines Unternehmens Jukos-Oil in den Besitz von Rosneft gelangte. Messmer wusste, dass der Rosneft-Konzern danach Geschäfte im Wert von Milliarden Dollar mit dem Öl-Unternehmen Gunvor gemacht hatte, das Putins Vertrauter Arkadi Timtschenko leitete. Und leider wusste er ebenso, dass Putin höchstpersönlich die Hälfte der Gunvor-Aktien besaß. Sehr genau kannte Messmer auch Putins Besitzanteile an der Ölfirma Sturgutneftegas sowie am Energieriesen Gazprom, dem größten Unternehmen Russlands und weltgrößten Gasförderer und -exporteur. Und weil er all dies wusste, so viel stand für ihn fest, würde man auch ihn umbringen – da war es völlig egal, dass er keinerlei Beweise besaß.

Messmers Überlegungen endeten, als Andreas Fankhauser die Bar betrat. Der braungebrannte Mann wischte sich etwas von der Schulter seines Sakkos und beugte den Kopf ein paarmal nach links und rechts. Plötzlich wurde Messmer klar, dass dies der Montag einer ungeraden Woche war, an dem auch er sich seit zwanzig Jahren auf dem uralten Stuhl des legendären Hotelfrisörs Oscar die Haare schneiden ließ, wenn er in Zürich war.

Die Freunde begrüßten sich mit Handschlag. Sie aßen fast jeden Werktag gemeinsam hier zu Abend. Zwei wohlhabende Junggesellen, die weder kochen konnten noch Lust dazu verspürten.

»Heute ist der Tag«, flüsterte Messmer und sah, wie die auf einem Liegestuhl des Wakaya Clubs in Fidschi gewonnene Farbe aus Andreas' Gesicht wich. Sie wussten beide, was in Kürze geschehen würde, sie hatten es über mehrere Jahre geplant. Alles war bereit.

»Der Pavillon öffnet erst um sieben«, sagte Messmer. »Dann essen wir heute im Rive Gauche, ich will keinen Augenblick länger warten als unbedingt nötig.« Er hoffte, dass er nicht genauso verkrampft aussah wie Andreas. Sie würden den Plan hier ausführen, weil im Büro Natalja alles kontrollierte und die Russen sein Zuhause elektronisch überwachten. Die Abende im Baur au Lac waren das einzige verbliebene Stück Privatleben, das ihm gestattet wurde; die Russen wussten natürlich, dass man nirgendwo so nützliche Gerüchte aus der Bankenwelt und der Wirtschaft zu hören bekam wie hier. Im Baur au Lac achteten Gennadi Kowaltschuks Helfer nur darauf, dass er die Hotelcomputer nicht benutzte.

Die beiden Freunde verließen die Bar, nahmen auf den eleganten weißen Stühlen des bei jüngeren Leuten beliebten Restaurants Platz und studierten die Speisekarte. Messmer bestellte sofort, auch das widersprach seinen sonstigen Gewohnheiten. Als Vorspeise nahm er grünen Spargel in Chartreuse-Liqueur, Wachteleier, gegrillte Gänsebrust und Frühlingssalat und als Hauptgericht gratiniertes Entrecôte. Andreas, der nun noch angespannter aussah als zuvor, bestellte kurzerhand dasselbe. Als Aperitif Tanqueray-Martini und zum Essen Wasser sowie einen leichten Bordeaux Château Villars.

Nachdem sich der Kellner entfernt hatte, schob Messmer die rechte Hand in eine Tasche seines Sakkos und ergriff mit Daumen und Zeigefinger zwei Thyroxin-Tabletten. »Es ist doch alles vorbereitet?«, fragte er, obwohl er die Antwort kannte. Andreas nickte fast unmerklich. Messmer wartete, bis der Kellner den Aperitif brachte und wieder verschwand, dann beförderte er die Tabletten mit einer raschen Handbewegung in den Mund und trank den Martini in einem Zug aus. Er bemerkte, wie ein junger Mann mit spitzer Nase vom Bartresen kurz zu ihm herüberschaute, schon das dritte Mal innerhalb weniger Minuten, offensichtlich arbeitete er für die Russen.

Die Wirkung des Thyroxin setzte ein, als die Vorspeise serviert wurde. Messmer wischte sich den Schweiß von der Stirn und spürte ein Zittern, das Herz wollte ihm fast aus der Brust springen. In seiner Not schaute er zu Andreas, dann ächzte er laut, presste beide Hände auf die Brust, fiel vom Stuhl und schlug mit dem Kopf auf dem Parkett auf.

Andreas Fankhauser stürzte zu seinem Freund hin, holte das Telefon aus der Tasche und wählte den Notruf. Er änderte Messmers Haltung, lockerte dessen Krawatte und öffnete die geschlossenen Lider einen Spalt weit, bevor er anfing ihn wiederzubeleben.

Der Rettungswagen traf drei Minuten später im Baur au Lac ein. Fankhauser erläuterte dem Notarzt die Lage und gab genaue Anweisungen: Maximilian Messmer sollte in sein Krankenhaus, die »Klinik im Park«, gebracht werden. Er folgte den Männern mit der Trage und verließ das Hotel, ohne den spitznasigen jungen Mann zu beachten, der am Bartresen aufgestanden war und mit besorgter Miene in sein Handy sprach.

Für die zwei Kilometer vom Hotel zum Privatkrankenhaus »Klinik im Park« in der Seestraße brauchte der Krankenwagen nur wenige Minuten. Andreas Fankhausers Bentley in seinem Schlepptau war genauso schnell da. Messmer wurde hineingetragen, aber nicht in die Notaufnahme, sondern in eines der Patientenzimmer. Frankhauser bewegte sich ganz selbstverständlich in den Räumen des ehemaligen Hotels Villa Moskwa, schließlich gehörten ihm einundfünfzig Prozent der Aktien des Krankenhauses.

Fankhauser wartete, bis die Krankenschwester das Patientenzimmer verlassen hatte, und gab dem Notarzt die Hand. »Wie vereinbart: Das alles ist nie passiert«, sagte er zu dem Mann, den er vor etwa zehn Jahren selbst in der Klinik eingestellt hatte, und schloss die Tür hinter dem Arzt. Dann öffnete er die Riemen der Trage.

Maximilian Messmer richtete sich auf und schüttelte den Kopf. »Ich war mir absolut sicher, dass jemand bemerkt, wie sich meine Brust hebt und senkt, als ich auf dem Boden lag. Warum hast du mir kein Beruhigungsmittel gegeben?«

»Der Herzanfall sollte glaubwürdig aussehen, deshalb das Thyroxin.«

Messmer erhob sich von der Trage, ging zum Kleiderschrank und holte seinen Koffer heraus.

»Hoffen wir, dass dies kein endgültiger Abschied ist«, sagte Andreas Fankhauser und ergriff die Rechte seines Freundes ausnahmsweise mit beiden Händen. Es sah so aus, als würde er mit Mühe die Tränen unterdrücken.

»Ich melde mich, sobald es möglich ... ungefährlich ist. Hoffen wir, dass der Tag kommt«, erwiderte Messmer und spürte, dass er mit seiner Angst nicht allein war.

Andreas Fankhauser reichte seinem Freund ein Impfzeugnis. »Das wirst du bei der Einreise brauchen.«

ERSTER TEIL

Beute, die angreift

8. Februar – 11. Februar, Gegenwart

»Wer den Weltraum kontrolliert, der kontrolliert die Welt, und das so sicher und so vollständig, wie es mit Waffen oder Besatzungstruppen bisher nicht erreicht wurde oder erreicht werden kann. Wer den Weltraum in seine Gewalt bringt, bekommt die Erde unter Kontrolle, unter seine absolute Kontrolle, und kann seine Macht entweder im Dienste der Tyrannei oder der Freiheit einsetzen.«

Lyndon B. Johnson, Mehrheitsführer im US-Senat,
7. Januar 1958

1

Mittwoch, 8. Februar

Leo Karas Hand zitterte genau wie das Stück Kalbsfilet vom wilden Rentier, das er auf seine Gabel gespießt hatte. Er saß allein an einem Ecktisch im großen Saal des Hansy, der Gaststätte seiner Freundin Nadine am Praterstern in Wien, und kaute lustlos sein Mittag.

Vier Monate waren vergangen, seit Kara die Wahrheit über seinen Vater erfahren hatte. Der Mann, den er Zeit seines Lebens für Aleksi Kara, einen Wissenschaftler und Forscher, gehalten hatte, hatte ein zweites Leben unter dem Namen Andrej Rostow geführt. Der Totgeglaubte hatte im Geheimen jahrzehntelang für die Stiftung Mundus Novus gearbeitet, eine Organisation, die in verschiedenen Teilen der Welt geheime Forschungsinstitute unterhielt. Dort wurden Waffen entwickelt, die imstande waren, das globale militärische Gleichgewicht zu erschüttern – Raketen mit einer beispiellosen Durchschlagskraft, Energiewaffen und alle möglichen anderen. Mundus Novus hatte Massenvernichtungswaffen hergestellt und verkauft, Menschenversuche durchgeführt, unzählige Morde beauftragt und Menschenhandel betrieben ... Sein Vater leitete die Forschungsarbeit der Stiftung und war deshalb für den Tod so vieler Menschen verantwortlich, dass Kara gar nicht daran denken mochte. Ein wenig Erleichterung verschaffte ihm nur die Erkenntnis, dass sein Vater bloß eingewilligt hatte, für Mundus zu arbeiten, um seine Kinder – ihn und seine Schwester Emma – zu schützen.

Kara starrte auf seine zitternde Hand, er fühlte sich noch rastloser als sonst. Dies war sein sechster Tag ohne Medikamente. Als

Folge eines Kopfschusses im Oktober 1989 war er an einem Frontalhirnsyndrom erkrankt, das zu aggressivem und unberechenbarem Verhalten führte, zudem litt er unter Gedächtnisstörungen. Seitdem nahm er Beruhigungsmittel gegen die Alpträume und die Angst, ein Epilepsiemedikament zur Behandlung der Persönlichkeitsveränderung und Exelon, das die Gedächtnisstörungen beheben sollte. Im vergangenen Oktober hatten die Medikamente schließlich sein Gedächtnis wiederhergestellt, über Träume kehrten damals alle seine Erinnerungen zurück. Er befand sich auf dem Wege der Besserung, war im Begriff, sich selbst zu finden, und nicht mehr allein seiner Impulsivität ausgeliefert. Allerdings spritzte er sich nun auch kein Morphium mehr, und das hatte schlimme Entzugserscheinungen zur Folge. In den letzten Monaten hatte er gegen das Chaos in seinem Kopf etwas zu häufig Erleichterung beim »Vitamin M« gesucht.

Er nahm einen kräftigen Schluck vom hellen, ungefilterten Zwickl-Bier. Ihm fiel es immer noch schwer, zu glauben, dass alles, was seiner Familie im Oktober 1989 passiert war, den alleinigen Zweck gehabt hatte, den Tod seines Vaters zu inszenieren und sicherzustellen, dass auch wirklich alle glaubten, er sei tot. Mundus Novus hatte seine Familie damals in einem alten Londoner Fabrikgebäude eingesperrt, in dem dann ein Kirgise namens Manas seine Mutter tötete und ihm in den Kopf schoss. Seine Schwester Emma war seitdem verschwunden.

»Du wirkst so lebhaft wie ein Grabkreuz«, sagte Nadine, die an seinen Tisch gekommen war. Sie setzte sich hin und sah Kara in die Augen, die tief in ihren Höhlen lagen. Sein blondes, kurzgeschnittenes Haar, das blasse Gesicht, in dem die dunklen Brauen noch mehr auffielen, und das Grübchen am Kinn inmitten der Bartstoppeln – eigentlich sah er aus wie immer.

Nadine wandte den Blick ab und schaute zu ihrem Sohn Bruno, der in weißem Hemd und schwarzer Weste Teller mit brutzelndem Fleisch an den Nachbartisch brachte.

»Bruno scheint es gutzugehen«, bemerkte Kara.

»Es geht uns viel besser, dank dem Erbe meines Vaters. Ich konnte alle Schadenersatzforderungen, die das Gericht Bruno auferlegt hatte, in einem Zug bezahlen.«

Kara versuchte, ein erfreutes Gesicht zu machen.

»Bruno nimmt keinen Stoff mehr, dealt nicht und arbeitet seit gut zwei Monaten fast jeden Tag hier. Er fragt ständig, ob er zusätzliche Schichten übernehmen kann.«

Kara schaute Nadine an. So frisch und fit hatte sie in den Jahren ihrer Beziehung kein einziges Mal ausgesehen. Ihr schwarzes Haar glänzte und ihre Wangen waren wieder voll und nicht mehr eingefallen wie im letzten Herbst. Vor reichlich zwei Monaten hatte Kara ihre Beziehung beendet, aber die Freundschaft war geblieben. Seit sie keinen Sex mehr hatten, konnten sie überraschenderweise über alles reden. »Dein Sohn scheint endlich seine Lektion gelernt zu haben«, sagte Kara.

Im selben Augenblick kam Bruno quer durch den Saal mit einem Teller an ihren Tisch. Der junge Mann stellte die mit Aprikosenmarmelade gefüllten Palatschinken vor Kara hin, schaute kurz enttäuscht auf das nur zur Hälfte gegessene Hauptgericht und nahm den Teller mit den Resten mit.

»Willst du noch weiter nach deinem Vater suchen?«, fragte Nadine.

Kara lachte müde. »Hinter dem dürfte die Hälfte der westlichen Nachrichtendienste her sein.«

»Und deine Schwester?«

Kara antwortete nicht. Er wollte nicht darüber nachgrübeln, was Emma in ihrem Leben nach dem Oktober 1989 hatte durchmachen müssen. Niemand konnte ihm sagen, wie es ihr ergangen war. Er selbst wusste nur, dass seine Schwester am Leben war. Das zumindest hatte sein Vater ihm im letzten Oktober versichert.

»Es muss schrecklich sein, jemanden zu verlieren, mit dem man seine Kindheit verbracht hat. Den man so gut kennt«, sagte

Nadine und schob den Teller mit dem Nachtisch näher zu Kara hin.

In dessen Kopf zuckte plötzlich ein Gedanke auf, wie ein Blitz am düsteren Himmel: *... jemanden zu verlieren, mit dem man seine Kindheit verbracht hat. Den man so gut kennt* ... Natürlich! Vaters Schwester Eeva musste etwas über seine Vergangenheit, über die Geschichte seiner Tarnidentität wissen ... Warum zum Teufel war ihm das nicht schon früher eingefallen? Vater und Eeva waren immer sehr vertraut miteinander gewesen, sie hatten sich auch in den Jahren, als Vater in den USA und in England gearbeitet hatte, ab und zu getroffen und engen Kontakt gehalten. Kara erinnerte sich an die Telefonate seines Vaters mit Eeva, manchmal schloss sein Vater sich während der Gespräche im Arbeitszimmer ein. Und wenn sie sich trafen, hatten die Geschwister immer stundenlang unter vier Augen miteinander geredet. Bilder aus Karas Gedächtnis tauchten vor ihm auf: Gäste, mit denen sich Vater und Eeva getroffen hatten ...

Karas Handy klingelte wie auf Bestellung. »Ich muss wieder an die Arbeit. Wir hören voneinander«, sagte er zu Nadine und ging rasch hinaus auf die Heinestraße, auf der ein eisiger Wind wehte. Er meldete sich am Telefon und freute sich, als er Kati Soisalos Stimme erkannte.

»Na, hast du Sehnsucht gehabt?« Es gelang ihr, so zu fragen, dass es wie ein Scherz und zugleich ernstgemeint klang.

»Ja«, antwortete Kara und merkte, dass er sich schon wieder freute, denn anscheinend nahm auch Kati an, dass ihre Beziehung erst am Anfang stand.

»Der Vorsitzende des Kabinetts kannte ... kennt deinen Vater.« Kati Soisalo kam ohne große Vorrede zur Sache. »Sie haben sich in den achtziger Jahren mehrmals getroffen.«

Kara schaute durch das Schneegestöber in Richtung

U-Bahnstation Praterstern und versuchte zu verstehen, was diese Information bedeutete. Vater hatte also den Führer des Kabinetts, einer Gruppe äußerst einflussreicher finnischer Persönlichkeiten, die für Mundus Novus tätig gewesen waren, schon vor den Ereignissen im Oktober 1989 gekannt.

Kati Soisalo sprach weiter, ohne abzuwarten, dass Kara etwas sagte. »Paranoid arbeitet seit Monaten wie ein Verrückter. Er hat mir zwar erklärt, wie es ihm gelungen ist, im Internet Informationen aus der damaligen Zeit auszugraben, aber ich fürchte, ich habe nicht viel davon verstanden ... Tatsache ist jedenfalls, dass sich der Vorsitzende des Kabinetts und dein Vater in den achtziger Jahren an ganz verschiedenen Orten mehr als zehnmal getroffen haben.«

Kara sagte immer noch nichts, aber sein Gehirn arbeitete auf Hochtouren. Ein Bild aus seiner Kindheit tauchte auf wie aus weiter Ferne: die schwere Gestalt des Kabinettsvorsitzenden mit dem breiten Kinn im Kaminzimmer ihres Hauses in Tapanila zusammen mit Eeva und Vater ... Entsprach diese Erinnerung den Tatsachen oder hatte sich ihm das Gesicht des Vorsitzenden durch Zeitungsfotos aus seinen Amtszeiten als Ministerpräsident eingeprägt?

Kati Soisalo brach das Schweigen: »Ich könnte hier in Finnland Hilfe gebrauchen.«

»Ich komme heute Abend«, hörte sich Kara sagen, dann beendete er das Gespräch und wählte die Nummer seines Vorgesetzten. Es dauerte ewig, bis sich die lebhafte Sekretärin von Preben Leegaard, dem Generaldirektor des Büros der Vereinten Nationen für Drogen- und Verbrechensbekämpfung UNODC, meldete. Kara vereinbarte ein Treffen für drei Uhr nachmittags.

Kara beschloss, die anderthalb Kilometer bis zu seiner Wohnung in der Engerthstraße zu laufen. Er musste sich den Schal um die Ohren binden, der Wiener Winter war kälter als sonst. Kara glaubte nicht an irgendeine Kraft, die größer war als der Mensch, aber zuweilen fand er es schon verblüffend, dass der Zufall seinen Opfern genau zum richtigen Zeitpunkt in den Hintern trat. Natürlich würde er versuchen herauszufinden, was Eeva Rinne und der Kabinettsvorsitzende über seinen Vater oder genauer gesagt über Andrej Rostow wussten. Kara rief sich die Gespräche, die er mit seinem Vater vor vier Monaten geführt hatte, ins Gedächtnis. Er lief die Straßen entlang, ohne die Häuser um sich herum überhaupt wahrzunehmen.

Zuhause angekommen, stieg er die Treppe hinauf bis in die vierte Etage, betrat seine Mietwohnung, stopfte Kleidungsstücke, Waschzeug und seine wichtigsten Unterlagen in eine große Schultertasche und wählte aus seiner, reichlich zweitausend Filme umfassenden, DVD-Sammlung ein paar Leckerbissen aus. Nötigenfalls könnte er sehr schnell umziehen: Abgesehen von seiner Wäsche und den DVDs befanden sich in der Wohnung nur ein paar provisorische Möbel, und die gehörten ihm nicht einmal. Sicher würde sich das UNODC darum kümmern und ihm die Filme samt den Sachen nachschicken.

Kara holte eine Flasche Reininghaus-Bier aus dem Kühlschrank und trat auf seinen winzigen Balkon, um sich wieder einmal von einer Landschaft zu verabschieden, die er in den zurückliegenden beinahe vier Jahren oft betrachtet hatte – die Donau und mitten im Fluss das Naherholungsgebiet Donauinsel. Am Horizont waren die Hochhäuser der UNO-City zu sehen, in der er arbeitete. Auf seinen Reisen verspürte Kara kein Heimweh nach Wien. Die Voraussetzung dafür wären angenehme Erinnerungen an den Ort, und mit denen war er in den letzten beiden Jahrzehnten nicht gerade gesegnet gewesen, weder hier noch anderswo. Mit einer Ausnahme, und die wartete in Finnland auf ihn.

Er trank das Bier aus, zog seine Jacke an und ging ein letztes Mal durch seine Wohnung. Dabei fiel ihm etwas ein. Er trat in die Küche und holte aus dem Schrank das Lieblingsstück seines Vaters, einen Füllfederhalter der Marke Montblanc Meisterstück, den einzigen Gegenstand, den er als Erinnerung an das Zuhause seiner Kindheit in London mitgenommen hatte.

Eine Viertelstunde später trat Kara aus der U-Bahnstation Kaisermühlen ans Tageslicht und ging die kurze Strecke bis zum

Haupteingang des Vienna International Centre. Er grüßte den Wachmann, den er kannte, hielt an der Pforte kurz seine Ausweiskarte an das Lesegerät und betrat durch die Schiebetür den Innenhof der UNO-City. An dem riesigen, von einem Fahnenkranz umgebenen Springbrunnen vorbei lief er an den von verschiedenen UN-Behörden belegten Hochhäusern aus Beton und Glas entlang und betrat den Verbindungsgang, der ins Gebäude E führte.

Generaldirektor Preben Leegard saß auf dem Sofa seines Büros in der 13. Etage und sah so aus, als hätte er schon auf Kara gewartet. Auf den Wangen des kleinen Dänen verliefen dunkle Äderchen. Er wirkte an diesem Tag ungewöhnlich frisch und wohlauf; unter den Mitarbeitern im Stab des Generaldirektors war bekannt, dass sich Leegaard dem Maltwhisky bisweilen allzu hingebungsvoll widmete. Kara reichte ihm die Hand.

»Du hast dich wie auf Bestellung gemeldet, auch ich habe etwas mit dir zu besprechen«, sagte der Generaldirektor in seinem klangvollen Dänisch und bedeutete Kara, Platz zu nehmen.

»Ich brauche eine Freistellung«, verkündete Kara, ebenfalls auf Dänisch.

Leegaards Miene verfinsterte sich. »Warum?«

»Ich bin völlig ausgebrannt.« Kara wollte ihm nicht erklären, was geschehen war.

Leegaard schwieg einen Augenblick. »Du hast im letzten Jahr doch schon monatelang Urlaub gemacht. Alles kann ich nun auch nicht bewilligen.«

»Dann muss ich wohl kündigen.«

»Nun wollen wir mal nichts überstürzen«, erwiderte Leegaard und lachte. »Ich hatte gerade vor, dir einen neuen Posten anzubieten. Drei persönliche Mitarbeiter brauche ich nicht, und im Sommer wird die Stelle des Chefs der Übersetzungsabteilung frei, die ist für dich wie maßgeschneidert. Deine Sprachbegabung sucht ihresgleichen, wie viele beherrschst du derzeit?«

»Zwölf.«

»Du hast beim MI5 seinerzeit in der Feldforschung gearbeitet und in einem internationalen Konfliktforschungsinstitut jahrelang Länderanalysen vorgenommen. In all deinen Jobs hast du, zumindest neben deiner eigentlichen Arbeit, Dokumente übersetzt, deine Länderkenntnisse sind phänomenal. Als Chef der Übersetzungsabteilung könntest du diese Erfahrungen optimal einbringen. Wenn ich es richtig in Erinnerung habe, hat dich mein Vorgänger Gilbert Birou doch ursprünglich nur als persönlichen Mitarbeiter eingestellt, weil er einer Bekannten einen Gefallen schuldete.«

»Ich fürchte, ich bin nicht interessiert«, erklärte Kara und war ganz und gar nicht überrascht, dass er nun mit Leegaard aneinandergeraten würde. So erging es ihm früher oder später immer mit seinen Vorgesetzten.

»Lass dir das doch wenigstens ein paar Tage durch den Kopf gehen ...«

»Wie sieht es mit der Freistellung aus?«, fragte Kara.

Leegaards Wangenmuskeln spannten sich. »Da kann ich wahrscheinlich nicht helfen, wenn du nicht einmal einen Grund angibst ...«

Rasche Entscheidungen hatten Kara noch niemals Probleme bereitet, und diesmal schien sich der einzige richtige Weg förmlich aufzudrängen. »Ich kündige«, sagte Kara, dann erhob er sich und verließ das Zimmer, ohne noch auf Leegaards mahnende Worte zu hören.

Zu seiner Überraschung erfasste ihn eine Art Wehmut, als er den Innenhof der UNO-City betrat. Dies war jetzt also das letzte Mal. Das Büro der Vereinten Nationen für Drogen- und Verbrechensbekämpfung war eine gute Arbeitsstelle gewesen, er hatte Einblick in alle Formen der internationalen Kriminalität gewonnen. Ohne die Jahre hier in Wien wäre er seiner eigenen Geschichte vielleicht nie auf die Spur gekommen.

* * *

Kati Soisalo legte den Hörer in ihrer Anwaltskanzlei im Helsinkier Stadtteil Hietalahti auf. Leo Kara hatte gerade bestätigt, dass er noch am selben Abend nach Finnland käme, sie würden sich gegen 23 Uhr sehen. Sie war froh über seinen Entschluss – soweit eine Frau, die ihr Kind verloren hatte, in ihrem Leben noch froh sein konnte.

Als sie das Unicef-Plakat *Stoppt den illegalen Kinderhandel* an der Wand sah, spürte sie beim Anblick des traurigen kleinen Mädchens schmerzliche Sehnsucht. Sie versuchte sich einzureden, die Situation sei jetzt viel besser als in den drei Jahren nach der Entführung Vilmas, in denen sie nicht einmal gewusst hatte, ob ihre Tochter noch lebte. Vilma war in Deutschland von einem guten finnisch-dänischen Ehepaar adoptiert worden und fühlte sich dort offenbar sehr wohl. Das zu wissen machte es ihr etwas leichter, half aber nicht gegen die Sehnsucht. Im nächsten Sommer würde Vilma sieben Jahre alt, im August müsste sie in die Schule kommen. Die Wut kochte in ihr hoch – wie viele Jahre von Vilmas Kindheit sollte sie noch verlieren? Kati Soisalo wollte ihre Tochter zurückholen, selbst wenn es ein ganzes Jahrzehnt oder noch länger dauerte. Dieses Ziel trieb sie an wie die Peitsche eines Kutschers.

Die Türklingel schrillte und unterbrach ihre düsteren Gedanken.

»Das war aber ein schnelles Mittagessen«, sagte sie zu Jonny »Paranoid« Karlsson, dessen Augen und Wangen vom Frost gerötet waren.

»Die Entscheidung des Gerichts gestern ist tausendmal besser ausgefallen, als ich zu hoffen gewagt hatte. Ein halbes Jahr auf Bewährung wegen schweren Datendiebstahls, und weiter nichts. Du hast mir echt geholfen, jetzt revanchiere ich mich.« Der langhaarige Computerguru, der weite Jeans und einen Kapuzenpullover trug, zog seinen Wintermantel aus, nahm die Schirmmütze mit Ohrenklappen ab und hauchte in seine klammen Hände. Dann setzte sich der junge Mann an seinen Laptop.

»Es ist Ukkola zu verdanken, dass du noch einmal davongekommen bist, auch wenn es mir widerstrebt, das so zu sagen. Erstaunlich, dass dieser Psychopath sein Versprechen gehalten hat.« Kati Soisalo und Paranoid hatten Katis Exmann, den vom Dienst suspendierten stellvertretenden Chef der KRP Jukka Ukkola, erpresst und genötigt, den Behörden bestimmte Beweise zu liefern. Auf deren Grundlage musste die Staatsanwaltschaft die Anklage wegen Unterschlagung gegen Kati Soisalo fallenlassen und konnte Paranoid lediglich wegen schweren Datendiebstahls belangen. Hass war ein viel zu mildes Wort, um zu beschreiben, was Kati Soisalo für ihren Exmann empfand. Jukka Ukkola hatte die Entführung Vilmas vor dreieinhalb Jahren in Dubrovnik organisiert und das Mädchen dann nach Deutschland bringen lassen, wo es adoptiert wurde.

Kati Soisalo sah eine Weile lang zu, wie Paranoids Finger auf der Tastatur tanzten. Die Arbeitsweise des Computergenies hatte etwas Hypnotisches. »Wollen wir mal eine Zusammenfassung versuchen?«

»Dann leg los«, antwortete Paranoid, ohne mit dem Tippen aufzuhören.

»Das größte Problem ist natürlich wieder Ukkola. Man wird mich wegen versuchten Totschlags anklagen, wenn er nicht bereit ist, seine Darstellung, wie es zu dem Schuss kam, zu ändern.« Kati Soisalo zuckte zusammen, als ihr einfiel, wie heftig im letzten Oktober ihr Wunsch gewesen war, Ukkola weh zu tun, nachdem sie erfahren hatte, dass er die Dokumente mit ihrer angeblichen Zustimmung zu Vilmas Adoption gefälscht hatte. Sie war damals mit einer Pistole, die sie sich seinerzeit für den Schießsport besorgt hatte, in Ukkolas Haus marschiert. Ihr Exmann wollte sich auf sie stürzen, ein Schuss hatte sich gelöst und ihn am Bein getroffen.

»Und Ukkola muss auch bezeugen, dass ich niemals meine Zustimmung zu Vilmas Adoption gegeben habe«, fuhr Kati Soisalo fort.

Paranoids Hände hielten inne. »Und dann sind da noch diese Albaner.«

Kati Soisalos Stimmung verdüsterte sich schlagartig, als sie an ihre Begegnung mit dem Chef der kriminellen Organisation Veliki im letzten Herbst dachte. Die in ganz Europa aktive Albanergruppe hatte die illegale Adoption von Vilma wie auch von Tausenden anderen Kindern organisiert.

»Eins nach dem anderen. Erst einmal Ukkola«, sagte Kati Soisalo.

»Ich bin jünger als du, aber nicht dümmer«, fauchte Paranoid sie an. »Was glaubst du, weshalb ich gerade Informationen über den Vorsitzenden des Kabinetts suche?«

Kati Soisalo antwortete nicht.

»Die Behörden haben schon genügend Beweise dafür, dass Ukkola in schwere Verbrechen verwickelt war. Wenn wir ihm weitere Vergehen nachweisen, werden wir ihn damit kaum noch erpressen können, und Geld hat er auch genug. Aber was ist, wenn ich Beweise dafür fände, dass Ukkola nur ein Helfershelfer der wahren Führer des Kabinetts war? Dass nicht er, sondern jemand anders die Befehle gab und die Entscheidungen traf.«

Der Vorsitzende des Kabinetts ... Kati Soisalo überlegte. Der ehemalige finnische Ministerpräsident war der Chef einer Gruppe äußerst einflussreicher finnischer Persönlichkeiten, die der KGB vor langer Zeit angeworben hatte. Die finnischen Behörden gingen davon aus, dass sie im vergangenen Oktober schon alles über das Kabinett erfahren hatten, aber in Wirklichkeit hatte dessen Vorsitzender ihnen nur einen Bruchteil der Beweise zukommen lassen. Gerade so viel, dass der zum Sündenbock gemachte Jukka Ukkola verurteilt werden konnte und jene Kabinettsmitglieder enttarnt wurden, die längst aus Finnland geflohen oder tot waren.

»Und was genau suchst du?« Kati Soisalo beugte sich über den Bildschirm von Paranoids Computer und schaute auf die Seiten, die dort in rascher Folge auftauchten und wieder verschwanden.

»Der Vorsitzende des Kabinetts war in jüngeren Jahren weniger vorsichtig. Aufzeichnungen über seine Begegnungen mit Karas Vater finden sich in Dokumenten der Kanzlei des Staatsrats und der sozialdemokratischen Partei. Doch in den letzten Jahren hat er seine Treffen nicht mal auf seinem Handy oder Computer eingegeben. Im Kalender seines Handys habe ich aber immerhin nicht gelöschte Eintragungen entdeckt, die an Termine erinnern sollten.«

Stille senkte sich über den Raum, gestört nur vom Rattern der Tastatur. Kati Soisalo öffnete den Kühlschrank, schloss ihn aber wieder, weil nur Gewürzgurken im Angebot waren und ein Joghurt mit einem schon vor Wochen abgelaufenen Haltbarkeitsdatum.

»Na also! Jetzt habe ich was gefunden!«, jubelte Paranoid.

»Was?«

»Im Restaurant Vecchia Roma in der Mannerheimintie gibt es eine Video-Überwachung, und die Kameras zeichnen auf. Da findet man auch alte Aufnahmen, sogar vom letzten Sommer.«

Kati Soisalo wirkte überrascht. »Ist das nicht gang und gäbe?«

»Dieses System zeichnet auch auf, was gesprochen wird.«

»Ist das legal?«

»Ja, wenn man es den Gästen anzeigt. Aber überleg mal, in wie vielen Restaurants du selbst am Eingang nach einem Aufkleber mit dieser Warnung geguckt hast. Und nicht unbedingt jeder Wirt denkt daran, sie überhaupt an die Tür zu kleben«, erklärte Paranoid und grinste.

Es dauerte noch einen Augenblick, bis auf dem Monitor der Kabinettsvorsitzende erschien. Neben ihm saß an einem separaten Tisch des Restaurants eine dunkelhaarige, gepflegte, etwa sechzigjährige Frau mit strenger Miene.

»Anita Arho, ehemals im Kabinett zuständig für die Finanzen«, erklärte Kati Soisalo. »Sie ist im letzten August aus Finnland geflohen, als die Polizei herausfand, was für eine Rolle sie spielte.«

Paranoid änderte die Einstellungen an seinem Computer, bis man schließlich das Gespräch zwischen dem Vorsitzenden und Anita Arho einigermaßen deutlich über die Lautsprecher hörte.

Der Kabinettsvorsitzende: »Jukka Ukkola soll sich um alle Angelegenheiten kümmern, die mit dem Menschenhandel und den Huren in den Feriendörfern zusammenhängen. Der Mann ist ein Streber der übelsten Sorte, der tut genau, was ich ihm ... was das Kabinett ihm befiehlt. Ukkola ist machtgeil und versucht auf Biegen und Brechen, sich für wichtigere Aufgaben aufzudrängen, im Kabinett genau wie bei der KRP.«

Anita Arho: »Ukkola ist doch nur ein Rädchen im Getriebe. Der Mann hat nicht die geringste Ahnung vom Zweck des Kabinetts. Aber er ist uns ein nützliches Werkzeug. Für die Koordinierung des Menschenhandels halte ich ihn als stellvertretenden Chef der KRP *in der Tat jedenfalls auch für sehr gut geeignet.«*

Kati Soisalo hatte nicht die Nerven, sich noch mehr anzuhören. »Glänzende Arbeit, Jonny. Es ist anscheinend mal wieder an der Zeit, dass ich Ukkola einen Besuch abstatte. Das kriege ich noch hin, bevor Kara heute Abend zu mir kommt.«

Mit überraschter Miene wandte sich Paranoid zu ihr um. »Zu dir?«

»Wir sollten da jetzt keine große Sache draus machen. Ich war auch letzten Herbst schon mit Kara zusammen.«

2

Mittwoch, 8. Februar

Maximilian Messmer stand am Rande eines gewaltigen Tagebaus im Südosten der Demokratischen Republik Kongo, in der Provinz Katanga nahe der Grenze zu Sambia. Die Einheimischen nannten ihr Land überwiegend Kongo-Kinshasa, nach der Hauptstadt, um es vom Nachbarstaat, der Republik Kongo, zu unterscheiden.

Die Sonne schien am wolkenlosen Himmel, und so, ohne einen Lufthauch, war die Hitze von fünfunddreißig Grad kaum zu ertragen. Messmer war sofort nach seinem mit Andreas Fankhauser schon vor langer Zeit geplanten Täuschungsmanöver untergetaucht und von Zürich in den Kongo geflogen. Er hatte die quicklebendige Millionenstadt Lubumbashi ausgewählt, weil die Russen ihn auf den Bahamas, den Cayman Islands oder Tahiti suchen würden – an Orten also, die Reiche normalerweise wählten, wenn sie sich verstecken wollten. Im tiefdunklen Herzen Afrikas würde man ihn nicht finden. Nicht umsonst bezeichnete man Schweizer Bankiers als Gnome. Sie waren es gewöhnt, das Scheinwerferlicht zu meiden, und redeten nicht unnötig viel herum.

Maximilian Messmer hatte mehr als je zuvor das Gefühl zu leben. So intensiv hatte er den Geschmack des Lebens nie gespürt, die Angst und die Anspannung waren wie eine Droge. Er wusste alles über den Kongo, vor seiner Entscheidung für das Land als Ort und Mittel seiner Reinigung hatte er sich eingehend mit der Geschichte und der gegenwärtigen Lage des Landes beschäftigt.

Die Pygmäen- und Bantustämme hatten die Regenwälder in der Wildnis Afrikas schon vor Jahrtausenden besiedelt, lange bevor auf dem Gebiet der jetzigen Demokratischen Republik Kongo im zwölften Jahrhundert Stadtstaaten und dann regionale Königreiche entstanden. Die nächste große Veränderung kam im Jahre 1482, als mit dem portugiesischen Forschungsreisenden Diogo Cão der erste Europäer im Kongo eintraf und anfing, die dort ansässigen Menschen zu rauben und zu versklaven. Offiziell wurde Kongo allerdings erst 1885 Kolonie, in jenem Jahr überließ man das Territorium dem belgischen König Leopold II. als sein Privateigentum. Von 1885 bis 1908 wurde im Freistaat Kongo, dem späteren Belgisch-Kongo, ein Völkermord verübt, einer der grausamsten und größten in der Geschichte der Menschheit. Nach unterschiedlichen Quellen forderte er vier bis dreißig Millionen Opfer.

Im Jahre 1960 entstand schließlich die unabhängige Republik Kongo. Allerdings geriet sie umgehend in eine Krise, die fünf Jahre dauerte und geprägt wurde von machtpolitischen Manövern der Sowjetunion und der USA, von den umfangreichsten UN-Operationen aller Zeiten sowie diversen Putschen und dem Kampf um Unabhängigkeit. Die CIA hatte die gewaltigen Bodenschätze im Kongo im Blick und vertrat aggressiv die Interessen der USA. Sie war beteiligt, als 1961 der Mord an dem ersten kongolesischen Ministerpräsidenten Patrice Lumumba organisiert wurde, und installierte vier Jahre später ihren eigenen Mann als Präsidenten: Joseph-Désiré Mobutu, der sich als genauso größenwahnsinnig erwies wie sein Rufname Mobutu Sese Seko Nkuku Ngbendu wa za Banga, das heißt *Der allmächtige siegeswillige Kämpfer, der von einer Eroberung zur anderen schreitet und dabei Feuer aussät.* Mobutu machte sich schwerer Verbrechen gegen die Menschenrechte und der Unterdrückung seiner Landsleute schuldig und schaffte es, den Namen seines Staates 1971 in Zaire zu ändern und Milliarden Dollar auf seine ausländischen Konten zu überweisen, ehe er in Folge des Ersten Kongokrieges von 1996/97 ins Exil gehen musste.

Der neue Präsident Laurent Kabila führte sein Land schon 1998 in den Zweiten Kongokrieg, in dem drei bis vier Millionen Menschen starben, davon etwa die Hälfte Kinder. Offiziell endete der Krieg 2003, aber die brutalen Übergriffe, die Vergewaltigung Hunderttausender Frauen und der Massenmord an den Pygmäen wurden trotzdem fortgesetzt. Es wird angenommen, dass bei den Gewalttätigkeiten in der Demokratischen Republik Kongo bis zum Jahr 2008 etwa sechs Millionen Menschen ums Leben kamen – mehr als in jedem anderen Konflikt seit dem Zweiten Weltkrieg. Und es ging im Kongo auch in der Gegenwart nicht gerade friedlich zu. Jeden Tag wurden in dem Land anderthalbtausend Frauen vergewaltigt, jeden Tag zwang man Kinder, Soldaten zu werden, und die Sklaverei florierte.

Messmer schaute hinab auf die Sohle der Kobaltgrube, wo Hunderte dunkelhäutige Männer ihre Schaufeln schwangen. Und Kinder. Er sah eine Gruppe, die sich am Rand eines rot verfärbten Wasserlochs abmühte: Keiner der Jungen mochte älter als zehn Jahre sein. Eines der Kinder kroch auf den Knien in einen engen Stollen, in den ein Erwachsener nicht hineingepasst hätte. Die Knie und Ellenbogen der Jungen waren blutig.

Die kanadische Projektleiterin der Organisation »Save the children« öffnete einen Knopf ihrer Bluse, pustete in ihr tiefes und verschwitztes Dekolleté und trat an Messmers Seite. »In den Bergwerken des Kongo arbeiten etwa zwei Millionen Kindersklaven. Sie graben von Sonnenaufgang bis zum Einbruch der Dunkelheit nach Coltan und Kobalt, meist mit den Händen. Die Kinder da unten haben wenigstens Schaufeln«, sagte die Frau und deutete mit dem Kopf in ihre Richtung. »Die Coltangruben liegen in der Regel unter der Erde und sind so eng, dass die Kinder auf Knien arbeiten müssen. Aber für Coltan werden auf dem Schwarzmarkt tausend Dollar pro Kilo gezahlt. Der Stoff wird vor allem bei der Herstellung von Handys eingesetzt.«

Messmer blieb stumm.

»Unser offizielles Ziel besteht darin, im Laufe der nächsten zwei Jahre das Leben einer halben Million kongolesischer Kinder zu retten«, sagte die Kanadierin. »Aber mit Ihrer Unterstützung – wenn Sie uns die genannten Summen tatsächlich zur Verfügung stellen – könnten wir noch viel mehr tun.«

»Der Kongo«, hob nun Messmer an, »ist laut den Vereinten Nationen das unterentwickeltste Land der Erde.« Er beobachtete die in der Grube schuftenden Kinder und redete dabei wie in Gedanken weiter. »Die Bevölkerung des Kongo ist die zweitärmste der Welt, das Pro-Kopf-Einkommen liegt bei lächerlichen zweihundertachtzig Dollar im Jahr. Aber von seinen Bodenschätzen her ist der Kongo wahrscheinlich das reichste Land der Welt.«

Die Mitarbeiterin der Hilfsorganisation nickte. »Sie sind gut über die Situation informiert. Hier liegen gewaltige Reserven strategisch wichtiger Mineralien: vier Fünftel der weltweiten Coltanvorkommen und über die Hälfte des Kobalts, außerdem Diamanten, Gold, Kupfer ... Der Wert der unerschlossenen Bodenschätze des Kongo beläuft sich auf mindestens vierundzwanzig Billionen Dollar, also vierundzwanzigtausend Milliarden.«

Und auch davon hat sich Mundus Novus einen guten Teil gesichert, dachte Messmer im Stillen.

Die Kanadierin trank einen Schluck Wasser und hielt die Flasche Messmer hin, der aber den Kopf schüttelte. Die Frau sprach weiter: »Ein großer Teil der Ressourcen des Kongo und Hunderte Millionen Dollar landen bei Warlords und bewaffneten Banden wie der FDLR, die aus Ruanda geflohene Hutus gegründet haben, den Mai-Mai, also Milizen aus den Dörfern, den Freischärlern der ugandischen LRA ... Im Osten des Kongo gibt es Jahr für Jahr blutige Kämpfe um die Herrschaft über die Bergwerke. Besonders die Soldaten der LRA sind völlig skrupellos, sie haben Tausende Männer, Frauen und Kinder als Sklaven entführt und ...«

»Ich investiere in dieses Projekt einhundert Millionen Euro«, sagte Messmer und ließ die verblüffte Frau am Rande der Kobaltgrube stehen. Er trat hinter ein paar große Gesteinsbrocken, um sich zu erleichtern.

Lubumbashi war nicht weit entfernt, aber sie kamen mit dem Auto nur unerträglich langsam voran. Zuweilen endete der Asphalt abrupt und es folgte ein Stück Sandpiste, hin und wieder war der Weg von Kühen oder Menschen blockiert. Die Kanadierin, die am Lenkrad des Geländewagens im Takt der Schlaglöcher auf und nieder hüpfte, versicherte ihm, dass sie noch Glück hatten: Wenn es regnete, verwandelten sich die Wege schnell in einen einzigen Schlammbrei.

Sie besprachen die Einzelheiten des gemeinsamen Projekts, bis Messmer schließlich, ohne eine weitere Erklärung, seine Lehne nach hinten kippte und sich den Panamahut ins Gesicht schob.

Er fühlte sich wie neugeboren. Fast siebzig Jahre hatte es gedauert, bis es ihm gelungen war, aus seinem goldenen Käfig zu fliehen. Seine lakonische und zu Depressionen neigende Mutter und sein Vater, ein Bankier, der seine Arbeit als göttliche Berufung ansah, hatten ihn mit Hilfe von Kindermädchen wie einen kleinen Prinzen erzogen. Als einziges Kind der Familie hatte er von Anfang an gewusst, dass er eines Tages die Bank und ein Millionenvermögen erben würde, und das hatte seine Faulheit nur gefördert. Maximilian Messmer konnte sich nicht daran erinnern, in seinem Leben irgendetwas ernst genommen zu haben, bevor er in den Dienst von Messmer & Cie. getreten war. Eine Ausnahme bildete vielleicht die Entwicklung des genialsten Spicksystems an der Universität Zürich. Die Zeit seines Wehrdienstes hatte er größtenteils in der Schweizer Zentralbank verbracht und dort das Archiv neu organisiert.

Nach seinem dreißigsten Geburtstag hatte er eine Art Krise durchgemacht, eine Weltumseglung geplant, intravenöse Drogen und den Buddhismus ausprobiert und ein in der Bankenwelt angesiedeltes Enthüllungsbuch verfasst, dessen Veröffentlichung er selbst niemals genehmigt hätte. Sein rebellischer Geist erlosch jedoch genauso schnell, wie er entflammt war, und von da an war sein Leben genauso farblos gewesen wie das Wasser des Zürichsees. Er war schon im mittleren Alter ein Greis geworden, ein verknöcherter, phlegmatischer und in Routineabläufen erstarrter, phantasieloser, bierernster Mensch.

Maximilian Messmer war nicht der spitzeste Stift im Federmäppchen, das wusste er selbst. Aber er hatte immerhin genug Grips gehabt, um sofort nach dem Tod seines Vaters Fachleute einzustellen, die sich um die Angelegenheiten der Bank kümmerten. Vermutlich hatten die Russen ihn gerade deshalb zu ihrem Hampelmann erkoren; sie wussten, wie gut er die Rolle beherrschte, als bloße Kulisse zu dienen. Die Flucht aus Zürich stellte seine erste selbständige Entscheidung seit Jahren dar. Jetzt war er endlich frei und konnte tun, was er wollte. Das fühlte sich besser an als Sex – zumindest soweit er sich noch an die Zeiten erinnern konnte, als bei ihm in der unteren Etage alles intakt gewesen war.

Die Kanadierin fluchte. Der Reifen des Geländewagens war in ein riesiges Schlagloch geraten.

Messmer rieb sich die Stelle am Kopf, wo er ans Dach des Wagens gestoßen war, der Schmerz stachelte seine Wut noch an. Der 8. Februar 2000 hatte alles verändert. Mit der Einwilligung, für die Russen die Marionette zu spielen, hatte er sein Leben ruiniert, doch das war keineswegs das Schlimmste gewesen. Am schwersten war es ihm gefallen, zusehen zu müssen, mit was für absurden Grausamkeiten Mundus Novus sein Vermögen vermehrt hatte: Menschenhandel, zur Zwangsarbeit verkaufte Sklaven, Kinderfabriken, die Kinder für die Adoption produzierten, Menschenversuche im Namen der Wissenschaft ... Er wollte seinem Gewissen einen Dienst erweisen, indem er den überwiegenden Teil seiner finanziellen Mittel der Organisation »Save the children« spendete. Die Russen hatten seine Bank mit Millionen überhäuft, damit er zufrieden blieb und schwieg, aber von diesem Blutgeld würde er für sich selbst keinen Pfennig ausgeben.

Mundus Novus hatte überall in der Welt grauenvolle Dinge angerichtet. Genauso gut hätte Messmer für die Flüchtlinge von Darfur oder die Opfer der Militärjunta in Myanmar spenden können. Aber er wollte vor Ort dabei sein und selbst sehen, was mit seinem Geld erreicht wurde, und der Kongo und die Kindersklaven der Bergwerke von Mundus Novus boten dafür eine geeignete Möglichkeit.

So ausgeglichen wie jetzt hatte er sich ewig nicht, vielleicht noch nie gefühlt. Das erste Mal in seinem Erwachsenenleben tat er etwas für jemand anders als Maximilian Messmer. Er war selbst überrascht gewesen, als er erkannt hatte, dass er anscheinend doch Prinzipien besaß.

Und das war erst der Anfang.

* * *

Die stellvertretende Chefin des britischen Auslandsnachrichtendienstes SIS Betha Gilmartin erkannte sofort, ob jemand eine wichtige Nachricht zu überbringen hatte. Sie arbeitete seit dreißig Jahren beim SIS, aber ein Feuer wie das in Colleen Carters Augen hatte sie nur sehr selten bei einem ihrer Mitarbeiter gesehen. Die junge Frau war eben mit einem Stapel Unterlagen hereingestürmt.

Betha Gilmartin saß ganz entspannt am Schreibtisch ihres Büros in der siebenten Etage von Legoland, dem Londoner Hauptquartier des SIS, hielt den Telefonhörer am Ohr und hörte sich den Bericht des Mannes an, der die Ermittlungen zu Mundus Novus leitete. Sie hatte große Lust zu testen, wie lange die junge Powerfrau Carter es schaffen würde, ihre Neuigkeiten für sich zu behalten. Ihr Gesicht glühte vor Erregung und passte damit gut zu ihrem lachsfarbenen Hosenanzug. Betha hatte Colleen Carter, eine Analytikerin aus der Yankee-Abteilung, am Jahresbeginn zu ihrer persönlichen Assistentin ernannt und die Entscheidung bis heute nicht bereut.

»Die Lage ist jetzt unter Kontrolle. Die Geschäftstätigkeit und die Kapitalbeschaffung von Mundus Novus wurden gestoppt ... der Menschenhandel, der Sklavenhandel, der Waffenhandel ... all das. Aber die Führer der Organisation sind weiterhin auf freiem Fuß, und alle Waffen ... Seine Anlagen konnte Mundus rechtzeitig in Sicherheit bringen und damit verhindern, dass sie uns in die Hände fallen. So ist das auch im Oktober vorigen Jahres in dem Liechtensteiner Forschungszentrum gewesen: Die Dateien der IT-Systeme waren zerstört, und die drei Wissenschaftler, die die Behörden in Schaan festgenommen haben, konnten nur über ihre eigenen Forschungsprojekte berichten.«

»Das ist Schnee von gestern«, schnauzte Betha Gilmartin in den Hörer. »Wir reden in der Besprechung heute Abend weiter.«

Colleen Carter reichte ihrer Vorgesetzten ein umfangreiches Dokument, noch bevor die den Hörer aufgelegt hatte. »Es ist besser, du liest den Bericht selbst«, sagte die junge Frau. »Geschrieben hat ihn der Finanzverwalter der Stiftung Mundus Novus, ein Schweizer Bankier namens Maximilian Messmer. Die Schweizer Bundespolizei hat uns eine Kopie geschickt.«

Betha Gilmartin war überrascht, sie nahm die Spangen aus ihrem Haar, schüttelte den Kopf ein paarmal energisch, bis ihre rote Mähne offen herabhing, legte die Füße auf den Schreibtisch und vertiefte sich in den Bericht. Zunächst las sie, wie Messmer als Verwalter der Finanzen von Mundus Novus eingespannt worden war und mit welchen Russen er zu tun gehabt hatte: Arkadi Timtschenko, Gennadi Kowaltschuk, ein Mann, der Wladimir Putin ähnelte, eine Reihe russischer Oligarchen, die zu Putins Vertrauten gehörten ...

»Mensch, verdammt. Wenn das tatsächlich die Gründer von Mundus Novus sind, dann kriegen wir den Verein endlich zu fassen.«

Betha Gilmartin blätterte um und las nun, wie die Stiftung Mundus Novus über Mittelsmänner als legal getarnte Zahlungen von den verschiedensten kriminellen Organisationen, von Kooperationspartnern im Iran, in Syrien, in Myanmar und in Nordkorea erhalten sowie Waffen in Krisenherde verkauft hatte: in den Sudan, in die Demokratische Republik Kongo …

»Mundus Novus hat mit allen Diktaturen kooperiert, die Kernwaffen bauen«, murmelte Betha Gilmartin vor sich hin.

Colleen Carter konnte nicht länger ruhig bleiben. »Laut Messmer ist die Stiftung Mundus Novus in ihre letzte Phase eingetreten, ihr Geld ist an die Begünstigten verteilt worden, und weltweit werden nun Menschen eliminiert, die über Mundus Bescheid wissen. Wir können uns auf was gefasst machen.«

»Stimmen diese Angaben?«, fragte Betha Gilmartin ungehalten. »Gibt es Beweise? Dieser Messmer muss verhört werden.«

»Die Überprüfung der Angaben beginnt natürlich umgehend, sobald du die Anweisung dazu gibst. Der Bericht ist ja erst vor einer halben Stunde bei uns eingegangen.«

Betha Gilmartin vertiefte sich erneut in Maximilian Messmers Enthüllungen und las noch einmal den Abschnitt über die Finanzen von Mundus Novus. »Sind das die Gelder, denen wir im letzten Oktober auf die Spur gekommen sind?«

Colleen Carter schüttelte den Kopf. »Das war Geld von Firmen, die Mundus Novus gehörten. Messmer hingegen verwaltete die Finanzen der Stiftung, die alle Gewinne einstrich. Anscheinend ist ein großer Teil der Einnahmen aus den Geschäften der Hilfsfirmen von Mundus in der Geldtruhe der Stiftungsgründer gelandet. Auf den Konten der von Messmer verwalteten Stiftung.«

»Warum sollten sich die Russen, Putins engster Kreis, auf so etwas einlassen?« Betha Gilmartin hielt Messmers Zusammenfassung hoch. »Die russischen Wirtschaftsaristokraten, die Oligarchen, schwimmen doch eh im Geld. Auf der Forbes-Rangliste der

Milliardäre finden sich schon über hundert russische Geschäftsleute.«

Colleen Carter dachte eine Weile nach. »Putin ist der mächtigste Oligarch Russlands, das sagt nicht nur Messmer, sondern auch der ehemalige Dumapräsident Iwan Rybkin. Wenn schon allein Putin für sich ein Vermögen von Dutzenden Milliarden Dollar zusammengerafft hat, dann überleg mal, welche Summe alle Oligarchen und Vertrauten in Putins Umfeld, all die Timtschenkos und Kowaltschuks, insgesamt besitzen.«

»Nach dem, was hier steht, sind das Hunderte Milliarden«, antwortete Betha Gilmartin und klopfte mit dem Finger auf den Bericht. »Das ist ja kein Wunder, im Ölgeschäft fließt unfassbar viel Geld. Auch Gaddafi konnte vor seinem Tod noch zweihundert Milliarden Dollar aus Libyen auf seine ausländischen Konten überweisen.«

»Und wir haben nicht die geringste Ahnung, wofür man das Geld von Mundus verwenden will«, sagte Colleen Carter und stieß die Luft durch die Nase aus.

»Die militärische Überlegenheit im Weltraum, die totale Beherrschung aller Schlachtfelder«, erwiderte Betha Gilmartin. »Das ist doch heute die Voraussetzung für eine militärische Überlegenheit. Im letzten Oktober haben zwei Personen ausgesagt, dass Mundus diese Absicht verfolgt. Und man weiß auch, dass die Ziele von Mundus irgendwie mit dem Mond oder mit Asteroiden zusammenhängen – die Organisation hat sich von Mondsonden gesammelte Daten beschafft.«

Sie schwieg und rieb sich eine Weile lang nachdenklich das Kinn. »Dieser Messmer muss so schnell wie möglich gefunden werden. Bevor Mundus den Mann in die Finger kriegt! Wir brauchen Beweise, die diese Behauptungen stützen. Und auch Timtschenko und Kowaltschuk müssen verhört werden. Kümmere du dich um die Russen, und nimm Verbindung zum FSB auf. Ich erledige inzwischen ein paar Anrufe.«

Colleen Carter ging hinaus und schloss die Tür.

Die Klettverschlüsse knisterten, als Betha Gilmartin das Stützkorsett um ihre Taille aufriss, das sie sich seinerzeit wegen ihrer Rückenbeschwerden zugelegt hatte. Sie staunte selbst, warum sie sich immer noch die Mühe machte, ihren Bauch zu verstecken, obwohl sie nicht mehr lange beim SIS arbeiten wollte, keinen Tag länger als die Ermittlungen zu Mundus Novus dauerten. Dafür gab es zwei Gründe. Zum Jahreswechsel war Alexander Curruthers, nunmehr Sir Alex, Ritter des britischen Imperiums, zum Leiter des SIS ernannt worden. Natürlich hatte er mit seinem neuen Amt auch den Titel eines KCMG, eines Knight Commander des Ordens vom Heiligen Michael und Georg, erhalten. Curruthers, der im Außenministerium und bei den Vereinten Nationen Karriere gemacht hatte, besaß nicht die geringste Ahnung von der Arbeit eines Nachrichtendienstes; wahrscheinlich hatten ihn die Politiker ernannt, weil sie wussten, dass sie, Betha Gilmartin, die eigentliche Arbeit schon machen würde. Der Gedanke an ihre Pensionierung war aber auch um Alberts willen verlockend. Ihr Mann hatte ihr immer noch nicht verziehen, dass sie nach ihrer Herzoperation im letzten Sommer überhaupt an die Arbeit zurückgekehrt war. Zu allem Übel plagten ihn gesundheitliche Probleme: Sein Blutdruck war alarmierend hoch und sein Gedächtnis streikte zuweilen. Inzwischen wohnte Albert mit der Katze Violet in ihrem Ferienhaus in Torquay.

Betha Gilmartin stand auf, um sich die Beine zu vertreten, blieb am Fenster stehen und schaute hinaus auf die leicht gewellte Wasseroberfläche der Themse und den Verkehr auf der Vauxhall-Brücke. Die Ermittlungen zu Mundus Novus würden jetzt in die letzte Phase eintreten. Entweder schafften sie es, Mundus aufzuhalten, oder der Organisation gelang es, ihr Ziel zu erreichen, was immer das sein mochte. Sie würde die nächsten Tage, vielleicht auch Wochen hier in Legoland verbringen. Wenn sie Leo Kara jetzt nicht erzählte, was der SIS in den letzten Monaten über seinen Vater herausgefunden hatte, würde der Junge ihr das nie verzeihen. Sie hatte versucht, Leo zu überreden, sich bis zum Abschluss der Ermittlungen in einem Safehouse des SIS zu verstecken, aber ihr Vorschlag war auf taube Ohren gestoßen. Betha Gilmartin befürchtete, dass ein *Hitman* von Mundus Novus, der seinerzeit vom KGB ausgebildete Kirgise Manas, nun freie Hand bekommen hatte, Leo zu beseitigen. Betha kümmerte sich seit zwanzig Jahren um Leo, und sie würde auch jetzt nicht damit aufhören. Sie griff nach ihrem Handy.

Nach dem zweiten Läuten meldete sich Leo Kara mit einem »Morgen«, obwohl es schon Nachmittag war.

»Wie läuft es auf Arbeit?«, erkundigte sich Betha Gilmartin. »Und was macht Leegaard?«

»Ich habe soeben gekündigt«, erwiderte Kara. »Heute Abend fliege ich nach Finnland. Ich habe neue Informationen über meinen Vater bekommen.« Kara erklärte ihr kurz, was Kati Soisalo ihm berichtet hatte.

»Ich habe es geahnt. Du kannst die Finger einfach nicht von dieser Sache lassen! Ich habe dir auch etwas zu erzählen, etwas Überraschendes, etwas Unangenehmes ...«, Betha zögerte einen Augenblick, bevor sie fortfuhr. »Dein Vater ist tatsächlich Andrej Rostow. Er ist ein Illegaler.«

»Illegal?«, fragte Kara verwundert.

»Ein Spion, der unter einer falschen Identität arbeitet«, erklärte Betha Gilmartin. »Die Abteilung N des KGB hat für deinen Vater eine Tarnidentität geschaffen, die des Aleksi Kara, und das schon in den siebziger Jahren. Rostow wurde 1949 in Leningrad geboren und auf den Namen Andrej getauft, sein Vater ... dein Großvater hieß Anatoli Rostow. Und die finnische Sprache hat dein Vater von seiner Mutter gelernt, die in Mittel-Karelien geboren wurde, in einem Ort namens Lahden- ... Lahdenpohja.« Es bereitete Betha Gilmartin Schwierigkeiten, den finnischen Namen auszusprechen.

Leo Kara wusste nicht, was er sagen sollte.

»Dein Vater hat am Moskauer Institut für Physik und Technologie promoviert, die Aufklärungshochschule des KGB besucht und dann ab 1974 in der Abteilung X der Verwaltung T für wissenschaftlich-technische Aufklärung des KGB gearbeitet. Aleksi Kara gibt es nur auf dem Papier. Er ist eine fiktive Figur, Teil der erfundenen Lebensgeschichte von Andrej Rostow – seiner Legende oder Tarnidentität, unter der er im Westen arbeiten konnte. Der KGB hat ihm eine Vergangenheit geschaffen, einen Lebenslauf mit einer gefälschten Geburtsurkunde, einem gefälschten Pass ...«

»Wie ist das möglich?«, fragte Kara mit gedämpfter Stimme.

»Nach dem Zweiten Weltkrieg war es in Finnland ungewöhnlich leicht, für Illegale passende Identitäten zu finden: Zehntausende Finnen waren gefallen, vermisst oder in der Sowjetunion geblieben. Der KGB hat die am besten geeigneten Identitäten gestohlen und für seine Agenten finnische Pässe ausgefertigt. Und Illegale, die bereit waren, nach Finnland zu gehen, fand der KGB sehr leicht. An der russischen Nordwestgrenze wohnten doch Tausende Sowjetbürger, die Finnisch sprachen. Die Sowjetunion hatte Finnland im Gegensatz zu den meisten anderen Ländern des Ostblocks sofort nach Kriegsende fest im Griff. Besonders gern nutzte der KGB die Identität von Kleinkindern, deren ganze Familie umgekommen war. Dann gab es niemanden, der in der Lage gewesen wäre, die Legende des Illegalen zu entlarven.«

»Finnland war kein Ostblockland«, fuhr Kara sie an.

»Aber es gehörte zum Einflussbereich der Sowjetunion«, korrigierte sich Betha.

»Wie lange weißt du das schon?« Karas Stimme wurde lauter.

»Erst ein paar Tage«, log Betha Gilmartin. »Der FSB hilft uns ganz gegen seine sonstigen Gewohnheiten bei der Suche nach Mundus Novus. Und sie hatten wohl keinen Grund mehr, ihre Informationen über Rostow zurückzuhalten, seit wir wissen, dass

Andrej Rostow Aleksi Kara ist. Allerdings haben wir nur die grundlegenden Informationen über deinen Vater erhalten, der FSB behauptet, der größte Teil der Unterlagen zu Rostow sei im Januar 2000 in die Präsidentenkanzlei gebracht worden. Ein paar Wochen, nachdem Wladimir Putin amtierender Präsident wurde.«

»Was hat der SIS sonst noch herausgefunden?«, fragte Kara, doch er wollte die Antwort eigentlich gar nicht hören.

Betha Gilmartin zögerte einen Augenblick. »Auch deine Mutter hat für den KGB gearbeitet. Sie wurde wahrscheinlich 1965 als Mitglied der Kommunistischen Partei Großbritanniens angeworben. Die Ehe deiner Eltern war eine vom KGB arrangierte Attrappe. Die Aufgabe deiner Mutter ... der ganzen Ehe bestand allein darin, für Andrej Rostow eine Kulisse zu liefern, in deren Schutz er als Aleksi Kara leben konnte.«

»Das muss ich erst mal verdauen«, sagte Kara und beendete das Gespräch, ohne sich zu verabschieden.

3

Mittwoch, 8. Februar – Donnerstag, 9. Februar

Kati Soisalo saß in ihrem Zwergenauto Smart Fortwo, starrte auf die Eiszapfen an der Dachrinne des Kriegsveteranenhauses im Helsinkier Stadtteil Pitäjänmäki und sagte sich, dass sie Jukka Ukkolas Zuhause nun zum letzten Mal betreten würde. Das hatte sie sich freilich schon oft gesagt, schon bevor sie mit Vilma aus diesem Haus ausgezogen oder genauer gesagt geflohen war, und auch danach jedes Mal, wenn sie sich gezwungen gesehen hatte, ihrem persönlichkeitsgestörten Exmann einen Besuch abzustatten.

Diesmal allerdings wollte sie fest daran glauben, dass es wirklich das letzte Mal war. Sie wusste nun, dass Ukkola nicht Vilmas Vater war. Vor ein paar Monaten hatte er ihr verraten, dass er seit seiner Jugend aufgrund von Komplikationen bei einer Ziegenpetererkrankung zeugungsunfähig sei. Mit viel Mühe hatte es Kati Soisalo geschafft, sich die Nacht, in der Vilma gezeugt worden war, wenigstens bruchstückweise in Erinnerung zu rufen. An jenem Abend war Ukkola ihr gegenüber handgreiflich geworden, sie hatte sich daraufhin mit ihrer Schwester ins Helsinkier Nachtleben geflüchtet und sinnlos betrunken. In irgendeiner Wohnung wurde weitergefeiert, und schließlich war sie mit dem Vorsitzenden des Kabinetts im Bett gelandet. Sie schämte sich deswegen immer noch, auch nachdem sich herausgestellt hatte, dass diese Begegnung von Jukka Ukkola eingefädelt worden war. Wut stieg in ihr hoch. Der Vorsitzende des Kabinetts hatte Ukkola angewiesen, Vilmas Entführung zu organisieren, und anschließend dafür gesorgt, dass Vilma von seiner Tochter Helena Poulsen in Frankfurt adoptiert wurde.

Kati Soisalo stieg aus und schlug den Kragen ihres Wollmantels hoch, als der Frost ihr in die Ohren zwickte. Auf dem Weg zur Haustür knirschte der Schnee unter ihren Füßen. Beim Anblick der verrosteten Schaukel fühlte sie sich furchtbar bedrückt. Die Sehnsucht lag ihr wie eine Tonnenlast auf der Brust.

Aus Ukkolas Haus drangen undefinierbare Geräusche nach draußen. In was für einem Zustand würde sie den Mann wohl diesmal vorfinden? Nach seiner Entlassung aus der Untersuchungshaft im Januar war sie zweimal hier gewesen, hatte ihn beschworen und angefleht, der Polizei die Wahrheit zu sagen, wie es im Oktober zu dem Schuss gekommen war, zu bezeugen, dass er das Dokument mit ihrer angeblichen Zustimmung zu Vilmas Adoption gefälscht hatte. Beide Male war Ukkola sturzbetrunken gewesen und hatte nur immer wieder sein altes Mantra heruntergeleiert: Wenn du wieder hier einziehst und die Beine breit machst, wird sich alles regeln.

Kati Soisalo klingelte, wartete, drückte den Klingelknopf noch einmal bis zum Anschlag und hielt ihn da fest. Der schrille Ton war selbst hier draußen zu hören. Dieser Besuch würde anders ausfallen als die vorherigen, diesmal hatte sie etwas in der Hand, um ihm ein Tauschgeschäft anzubieten.

»Keiner da?«, rief Kati Soisalo. Sie verlor die Geduld und hämmerte mit der Faust an die Haustür. Dann packte sie den Griff mit aller Kraft und wäre fast gestürzt, als die Tür zu ihrer Überraschung mit einem Schwung aufging.

Jukka Ukkola lag in seinem lederbezogenen Ruhesessel, dessen Rückenlehne fast in die Horizontale gekippt war. In der Wohnung hing ein übler Geruch, die Gardinen waren zugezogen und im Fernseher führte eine getrimmte Blondine auf einem Shoppingkanal irgendein Wunder bewirkendes Gerät für die Bauchmuskeln vor. Kati Soisalo trat vor Ukkola hin und rümpfte die Nase. Der Mann stank wie die Latrine auf einem Freiluftfestival, hatte sich bestimmt seit einer Woche nicht rasiert und auf seinem Hemd klebte neben Spaghettiresten etwas Braunes, dessen ursprüngliche Form sich nicht mehr ausmachen ließ.

Sie schaltete das Fernsehgerät mit der Fernbedienung aus und stieß Ukkolas Beine mit einem Tritt von der Fußstütze herunter.

Ukkola riss die Augen auf und blickte sich um wie ein erschrockener Hase. Als ihm klar wurde, dass er seine Exfrau vor sich hatte, grinste er und langte mit der Hand in das Flaschenmeer auf dem Couchtisch. Der Nobleza-Sherry floss mit gedämpftem Gluckern in seine Kehle. Nach dem kräftigen Schluck ächzte er hörbar, wischte sich den Mund mit dem Handrücken ab und steckte das trockene Stück Schinken, das an seinem Hemd klebte, in den Mund.

Kati Soisalo zog die Gardinen auf und öffnete das Fenster, obwohl draußen Frost herrschte. Es kümmerte sie nicht im Geringsten, wie es Ukkola ging, aber er musste einigermaßen klar im Kopf sein, um zu verstehen, was sie ihm vorschlagen wollte.

»Mach doch gleich die ganze Bude sauber. Essen kochen hast du ja nie gelernt, das verlangt Kreativität«, sagte Ukkola mit schwerer Zunge und streckte die Hand erneut nach der Flasche aus.

Kati Soisalo trat an den mit leeren Flaschen und Dosen vollgestellten Couchtisch und schob den Sherry, einen Amontillado, so weit weg, dass Ukkola hätte aufstehen müssen, um die Flasche zu erreichen. Dann setzte sie sich auf die Tischkante. »Ich kann dafür sorgen, dass du zu einer erheblich kürzeren Haftstrafe verurteilt wirst. Ich habe Beweise, dass jemand anders die vom Kabinett organisierten Verbrechen geplant hat und du nur Befehle ausgeführt hast.«

»Das ist aber nett. Und was willst du dafür?«, erwiderte Ukkola. Dabei starrte er die Amontillado-Flasche an, als wollte er sie allein durch seine Willenskraft zu sich heranholen.

»Ändere deine Darstellung der Dinge, die hier im Oktober passiert sind. Sag der Polizei, dass sich der Schuss aus meiner Waffe versehentlich gelöst hat, als du auf mich losgegangen bist. Das ist im Übrigen die Wahrheit. Und dann bestätigst du mit deiner Unterschrift, dass du meine Einwilligung zu Vilmas Adoption gefälscht hast. Das ist alles.« Alles, was ich brauche, um Vilma zurückzubekommen, dachte Kati Soisalo.

Jukka Ukkola löste den Blick von der Flasche und öffnete seine verquollenen Augen etwas weiter. Dann rülpste er gedämpft.

Es war ein gutes Zeichen, fand Kati Soisalo, dass er nicht sofort mit irgendeiner Gemeinheit antwortete. Sie beschloss, weitere Überzeugungsarbeit zu leisten. »Der Haupttäter bei einem Verbrechen, der Kopf der Truppe, wird immer am schwersten bestraft. Im Moment gehen sie davon aus, dass du das bist. Wenn ich dem Gericht aber Beweise liefere, dass der Kabinettsvorsitzende und andere Kabinettsmitglieder an den Straftaten beteiligt waren, Beweise dafür, dass du nur auf Anweisung gehandelt hast, dann wird man dich zu einer bedeutend kürzeren Haftstrafe verurteilen. Falls du nicht selbst am Verkauf oder der Verteilung von Drogen beteiligt warst, kommt möglicherweise sogar der Straftatbestand der Beihilfe in Betracht.«

»Und ziehst du wieder hier ein, wenn ich zustimme?«

Kati Soisalo hätte diesem stinkenden Psychopathen am liebsten ins Gesicht gelacht. »Natürlich.«

»In dem Falle werde ich darüber nachdenken. Aber ich will einen Vorschuss«, erwiderte Ukkola und versuchte aufzustehen.

Kati Soisalo verließ im Eiltempo das Haus. Die Tür fiel ins Schloss, und dann startete draußen der Motor des Smarts.

Ukkola fühlte sich überraschend gut. Er musste etliche Stunden geschlafen haben, und durch das Sherryfrühstück waren sein Kreislauf und das Gehirn in Gang gekommen. Klar hatte er Schneid genug, noch einmal in den Kampf zu ziehen. Katis Beweise würden auch seinen eigenen Aussagen Glaubwürdigkeit verleihen. Natürlich hatte er der Polizei erzählt, dass der Kabinettsvorsitzende seit Jahrzehnten als Helfer des russischen Geheimdienstes arbeitete, aber die Beamten hatten ihre Zeit nicht damit verschwendet, seine Behauptungen zu überprüfen. Er ärgerte sich, dass er nicht daran gedacht hatte, genauer nachzufragen, was für Beweise genau Kati Soisalo gegen den Vorsitzenden gefunden hatte.

Ukkola drückte die Fußstütze an den Sessel und streckte die Hand nach der Nobleza-Flasche aus, hielt aber mitten in der Bewegung inne und ließ sich wieder in den Sessel fallen. Es wäre besser, den Kabinettsvorsitzenden nicht gerade in betrunkenem Zustand zu attackieren, so abgeklärt war nicht einmal er. Jetzt musste er sich zusammenreißen. Auch Kati wäre garantiert beeindruckt, wenn er aufhörte zu trinken. Er würde sein Quantum schrittweise verringern, jeden Tag etwas weniger trinken als am Vortag. Der Versuch, schlagartig aufzuhören, lohnte sich nicht, das hatte er im letzten Oktober begriffen, als er wegen der Verbrechen des Kabinetts in Untersuchungshaft saß. In der ersten Woche war er ständig schweißgebadet gewesen, sein Herz hatte auch im Liegen gehämmert wie auf der Aschenbahn, und an Schlaf war kaum zu denken gewesen, weil ihn dann Alpträume plagten. Schließlich war es ihm gelungen, einen Polizisten, den er kannte, als Kurier anzuheuern, und so hatte er den Rest der dreimonatigen Untersuchungshaft dank des sechsundneunzigprozentigen Alkohols ständig in leicht benebeltem Zustand verbracht. Eine Anderthalb-Liter-Wasserflasche mit polizeilich beschlagnahmtem Spiritus hatte für mehr als eine Woche gereicht.

Als die Entscheidung getroffen war, spürte Ukkola, wie das vertraute Gefühl der Stärke schüchtern den Kopf hob. Vielleicht war das der Anfang von etwas Neuem. Er schraubte sich aus dem Liegesessel hoch, in dem er regelrecht versank, streckte sich und betrachtete seine Sammlung japanischer Schwerter, Messer und Samurai-Utensilien. Verdammt, er würde trainieren, bis er wieder fit war, und er würde sich an den Verhaltenskodex der Samurai halten, den Bushidō, den »Weg des Kriegers«, und an dessen sieben Tugenden: Gi – Gerechtigkeit und Pflichtgefühl, Yu – Mut, Jin – Barmherzigkeit, Rei – Höflichkeit, Makoto – Ehrlichkeit, Meiyo – Ehre und Chūgi – Treue.

Gleich am nächsten Morgen würde er anfangen, beschloss Ukkola und griff zur Flasche.

* * *

Als Leo Kara im Helsinkier Stadtteil Herttoniemi aus dem Taxi stieg, schaute er sich verstohlen um. Dagegen konnte er nichts tun. Wieder einmal sah er die Szene vor sich, die über zwanzig Jahre zurücklag: Der verrückte Kirgise Manas schießt, und Blut spritzt aus dem Hinterkopf seiner Mutter an die Betonwand der Fabrikhalle in London. Betha Gilmartin hatte ihm vorgeschlagen, sich wegen Manas in ein Safehouse zurückzuziehen, aber Kara wusste, dass ihn der geisteskranke Kirgise, wenn er wollte, selbst in einem sibirischen Erdkeller finden würde. In gewisser Weise verwunderte es Kara, dass der Killer noch nicht aufgetaucht war. Schließlich hatte Manas seinetwegen in Liechtenstein schwere Brandwunden erlitten. Vielleicht waren die Verbrennungen so schlimm, dass er nicht mehr arbeiten konnte. Vielleicht schützte Andrej Rostow, sein Vater, ihn aber auch vor Manas und hatte dem Kirgisen Zügel angelegt. Mit der Hoffnung lebte es sich gut.

Kara sah auf dem Hof eine Frau, die Teppiche klopfte, und musste daran denken, wie der Direktor der Knabenschule in Winchester ihm seinerzeit mit dem Kricketschläger auf die Oberschenkel geschlagen hatte, weil er sein Bett nicht gemacht oder den Haupteingang der Schule benutzt oder sich unerlaubt vom Schulgelände entfernt oder irgendein anderes Vergehen verübt hatte. Damals hatte er wohl endgültig einen Knacks abbekommen, er war ein verschlossener, in sich gekehrter junger Mann geworden, der dem gesamten System den Krieg erklärte. Ungleich verteilt sind des Lebens Güter, dachte Kara.

Er drückte auf den Knopf der Sprechanlage. Die Kälte zwackte ihm in die Ohren und er musste ständig zwinkern. Ihm wurde klar, dass er sich nach strengem Frost gesehnt hatte. Plötzlich rauschte es, das Schloss knackte und er trat ins Treppenhaus.

Kati Soisalo wartete in der Tür. »Ziehst du jetzt für immer hier ein?«, fragte sie beim Anblick von Karas riesiger Schultertasche. Sonst hatte er immer nur seine abgegriffene Ledertasche bei sich gehabt.

Kara hätte gern mit Ja geantwortet, tat es aber nicht. Sie küssten sich, die Begrüßung dauerte länger als bei seinen vorherigen Besuchen. Aus dem Wohnzimmer war ein aufgeregter TV-Reporter zu hören, der voller Begeisterung von den Nordischen Skiweltmeisterschaften berichtete. Am liebsten hätte er Kati auf der Stelle ausgezogen, und die Versuchung wurde noch größer, als er bemerkte, dass sie keinen BH unter dem Hemd trug. Das Verlangen triumphierte mit Leichtigkeit über die Sehnsucht nach Nähe.

»Ich traue mich, vorsichtig zu hoffen«, sagte Kati Soisalo, als Kara die auf dem Flughafen gekaufte Flasche Rotwein aus seinem Koffer holte. »Ukkola hat nicht direkt nein gesagt, als ich ihm vorgeschlagen habe, seine Lügen über meine angebliche Zustimmung zu Vilmas Adoption zurückzunehmen. Ich habe diesem Scheißkerl versprochen, dass er durch meine Hilfe eine kürzere Haftstrafe bekommt.«

Kara kannte sich in der Wohnung schon aus, er holte zwei Gläser und goss Wein ein, während Kati Soisalo in aller Ausführlichkeit berichtete, was sie und Paranoid über den Vorsitzenden des Kabinetts herausgefunden hatten.

»Ukkola war allerdings so wirr im Kopf, dass ich mir nicht sicher bin, ob er meinen Vorschlag auch wirklich kapiert hat. Der Mann ist wirklich tief gesunken, er säuft nur noch und verrottet in seinem Sessel«, erzählte Kati Soisalo.

Sie setzten sich auf das Sofa im Wohnzimmer. Kara schwieg, bis

Kati Soisalo ihren Bericht beendet hatte. »Vielleicht wird sich alles noch regeln. Wenn Ukkola seine Lügen zurücknimmt, bekommst du Vilma wieder.«

Sie redeten über Vilma. Kati Soisalos Blick wurde starr, als sie zum x-ten Mal davon sprach, wie sie im letzten Oktober Vilma über eine Stunde lang auf dem Frankfurter Spielplatz beobachtet hatte. Dann kam sie auf die Idee, ein Fotoalbum aus ihrem Schlafzimmer zu holen und Kara die Bilder von Vilma zu zeigen, die sie in Frankfurt aufgenommen hatte.

»Die kommen mir noch irgendwie fremd vor«, sagte sie und streichelte ein Foto ihrer Tochter. »Vilma sah ganz anders aus als früher ...«

Schließlich brachte Kati Soisalo ein Lächeln zustande. »Und du? Bist du nach Finnland gekommen, um zu klären, was der Vorsitzende des Kabinetts über deinen Vater weiß?«

»Das auch«, sagte Kara, trank einen Schluck Wein und starrte gedankenverloren auf sein Glas.

»Und was sonst noch?«, fragte Kati Soisalo, um ihm etwas mehr zu entlocken.

Kara erzählte, was er von Betha Gilmartin über seinen Vater erfahren hatte. »Anscheinend bin ich also halb Russe, halb Engländer und nicht einmal teilweise Finne. Es sei denn, man rechnet meine karelische Großmutter mit ein.«

Kati Soisalo lachte. »Was macht das schon? Seine Staatsangehörigkeit trägt ja wohl niemand in den Genen. In die wächst man hinein.«

Kara schüttelte den Kopf. »Ich kann einfach nicht glauben, dass sich mein Vater seine Kinder nur als Kulisse für die Arbeit beim KGB angeschafft hat. Zumindest aus dem Verhalten meiner Mutter konnte man das jedenfalls nicht ableiten, sie war eine ganz normale Mutter.«

Kati Soisalo überlegte einen Moment, was sie sagen sollte. »Wo hat dein Vater seine Kindheit verbracht, wenn er nun mal in der

Sowjetunion geboren wurde? Was sagt seine Schwester dazu? Irgendetwas an dieser Sache ist merkwürdig.«

Kara war plötzlich hellwach. »Genau das frage ich mich auch. Ich habe vor, morgen nach Leppävesi zu fahren, um Vaters Schwester zu treffen. Eeva muss doch irgendwie mit all dem in Verbindung stehen. Ich erinnere mich ... ich glaube mich zu erinnern, dass Vater und Eeva den Kabinettsvorsitzenden in meiner Kindheit gemeinsam getroffen haben.« Er schaute auf die Uhr. »Ich muss noch ein paar Anrufe erledigen ...«

Kati Soisalo saß einen Augenblick in Gedanken versunken da. »Wusste dein Vater 1989, was euch passieren würde?«

Kara zuckte die Achseln. »Das hat er gesagt. Aber Vater dürfte keine Alternative gehabt haben: Er musste zustimmen, sonst hätte man uns alle umgebracht. Immerhin hat Vater erreicht, dass sie mich und Emma am Leben ließen.«

Ein Schweigen schwer wie Blei legte sich über sie, während Kati Soisalo das Gehörte verarbeitete.

»Ich habe übrigens heute gekündigt«, sagte Kara schließlich.

»Ein ganz normaler Tag also«, erwiderte Kati Soisalo und schüttelte den Kopf. »Möchtest du erzählen, warum?«

»Das hat Zeit bis später«, antwortete Kara und berührte Katis Wange. Direkt am Ohr wuchs ein feiner, durchscheinender Flaum, den man mit den Fingerspitzen kaum spürte. Er beugte sich näher zu ihr hin, roch den Duft ihrer Haut und begriff, wie sehr er sich danach gesehnt hatte.

* * *

Jukka Ukkola lag in seinem Sessel und spielte mit dem Gedanken aufzustehen, und das schon seit ein paar Minuten. Die Fernbedienung lag etwa zwei Meter entfernt, doch irgendwie gefielen ihm die Kindersendungen am frühen Morgen. Das nächste Glas Sherry, so hatte er entschieden, dürfte er erst in zwei Stunden trinken, um neun. Er hatte einen Plan gemacht und wollte sich auch daran halten, so viel Rückgrat besaß er allemal. Mit einem Stift hatte er auf das Flaschenetikett Striche und Uhrzeiten gekritzelt, die seinen Trinkrhythmus bestimmten. Plötzlich zuckte er zusammen, als sich in der Ecke etwas im Schatten bewegte. Sein Herz fiel in flotten Trab, aber es war nichts zu sehen. Ukkola wischte sich den Schweiß von der Stirn.

Das ständige Fernsehen ging ihm allmählich auf die Augen, aber Alternativen gab es wenig. Er fühlte sich äußerst wacklig auf den Beinen und schlief immer nur ein paar Stunden, und das nur unruhig. Ukkola schaute kurz zu dem Karton auf dem Fußboden, als fürchtete er, dass der über ihn herfallen könnte. Er bereute seinen Entschluss, zum Zeitvertreib endlich herauszufinden, was für Unterlagen sein Vater, ein Polizeihauptwachtmeister, der von eigener Hand in die nächste Dimension eingegangen war, vor Jahrzehnten hinterlassen hatte. Nachdem seine Mutter ins Pflegeheim für Demenzkranke gebracht werden musste, hatte er den Karton auf seinen Dachboden geschleppt und seitdem nicht angerührt. Er enthielt alle möglichen Dokumente und Erinnerungsstücke seines Vaters und den Nachlass des Großvaters. Wer hätte denn ahnen können, dass in seiner Familie anscheinend das Pech vom Vater auf den Sohn überging.

Ukkola spürte, wie ihn der Zorn überkam. Verdammt noch mal, es konnte ja wohl nicht sein, dass er Angst vor ein paar verstaubten Unterlagen hatte. Er stemmte sich aus seinem Sessel hoch, setzte sich auf den Dielenfußboden und las in dem karierten Heft mit blauem Einband dort weiter, wo er letzte Nacht aufgehört hatte. Auf seine alten Tage hatte Großvater niedergeschrieben, wie er 1919 am 28. Dezember, dem Tag der unschuldigen Kinder, das erste Mal als armes Kind versteigert worden war, zusammen mit anderen Kindern ohne Vormund, mit Alten, Behinderten, chronisch Kranken und Geisteskranken. Damals hatten die Kommunen diese Menschen, für die sie sorgen mussten, bei einer Art Auktion als Pfleglinge und Arbeitskräfte an Privathaushalte verkauft wie Pferde. Der Bieter, der von der Gemeinde die geringste Entschädigungssumme für die Versorgung der Person verlangte, bekam sie, einen Sklaven also, für ein Jahr zugesprochen.

Großvaters Erinnerungen und seine Aufzeichnungen waren klar und deutlich: Der Auktionator hielt mich an den Haaren fest und pries mich an: *»Als nächstes wird ein überaus gesunder und fleißiger junger Mann angeboten, der gehorsam seine Arbeit verrichtet. Was wird für ihn verlangt?«* Großvaters Preis bei seiner ersten Versteigerung als Siebenjähriger hatte fünfzehn Finnmark betragen. Der Junge war in eine Kätnerfamilie gekommen, die ihn fast verhungern ließ. Nach seinen Aufzeichnungen hatte Großvater zuweilen Schweinefutter gestohlen, um zu überleben. In seiner zweiten Bauernfamilie hatte er rund um die Uhr arbeiten müssen. Aber bei der dritten Versteigerung hatte er Glück gehabt – er gelangte auf den Hof einer wohlhabenden Familie und durfte zur Schule gehen. Dieses Jahr rettete Großvater das Leben.

Jukka Ukkola fühlte sich peinlich berührt, irgendwie schämte er sich für das Schicksal seines Großvaters. Bis jetzt hatte er sich ja nur für seinen Vater schämen müssen. Den Alten, der in Ukkolas Zeit als Junior beim Eishockey mit der Stoppuhr an der Bande gestanden und sich bei den Trainern beschwert hatte, sein Sohn bekäme zu wenig Spielzeit. Der letzte Gefallen, den sein Vater ihm getan hatte, bestand darin, sich kurz vor seiner Abiturfeier das Leben zu nehmen. Ukkola spürte im Nacken immer noch die vielen mitleidigen Blicke, als er im Festsaal des Gymnasiums auf die Bühne gegangen war, um sein Abiturzeugnis abzuholen.

Ukkola kehrte in Gedanken zurück in seine Jugendzeit und zu dem Tag, an dem sein Verhältnis zum Vater in der Eishalle von Laaksolahti endgültig zerbrochen war. Ein paar Wochen vor seinem sechzehnten Geburtstag hatte er bei einem Match nach einem schnellen Gegenangriff eine riesige Torchance vergeigt. Zur Strafe hatte Vater dann zu Hause sein Versprechen, ihm als Geburtstagsgeschenk ein Motorrad zu kaufen, zurückgenommen.

Und dabei hatte er vor seinen Kumpels schon monatelang mit seinem künftigen Ofen angegeben. »Vielleicht ist dir das eine Lehre«, hatte sein Vater gesagt, »damit du keinen Mist mehr baust.« Kalter Hass hatte Ukkola damals übermannt, und es ging ihm jetzt nicht anders, als er sich an den Vorfall erinnerte.

Jukka Ukkola warf einen Blick auf die Uhr und befand, dass es Zeit war für einen Schluck Nobleza. Er füllte und leerte sein Glas, marschierte in die Küche und rief Kati Soisalo an. Einen kurzen Augenblick zögerte er, als die Stimme erklang, nach der er sich sehnte: »Ich bin einverstanden. Also, ich überprüfe ... ich ändere meine Aussage über den Schuss, ich sage, dass ich deine Waffe in der Hand hatte, als der Schuss losging. Und ich bezeuge, dass ich deine Unterschrift, unter die Adoptionspapiere für Vilma, gefälscht habe.«

»Sehr gut. Du wirst es nicht bereuen«, antwortete Kati Soisalo mit verschlafener Stimme.

»Was für Beweise gegen den Vorsitzenden hat dein Bumsfreund übrigens gefunden?«, erkundigte sich Ukkola.

Kati Soisalo erklärte es ihm in groben Zügen.

Ukkola bekam allmählich das Gefühl, dass sich das Blatt gewendet hatte und das Glück nun wieder auf seiner Seite war. »Dann vereinbaren wir das so. Das heißt, du kannst heute wieder hier einziehen.«

»Sobald ich Vilma bei mir habe«, erwiderte Kati Soisalo und das Gespräch war zu Ende.

Ukkola spürte, dass er wieder zu Kräften kam. Wenn er erst einmal aktiv wurde, tat sich auch etwas. Er legte die SIM-Karte eines Prepaid-Anschlusses in sein Handy ein und wählte die Nummer des Kabinettsvorsitzenden.

4

Donnerstag, 9. Februar

Leo Kara fuhr mit Kati Soisalos Smart die Runeberginkatu entlang und hatte arge Bedenken, ob er bei der anstehenden Begegnung mit dem Vorsitzenden des Kabinetts sein Temperament im Zaum halten könnte. Seine Empfindungen wurden nun ja nicht mehr durch Tabletten betäubt. In früheren Jahren, bevor er die geeigneten Medikamente nahm, hatte er schnell die Kontrolle über sich verloren und mehr als eine unsinnige Gewalttat begangen – so viele waren es, dass er gar nicht daran denken mochte.

Er ballte die rechte Faust und verzog das Gesicht. Aus Katis Küche hatte er einen kleinen, alten Büchsenöffner ohne Griff mitgenommen, dessen Schneide schon so stumpf war, dass sie zumindest nicht gleich in die Haut eindrang. Auch früher hatte der Schmerz ihm oft geholfen, seine Gedanken zusammenzuhalten. Das war abartig, krank – natürlich, aber er war ja auch ein kranker Mensch. Der Vorsitzende des Kabinetts hatte Kati so viel Leid zugefügt. Und zudem war er bisher ungeschoren davongekommen – dabei hatte er die gesetzwidrigen Aktivitäten des Kabinetts über Jahrzehnte geleitet.

Ein paar Minuten nach neun Uhr parkte Kara den Smart in der Sandelsinkatu im Stadtteil Taka-Töölö. Überall lag Schnee: in hohen Wällen an den Straßenrändern, neben den Wartehäuschen der Bushaltestellen, an den Hauswänden. Plötzlich signalisierte sein Handy den Eingang einer Nachricht. *Wo bist du? Ruf an! Du hast eine Kündigungsfrist von 3 Mon.! P. Leegaard.*

Kara wunderte sich, dass der Generaldirektor des UNODC keinen schärferen Ton anschlug. Er stieg aus, und als die eisige Kälte im Nu durch den abgewetzten Stoff seiner Jeans drang, wünschte er sich auf der Stelle lange Unterhosen, aber die besaß er nicht. Kara drückte den Knopf der Wechselsprechanlage des Kabinettsvorsitzenden. Mit ein wenig Überredung war der Mann zu einem Treffen bereit gewesen, nachdem er gehört hatte, dass sich Kara über seinen Vater Aleksi unterhalten wollte.

Die Tür öffnete sich, Kara stieg die Treppe hinauf bis zur Wohnung des Vorsitzenden und wartete geduldig, während er durch den Spion taxiert wurde.

Endlich ging die Tür auf, aber der Kabinettsvorsitzende reichte ihm nicht die Hand zur Begrüßung. Der knapp zwei Meter große Mann stieß mit dem Kopf fast an den Türrahmen. »Leo Kara?«

Kara betrachtete das grobschlächtige gerötete Gesicht des Vorsitzenden. »Ja.«

»Bist du als Privatperson hier oder von Amts wegen?«

»Das UN-Büro für Drogen- und Verbrechensbekämpfung ermittelt nicht gegen meinen Vater und gegen dich. Obwohl es genug Gründe gäbe«, antwortete Kara und bereute sein Verhalten auf der Stelle. Er würde nicht sehr weit kommen, wenn er nicht imstande war, seine Zunge im Zaum zu halten.

Der Vorsitzende führte Kara ins Wohnzimmer und setzte sich in einen Sessel, auf den alle anderen Sitzgelegenheiten des Raumes ausgerichtet waren. Kara schaute im Vorbeigehen in das Arbeitszimmer, dessen Wände gerahmte Fotos von Treffen des Exministerpräsidenten mit Staatsmännern und anderen bedeutenden Persönlichkeiten schmückten. Er nahm in einem Biedermeier-Sessel Platz, blickte den überheblich wirkenden Expolitiker an und steckte die rechte Hand in die Hosentasche. Die Schneide des Büchsenöffners drückte ihm gegen den Handteller.

»Du hast am Telefon etwas von neuen Beweisen in Bezug auf deinen Vater gesagt. Wurde Aleksi Kara gefunden ... ist er am Leben?« Der Vorsitzende wirkte neugierig.

»Ich habe erfahren, dass du meinen Vater in den achtziger Jahren mehrmals getroffen hast«, erwiderte Kara und betrachtete das Familienporträt, das einen Ehrenplatz auf einer Kommode aus Edelholz einnahm.

Der Vorsitzende hob die Schultern. »Ich wusste nicht, dass das ein Geheimnis war.«

»Mein Vater hat damals für den KGB gearbeitet. Sein richtiger Name lautet Andrej Rostow«, sagte Kara und holte aus einer Gesäßtasche seiner Jeans einen zusammengefalteten Zettel. »Ihr habt euch zwischen 1980 und 1991 insgesamt sechzehnmal getroffen, sechsmal in Finnland, zweimal in Kopenhagen, fünfmal in Leningrad ... Ich möchte gerne wissen, warum. Worüber habt ihr gesprochen? Und weshalb war ...«

Der Vorsitzende richtete sich auf und saß nun kerzengerade da. »Ich muss sagen, mir gefällt dein Ton nicht. Worin besteht der Zweck dieses Treffens? Ich bin nicht verantwortlich für das, was dein Vater getan hat.«

»Eure Treffen waren überwiegend vertraulich. Ich nehme mal an, dass sich in den nächsten Tagen auch die finnischen Behörden dafür interessieren werden. Kennst du übrigens Eeva Rinne, die Schwester meines Vaters?«

Der Kabinettsvorsitzende erhob sich. »Dieses Gespräch ist beendet.«

Kara ballte die Faust um den Büchsenöffner und drückte zu, bis der Schmerz ihn zwang, den Griff zu lockern. »Ich möchte nur hören, was du über meinen Vater weißt. Wann habt ihr euch kennengelernt, wusstest du etwas von seiner Vergangenheit, von seiner Kindheit ...«

Der Vorsitzende ging schnaubend und mit hochrotem Gesicht zur Tür, und Kara blieb nichts anderes übrig, als seine Steppjacke zu nehmen, die der Hausherr ihm hinhielt, und die Wohnung zu verlassen. Das ist ja toll gelaufen, dachte Kara und war doch ein wenig stolz auf sich, dass er nicht die Fassung verloren hatte.

Nachdem Leo Kara ins Treppenhaus getreten war, schlug der Vorsitzende des Kabinetts die Tür zu und fluchte laut. Er wusste natürlich, dass der Mann schon seit Monaten in den Angelegenheiten des Kabinetts herumstocherte, aber Kara hatte behauptet, bei dem Treffen über seinen Vater reden zu wollen. Und Aleksi Kara stand doch auf derselben Seite wie er.

Am liebsten hätte er jetzt jemanden richtig zusammengestaucht, egal wen, jeder Idiot käme ihm gerade recht. Wenn er etwas aus seiner Zeit als Politiker vermisste, dann war es die Möglichkeit, jederzeit Druck an den Wasserträgern in seinem Schlepptau ablassen zu können. Genau das brauchte er jetzt.

Im Arbeitszimmer klingelte sein Handy, das brachte ihn noch mehr in Rage, aber er musste sich zusammenreißen, denn auf dem Display wurde eine »Unbekannte Nummer« angekündigt. Nicht einmal er konnte es sich leisten, einen Fremden zu verärgern.

»Ich habe neue Beweise für deine Rolle im Kabinett.« Jukka Ukkola sprach ein wenig undeutlich, kam aber sofort zur Sache.

»Red keinen Scheiß«, entgegnete der Vorsitzende und war schon im Begriff, das Gespräch zu beenden, als Ukkola fortfuhr.

»Wir haben Bild- und Tonmaterial von deinen Treffen mit Anita Arho. Daraus geht eindeutig hervor, wer für die Aktivitäten des Kabinetts die Verantwortung trug. Es dürfte dir bald an den Kragen gehen.

»Von welchem ›wir‹ sprichst du?«, brüllte der Vorsitzende.

»Ich dachte, du würdest das wissen wollen«, entgegnete Jukka Ukkola nur und legte auf.

Diese verfluchten Grünschnäbel tanzen einem auf der Nase herum, ärgerte sich der Vorsitzende. Hatte man denn in diesem Land vor nichts mehr Respekt? Er bemerkte, dass sein Herz zu schnell schlug, und setzte sich aufs Sofa. Schwingt mal ruhig große Töne, ihr jungen Schnösel, ihr habt ja keine Ahnung, mit wem ihr es hier zu tun habt. Er brauchte nur einen Anruf zu machen, und schon würden alle Probleme mitsamt ihren Verursachern von der Bildfläche verschwinden.

Doch sein Zorn wollte einfach nicht abklingen, er streckte sich auf dem Sofa aus. In Gedanken kehrte er zurück ins Jahr 1992. Zu der Zeit hatten er und »Specht« das Kabinett zusammen mit Andrej Rostow und Wladimir oder Wolodja gegründet. Damals stand »Specht« noch in seinem Schatten, inzwischen aber waren die Rollen vertauscht. Der Vorsitzende geriet erst recht in Wut, als er daran dachte, wie viel besser »Specht« es verstanden hatte, seine Jetons einzusetzen. Von Wolodja ganz zu schweigen.

Sie hatten sich das erste Mal im Frühjahr 1992 zu viert in Turku getroffen. Wolodja war damals ein rundlicher Mann Anfang vierzig mit vorn kurzem, hinten längerem Haar und als stellvertretender Bürgermeister von St. Petersburg zuständig für Internationale Beziehungen. Nach diesem Besuch war der meist ernste Wolodja öfter in Finnland gewesen, um genauer zu studieren, wie der Kapitalismus funktionierte. Den Kommunismus kannte der ehemalige KGB-Oberst ja aus eigener Erfahrung. In Sankt Petersburg hatte Wolodja nach dem Ende der Sowjetmacht auch gelernt, wie die organisierte Kriminalität funktionierte: Er leitete damals eine Operation, bei der Tausende staatliche Unternehmen und Immobilien privatisiert wurden. 1996 war Wolodja in den Dienst der Administration von Präsident Jelzin getreten, und die Zusammenarbeit ihres Quartetts hatte sich vertieft. 1998 wurde Wolodja Chef des FSB, und im Jahr darauf machte man ihn schon zum russischen Ministerpräsidenten. Was danach kam, kannte jeder, es waren historische Tatsachen.

Wolodja war seinen Freunden und Vorgesetzten gegenüber stets äußerst verlässlich und loyal gewesen, und so hatte man ihn mit immer wichtigeren Aufgaben betraut. Absolute Loyalität verlangte Wolodja auch von seinen Untergebenen und Helfern. Sofort nach seinem Machtantritt fing er an, den Verwaltungsapparat des Kreml mit seinen eigenen Leuten zu besetzen, zumeist ehemalige KGB-Mitarbeiter aus St. Petersburg. Der Vorsitzende des Kabinetts lächelte, als ihm einfiel, wie Wolodjas Assistent Dimitri Medwedjew Anfang der neunziger Jahre bei den Finnland-Besuchen seines Vorgesetzten den Englisch-Dolmetscher geben musste. Doch auch dieser Helfer war in Wolodjas Fahrwasser ziemlich weit gekommen.

Der Vorsitzende des Kabinetts spürte, wie er seine Selbstsicherheit zurückgewann. Würde er noch Hosenträger tragen, dann wäre das jetzt der richtige Augenblick, sie knallen zu lassen. Schließlich kannte er die Männer, die in der Welt das Sagen hatten – zumindest in der einen Hälfte der Welt. Und niemand würde es wagen, ihn anzurühren, dafür sorgte nötigenfalls das Smirnow-Material – die Geheimdokumente der KPdSU über Finnland aus der Zeit vom Ende des Fortsetzungskrieges 1944 bis zum Zusammenbruch der Sowjetunion.

* * *

Leo Kara fuhr auf der Staatsstraße 4 in Richtung Jyväskylä und kniff immer wieder die Augen zusammen, er hatte seine Sonnenbrille nicht dabei. Ringsum war alles weiß, die Äste der Kiefern links und rechts der Straße bogen sich unter der Last des festgefrorenen Schnees. Selbst der hellste Sonnenschein im Sommer reichte nicht an die Lichtmenge heran, die an einem so sonnigen und klaren Wintertag von überall widerschien. Die Landschaft mit ihrer Schneeglasur wirkte seltsam beruhigend. Kara musste lachen, als er auf einem zugefrorenen See Eisangler erblickte, die sich so warm angezogen hatten, dass sie wie Michelin-Männchen aussahen. Die Außentemperatur betrug vierundzwanzig Grad minus. In Katis Smart war es warm, aber die starre Reaktion der Federung und Lenkung ließ darauf schließen, was für eine Mordskälte draußen herrschte.

Kara holte den Büchsenöffner aus der Hosentasche und warf ihn auf den Beifahrersitz. Das Wohlgefühl nach der Nacht mit

Kati war durch den Besuch beim Kabinettsvorsitzenden wie weggewischt. Er rekapitulierte noch einmal die Ereignisse der letzten Tage und sehnte sich mehr denn je nach dem Morphium. Alles, was er über seinen Vater zu wissen glaubte, hatte sich als Lüge erwiesen. Und was würde Eeva Rinne ihm wohl noch sagen ...

Sein Vater hatte die Kindheit und Jugend in der Sowjetunion verbracht und war erst in den siebziger Jahren mit einer vom KGB geschaffenen Scheinidentität und einem erfundenen Lebenslauf nach Finnland gezogen; Kara hatte sich den Kopf zerbrochen, wie es sein konnte, dass niemand in Finnland etwas davon wusste. Wie würde seines Vaters Schwester das erklären? Wusste Eeva Rinne von Aleksi Karas beziehungsweise Andrej Rostows Vergangenheit? War auch Eeva nicht der Mensch, der zu sein sie vorgab? Sein Vater hatte mit ihm nicht sonderlich viel über seine Kindheit geredet – er redete überhaupt nicht besonders viel –, und er selbst hatte dazu weiter keine Fragen gestellt.

Der Bauernhof von Eevas Mann Markku lag in Leppävesi, etwa zwanzig Kilometer vom mittelfinnischen Jyväskylä entfernt. Kara drosselte das Tempo, als er auf den Birkenweg bog, der zum Hauptgebäude führte; die Laubbäume wiegten sich nackt im Wind, der auf den umliegenden Feldern Schneewehen angehäuft hatte, die fast wie Sanddünen aussahen. Er konnte sich nicht entsinnen, wann er das letzte Mal im Winter hier gewesen war, doch an die sommerliche Hitze auf dem Hof in seiner Kindheit und an die tollen, besonders feuchten Aufgüsse in der Rauchsauna direkt am Seeufer erinnerte er sich bestens. Auch bei seinem letzten Besuch hier, am Maifeiertag vor zwei Jahren, hatte Markku die Sauna zweimal angeheizt.

Kara hielt ein paar Meter vor dem Hauptgebäude, nahm seine Steppjacke vom Beifahrersitz und trat rasch ins Haus, um der grimmigen Kälte zu entkommen. Die Tür war wie immer unabgeschlossen, auf dem Lande brauchte man keine Angst vor Dieben zu haben. In der Veranda des Blockhauses rief Kara ein paarmal nach Eeva und Markku, aber es antwortete niemand. Wahrscheinlich war Eeva auf Arbeit im Institut für Physik der Universität Jyväskylä und Markku hatte sicher irgendwo auf dem Hof zu tun.

Kara ging in die mit Elch- und Rentiergeweihen geschmückte Stube und weiter in die Küche und überlegte, ob er Markku anrufen sollte. Doch dann beschloss er, in aller Ruhe abzuwarten, bis Eeva nach Hause kam. Er wollte die Tante mit seinen Fragen überraschen. Wenn sie unvorbereitet war, könnte ihre Reaktion etwas verraten.

Die Tür ihres Arbeitszimmers war zu, aber nicht verschlossen. Kara entdeckte in einem Regal Fotoalben und nahm das heraus, das am ältesten aussah. Als er es aufschlug, spürte er nun doch Gewissensbisse. Unter dem Schutzblatt erblickte er vergilbte Fotos eines Säuglings und einer Taufe und verschiedene Aufnahmen eines jungen Mädchens, das ein wenig an Eeva erinnerte. Kein einziges Porträt der engeren oder weiteren Familie. Kara ging alle Alben durch und fand ein paar Bilder eines Jungen, der sein Vater hätte sein können. Die neueren Alben enthielten auch Fotos von ihm, Emma und Mutter, er spürte, wie sich in ihm etwas regte. Er war ein blonder, fröhlicher Junge mit rosigen Wangen gewesen. Blond war er immer noch.

Der Appetit kam mit dem Essen; nachdem er einmal in Fahrt gekommen war, ging Kara systematisch alle Dokumente, Mappen und Ordner durch, die Eeva in ihrem Arbeitszimmer aufbewahrte. Unter den wissenschaftlichen Unterlagen fanden sich auch ein paar russischsprachige Dokumente, was nicht weiter verwunderte, denn Tante Eeva sprach Russisch, und der östliche Nachbar war schließlich seinerzeit auf dem Gebiet der Physik eine Forschungsgroßmacht gewesen.

Urplötzlich hörte Kara, wie eine Schrotflinte geladen wurde, das Geräusch jagte ihm einen fürchterlichen Schreck ein. Er drehte sich um und stieß mit dem Knie schmerzhaft gegen die Schreibtischkante.

Markku Rinne stand in der Tür, hielt eine doppelläufige Merkel-Schrotflinte im Anschlag und schaute ihn an. Es dauerte einen Augenblick, bis er loslachte. »Leo Kara! Was zum Teufel machst du denn hier?«

Kara ließ sich auf Eevas Schreibtischstuhl fallen und seufzte laut. Sein Herz hämmerte. »Ich habe dienstlich in Finnland zu tun. Und da kam mir die Idee, euch zu überraschen.«

»Das ist dir verdammt gut gelungen«, erwiderte Markku und schwenkte seine Waffe. »Ich war auf Hasenjagd. Eeva ist auch gerade nach Hause gekommen, ihr Auto ist eben auf den Hof gefahren.« Markku öffnete den Reißverschluss seines Thermo-Overalls, den man normalerweise zum Eisangeln trug, er setzte die Pelzmütze ab, trat in die Küche und warf zwei mit Blut bespritzte weiße Hasen auf einen Hocker an der Wand. Im selben Moment stürmte Loora herein, Markkus Liebling, ein Finnischer Stöberhund, und schnupperte an Karas Hosenbein. Soweit er sich erinnerte, musste das Tier schon über zehn Jahre alt sein.

»Auf der Hasenjagd bei diesem Frost?«, wunderte sich Kara. Er warf einen Blick auf die Uhr und bemerkte zu seiner Überraschung, dass es bereits Nachmittag war.

»Wir haben hier schon seit Wochen klirrenden Frost. Man kann ja nicht ewig in seinen vier Wänden hocken. Der Schnee trägt im Moment gut und Hasenspuren sind leicht zu finden«, erzählte Markku. »Wollen wir nicht am Abend die Sauna anheizen? Danach kannst du in ein Eisloch im See steigen.« Er klatschte mit der Hand auf den Oberschenkel, Loora gehorchte und legte sich zu Füßen seines Herrchens hin.

»Leo! Das ist aber schön, dich zu sehen«, sagte Eeva Rinne, die in der Tür erschien und die Hände auf ihre leuchtend roten Wangen drückte. »Du bist ja noch schmaler geworden als beim letzten Mal, du siehst offen gesagt richtig verhungert aus. Warum hast du nicht angerufen und gesagt, dass du kommst? Dann hätte ich das Essen schon vorbereitet.«

Kara fand, dass Eeva älter aussah als beim letzten Mal, das Haar seiner Tante war nun vollkommen grau. Er suchte in ihrem Gesicht nach Ähnlichkeiten mit seinem Vater, fand aber nur die vertraut kantige Gesichtsform. Dann umarmte er seine Tante.

Eeva Rinne bemerkte auf ihrem Schreibtisch einen geöffneten Ordner mit Dokumenten. »Seit wann interessierst du dich denn für meine Arbeit?«

»Seit ich erfahren habe, dass mein Vater Russe ist«, hörte sich Kara sagen und bereute auf der Stelle, dass er sich verplappert hatte. Er hätte mehr aus Eeva herausbekommen, wenn sie den Grund seines Besuchs nicht gekannt hätte.

Eeva Rinne starrte Kara an, blickte kurz zu ihrem Mann, der die Flinte noch in der Hand hielt, und runzelte die Stirn. »Ich fürchte, ich verstehe nicht ganz.«

»Ich habe es vom britischen Auslandsnachrichtendienst erfahren. Seit 1989 bin ich gut mit Betha Gilmartin bekannt, der jetzigen Vizechefin des SIS. Seitdem die Briten im Fall unserer Familie ermittelten. Die Information in Bezug auf Vater stammt vom FSB, und es ist ziemlich unwahrscheinlich, dass sich der russische Geheimdienst in so einer Angelegenheit irrt. Du kannst mir sicher erklären, wie es möglich ist, dass dein Bruder seine Kindheit in der Sowjetunion verbracht hat.«

Eeva Rinne brauchte eine Weile, bis sie etwas sagen konnte. »Aleksi als Kind kenne ich selbst nur von Fotos. Unsere Eltern hatten sich kurz vor meiner Geburt getrennt. Und das war alles andere als eine einvernehmliche Scheidung, meines Wissens haben sich Vater und Mutter nach der Scheidung kein einziges Mal mehr getroffen. Ich bin mit Mutter nach Sammatti gezogen und Aleksi blieb bei unserem Vater in Oulunkylä, was für die Zeit Anfang der fünfziger Jahre wirklich eine ungewöhnliche Regelung war.«

Kara lachte. »Du willst doch nicht allen Ernstes behaupten, dass du deinen Bruder in eurer Kindheit kein einziges Mal treffen durftest? Darauf wäre Vater ja wohl irgendwann zu sprechen gekommen.«

»Über diese Zeiten hat keiner gerne geredet, am allerwenigsten dein Vater«, erwiderte Eeva Rinne in schroffem Ton. Sie stand einen Augenblick wie erstarrt da und ging dann zu ihren Regalen. »Das muss die absurdeste Behauptung sein, die ich je gehört habe. Ich weiß nicht, was für eine Verwechslung hier vorliegt, aber ich besitze genügend Beweise, um jeden davon zu überzeugen, dass Aleksi Kara mein Bruder und ein echter Finne ist, so echt, wie man es nur sein kann.« Sie legte mehrere Fotoalben auf den Tisch, blätterte darin und zeigte auf die gleichen Fotos eines kleinen Jungen, die Kara zuvor schon betrachtet hatte.

»Gibt es denn gar keine Familienfotos? Oder Briefe, in denen etwas über Aleksi steht? Irgendein Bekannter oder Verwandter wird euch doch wohl zusammen gesehen haben, als ihr Kinder wart, du und Vater.«

Eeva Rinne überlegte einen Augenblick und schüttelte dann den Kopf. »Wir wohnten auf dem Lande, wie du weißt. Und Mutters Krankheit ... Sie wollte keinen Kontakt, weder zu ihren eigenen Verwandten noch zu denen meines Vaters, eigentlich zu überhaupt niemandem, sie saß nur zu Hause und machte ihre Übersetzungen. Wochenlang ist Mutter höchstens mal im Lebensmittelladen und auf der Post gewesen, sonst nirgendwo. Über so eine Kindheit redet man nicht gern, ohne die Schule wäre ich bestimmt auch verrückt geworden.«

»Woran sind eure Eltern gestorben?«

»Das weißt du doch genau. Mein Vater hat im Krieg einen Granatsplitter in den Kopf bekommen und sich nie wieder erholt, er ist 1969 an einer Hirnblutung gestorben. Und Mutter 1972 an Krebs.«

Alle schwiegen. Eeva Rinne wirkte sehr ernst, und ihr Mann fingerte nervös an seiner Flinte herum.

Jetzt war sich Kara vollkommen sicher, dass Betha Gilmartins

Information stimmte: Aleksi Kara war Andrej Rostow. Alle Verwandten seines Vaters mit Ausnahme von Eeva waren vor langer Zeit gestorben, und es gab niemanden, der bestätigen könnte, Vater und Eeva als Kinder gesehen zu haben. Kara beschloss, seine beste Trumpfkarte auszuspielen. »Du hast die Schule erwähnt. Eure Klassenkameraden werden sich doch sicher an dich und Vater erinnern.«

Eevas Blick wurde strenger. Sie suchte ein altes Fotoalbum heraus, blätterte ein paar Seiten um und tippte dann mit dem Finger auf den blonden Jungen, der am linken oberen Rand eines schwarzweißen Klassenfotos lächelte. Die Unterschrift unter dem Bild lautete: *Klasse III der Volksschule Oulunkylä 1958–1959*, aber die Namen der Kinder waren nicht in das Album eingetragen. »Das ist dein Vater«, sagte Eeva Rinne.

»Dieses Bild ist ein Teil von Vaters Legende«, erwiderte Kara. »Ein Teil der Scheinidentität und des erfundenen Lebenslaufs, den der KGB für Vater geschaffen hat. Ich habe gestern zwölf Schüler der Volksschule von Oulunkylä angerufen, die in Vaters Alter sind. Keiner von ihnen erinnerte sich an Aleksi Kara. Und am merkwürdigsten ist, dass sich keiner der damaligen Schüler der Volksschule von Sammatti an eine Eeva Kara erinnern konnte.«

Eeva verschlug es für einen Moment die Sprache. Sie wirkte angespannt und kaute auf der Unterlippe herum.

»Das dürfte bedeuten, dass du früher auch nicht Eeva Kara gewesen bist, sondern jemand ganz anders«, sagte Kara schließlich. »Es wäre äußerst interessant, zu erfahren, worum es bei all dem geht.«

»Wie viele Leute wissen das alles?«, fragte Eeva Rinne.

»Über Vater dürften die Behörden mehrerer Staaten Bescheid wissen. Aber über dich habe ich bisher mit niemandem gesprochen. Ich wollte mir erst absolut sicher sein«, antwortete Kara und verschwieg, dass er Kati Soisalo von seinem Verdacht erzählt hatte.

»Da hast du einen schwerwiegenden Fehler begangen«, entgegnete Eeva Rinne und schaute ihren Mann kurz an.

Markku Rinne sah seltsam erfreut aus. Er trat näher an Kara heran und schwenkte die Flinte in Richtung Tür.

Kara lief es eiskalt den Rücken herunter. Sein Verdacht hatte sich bestätigt, aber auf eine solche Wendung war er nicht gefasst gewesen. »Auch die finnischen Behörden erfahren natürlich, was es mit Vater auf sich hat. Und sie ziehen die gleichen Schlussfolgerungen wie ich und kommen hierher.«

»Das mag gut sein. Aber dank dir haben ich und Markku nun Alternativen«, erwiderte Eeva Rinne. »Wir können ins Ausland fliehen oder versuchen, die Schwachstellen in meiner Vergangenheit zu beheben. Es lassen sich leicht ein paar Leute finden, die bezeugen, dass ich seinerzeit die Volksschule in Sammatti besucht habe. Allerdings ist es dafür leider notwendig, dass du schweigst.«

Markku Rinne drückte Kara den Flintenlauf ins Kreuz.

»Sag mir, was mit Emma passiert ist. Lebt meine Schwester tatsächlich noch, wie Vater es behauptet hat?«, fragte Kara.

Eeva Rinne überlegte einen Augenblick. »Das ist eine lange Geschichte. Emma ist sehr wohl am Leben, sie wohnt in Kaliningrad. Aber mit dieser Information wirst du nichts mehr anfangen können.«

Kara schaute sie fassungslos an, er brachte kein Wort mehr heraus.

»Und jetzt gehst du ganz ruhig nach draußen«, sagte Markku Rinne und seine Stimme verriet nicht die geringste Spur von Unsicherheit.

5

Donnerstag, 9. Februar

Leo Kara band sich auf der Veranda von Eeva und Markku Rinne die Schnürsenkel seiner Wanderschuhe zu und wollte nach seiner Steppjacke greifen.

»Die brauchst du nicht. Los, raus auf den Hof«, befahl Markku Rinne und stieß Kara mit der Flinte in die Seite.

Die Eiseskälte schlug Kara ins Gesicht und drang wie Nadelstiche durch sein Baumwollhemd. Es war nach fünf Uhr, noch sah man in der Dämmerung etwas, aber bald würde es vollkommen dunkel sein. Er spürte, wie ihn die Panik erfasste – hatte Rinne etwa die Absicht, ihn draußen auf seinem Hof hinzurichten? Niemand würde es hören; soweit sich Kara erinnerte, wohnte der nächste Nachbar ein paar Kilometer entfernt. Und selbst wenn jemand Schüsse aus einer Schrotflinte hörte, dachte sich in dieser Gegend niemand etwas dabei.

»Geh in die Maschinenhalle, aber langsam. Die kleine Tür ist offen«, sagte Markku Rinne.

Kara befolgte den Befehl. Doch als er nach der Klinke greifen wollte, schlug Rinne ihm mit dem Lauf der Flinte auf den Arm, öffnete die Tür selbst und betätigte den Lichtschalter.

An der Decke der großen und hohen Wellblechhalle leuchtete eine Batterie von Leuchtstoffröhren flackernd auf. Kara wollte dringend etwas unternehmen, gab seine Absicht aber auf, weil Rinne zwei Meter entfernt stand und mit der Flinte auf seinen Bauch zielte. Kara überlegte fieberhaft, ihm musste doch etwas einfallen. Ein Mähdrescher war zu sehen, eine Ballenpresse, Werkzeuge, ein Traktor ...

Als das Flackern aufgehört hatte und alle Lampen brannten, beorderte Rinne ihn in die Mitte der Halle. Er schloss die Tür ab, ging zu einer großen, grellgelben Maschine, die an den Traktor gehängt war, und startete sie. Der Lärm nahm schnell zu und wurde ohrenbetäubend, es klang wie das Triebwerk eines Düsenflugzeugs. Kara sah den sich rasch drehenden Rotor und die Stahlmesser.

»Verdammt, was …«

»Das ist ein Ballenhäcksler«, rief Markku. »Ein englischer Tomahawk. Der zerkleinert mühelos selbst gefrorene Sachen, er schneidet so gut wie alles in fünf Zentimeter lange Häcksel.« Markku lächelte selbstsicher und wandte sich wieder der Maschine zu. Er wartete darauf, dass sie betriebsbereit war.

Als Kara begriff, was Rinne vorhatte, wurde ihm schlecht. Ohne groß nachzudenken ergriff er den hölzernen Stiel einer Heugabel und warf sie in den Rotor des Häckslers. Markku Rinne konnte noch seine Flinte auf Kara richten, doch plötzlich ertönte mehrmals hintereinander ein ohrenbetäubendes metallisches Krachen, und Holzsplitter schossen durch die Halle.

Kara sprintete schon in Richtung Tür, als er Markku Rinnes Aufschrei hörte, dann hatte er das Gefühl, dass ihm jemand ein Messer in den linken Oberarm stach. Er presste die Finger auf die schmerzende Stelle, spürte warmes Blut und zog einen spitzen Holzspan heraus. Es tat verdammt weh. Während er die Tür aufschloss, sah er, wie Rinne ein langes Stück Holz packte, das ihm aus dem Oberschenkel ragte.

Kara stürzte auf den Hof hinaus und rannte zu Rinnes Auto. Im Zündschloss steckte kein Schlüssel. Und der des Smarts war in der Tasche seiner Steppjacke, genau wie sein Telefon. Kara wandte den Blick in Richtung Haus, sah Eeva Rinne am Verandafenster stehen und zu ihm hinaus starren, und stürmte wieder los. Er war gezwungen, in den Wald zu flüchten, auf der Straße würden sie ihn mit dem Auto sofort einholen, und Eeva Rinne war garantiert schon auf dem Weg zum Waffenschrank ihres Mannes. Nur die Yankees und die Jemeniten besaßen mehr Waffen als die jagdversessenen Finnen.

Er musste schnell weit genug vom Hof wegkommen, um außerhalb der Reichweite von Markku Rinnes Flinte zu sein. Meist trug der Schnee, dann wieder sank Leo Kara bis zu den Knien ein. Der strenge Frost biss sich in seiner Haut fest. Es war inzwischen beinahe dunkel. Plötzlich hörte er hinter sich Geräusche, er wandte sich um und in dem Moment krachte ein Schuss. Die Schrotkugeln prasselten in Baumstämme links von ihm – Rinne sah ihn also nicht. Kara beschleunigte sein Tempo, doch eine Schneewehe gab auf einmal nach, er sackte ein und fiel auf den Bauch, gerade als bei einem zweiten Schuss achtundachtzig ein halbes Gramm schwere Schrotkugeln aus Blei mit einer Geschwindigkeit von vierhundert Metern pro Sekunde in seine Richtung abgefeuert wurden.

* * *

Kati Soisalo saß in einem nach Zigarettenrauch stinkenden Taxi und fragte sich, warum der Fahrer, ein Mann mit einem vorspringenden Kinn, im Februar aus den Lautsprechern seiner Stereoanlage Weihnachtslieder dröhnen ließ. Sie konnte sich nicht entsinnen, wann sie das letzte Mal so voller Eifer gearbeitet hatte wie an diesem Tag. Erst hatte sie ein Dokument aufgesetzt, in dem Jukka Ukkola bezeugte, die Papiere für Vilmas Adoption gefälscht zu haben, es anschließend ins Deutsche übersetzen und Ukkolas Unterschrift bei einem vereidigten Notar beglaubigen habe lassen. Auf dem Rückweg war sie mit Ukkola im Hauptquartier der KRP im Vantaaer Stadtteil Jokiniemi gewesen, wo ihr Exmann eine neue Aussage zu dem Vorfall im letzten Oktober gemacht hatte, bei dem in seinem Haus ein Schuss gefallen war. Ukkola hatte den Behörden auch die von Paranoid ausgegrabenen Beweise für die Beteiligung des Kabinettsvorsitzenden an den Aktivitäten des Kabinetts übergeben. Kati Soisalo fehlte nun nur noch eine einzige Unterschrift Ukkolas, doch ohne die würde sie Vilma nicht zurückbekommen.

In Pitäjänmäki bezahlte sie das Taxi, ging zur Tür von Ukkolas Kriegsveteranenhaus und blieb stehen. Möglicherweise war dies nun wirklich das allerletzte Mal, dass sie dieses deprimierende Haus betreten musste; der Gedanke gab ihr Kraft. Sie klingelte, probierte, ob abgeschlossen war, und trat ein. Sie wusste, dass es wahrlich nicht leicht werden würde, als sie den süßlichen Geruch von altem Schnaps wahrnahm und sah, was sie erwartete.

Jukka Ukkola saß im Bademantel in seinem Liegesessel, der Tisch im Esszimmer war gedeckt und Kerzen brannten. »Ich habe beim Lieferservice etwas Thailändisches bestellt. Mir kam der Gedanke, dass du ja vielleicht später am Abend etwas essen möchtest. Mich jedenfalls macht eine anständige Nummer immer hungrig. Frauenarsch und Fastfood – eine geilere Kombination gibt es nicht.«

Kati Soisalo schüttelte den Kopf. Sie wusste, dass Ukkola es ernst meinte, und das war das Schlimmste. »Ich habe versprochen zurückzukommen, aber erst wenn ... alles in Ordnung ist.« Sie hatte nicht die geringste Absicht, Ukkola auch nur zu treffen, sobald sie Vilma bei sich hatte, aber das würde sie diesem Schwein natürlich nicht verraten.

»Du hast gesagt, dass du noch für irgendein Dokument meine Unterschrift brauchst.« Ukkolas Stimme klang selbstsicher.

»Du bist immer noch Vilmas zweiter Erziehungsberechtigter, ich brauche deine Zustimmung, damit ich für das Mädchen einen Pass besorgen darf. Vilma ist jetzt schon sechs, eine Klage zur Aufhebung der Vaterschaft kann ich nur noch bei einem äußerst schwerwiegenden Grund anstrengen. Ich müsste dem Gericht beweisen, erst jetzt erfahren zu haben, dass du nicht Vilmas Vater bist, und ich bräuchte wohl auch eine DNA-Probe von dir. Für all das bleibt jetzt keine Zeit.«

»Das geht schon klar«, erwiderte Ukkola, schraubte sich aus seinem Sessel hoch, öffnete den Bademantel und präsentierte stolz sein schlaffes Glied.

Kati Soisalo überlegte einen Augenblick. Dann zog sie in aller Ruhe ihre Jeans, die Bluse und das Unterhemd aus und starrte Ukkola eine Weile an wie ein Boxer seinen Herausforderer beim Wiegen. Sie trug nur noch einen schwarzen, mit Spitze besetzten Slip. Schließlich legte sie das Dokument auf den Esstisch und drückte Ukkola einen Kugelschreiber in die Hand.

»Erst die Arbeit«, sagte sie und schob Ukkolas Hand von ihrem halbnackten Hintern weg. Ukkola atmete heftig, er wollte endlich zur Sache kommen und setzte blitzschnell seinen Namen unter die Einwilligungserklärung.

Kati Soisalo schnappte sich das Blatt und stieß Ukkola mit aller Kraft ihr Knie in die Weichteile. »Das war das letzte Mal, dass du mich erpresst«, verkündete sie ihrem Exmann, der zusammengeklappt wie ein Taschenmesser auf den Knien lag und wimmerte. Dann zog sie sich an und verließ das Haus.

* * *

»Lass den Hund raus!«, rief Markku Rinne seiner Frau zu, die an der Haustür stand. Der heftig bellende Finnische Stöberhund schoss wie ein geölter Blitz hinaus in den dunklen und eisig kalten mittelfinnischen Wald und hetzte Leo Kara hinterher.

Kara blutete am Oberarm, der Hund würde ihn selbst mit verbundenen Augen aufspüren. Außerdem konnte er nicht sonderlich schnell rennen, denn dann sank er ein bis zu den Knien; er musste versuchen die ganze Schuhsohle gleichmäßig auf den Schnee zu setzen. Plötzlich spürte er, wie sehr er fror: Das Gesicht war schon völlig gefühllos, die Finger auch. In der Ferne sah er die Lichter auf dem Hof, doch im Wald war es fast stockdunkel. Der Jagdhund Loora kläffte schon dicht hinter ihm. Kara musste mit ausgestreckten Händen rennen, um nicht gegen Baumstämme oder Äste zu stoßen. Er sehnte sich nach dem Mondlicht, dann ging ihm auf, wie leicht Markku Rinne ihn im mondhellen Wald fände.

Gerade als er dachte, noch schlimmer könne es nicht kommen, hörte er ein Geräusch, das ihm das Blut in den Adern gefrieren ließ. Ein Motorschlitten. Er blieb stehen, schaute nach hinten und sah zwei Scheinwerfer und darüber einen schwächeren, schwankenden Lichtpunkt, Markku Rinnes Stirnlampe. Er steckte die Hände in die Taschen, seine Finger waren vollkommen gefroren. Rinne würde ihn innerhalb weniger Minuten finden. Im nächsten Augenblick erreichte ihn Loora, hörte auf zu bellen und leckte das gefrorene Blut an seinen Hosenbeinen. Verdammt, sollte ein Jagdhund sich so verhalten? Kara erkannte, dass er sich in der Dunkelheit verstecken könnte, wenn Loora seinen Standort nicht mit ihrem Gebell verriet.

Kara stürmte wieder los, doch nach ein paar Schritten fing das durchdringende Gekläff von neuem an. Der Hund holte ihn wieder ein und hörte sofort auf zu bellen. Dieser verfluchte Köter. Plötzlich blieb der Motorschlitten etwa fünfzig Meter von Kara entfernt stehen, seine Lichtkegel zeigten zum Glück in eine andere Richtung. Er sah, wie Markku Rinne im Licht seiner Stirnlampe um den Schlitten herum ging, er suchte nach Spuren. Kara meinte, eine Chance zu haben, und dann doch wieder nicht. Er hatte einen Verfolger auf den Fersen, dessen Familie in dieser Gegend schon seit Generationen Elche und Bären und sogar Wölfe jagte ... Und selbst, wenn er Leo Kara nicht fand, so würde Markku Rinne doch seinen besten Freund Loora nicht hier im Frost zurücklassen.

Er konnte aber auch nicht einfach hier stehen bleiben, Kara steckte die Hände wieder in die Hosentaschen, sein Gehirn arbeitete fieberhaft, soweit das die Kopfschmerzen durch die Eiseskälte zuließen. ... *Würde seinen besten Freund nicht zurücklassen* ... Es war eine aus Verzweiflung geborene Idee, aber etwas anderes fiel ihm nicht ein.

Kara zog den Gürtel aus der Hose und packte Looras Halsband. Seine Finger waren steif, fast gefühllos, er hauchte sich ein Dutzend Mal in die Hände. Es dauerte fast eine Minute, bis er es geschafft hatte, die Gürtelschnalle durch die Metallöse am Halsband des sich sträubenden Tieres zu schieben. Ein Kälteschauer nach dem anderen schüttelte ihn, sein Atem ging schnell und sein Herz hämmerte.

»Tut mir leid, Loora«, flüsterte Kara und hob den am Gürtel befestigten Hund hoch, bis er in der Luft schwankte. Verblüfft stellte er fest, wie schwer das Tier war. Er musste seine ganze Kraft aufbieten, um das Gürtelende in knapp zwei Metern Höhe an einem dicken Fichtenast festzubinden. Der Hund hing mit seinem Halsband am Gürtel und strampelte mit allen Gliedmaßen, in ein paar Minuten würde er erdrosselt sein.

»*Wendy, I'm home!*«, rief Kara so laut, dass es im Wald widerhallte.

Markku Rinne, der im Licht seiner Stirnlampe und mit der Schrotflinte in der Hand die Spuren Leo Karas und seines Hundes suchte, hörte Karas Gebrüll, der Mann musste irgendwo in der Nähe sein, höchstens hundert Meter entfernt. Was verflucht hatte Kara vor, war ihm in der Eiseskälte der Verstand eingefroren? Das erste Mal in seinem Leben jagte Rinne einen Menschen, er fühlte sich wie berauscht. Ein Elch oder ein Rentier waren nicht zu Überraschungen imstande, doch jetzt stellte die Jagd eine richtige Herausforderung dar. Er spürte, wie seine Instinkte und Triebe extrem empfindlich auf jeden Reiz reagierten. Die Todesangst trieb Kara ohne Waffe und nur halb angezogen in den stockdunklen, eisig kalten Wald, obwohl er wusste, dass ihm ein Jagdhund und ein Mann mit einer Flinte im Nacken saßen. Kara war verrückt, wenn er sich einbildete, er könnte entkommen.

Markku Rinne sprang auf den Motorschlitten, drehte die Scheinwerfer in die Richtung, aus der Kara seiner Meinung nach gebrüllt hatte, und schaltete den Motor aus. Dann rief er seinen Hund zweimal und lauschte. Nichts, weder ein Bellen noch ein Rascheln im Schnee. Er startete den Schlitten, gab Gas und fuhr langsam los.

Nach etwa zwanzig Metern erfassten die Lichtkegel etwas, das zu fliegen schien. Er richtete seine Flinte auf diese Erscheinung. Da bewegte sich wirklich etwas in der Luft ... Erst wollte er seinen Augen nicht trauen, doch zehn Meter von Loora entfernt musste er es wohl oder übel: Leo Kara versuchte seinen Hund zu erhängen.

Rinne stoppte den Motorschlitten fünf Meter vor Loora, die plötzlich aufhörte zu strampeln. Die Scheinwerfer beleuchteten den Hund, die Fichte, an deren Ast er hing, und die Umgebung in einem Radius von mehreren Metern. Kara war entweder geflohen oder lauerte irgendwo im Dunkeln. Doch eine Gefahr stellte er für ihn nicht dar, Rinne konnte dank seiner Lampe weit genug sehen, zudem war Kara unbewaffnet und litt in der Kälte garantiert schon unter einer Hypothermie.

Vorsichtig ging Rinne um die Fichte herum, an der Loora hing, und blieb vor seinem Hund stehen. Für einen Augenblick müsste er die Flinte loslassen, sonst würde er es nicht schaffen, den um den Ast gebundenen Gürtel zu öffnen.

Rinne schwang sich die Flinte so auf den Rücken, dass der Lauf nach hinten zeigte, und klemmte sich den Gewehrkolben zwischen Kinn und Schulter. Jetzt hatte er die Hände frei. Er steckte die Jagdhandschuhe in die Hosentaschen seines Thermoanzugs, griff nach oben und zog so lange an dem Gürtel, bis sich der Knoten öffnete und der Hund aufjaulend in die Schneewehe fiel. Im selben Moment kam etwas aus dem Schnee, packte ihn an den Fußgelenken und zog ihm die Beine weg. Dann ging es Schlag auf Schlag: Rinne stürzte bäuchlings in den Schnee, drehte sich auf den Rücken und stand auf, im selben Moment erhob sich Kara schwankend, er hatte sich im Schnee eingegraben und war noch vollkommen weiß. Rinne bückte sich, um seine Flinte aufzuheben, aber Kara hatte schon einen Schuh darunter geschoben und schleuderte sie mit dem Fuß in hohem Bogen weit weg. Die beiden Männer starrten sich einen Augenblick an. Dann stürmte Rinne seiner Waffe hinterher und Kara zum Motorschlitten.

* * *

Maximilian Messmer saß in einem Sessel und genoss den kühlen Luftzug, den die Klimaanlage erzeugte. Er war mehr als zufrieden mit seiner Unterkunft in Lubumbashi: Das Appartment im Hotel Bougain Villa verfügte über alle Annehmlichkeiten, und seine Terrasse führte in den grünen Garten. Etwas anderes erfüllte ihn hingegen mit tiefer Besorgnis: Ein Mann, der sich als Sylvain Zakuani vorgestellt hatte, war soeben an seiner Tür erschienen und wollte mit ihm reden. Das Weiße im Auge des tiefschwarzen, schönen Mannes, der vor ihm in einem Rattansessel saß, schimmerte gelblich und er sprach ein ausgezeichnetes Französisch.

»Wir benötigen dringend finanzielle Unterstützung. Sie können sich nicht einmal vorstellen, was für Gräuel das Hema-Volk derzeit im Ost- und Nordostkongo erleben muss. Mit Worten lässt sich das nicht beschreiben. Die Kämpfer des Lendu-Stammes essen Menschen, sie schlachten ihre Opfer wie Tiere, verschlingen ihre Herzen und machen aus ihren Eingeweiden Kopfbedeckungen«, erzählte Sylvain Zakuani. Er redete wie jemand, der in seinem Leben schon zu viele Tote und zu viele Gräuel mit ansehen musste.

Maximilian Messmer fiel es schwer, zu glauben, dass dieser Bericht der Wahrheit entsprach und dass alles, was er jetzt erlebte, wirklich geschah. Noch vor drei Tagen war er ein durch und durch korrumpierter, von Sterneküche füllig gewordener Züricher Bankier gewesen, der in Geld schwamm. Nun war er ein Mann mit einem Gewissen, der sich auf der Flucht befand und in einem Appartmenthotel im dunklen Herzen Afrikas dem Bericht eines ihm völlig fremden Kongolesen über einen Völkermord zuhörte. Messmer gefiel sein neues Leben.

»Auf der anderen Seite der Grenze in Uganda, an der Südspitze des Albertsees, liegt ein Fischerdorf namens Ntoroko. Dort ist die Lage am schlimmsten – weit mehr als zehntausend Hema-Flüchtlinge sind allein im Laufe des letzten Monats in das Dorf gedrängt. Sie kommen in der Hauptsache aus Bunia auf der kongolesischen Seite, wo die Lendu-Soldaten schon Hunderte, wenn nicht Tausende Zivilisten getötet haben. Die Angehörigen des Stammes der Hema wurden aus nahezu allen Dörfern zwischen der Stadt Bunia und der Grenze zu Uganda vertrieben. In der Region leben nur noch Lendu und ihre Verbündeten, die Milizionäre vom Ngiti-Stamm.«

Maximilian Messmer brauchte sich nicht zu bemühen, ein mitfühlendes Gesicht zu machen, das kam ganz von allein. »Entsetzlich. Der Stamm der Hema benötigt wirklich Hilfe von außen. Aber warum sind Sie zu mir gekommen? Woher wissen Sie überhaupt, dass ich hier wohne?«

»Meine Bekannten bei der Organisation ›Save the children‹ haben mir von Ihnen erzählt und gesagt, Sie seien ein wohlhabender Mann, der das Herz auf dem rechten Fleck hat. Wir erhalten vom Staat keinerlei Unterstützung, und die Hilfsorganisationen können längst nicht allen helfen ...«

»Ich unterstütze kein Projekt direkt. Spenden stelle ich nur über Vermittler zur Verfügung, über Hilfsorganisationen. Ich möchte meine Privatsphäre ... schützen. Anonym bleiben. Aber ich verspreche, dass ich mich mit Ihrem Bericht und der Lage des Stammes der Hema beschäftigen werde. Genügt Ihnen das?«, sagte Messmer und erhob sich.

Sylvain Zakuani lächelte übers ganze Gesicht. Er reichte Messmer seine Visitenkarte, ergriff dessen rechte Hand und schwenkte sie auf und nieder wie einen Pumpenschwengel.

Als Messmer den Kongolesen, der gar nicht aufhören wollte, sich zu bedanken, schließlich losgeworden war, hastete er ins Bad, ließ mit viel Mühe Wasser und verfluchte seine Prostata oder wohl eigentlich sein Alter. Zakuanis Horrorgeschichte ging ihm noch durch den Kopf. Afrika war wirklich eine eigene Welt: Kannibalismus, Kindersklaven, Zehntausende Pygmäen als Sklaven der Bantu, die im Kongo die Macht hatten ... Aber genau deswegen war es ja sein Wunsch gewesen, hierher zu kommen. Millionen afrikanische Kinder wurden gezwungen, unter unmenschlichen Bedingungen in Bergwerken zu schuften, oder als Sexsklaven und Diener ins Ausland verkauft. Es gab auf der Welt Hunderttausende Kindersoldaten, die Hälfte davon in Afrika. Und Mundus Novus hatte mit allen Formen des Sklavenhandels und der Zwangsarbeit Geschäfte gemacht. Mit seiner Hilfe.

Messmer trat an den Kühlschrank und goss sich ein Glas Mineralwasser ein. Er musste künftig noch vorsichtiger sein: Den Mitarbeitern der Hilfsorganisationen wie auch allen anderen galt es eindeutig und unmissverständlich klar zu machen, dass sein Name nirgendwo erscheinen durfte, in keinem Zusammenhang. Ansonsten käme er binnen kurzem auch den Russen zu Ohren.

Nun würde er sich endlich an die Arbeit machen, beschloss Messmer, als er das kleinere Schlafzimmer seiner Wohnung betrat. Er wollte die Russen entlarven, denn wenn er es nicht tat, würde es niemand tun. Er selbst, Maximilian Messmer, hatte das Milliardenvermögen der Begünstigten von Mundus Novus so gekonnt und für die Behörden unerreichbar in Sicherheit gebracht, dass niemand imstande wäre, ihnen etwas anzuhängen. Die Mundus Novus zugeflossenen Gelder waren nach ihrem Eingang in Vermögensverwaltungsgesellschaften auf den Bahamas und den Cayman-Islands gelenkt worden, die sich im Besitz einer Liechtensteiner Stiftung befanden. Die Besitzanteile von Timtschenko, Kowaltschuk und dem Unternehmen Gunvor an dieser Stiftung wiederum waren in Inhaberschuldscheine umgewandelt worden, die er in der Bank Messmer & Cie. aufbewahrt hatte. Diese Schuldscheine waren nun mit den von ihm am letzten Montag ausgefertigten Überlassungsurkunden an die beiden Russen und an Gunvor übertragen worden. Eine geniale Regelung, hunderprozentig sicher und völlig legal. Die Namen der Begünstigten von Mundus Novus standen in keinem einzigen Dokument der Bankunterlagen von Messmer & Cie., und auch der ganze Stapel von Schuldscheinen war im Tresor der Bank lediglich aufbewahrt worden, demzufolge brauchte die Bank sie in den Bilanzdaten nicht aufzuschlüsseln.

Messmer hatte sich auf dem Spiegeltisch im Schlafzimmer ein kleines Homeoffice eingerichtet: Da stand der Tabletcomputer, mit dem er ins Internet gehen würde, und der kleine mobile Drucker passte noch daneben. Aus dem Leben, das er hinter sich gelassen hatte, hatte er nur eine Sonnenbrille mitgenommen, eine Wayfarer, Modell 1958, der er den Verlust seiner Unschuld zu verdanken hatte. Und ein Fotoalbum, das seine liebsten Erinnerungen enthielt: Die sieben Kindermädchen, die seine Launen längere Zeit ertragen hatten, und sechsunddreißig Fotos von den Jahrfeiern des Kunst-Clubs der Züricher Bankiers.

Er schaltete den Computer ein und starrte ungeduldig auf das Display; seit gestern wartete er auf einen Zugang zum Internet. Das galt in der Demokratischen Republik Kongo nicht als lange Zeit, aber einem Schweizer Bankier, der es gewöhnt war, dass die Dinge schnell gingen, kam es vor wie eine Ewigkeit. Schließlich freute er sich schon seit Jahren darauf, diesen Augenblick zu genießen. Endlich erschien der Internetbrowser auf dem Bildschirm. Messmer bewegte die Mouse und strahlte wie ein Kind, als sich die Webseiten problemlos vor seinen Augen öffnen ließen. Er konnte sich nicht entsinnen, wann er das letzte Mal so voller Begeisterung und Energie gewesen war.

Der Schweizer Bundespolizei hatte er jetzt schon eine Zusammenfassung all dessen geschickt, was er über Mundus Novus wusste, aber das würde nicht genügen. Zwar war er im Laufe der Jahre zu dem Schluss gekommen, dass sich Mundus Novus an vielen kriminellen Projekten beteiligte und mit den gefährlichsten Staaten der Welt kooperierte. Doch die Russen hatten peinlich genau darauf geachtet, dass er keinerlei Beweise in die Hände bekam. Akribisch überwachten sie alles, was er tat. So war es ihm nicht gelungen, die Geschäftstätigkeit der Stiftung Mundus Novus oder ihrer Begünstigten richtig zu untersuchen. Etwas Wichtiges aber wusste er doch – die Kontonummern. Maximilian Messmer kannte fast alle Kontonummern der wichtigsten Kooperationspartner von Mundus Novus auswendig. Er verfügte gar nicht über ein besonders gutes Gedächtnis, aber die vierzigjährige Laufbahn in der Bankenwelt hatte ihn das eine und andere gelehrt. Unter anderem, wie man sich Zahlenreihen einprägte. Er kannte Hunderte Kontonummern aus dem Gedächtnis, und die wichtigsten, die mit Mundus Novus zusammenhingen, hatte er von Zeit zu Zeit im Kopf wiederholt, damit er sich im richtigen Moment auch an sie erinnern würde. Und dieser Moment war heute gekommen.

Messmer schrieb E-Mails, seine Finger tippten in raschem Tempo über die Tasten. Er hoffte, dass sich die Nachricht von seinem Verschwinden noch nicht wie ein Lauffeuer in der Welt der Banken verbreitet hatte, denn das könnte die Durchführung seines Plans verzögern. Der Plan bestand nämlich darin, seine im Laufe von Jahrzehnten aufgebauten Beziehungen zu den Eigentümern und Direktoren Dutzender Banken und Finanzinstitute zu nutzen, um anhand der Kontonummern lückenlos aufzuklären, mit wem Mundus Novus zusammengearbeitet hatte. Und danach dürften die Behörden für ihn Rache nehmen.

* * *

Leo Kara schwang sich mit froststeifen Beinen auf den Motorschlitten, im selben Augenblick griff Markku Rinne nach seiner Flinte und fluchte, weil Schnee in die Läufe gekommen war. Karas Finger waren gefroren, sodass er den Gashebel mit beiden Händen betätigen musste. Die Scheinwerfer des Schlittens warfen zwei grelle Lichtkeile in den stockdunklen Wald. Jetzt musste er nur noch schnell genug von Rinne wegkommen, bevor der die Läufe seiner Waffe gereinigt hatte. Er gab mehr Gas und wäre fast gegen eine Kiefer geprallt. Wenig dahinter jedoch endete der Wald und vor ihm lag freies Feld. Der eisige Wind betäubte seine Haut, es war, als wäre er in ein Eisloch gesprungen. Da keine Bäume mehr auftauchten, schaltete er die Scheinwerfer aus. Nur ein paar Sekunden später krachte ein Schuss und Kara spürte auf dem Rücken zwei leichte Stiche. Auf die Entfernung verloren die Geschosse der Schrotflinte ihre Durchschlagskraft.

Als er einen zweiten und dritten Schuss hörte, der Schrothagel jedoch an ihm vorbeiflog, glaubte Kara auf einmal daran, dass er eine Chance hatte, sich zu retten. Aber nur, wenn er ins Warme kam, und zwar sofort. Die Kälteschauer ließen nach, sein Denken stockte und die Müdigkeit gewann allmählich die Oberhand. Der Frost hatte seine Muskeln so steif werden lassen, dass er sich voll konzentrieren und den ganzen Körper einsetzen musste, um den Schlitten zu lenken. Als Kara sich, soweit er es erkennen konnte, dem Rand des Feldes näherte, schaltete er die Scheinwerfer ein, duckte sich und beugte sich über den Lenker, aber es krachten keine Schüsse mehr. Er verschwand im schützenden Wald.

Kara fuhr weiter und blieb erst stehen, als Rinne das Motorgeräusch des Schlittens auf keinen Fall mehr hätte hören können. Rasch schob er die Hände und den Kopf unter sein Hemd und hauchte sich warme Luft auf die Brust, seine Körpertemperatur war garantiert schon lebensgefährlich niedrig. Er hatte kein Gefühl mehr in den Ohren und in den Wangen, im Kinn, in der Nase und den Fingern. Und er hatte nicht die geringste Ahnung, wo er sich befand. In dieser Gegend gab es ein paar Bauernhöfe, aber sie lagen weit voneinander entfernt. Wenn er einfach aufs Geratewohl durch den Wald fuhr, um ein Gehöft zu suchen, würde er erfrieren.

Angestrengt bemühte er sich, sein Gehirn zum Arbeiten zu zwingen, aber selbst die Gedanken schienen eingefroren zu sein. Er schaute sich um und bemerkte im Gepäckträger des Schlittens einen großen Werkzeugkasten, der mit einer Gepäckspinne befestigt war. Darin fanden sich ein Franzose, eine Schachtel Streichhölzer in einem wiederverschließbaren Beutel, Ringmaulschlüssel, ein paar Schraubenzieher, ein Schmiermittel-Spray und ein großes Bündel Putzwolle.

Seine Hände waren froststarr, er konnte sie fast nicht mehr bewegen und schaffte es nur mit Mühe, sich die Streichhölzer in die Hosentasche zu schieben. Dann schüttete er die anderen Sachen aus dem Kasten in den Schnee. Um den Motorschlitten zu kippen und auf den Kopf zu stellen, brauchte er mehrere Minuten. Sein Tastsinn funktionierte kaum noch, es fiel ihm schwer, die Balance zu halten. Kara stellte den Werkzeugkasten unter den Tank des Schlittens, öffnete den Verschluss und ließ das Benzin herauslaufen, es schwappte schließlich über den Rand. Dann spritzte er Benzin auf die umstehenden Baumstämme, befeuchtete mehrere kleine Büschel Putzwolle und legte sie auf die schneefreien Astansätze der dichtesten Fichten ringsum.

Kara spannte alle Kräfte an, um den Plastikbeutel mit den Streichhölzern wieder aus der Tasche zu holen, und schaffte es schließlich. Den Beutel musste er mit den Zähnen aufreißen, denn er konnte die Finger nicht mehr beugen. Er nahm zwei Streichhölzer zwischen die Zähne und versuchte sie anzuzünden. Seine Augenbrauen wurden versengt, als es ihm endlich gelang. Er ließ die brennenden Streichhölzer auf die benzingetränkte Putzwolle fallen, die sofort in Flammen aufging. Dann zog er sich die Hemdärmel als Schutz über die Hände und zündete mit der Putzwolle ein halbes Dutzend Bäume an.

Kurz bevor Leo Kara die Wärme des Feuers hätte genießen können, verlor er das Bewusstsein und blieb im Schnee liegen, während sich um ihn herum in den brennenden Bäumen ein Feuersturm ausbreitete.

6

Freitag, 10. Februar

In den meisten westeuropäischen Ländern stellen Stürze die häufigste Todesursache bei Unfällen dar, dachte der Killer des FSB, der einen weißen Schutzanzug trug und »der Ukrainer« genannt wurde. Vielleicht galt das auch in Finnland. Aber die Bewohner dieses eisig kalten Landes hatten Gewohnheiten und Traditionen, die man sich in seinem Beruf unbedingt zunutze machen sollte. Nach seinen Informationen betrank sich der ehemalige finnische Ministerpräsident zuweilen über alle Maßen, und Unfälle von Besoffenen ließen sich spielend leicht inszenieren. Allerdings hatte er keine Zeit abzuwarten, bis sich der Expolitiker wieder einmal volllaufen ließ. Der Anschlag musste noch am selben Tag verübt werden, da Frau und Kinder des Zielobjekts gerade Verwandte besuchten. Also hatte er sich einen Plan ausgedacht, der so speziell war wie kein Plan zuvor in seiner Karriere als Hitman.

Der Ukrainer saß in einem Mietwagen am Rande der Sandelsinkatu in Taka-Töölö, blickte zum x-ten Mal zu den Wohnungsfenstern des ehemaligen Ministerpräsidenten hinauf und spürte, wie ihm das Adrenalin ins Blut schoss – endlich war das Licht ausgegangen. Seine Uhr stand auf 00:24. Der Killer wartete noch eine halbe Stunde und nahm dann die Tasche mit seinen Utensilien vom Beifahrersitz. Im Treppenhaus stülpte er sich die Kapuze seines Schutzanzugs über den Kopf, setzte die Schutzbrille auf, befestigte den Atemschutz und zog die Handschuhe aus nitrilbeschichteter Dyneema-Faser an. Er trug Gummistiefel, seine Hosenbeine und die Ärmel waren mit Klebeband verschlossen. Er würde keinerlei Spuren hinterlassen.

Nachdem er mit einem tagsüber angefertigten Schlüssel vorsichtig die Wohnung der Zielperson geöffnet hatte, trat er in den Flur und lauschte einen Augenblick, bevor er ins Schlafzimmer ging. Dort holte er aus seiner Tasche die bereits gefüllte Injektionsspritze, suchte im Licht der Stiftlampe eine geeignete Stelle am Fuß des schlafenden Mannes und spritzte seinem Opfer eine ausreichende Dosis Zaleplon. Der Vorteil dieses Schlafmittels, das wie Benzodiazepin wirkte, bestand in seiner kurzen Halbwertzeit von nur zwei Stunden.

Der Ukrainer ging in die Sauna der Wohnung und blieb vor dem Bedienungsfeld des elektrischen Saunaofens stehen. Er stellte die Temperatur und die Heizdauer auf das Maximum ein, so war für die nächsten vierundzwanzig Stunden in der Sauna eine Hitze von mindestens 100 °C garantiert.

Auf diese Tötung wäre sogar Manas stolz, dachte der Ukrainer und setzte sich auf den Hocker aus Roterlenholz im Waschraum, um zu warten. Der legendäre Manas. Jener Mann, der in den besten Zeiten seiner unvergleichlichen Laufbahn einmal im Ölbehälter der Villa eines Opfers versteckt auf seine Chance gewartet hatte, und das drei Tage lang. Der Ukrainer wusste, dass er unglaubliches Glück gehabt hatte, als er damals die Armee verlassen und in diese Spezialeinheit wechseln konnte. Es war dieselbe kleine Eliteeinheit, in der auch Manas während seiner Zeit beim FSB gedient hatte. Wäre er Soldat geblieben, hätte garantiert binnen kurzem eine Kugel von Aufständischen in irgendeinem gottverlassenen kaukasischen Krisengebiet seinem Leben ein Ende gesetzt.

Der Ukrainer schob die Hand unter seinen Schutzanzug und holte aus der Brusttasche seines Hemdes ein zusammengefaltetes Blatt Papier heraus, seinen Talisman – den Befehl, durch den das Töten seine Arbeit geworden war.

FSB / Instruktion

Datum: 19. 3. 2003
Geheim
Nur für den internen Gebrauch
Darf nicht kopiert werden
Unterzeichner: Generaloberst N. Netschajew,
Erster Stellvertretender Leiter, Abteilung für Gegenspionage.

Betr.: Vernichtung der Aktivitäten von Extremistenbewegungen

Die Eliminierung der Führer von illegalen Terroristenorganisationen bzw. -gruppen und extremistischen Bewegungen sowie von steckbrieflich gesuchten Personen, die das Territorium Russlands gesetzwidrig verlassen haben, auf dem Gebiet und in unmittelbarer Nähe von Nachbarstaaten der Russischen Föderation sowie auf dem Territorium der Europäischen Union ist von jetzt an zulässig.

Als extremistische Bewegungen werden alle Gruppen und Organisationen angesehen, die Morde, Entführungen und andere als besonders schwer eingestufte Verbrechen begehen, die gegen Bürger Russlands, gegen den russischen Staat oder die Administration gerichtet sind.

Zur Durchführung der oben genannten Aufgaben werden Gruppen geschaffen, die eine gründliche Ausbildung für Operationen im Ausland und insbesondere auf dem Territorium der Europäischen Union erhalten.

N. Netschajew

Als genug Zeit vergangen war, kehrte der Ukrainer ins Schlafzimmer zurück, schlug seinem Opfer ein paarmal gezielt mit der flachen Hand ins Gesicht, um sich zu vergewissern, dass der Mann bewusstlos war, deckte ihn auf und zog ihm den Pyjama aus. Dann trug er ihn in die Sauna auf die oberste Pritsche und schloss die kupfergetönte Glastür. Er schob den zusammengelegten Pyjama unter das Kopfkissen, machte das Bett und brachte die Kleidungsstücke, die der Mann am Tage getragen hatte, in den Umkleideraum der Sauna. Zum Schluss ließ er die Jalousien herunter, zog die Gardinen zu, schaltete das Licht überall an und schaute sich kurz noch einmal um. Vierundzwanzig Stunden würden locker reichen, um das Opfer garen zu lassen, bis es tot war, und es konnte gut sein, dass der durch die Sauna angeregte Stoffwechsel alle Zaleplonspuren im Körper beseitigte, bevor der Tod eintrat.

Der Ukrainer ging ins Arbeitszimmer, in der Ecke stand, wie man es ihm gesagt hatte, ein Tresor der Marke Robur. Er holte aus der Tasche ein Gerät so groß wie ein Handy, befestigte dessen Impulsgeber am digitalen Kombinationsschloss des Tresors und setzte sich hin, um zu warten, während das Gerät mit enormer Geschwindigkeit fünfziffrige Codes in das Schloss eingab. Schließlich wurde die richtige Zahlenreihe gefunden. Der Ukrainer öffnete den Tresor und breitete den Inhalt auf dem Fußboden aus. Die luft- und wasserdichte Box mit Unterlagen steckte er in seine Tasche, ebenso alle alten Kalender und die anderen Dokumente. Eine uralte Pistole, die wahrscheinlich aus der Kriegszeit stammte, und eine Krugerrand-Goldmünzen-Sammlung legte er zurück in den Tresor und verschloss ihn wieder.

Nach einem kurzen Abstecher in die Küche ging er ins Schlafzimmer zurück und suchte im Radiowecker einen Musiksender, dann setzte er sich auf den Fußboden und aß ein paar Scheiben geräucherten Schinken. Sie schmeckten wässrig. Überraschenderweise tauchte aus seinem Gedächtnis eine Erinnerung an die Kindheit in der Ukraine auf, an die Feiern in seinem Heimatdorf Dihory. Damals hatte man vierzig Kilo schwere Mastschweine lange am Spieß über der Glut von Eichenholzscheiten gedreht und als Gewürz nur Knoblauch und Salz verwendet. Bei besonders großen Feiern füllte man das Schwein mit Würsten und neuen Kartoffeln. Man ließ es etwa sechs Stunden garen und anschließend eine halbe Stunde abkühlen, dann löste man das Fleisch von den Knochen und servierte es mit grünen Zwiebeln, Weißbrot und Butter.

Nach drei Stunden Wartezeit ging der Ukrainer schließlich in die Sauna zurück. Er prüfte den Puls des Mannes und zog ihm die Augenlider hoch; er befand sich im Zustand tiefer Bewusstlosigkeit, aus dem nicht einmal ein Finne wieder aufwachen würde.

* * *

Kati Soisalo stand hinter Paranoid und schaute zu, wie der Superhacker im Arbeitszimmer seiner Wohnung auf den elektronischen Wellen des Internets surfte.

»Du sollst mir nicht ständig im Nacken sitzen«, fauchte Paranoid und drehte sich zu ihr um. »Es dauert eben seine Zeit. Mach uns meinetwegen was zu essen. Oder sauf dir einen an. Mach irgendwas.«

Kati Soisalo bemühte sich, die Fassung zu bewahren. »Ich habe den Flug nach Frankfurt schon für morgen früh gebucht.«

»*Trust me.* Du willst diesen Albanern doch nicht mit leeren Händen gegenübertreten. Wenn du mit ihnen verhandeln möchtest, brauchst du etwas, was du für Vilma anbieten kannst. Informationen«, sagte Paranoid und hämmerte weiter auf die Tastatur.

Kati Soisalo verließ das Arbeitszimmer, sie wusste, dass Paranoid recht hatte. Die illegale Adoption ihrer Tochter war mit Jukka Ukkolas Hilfe von der Gruppe Veliki organisiert worden, die zur albanischen Mafia gehörte. Und die war weltweit eine der brutalsten, wenn nicht sogar die brutalste ethnische kriminelle Gruppe. Ihre locker zusammenarbeitenden fünfzehn Clans trieben in Europa und in Amerika Drogen-, Waffen- und Menschenhandel. Die albanische Mafia hatte Hunderttausende illegale Einwanderer nach Belgien geschmuggelt, sie unterhielt drei Viertel der Bordelle in Großbritannien und hatte in der Unterwelt von Norwegen, Schweden und Dänemark fest Fuß gefasst. Auch in den USA zählte die albanische Mafia laut FBI bereits zu den größten kriminellen Organisationen und bedrohte die traditionelle Vormachtstellung der Familien italienischer Herkunft in der Unterwelt. Die Albanerclans erinnerten an die alten sizilianischen Mafiafamilien: Sie fürchteten nichts, verachteten die Behörden, gingen keine Kompromisse ein, operierten extrem gewalttätig und unberechenbar, duldeten keinerlei Beleidigungen und behandelten ihre Feinde mit außergewöhnlicher Grausamkeit. Sie scheuten sich nicht zu töten, und ihr internes Gesetz des Schweigens war noch strenger als die berühmte *Omertà* der italienischen Mafia. Selbst die anderen kriminellen Organisationen arbeiteten nicht gern mit den Albanern zusammen.

Kati Soisalo warf einen Blick auf ihren Koffer, der schon neben der Wohnungstür stand. Sie hatte ihn hierher geschleppt, weil sie ahnte, dass sie erst auf den letzten Drücker zum Flughafen aufbrechen würde. Wenn sie Vilma zurückbekommen wollte, blieb ihr nichts anderes übrig, als mit den Albanern zusammenzuarbeiten, so widerwärtig das auch war. Die Organisation Veliki hatte sich auf den Kinderhandel spezialisiert, sie beschaffte sich Kinder, die sie dann verkaufte, von südosteuropäischen Kriminellen und von armen oder drogensüchtigen ukrainischen oder russischen Müttern sowie von Roma-Frauen auf dem Balkan. Veliki hatte sich überall in Westeuropa eingenistet und besaß sogar Kinderfabriken, in denen gegen ihren Willen geschwängerte junge Frauen Babys zur Welt brachten, die von der Organisation dann weiterverkauft wurden, ehe man die Mütter zur Prostitution zwang. Es erschien unfassbar, zu welchen Grausamkeiten Menschen imstande waren.

»Wir ... du musst Informationen über diesen Mann namens Selami finden!«, rief Kati Soisalo sicherheitshalber, obwohl Paranoid sehr genau wusste, wer sie im Oktober vorigen Jahres in Frankfurt bedroht hatte. Kati Soisalo erinnerte sich an den vor Hass triefenden Blick des Chefs der Organisation Veliki. Selami hatte den Adoptiveltern Vilmas sein Wort gegeben, dass sie das Mädchen behalten könnten, und »wenn ein Albaner sein Wort gibt, dann verliert er lieber seinen Sohn, als es zu brechen.« Das hatte Selami genau so gesagt. Und auch, dass der Fall Vilma niemals vor Gericht käme, das lasse die Organisation nicht zu. Die Albaner würden Kati liquidieren, noch bevor sie mit den Behörden reden konnte.

»Na also, jetzt geht's los!«, rief Paranoid, und Kati Soisalo stürmte ins Arbeitszimmer.

Jonny »Paranoid« Karlsson lächelte, sein ganzes Wesen strahlte Zufriedenheit aus. »Der Name des Mannes, den du getroffen hast, lautet Selami Metalla. Er ist der absolut alleinherrschende Chef der Organisation Veliki. Und anscheinend hat er eine, nun ja, entscheidende Schwäche.«

* * *

Leo Kara platzte fast die Lunge. Um ihn herum war eisig kaltes Wasser, das er mit Armen und Beinen durchpflügte, er kraulte mit aller Kraft, aber die über ihm schimmernde Wasseroberfläche und das helle Licht rückten keinen Millimeter näher, er strampelte auf der Stelle. Während er eine Maske aus Birkenrinde schnitzte, die ihn in der Einöde vor dem schneidenden Wind schützen sollte, war er auf einem glitschigen Felsen ausgerutscht und in einen See gefallen. Jetzt wurde das Licht plötzlich immer heller, es kam näher …

Kara öffnete die Augen, richtete sich ruckartig auf und stieß mit dem Kopf gegen die Stiftlampe in der Hand einer Krankenschwester.

»Na, guten Morgen, sind wir nun aufgewacht. Leg dich mal in aller Ruhe wieder hin, es ist alles in Ordnung. Du bist in Jyväskylä in der Notaufnahme des Mittelfinnischen Zentralkrankenhauses. Ich bin Stationsschwester Essi Juvonen. Du verstehst doch, was ich sage? Du hast Brandwunden und auch Erfrierungen, zum Glück nur leichte. Die sind alle schon versorgt, und außerdem hast du Schmerzmittel bekommen. Das wird schon wieder …« All das sagte die freundliche Frau im weißen Kittel, die neben Leo Karas Krankenbett stand.

»Wie bin ich hierher geraten?«, fragte Kara.

»Man hat dich, wie ich gehört habe, in Leppävesi gefunden, in einem brennenden Waldstück. Das ist, soweit ich mich erinnern kann, das erste Mal, dass im Winter ein Waldbrand ausbricht«, antwortete sie und lachte. »Irgendein Einheimischer ist hingegangen, um sich das anzugucken, er hat dich dort im Schnee mitten im Feuer gefunden. Dem Mann hast du dein Leben zu verdanken, das kannst du mir glauben.«

Plötzlich fiel Kara ein, was Eeva Rinne erzählt hatte, und nun hörte er die Stimme der Krankenschwester nur noch als undeutliches Murmeln. Er schloss die Lider, als sie ihm mit der Stiftlampe in die Augen leuchten wollte. *Emma ist sehr wohl am Leben, sie wohnt in Kaliningrad.* Das waren Eeva Rinnes Worte gewesen.

»Ich sage dem Arzt Bescheid, dass du aufgewacht bist. Hier ist auch jemand von der Polizei, der darauf wartet, mit dir zu sprechen«, sagte die Stationsschwester und verließ das Zimmer.

Kara spürte einen nicht näher bestimmbaren Schmerz im Arm und schob die Decke beiseite. Da und dort Verbände, an den Rändern war die Haut gerötet. Er betastete seinen Körper, die Erfrierungen oder Brandwunden reagierten nicht sehr empfindlich auf Berührung. Kälte war eine furchterregende Naturkraft: Hitze hielt ein Mensch stundenlang aus, aber beißender Frost drang rasch in Mark und Bein.

Emma wohnte in Kaliningrad. Eeva Rinnes Worte kreisten in Karas Kopf. Wie um alles in der Welt war das möglich, wurde Emma dort gegen ihren Willen festgehalten? Warum hatte sich seine Schwester nicht bei ihm gemeldet? Kara bewegte seine Gliedmaßen und freute sich, weil er gerade beschlossen hatte, nach Kaliningrad zu reisen, sobald sein Zustand das zuließ.

Plötzlich klingelte das Festnetztelefon auf dem Nachttisch neben seinem Krankenbett. Er schaute sich verwundert um und griff schließlich zum Hörer. Die Stationsschwester teilte ihm mit ihrer klaren Stimme mit, ein Gespräch läge für ihn an, und verband ihn, ohne um seine Erlaubnis zu bitten.

»Die haben wieder mich angerufen«, sagte Betha Gilmartin. »Ich weiß nicht, ob es eine Ehre oder ein Fluch ist, dass du mich als deinen nächsten Angehörigen angegeben hast. Die Polizei behauptet, du wärest beinahe erfroren.«

Kara kam sofort zur Sache. Er versicherte, es gehe ihm gut, und erzählte dann, was Eeva Rinne verraten hatte. »Ich fahre nach Kaliningrad, sobald ich dazu imstande bin, hoffentlich noch heute.«

»Ja, natürlich, das fehlte gerade noch. Mensch, Junge, hast du denn gar keinen Selbsterhaltungstrieb?«

Kara wich Bethas Frage aus. »Kannst du mir helfen? In dem ganzen Material über Vater und Mundus muss doch wenigstens ein kleiner Anhaltspunkt zu entdecken sein, der helfen könnte, Emma zu finden.«

Bei seinen letzten Worten betrat ein großer und hagerer Arzt mit strenger Miene das Zimmer, Kara verabschiedete sich rasch und beendete das Gespräch.

Der Arzt nannte seinen Namen und seine Funktion, fragte, ob es ihm recht sei, wenn er ihn untersuche, und prüfte schnell und mit sicheren Griffen Karas Zustand. »Ein Wachtmeister von der KRP wartet schon einige Zeit darauf, dass du erwachst. Schaffst du es, jetzt mit ihm zu sprechen?«

Kara antwortete mit einer Frage: »Wann darf ich raus?«

»Vielleicht schon morgen.«

Kara schüttelte den Kopf. »Das geht nicht. Ich kann nicht warten, jetzt wo ...«

»Hier wird niemand gezwungen zu bleiben«, fuhr der Arzt ihn in barschem Ton an. »Patienten, die entgegen der Empfehlung des Arztes das Haus verlassen, müssen allerdings unterschreiben, dass sie das auf eigene Verantwortung tun.«

»Wo ist der Polizist?«, erkundigte sich Kara. Er wollte die obligatorischen Dinge auf dem schnellsten Wege erledigen.

Es dauerte eine Weile, bis der Arzt mit dem Kriminalhauptwachtmeister in Zivil zurückkehrte und sagte: »Sie haben eine Stunde Zeit. Wenn das nicht reicht, dann machen Sie morgen weiter.«

Dann bin ich nicht mehr in Finnland, dachte Kara und nahm sich vor, den Polizisten so bald wie möglich wieder loszuwerden. Danach durfte Kati Soisalo für ihn einen Flug nach Kaliningrad buchen.

7

Freitag, 10. Februar

Der schwarzhaarige Kirgise, der nur auf den Namen Manas hörte, stand vor der vollbusigen Hautärztin und der plastischen Chirurgin mit den schönen Augen und trug nichts weiter als an seinem fettfreien, aber mit Narben übersäten Körper eng anliegende Boxershorts. Es war fast vier Monate her, dass Leo Kara eine Propanexplosion ausgelöst hatte, bei der Manas schwere Brandverletzungen erlitt. Könnte er etwas fühlen, wäre er diesen Frauen dankbar für das, was sie für ihn getan hatten. Aber aufgrund seiner Krankheiten, einer Alexithymie und eines geschädigten himmelblauen Ortes im Hirn, war er nicht fähig, irgendwelche Gefühle zu empfinden. Also konzentrierte Manas sich jetzt nur darauf, eine Erektion zu unterdrücken. Dabei überlegte er, wie angenehm das Sexleben eines Profikillers doch sein könnte, würden die Regeln des Krieges bloß überall gelten.

»Wenn ich die Fotos betrachte, würde ich behaupten, Ihre Nase sieht jetzt besser aus als zuvor – sie ist spitzer und gerader. Ansonsten ist Ihr Gesicht unverändert. Die Laserbehandlungen, das Silikongel und die Hauttransplantationen haben Wunder bewirkt«, sagte die Hautärztin. »Hoffentlich ist Ihnen klar, was für ein Glück das war, dass Sie kein brennendes Propan und keine Chemikalien ins Gesicht bekommen haben. Außer einigen Spritzern auf den Nasenrücken.« Die Frau berührte mit dem Finger seine Nase.

Mit Glück hatte das wenig zu tun, dachte Manas, hielt aber den Mund. Der Propanbehälter war unter einem Stahltisch explodiert, und die Tischplatte hatte die nach oben geschleuderten

Spritzer abgehalten. Ein großes Glück war es allerdings, dass er seitdem eine Ahnung davon hatte, wie es war zu hassen; er hatte den brennenden Wunsch, Leo Kara zu töten. Das überraschte ihn, er hatte sich immer eingebildet, die Angst wäre das stärkste der Gefühle. Bei seiner Arbeit hatte er viele Male gesehen, wozu ein Mensch imstande war, der um sein Leben fürchtete. Zu beinahe übernatürlichen Taten. Doch das nächste Zusammentreffen mit Kara, dessen war sich Manas sicher, würde seine Annahme bestätigen: Wenn er dem Mann wieder von Angesicht zu Angesicht gegenüberstand, würde er Hass empfinden. Die Experten empfahlen zur Behandlung der Alexithymie eine Langzeittherapie, das kam jedoch in seinem Fall nicht in Frage. Medikamente und auch jede Menge Fachliteratur hatte er in den letzten zehn Jahren schon verschlungen – ohne jedes Ergebnis. Um sich selbst zu helfen, musste er sich ein anderes Mittel einfallen lassen …

Die plastische Chirurgin ging langsam um Manas herum und betrachtete den durchtrainierten Körper des Mannes mit zufriedener Miene. »Die Körperzonen, wo Hauttransplantationen vorgenommen wurden, sind heller geworden und haben die Farbe der umgebenden Haut angenommen, aber bei Anstrengung können sie noch dunkelrot werden. Ein hartes Training würde ich in dieser Phase der Genesung ohnehin nicht empfehlen, die neue Haut hat ihre normale Elastizität noch nicht erreicht.«

»Das war dann die letzte Nachkontrolle«, sagte die Hautärztin, vermied es aber, dem wortkargen Asiaten, dessen Namen selbst die Ärzte der Privatklinik nicht kannten, die Hand zu reichen. Sie wusste bereits, dass er ihr nicht die Hand geben würde.

Zehn Minuten später trat Manas aus der Klinik auf den Leninski Prospekt und machte sich zu Fuß auf den Weg in sein Hotel. In der zu Russland gehörenden Sonderwirtschaftszone von Kaliningrad schneite es, und die steife Brise setzte den Wellen der Ostsee Schaumkronen auf. Hier gefror das Meer nur sehr selten, wenn überhaupt, deswegen war diese Region ein außerordentlich wichtiger Flottenstützpunkt. Das Telefon klingelte in der Tasche seines Ziegenledermantels und Manas verlangsamte sein Tempo.

»Wo bist du?« Der ehemalige Erste Stellvertretende Chef des FSB, Nikolai Mironow, hielt sich nicht lange bei der Vorrede auf.

»Ich komme gerade aus der Klinik. Zum letzten Mal.«

»Dann bist du also einsatzfähig?«, erkundigte sich Mironow erfreut.

Manas antwortete nicht.

»Allen Profis für *nasse Sachen* ist befohlen worden, an die Arbeit zu gehen, wir sind in die letzte Phase eingetreten. Solltest du jetzt nicht dabei sein, wird man sich vielleicht, wenn alles fertig ist, nicht an dich erinnern.«

»Warum rufst du an?«, fragte Manas.

»Auch wenn du noch rekonvaleszent bist, biete ich dir einen Auftrag an. Ich rufe an, weil die Zielperson auf dem Weg nach Kaliningrad ist und du den Mann von früher her kennst.«

Manas wandte sich vom Lärm des Verkehrs auf dem Leninski Prospekt ab, um Mironow besser zu verstehen. »Wer ist es?«

»Leo Kara.«

Manas blieb auf dem Fußweg stehen. »Einverstanden«, sagte er und beendete das Gespräch.

Spätestens jetzt war klar, dass zwischen ihm und Kara eine Art Schicksalsgemeinschaft bestand. Manas hatte in den letzten Monaten sein Augenmerk stärker als bisher auf die unerklärlichen Inhalte des Lebens gerichtet und war in Gedanken unzählige Male nach Kirgisien, in die Heimat mit ihren charakteristischen Merkmalen, und in seine Kindheit zurückgekehrt. So wie es das Sprichwort sagt: *Ein Wolfsjunges wird nie ein Hund.* Er war ein echter Kirgise; und dieses Geschenk, das er mit seiner Geburt erhalten hatte, wollte er nun noch mehr schätzen und in Ehren halten. Im letzten Oktober hatte er einem seiner Opfer, einer Frau, lang und breit von der Geschichte Kirgisiens erzählt und dabei gleichzeitig ein uraltes kirgisisches Foltermittel angewendet: Man wickelt ein feuchtes Stück Kamelleder straff um den Kopf des Opfers und beobachtet dann, wie sich der Lederhelm beim Trocknen spannt und die Schädelknochen knacken lässt. Er hatte festgestellt, dass Kraft in den Traditionen lag.

* * *

Der Exgeneral Nikolai Mironow legte in der 81. Etage des vierhundertzwölf Meter hohen Wolkenkratzers am Nordufer der Insel Hongkong den Hörer auf. Dem Veteran der zwei Tschetschenien-Kriege sah man trotz der Zivilkleidung den Soldaten an: Die gerade Haltung, das kurzgeschnittene Haar und die strenge Miene waren im Laufe der Jahrzehnte untrennbare Bestandteile seiner Erscheinung geworden. Neugierig betrachtete er Andrej Rostow, der mit angespanntem Gesichtsausdruck am Schreibtisch saß. Er fand, dass der stechende Blick seiner Augen an einen Raubvogel oder vielleicht eher an einen Saurier auf der Suche nach Beute erinnerte. »Was ist das jetzt für ein Gefühl? Ich habe Manas den Auftrag für Leo Kara erteilt«, sagte Mironow.

Andrej Rostow berührte seine Schläfen, obwohl das schneeweiße Haar korrekt gekämmt war. Er hatte soeben von den Ereignissen in Finnland erfahren. »Ich will auch nicht, dass Kara seine neuen Informationen an die Behörden weitergibt. Und das Ehepaar Rinne, konnten sie aus Finnland fliehen?«

Mironow nickte.

»Das ist gut«, freute sich Rostow. »Eeva Rinne war mir in all den Jahren eine wichtige Hilfe.«

»Kara ist unsere geringste Sorge«, erwiderte Mironow. »Der aus Zürich geflohene Maximilian Messmer hat den Behörden Informationen übermittelt, die echten Schaden anrichten können.«

»Sie wissen jetzt, wer die Stiftung Mundus Novus ursprünglich gegründet hat, na und?«, entgegnete Rostow in schroffem Ton. »Messmer ist nicht in der Lage, den Behörden irgendwelche wichtigen Beweise zu schicken. Er hat ganz einfach keine.«

Mironow schniefte. »Wir müssen Messmer auf jeden Fall finden, sonst tun es die Yankees oder die Briten, und dann verhören die ihn. Wer weiß, was für Gerüchte oder Vermutungen ihm im Laufe der Jahre zu Ohren gekommen sind. Es ist schon ärgerlich genug, dass man Kowaltschuk und Timtschenko verhören will.«

Andrej Rostow schwieg. Er trat ans Fenster, schaute hinunter auf die Schiffe, die in der Bucht von Kowloon auf den Wellen schaukelten, und trank einen Schluck Kaffee.

»Und dann ist da noch dieser Expolitiker, der für die Aktivitäten in Finnland verantwortlich war«, fuhr Mironow fort. »Er hat uns um Hilfe gebeten. Angeblich gibt es Beweise, die seine Rolle als Vorsitzender des Kabinetts belegen. Ich habe einen Spezialisten des FSB beauftragt, den Mann zum Schweigen zu bringen. Seine Kopie des Smirnow-Materials wurde jedenfalls schon in Sicherheit gebracht, sie befindet sich nicht mehr in Finnland.«

»Die Einheit in Finnland hat ihre Aufgabe erfüllt. Ihre Aktivitäten wurden heruntergefahren und alle Gelder an uns überwiesen«, sagte Rostow und winkte ab.

Nikolai Mironow nickte Rostows Rücken zu und fühlte sich erleichtert, als er den Raum verlassen konnte. Andrej Rostow versetzte ihn immer in Unruhe, er hatte etwas an sich, was ihm in seinen dreißig Jahren beim Militär nicht noch einmal begegnet war.

Als sich die Tür hinter Mironow schloss, füllte Andrej Rostow seinen Becher erneut mit Kaffee und setzte sich. Wehmütig dachte er an seine Forschungszentren, an die Waffen, Maschinen, die ganze Forschungs- und Entwicklungsarbeit auf dem Gebiet der Spitzentechnologie, die er jahrzehntelang im Auftrag von Mundus Novus hatte betreiben dürfen. Und jetzt musste er einfach nur stillhalten und warten. Schon bald würde er die Belohnung für seine Arbeit erhalten, dies waren jetzt die entscheidenden Tage.

Merkwürdigerweise verspürte Rostow eine gewisse Nostalgie.

Seine Gedanken drifteten ab in das Sankt Petersburg, in das Leningrad der fünfziger und sechziger Jahre. An seine Jugendzeit dachte er sonst nur äußerst selten. Seine Mutter war eine gutherzige Frau vom Lande ohne Ausbildung gewesen, schon vierzig Jahre alt, als sie ihn zur Welt brachte. Bei der Geburt war er sehr klein und später kränkelte er oft. Willensstärke und Standhaftigkeit hatte seine Mutter allerdings besessen, sie verheimlichte ihre karelischen Wurzeln nicht und als halb fromme Orthodoxe ließ sie den Sohn taufen und bot so dem offiziellen Staatsatheismus der Sowjetunion die Stirn. Der Vater war ein todernster, griesgrämiger Mensch, dessen Wutausbrüche er im Takt der Schläge mit dem Ledergürtel ertragen musste. Durch eine Verwundung im Großen Vaterländischen Krieg war Vater im Frieden nicht mehr zu einer richtigen Arbeit fähig gewesen, sondern musste Gelegenheitsarbeiten übernehmen. Das war ein harter Brocken gewesen für einen Mann, der vor dem Krieg die Uniform des NKWD getragen hatte, des KGB-Vorgängers.

Sie hatten sehr beengt in einem Mietshaus in der Baskow-Gasse gewohnt, heißes Wasser gab es nicht, und auch keine Dusche oder Badewanne. Als Küche diente ihnen eine Ecke im Wohnzimmer, in der ein kleiner Gasherd und ein Waschbecken standen. Beim Gedanken an den kalten und stinkenden Abort auf halber Treppe bekam er immer noch vor Ekel eine Gänsehaut. Am meisten Spaß hatte es ihm gemacht, Ratten zu jagen. Er war herangewachsen zu einem *Schpana*, einem Straßenjungen, ungezogen und mit einem losen Mundwerk. Früh hatte er gelernt, sich auf der Straße selbst zu helfen und seine eigene Clique um jeden Preis zu verteidigen.

Es war geradezu ein Wunder, dass er als Erwachsener ein geschätzter Wissenschaftler geworden war, und der Dank dafür gebührte dem KGB. Wenn man in der Sowjetunion der sechziger Jahre in den Dienst des Geheimdienstes treten konnte, war einem ein gutes Leben garantiert: ein hohes Gehalt, Nebeneinkünfte in westlicher Valuta, eine ordentliche Wohnung, die Möglichkeit, ins Ausland zu reisen, und das Allerwichtigste: Man wurde von den Menschen geachtet.

Allerdings hatte der KGB ihn nicht zufällig schon im Teenageralter für eine Spezialausbildung auserwählt. Man hatte erkannt, wie man sein Gedächtnis zum Wohle des Sowjetstaates nutzen konnte. Dass er selbst gewissermaßen eine Laune der Natur war, hatte er erst mit neun Jahren begriffen. Er erinnerte sich an fast alles, was er je gehört oder gelesen hatte. Eine neue Information nahm in seinem Kopf die Gestalt bunter Formen an, mit deren Hilfe er sich verblüffend genau sowohl die Gefühle und den Tonfall als auch die Worte, die er gehört oder gesagt hatte, ins Gedächtnis rufen konnte. Er erinnerte sich sogar an Gespräche, die er vor Dutzenden Jahren geführt hatte, in allen Einzelheiten.

In jüngeren Jahren war er nicht fähig gewesen, das Auftreten dieser Formen zu stoppen. Sie waren wie Feuerwerkskörper in seinem Gehirn explodiert, hinterließen dabei mehr und mehr Engramme und füllten seinen Kopf aus, sodass es ihm schwer fiel, einem normalen Gespräch zu folgen. Kein Wunder, dass man ihn als Kind für seltsam hielt. Ihn hatte das nicht gestört, seine Mutter und die Freunde hatten ihn so akzeptiert, und der Schulunterricht war für ihn ein Kinderspiel gewesen. Die Psychologen nannten seinen Zustand Synästhesie, damit bezeichnete man eine neurologische Verknüpfung der Wahrnehmung von Sinnesreizen. Er wusste alles und erinnerte sich an alles, was bei Mundus Novus in den letzten zwanzig Jahren geschehen war.

Auch in dieser Hinsicht dürfte er einzigartig sein.

* * *

Betha Gilmartin saß im Arbeitszimmer ihres Hauses im Londoner Stadtteil Putney und starrte vor sich hin, ohne etwas zu sehen. Es war 10.12 Uhr, beim SIS wartete man schon auf sie, seit neun Uhr klingelte das Telefon fast pausenlos. Betha Gilmartin war schockierende Nachrichten gewöhnt, in gewisser Weise war sie da schon abgestumpft: Als einer der ersten Menschen in Großbritannien hatte sie von den Anschlägen am 11. September 2001 und von den Londoner Bombenanschlägen im Juli 2005 erfahren, von kleineren Katastrophen mal ganz abgesehen. Doch das, was sie an diesem Morgen gehört hatte, war etwas anderes – es betraf sie selbst. Ihr Mann litt an vaskulärer Demenz. Nach Ansicht des Arztes war es typisch für die Krankheit, dass sie sich, zunächst unbemerkt, rasch entwickelte und zu einem starken Nachlassen des geistigen Leistungsvermögens führte. Ein Merkmal der Krankheit war auch, dass der Zustand des Patienten von Tag zu Tag schwankte. Albert würde nie wieder gesund werden. Ihr Mann hatte eine schwere Demenz und die Prognose war alles andere als gut. Wieso nur hatte sie keinen Verdacht geschöpft, obwohl Alberts Gesundheitszustand und vor allem sein Gedächtnis in den letzten Monaten besorgniserregend schnell schlechter geworden waren? Die Nachricht ließ Betha Gilmartin daran denken, dass sie selbst auch älter wurde.

Die Klingel unterbrach ihre düsteren Gedanken. Sie ging zur Haustür und war nicht im mindesten überrascht, Colleen Carter zu erblicken. Die junge Frau strahlte mit dem blendenden Weiß ihres Hosenanzugs um die Wette.

»Du gehst nicht ans Telefon«, sagte Colleen Carter. »Ist alles in Ordnung?«

Betha Gilmartin ging nicht darauf ein. »Komm kurz rein. Ich packe nur schnell meine Sachen und mach mir die Haare.«

»Maximilian Messmer ist aus Zürich verschwunden. Er hat am Montag in einem Restaurant einen Herzanfall erlitten, wurde ins Krankenhaus gebracht, und dort verliert sich seine Spur. Wir müssen den Mann finden«, sagte Colleen Carter, während sie die Haustür schloss und sich neugierig im Zuhause ihrer Chefin umschaute.

»Aber bitte schnell! Wir können sicher davon ausgehen, dass

auch Mundus Novus Messmer sucht«, rief Betha Gilmartin aus dem Badezimmer, wo sie gerade ihr Stützkorsett anlegte.

»Die Bank Messmer & Cie. hat ihre Pforten geschlossen. Und Messmer hat sowohl seine eigenen Konten als auch die seiner Bank leergeräumt. Es sieht so aus, als hätte er sein Verschwinden sorgfältig vorbereitet.«

Mit gerunzelter Stirn, die Haarbürste noch in der Hand, betrat Betha Gilmartin das Wohnzimmer.

»Der FSB hat Gennadi Kowaltschuk in Sankt Petersburg verhört und der Schweizer NDB Arkadi Timtschenko in Zürich«, sagte Colleen Carter.

Betha Gilmartin bedeutete ihr mit einem Wedeln der Hand, sie solle weiterreden.

»Ich habe über beide Fälle dicke Berichte erhalten. Willst du sie hier durchgehen?« Colleen Carter freute sich über die Möglichkeit, genauer zu sehen, wie ihre Chefin lebte.

»Nenn mir mal gleich die wichtigsten Punkte.«

»Die Aussagen der beiden Männer sind fast identisch«, versicherte Colleen Carter. »Sie geben zu, dass sie Messmer in geschäftlichen Angelegenheiten getroffen haben, so wie Hunderte andere Bankiers auch, aber das ist alles. Von Mundus Novus haben natürlich beide noch nie etwas gehört, ganz zu schweigen von den Verbrechen der Stiftung.«

»Was sagt der FSB über Putins Rolle bei all dem?«, fragte Betha Gilmartin.

»Natürlich nichts«, erwiderte Colleen Carter und lachte. »Die Leiter des FSB und auch der anderen Geheim- und Nachrichtendienste in Russland sind allesamt Silowiki. Diese Truppe will keine Demokratie, sondern einen starken Staat und ein starkes Staatsoberhaupt. Putin ist ihr absoluter Führer. Die Silowiki beherrschen ganz Russland: den Kreml, die staatliche Verwaltung, die Medien und einen großen Teil der Wirtschaft, und natürlich auch die Armee und eben die Nachrichtendienste. Alles wegen

Putin, dem die Silowiki natürlich bis zum Letzten treu ergeben sind. Putin hat in seiner Zeit als Präsident und Ministerpräsident schon über sechstausend ehemalige Mitarbeiter des FSB in staatliche Führungspositionen Russlands berufen. Über siebzig Prozent der wichtigsten Ämter im Kreml sind von ehemaligen FSB-Mitarbeitern besetzt.«

Betha Gilmartin pfiff leise. »Hat unsere Russland-Abteilung denn keine Informationen über Putins Businesskontakte?«

Colleen Carter stellte ihre Ledertasche auf das Telefontischchen im Flur, öffnete sie und suchte die Unterlagen heraus.

Betha Gilmartin lief mit großen Schritten durch das Wohnzimmer in den Flur und nahm ihr den Bericht aus der Hand. Sie begann zu lesen.

Im Jahr 2003 ermittelte die deutsche Polizei gegen das an der Frankfurter Börse notierte Immobilienunternehmen SPAG wegen des Verdachts der Geldwäsche. Das Unternehmen soll Dutzende Millionen Euro der Tambow-Liga, einer der größten kriminellen Organisationen Russlands, gewaschen haben. Die Tambow-Liga wurde unter anderem der Beteiligung am Menschenhandel verdächtigt. Wladimir Putin saß sieben Jahre im Beirat der SPAG, bis 2000, als er russischer Präsident wurde. Die SPAG wurde von einer Unternehmensgruppe finanziert, die sie selbst im Ausland gegründet hatte, und kaufte über Mittelsmänner Immobilien in St. Petersburg. (…)

In den Jahren seiner Tätigkeit in Sankt Petersburg unterstützte Putin die Aktivitäten von Firmen in der Stadt, die seinem Bekannten Dimitri Skigin gehörten. Skigin war eng mit der Firma Sotrama, die im Verdacht der Geldwäsche in Europa steht, und mit der kriminellen Organisation Tambow verbunden. Laut nachrichtendienstlichen Quellen hatte der Geschäftsführer von Sotrama bei einer Feier in Skigins Villa folgenden Trinkspruch vorgebracht: »Auf Putin, ohne den all das nicht möglich gewesen wäre.« Als Putin

1996 nach Moskau ging, traf Skigin ihn mehr als einmal privat und geheim. (...)

Man nimmt an, dass Putin als Vertreter von Präsident Jelzin mit der Geldwäsche zu tun hatte, die im Zusammenhang mit Projekten zur Restaurierung des Kreml stand. Im Jahr 2001 befahl Präsident Putin, eine Kaution von fünf Millionen Dollar für Pawel Borodin zu zahlen, der in der Schweiz wegen des Vorwurfs der Geldwäsche inhaftiert war. Borodin sollte auf freien Fuß gelangen, denn er besaß genaue Informationen über Putins Beteiligung an kriminellen Geschäften sowohl in Petersburg als auch im Kreml.

* * *

Im Beratungsraum »Heftmaschine« des Hauptquartiers der KRP im Vantaaer Stadtteil Jokiniemi saßen lauter Menschen mit ernster Miene. Claes »Klasu« Nyman, Chef der Aufklärungsabteilung der KRP, knetete einen orangefarbenen Stressball, seine Stirnadern waren geschwollen, und Saara Lukkari, die Leiterin der Abteilung Gegenspionage der SUPO, starrte ihren Kollegen unverwandt an. Die stellvertretende Generalstaatsanwältin Anni Alanko wusste nicht, auf wessen Seite sie sich stellen sollte. Die Gruppe, die im letzten Herbst die Ermittlungen zum Kabinett koordiniert hatte, war nun erneut zusammengerufen worden. Anlass waren der Mordversuch an Leo Kara, die von Jukka Ukkola an die KRP übermittelten neuen Informationen zum Vorsitzenden des Kabinetts sowie dessen Tod.

»Der Mann wurde zum Schweigen gebracht, das solltest du jetzt aber schleunigst glauben«, sagte Saara Lukkari schließlich.

Nyman schnaufte nur und gab dem Kriminalhauptwachtmeister der Abteilung für Gewaltverbrechen mit einer Handbewegung zu verstehen, er solle seinen Bericht fortsetzen.

»Die Temperatur im Schlafzimmer der Nachbarin, die über dem Opfer wohnt, war immer weiter angestiegen, obwohl diese

Helmi Svanström, die 72 ist, den Thermostat ihres Heizkörpers zugedreht hatte. Am Nachmittag kam der Hausmeister und betrat mit dem Generalschlüssel die Wohnung unter der Svanström, wo er dann den Mann in der Sauna fand. Ihm war sofort klar, dass er einen Toten vor sich hatte, die Haut war ausgetrocknet wie Knäckebrot und hatte auch die Farbe verändert ... Die Leiche sah halbgar aus, so hat das der Hausmeister gesagt, als ich ihn befragt habe. Es fanden sich keine Spuren eines Einbruchs oder Kampfes in der Wohnung, aber die Spurensicherung wird alles natürlich noch genau durchgehen. Anscheinend ist der Mann in seiner Sauna eingeschlafen und durch den Flüssigkeitsverlust gestorben. Er ist gewissermaßen ausgetrocknet.«

»Wir müssen auf den Bericht der Kriminaltechniker und die Ergebnisse der Obduktion warten«, knurrte Nyman.

»Kann jemand die Aufzeichnung, die Jukka Ukkola geschickt hat, noch mal abspielen«, fragte Saara Lukkari, und kurz darauf erschien auf dem Fernsehmonitor die Szene mit dem Kabinettsvorsitzenden und Anita Arho, die sich in einer Loge des Restaurants Vecchia Roma über Jukka Ukkola unterhielten. Das Bild war grieselig und unscharf.

Saara Lukkari schüttelte den Kopf. »Der Mann hat das Kabinett geleitet, genau wie es Leo Kara schon im Oktober behauptet hat. Und du wolltest ihn aus den Ermittlungen heraushalten!«

Nyman fluchte so leise, dass man den Wortlaut nicht verstand. »Es sieht tatsächlich so aus, als müssten erneut Ermittlungen zum Kabinett aufgenommen werden. An Jukka Ukkolas Behauptungen war also doch etwas dran. Wir müssen den Mann verhören ... einmal mehr.«

»Das Smirnow-Material muss auch noch irgendwo sein. Man hat uns keineswegs alle Unterlagen des Zentralkomitees der KPdSU über Finnland geschickt«, moserte Saara Lukkari.

»Fassen wir doch mal zusammen, was wir über das Kabinett wissen«, schlug Anni Alanko vor.

Saara Lukkari ächzte. »Der Vorsitzende hat uns nur Beweise zu den verstorbenen oder aus Finnland verschwundenen Mitgliedern des Kabinetts und zu den bereits eingestellten Geschäften übermittelt. Das hilft uns alles überhaupt nicht weiter. Jukka Ukkola und Leo Kara, die das Material gelesen haben, hatten sich auch andere Dinge gemerkt, vor allem Namen von Kabinettsmitgliedern, aber sie besaßen keinerlei Beweise.«

»Und Leo Kara?«, fragte Anni Alanko. »In welchem Zustand befindet er sich jetzt?«

»In einem recht guten«, antwortete der Kriminalhauptwachtmeister. »Allerdings habe ich vorher noch nie gehört, dass jemand in derselben Nacht und in derselben Kette von Ereignissen sowohl Erfrierungen als auch Brandwunden davongetragen hat.«

»Kara muss noch ausführlich verhört werden«, sagte Nyman. »Anscheinend war er der letzte Mensch, der den Vorsitzenden des Kabinetts getroffen hat. Er wollte mit ihm über seinen Vater Aleksi Kara reden. Und kurz darauf versuchte die Schwester von Aleksi Kara ihren Neffen Leo umzubringen. Es dürfte sonnenklar sein, dass Aleksi Kara irgendwie mit all dem zusammenhängt.«

»Gibt es zum Ehepaar Rinne irgendwelche Erkenntnisse?«, fragte Saara Lukkari.

Der Hauptwachtmeister schüttelte den Kopf. »Es bestand doch kein Grund, sie zu verdächtigen. Das änderte sich erst durch Karas Aussage, nachdem er wieder zu Bewusstsein kam. Sie hatten also ungefähr sechzehn Stunden Zeit, um aus Finnland zu fliehen. Sie können das Auto oder den Zug oder den Bus genommen haben. Jedenfalls besaßen sie Mehrfachvisa für Russland.«

8

Samstag, 11. Februar

Seit der Nachricht, dass sich der Stützpunkt nicht weit entfernt vom Korangal, dem Tal des Todes, befand, hatte Corporal Gary Bogar eine fürchterliche Angst ausgestanden. Doch jetzt war diese Angst noch schlimmer geworden, schlimmer als je zuvor in den drei Monaten seines Einsatzes in Afghanistan. Seit Stunden lag er mit seinem Sturmgewehr im Schnee und spürte in der Seite einen schneidenden Schmerz. Es war stockdunkel. Aber die Lage hätte noch schlechter sein können, immerhin hatte er nach dem Abschuss des Black-Hawk-Hubschraubers seiner Gruppe den Sturz aus zehn Metern Höhe lebend überstanden.

Seine Kompanie war am Morgen um 04:04 Uhr vom Stützpunkt Bagram aufgebrochen. Nach Berichten der Aufklärung wollten die Taliban-Kämpfer hier im abgelegensten Winkel der Provinz Badachschan, in einer von Bergen umgebenen, verschneiten Ebene, eine neue Front eröffnen. Man hatte beschlossen, seine Gruppe mit dem Hubschrauber hierher zu bringen, um diese verlassene, steinige und eisig kalte Geröllhalde zu verteidigen, denn die Bewohner der Gegend wagten es nicht, sich den Taliban zu widersetzen, oder sie wollten es nicht. Auch hier waren die Taliban-Soldaten von Haus zu Haus gegangen und hatten die jungen Männer zwangsweise für ihre Truppen rekrutiert. Wer sich weigerte, wurde umgebracht. So funktionierte die Taliban-Bewegung und so wurde sie auch immer stärker.

Ihr Auftrag lautete, hier eine Stellung namens Barbara-right anzulegen. Der Ort hatte strategisch eine günstige Lage, von hier aus konnte man alle Himmelsrichtungen überblicken. Aber etwas war total schiefgelaufen: Eine 23-Millimeter-Flugabwehrkanone, die in den Aufklärungsberichten als aufgegeben und zerstört bezeichnet wurde, hatte ihren Helikopter abgeschossen. Nur er und drei andere Soldaten hatten überlebt.

Corporal Bogar schloss die Augen, als in seinen Ohren wieder die Mayday-Rufe des Piloten beim Absturz erklangen und er noch einmal sah, wie das Flak-Geschoss Elias den Kopf wegriss. Er verdrängte mit aller Macht die Rufe und die blutigen Bilder aus seinem Kopf. Mit dem Nachtsichtgerät konnte er wenigstens seine Kameraden sehen: Ihm am nächsten lag Friedman, dessen Bein in eine unnatürliche Position verbogen war. Etwas weiter weg, in einer kleinen Mulde, hockten Harris und Romero, der das einzige Satellitentelefon der Truppe besaß. Bogar verzog das Gesicht vor Schmerz, während er im Schnee zu Romero hin kroch.

»Kommt der Predator?«, fragte Bogar. Ohne die Informationen der Aufklärungsdrohnen über die Bewegungen der Taliban-Kämpfer würden sie das hier nicht überleben. Romeros Gesicht wirkte durch seine Brille grün, Bogar sah ihm an, dass etwas nicht stimmte.

»Ein Schneesturm ist im Anzug. Und laut Stab rückt der Feind hinter diesen Felsbrocken dort, zweihundert Meter entfernt, in unsere Richtung vor. Es sind etwa fünfzig«, sagte Romero und deutete mit der Hand in die Dunkelheit.

»Und der Rettungshubschrauber?«, fragte Bogar.

»Der ist unterwegs. Bleibt nur zu hoffen, dass er es vor dem Sturm bis hierher schafft.«

»Beide Maschinengewehre sind im Helikopter geblieben. Unsere Munition reicht nur für ein paar Minuten«, erwiderte Bogar. Sie wussten beide, was geschehen würde, wenn der Rettungshubschrauber nicht rechtzeitig ankam.

Im selben Augenblick verstummte das Satellitentelefon von Sergeant Armando Romero. Es war 06:12 Uhr Zulu-Zeit.

* * *

Captain Heather »Happy« Blake saß im Cockpit eines Kampfflugzeugs vom Typ F-16 Fighting Falcon. Sie war die Checkliste durchgegangen und wartete nun auf der Startbahn der strategisch wichtigen Luftwaffenbasis in Izmir im Süden der Türkei, siebenhundert Kilometer von der iranischen Grenze entfernt, auf die Starterlaubnis. Die Luftstreitkräfte der USA hatten den Flughafen von Izmir während des Irakkrieges nutzen dürfen, und jetzt wurden von dort aus geheime Überwachungsflüge hoch über dem iranischen Luftraum durchgeführt. Es handelte sich um einen Aufklärungsflug, reine Routine, aber der Kampfjet war trotzdem bewaffnet.

Happy Blake liebte diesen Moment, die letzten Sekunden vor der Startbeschleunigung. Sie war im Kerosingeruch aufgewachsen: Der Vater hatte seit dem Vietnamkrieg bis zur Pensionierung Düsenjäger geflogen, Flugplätze und Flugzeuge waren ihr also schon als kleines Mädchen vertraut gewesen. Auch sie hatte den Flugschein erworben, sobald ihr Alter das zuließ, und später war sie eine der ersten Frauen gewesen, die eine Ausbildung als Kampfflieger absolviert hatte. Als sie an diese Jahre dachte, musste sie lächeln. Sie hatte an der Purdue University in Indiana Geographie studiert, um eine ganz normale Lehrerin zu werden. Aber dann traf der Kongress eine überraschende Entscheidung, und auf einmal war es auch Frauen erlaubt, sich zum Kampfflieger ausbilden zu lassen.

Plötzlich knackte es in den Kopfhörern ihres Helms und sie erhielt die Starterlaubnis. Das Gefühl, wenn sie den Gashebel der F-16 drückte, war unbeschreiblich. Das Triebwerk von Pratt & Whitney schleuderte sie mit zweihundertvierundfünfzig Metern pro Sekunde nach vorn, dann zeigte die Spitze nach oben und es ging ab in den Himmel.

Captain Happy Blake ahnte noch nicht, dass sie vierundzwanzig Minuten und dreizehn Sekunden später gezwungen sein würde, ihren Schleudersitz vom Typ ACES II auszulösen, weil das Computersystem der F-16 urplötzlich nicht mehr funktionierte.

* * *

Das Manöver Cope Tiger fand einmal im Jahr auf den Luftwaffenbasen Korat und Udorn der Königlich-Thailändischen Luftwaffe statt. An dem Manöver nahmen neben Soldaten aus Thailand und Singapur auch etwa siebenhundert Soldaten der US Air Force und der Marineinfanterie sowie achtunddreißig amerikanische Flugzeuge teil: Transportmaschinen Hercules C-130, Erdkampfflugzeuge A-10 Thunderbolt II, Transporter vom Typ C-17 Globemaster II, Tankflugzeuge KC-135 Stratotanker, Mehrzweckkampfflugzeuge F-18 Hornet und Jäger F-15 Eagle.

Captain Josh Harris von der US Air Force war froh, dass er dieses Jahr nicht wieder an einer Übung für humanitäre Aufgaben teilnehmen oder medizinische Hilfe für Bewohner abgelegener Gebiete transportieren musste. Diesmal durfte er an einer Gefechtsübung teilnehmen. Unter den Tragflächen der F-15 befanden sich sechs »Slammer«, Luft-Luft-Lenkwaffen AIM-120 AMRAAM, und acht »Deep Throat«, lasergelenkte Präzisionsbomben GBU-28. Keine vollständige Bewaffnung, aber doch jede Menge Zerstörungskraft. So viel, dass es ihm in der Leistengegend kribbelte.

Harris zog in eintausendzweihundert Metern Höhe am Steuerknüppel seiner Hornet und genoss die Umarmung der g-Kräfte, als die Geschwindigkeit auf über zweitausend Kilometer pro Stunde stieg. Er schaute auf die Anzeigen: das Head-up-Display, der Radar, die Trägheitsnavigation, das ILS-System ...

In dem Augenblick, in dem Harris auf den Geräten seiner Hornet sah, dass er sich der Grenze von Myanmar näherte, änderte die Maschine ruckartig die Richtung und der Nachverbrenner trieb die Geschwindigkeit dröhnend auf das Maximum, dreitausend Kilometer pro Stunde. Erstaunt beobachtete er die Angaben, die auf dem Display erschienen: »Ziel erfasst, Entfernung 501 Kilometer ... 470 Kilometer ... 434 Kilometer ...«

Verdammt, was für ein Ziel, fragte sich Harris erschrocken. Die Steuerung reagierte nicht auf die Bewegungen seiner Hand. Aber die Maschine hielt geraden Kurs, eine unmittelbare Gefahr bestand nicht ... Er sprach mit lauter Stimme in das Mikrofon seines Helmes, keine Antwort. Harris versuchte es erneut, aber die Verbindung zum Flugleitzentrum war unterbrochen. Sein Herz hämmerte, als er die Anzeigen der Geräte prüfte.

Zweihundert Kilometer vom Ziel entfernt ging die Hornet ohne Vorwarnung zum Sturzflug über. Der Erdboden näherte sich mit solcher Geschwindigkeit, dass Josh Harris nicht lange überlegen musste, was zu tun war: Das Verdeck des Cockpits wurde abgesprengt, und Captain Josh Harris flog in den Himmel von Myanmar, wie festgeklebt am Schleudersitz SJU 17 A NACES von Martin-Baker.

* * *

Die Störung der vierundzwanzig Satelliten, die zum Satellitenortungssystem Navstar GPS des US-Verteidigungsministeriums gehörten, begann in einer Höhe von knapp über 20 000 Kilometern, auf einer mittelhohen Umlaufbahn um die Erde, um 06:12 Uhr Zulu-Zeit. Das Signal des für die US-Streitkräfte bestimmten M-Codes brach sofort ab.

Zur gleichen Zeit stellten auf einer geostationären Umlaufbahn 35 000 Kilometer oberhalb der Erdoberfläche die vierzehn Satelliten des Satellitenkommunikationssystems DSCS-3 der US-Streitkräfte und die als deren Ersatz vorgesehenen sechs Kommunikationssatelliten des Wideband Global SATCOM-Systems ihre Arbeit ein. Das Gleiche galt für die fünf Kommunikationssatelliten des ebenfalls auf einer geostationären Bahn operierenden Milstar-Systems für die Übermittlung des militärischen Datenverkehrs der USA, die drei Satelliten des vom Space Command der US Air Force betriebenen Frühwarnsatelliten-Programms DSP und die vier Satelliten des DSP-Nachfolgers, des neuen SBIRS-Systems, das Milliarden gekostet hatte. Die Aufgabe von DSP und SBIRS bestand darin, Verbrennungsgase, die aus den Triebwerken am Boden gestarteter Raketen austraten, und Kernexplosionen zu registrieren.

Mit dem Ausfall der militärischen Satellitensysteme endeten auf einen Schlag der diplomatische Nachrichtenverkehr des Weißen Hauses und der gesamten USA, der Informationsverkehr zwischen dem US-Verteidigungsministerium und allen Waffengattungen, die elektronische Aufklärung und die militärischen Überwachungsoperationen sowie sämtliche militärische Operationen und Manöver aller Waffengattungen der USA. Auch die für die Kriegsführung im Datennetz sowie für die Sicherheit der Militärsatelliten und der kritischen Infrastruktur zuständige Kommandozentrale der USA war handlungsunfähig. Ebenso das Kooperationszentrum für Cyberverteidigung CCD CoE der NATO in Estland.

Auf dem Luftwaffenstützpunkt Schriever in Colorado Springs liefen die amerikanischen Offiziere völlig ratlos umher. Hier wurde die Arbeit der Frühwarn-, Navigations-, Kommunikations- und Spionagesatelliten der USA überwacht, und hier befanden sich auch die US-Zentrale für die Kriegsführung im Weltraum und die Hauptkontrollstation des Navstar GPS-Systems. Auch auf der Luftwaffenbasis Buckley in Colorado war die militärische Führung lahmgelegt, weil die vom Hauptquartier des Geschwaders 460. Spacewing geführten Satelliten der DSP- und SBIRS-Systeme schwiegen.

Die USA waren unfähig, sich gegen Angriffe zu verteidigen, und das unter anderem für die amerikanischen Kernwaffen zuständige US Strategic Command wäre nun nicht imstande, eine militärische Operation durchzuführen.

* * *

In der verschneiten afghanischen Ebene verbrachte Corporal Gary Bogar die letzten Augenblicke seines Lebens damit, zu warten: auf den Rettungshubschrauber, auf Feuerschutz, Deckungsfeuer oder Aufklärungsdrohnen. Er wusste nicht, dass keine Hilfe eintreffen würde, weil die GPS- und Kommunikationssatelliten nicht funktionierten. Die Kugeln, die ein Taliban-Kämpfer namens Achtar Akhund aus seiner Kalaschnikow abfeuerte, töteten ihn um 07:11 Zulu-Zeit.

ZWEITER TEIL

Der Name des Todes

11. Februar – 13. Februar, Gegenwart

»Es ist politisch heikel, doch es wird so kommen. Manche Menschen wollen das nicht hören, das Thema erfreut sich in der Tat keiner besonderen Beliebtheit, doch es ist absolut sicher: Wir werden im Weltraum Krieg führen. Wir werden vom Weltraum aus und in den Weltraum hinein Krieg führen. Deshalb entwickeln die USA Energiewaffen und neuartige Abwehrraketen. Eines Tages werden wir Ziele sowohl auf der Erde wie im Weltraum vom Weltraum aus vernichten.«

William R. Scott in dem Artikel
»Das US Space Command bereitet sich auf künftige
Kampfeinsätze im Weltraum vor«
in der Zeitschrift »Aviation Week & Space Technology«
vom 5. August 1996

9

Samstag, 11. Februar

Die fast drei Jahre alte Blaumeise war knapp zwölf Zentimeter lang und wog zehn Gramm. Sie sang mit hoher und heller Stimme. Abgesehen vom etwas helleren Blau der Kopfplatte war es ein ganz gewöhnliches Männchen seiner Gattung, eine von mehr als zehn Millionen europäischen Blaumeisen. Doch anders als die meisten seiner Londoner Artgenossen hatte dieses Individuum den letzten Winter im syrischen Tartus verbracht und von seinem Nest aus zugesehen, wie Vertreter der Stiftung Mundus Novus und der syrischen Behörden gemeinsam den erneuerten russischen Marinestützpunkt am Mittelmeer besichtigten.

Die Informationen der Blaumeise hätten garantiert auch die rothaarige und leicht übergewichtige Frau interessiert, die hinter dem dreifachen, vor Laser- und Funkwellenangriffen schützenden Panzerglasfenster stand und den Vogel betrachtete – Betha Gilmartin, die stellvertretende Chefin des britischen Auslandsnachrichtendienstes.

Sie wandte den Blick von der Blaumeise ab und schaute auf den riesigen Flachbildschirm im Lagezentrum des Legoland genannten SIS-Hauptquartiers. Auf dem riesigen Flachbildschirm stieß der oberste religiöse Führer und das tatsächliche Staatsoberhaupt der Islamischen Republik Iran, *Velayat-e faqih,* der Wächter des Gesetzes, Ajatollah Ali Khamene'i, mit erhobener Faust Drohungen aus. Im Iran war der religiöse Führer zugleich Oberkommandierender der Streitkräfte, er konnte allein über eine Kriegserklärung und über sämtliche iranischen Sicherheits- und Spionageoperationen entscheiden. Die schwarze Turbanfarbe des weißbärtigen Mannes mit der Brille zeigte an, dass er ein Nachfahre des Propheten Mohammed war.

»Amerika hat unseren Stützpunkt, der den Namen des Enkels des Propheten trägt, auf feige Weise mit Raketen angegriffen. Dutzende Leichen von Soldaten der Revolutionsarmee wurden bereits ausgegraben, und es werden ständig neue Opfer gefunden.

Amerika hat sich entschuldigt und behauptet, der Angriff sei ein Versehen, aber die schönen Worte tilgen nicht den Hass der moslemischen Staaten auf Amerika. Die Völker des Nahen Ostens, der moslemischen Länder und Nordafrikas hassen Amerika aus tiefstem Herzen. Wir sind schon zu lange Zeuge des aggressiven Vorgehens Amerikas, der Gewalt, der militärischen Einmischung in unsere inneren Angelegenheiten, der Diskriminierung und der Verletzung unserer Rechte. Amerika bombardiert mal im Irak, mal in Afghanistan unschuldige Zivilisten – was unterscheidet denn diese Taten von den Anschlägen der Terroristen?

Amerika will uns drohen und Macht und Gewalt gegen uns ausüben, doch es kann sich darauf verlassen, dass der Iran mit allen ihm zur Verfügung stehenden Kräften jenen einen Schlag versetzen wird, die über ihn herfallen. Auch wir sind bereit, die Gefechtsausrüstung anzulegen und uns zu opfern«, sagte Ajatollah Khamene'i, breitete die Arme aus und deutete auf die Geistlichen, seine Kollegen, die hinter ihm standen.

»Der Motor des ungerechten und ungezügelten Kapitalismus ist ausgegangen und lässt sich nicht mehr neu starten. Die Zeit des Kapitalismus, der danach strebte, in die Köpfe der Menschen einzudringen und die Welt im Namen der Globalisierung zu dominieren, ist vorbei. Die Zeit der Errichtung von Imperien ist vorbei. Es ist nicht mehr möglich, Staaten zu erniedrigen und Völker auf unterschiedliche Weise zu behandeln. Wir haben …«

Der Erguss von Ajatollah Khamene'i brach ab, als jemand den Sender wechselte.

Betha Gilmartin klatschte in die Hände und pfiff schrill und laut. Dann wartete sie, bis sich die gut zehn SIS-Mitarbeiter vor ihr versammelt hatten. »Worum genau geht es hier?«

Der Leiter der Abteilung für Aufklärungsoperationen warf einen Blick auf seine Unterlagen. »Ein vom Luftwaffenstützpunkt Izmir in der Türkei gestarteter amerikanischer F-16-Jäger hat am frühen Morgen sechs lasergesteuerte Bomben der Paveway-Serie auf den iranischen Raketenstützpunkt ›Imam Ali‹ abgefeuert. Wahrscheinlich hat es einige Dutzend Tote gegeben. Egal, was die USA sagen, die Iraner sind sicher, dass es ein absichtlicher Angriff war, weil sich in den unterirdischen Bunkern der Basis ›Imam Ali‹ fünfzehn Mittelstreckenraketen vom Typ Shahab-3 befinden. Dort werden auch Ghadr-110 entwickelt und gelagert, Raketen, in deren Reichweite Israel und Europa liegen. Genau die würde der Iran einsetzen, falls er Kernwaffen hätte.«

»Falls«, entgegnete Betha Gilmartin und atmete laut hörbar aus.

»Nach Auffassung der Amerikaner handelt es sich um ein Versehen, einen technischen Fehler. Die F-16 befand sich auf einem Übungsflug, aber die Koordinaten des Stützpunkts ›Imam Ali‹ sind in ihren Computer eingegeben worden.«

»Wir haben noch ein weiteres Problem«, sagte der Leiter der technischen Abteilung des SIS mit angespannter Miene. »Auch ein Luftwaffenstützpunkt in Myanmar wurde angegriffen, und eigenartigerweise fast genau zur gleichen Zeit wie im Iran. Eine amerikanische F-15, die in Thailand an einem Militärmanöver teilnahm, wich von ihrer Route ab, flog fünfhundert Kilometer bis nach Nord-Myanmar und feuerte sechs Raketen und acht Präzisionsbomben auf die Luftwaffenbasis Nampong nahe der Stadt Myitkyina ab.«

»Myanmar zu verärgern ist verglichen mit der Katastrophe im Iran eine Kleinigkeit«, warf Betha Gilmartins persönliche Mitarbeiterin Colleen Carter ein und suchte mit einem Blick Zustimmung bei ihrer Chefin.

»Das sollte man glauben«, entgegnete der Leiter der technischen Abteilung trocken. »Aber in Nampong lagerten Waffen, die Nordkorea gehören – Raketen, Abschussrampen, Radaranlagen und wer weiß, was noch alles. Dieser Angriff ...«

»Wie zum Teufel konnte Nordkorea Raketen nach Myanmar bringen?«, fauchte Betha.

»Heimlich«, erwiderte Colleen Carter neunmalklug.

Der Leiter der technischen Abteilung wollte seinen Satz zu Ende führen: »Dieser Angriff hat sowohl Myanmar als auch Nordkorea auf die Palme gebracht.« Dann fuhr er fort: »Zwar liegen beide Vorfälle erst ein paar Stunden zurück, aber es sieht ganz so aus, als hätte jemand von außen die Datensysteme der beiden amerikanischen Flugzeuge manipuliert, damit sie die Angriffe ausführen. Die Piloten haben die Raketen nicht abgefeuert, beide haben ihren Schleudersitz ausgelöst, lange bevor die Ziele unter Feuer genommen wurden.«

»Wer hat die Bomben dann auf die Reise geschickt?«, rief Betha Gilmartin wütend.

»Der Computer«, antwortete der technische Leiter. »Und die Piloten sind übrigens nicht um ihr Schicksal zu beneiden. Der eine wird derzeit im Iran verhört und der andere in Myanmar.«

Betha Gilmartin stieß die Luft aus, dass es zischte. »Dann wird man jetzt in allen Problemländern – im Iran, in Syrien, Nordkorea, Myanmar – die antiwestliche Liturgie herunterbeten. China, Pakistan, Weißrussland und auch Russland verurteilen die Angriffe in ungewöhnlich scharfer Form. Es ist, als hätte irgendjemand ihre Reaktionen koordiniert.« Sie schloss die Augen, als ihr ein Satz Messmers einfiel: *Mundus Novus erhielt große Geldsummen von allen Diktaturen, die nach Kernwaffen trachten – Iran, Myanmar, Syrien ...*

Betha Gilmartin öffnete die Augen, als sie Colleen Carters Stimme hörte.

»Iran, Syrien, Myanmar, Nordkorea, Weißrussland, Pakistan, China und Russland haben die UNO aufgefordert, den Angriff der USA zu verurteilen. Es sieht tatsächlich so aus, als hätten sie ihre Reaktion auf diese Angriffe abgestimmt.«

»Kooperiert eng mit den Amerikanern. Jemand muss herausfinden, was mit diesen Angriffen beabsichtigt wird«, befahl Betha Gilmartin ihren Mitarbeitern, winkte Colleen Carter zu sich und verließ das Lagezentrum mit großen Schritten im selben Moment, als Ajatollah Khamene'i auf den Bildschirm zurückkehrte.

»Unter den Toten befindet sich auch General Namazi. Der treue und mutige Kommandeur der islamischen Armee und eingeschworene Soldat des Glaubens und des Korans wurde bei dem Angriff der blutdürstigen Verbrecher und schändlichen Heuchler zum Märtyrer. Der zuverlässige Soldat, der die hehren Grundsätze des heiligen Glaubens verehrte, fand den Märtyrertod auf Betreiben der schmutzigen Verbrecher und korrupten Söldner, die ihren Lebensunterhalt damit verdienen müssen, den Feinden des Islam zu dienen. Die heißen Ebenen von Chuzestan und die hohen Berge von Kurdistan sind Zeugen, mit welcher Bereitschaft und Hingabe dieser tapfere und entschlossene Mann seine Aufgaben erfüllte. Er hinterlässt zahllose Erinnerungen an seinen Mut und seinen Opferwillen in vielen Schlachten und wird nicht ...«

In ihrem Zimmer angekommen öffnete Betha Gilmartin die untersten Knöpfe ihrer Bluse und den Reißverschluss ihres Rockes und riss sich das Korsett von den Hüften. Was Colleen Carter dachte, war ihr egal. Allmählich hatte sie es satt. Nach den Ereignissen der letzten beiden Jahre schien es sonnenklar zu sein, dass die nächtlichen Raketenangriffe irgendwie mit Mundus Novus zusammenhingen.

»Gibt es nichts Neues von diesem Bankier Messmer? Oder von den Gründern der Stiftung Mundus Novus?«, drängte Betha Gilmartin.

»Messmer wird immer noch gesucht, und die Abteilung Unterstützungsprozesse hat weitere interessante Informationen über Putins Background zusammengestellt.«

Betha Gilmartin zog die Augenbrauen hoch.

»Putin hat tatsächlich ein enges Verhältnis sowohl zu Arkadi Timtschenko als auch zu Gennadi Kowaltschuk. Sie sind alle Petersburger, *Piterzi,* und kennen sich schon sehr lange. Putin hat sein Gefolge bereits in den neunziger Jahren formiert, als er stellvertretender Bürgermeister von St. Petersburg war. Wusstest du übrigens, dass Dimitri Medwedjew damals Putins Mitarbeiter gewesen ist?«, fragte Colleen Carter, bekam aber keine Antwort. Sie reichte ihrer Chefin die Zusammenfassung.

Nach Ansicht Stanislaw Belkowskis, eines Fachmanns für russische Politik, ist Putin ein klassischer Geschäftsmann, dessen Vorgehensweise sich während seiner Arbeit als stellvertretender Bürgermeister von St. Petersburg Anfang der neunziger Jahre entwickelte, in der Blütezeit der Kriminalität. Damals lernte Putin in St. Petersburg neben seinen persönlichen Geschäftspartnern Arkadi Timtschenko und Gennadi Kowaltschuk auch seine wichtigsten offiziellen Mitarbeiter der beiden ersten Amtszeiten als Präsident kennen, die ihm dann nach Moskau folgten. In Präsident Putins inoffiziellem Politbüro war Igor Setschin, die graue Eminenz des Kreml, Putins Personalchef und Vorstandsvorsitzender des Mineralölkonzerns Rosneft. Viktor Iwanow saß im Vorstand des Rüstungsunternehmens Almaz-Antei und der Fluggesellschaft Aeroflot, und Nikolai Patruschew war Generaldirektor des FSB. Dimitri Medwedjew leitete als Vorstandsvorsitzender das drittgrößte Unternehmen der Welt, den Ölkonzern Gazprom. Sie alle waren Petersburger und ehemalige KGB-Mitarbeiter. Putins Männer, *die Silowiki*, beherrschen sowohl die Öl- und Erdgasunternehmen Russlands als auch die der Rüstungsindustrie.

»Wie sind Timtschenko und Kowaltschuk zu ihrem Vermögen gekommen?«, fragte Betha Gilmartin.

»Als die Sowjetunion zusammenbrach, wurden die Preise für Öl, Gas und andere Rohstoffe auf einem extrem niedrigen Niveau eingefroren. Dann kam der freie Handel, und die künftigen Oligarchen kauften nun Öl aus Sibirien für einen Dollar pro Barrel und verkauften es für dreißig Dollar ins Baltikum. Der Staat nahm sich seinen Anteil an den Erträgen nicht mehr. Es folgte die größte Kapitalflucht in der Geschichte. Die Jahre 1991 bis 1996 waren die Zeit der Oligarchen und Mafiagruppen. Die russischen Staatsunternehmen wurden zu einem Spottpreis an die Oligarchen verkauft. Und auch Putin nahm sich seinen Anteil.«

»Putin war doch Anfang der neunziger Jahre nicht mal an der Macht«, meinte Betha Gilmartin verwundert.

Colleen Carter lächelte. »Putin war in St. Petersburg für die Privatisierung der Staatsunternehmen, die Exportkontingente von Waren und die Registrierung der von Ausländern finanzierten Unternehmen zuständig. Seit jenen Tagen heißt es, dass Putin an Geldwäsche und anderen Verbrechen beteiligt war.«

Betha Gilmartin vertiefte sich wieder in die Zusammenfassung und las sie zu Ende. »Ist das hier alles?« Sie hielt die Blätter hoch und wirkte enttäuscht.

»Dann gibt es noch die Aussagen zu den Geldern, die Putin an sich gebracht hat. Stanislaw Belkowski behauptete schon vor Jahren, dass sich Putins Vermögen auf mindestens vierzig Milliarden Dollar beläuft. In letzter Zeit wurden noch sagenhaftere Zahlen genannt, nach Ansicht einiger investigativer Journalisten ist Putin heute der reichste Mann der Welt.«

»Vierzig Milliarden Dollar?«, ächzte Betha Gilmartin.

»Auch Messmer behauptet, dass Putin über Mittelsmänner erhebliche Anteile an drei russischen Öl- und Gasunternehmen sowie ein Riesenstück von Gunvor besitzt, der mystischen, auf den Ölhandel spezialisierten Firma Arkadi Timtschenkos. Und nach

Ansicht Iwan Rybkins, des ehemaligen Vorsitzenden der Duma, ist Putin der größte Oligarch Russlands. Timtschenko und Kowaltschuk verwalten das Eigentum des Mannes, das in der Schweiz und in Liechtenstein versteckt ist.«

Betha Gilmartin stand auf und trat an die Fenster zur Themse. »Mundus Novus ist anscheinend größer und komplizierter, als wir uns das überhaupt vorstellen konnten. Unmöglich, an die Verantwortlichen heranzukommen. Wir müssen unbedingt Maximilian Messmer finden.«

Sie bat Colleen Carter mit einer Handbewegung, das Zimmer zu verlassen, setzte sich hin, schloss die Augen und seufzte. Inmitten von all dem ging ihr ständig Albert durch den Kopf, oder genauer gesagt seine am Vortag diagnostizierte Demenz. Spät abends hatten sie am Telefon miteinander geredet, aber keiner von beiden hatte die Sache zur Sprache gebracht. Keiner von beiden hatte es gewagt. Sie müsste jetzt bei ihrem Mann sein ...

Das Klingeln des Telefons unterbrach ihre Gedankengänge. Der Anrufer war Leo Kara.

* * *

Kara saß im Foyer der fünften Etage des Innenministeriums in der Kaliningrader Uliza Leitenanta Janalowa. Er wartete darauf, dass der Polizeichef des Kaliningrader Oblasts, Oberst Nikolai Titow, ihn empfing. Kara fror. Draußen herrschten minus zehn Grad Kälte, und auch auf den Fluren des alten Gebäudes war es nicht gerade warm, aber er trug schließlich die Thermounterwäschegarnitur, die er sich in Helsinki gekauft hatte, einen abgetragenen Norwegerpullover und eine dicke Steppjacke. Anscheinend wurde er die Kälte, die im mittelfinnischen Wald tief in seine Knochen gedrungen war, nicht mehr los. Die Wunden von den Verbrennungen und Erfrierungen juckten. Wenigstens war sein Kopf nun mit etwas anderem beschäftigt als mit dem Verlangen nach Morphium. Er hatte zum Glück nur geringfügige Verbrennungen an den Handgelenken und oberflächliche Erfrierungen am Rücken davongetragen.

Eine grauhaarige Sekretärin mit ernster Miene betrat den Flur und verkündete in Russisch, Oberst Titow erwarte ihn in seinem Büro.

Der Offizier, ein Mann mit rundem Kopf und großen Ohren, gab Kara die Hand, warf einen Blick auf den Ausweis seines Gastes und bedeutete ihm, Platz zu nehmen.

Kara bedankte sich auf Russisch.

Der Oberst zündete sich eine Zigarette an. »Der persönliche Assistent des Generaldirektors des UN-Büros für Drogen- und Verbrechensbekämpfung. Wie komme ich denn zu dieser Ehre? Eine Bitte um Amtshilfe erfolgt in der Regel auf anderem Wege, wie Sie zweifellos wissen. Ich musste deshalb an einem Samstag extra ins Büro kommen.«

»Ich wollte Sie als Privatperson treffen. Ich suche meine Schwester, die …«

»Sehe ich so aus wie jemand, der sich mit der Suche nach verschwundenen Personen beschäftigt?« Titow erhob seine Stimme und griff nach dem Revers seiner Uniformjacke.

Du siehst aus wie ein Mann, der einmal zu viel befördert wurde, dachte Kara, antwortete jedoch: »Das Verschwinden meiner Schwester hängt mit Ereignissen zusammen, die der britische Auslandsnachrichtendienst SIS mit Unterstützung des russischen Nachrichtendienstes untersucht. Ich arbeite mit dem SIS zusammen, Sie können anrufen und das überprüfen«, erklärte Kara in der Hoffnung, dass der Oberst nicht zum Telefon griff.

Titow lehnte sich zurück, deutete ein Lächeln an und bat Kara mit einem Nicken fortzufahren.

»Meine Schwester Emma Maria Kara ist im Oktober 1989 in London verschwunden«, sagte Kara und reichte Titow Fotos, die er aus der Brusttasche zog, und Emmas jahrzehntealten Pass. »Neuere Bilder von ihr als diese gibt es leider nicht. Nach Aussage meines Vaters ist sie am Leben und laut einer Äußerung meiner Tante wohnt sie seit Jahren hier in Kaliningrad.«

Titow drückte den Knopf seiner Sprechanlage. Die Sekretärin mit dem ernsten Gesichtsausdruck trat herein und verließ den Raum sofort wieder mit Emmas Fotos und Pass in der Hand und Titows Anweisungen in den Ohren.

»Ist Ihre Schwester schon so lange verschollen?«

Kara erzählte dem russischen Oberst das, was er für notwendig hielt, die Rolle seines Vaters als Agent und Mundus Novus ließ er unerwähnt. Er vertraute Titow nicht. Von ihm wollte er nur erfahren, ob Emma in Kaliningrad wohnte und ihren eigenen Namen verwendete.

Titow begann sich für Karas Geschichte zu interessieren. Er fragte nach, erhielt aber nur ausweichende und ungenaue Antworten.

Als die Sekretärin endlich klopfte und das Zimmer betrat, schaute Kara sie voller Spannung an. Die Frau legte Emmas Unterlagen auf Titows Schreibtisch, schüttelte den Kopf und verließ den Raum.

»Vielleicht könnten Sie nach meiner Schwester fahnden lassen. Sie dürfen natürlich die Fotos verwenden«, schlug Kara vor.

»Die sind zwanzig Jahre alt, und Sie haben nicht die geringste Ahnung, was Ihre Schwester möglicherweise in Kaliningrad macht«, erwiderte Titow trocken.

Kara konzentrierte sich, dachte kurz nach und beschloss dann, Titow nicht noch mehr zu verraten. Er dankte dem Oberst für die Unterstützung, gab ihm die Hand und verließ den Raum. Draußen bat er die Sekretärin noch, ihm ein Taxi zu bestellen.

Auf der Uliza Leitenanta Janalowa wehte ein unangenehm kalter Wind, er war so eisig, dass Kara die Ohrenschützer aus der Tasche holen musste. Ein Mann, der ihm entgegenkam, hatte den Kopf eingezogen, um sich vor der schneidenden Kälte zu schützen, und wäre beinahe mit Kara zusammengestoßen. Er blickte auf, bat in Englisch um Entschuldigung und setzte seinen Weg fort.

Verblüfft erkannte Kara den Mann – das war der Physiker Alan Beckley, für dessen Freilassung aus dem Londoner Gefängnis Belmarsh Mundus Novus im letzten Oktober gesorgt hatte. Da gab es keinen Zweifel. Karas Gedächtnis für Gesichter war schon immer phänomenal gewesen; es überraschte ihn selbst oft, wenn er sich einen Film anschaute und dabei einen Schauspieler erkannte, den er einmal zwanzig Jahre jünger und in einer vollkommen anderen Rolle gesehen hatte. Beckleys Foto war ihm vor vier Monaten mehrmals sowohl in Zeitungen als auch in Betha Gilmartins Unterlagen begegnet.

Im selben Augenblick hielt ein stahlblauer Kombi Ford Focus mit der Reklame von Grad Taxi vor Kara an. Er bat den Fahrer, einen Augenblick zu warten, schaute Beckley hinterher und holte das Handy aus der Tasche. Beckley war ein erfahrener Wissenschaftler auf dem Gebiet der Raumfahrttechnik, der vor seiner Gefängnisstrafe mit seiner Forschungsgruppe an der Entwicklung eines Gerätes gearbeitet hatte, mit dem Wasser genutzt werden könnte, das sich auf dem Mond oder in Meteoriten fand. Mundus Novus hatte Beckleys Freilassung gefordert, weil die Stiftung seine Hilfe benötigte, und das wiederum bedeutete, dass Beckley ihn oder den SIS zu Mundus Novus führen könnte.

»Sag jetzt nicht, dass du in Kaliningrad bist.« Mit der Bemerkung meldete sich Betha Gilmartin. »Ich habe hier selbst schon genug Sorgen.«

»Alan Beckley geht vor mir auf dem Fußweg der Kaliningrader Uliza ... Na, irgendwo im Stadtzentrum«, sagte Kara.

»Menschenskind!«, entfuhr es Betha Gilmartin. »Wo genau?«

»Das sage ich dir, wenn du mir bei der Suche nach Emma hilfst«, antwortete Kara.

»Mann, lass Beckley bloß nicht merken, dass du ihm folgst, das würdest du bereuen. Finde heraus, wo Beckley wohnt oder arbeitet, und warte ab, ich kümmere mich sofort darum, dass jemand dahin kommt«, befahl Betha Gilmartin.

»Ich habe lange genug gewartet, über zwanzig Jahre. Wenn du mir nicht hilfst, versuche ich aus Beckley Informationen über Emma herauszuholen. Es ist garantiert kein Zufall, dass beide in Kaliningrad sind.«

Betha Gilmartin hörte an Karas aggressivem Ton, dass ihn nichts mehr aufhalten könnte. Kara würde sich Beckley gegenüber zu erkennen geben und den Mann so erschrecken, dass er untertauchte. »Beckley ist ein Verbindungsglied zu Mundus Novus. Was dieser Mann weiß, könnte Gold wert sein. Vermassle das jetzt nicht.«

»Beckley steigt gerade in sein Auto. Ein weißer BMW X3 SUV. Hilfst du mir oder ...«

Betha Gilmartin fluchte so laut und heftig, dass Kara das Telefon vom Ohr weghalten musste. Es dauerte einen Augenblick, bis sie sich so weit beruhigt hatte, dass sie weiterreden konnte. »Nachdem der FSB bereit war, uns zu helfen, hat der SIS ein paar dürftige Informationen bekommen, wann sich Andrej Rostow wo aufgehalten hat.« In der Leitung war Papierrascheln zu hören, während sie umblätterte.

Kara stieg in sein Taxi, zeigte dem Fahrer Beckleys BMW und sagte: »Dieselbe Adresse wie der da.«

»Nach den Informationen des FSB war Andrej Rostow im letzten Jahr dreimal in Kaliningrad, im Luftwaffenstützpunkt Dunajewka in der Nähe der Stadt Pionerski«, fuhr Betha fort. »Die Anlage wurde nach dem Ende des Kalten Krieges aufgegeben, aber jetzt hat Russland sie wieder in Betrieb genommen und dort eine Radarstation Woronesch-DM seiner Raketenabwehr stationiert. Der FSB willigte ein, den Stützpunkt Dunajewka behutsam zu überprüfen, das war im letzten Dezember, kurz nachdem wir erfahren hatten, dass Rostow ... dass dein Vater dort gewesen war, aber man hat nichts herausgefunden, was mit Mundus Novus zusammenhing. Es kann durchaus sein, dass Rostows Besuch in Dunajewka nichts mit Mundus zu tun hatte. Von all dem weiß in Dunajewka niemand etwas. Man hat ihnen nichts gesagt, weil wir und der FSB hofften, dass Rostow noch einmal nach Kaliningrad zurückkehren würde.«

»Bei der Überprüfung hat man in Dunajewka ganz sicher nicht nach meiner Schwester gesucht«, sagte Kara. Er wollte glauben, dass Andrej Rostow in Kaliningrad gewesen war, um Emma zu treffen.

»Ich begehe einen ziemlich schweren Verstoß gegen die Dienstvorschriften, weil ich dir das erzählt habe. Mach jetzt keine Dummheiten. Warte ab, ich nehme inzwischen Verbindung zum FSB auf. Er hat in Kaliningrad eine Militärakademie der Grenztruppen.«

Mit ihrer Antwort erfüllte Betha schon alles, was Kara sich wünschte. Plötzlich hielt sein Taxi auf dem Parkplatz eines modernen Bürogebäudes. Er schaute zu, wie Alan Beckley seinen Wagen abstellte, den Kragen hochschlug und mit langen Schritten über den Hof und durch die hohen Glastüren in das Gebäude hineinging. Kara fragte den Fahrer nach der Adresse des Gebäudes und erblickte an dessen Fassade ein großes beleuchtetes Schild.

»Beckley ist in ein Bürogebäude gegangen, die Adresse lautet Moskowski Prospekt 181. In dem Haus hat eine Firma namens Fakel ihren Sitz«, berichtete er Betha.

Betha Gilmartin tippte etwas in ihren Computer ein und lachte dann. »Das Gemeinschaftsunternehmen ›Experimentelles Planungsbüro Fakel‹, das der Weltraumbehörde der Russischen Föderation gehört. Es ist weltweit führend bei der Entwicklung von Ionenantrieben und Plasmatriebwerken für Weltraumsonden und in Russland führend auf dem Gebiet der Entwicklung und Herstellung von Elektrosystemen für Raumfahrzeuge. Es hat die Plasmatriebwerke für zweihundertachtzehn Raumschiffe geliefert … Danke, Leo.«

Kara bat den Taxifahrer, zum Luftwaffenstützpunkt Dunajewka zu fahren, und musste dem Mann seine Kreditkarte geben, bevor der bereit war, die Reise fortzusetzen.

10

Samstag, 11. Februar

»Hotel Neue Kräme«, sagte Kati Soisalo, als sie sich vor dem Terminal 1 des Frankfurter Flughafens in ein Taxi setzte. Im letzten Oktober war sie im Ramada abgestiegen, aber da wollte sie nicht wieder hin, denn dort hatte sie in die hasserfüllten Augen von Selami Metalla, dem Chef der albanischen Mafia-Organisation Veliki, schauen müssen. Verglichen mit ihm wirkte Jukka Ukkola geradezu liebenswürdig.

Sie hatte schon so oft beinahe die Hoffnung verloren. Das erste Mal an jenem Tag vor dreieinhalb Jahren, als sie auf der Polizeiwache in Dubrovnik begriff, dass Vilma verschwunden war. Dann im August vorigen Jahres im italienischen Vittorio Veneto, als sie schon glaubte, sie würde ihre Tochter wiedersehen. Und schließlich im letzten Oktober, als Vilma endlich gefunden war. Aber Ukkola hatte sich eine Anzeige ausgedacht, um sie vor Gericht zu bringen, und Vilmas leiblicher Vater, der Vorsitzende des Kabinetts, hatte ihr gedroht, er werde dann das alleinige Sorgerecht für das Mädchen beantragen.

Doch ganz gestorben war ihre Hoffnung nie, und jetzt endlich bekam sie neue Nahrung: Nachdem Ukkola seine Anschuldigungen zurückgezogen hatte und der Kabinettsvorsitzende gestorben war, gab es auf ihrem Weg zu Vilma nur noch ein Hindernis – allerdings das denkbar schlimmste: die albanische Mafia und Selami Metalla.

Das Taxi hielt an und Kati Soisalo entnahm der Erklärung des deutsch sprechenden Fahrers, dass es sich bei der Neuen Kräme um eine Fußgängerstraße handelte. Sie bezahlte auf Paranoids

Anraten in bar, holte selbst ihre Tasche aus dem Kofferraum und ging in Richtung des Hotelschilds. Der Eingangsbereich erinnerte eher an ein renovierungsbedürftiges Privathaus als an ein Hotel, aber die Frau an der Rezeption machte einen freundlichen Eindruck und die Räume sahen sauber aus. Und dies war schließlich keine Urlaubsreise. In ihrer Zeit als Justitiarin eines Unternehmens hatte sie in Vier- oder Fünfsternehotels gewohnt und in Restaurants der Spitzenklasse gespeist. Es schien ihr eine Ewigkeit her zu sein.

Sie stieg die Treppe hinauf zu ihrem Zimmer in der zweiten Etage, warf ihre Taschen auf das Doppelbett und ließ sich gleich daneben fallen. Im Flugzeug hatte sie das ganze Material gelesen, alles, was Paranoid über Selami Metalla herausgefunden hatte: Dutzende Seiten mit Informationen über widerwärtige Verbrechen der Organisation Veliki. Es kam ihr widersinnig vor, dass sie Metalla etwas zur Last legen wollte, was nicht einmal eine Straftat war.

Kati Soisalo versuchte sich Mut und Zuversicht einzureden. Sie würde Metalla und Helena Poulsen zwingen, ihre Bedingungen zu akzeptieren. Dazu war sie sehr wohl imstande. Und dann müsste sie das alles noch Vilma erklären. Dafür bekäme sie allerdings professionelle Unterstützung von Eve Björkman. Nach dem Verschwinden Vilmas hatte sie sich mit der erfahrenen, auf Traumata von Kindern spezialisierten Psychologin unterhalten und angefreundet. Eve hatte versprochen, nach Frankfurt zu kommen, sobald Kati sie darum bat.

Sie schaute auf die Armbanduhr – 10:58 Uhr. Was würde wohl geschehen, wenn es Paranoid nicht gelang, Kontakt zu Metalla aufzunehmen, um ihm ihr Eintreffen in Frankfurt mitzuteilen und ein Treffen zu vereinbaren? Die Nummern der albanischen Kriminellen standen ja nicht gerade im Telefonbuch. Paranoids Idee war es gewesen, den Kontakt per E-Mail über das Frankfurter Reisebüro Eulinda herzustellen, das Albaner betrieben. In den

Tiefen des Internets hatte er irgendwie herausgefunden, dass zwischen der Firma und Metalla Verbindungen bestanden. Kati Soisalo wollte keinen Kontakt zu den Poulsens, den Adoptiveltern Vilmas, aufnehmen, denn das hatte der Albaner ausdrücklich verboten. Es wäre erheblich angenehmer, mit Metalla zu reden, wenn der Mann nicht vor Wut kochte. Der Erfolg ihres Planes erforderte diplomatische Fähigkeiten, allerdings war der Große Mechaniker leider sehr knausrig gewesen, als er die in ihrem Oberstübchen installiert hatte.

Eine plötzliche Angst zwang Kati Soisalo aufzustehen. Sie würde noch durchdrehen, wenn sie das alles pausenlos in ihrem Kopf abspulte. Derzeit brachte ihr nicht einmal der Schlaf Erleichterung: Vilma, die Albaner, die Poulsens und Ukkola bevölkerten auch ihre Träume.

Nach einem Abstecher ins Bad schaltete sie den Fernseher ein und zog sich um. Im Nachrichtenkanal Al-Jazeera ging es um den Luftangriff der USA auf den iranischen Raketenstützpunkt, der weltweit für Aufregung sorgte. Fachleute für internationale Politik und Sicherheitsexperten beurteilten die weltpolitische Lage als außergewöhnlich brisant.

Kati Soisalo beschloss, einen Spaziergang zu machen und etwas essen zu gehen. Sie wollte nicht untätig herumsitzen und darauf warten, Selami Metalla zu treffen, einen Mann, von dem sie sich nach allen Regeln der Vernunft eigentlich fernhalten müsste. Also los, den Wintermantel anziehen, die Wollmütze aufsetzen und die Treppe hinunter zur Rezeption. Sie nahm sich einen Stadtplan von Frankfurt, trat hinaus in die Fußgängerzone und beschloss, vor dem Gewimmel in der Innenstadt in irgendeinen Park zu flüchten. Das Gelände des Palmengartens und des Grüneburgparks erschien zumindest auf dem Stadtplan groß genug zu sein, um Ruhe zu versprechen. Das Winterwetter war für ihren Geschmack gerade richtig, nicht zu kalt, nicht zu warm, Schnee lag in Frankfurt nicht.

In Westend ließ der Verkehrslärm nach. Kati Soisalo wählte sicherheitshalber eine Route, bei der sie einen großen Bogen um das Haus der Poulsens machte. Sie wollte weder Vilma noch Helena oder ihrem Mann über den Weg laufen. Womöglich glaubten die noch, dass sie ihnen nachspionierte. Sie ging in zügigem Tempo und hoffte, dass sie sich durch die Bewegung und die frische Luft beruhigen würde ...

Palmengarten und Grüneburgpark, las Kati Soisalo eine Viertelstunde später auf einem Wegweiser, sie überquerte die Bockenheimer Landstraße und sah vor sich einen Sandweg, der in eine riesige Grünanlage führte. Ob sie hier wohl ein Restaurant finden würde? Hinter sich hörte Kati Soisalo das Geräusch eines Autos.

Sie wandte sich um und erblickte einen Mercedes mit getönten Scheiben, der etwa zwei Meter vor ihr anhielt. Die Türen öffneten sich und zwei Südeuropäer stiegen aus. Noch ehe sie begriff, was im Gange war, hatten die beiden Kerle sie schon erreicht, mit schmerzhaft festem Griff an den Armen gepackt und ins Auto gezerrt. Einer der beiden stieß und drückte sie auf dem Rücksitz in den Fußraum, dann nahm ihr ein Tritt in den Magen die Luft. Sie sah noch, wie sich eine weit geöffnete schwarze Kapuze ihrem Kopf näherte, aber die Faust, die sie an der Schläfe traf, hatte sie nicht kommen sehen.

* * *

Auf dem Liegesessel im Wohnzimmer, außer den langen Unterhosen nichts am Körper, das schleimige Kriechtier aus dem gerade zu Ende gegangenen Traum schon vergessen, etwas Klebriges auf dem Hemd – sah aus wie Kidneybohnen –, die Zunge so rau wie Sandpapier, auf dem Tisch eine halbvolle Flasche Maltwhisky und eine mit Nobleza-Sherry, und aus den Surround-Lautsprechern dröhnte Musik. Alles okay, er war nur eingenickt.

Jukka Ukkola schloss die Augen und vertiefte sich in die Melodien des Hollywood-Films *Der letzte Samurai.* Nicht weil die etwa sonderlich eindrucksvoll wären, sondern weil er sich vollständig mit dem vom Schicksal gebeutelten und alkoholisierten amerikanischen Soldaten identifizierte, den Tom Cruise spielte und der in Japan am Ende des 19. Jahrhunderts zu einem Vollblut-Samurai geworden war. Er hatte den Film so oft gesehen, dass er der Handlung ausgezeichnet folgen konnte, obwohl er betrunken war.

Die Hoden schmerzten Ukkola nach Kati Soisalos Kniestoß immer noch, und die Gier nach Rache verätzte seine Sinne so sehr, dass er ihren Geschmack im Mund spürte. Kati hatte ihn wieder mal an der Nase herumgeführt. Ihr Versprechen, ihm bei seinem Prozess zu helfen, interessierte Ukkola jetzt nicht mehr – es war egal, ob Katis neue Beweise dazu führten, dass man ihn nur zu vier oder sechs Jahren verurteilte. Er würde nicht einmal ein Jahr im Knast überstehen. Die finnischen Gefängnisse waren vollgestopft mit Männern, die er hinter Gitter gebracht hatte. Und nun war auch noch der Vorsitzende des Kabinetts tot in seiner Wohnung aufgefunden worden. Vielleicht kam er als Nächster dran.

Es war endgültig vorbei. Sowohl mit seiner Karriere als auch mit seiner Beziehung zu Kati Soisalo, das musste sich Ukkola eingestehen. Wenn Kati ihre Tochter wieder zu sich nach Finnland holen könnte, brauchte sie ihn überhaupt nicht mehr. Aber trotz all der Scheiße, die in den letzten Tagen passiert war, freute sich Jukka Ukkola jetzt wie ein Specht in seiner Baumhöhle. Ihm war die Lösung eingefallen.

Am Abend zuvor, als er noch nüchtern genug gewesen war, um zu verstehen, was er las, hatte er einer Eingebung des Augenblicks folgend einen Band aus seiner Sammlung japanischer Bücher in die Hand genommen. Natürlich kannte er Geschichten darüber, wie das Lesen der Bibel das Leben eines Menschen ändern konnte. Doch sein Leben hatte das Werk Shinjū Ten no Amijima von Chikamatsu Monzaemon geändert, der Anfang des achtzehnten Jahrhunderts gestorben war. Er wusste jetzt ganz genau, wie seine und Kati Soisalos Geschichte enden würde.

Plötzlich spitzte Ukkola die Ohren, er hörte wieder jemanden in seiner Wohnung reden. Die Stimme war immer dieselbe, sie klang schrill, lachte oft und gehörte einer Frau. Ukkola drehte den Ton des Fernsehers lauter, er hatte das Radio oder den Fernseher ständig an, um die Stimmen zu unterdrücken, die in seinem Kopf dröhnten.

Auf einmal berührte ihn etwas an der Schulter – ihm blieb fast das Herz stehen.

»Ich habe bestimmt zehnmal geklingelt«, verteidigte sich eine müde aussehende junge Frau in gebrochenem Englisch.

Ukkolas Pumpe hämmerte so heftig, dass er nicht einmal imstande war, Lilia zusammenzustauchen. Das Mädchen aus Moldawien kam zuweilen, um in seiner Wohnung sauberzumachen, aber Ukkola konnte sich nicht entsinnen, dass sie das für diesen Tag vereinbart hatten.

Er streckte die Hand aus, griff nach der Flasche mit dem Maltwhisky und spürte, wie seine Lebensgeister erwachten, als die Flüssigkeit ihm die Kehle hinunterrann. Er richtete sich auf und betrachtete Lilias Hintern, der verführerisch im selben Takt wie das Staubsaugerrohr hin und her schwang. Er schob die Hand unter den Bund der Unterhose, griff sich in die Leistengegend und musste zugeben, dass da unten ruhige Zeiten herrschten.

»Bist du schon legales Fleisch?«, fragte Ukkola auf Englisch, er brüllte, um den Lärm des Staubsaugers zu übertönen.

Lilia sah ängstlich aus, als sie sich ihm zuwandte. Sie verstand die Frage nicht, wusste jedoch nur zu gut, was solche Männer in der Regel von ihr wollten.

»Wie alt bist du? Du wirst doch wohl wenigstens dein Alter wissen.«

»Zwanzig!«

Ukkola runzelte die Brauen und zeigte mit dem Finger auf den Staubsauger. Lilia schaltete das Gerät aus, presste sich aber den Schlauch an die Brüste wie einen Schutzschild.

»Was um alles in der Welt machst du in Finnland?«, fragte Ukkola, obwohl er ganz genau wusste, dass Lilia eines der vielen hundert Mädchen war, die er illegal nach Finnland hatte bringen lassen. Die Sozialtanten nannten sie Opfer des Menschenhandels. Es wunderte ihn, dass die gutaussehende Lilia saubermachte und nicht mit ihrer Möse Geld verdiente.

»Die haben mich gezwungen, hierherzukommen, und mich im letzten September heimlich mit dem Laster über die Grenze gebracht«, antwortete Lilia.

Also musste Lilia mit einem der letzten Mädchentransporte, die er im Auftrag des Kabinetts organisiert hatte, nach Finnland gekommen sein, dachte Ukkola. »Wo haben die dich aufgetrieben, im Kuhstall?«

»Die haben von einer Arbeitsvermittlungsagentur geredet. Das machen sie so, um Mädchen aus Moldawien anzulocken. Sie haben Arbeit im Westen versprochen. Als ich hier ankam, haben sie mir den Pass weggenommen und gesagt, ich schulde ihnen Tausende Euro. Ich musste alles machen, was mir befohlen wurde. Sie haben eine Versteigerung im Internet organisiert. Ich musste in den Norden, nach Lappland, in das Haus eines ekligen Alten, mitten im Wald. Aber das dauerte zum Glück nicht lange. Das Schwein konnte nicht zahlen.«

»Für wie viel Geld wurdest du verkauft?«

Lilia schaute Ukkola an, der heruntergekommen aussah. Sie empfand zugleich Scham und Verachtung. »Für zweitausend Euro.«

»Ein guter Preis«, sagte Ukkola. Sein Großvater war hundert Jahre zuvor für fünfzehn Finnmark verkauft worden.

* * *

Im Kaliningrader Gebiet hatten die Menschen dem Tod allzu oft ins Auge blicken müssen. Im Jahr 1249 fand in Krücken eine blutige Schlacht zwischen den baltischen Prußen und dem Deutschen Orden statt, und in den folgenden Jahren wurde ein großer Teil der Bewohner des damaligen Königsberg ermordet. Nach Beginn des Ersten Weltkriegs 1914 töteten Truppen des zaristischen Russlands Dutzende deutsche Zivilisten im Dorf Abschwangen, und 1945 tat die Rote Armee das gleiche in Metgethen. Mit dem Ende des Zweiten Weltkriegs wurde Königsberg zu Kaliningrad und zugleich zu einem der am stärksten militarisierten Gebiete der Welt. In den letzten Jahren hatte man Kaliningrad als Westspitze der Raketenabwehr Russlands ausgebaut, damit würde es in künftigen Kriegen voraussichtlich eines der ersten Ziele für Militärschläge sein.

Leo Kara wusste nicht viel über die Geschichte Kaliningrads, aber er fühlte sich hier dennoch nicht wohl. Er saß im Taxi und betrachtete die schneebedeckten Felder und Wiesen und die kahl in den Himmel ragenden Laubbäume. Jetzt wurde ihm klar, warum der Fahrer vorher seine Kreditkarte haben wollte: Die Basis Dunajewka der russischen Luftstreitkräfte lag fünfunddreißig Kilometer außerhalb der Stadt.

Noch nie hatte er sich so nach einem Medikament gesehnt, egal, was, Hauptsache, es hielt seine Gedanken im Zaum. In seinem Schädel schien sich alles darauf vorzubereiten, dass er womöglich in wenigen Augenblicken seine Schwester wiedersehen würde. Erinnerungen tauchten auf, von denen er gar nicht wusste, dass er sie überhaupt besaß: er und Emma als Kinder im Licht der Taschenlampe unter der Decke, bei einem Sommerausflug im Stockholmer Freilichtmuseum Skansen, Emmas Puppenstube zu Hause in Tapanila. Kara schloss die Augen, doch er konnte nicht verhindern, dass ihn auch quälende Erinnerungen überrollten: Emma, wie sie sich im Kellerloch des Londoner Fabrikgebäudes in den Kanalisationsschacht zwängte. Emma, wie sie neben Manas, der eine Pistole in der Hand hielt, auf dem Betonfußboden saß, die Arme um die Beine geschlungen, und mit weit aufgerissenen Augen vor sich hin starrte und etwas murmelte. Im Schockzustand. Kurz bevor Manas ihre Mutter erschoss und die Waffe dann auf Emma richtete. Doch anders als Mutter war Emma immer noch am Leben, das hatten sowohl sein Vater und Manas als auch Eeva Rinne bestätigt.

Karas Telefon zeigte den Eingang einer SMS an: *Oberst Jakuschow von der Militärakademie des FSB hat versprochen, dafür zu sorgen, dass du in Dunajewka Einlass bekommst. Sei vernünftig. Betha.*

Der Luftwaffenstützpunkt Dunajewka wirkte unpersönlich und trostlos, so wie militärische Sperrgebiete immer aussehen. Ein hohes, fensterloses Gebäude, das an ein Getreidesilo erinnerte, eine riesige, schrägstehende Radaranlage, Bürogebäude und alle möglichen Fahrzeuge und Flugzeuge. Das Gelände war von einem Zaun umgeben, und am Haupteingang standen vier mit Sturmgewehren bewaffnete Wachsoldaten in Tarnanzügen.

Kara bezahlte das Taxi und trat vor die Hauptwache. »Ich heiße Leo Kara und möchte Ihren Stützpunkt besuchen, Oberst Jakuschow vom FSB sollte mein Kommen ankündigen«, sagte er auf Russisch.

Die Tür der hell erleuchteten Hauptwache öffnete sich und heraus trat ein zwei Meter großer Offizier mit Bürstenfrisur und hellen Flecken auf den Wangen. Der russische Major stellte sich vor und sie gaben einander die Hand.

»Es tut mir leid, aber alle Besucher werden kontrolliert«, erklärte der Major. Kara wurde in das Gebäude geführt, er nahm den Stapel Fotos und seinen Füller aus der Brusttasche, legte sie auf den Tisch und zog seine Steppjacke aus. Es ärgerte ihn, dass ein junger Soldat, der nach Schnaps stank, am Ende der Leibesvisitation ein paarmal seine Weichteile drückte.

»Ich hörte von Oberst Jakuschow, dass Ihr Besuch mit irgendeiner verschwundenen Frau zusammenhängt«, sagte der Major zu Kara, als der seine Jacke wieder anzog.

»Ich habe einen Hinweis erhalten, wonach eine ... von mir gesuchte Person möglicherweise hier arbeitet.«

Der Major bedeutete Kara, ihm zu folgen. Die beiden verließen die Hauptwache und setzten sich in ein Militärfahrzeug vom Typ GAZ-Tigr. Dann gab der Major Gas und fuhr in Richtung einiger mehrgeschossiger Gebäude am Rande des Stützpunkts.

»Wer ist die Frau, die Sie suchen?«, erkundigte er sich nach einer Weile.

»Meine Schwester Emma Kara. Sie ist Anfang dreißig und benutzt sicherlich nicht ihren richtigen Namen.«

Der Major lachte. »Bei uns hier arbeiten genau acht Frauen, alles Russinnen. Nur drei sind unter fünfzig, Sie können sie alle kennenlernen. Die Frauen arbeiten im Radarkontrollzentrum.«

Der GAZ-Tigr blieb abrupt stehen, als der Major nur ein paar Meter vor einem Gebäude auf die Bremse trat; es sah aus wie ein normales Wohnhaus. Der Offizier führte Kara zur Treppe, in die erste Etage hinauf und dort in einen großen Raum.

»Das ist das Kontrollzentrum einer Woronesch-DM-Radarstation der Russischen Weltraumstreitkräfte«, sagte der Major mit ernster Miene und voller Stolz, als sie hinter einem sehr langen Holztisch stehen blieben.

Vor dem Tisch befand sich eine schräge Glaswand, hinter der auf großen Bildschirmen Karten, Tabellen und Filmaufnahmen des Stützpunktareals und der Radaranlagen zu sehen waren. An dem Tisch saßen im Abstand von einem Meter einige Zivilisten und Soldaten, jeder hatte vor sich ein Mikrofon mit Ständer, zwei Telefone, eine Lampe und Schreibzeug. Darunter waren auch drei Frauen. Karas Herz schlug so heftig wie lange nicht.

Eine von ihnen drehte sich zu ihnen um und Kara erkannte seine Schwester sofort, obwohl sie sich seit Jahrzehnten nicht gesehen hatten. Jeder Irrtum ausgeschlossen. Emma war eine erwachsene Frau geworden, aber ihre Gesichtszüge hatten sich überraschend wenig verändert: die kleine Nase, die runden Augen und die schmalen Augenbrauen, die etwas dunkler waren als das blonde, gewellte Haar. Kara trat mit verblüffter Miene auf seine Uniform tragende Schwester zu, die Hände hielt er ausgestreckt, um sie zu umarmen.

»Leo. Dein Bruder«, sagte Kara auf Finnisch, als er vor ihr stehen blieb. Wie würde sie reagieren? Emma zog die Brauen nach unten und blickte den Major fragend an.

»Er ist vom UN-Büro für Drogen- und Verbrechensbekämpfung und sucht hier seine ... Schwester«, erklärte der Major der Frau und wandte sich dann Kara zu. »Darf ich vorstellen, Hauptmann Jelena Rostowa.«

Emma erkannte ihn nicht, ihren eigenen Bruder. Kara schossen alle möglichen Gedanken durch den Kopf. War seine Schwester damals im Oktober 1989 auch verletzt worden, oder hatte sie einen Schock erlitten und dann die Vergangenheit aus ihrem Gedächtnis verdrängt? Wie zum Teufel konnte das sein? Emma hatte ja auch denselben Familiennamen wie Andrej Rostow. »Können wir uns irgendwo unter vier Augen unterhalten?«, fragte Kara den Major und deutete mit dem Kopf auf Emma.

Jelena Rostowa zuckte die Achseln und der Major führte die beiden durch das Treppenhaus in den Pausenraum, in dem eine Mikrowelle, ein Wasserkocher, ein Geschirrschrank und ein kleiner Abwaschtisch standen. Der Major verließ den Raum, als Jelena Rostowa ihm mit einem Nicken zu verstehen gab, dass sie damit einverstanden war.

»Erinnerst du dich wirklich nicht an mich?«, fragte Kara auf Russisch. Er musste daran denken, wie er dieses Mädchen zusammen mit seiner Mutter im Handwaschbecken gebadet hatte.

»Ich habe keinen Bruder«, erwiderte Jelena Rostowa ganz aufrichtig. »Du verwechselst mich.«

Kara holte aus der Tasche seiner Steppjacke das Phantombild seines Vaters. »Erkennst du diesen Mann? Weißt du, wie er heißt?«

Jelena Rostowa war überrascht. »Das ist Andrej Rostow, ich

werde ja wohl meinen eigenen Vater erkennen. Es ist doch nichts passiert?«

»Das ist A-lek-si Ka-ra. Erinnerst du dich wirklich nicht? Und ich bin dein Bruder Leo. Unsere Familie war zuletzt 1989 in London zusammen. Vater leitete dort eine Forschungsgruppe. Soldaten haben unser Zuhause gestürmt …«

»Begreifst du nicht, dass du mich verwechselst?« Jelena Rostowas Stimme wurde lauter. »Mein Vater ist Offizier des FSB, schon immer, deswegen wissen nur sehr wenige etwas von seiner Arbeit. Vater reist viel, aber er hat sich in all den Jahren immer um mich gekümmert.«

Kara dachte nach, soweit er in seinem verwirrten Zustand dazu in der Lage war. »Weißt du, wo dein Vater jetzt ist?«

»Über seine Arbeit redet er nicht viel«, antwortete Jelena Rostowa und hob die Schultern. »Als wir das letzte Mal miteinander telefoniert haben, hat er gesagt, er rufe aus Hongkong an.«

»Wann war das?«

Jelana Rostowa überlegte einen Augenblick. »Vorgestern.«

»Und deine Mutter, wie hieß die?«

Für einen Augenblick sah es so aus, als hätte Jelena Rostowa genug von Karas Fragen. »Wieso hieß? Meine Mutter heißt Irina Rostowa, und als wir uns gestern unterhalten haben, befand sie sich in ausgezeichneter Verfassung.«

»Wohnt sie hier in Kaliningrad?«, fragte Kara.

»In Moskau. Mutter ist auch Offizier des Nachrichtendienstes, im Range eines Obersts, wir sind eine Soldatenfamilie.«

Kara wurde allmählich ungeduldig. »Was weißt du denn noch aus deiner Kindheit, hast du Erinnerungen an die Zeit im Kindergarten oder …«

Jetzt schien Jelena Rostowas Interesse geweckt zu sein. »Mit zehn Jahren hatte ich eine schwere Hirnhautentzündung. Aus der Zeit davor weiß ich nichts mehr. Nach Ansicht der Ärzte ist das nicht weiter verwunderlich, die Krankheit hatte Auswirkungen auf mein Gehirn. Aber die Hirnhautentzündung hat ganz sicher meinen Vater nicht gegen einen anderen ausgetauscht. Worum geht es hier eigentlich?«

Kara starrte seine Schwester an. Er versuchte ja selbst zu verstehen, worum es hier ging, jetzt aber setzte sein Gehirn irgendwie aus. Waren die Kindheitserinnerungen seiner Schwester gelöscht worden oder log Emma? Aber woher sollte sie so gut schauspielern können? Kara beschloss, die Ereignisse von 1989 nicht weiter zu erwähnen. Erst musste geklärt werden, warum sich Emma nicht einmal an ihren richtigen Namen erinnerte.

Kara stand auf, dann kam ihm ein Gedanke. Er holte den Stapel Bilder aus der Tasche seiner Steppjacke, faltete das Foto von Manas auseinander, strich es gerade und zeigte es seiner Schwester. Es war die erste und bisher einzige Aufnahme des kirgisischen Killers in den Registern der Behörden. Überwachungskameras auf dem Helsinkier Bahnhof hatten das Bild im letzten Oktober aufgezeichnet.

Jelena Rostowas Augen weiteten sich kaum merklich. Sie betrachtete das Foto konzentriert ein paar Sekunden lang, spitzte dann den Mund und schüttelte den Kopf. »Wer ist das? Er kommt mir irgendwie ... entfernt bekannt vor, aber ich komme nicht darauf, woher.«

»Wir treffen uns wieder, wenn ich mehr weiß. Ich verspreche dir, ich melde mich«, sagte Kara und spürte einen Schmerz in der Brust, als er seiner Schwester wie einem wildfremden Menschen die Hand gab. Plötzlich kam ihm noch eine Idee.

»Du hast nicht zufällig neuere Fotos von deinem Vater?«

Jelena Rostowa wollte schon mit Nein antworten, da fiel ihr etwas ein. Sie holte ein Handy aus der Tasche ihrer Uniformjacke. »Ich habe zu Weihnachten ein Foto bekommen, auf dem Vater in einem Pullover posiert, den ich ihm geschenkt habe.« Sie suchte in der Fotogalerie ihres Telefons, nach einer Weile lächelte sie und drehte das Display zu Kara hin.

Ein ausgezeichnetes Foto, dachte der und holte seine Visitenkarte aus dem Portemonnaie. »Kannst du mir das auf mein Handy schicken?«

»Klar«, versprach Jelena Rostowa. Sie gingen nebeneinander zurück in das Kontrollzentrum, wo der baumlange Major sie erwartete. Kara teilte ihm mit, er sei fertig.

Der Offizier führte Kara zu seinem Auto und blieb dann stehen, weil sein Handy klingelte. Er nahm Haltung an, als er hörte, wer der Anrufer war, sagte ein paarmal »Da, da« und beendete das Gespräch. Mit besorgter Miene schaute er erst zu Kara hin und dann zum vielleicht einen halben Kilometer entfernten Haupteingang. »Ein dringender Auftrag. Dürfte ich Sie bitten, zu Fuß und allein zum Haupteingang zu gehen? Sie brauchen nur dem auf dem Asphalt markierten Fußweg an den Hangars vorbei zu folgen.«

Kara zuckte die Achseln, gab dem Major die Hand und zog den Reißverschluss seiner Steppjacke zu. Der eisige Wind, der über die Rollbahnen fegte, sorgte dafür, dass er wieder klar denken konnte. Obwohl er seine Schwester gefunden hatte, empfand er nicht die geringste Freude. Er nahm sich vor, umgehend Betha Gilmartin anzurufen und mit ihr über diese Sache zu reden. Wie war es möglich, dass sich Emma an nichts aus ihrer Kindheit erinnerte? Konnte eine Hirnhautentzündung die Erinnerungen eines Menschen tatsächlich wegwischen wie ein Schwamm die Kreideschrift auf der Tafel?

Als er die erste Flugzeughalle erreichte, setzte er die Kapuze auf. Windböen trafen auf das riesige Gebäude und tösten ihm um die Ohren. Kara hörte nicht, wie sich die kleine Tür des Hangars hinter ihm öffnete, spürte aber, wie eine Hand seinen Arm ergriff. Er drehte sich um und erblickte den Menschen, dem er jetzt am allerwenigsten begegnen wollte.

Manas lächelte, weil das in derartigen Situationen so üblich war. Er packte Kara am Genick, riss ihm den Arm auf den Rücken und stieß ihn in die Halle hinein.

11

Samstag, 11. Februar

Kati Soisalo lag im Auto ihrer Entführer eingezwängt im Fußraum des Rücksitzes und zitterte vor Angst. Laut Paranoid war die albanische Mafia und insbesondere die Organisation Veliki eine unfassbar grausame Verbrecherbande. Und Kati Soisalo hatte schon mit ihrer Rückkehr nach Frankfurt gegen Selami Metallas Befehl verstoßen. Im Auto roch es nach Tabak und Testosteron. Das waren Männer, die auf Befehl ihres Clanchefs mordeten, ohne auch nur eine Sekunde zu zögern.

Als das Auto schließlich anhielt, wurde sie hinausgezerrt und an der Hand in ein Gebäude geführt, in dem ihre Schritte widerhallten. Hier war es wärmer als draußen, aber deutlich kälter als im Hotel Neue Kräme. Jemand drückte sie an den Schultern auf einen Stuhl und zog ihr die Kapuze vom Kopf.

Selami Metalla sah genauso aus wie im letzten Oktober: über der Nase zusammengewachsene schwarze Augenbrauen, ein kräftiges Kinn und dunkle, fast bis zu den Augenhöhlen reichende Bartstoppeln, dazu der verwirrend grausame und leere Blick. Sie saßen sich inmitten einer halb leeren niedrigen Fabrikhalle gegenüber. An der Wand standen zwei albanische Gangster herum.

»Ich habe dir beim letzten Mal die Wahl zwischen zwei Alternativen überlassen: die hier«, sagte Metalla auf Englisch und hielt seine halbautomatische Pistole hoch. »Oder du vergisst deine Tochter und erhältst die Möglichkeit, lebend nach Hause zurückzukehren.« Seine Worte schallten durch die Halle.

Kati Soisalo versuchte ihre Lage einzuschätzen. Sie war nicht gefesselt und in der Halle befanden sich drei bewaffnete Albaner.

Sie hätte keine Chance, auch nicht mit Krav Maga. Schon vor Jahren hatte sie angefangen die von der israelischen Armee entwickelte Nahkampftechnik zu trainieren, um sich gegen Ukkola verteidigen zu können. Der besaß die Angewohnheit, Streitigkeiten mit den Fäusten zu klären. Nachdem sie Ukkolas Schlägen endlich entkommen war, hatte sie weitertrainiert. Und zwar genau für einen Augenblick wie diesen: Um entschlossen handeln zu können, sollte sie irgendwann diejenigen finden, die für Vilmas Schicksal verantwortlich waren. Sie versuchte sich zu beruhigen. Schließlich war sie nicht hergekommen, um sich zu schlagen, sondern um zu reden und Vilma damit nach Hause zu holen. Jetzt musste sie sich jedes Wort genau überlegen. Sei so freundlich, wie du kannst, befahl sie sich. »Ich bin nach Frankfurt gekommen, um dich zu treffen, weil ich auf neue ... wichtige und heikle Informationen gestoßen bin.«

Metalla reagierte nur noch gereizter. »Keine Information wird deine Lage und die deiner Tochter ändern. Akzeptier das endlich.« Der Lauf seiner Waffe zeigte auf Kati Soisalos Bauch.

Sie überlegte einen Augenblick, beugte sich vor und flüsterte Metalla zu: »Arjana und Dardana Ethem.«

Es vergingen ein paar Sekunden, dann änderte sich Metallas versteinerter Gesichtsausdruck. Er schaute zu seinen Männern und brüllte ein paar Worte in scharfem Ton, woraufhin die beiden ohne einen Mucks die Halle verließen, dann wandte er sich Kati Soisalo zu und saß nun kerzengerade auf dem Stuhl.

»Was ist mit ihnen? Mit Arjana und Dardana Ethem?«, fragte Metalla mit gespielter Gelassenheit.

Jetzt ganz vorsichtig, dachte Kati Soisalo. »Der Ethem-Clan ist, soweit ich das verstehe, die mit Abstand größte und stärkste albanische kriminelle Organisation. Noch größer als deine Veliki. Und meines Wissens haltet ihr euch beide sehr genau an den *Kanun*, den albanischen Verhaltenscode.«

Metallas Lächeln sah aus wie eine Grimasse. »In der Region

Mirditë und in den nördlichen Bergen überreicht ein Verwandter der Braut dem Bräutigam als Hochzeitsgeschenk immer noch eine in Stroh gewickelte Kugel. Das bedeutet, dass der Ehemann seine Ehefrau erschießen darf, wenn sie sich nicht vernünftig benimmt. Warum hast du unsere Bräuche studiert?«

Weil ich dich festnageln will, dachte Kati Soisalo, riss sich zusammen und fuhr fort: »In euren Kreisen ist das Gesetz des Schweigens noch bedeutender als in anderen Organisationen. Ebenso die *Besa*, die Ehre eines Mannes. Ihr müsst euer Wort unter allen Umständen halten. Wer gegen die Regeln des Kanun verstößt, wird getötet. Das, also die Blutrache, wird sogar als Pflicht angesehen.«

»*Gjakmarrja*«, sagte Selami Metalla.

Kati Soisalos Herz schlug heftig. »Ich weiß, dass du schon lange ein Verhältnis sowohl mit der Ehefrau als auch mit der Tochter vom Chef des Ethem-Clans hast.«

Sie war überrascht, als sie Metallas Gesichtsausdruck sah. Es fiel ihr schwer zu glauben, dass auch dieser Mann erschrocken aussehen konnte. »Wenn die Information über dein ... Verhältnis zufällig Agron Ethem zu Ohren käme, würde euer Gesetz ihm vermutlich das Recht geben ... das heißt ihn sogar verpflichten, dich ... umzubringen.«

Metalla sprang mit einem Satz auf, drückte ihr die Pistolenmündung auf die Stirn und starrte sie mit wutverzerrtem Gesicht an, wobei er seine vom Nikotin gelb gewordenen Zähne entblößte. Irgendetwas hielt ihn zurück. »Warum sollte ich dich nicht einfach auf der Stelle erschießen?«

»Weil mein Helfer dasselbe weiß wie ich«, erwiderte Kati Soisalo rasch, ohne zu überlegen. »Wenn mir etwas zustößt, sorgt er dafür, dass mein Geheimnis öffentlich wird.«

Für einen Augenblick sah es so aus, als würde Metalla schießen, dann setzte er sich wieder auf seinen Stuhl. »Auch für den Fall, dass ich mein Versprechen gegenüber den neuen Eltern deiner

Tochter nicht halte, breche ich mein Wort und verstoße gegen die Besa.«

»Diese Angelegenheit kann ich vielleicht regeln«, erwiderte Kati Soisalo und hoffte von ganzem Herzen, dass sie damit nicht zu viel versprochen hatte.

* * *

Kara wandte sich im Dämmerlicht des Hangars um und sah das Gesicht von Manas, die hohen Backenknochen, die schrägen Augen, das pechschwarze Haar. Ihm wurde klar, dass er in eine aussichtslose Situation geraten war. Die letzte seines Lebens. Kara starrte den Schrank von einem Mann an, der seine Mutter 1989 in einer Londoner Fabrikhalle hingerichtet und ihn selbst in den Kopf geschossen hatte. Verdammt, was war das für ein Geräusch? Es musste von irgendeinem Lebewesen stammen, allerdings hörte es sich so an, als würde jemand Steine zermalmen. Und weshalb war an Manas' Hals ein hellroter Strich zu sehen? Warum hatte die Haut unterhalb der Linie so eine merkwürdige Farbe?

Der kirgisische Killer bemerkte Karas Blick. Er zog den Reißverschluss seines Ziegenledermantels herunter und öffnete die zwei obersten Hemdknöpfe. »Das hast du verursacht, schwere Verbrennungen und großflächige Hauttransplantationen. Aber das Leiden hat sich gelohnt, jetzt habe ich den Auftrag bekommen, der dich betrifft.« Manas sprach Russisch. Er hörte sich zufrieden an.

»Worauf wartest du?«, fragte Kara.

Manas überlegte eine Weile, ob es an dieser Stelle richtig wäre, zu lächeln oder zu lachen, und verpasste so die Chance, zu reagieren. »Du darfst mir helfen. Ich will versuchen, Hass zu fühlen.«

»Du bist total verrückt. Ist dir das klar?«, erwiderte Kara. Manas benahm sich ja noch seltsamer als bei ihren früheren Begegnungen, das war an sich schon eine große Leistung.

Manas packte Kara am Arm, führte ihn ans Ende der Halle und

schaltete das Licht ein. Auf einmal dröhnte wütendes Hundegebell durch den Raum. Kara schaute auf die in einen Käfig aus dickem Maschendraht gesperrten Tiere, die so groß wie Kälber waren, und glaubte seinen Augen nicht zu trauen, so etwas hatte er noch nie gesehen. Die blutrünstigen, massiven Ungetüme bestanden nur aus Muskeln, und mitten in ihren unverhältnismäßig großen Köpfen leuchteten weit aufgerissene Mäuler mit kräftigen, spitzen Zähnen.

Manas betrachtete die weißen Hunde und nickte. »Offiziell sind das Dogo Argentino, aber in der Praxis ähneln sie eher dem ausgestorbenen Cordoba-Kampfhund. Das war der beste Killerhund aller Zeiten, der *Perro de Pelea Cordobés*. Der kämpfte so wutentbrannt, dass zu viele seiner Art in den Kampfhundarenen umkamen und die ganze Rasse schließlich ausstarb. Fast zumindest. Der Vorgänger des KGB, die Tscheka, bekam nämlich 1920 ein Dutzend Cordoba-Kampfhunde vom argentinischen Präsidenten Hipólito Yrigoyen geschenkt. Die Rasse wurde aus dem Bullterrier, der englischen Bulldogge, dem Mastiff und dem Boxer zum Kampfhund entwickelt. Zu der Zeit war alles möglich, man versuchte auch wilde Tiere so zu züchten, dass sie sich für die Zwecke der Armee eigneten. Und die Alfa-Einheiten des KGB haben die Rasse in den letzten Jahrzehnten durch Kreuzungen mit der Dänischen Dogge und dem Irischen Wolfshund noch größer gezüchtet. Allerdings werden sie nicht gerade bei der alltäglichen Grenzkontrolle eingesetzt. Du hättest mal sehen sollen, wie sie Tschetschenen aus den Höhlen im Gebirge herausgezerrt haben …«

Manas öffnete die Tür des Käfigs, nahm eine Papiertüte, die daneben lag, und warf den Bestien etwas vor, das nach verdorbenem Fleisch stank. Die Tiere stürzten sich auf das Futter, ihre Ketten spannten sich so, dass der ganze Käfig schwankte. »Es gibt nur ein Problem: Die Hunde sind so aggressiv, dass Rüde und Hündin lieber miteinander kämpfen, als sich zu paaren«, erklärte Manas.

»Leider hatte ich nur vierundzwanzig Stunden Zeit, mich auf unser Treffen vorzubereiten, aber ich habe mir trotzdem ein eindrucksvolles Ende für dich ausgedacht. Das ist die Handschrift eines Profis, findest du nicht? Die Hunde habe ich mir von einem alten Bekannten in der Militärakademie der Grenztruppen des FSB hier in Kaliningrad ausgeliehen.«

Das dumpf dröhnende Bellen erfüllte Karas Kopf bis zum Rand. Die riesigen Tiere waren an den Stützstangen des Käfigs angekettet, Geifer triefte ihnen aus dem Maul. Die Situation war absurd. Alles andere würde er lieber tun, als in diesen Käfig zu treten. Er musste sich etwas einfallen lassen, Zeit gewinnen ...

»Ich habe meine Schwester gefunden! Was hat man mit ihr gemacht?«, brüllte Kara, um den Lärm der Hunde zu übertönen. »Warum weiß sie nichts mehr aus ihrer Kindheit?«

»Das ist eine der vielen schönen Errungenschaften der von deinem Vater geleiteten Forschungsgruppen. Sie haben etwas mit dem Gehirn deiner Schwester angestellt. Das Gedächtnis eines Menschen kann man genauso löschen wie eine CD.«

Kara antwortete nicht, er schaute Manas ungläubig an. Diesmal sah das Gesicht des sadistischen Killers nicht leer und starr wie eine Maschine aus, sondern es zeigte einen wechselnden, manchmal fast begeisterten, erwartungsvollen Ausdruck.

»Ich weiß, wozu die Wissenschaftler des KGB und FSB imstande sind«, versicherte der Kirgise. »Ich habe seinerzeit eine ziemlich umfangreiche psychotronische Gehirnwäsche bekommen. Hochfrequente Radiowellen, Manipulation des Unterbewusstseins, Störung der Gehirnfunktion und des Gesichtssinns mit elektromagnetischen Pulsen, Manipulation der Gefühle mit magnetischen Signalen, die inneren Organe wurden ...«

»Wusste mein Vater, was man mit Emma gemacht hat?«

Manas erkannte, dass er jetzt lachen musste, das Timing stimmte perfekt. »Es war Andrej Rostows Idee, das Gedächtnis deiner Schwester zu löschen.«

Kara erinnerte sich, was sein Vater im letzten Oktober über sich selbst gesagt hatte: *Andrej Rostow ist ein durch und durch schlechter Mensch*. Allmählich glaubte Kara seinem Vater.

»Ich erwarte mir von diesem Augenblick sehr viel«, sagte Manas, packte Kara am Arm und öffnete die Tür des Kampfhundekäfigs.

Die Wut kochte in Kara hoch und drängte die Angst beiseite. Mit bloßen Händen brauchte er einen Angriff gegen Manas gar nicht erst zu versuchen, das wusste er. Aber ihm musste etwas einfallen, bevor ...

Als Manas Handschellen aus seiner Manteltasche holte, zog Kara seine einzige Waffe, den Montblanc-Federhalter. Mit einer schnellen Bewegung aus dem Handgelenk drehte er die Kappe ab und stieß Manas die äußerst scharfe Spitze aus Edelmetall in den Hals. Dann zog er sie die rote Linie am Rand der transplantierten Haut entlang, ein Hautlappen klappte Manas auf die Brust. Die Hunde rochen das Blut und gerieten noch mehr in Raserei. Der ganze Käfig wackelte, so stark zerrten die Bestien an ihren Ketten.

Manas schrie auf, griff sich mit einer Hand an den Hals und tastete mit der anderen nach der Waffe im Mantel, als Kara ihn gegen das Knie trat und sofort danach mit einem Fausthieb die Schläfe des Kirgisen traf. Manas fiel in Richtung der Hunde ...

Kara machte auf der Hacke kehrt, sprintete los und war sich dabei schmerzlich bewusst, dass Manas immer noch bewaffnet war. Er rannte aus der Halle hinaus, sah die Hauptwache ein paar hundert Meter entfernt und schrie aus Leibeskräften um Hilfe. Das erste Mal in seinem Leben empfand er beim Anblick bewaffneter Soldaten grenzenlose Freude.

* * *

Der Föhn rauschte und Kati Soisalo betrachtete ihren nackten Körper im Badspiegel des Hotelzimmers. Zum Glück waren ihre Haare schon so lang, dass man die Narbe der Schussverletzung vom letzten August nicht mehr sah. Sie fand sich viel zu dünn. Zum Joggen hatte sie dieselbe Strecke gewählt wie beim letzten Mal: auf der Uferstraße am Main entlang nach Osten bis zum Beginn des Industriegeländes, auf der Flößerbrücke über den Fluss, am Südufer entlang bis zur Friedensbrücke und dann am Nordufer zurück zum Hotel.

Noch ein Gespräch, dann hätte sie ihr Ziel erreicht. Wenn sich die Poulsens einverstanden erklärten, ihr Vilma zurückzugeben, wäre die dreieinhalb Jahre lange Leidenszeit zu Ende. Das hörte sich zu gut an, als dass es wirklich wahr werden könnte. Und sie fürchtete, auch dann zusammenzubrechen, wenn es ihr gelänge, Vilma zurückzuholen. Der Stress und die Sehnsucht hatten zu lange an ihr gezehrt, sie fühlte sich ausgehöhlt und leer.

Als die Haare trocken waren, zog Kati Soisalo eine saubere Bluse und eine gebügelte Hose an und legte gegen ihre sonstigen Gewohnheiten ein leichtes Make-up auf. Sie wollte wie eine ganz normale, verlässliche Mutter aussehen.

Vom Hotel Neue Kräme waren es nur ein paar hundert Meter bis zum zentralen Platz An der Hauptwache. Kati Soisalo bemerkte, dass sich die wenigen Minusgrade auf der vom Duschen weichen Haut bedeutend kälter anfühlten als zuvor beim Joggen. Sie ging bis ans Ende der gepflasterten Fußgängerzone, erreichte eine Kreuzung und bestaunte den Springbrunnen, die alte Kirche und die schönen Gebäude. Frankfurt war eine saubere Stadt.

Das dreihundert Jahre alte Gebäude der Wache gab dem Platz seinen Namen. Enttäuscht stellte Kati Soisalo fest, dass man dahinter Wolkenkratzer sah, die den ganzen Anblick verdarben. Sie betrat das gleichnamige Café in der Hauptwache und setzte sich an einen Tisch, von dem sie den Platz ungehindert einsehen konnte. Hier würde sie das wichtigste Gespräch ihres Lebens führen.

Ihre Hände zitterten, als sie nach dem englischsprachigen Touristenprospekt griff, der auf dem Tisch lag.

Sie betrachtete kurz die prächtige Kirche auf dem Platz, deren Bild auch den Prospekt zierte, und las, was dort stand.

Vor der Katharinenkirche wurde am 14. Januar 1772 die fünfundzwanzigjährige Kindesmörderin Margaretha Brandt hingerichtet. Der Fall machte auf einen der Zuschauer, den zweiundzwanzigjährigen Johann Wolfgang von Goethe, einen derart großen Eindruck, dass er sein Erlebnis in der ersten Version seines berühmtesten Werkes, des »Faust«, wiedergab.

Kati Soisalo holte sich am Tresen einen großen Milchkaffee und setzte sich gerade wieder hin, als eine blonde Frau hereintrat, die sie kannte – Helena Poulsen, die Tochter des Kabinettsvorsitzenden und Vilmas Pflegemutter in den letzten drei Jahren. Diesmal drückte Kati Soisalo die Hand, die ihr Helena Poulsen reichte.

»Konnte dein Mann nicht kommen? Mein Anliegen ist so wichtig, dass ich gern mit euch beiden gesprochen hätte«, erklärte Kati Soisalo. Sie stellte fest, dass Helena Poulsen ihr braunes Haar nachlässig zum Pferdeschwanz gebunden hatte und unter ihren Augen schwarze Ringe und Tränensäcke zu sehen waren. Im letzten August hatte sie gepflegt, effizient und selbstsicher ausgesehen, wie eine eiskalte Karrierefrau. So war sie früher selbst gewesen, lange vor all dem. Vielleicht besaß auch Helena Poulsen ein Gewissen.

»Joakim ist auf Dienstreise. Und auch sonst möchte er dich nicht treffen. Das ist einfach zu schwer. Er hat gesagt, dass er mich unterstützt, egal wofür ich mich entscheide.« Helena Poulsen hörte sich genauso müde an, wie sie aussah.

»Der Tod deines Vaters tut mir leid«, log Kati Soisalo.

»Wohl kaum.«

»Wie geht es Vilma?«, erkundigte sich Kati Soisalo.

»Gut. Sie ist glücklich und zufrieden mit ihrem Leben, so wie es ist.«

»Fragt sie jemals nach mir? Hat sie Sehnsucht ...«

Helena Poulsen unterbrach sie: »Warum wolltest du dich mit mir treffen?«

Kati Soisalo schloss die Augen und holte tief Luft. »Meine Angelegenheiten in Finnland sind jetzt geregelt, und heute habe ich auch mit jenen ... Menschen gesprochen, die dafür gesorgt haben, dass Vilma bei dir und deinem Mann ist. Ich will, dass meine Tochter nach Hause kommt. Nach Finnland.«

»Das habe ich geahnt«, erwiderte Helena Poulsen.

»Ich möchte nicht den Weg von Drohungen einschlagen, aber ich nenne die Fakten. Mein Exmann Jukka Ukkola hat vor der Polizei bezeugt, dass er meine Zustimmung zu den Adoptionsunterlagen damals gefälscht hat. Und du hast wie dein Mann gewusst, dass ihr Vilma über illegale Kanäle bekommen habt. Wenn ich das Sorgerecht für Vilma beantrage, bleibt dem Gericht keine andere Möglichkeit, als mir das Mädchen auch zuzusprechen. Ich kann dir Brief und Siegel darauf geben, ich bin von meiner Ausbildung her Juristin. Aber du kannst die Sache natürlich auch selbst prüfen. Vielleicht hast du es schon getan.«

Helena Poulsen bekam feuchte Augen. »Man hat uns versichert, dass diese Regelung unwiderruflich ist ... endgültig ... dauerhaft.«

»Ich habe Vilma zur Welt gebracht. Das ist dauerhaft.«

Helena Poulsens Blick wurde kalt.

»Ihr könnt ja weiterhin Verbindung halten, beispielsweise als Vilmas zweite Paten.« Kati Soisalo bemühte sich, die angespannte Situation irgendwie aufzulockern. »Vilmas Interesse sollte dabei im Mittelpunkt stehen, wir sind doch imstande, das Beste für ihr Wohl zu tun. Ich kann nicht plötzlich wieder auftauchen und das Mädchen einfach so nach Finnland mitnehmen. Wir brauchen eine Art Übergangszeit. Am besten wäre es, wenn ich euch zunächst mehrmals besuche, damit Vilmas Erinnerungen wiederbelebt werden. Und wenn wir dann nach Finnland zurückkehren, könntet ihr mitkommen, falls das irgendwie möglich ist. Die Entführung hat bei Vilma sicher Traumata und eine Menge offener Fragen hinterlassen. Ich habe schon Kontakt zu einem Profi aufgenommen, zu einer Psychologin, die Erfahrung in solchen Fällen hat. Sie kommt hierher, sobald ich sie anrufe.«

Helena Poulsen saß lange schweigend da. Dann sah sie Kati Soisalo an. »Ich habe meinem Vater die Meinung gesagt, nachdem du das letzte Mal hier warst. Vater hat mir erzählt, wer Vilma entführt und wer die Adoption organisiert hat. So dumm bin ich nun auch nicht. Ich habe mich über diese Albaner informiert und glaube eigentlich nicht, dass du mit denen wirklich etwas vereinbart hast. Diese Männer brechen ihr Wort nicht, sie nehmen ihre Versprechen nicht zurück. Vermutlich hat ihr Chef dir das auch gesagt.«

»Was?«

Helena Poulsen lächelte. »Wenn ein Albaner sein Wort gibt, dann würde er lieber seinen Sohn verlieren, als es zu brechen.«

Kati Soisalo musste wohl oder übel nicken.

»Wenn du nicht aus Frankfurt und aus meinem Leben verschwindest, nehme ich Kontakt zu den Albanern auf«, sagte Helena Poulsen, stand auf und verließ das Café Hauptwache.

12

Samstag, 11. Februar

Maximilian Messmer hatte einen Kaffee und einen Cognac getrunken, wartete nun auf die Rechnung und schaute von der Terrasse des Restaurants Le Centaure Männern aus westlichen Ländern zu, die auf dem Reitplatz nebenan Polo spielten. Ihre Diener standen am Rande des Spielfeldes bereit, ihrem Herrn ein Getränk aus der Kühlbox zu reichen, sobald er herangesprengt kam. Messmers neues, heldenmütiges Gewissen plagte ihn auch jetzt. Hier konnte man nicht übersehen, dass der Wohlstand des Westens auf der Ausbeutung Afrikas basierte. Erst waren Millionen Sklaven als kostenlose Arbeitskräfte ausgebeutet worden und dann begannen die westlichen Länder die Naturreichtümer Afrikas zu rauben. Ein Ende war nicht in Sicht. Sein Geld würde nicht ausreichen, um alle Ungerechtigkeiten zu beseitigen. Allein Mundus Novus hatte pro Jahr eine halbe Million Sklaven aus Afrika ins Ausland verschleppt. Der Stiftung »gehörten« etwa eine Million Sklaven, die auf Plantagen und in Bergwerken Ost- und Zentralafrikas arbeiteten. Messmer wusste, dass Mundus Novus mit diesen Menschen im letzten Jahr siebenhundert Millionen Dollar Gewinn erzielt hatte.

Er hatte sein Abendessen früh eingenommen, schon vor drei Uhr, fast zur Mittagszeit. Es hatte ihm geschmeckt. Den südafrikanischen Snoek, einen Fisch, der auf frappierende Weise an gut zubereiteten Hecht erinnerte, hatte er das erste Mal gegessen. Ja, überraschenderweise genoss er sein Leben. Er war das Risiko eingegangen, sich abrupt von den Russen zu trennen, und tat nun an vielen Fronten Gutes: Zum einen war er fest entschlossen, die

Hintergründe von Mundus Novus aufzudecken, zum anderen half er den Kindersklaven im Kongo mit seinem Geld.

Messmer schob seinen Tabletcomputer zur Seite. Die *Neue Zürcher Zeitung* und die *Financial Times* hatte er schon gelesen, und auf der Suche nach Meldungen über sein Verschwinden in den Klatschspalten auch den *Blick*, eine um einiges leichtere Kost. Er hatte die Zeitungen auf seinen PC heruntergeladen, damit er sie offline lesen konnte; Surfsticks kannte man in Lubumbashi noch nicht, und auch drahtloses Internet gab es nur in wenigen Hotels. Die Schlagzeilen der Presse wurden beherrscht von den hitzigen antiamerikanischen Erklärungen des Iran, Myanmars, Nordkoreas und anderer Schurkenstaaten. Mit den Ländern, die nun Ziel der – wie die Amerikaner behaupteten, versehentlichen – Angriffe geworden waren, hatte Mundus Novus zusammengearbeitet. Das konnte kein Zufall sein.

Er zahlte seine Rechnung mit Kongo-Francs, setzte seinen weißen Panamahut auf und ging nach einem quälenden Akt der Erleichterung auf der Toilette zu seinem Auto. Er hatte sich einen gebrauchten alten Mercedes gekauft, der hier niemandem auffallen würde. Bis zum Hotel Bougain Villa war es nur ein reichlicher Kilometer, aber in der brütenden Hitze hatte er keine Lust, auch nur einen Meter mehr als unbedingt notwendig zu laufen.

Messmer fuhr gemächlich, bewunderte die grünen Rasenflächen des Golfplatzes von Lubumbashi und die spiegelklare Wasseroberfläche des Kipopo-Sees und bereute, dass er sich nicht schon vor Jahren aufgerafft hatte. Bevor sich sein Alter bemerkbar gemacht hatte. Aber heute konnte ihm nicht einmal der Gedanke ans Altwerden die gute Laune verderben. Er hatte inzwischen etliche Antworten von maßgeblichen Leuten aus der Bankenwelt auf seine Fragen nach den Kontonummern der Kooperationspartner von Mundus Novus erhalten. Jetzt wusste er erschreckend viel. Einige alte Bekannte hatten, als sie seine E-Mail bekamen, schon erfahren, dass er aus der Schweiz verschwunden war, und erkundigten sich neugierig, was er denn jetzt so treibe. Aber keiner verdächtigte ihn, in Zürich gegen ethische Prinzipien verstoßen oder Straftaten begangen zu haben. Man vertraute Maximilian Messmer, und bei dem Gedanken wurde ihm warm ums Herz.

Er parkte seinen Wagen vor dem Hauptgebäude des Bougain Villa, nahm das iPad vom Beifahrersitz und beschloss, durch den Garten zu seinem Appartement zu gehen. Als er seine Terrasse erreichte, erstarrte er. In seinem Zimmer hatte sich etwas bewegt. Oder war das nur eine Spiegelung in der Glastür? Messmer trat einen Schritt zurück, noch einen und einen dritten, da erschien an der Terrassentür ein Mann: blond, mit strengem Gesicht und bewaffnet.

Messmer drehte sich um und stürzte los. Wie hatten sie ihn bloß gefunden? Bis zum Auto waren es fast zweihundert Meter, viel zu weit, er spürte, wie ihm schon jetzt die Luft wegblieb. Beinahe wäre ihm der Computer heruntergefallen, als er einen Blick nach hinten warf – der Blonde stand jetzt draußen, auf seiner Terrasse.

Ihm zitterte die Hand, als er versuchte den Schlüssel ins Schloss der Autotür zu stecken, verdammt, der Mann würde ihn auf der Stelle erschießen. Er wäre ein weiterer Name auf der Liste der Geschäftsleute, die Mundus Novus umgebracht hatte …

Der Mercedes sprang brummend an und Messmer trat das Gaspedal durch. Der Bewaffnete war vielleicht zwanzig Meter hinter ihm, Messmer zog den Kopf ein und wartete auf einen Schuss – gleichzeitig bemühte er sich, auf die Straße zu schauen. Warum schoss der Mann nicht? Er schaute kurz in den Rückspiegel und sah, dass ihm ein weißer Jeep folgte.

Wohin zum Henker sollte er fahren? Er kam auf die Route du Golf und traf instinktiv eine Entscheidung: Die Gegend des Golfplatzes war ihm vertraut, das war seine einzige Chance, vielleicht schaffte er es, sich dort irgendwo zu verstecken. Er gab Gas und verfluchte die Trägheit des Diesel-Mercedes. Der Jeep war nicht weit hinter ihm.

Als sich Messmer erneut dem Restaurant Le Centaure näherte, kamen ihm die Pferdeställe in den Sinn, die sich am Rande des Reitplatzes befanden. Er riss das Lenkrad zur Seite und trat einen Augenblick später auf die Bremse, das Auto rutschte auf dem Sand, bis es etwa zwanzig Zentimeter vor der Wand des größten Stalles stehen blieb. Das iPad mitnehmen und raus aus dem Wagen!

Messmer roch den Dung, das Heu, den Pferdeschweiß und seine eigene Angst. In den Boxen versteckte er sich besser nicht, dort würde er entweder einen Huftritt an den Kopf oder eine Kugel in die Stirn bekommen. Also stürmte er die Stallgasse entlang, sah durch die offene Tür den Platz für den Mist hinter dem Gebäude und fluchte, als ihm klar wurde, was er tun musste. Er rannte durch die Tür hinaus, presste sich den Computer an die Brust und sprang in den riesigen Misthaufen. Dann stieß er mit den Füßen und nahm auch die andere Hand zur Hilfe, um sich mit aller Kraft immer tiefer im Pferdekot einzugraben. Ihm wurde übel, der Mageninhalt stieg ihm die Kehle hoch, er musste mehrmals schlucken, damit die Fahrstuhlbewegung sein Essen nicht aus dem Magen herausbeförderte.

Dann steckte er tief im Mist und spürte, dass seine Augen tränten. Er musste durch den Mund atmen, hielt sich den Arm vors Gesicht und lauschte. Nichts. Im nächsten Moment hörte er Schritte – war das sein Verfolger? Irgendjemand, sagte er sich, wird ja wohl auch hier arbeiten, verdammt, Stalljungen oder -mädchen …

»Maximilian Messmer!«, rief eine Stimme nur wenige Meter vom Misthaufen entfernt. »Sie brauchen nicht zu fliehen, ich will bloß mit Ihnen reden. Ich bin ein britischer Beamter.«

Zuerst überkam Messmer ein Gefühl der Erleichterung, das ihm durch den ganzen Körper strömte, aber im selben Augenblick packten ihn schon die Zweifel. Woher zum Teufel sollte er wissen, wer der Mann war und für wen er arbeitete? Vielleicht versuchte er nur, ihn aus seinem Versteck hervorzulocken.

Plötzlich erklang auf dem Hof noch eine andere Stimme, dann eine dritte. Eine Frau, die sich jung anhörte, erklärte etwas in einer einheimischen Sprache und ein Mann mit weicher Stimme sagte in Französisch: »Das ist Privatgelände. Bitte gehen Sie, mein Herr.«

Wieder waren Schritte zu hören, der Killer widersprach nicht und setzte seine Waffe nicht ein. Warum auch? Wie sollte Messmer denn fliehen? Der Blonde hatte garantiert Helfer, sie brauchten nur die Wege zu den Ställen und zum Golfplatz zu überwachen. Verdammt, wie lange musste er wohl in diesem widerlichen Misthaufen liegen?

* * *

Jonny »Paranoid« Karlsson zog seine tief hängenden Jeans etwas höher, damit der kalte Wind, der ihm unter die Winterjacke drang, nicht auf seine nackte Haut traf. Er stand im Vantaaer Stadtteil Tikkurila vor dem großen und düsteren Hauptquartier der KRP, wartete auf ein Taxi und analysierte seine Situation. Die Ermittlungsgruppe der KRP für Verbrechen auf dem Gebiet der Informationstechnik hatte seine Aktivitäten der letzten Tage im Internet überwacht. Anscheinend konnten die Idioten nicht verkraften, dass ihn das Amtsgericht letzten Dienstag trotz des Urteils, er habe schweren Dateneinbruch begangen, nur zu einem halben Jahr auf Bewährung verdonnert hatte. Jetzt hatten die Bullen ihn stundenlang verhört und all seine Geräte beschlagnahmt, sie glaubten zu wissen, dass er in die Systeme von Dutzenden verschiedenen Unternehmen eingebrochen war. Das stimmte nicht – um Kati Soisalo zu helfen, hatte er sich garantiert schon in die Geheimnisse von Hunderten Firmen und staatlichen Einrichtungen eingehackt. Aber dafür würde die Polizei nie Beweise finden, denn die Speicher und Festplatten seiner Computer zerstörten sich, wenn jemand anders sie startete. Zuhause konnte er nicht mehr arbeiten, und auch Kati Soisalos Kanzlei kam nicht in Frage, die wurde bestimmt ebenfalls überwacht.

Das Taxi hielt vor ihm an und der müde wirkende, unrasierte Fahrer fragte, wohin es gehen sollte. Viel mehr sagte der Mann dann auch während der knapp zwanzig Kilometer bis nach Alppila nicht, dafür ließ er in seinem Autoradio finnische Schlager mit solcher Lautstärke dröhnen, dass Paranoid kaum seine eigenen Gedanken verstand.

Vor dem Vergnügungspark Linnanmäki bezahlte er in bar und wartete, bis der stumme Fahrer Gas gab und seiner Wege fuhr, dann ging er zügig etwa zweihundert Meter auf der Viipurinkatu in Richtung Norden. In der Nähe eines vielleicht zehn Quadratmeter großen, mit Graffiti verzierten Häuschens blieb er stehen und tat so, als suche er etwas in seinen Taschen, während er sich gleichzeitig umsah: Am Alppitalo, dem Sitz etlicher Firmen, war kein Mensch zu sehen, nur ein junger Mann an einer Bushaltestelle tippte etwas in sein Handy, der Park mit dem Hundeauslauf war leer und die Autofahrer auf der Viipurinkatu konzentrierten sich auf die Straße.

Auf dem blauen Schild an der grünen Stahltür des Häuschens stand *Transformator* geschrieben. Paranoid steckte den Schlüssel ins Schloss, trat hinein und verriegelte die Tür von innen. Der Parktrafo für das Stromnetz der Helen Sähköverkko AG war ein perfektes Versteck. Niemand käme auf die Idee, in ein Trafohäuschen einzubrechen, nicht einmal vom Bier umnebelte Halbstarke. Er schaltete das Deckenlicht ein und betrachtete prüfend den schmalen Gang in der Mitte und den wenige Quadratmeter großen Raum an dessen Ende. Es war äußerst unwahrscheinlich, dass jemand in das Häuschen kommen würde, er hatte die Wartungszeiten natürlich im Datensystem des Unternehmens Helen Sähköverkko überprüft. Und wenn doch jemand käme, war das Sicherheitsschloss von innen verriegelt. Während der andere versuchte herauszufinden, warum sein Schlüssel nicht ins Schloss passte, könnte er rechtzeitig verschwinden. Das hoffte Paranoid zumindest. Er holte eine kleine LED-Leuchte aus der Tasche und schaltete das Deckenlicht aus.

An der Wand stand eine große Metallkiste, die Paranoid abgeschlossen und mit dem Logo des Unternehmens versehen hatte. Es war Zeit für eine Stubenkontrolle. Er öffnete die Kiste und nahm den Inhalt heraus: eine zusammengerollte Schaumstoffmatratze, ein Schlafsack, ein aufblasbares Kissen, ein zusammenklappbarer Stuhl und Tisch, drei Leuchten und ein Beutel voll Batterien, drei Plastikbehälter mit jeweils zehn Liter Quellwasser, zwei Plastiktüten mit vakuumverpacktem Wanderproviant, ein Gaskocher und Campinggeschirr, Toilettenpapier und zwei Plastikeimer mit Deckel, einer fürs kleine, einer fürs große Geschäft. Er würde hier mindestens eine Woche durchhalten, allerdings müsste er die Toiletteneimer zwischendurch leeren.

Paranoid rollte die Schaumstoffmatratze auf dem Fußboden aus, darin kam ein Laptop zum Vorschein, den er streichelte wie ein Schoßhündchen: Das von ihm getunte Eurocom Panther 4.0 verfügte über Festplatten mit insgesamt acht Terabyte und mehr Power als der Server einer kleinen Firma. Für diesen Tag hatte er Vorkehrungen getroffen, seit er vor Jahren beim Einbruch in die Datensysteme des Pentagon erwischt worden war. Das ärgerte ihn immer noch. Er wollte sich damals, wie so viele andere junge Tophacker, durch einen erstklassigen Einbruch in ein hochgesichertes Datennetz unter seinem *Nick* einen Namen machen und die Sporen verdienen. Berühmtheit hatte er zweifellos erlangt, nachdem man ihn erwischt hatte, aber zugleich war sein Pseudonym P@r@noid den Gesetzeshütern auf der ganzen Welt vertraut geworden. Dank dieser Erfahrung mit dem Pentagon hatte er sich auf den schlimmsten Fall vorbereitet, auf den Tag, an dem er untertauchen müsste. Und dieser Tag war nun gekommen. Er wusste, dass er in ein hochgefährliches Gewässer geraten war, spätestens die Nachricht vom Tod des Kabinettsvorsitzenden hatte ihm das klar gemacht.

Er war erst Mitte zwanzig, verbrachte seine Zeit jedoch schon seit zwei Jahrzehnten mit Computern, seit dem schneelosen Heiligabend in den neunziger Jahren, als er aus einem seiner Geschenkpakete eine Super-Nintendo-Spielkonsole ausgepackt hatte. Er war damals fünf Jahre alt gewesen. Seinen ersten Einbruch in ein Datensystem hatte er mit zehn begangen, und mit fünfzehn galt er in Hackerkreisen schon als Akteur des Mittelschwergewichts. Das Jahr 2002 bildete einen Wendepunkt in seiner Karriere, damals war Gary »Solo« McKinnon beim Einbruch in die Datensysteme der NASA und in siebenundneunzig Computer der US-Streitkräfte erwischt worden. Solo hatte extrem wichtige Dateien vernichtet und das Netzwerk von zweitausend Computern des Washingtoner Militärbezirks der US-Army für vierundzwanzig Stunden außer Betrieb gesetzt. Die Botschaft Solos an die Behörden der Yankees kannte er immer noch auswendig: *Die Außenpolitik der Vereinigten Staaten erinnert heutzutage an staatlichen Terrorismus. Das schwerwiegende Versagen der Sicherheitssysteme am 11. September 2001 war kein Zufall. Mein Name ist SOLO. Ich werde weiterhin Systeme auf höchster Ebene stören …*

Paranoid hatte von Solos Kunststücken gelesen und danach beschlossen, seine ganze Zeit dem Hacken zu widmen. Daran hatte er sich auch gehalten. Jahre waren in der virtuellen Welt vergangen und seine sonstigen Hobbys in Vergessenheit geraten. Anders als man im Allgemeinen annahm, waren die besten Computergurus im Allgemeinen keine Nerds mit pickligem Gesicht. Auch Paranoid war in jungen Jahren sehr sozial, im Kreise seiner Kumpels beliebt und sogar sportlich gewesen.

Er stellte den Klapptisch und den Stuhl auf, öffnete den Computer und setzte sich. Dann aber stockten ihm die Hände über der Tastatur. In dem engen Versteck fiel ihm die Decke auf den Kopf und das Summen des Stroms dröhnte ihm im Kopf – er hatte die Ohrstöpsel vergessen. Mit einem Schlag wurde ihm klar, dass seine Laufbahn als Hacker in diesem Häuschen zu Ende gehen würde. Es war Zeit, im Leben einen Schritt nach vorn zu machen, er könnte nicht für den Rest seiner Tage im Bit-Universum von

Abenteuer zu Abenteuer jagen und illegale Internetattacken starten.

Kati Soisalo hatte ihn noch einmal um einen Gefallen gebeten. Die Dinge mussten jetzt so arrangiert werden, dass Helena und Joakim Poulsen in Vilmas Rückgabe einwilligten. Er wollte Kati helfen, zum Dank dafür, dass sie ihn vor Gericht mustergültig verteidigt hatte. Und natürlich weil Kati ihm das wenige beigebracht hatte, was er über Frauen und Beziehungen wusste. Außerdem wollte er seine eigenen Angelegenheiten in Ordnung bringen und sich an einem ganz bestimmten doppelzüngigen Widerling rächen.

Wenn dies nun seine letzte Heldentat im Internet bleiben sollte, dann sollte er gleich alle Spielmarken einsetzen. Er würde BlackSec aktivieren, eine Gemeinschaft der weltbesten Hacker, die in die Datensysteme des CIA, des FBI, des Senats und des Energieministeriums der USA, der UNO, von einer Handvoll Staaten und Dutzenden Rüstungsunternehmen, die Aufträge der US-Regierung erhielten, eingedrungen war. Der Einbruch in die Websites des Internationalen Olympischen Komitees war ausdrücklich seine Idee gewesen: Er hatte damals wissen wollen, wie viel China und später Russland zahlen mussten, um die Sommerspiele nach Peking und die Winterspiele nach Sotschi zu holen.

Dies sind meine letzten Attacken, dachte Paranoid, und das Adrenalin sorgte dafür, dass seine Finger endlich den Tanz auf der Tastatur begannen.

13

Samstag, 11. Februar

Die Koordinierungsgruppe für die Ermittlungen gegen das Kabinett hielt ihre Besprechung diesmal in der Albertinkatu 25 A ab. Das Gebäude, Sitz mehrerer staatlicher Behörden, war 1961 errichtet worden, zu einer Zeit, als in der Architektur die Intensivproduktion vorherrschte. Es sah von außen äußerst spartanisch aus. Das große Besprechungszimmer der Generalstaatsanwaltschaft in der dritten Etage war 1997 zuletzt renoviert worden. Saara Lukkari, die Chefin der Abteilung für Gegenspionage der SUPO, streckte und dehnte ihre muskulösen Arme. Die stellvertretende Generalstaatsanwältin Anni Alanko wirkte nervös. Der rätselhafte Tod des Kabinettsvorsitzenden war die Topnachricht auf den Websites aller Zeitungen, und die reißerische Schlagzeile der Abendzeitung auf dem Tisch lautete: *Iran fordert Verurteilung der USA!*

Klasu Nyman, Chef der Aufklärungsabteilung der KRP, musste sich eingestehen, dass er die Ermittlungen zum Kabinett nicht mehr im Griff hatte. Es gehörte zu seinen Stärken, dass er stets mit beiden Beinen fest auf dem Boden stand, und das nicht nur im Kugelstoßring auf dem Sportplatz von Vuosaari, wenn er Druck abließ. Schließlich hatte er seine ganze Kindheit und Jugendzeit im Dorf Myran im Gestank von Nerzscheiße verbracht. Aber bei den Ermittlungen zum Kabinett schwebten er und die anderen jetzt in Sphären, in denen auch ein Kriminaloberinspektor der KRP eher selten unterwegs war. Warum musste gerade er Ermittlungen leiten, in denen haufenweise Leute verdächtigt wurden, die zu den wichtigsten Entscheidungsträgern in Finnland gehörten? Man brauchte kein Kernphysiker zu sein, um zu erkennen, dass er am Ende dieser Ermittlungen nicht unbedingt zufrieden sein würde. Und dabei hatte er immer geglaubt, die Jagd damals nach den Tierschutzaktivistinnen, die auf Nerzfarmen Käfige geöffnet hatten, würde die peinlichste Episode seiner Polizistenlaufbahn bleiben.

Er räusperte sich so laut, dass es im ganzen Besprechungszimmer zu hören war. »Dann wollen wir mal anfangen, damit wir irgendwann auch zu unserer eigentlichen Arbeit kommen. Die Kriminaltechniker haben in der Wohnung des Kabinettsvorsitzenden nichts gefunden, was uns helfen würde. Und auch bei der Obduktion hat sich nach vorläufigen Informationen nichts herausgestellt, was auf ein Verbrechen hinweisen würde, lediglich eine verschwindend geringe Menge …«, Nyman setzte seine Lesebrille auf und hob ein Blatt Papier hoch, »Zaleplon, ein Schlafmittel ähnlich wie Benzodiazepin, das meist bei Einschlafstörungen angewendet wird. Der Gerichtsmediziner kann nicht sagen, wann das Opfer dieses Medikament eingenommen hat. Aber ein Rezept wurde in der Wohnung ebenso wenig gefunden wie dieses Zele- …, diese Pillen.«

»Der ist doch viel gereist. In anderen Ländern bekommt man Schlaftabletten bestimmt auch ohne Rezept.« Der Versuch einer Erklärung kam von Saara Lukkari.

»Vielleicht hat er sich auch bei einem Bekannten beklagt, dass er nicht schlafen kann, und von dem dann eine Tablette bekommen«, sagte Anni Alanko mit matter Stimme.

Nyman wechselte das Thema: »Und das Verschwinden von Eeva und Markku Rinne?«

Saara Lukkari schloss die Augen und schüttelte den Kopf. »Eine unangenehme Geschichte, offen gesagt. Die SUPO hatte zu den beiden nicht einmal eine Akte angelegt. Markku Rinne wurde schon als junger Mann in Jyväskylä Mitglied der Kommunistischen Partei und war in den siebziger Jahren ein knallharter

Stalinist. Der KGB hat ihn wahrscheinlich über die Partei oder die Freundschaftsgesellschaft Finnland-Sowjetunion rekrutiert.«

»Und Eeva Rinne?«, drängte Nyman.

»Das ist tatsächlich nicht ihr richtiger Name«, antwortete Saara Lukkari mit betretener Miene. »Die Rinne war eine Illegale, eine Spionin mit einer Legende, einer falschen Identität. Die ließ sich leicht aufdecken: kein einziger lebender finnischer Verwandter, kein einziger Klassenkamerad aus der Grundschule oder dem Gymnasium erinnert sich an sie ... Wir werden sehen, ob wir jemals herausfinden, wer sie wirklich war. Oder ist.«

»Und jetzt kommen wir zur Hauptsache!« Klasu Nyman klatschte einmal laut in die Hände, erhob sich und reckte seinen breiten Oberkörper. »Laut Jukka Ukkola besaß der Kabinettsvorsitzende Kopien des gesamten Smirnow-Materials, der Geheimunterlagen der KPdSU über Finnland. Übermittelt hat uns der Vorsitzende im letzten Oktober aber nur genau die Informationen, anhand derer es ihm möglich war, Ukkola zum Sündenbock zu machen und die Einstellung der Ermittlungen gegen das Kabinett zu erreichen. Das Material enthält aber noch viel mehr ...«

»Ukkola hat die Wahrheit gesagt«, unterbrach ihn Saara Lukkari ungehalten. »Ich habe mich schon im letzten Herbst gefragt, weshalb in den Unterlagen des Vorsitzenden nur tote oder aus Finnland verschwundene Kabinettsmitglieder enttarnt wurden. Und es wurde auch mit keinem Wort erwähnt, zu welchem Zweck das Kabinett auf kriminellem Wege Unmengen von Geld für die Stiftung Mundus Novus beschafft hat. Wofür wurde das Geld verwendet?«

Im Besprechungsraum herrschte Schweigen, das Anni Alanko schließlich brach. »Was hat Ukkola noch aus dem Smirnow-Material berichtet?«

»Nicht viel, er hat eine Anforderung des KGB zur Beschaffung von Informationen erwähnt, und dass der Deckname des Kabinettsvorsitzenden beim KGB Lalli lautete. Leo Kara, der nur einen kleinen Teil des Materials gelesen hat, erinnerte sich dagegen an weitaus mehr. Er hat uns über ein Dutzend Namen aufgezählt.«

»Mit denen man ohne Beweise nichts anfangen kann«, fügte Saara Lukkari verbittert hinzu und schaute erst Nyman, dann Anni Alanko an.

Nyman suchte etwas in dem Papierstapel auf dem Tisch. »Ein Dokument konnte uns Ukkola vorgestern noch schicken. Angeblich war es das letzte Blatt, das er im Herbst aus dem Smirnow-Material eingescannt und jetzt erst auf seinem Computer gefunden hat.«

Nyman verteilte eine Kopie an seine Kollegen und setzte sich hin. »Dieser Brief wurde unmittelbar nach dem gescheiterten Putschversuch in der Sowjetunion abgeschickt. Der 24. August 1991 war Gorbatschows vorletzter Tag an der Spitze der Sowjetunion und Wadim Bakatins zweiter Tag an der Spitze des KGB. Ich habe eine finnische Übersetzung anfertigen lassen.«

Datum: 24. 8. 1991
Streng geheim
Einziges Exemplar
Dienstsache
Absender: W. Iwaschko, Sekretär des Zentralkomitees
der Kommunistischen Partei der Sowjetunion
Empfänger: W. Bakatin, Leiter des KGB
Anhang: Entscheidung des Generalsekretärs M. Gorbatschow

Genossen W. V. BAKATIN

Wadim Viktorowitsch,

Gratulation zu Deiner Ernennung.

Nach den bedauerlichen Ereignissen der letzten Tage können wir nur mutmaßen, wie sich die Zusammensetzung des Zentralkomitees in der nächsten Zeit gestalten wird. Aus Sorge, die Beziehungen der Union der Sozialistischen Sowjetrepubliken zu Finnland könnten übermäßig gefährdet werden, hat Michail Sergejewitsch die als Anhang beigefügte Entscheidung zur Vernichtung der Unterlagen über die hochrangige finnische Persönlichkeit, die für uns unter dem Decknamen »Specht« als Agent tätig ist, getroffen. Ich verlasse mich darauf, dass Du in der durch die Entscheidung vorgeschriebenen Weise möglichst schnell handelst.

W. Iwaschko

»Specht?«, fragte Anni Alanko, die den Brief als Erste zu Ende gelesen hatte.

»Der Deckname des Kabinettsvorsitzenden lautete Lalli, nicht Specht«, stellte Nyman fest. »Das ist eines der wenigen Dinge, an die sich Ukkola genau erinnerte, und was diese Information angeht, hat er keinen Grund zu lügen.«

Saara Lukkari wirkte nachdenklich. »Der Deckname ›Specht‹ ist der SUPO nicht bekannt. 1991 gab es in Finnland allerdings jede Menge Leute, die einen Decknamen des KGB besaßen: Koivisto, Lipponen, Sorsa, Väyrynen ... Und ein Deckname allein bedeutet noch gar nichts, der KGB hat die recht freigiebig an jeden verteilt, der mehr als einmal mit der sowjetischen Botschaft in der Tehtaankatu Kontakt hatte, und das dürfte für die meisten finnischen Politiker gelten.«

Im Besprechungsraum wurde es still. »Und den Anhang zu diesem Brief, Gorbatschows Entscheidung, den hat Ukkola nicht?«, fragte Saara Lukkari schließlich.

Nyman schüttelte den Kopf.

»Wir müssen um jeden Preis das Smirnow-Material ausfindig machen. In diesem Chaos sieht ja kein Mensch mehr durch«, sagte Anni Alanko.

»Das Smirnow-Material enthält laut Ukkola und Kara die Decknamen und Codes aller vom KGB angeworbenen finnischen

Helfer bis zum Jahr 1991, das sind mehrere hundert Namen«, pflichtete Nyman ihr bei. »Und die erforderlichen Beweise, um die Schuldigen hinter Gitter zu bringen.«

Saara Lukkari rieb sich die Schläfen. »Das Smirnow-Material wurde im Tresor des Kabinettsvorsitzenden also nicht gefunden, somit lautet die Frage: Wurde es gestohlen oder hat er es nicht zu Hause, sondern irgendwo anders aufbewahrt?«

»Hat man alle in Frage kommenden Verstecke durchsucht?«, fragte Anni Alanko. »Hatte der Vorsitzende ein Schließfach in irgendeiner Bank, ein Ferienhaus, eine abgelegene Hütte im Wald, ein Blockhaus in Lappland ...?«

»Natürlich gehen wir das alles durch, wir verstehen unser Handwerk«, erwiderte Nyman verärgert.

Saara Lukkari fiel noch eine Frage ein: »Warum hat Ukkola das Smirnow-Material damals nicht kopiert?«

»Angeblich blieb dafür keine Zeit, er hatte die Unterlagen nur ein paar Stunden in seinem Besitz. Es waren Hunderte Seiten und der größte Teil in Russisch. Ukkola behauptet, er habe einige seiner Meinung nach wichtige Dokumente kopiert und übersetzen lassen und dann stark verschlüsselt auf Memorysticks an ein Dutzend seiner Bekannten aus der Unterwelt verteilt. Wir haben das überprüft, die Behauptung stimmt. Allerdings hat der Kabinettsvorsitzende diese Sticks allesamt an sich gebracht.« Nyman schüttelte den Kopf. »Ukkola sagt, er sei zu der Zeit geistig nicht besonders fit gewesen, und gibt dem Stress die Schuld. Ich tippe eher auf die Flasche.«

* * *

Maximilian Messmer hatte vorsichtig ein kleines Guckloch in den Mist gegraben. Erstaunlicherweise hatte er sich inzwischen an den widerlichen Gestank gewöhnt, der ihn nun seit Stunden umgab. Zum Glück war der Pferdedung auch in der Demokratischen Republik Kongo mürbe und trocken.

Als er hinüber zum Restaurant Le Centaure spähte, stellte er fest, dass die Sonne bald untergehen würde. Und in diesen Breitengraden wurde es sehr schnell dunkel, es war fast so, als würde man das Licht per Knopfdruck ausschalten. Er konnte unmöglich sagen, ob sein blonder Verfolger irgendwo in der Nähe wartete und die Pferdeställe beobachtete. Vielleicht hatte er ja auch Helfer. Aber Messmer musste vor Einbruch der Dunkelheit irgendetwas unternehmen, auf den beleuchteten Straßen gäbe er eine allzu gute Zielscheibe ab, und in der pechschwarzen Nacht des Kongo wollte er ganz gewiss nicht umherirren. Das wäre ihm dann doch des Abenteuers zu viel.

Überraschend ergab sich eine Gelegenheit, als ein Traktor, dessen beste Zeiten schon lange vorbei waren, sich im Schritttempo dem Misthaufen näherte. Messmer grub sich aus dem Pferdedung aus, wischte sich mit einer Hand Stroh und Mist vom Kopf, während er mit der anderen seinen Tabletcomputer festhielt, dann huschte er neben das hohe Hinterrad des Traktors. In dessen Schutz gelangte er hinter den großen Stall und rannte dann, so schnell er konnte, an die Giebelseite. Das Restaurant Le Centaure war etwa zwanzig Meter entfernt, er musste den offenen, sandigen Hof überqueren.

Messmer stürmte hinüber bis hinter das Restaurantgebäude und blieb stehen, um nach Luft zu schnappen. Er schwitzte, dadurch nahm der Mistgestank noch zu. Jetzt war ihm übel. Vor sich sah er ein reichlich hundert Meter langes unbebautes Gelände – hohes Gras, ein paar Bäume und niedrige Sträucher und in der Mitte ein Sandweg, aber den wollte er nicht betreten; die Sträucher hingegen würden ihm etwas Deckung bieten.

Sein Bauch wippte, als er losrannte. Er versuchte nur an diese hundert Meter zu denken, die vor ihm lagen, aber in seinem Kopf lauerten Giftschlangen und der blonde Bewaffnete. Plötzlich stieß er in vollem Tempo mit dem Fuß gegen einen Stein und stürzte schreiend in einen stachligen Strauch. Sein iPad flog in hohem Bogen ein paar Meter weiter. Er hatte sich das Knie aufgeschlagen und sah vor sich Schreckensbilder von allen möglichen Tieren, die nun sein Blut wittern würden. Rasch stand er auf und schaute sich um – weit und breit war niemand zu sehen. Nur noch zwanzig Meter, dann wäre er in Deckung. Messmer hob seinen Computer auf und rannte so schnell, dass ihm die Lunge rasselte, er überquerte einen schmalen Asphaltweg, sah links das Hotel Karavia und dann sein Ziel – den Kipopo-See.

Er legte das iPad am Ufer ab, stieg keuchend bis zu den Knien in den See, schöpfte das warme Wasser und goss es sich über den Kopf, so hastig, als ginge es um Leben und Tod. Dann zog er das Hemd aus und wusch sich, so gut er konnte. Es blieb keine Zeit, die am Horizont hinter dem spiegelglatten See versinkende rote Sonne zu bewundern, er musste weiter, bevor es dunkel wurde.

Am Ufer lagen Fischerboote in einer Reihe nebeneinander, aus einem Baumstamm gehauene schmale Kanus. Messmer wählte das kleinste aus in der Annahme, er käme damit besser zurecht als mit einem großen. Dann holte er sich aus einem anderen Boot ein Paddel mit einem großen Blatt. Er nahm sein iPad, stieß das Boot ins Wasser, setzte sich auf die Bank in der Mitte und erschrak, als er bemerkte, wie sehr das Kanu schwankte. Plötzlich fiel ihm ein, dass er keine Ahnung hatte, was für Ungeheuer in dem See lebten.

* * *

Leo Kara saß in einer Boeing 747–400 der Lufthansa auf Platz 23G der Businessclass und trank Cognac; nach Aquavit brauchte man in den Fliegern gar nicht erst zu fragen. Im Anschluss an den Zusammenstoß mit Manas, hoffentlich den letzten in seinem Leben, war er vom Stützpunkt Dunajewka mit dem Taxi zum Flughafen Kaliningrad gefahren und hatte ein Ticket über Warschau und Frankfurt nach Hongkong gekauft. Andrej

Rostow, sein Vater, war in Hongkong – zumindest war er dort vor zwei Tagen gewesen, das hatte Emma ihm erzählt.

Er ging kurz auf die Toilette, um seine Wunden einzucremen, und versuchte danach ein bisschen zu schlafen. Doch sobald er die Augen schloss, erschienen auf seiner Netzhaut die Cordoba-Kampfhunde und fletschten ihre Zähne. Er wollte lieber nicht daran denken, was mit Manas geschehen war, obwohl er keinerlei Bedauern für diesen Psychopaten verspürte. Emmas Schicksal aber verwirrte ihn immer noch. War es in der Tat möglich, das Gedächtnis eines Menschen zu löschen? Manas hatte ihn so oft angelogen, dass er seinen Behauptungen keinen besonderen Wert beimessen konnte. Aber wenn eine Kopfverletzung Gedächtnisprobleme verursachen konnte, warum sollte man das nicht auch mit Medikamenten zustande bringen. Vielleicht bekäme er die Gelegenheit, sich eingehend mit Emmas Situation zu beschäftigen, wenn das alles irgendwann zu Ende ging. Falls es zu Ende ging.

Kara wusste über seine Vergangenheit nun fast alles, was er wissen wollte, nur was seinen Vater betraf, ergaben die Puzzlestücke in seinem Kopf einfach kein vernünftiges Ganzes. Warum hätte Vater Emmas Gedächtnis löschen sollen, so wie es Manas behauptete? Jedenfalls wusste er jetzt mit Sicherheit, dass sein Vater ein Russe namens Andrej Rostow und ein ehemaliger KGB-Offizier war. Kara beschloss, den Namen Aleksi Kara nie wieder zu benutzen, nicht einmal in Gedanken, dieser Mann existierte nicht, weder jetzt noch hatte er je existiert. Andrej Rostow hatte Molly Dalston geheiratet und eine Familie gegründet, nur um für sich eine Kulisse zu schaffen, in deren Schutz er für die Sowjetunion spionieren konnte. Rostow hatte wahrscheinlich jahrzehntelang für Mundus Novus gearbeitet und war an allen möglichen Verbrechen beteiligt gewesen, eines widerwärtiger als das andere: an der Entwicklung von Massenvernichtungswaffen, an Menschenversuchen und Morden, am Menschenhandel ... Es kam ihm mit jedem

Augenblick merkwürdiger vor, dass sein Vater in all das nur eingewilligt haben sollte, um seine Kinder zu schützen. Zumal man seinem Sohn in den Kopf geschossen und Emma das Gedächtnis gelöscht hatte. Er war auf dem Weg nach Hongkong, suchte aber nicht seinen Vater, sondern Antworten. Doch allein würde er die nicht finden.

Er holte seine Kreditkarte heraus und rief mit dem Satellitentelefon Paranoid an. Der meldete sich immer noch nicht, wo zum Teufel steckte er bloß?

Er tippte die Privatnummer von Betha Gilmartin ein, und diesmal hatte er Glück. »Ich habe dir das Foto von Rostow geschickt. Hast du es schon gesehen?«, fragte Kara.

»Danke. Das hilft uns weiter. Aber warum hast du nicht angerufen und erzählt, was passiert ist?«

»Jetzt rufe ich ja an.«

Betha Gilmartin schnaufte. »Sag mir kurz die wichtigsten Punkte. Ich habe gerade eine Sitzung verlassen, die man nicht verlassen darf.«

Kara fasste die Ereignisse in Kaliningrad so kurz wie möglich zusammen und bat schließlich um ihre Hilfe bei der Suche nach Andrej Rostow in Hongkong.

Betha Gilmartin lachte freudlos. »Das wird kein gutes Ende nehmen«, sagte sie und brach das Gespräch ab.

14

Sonntag, 12. Februar

Wohl keine andere Straße hatte so viele Marksteine der Geschichte Großbritanniens bezeugt wie Whitehall. Hier schaute Anna Boley, die »Ehefrau Nummer 2«, Anfang des 16. Jahrhunderts vor ihrer Hinrichtung zu, wie Heinrich VIII. Tennis spielte. Hier wurde König Karl I. im Jahre 1649 enthauptet, und hier erhielt Admiral Nelson Anfang des 19. Jahrhunderts die Befehle, deren Umsetzung dazu beitrug, Großbritannien zum Herrscher über die Weltmeere und zum größten Imperium aller Zeiten zu machen. Hier lebten Lord Byron und Lady Caroline Lamb öffentlich ihre stürmische Affäre aus. Winston Churchill plante, diesen Ort als seine letzte Verteidigungsbastion zu nutzen, nachdem eine Invasion der Nazis 1940 immer wahrscheinlicher wurde, später floh er vor dem Grauen des Krieges in sein hier gelegenes unterirdisches Kino. Dieses kleine Stück von London, die Straße Whitehall, war seit mehr als einem halben Jahrtausend das Zentrum der religiösen und politischen Macht.

Das Cabinet Office, das den britischen Premierminister und die Regierung unterstützte, hatte seinen Sitz in der Nummer 70 Whitehall. Es war sieben Uhr morgens. Der Premierminister hatte das COBR-Komitee einberufen, den Krisenstab, dessen Aufgabe darin bestand, im Falle von nationalen oder internationalen Krisen das Vorgehen der britischen Staatsorgane zu koordinieren. Anwesend waren die Mitglieder des gemeinsamen Nachrichtendienstkomitees JIC, Vertreter der Polizeiorgane, die Leiter der Behörden verschiedener Bereiche sowie führende Beamte und Politiker der wichtigsten Ministerien. Der Raum bot wenig Platz. In der Mitte stand ein großer Beratungstisch, an dem fast Schulter an Schulter achtundzwanzig mehr oder weniger müde aussehende Entscheidungsträger saßen, unter ihnen die stellvertretende Chefin des Auslandsnachrichtendienstes SIS, Betha Gilmartin. Eine Wand des Raumes nahm ein Plasmabildschirm ein, der Wärme abstrahlte; die Stimmung war aufgeheizt und drückend, obwohl die Klimaanlage tadellos funktionierte.

Nach dem Premierminister, der Mitte vierzig war und noch jünger wirkte, hatte nun der Chef des DI, des Militärischen Nachrichtendienstes, das Wort ergriffen. »Die Ursache für die technischen Probleme der amerikanischen Jagdflugzeuge, die Ziele in Myanmar und im Iran bombardiert haben, ist inzwischen bekannt. Leider.«

In dem Raum herrschte nun vollkommene Stille.

»Vorgestern um 06:12 Uhr UTC wurde der schwerste und wirkungsvollste Cyberangriff aller Zeiten unternommen. Die Kommandozentralen der USA für die Kriegsführung im Datennetz, für die militärischen Satelliten und die Sicherheit der kritischen Infrastruktur wurden handlungsunfähig gemacht, ebenso das Zentrum der NATO in Estland, das die Cyberkriegsführung steuert. Der Angriff hat die militärischen Satelliten der USA, das Navstar-GPS-System, den diplomatischen Nachrichtenverkehr sowie die US-Zentrale für die Kriegsführung und die Zentrale für die Kriegsführung im Weltraum lahmgelegt.«

Die Mitglieder des COBR-Komitees schauten einander an.

»Wie ist das möglich?«, fragte jemand.

Der Verteidigungsminister lächelte. »Angriff ist immer leichter als Verteidigung. Wie hat es der Zukunftsforscher Herman Kahn schon vor einem halben Jahrhundert formuliert? *Ein Angreifer braucht nur die eine Schwäche von entscheidender Wichtigkeit zu finden; wer sich verteidigt, muss sie alle finden, und zwar im Voraus.*«

»Gibt es ein Bekennerschreiben? Hat jemand Forderungen gestellt?«, fragte der Premierminister.

Der Chef des DI schüttelte den Kopf. »Den Chinesen ist es schon vor einiger Zeit gelungen, sich in die zivilen Satelliten AM-1 und Landsat-7 der Yankees einzuhacken und ihnen Befehle zu erteilen. Vielleicht hat China es jetzt geschafft, auch in die militärischen Satelliten der USA einzudringen.«

»Und im letzten Jahr hat Nordkorea mit Störsignalen das GPS-System eines amerikanischen Aufklärungsflugzeugs geblendet. Die Maschine musste notlanden«, ergänzte der Verteidigungsminister.

»Der Schuldige ist nicht bekannt, aber das Gesamtbild nimmt allmählich Gestalt an. Es sieht so aus, als wären die Angriffe geplant gewesen und nicht versehentlich geschehen.« Der Chef des DI bat mit einer Handbewegung den Außenminister, der wie ein Fotomodell aussah, fortzufahren.

»Myanmar, Nordkorea, Iran, Weißrussland, China und Syrien fordern die Aufhebung aller gegen sie verhängten Sanktionen. Diese Forderung wurde sowohl der UNO und der Europäischen Union als auch den Vereinigten Staaten übergeben.«

»Was für Sanktionen bestehen gegen diese Länder? Und wer hat sie verhängt?«, fragte Betha Gilmartin. Sie vertrat den SIS allein. Der neue Chef Alex Curruthers hatte nicht gewagt, hierher zu kommen, obgleich er Ritter des britischen Imperiums war. Der Mann wusste selbst, dass er über die Arbeit des SIS noch nicht richtig im Bilde war.

»Sanktionen der EU und der USA sind gegen Myanmar, Nordkorea, Iran, Weißrussland, China sowie gegen Syrien in Kraft. Und die UNO hat Sanktionen gegen Nordkorea und den Iran verhängt. Es handelt sich um vielerlei Sanktionen, aus ganz verschiedenen Gründen: Wahlbetrug, die Anwendung der Todesstrafe, Unterdrückungsmaßnahmen gegen die Bevölkerung, Aufrüstung, Waffenhandel ... Gegen den Iran sind so gut wie alle denkbaren Wirtschaftssanktionen in Kraft, und hin und wieder kommen noch neue hinzu.«

Der Premierminister wirkte ratlos. »Bedeutet das, die erwähnten Staaten wollten die USA mit den inszenierten Angriffen als Schuldigen hinstellen und nutzen die Situation nun für sich aus, indem sie die Aufhebung der gegen sie gerichteten Sanktionen fordern?«

Betha Gilmartin sah, dass ihr Handy auf dem Tisch vibrierte, schaute kurz zum Premierminister und verließ den Beratungsraum. Sie wurde aus dieser neuen Wendung überhaupt nicht schlau. Mundus Novus würde von diesen Ereignissen sicherlich irgendwie profitieren, aber wie?

Als sie sich am Telefon meldete, hörte sie die Wörter Krankenhaus Torbay, Chefarzt der Notfallstation der Neurologie, Lysetherapie eines Gehirninfarkts und den Namen ihres Ehemannes.

Im streng gesicherten Ausbildungszentrum des SIS in Fort Monckton am Rande von Portsmouth wurde ein alter Hubschrauber vom Typ SA 330 Puma ständig in Bereitschaft gehalten. Er wurde Betha Gilmartin sofort zur Verfügung gestellt und landete gut anderthalb Stunden nach der Nachricht vom Schlaganfall ihres Mannes auf dem Hof des Krankenhauses Torbay in Südwestengland.

Betha Gilmartin kannte das Gelände der Klinik im Zentrum der Stadt Torquay gut. In den Jahren der Krankheit von Alberts Eltern war sie oft hier gewesen. Albert hatte die Villa seiner Eltern in Torquay vor zwanzig Jahren übernommen, als die beiden Alten nicht mehr imstande waren, sich um den großen Garten zu kümmern.

Sie meldete sich in der Notfallstation der Neurologie und kam nicht einmal dazu, sich hinzusetzen, weil ein Mann im weißen Kittel sogleich vor ihr stehen blieb und sich als Chefarzt Douglas Imrie vorstellte. Die Oberlippe des Mannes war so straff, dass es aussah, als würde er lächeln, wenn er sprach.

»Wie geht es meinem Mann? Was ist passiert?«

Imrie nahm Betha Gilmartin vorsichtig am Arm und führte sie in die abgelegenste Ecke des Foyers. »Ihr Mann hat einen Hirninfarkt erlitten. In gewisser Weise hatte er Glück, der Schlaganfall geschah in einem Supermarkt, im Tesco in der Barton Hill Road. Und dennoch lag er da mehrere Minuten auf dem Boden, bevor die Sanitäter kamen. Die Lysetherapie wurde etwa zehn Minuten nach dem Infarkt eingeleitet. Man konnte also ziemlich schnell reagieren, hoffen wir, dass die Hirnzellen durch den Sauerstoffmangel nicht schwer geschädigt wurden.«

»Wird er sich wieder erholen?« Betha Gilmartin zwang sich, die Frage zu stellen, obwohl sie Angst vor der Antwort hatte.

Der Arzt schaute sie mit noch mehr Mitgefühl an. »Ich habe mit dem Arzt gesprochen, der Ihren Mann behandelt. Er leidet an vaskulärer Demenz, nicht wahr?«

Betha Gilmartin konnte nur nicken. »Albert. Er heißt Albert.«

»Es ist einfach noch zu früh, um zu sagen, welche Schäden der Infarkt an ... Alberts Hirngewebe hinterlassen wird. Seine Demenz könnte sich dadurch verschlimmern, und zwar erheblich.«

»Kann ich zu ihm?«, fragte Betha Gilmartin.

Der Chefarzt zögerte einen Augenblick, führte Betha Gilmartin dann aber auf dem nach Desinfektionsmittel riechenden Flur zur Tür von Alberts Zimmer.

Betha fragte mit einem Blick, ob sie einen Moment mit ihrem Mann allein sein durfte.

»Fünf Minuten«, sagte Imrie mit gedämpfter Stimme und ging in Richtung Foyer.

Betha Gilmartin setzte sich auf die Bettkante und streichelte Alberts graue Schläfenhaare. Ihre Augen wurden feucht. Alberts Gesicht sah so aus, als wäre es ein Stück nach unten gerutscht, wie das geschmolzene Wachs einer Kerze, und ein Mundwinkel hing schief herab. Wäre Albert wach gewesen, hätte er nach der Katze Violet gefragt, denn jemand anders hatten sie nicht – einmal abgesehen von Leo. Albert war über ein Vierteljahrhundert lang

Bethas Anker gewesen, ihr sicherer Hafen, und hatte sich ohne einen Mucks damit zufrieden gegeben, dass sie ihr Leben dem SIS, ihrer Arbeit, widmete. Auch Albert hatte deswegen auf ein normales Leben verzichten müssen. Der Gedanke tat weh. Betha verspürte einen Anflug von Selbstverachtung. Warum hatte sie Albert nicht wenigstens ruhige letzte Jahre gegönnt und den SIS im letzten Herbst nach ihrer Herzoperation verlassen? Jetzt könnte Albert vielleicht nie ein normales Leben als Rentner führen. Betha spürte, dass sie furchtbare Angst vor dem Alleinsein hatte, und schämte sich.

* * *

In Hongkong, dem »Duftenden Hafen«, trafen Osten und Westen aufeinander und ergaben eine einmalige Mischung. Die Stadt war atemberaubend dicht bebaut, ein pulsierendes Zentrum der Finanzwelt und des Geschäftslebens. Hier waren chinesische Traditionen lebendig und zugleich sah man überall Einflüsse aus der britischen Kolonialzeit. Buddhistische und taoistische Tempel standen Seite an Seite mit Wolkenkratzern, und riesige Einkaufszentren lagen direkt neben uralten Märkten. Die Volksrepublik China hatte den Wert eines der weltweit liberalsten Wirtschaftsgebiete erkannt, als sie Hongkong 1997 von den Briten zurückerhielt; die Stadt wurde zu einer Sonderverwaltungszone nach dem Prinzip »ein Land, zwei Systeme«. Hongkong durfte seine Gesetze behalten, seine Währung, seinen Zoll, seine Flugverkehrsrechte sowie sein Einwanderungsgesetz, nur die Verteidigung und die diplomatischen Beziehungen wurden der Pekinger Zentralverwaltung übertragen. China machte aus Hongkong ein Laboratorium des Kapitalismus.

Andrej Rostow interessierte an Hongkong nur die Tatsache, dass Mundus Novus für die letzte Phase hier seine Befehlszentrale eingerichtet hatte. Er saß in seinem Büro im einundachtzigsten Stockwerk eines vierhundertzwölf Meter hohen Wolkenkratzers, trank Kaffee und überlegte, wie er Nikolai Mironow aus seinem Zimmer vergraulen könnte. Der ehemalige stellvertretende Chef des FSB war sein Verbindungsmann zur obersten Führung von Mundus Novus. Als Technologieverantwortlicher der Stiftung war Rostow gezwungen, den Mann zu ertragen. Eigentlich aber konnte er Menschen nicht ausstehen, die keine Funktionsrechnung beherrschten.

»Du bist also vollkommen sicher, dass noch niemand weiß, worum es hier wirklich geht?«, fragte Mironow, der am Panoramafenster stand und auf die Bucht von Kowloon herabschaute.

»Deswegen wurde doch dieser Nebelvorhang erzeugt«, erwiderte Rostow und breitete die Arme aus. »Das ist die schlimmste diplomatische Krise seit den Anschlägen vom 11. September, die Supermächte werden jedenfalls einige Tage lang sehr beschäftigt sein.«

Mironow ging zum Beratungstisch und setzte sich. Er wirkte verlegen. »Die oberste Führung ist besorgt. Du hast ... wir haben auch früher Probleme gehabt. Das alles kommt ihnen zu – wie soll ich sagen? –, zu einfach vor.«

Andrej Rostow drückte seine Fäuste auf den Tisch, erhob sich und beugte sich zu Mironow hinab.

»Einfach! Das ist das Ergebnis einer jahrzehntelangen Arbeit. Sämtliche in meinen Forschungszentren geschaffenen Waffen, Geräte und Komponenten sind überall auf der Welt sowohl im Labor als auch in der Praxis getestet worden. Durch Industriespionage haben wir uns das neueste Know-how auf dem Gebiet der Forschung und die Konstruktionspläne von Anlagen aus fast allen Spitzenforschungseinrichtungen der Weltraumtechnologie beschafft. Und die Arbeit unserer schärfsten Konkurrenten wurde ständig gnadenlos sabotiert.«

Auf einmal bemerkte Rostow, dass er brüllte. Er ging zur Kaffeemaschine und schenkte sich nach. »Wir haben uns im Laufe der Jahre durch zielstrebige Arbeit einen ausreichend großen Vorsprung gesichert. Jetzt ist alles bereit. Nichts und niemand kann die Lage mehr ändern.«

Mironow zog seine Krawatte zurecht. »Dann ist ja alles in Ordnung. Die Allianz wartet begierig auf die nächsten Schritte, alle sind dabei: der Iran, Nordkorea, Syrien, Weißrussland, Myanmar, China ...«

Rostow nahm irgendwelche Unterlagen vom Tisch und fing an zu lesen, obwohl Mironow seinen Lagebericht nicht beendet hatte.

Der General räusperte sich. »Es gibt noch eine schlechte Nachricht. Die finnischen Behörden haben Kenntnis vom Namen unserer wichtigsten Kontaktperson in Finnland erlangt: ›Specht‹. Zum Glück wurde nur der Deckname enthüllt, von seiner Identität haben die Finnen keine Ahnung.«

Rostow knallte seinen Kaffeepott auf den Tisch.

Mironow kürzte seinen Bericht ab, murmelte etwas von einem nächsten Treffen und verließ Rostows Büro. Das tat er stets gern. Andrej Rostow gehörte zu den Menschen, die er ausgesprochen ungern verärgern wollte. Und das obwohl Mironow, Veteran zweier Tschetschenienkriege, mehr als genug tschetschenischen Rebellen und vom KGB ausgebildeten Berufskillern Auge in Auge gegenübergestanden hatte. Rostow strahlte etwas Einzigartiges aus, und Mironow wollte nicht einmal den Versuch unternehmen, es näher zu bestimmen.

In Andrej Rostows Kopf kochte es, sein Gehirn arbeitete auf Hochtouren und die Gedanken verwandelten sich in bunte Figuren, die – so kam es ihm vor – explodierten und durch seine Ohren hinausgeschleudert wurden. Das Kabinett durfte endgültig als begraben gelten, somit war »Specht« der wichtigste Kontakt für Mundus Novus in Finnland. Dessen Identität durfte keinesfalls aufgedeckt werden. Wolodjas Freunde galt es bis zum Letzten zu schützen.

Rostow schloss die Augen und sah die Farben in seinem Kopf

lodern. Es war demütigend, dass Mironow als Sprecher der obersten Führung auftreten durfte, jetzt, wo auch er selbst endlich Zeit hätte. Schließlich hatte er die Rotznase Wolodja schon als junger Bursche auf der Baskow-Gasse in Leningrad kennengelernt. Jahre später konnte er, mit Hilfe seiner finnischen Tarnidentität, Wolodja bei dessen Karrierestart unterstützen. Und nachdem Wolodja an die Macht gelangt war, hatte Rostow geholfen, die Arbeit des Kabinetts zu dirigieren, und durch seine Beziehungen Arkadi Timtschenko, der Wolodjas private Geschäfte verwaltete, die finnische Staatsbürgerschaft verschafft.

Andrej Rostow lächelte, als er sich an die Entschlossenheit des jungen Wolodja erinnerte. Als Junge war er nicht auf politische Macht aus gewesen. Wolodja hatte Geld gewollt, und das hatte er ohne Zweifel bekommen. Auch.

15

Sonntag, 12. Februar

In der Demokratischen Republik Kongo war es kurz vor sieben Uhr morgens. Maximilian Messmer zitterte vor Kälte, obwohl die Temperatur auch nachts nicht unter zehn Grad gesunken war. Er hatte das Fischerboot umgedreht und darunter geschlafen, zugedeckt nur mit Gras und Zweigen vom Ufer des Kipopo-Sees. Nun schob er die Hand unter den Bootsrand und schaute durch den schmalen Spalt auf ein atemberaubend schönes Bild: Die aufgehende Sonne malte einen gelben Schleier über den Kipopo-See, nachdem der Horizont eben noch orangerot geglüht hatte. Einen solchen Sturm der Gefühle hatte er noch nie erlebt: Er genoss die Schönheit Afrikas, fürchtete gleichzeitig um sein Leben und überlegte fieberhaft, wie er seinen Plan nun noch umsetzen sollte. Er wollte doch den kongolesischen Kindern helfen und die Russen entlarven, die seine Bankkarriere und sein Leben zerstört hatten.

Im Moment allerdings wünschte er sich nichts sehnlicher als ein warmes Bett an einem sicheren Ort. Die Kakophonie der Geräusche in der afrikanischen Nacht hatte ihn wach gehalten, höchstens für ein paar Momente war er zwischendurch eingenickt. Ansonsten hatte er über seine Lage nachgedacht, sie von allen Seiten beleuchtet. Es gab genau zwei Alternativen. Wenn er sich bei den Behörden irgendeines westlichen Landes meldete, würde man ihn festnehmen und verhören und im schlimmsten Falle wegen Geldwäsche und einer Vielzahl anderer Vergehen im Rahmen seiner Tätigkeit für Mundus Novus vor Gericht stellen und dann ins Gefängnis stecken. Seinen Plan konnte er jedoch nur weiter ausführen, wenn er auf freiem Fuße blieb und nicht in die Hände seiner Verfolger fiel. Ohne Hilfe würde das freilich nicht gelingen.

Messmer hob den Bootsrand ein Stück höher, um seine Umgebung eingehender zu betrachten. Der Kipopo-See lag schon im vollen Sonnenlicht, auch die ersten Fischerboote schaukelten bereits auf dem Wasser. Als er am Abend im Dunkeln über den See gepaddelt war, hatte er es offenbar günstig getroffen und war in einem kleinen Park an Land gegangen.

Das aus einem Baumstamm gehauene Boot ließ sich leicht umdrehen, Messmer kroch aus seinem Versteck hervor und richtete sich auf. Er streckte die Glieder, nach der Nacht auf dem blanken Erdboden war sein Rücken noch steifer als sonst und sein Magen beschwerte sich. Der arme Kerl wusste nicht, dass an diesem Morgen keine pochierten Eier und Marmeladenbrötchen auf der Speisekarte standen. Messmer setzte sich auf den taufeuchten Rasen, schaltete sein iPad ein und sah besorgt, dass der Akku dringend aufgeladen werden musste. Es war 07:12 Uhr. Er brauchte unbedingt ein drahtloses Netz und ein Ladegerät sowohl für das Handy als auch für den Tabletcomputer. Ihm fiel keine andere Möglichkeit ein, als irgendein Hotel aufzusuchen, das von Leuten aus dem Westen bevorzugt wurde. Dafür musste er sich allerdings ins Zentrum von Lubumbashi begeben.

Messmer lief bis ans Ende der Grünanlage, rannte quer über den asphaltierten Hof eines kleinen Fabrikgrundstücks und erreichte eine öffentliche Straße, die Avenue Lumpungu. Er musste sich anhand des Sonnenstandes orientieren, wo das Zentrum von Lubumbashi lag. Im Gehen musterte er seine Kleidung. Die dunkelblauen Baumwollhosen waren zerknittert und befleckt, das hellrote Hemd über und über beschmutzt. Die Nässe hatte den Pferdedung und den anderen Dreck über die ganze Kleidung verteilt. Er stank.

Plötzlich bemerkte Messmer einen Sandweg, der etwa zweihundert Meter entfernt an einer stark befahrenen Asphaltstraße endete. Gesäumt wurde der Pfad von kleinen und baufälligen, aber in schönen Farben bemalten Eigenheimen; auf dem nächstgelegenen Hof scharrte ein ausgehungerter Hund im Boden und kümmerte sich nicht im Geringsten um den einsamen Passanten. Messmer sah seine Chance gekommen, als er an einem ockerfarbenen Haus vorüberging, dessen Blechdach im Wind wackelte. Er schnappte sich von einer direkt neben dem Weg gespannten Wäscheleine ein buntes Pikee-Hemd und Shorts und beschleunigte sein Tempo. Der Hund hinter ihm bellte kraftlos.

An der Einmündung des Weges in die Avenue du lac Kipopo blieb Messmer stehen und wechselte die Kleidung, ohne sich um eine Gruppe von Frauen zu kümmern, die ihm auf dem Seitenstreifen entgegenkam. Das fröhliche Stimmengewirr der Bewohner von Lubumbashi ließ ihn überraschenderweise sehnsüchtig an Zürich und die Abende mit Andreas im Hotel Baur au Lac denken. Er marschierte weiter, und schon bald erblickte er die ersten Geschäftshäuser. Hotels sah er jedoch nicht.

Messmer lief in die Richtung, in der er das Zentrum vermutete. Auf dem Boulevard Kamanuola entdeckte er endlich das erste Hotelschild, aber schon im Foyer des Gebäudes wurde ihm klar, dass es sich eher um eine Herberge oder ein einfaches Motel handelte. Er setzte seinen Weg fort bis zur Avenue Sandoa und wischte sich den Schweiß von der Stirn. Das iPad rutschte ihm fast aus der feuchten Hand. Messmer schaute zur Seite, als er jemanden englisch sprechen hörte, und erblickte eine laut redende Frau, die auf dem Hof eines niedrigen, wie ein großes Einfamilienhaus wirkenden Gebäudes ihr Taxi bezahlte. Dann bemerkte er das Schild, das hinter einem prächtigen Bouma-Baum hervorlugte, und trat ein paar Meter näher heran. *Guest House Kango II* las er darauf. Er ging rasch in das Hotel hinein.

Hinter dem Rezeptionstresen stand eine lächelnde Frau, schwarz wie die Nacht, mit grell orange leuchtendem Haar. Sie begrüßte Messmer auf Französisch.

»Gäbe es bei Ihnen zufällig ein drahtloses Netz? Ich möchte meine E-Mails lesen. Natürlich kann ich es bezahlen …«, sagte er und hielt sein iPad hoch.

»Aber selbstverständlich. In allen Zimmern und hier im Foyer.«

»Und ein Ladegerät?« Erfreut trat Messmer näher an die Angestellte heran und legte sein Tablet auf den Tresen.

»Das könnte sehr wohl sein.« Die Frau mit dem orangefarbenen Haar holte aus dem Regal einen Pappkarton randvoll mit verschiedenen Ladegeräten und stellte ihn auf den Tresen.

Messmer konnte sein Glück kaum fassen, als er gleich ein geeignetes Ladegerät für sein Handy in die Finger bekam. Doch seine Freude legte sich schnell, denn für das Tablet fand sich in dem Karton nichts.

»Darf ich das Gerät ausleihen und mich für einen Moment hinsetzen?«, fragte Messmer, und die lächelnde Frau deutete in Richtung der Ledersofas im Foyer.

Messmer loggte sich ins Internet ein und las mit zunehmender Sorge, dass die geschätzte Laufzeit des Akkus nur noch achtundzwanzig Minuten betrug. Jetzt musste er schnell vorgehen. Siebzehn eingegangene E-Mails! Und sie waren alle wichtig, das wusste er, dieses Postfach hatte er einzig und allein für die Nachrichten über Mundus Novus eingerichtet.

Er öffnete alle neuen E-Mails, übersprang die persönlichen Bemerkungen und las die Informationen, die Mundus Novus betrafen: »… die fragliche Kontonummer gehört der Iranischen Zentralbank …« – »… ich würde eine Zusammenarbeit mit dieser Seite nicht empfehlen, das Konto, nach dem Du fragst, gehört einem Strohmann, den Nordkorea nutzt, um seine Waffenkäufe zu organisieren …« – »… Du bist da in schlechte Gesellschaft geraten, die von Dir angefragte Kontonummer wird in Verbindung gebracht mit einem Menschenhandelring …«

Messmer schaltete seinen Computer aus und spürte den Hunger an seinem Magen nagen und Schweiß über seine Stirn fließen. Allmählich nahm das Gesamtbild in seinem Kopf Gestalt an: Mundus Novus war so etwas wie ein Architekt des Bösen, verwickelt in die abscheulichsten Formen von Gesetzwidrigkeit. Jetzt musste er so bald wie möglich seinen Computer aufladen und dann eine Zusammenfassung anfertigen, ein schlüssiges Schema der Kooperationspartner und der Aktivitäten von Mundus erarbeiten und das alles den Behörden erklären ... Er brauchte Hilfe, doch er kannte in Lubumbashi und im ganzen Kongo niemanden außer der Projektleiterin der Organisation »Save the children«, die seinen Namen schon einmal weitergegeben hatte. Zudem wusste die Frau in Lubumbashi und im Kongo sicher nicht so gut Bescheid, dass sie ...

Plötzlich fiel Messmer jemand ein, er lächelte – Sylvain Zakuani. Der Mann, der letzten Donnerstag in seinem Hotelzimmer im Bougain Villa aufgetaucht war und ihn um Hilfe für seinen Hema-Stamm gebeten hatte, der Opfer eines Völkermordes wurde. Messmer holte sein Portemonnaie aus der Tasche und hoffte von ganzem Herzen, dass er Zakuanis Visitenkarte mitgenommen hatte.

* * *

Manas verließ die Privatklinik, die Mundus Novus gehörte, und trat mit einem dicken Verband auf den Leninski Prospekt in Kaliningrad. Am Hals war er mit siebzehn Stichen genäht worden. Die messerscharfe Spitze von Leo Karas Füller hatte eine seiner Halsschlagadern nur um einen Zentimeter verfehlt. Manas blieb im kalten Wind stehen und machte ein paar vorsichtige Dehnbewegungen: Die Texte aus dem Übungshandbuch der Alfa-Spezialeinheiten des KGB konnte er immer noch auswendig hersagen. Abbildung 66: Eine Serie von Aufwärmübungen.

Wäre er dazu fähig, hätte Manas nun sicher Wut empfunden; er hatte Kara unterschätzt. Vor lauter Rachsucht war er unaufmerksam gewesen, hatte ihm die Gelegenheit zum Zuschlagen gegeben und somit unprofessionell gehandelt. Das entsprach nicht seiner Art, er war eine Tötungsmaschine, das wussten alle Akteure auf diesem Gebiet, im eigenen Lager und auf der anderen Seite. Aber im Hangar des Luftwaffenstützpunkts Dunajewka hatte er einen Fehler begangen und sich auf die Beobachtung seiner Emotionen konzentriert und nicht auf seine Aufgabe. Manas wusste natürlich, wie er in der Flugzeughalle hätte reagieren müssen.

Kapitel 5, Seite 194. Abwehr der Angriffe von vorn. Verwende dazu folgende Techniken:

- Die Finger (Zeige- und Mittelfinger) mit schnellem Stoß in die Augen des Feindes, sofort zurückziehen und danach Feuerwaffe oder Kaltwaffe einsetzen (Abb. 165).
- Kopfstoß ins Gesicht des Feindes, wenn der Feind deine Hände, Schultern oder deine Taille festhält. Ziele auf den Nasenrücken (Abb. 167).
- Wirf den Feind nach der oben angeführten Bewegung um, indem du seine Beine von vorn ergreifst, gegen seine Stirn schlägst oder ihm ein Bein stellst (Abb. 160 und 161), und drücke dein Knie in die Leistengegend des Feindes (Abb. 166).

Um die Flucht abzusichern wird empfohlen, den Feind zu töten.

Das in der Klinik bestellte Taxi hielt halb auf dem Fußweg vor Manas an. Er stieg ein und gab die Adresse der Militärakademie der Grenztruppen des FSB an: Uliza Jemeljanowa 258.

Nach einer kirgisischen Redewendung »bleibt ein Stein an der Stelle liegen, auf die er gefallen ist«, das heißt, der Mensch hat sich seinem Schicksal zu fügen. Und das hatte Manas natürlich auch vor, er würde sich in die Askese zurückziehen. Über die Schule seiner Kindheit, die internationale Spezialschule der Kommunistischen Partei der Sowjetunion »E. D. Stasowa«, konnte er wahrhaftig nicht viel Gutes sagen; dort hatte man jahrelang hartnäckig und vergeblich versucht, ihn einer Gehirnwäsche zu unterziehen und ihn von der Ideologie der sozialistischen Welteroberung zu überzeugen. Aber klassisches Griechisch hatte er dort immerhin gelernt, und das Wort Askese stammte aus dem Griechischen und bedeutete Übung. Er beabsichtigte, sich durch hartes Training physisch wie geistig in eine bessere Verfassung zu bringen, eine bessere als je zuvor. Hoffentlich blieb genügend Zeit.

Manas schaute sich durch das Seitenfenster Kaliningrad an. Er war ewig nicht in einer Stadt zu Besuch gewesen, in der das Gespenst Sowjetunion noch über allem schwebte wie der Geist Gottes am Anfang aller Zeiten. Anscheinend war er verwirrt, oder zumindest wäre er es gern gewesen, auch die Verwirrung zählte ja zu den Gefühlen. In dem Hangar war etwas passiert in dem Augenblick, als Leo Karas Faust ihn an der Stirn traf und ihm schlagartig klar wurde, dass er in den Käfig der zwei Cordoba-Kampfhunde fiel. Er wusste besser als jeder andere, was für Bestien diese zu Killern ausgebildeten Muskelpakete waren, wenn sie sich in Bestform befanden.

Es hatte ihm keine großen Probleme bereitet, die Hunde zu töten, dank Kapitel 7 des Übungshandbuchs. Die dort beschriebenen Techniken hatte er unzählbare Male trainiert und auch in der Praxis ausgeführt. Dennoch war diese Situation eine der eindrucksvollsten seines Lebens gewesen – er hatte etwas gefühlt. Vielleicht Angst. Aber vollkommen sicher war er sich nicht, es war zu schnell vorübergegangen.

Manas holte aus der Tasche seines Ziegenledermantels eine kleine Papiertüte und steckte sich ein Stück Gulasyk in den Mund. Er aß das getrocknete Yakfleisch nicht wegen, sondern trotz seines Geschmacks. Gulasyk wurde im »Manas« erwähnt, dem Nationalepos der Kirgisen, das den Namen seines Helden trug. Und diesen Namen erhielt er, ein kirgisisches Findelkind, Anfang der siebziger Jahre, kurz nachdem man ihn als Fünfjährigen auf der Treppe der sowjetischen Militärflugakademie in Kant gefunden hatte, am Rande der kirgisischen Hauptstadt, des heutigen Bischkek. Kirgisische Soldaten hatten über Jahrhunderte auf lange Märsche und Kriegszüge Gulasyk mitgenommen und er nahm es auch mit. *Nomen est omen.*

Er wollte nicht locker lassen. In der Zeit bis zu seinem Tod würde er es noch schaffen, ein Gefühl zu empfinden. Sonst könnte er sich nicht als Menschen bezeichnen. Karas Anblick allein hatte dazu nicht ausgereicht. Manas hatte weder Hass noch irgendetwas anderes verspürt. Nicht einmal dann, als Karas Tod schon sicher schien, hatte er etwas gefühlt, keine Freude und keine Erleichterung. Er war nur zufrieden gewesen, den Mann endlich loszuwerden.

Auf keinen Fall würde er jemals fähig sein, Liebe oder wenigstens Mitgefühl zu empfinden, Gott sei Dank, und es sah so aus, als wäre er auch nicht imstande zu hassen, überlegte Manas und kaute auf dem zähen Gulasyk herum. Blieb nur die Angst. Vielleicht hatte er von Anfang an recht gehabt, vielleicht war die Angst doch das stärkste der Gefühle. In diesem Beruf hatte er oftmals gesehen, wie sich ein Mensch in Todesangst selbst übertraf, auch Kara hatte das in dem Hundekäfig wieder einmal bewiesen.

Manas wusste, dass der Einsatz enorm hoch sein müsste, damit er fähig wäre, Angst zu spüren. Auf Anhieb fiel ihm niemand und nichts ein, was dieses Gefühl in ihm auslösen könnte. Es schien so, als müsste er selbst dafür sorgen, dass er Angst bekam.

* * *

Die erste Spampost der Geschichte versandte im Mai 1864 die Londoner Zahnarztpraxis Messrs Gabriel. Die Firma ließ etlichen britischen Politikern ein Telegramm nach Hause schicken, in dem mitgeteilt wurde, dass die Praxis in der 27 Harley Street bis Ende

Oktober von 10 Uhr vormittags bis abends 5 Uhr geöffnet sei. Der Werbetrick löste einen Schwall wütender Reaktionen auf den Seiten der Times aus. An diese Episode musste Paranoid denken, als er erstaunt feststellte, wie schnell die Spam-Roboter seine neuen Postfächer gefunden hatten.

Noch am Tag zuvor hatte er das für jedermann sichtbare Transformatorenhäuschen auf der Viipurinkatu in Alppila für ein glänzendes Versteck gehalten. Nun, nach fast vierundzwanzig Stunden in der engen und lauten Bude, verfluchte er dieses verdammte Höllenloch. Die Toiletteneimer stanken trotz des Deckels, und er konnte nicht ständig in den Park rennen und den Pisseimer ausschütten, das Trafohäuschen befand sich schließlich an einer stark befahrenen Straße. Er gehörte wirklich nicht zu den Menschen, die gern tagelang durch die Einöde wanderten, und solche widrigen Bedingungen hatte er höchstens in total betrunkenem Zustand auf den Campingplätzen von Rockfestivals in Kauf genommen. Ihm war klar, dass er es nicht lange aushalten würde, hier eingesperrt herumzusitzen.

Zum Glück würde er das vielleicht auch gar nicht müssen: Es ging alles schneller voran, als er zu hoffen gewagt hatte. BlackSec war aktiviert und arbeitete schon auf vollen Touren. Alle fünf Gründungsmitglieder waren beteiligt: der Südkoreaner Tabu, ein Experte auf dem Gebiet der Programmiersprache Python; das amerikanische Wunder Topaz, ein begnadeter Fan von Alfred Hitchcock, Meister der Trojaner und Würmer und Twitter-Spezialist; der Russe Bowler, der über ein Botnet-Netzwerk von Hunderten gekaperten Computern verfügte; der Südafrikaner T-Bone, ein PHP-Codierer par excellence und Spezialist für die Datensysteme von Banken. Und dazu er selbst – P@r@noid. Sie bildeten eine Gemeinschaft von Hackern, die zu den besten der Welt zählten, und konnten gemeinsam alles schaffen, was in der Cyberwelt überhaupt denkbar war, und noch mehr. Jeder beliebige Staat oder jedes Unternehmen hätte ihr Know-how freudig und mit Handkuss für seine Zwecke genutzt, stünden sie nicht allesamt längst auf der *Most-Wanted*-Liste des FBI für Cyberkriminelle.

Die Operation Salamander war hervorragend gelungen. BlackSec hatte am Vortag einen umfassenden Cyberangriff gegen sechsunddreißig Ziele in fünfzehn Ländern gestartet. Bei den Attacken war man zwischen Servern in verschiedenen Ländern hin und her gewechselt und hatte den Fernzugang zu gekaperten Computern von Privatpersonen genutzt. Der Schlüssel für den Erfolg lag darin, schnell zu handeln. Als Frist waren achtundvierzig Stunden vereinbart, in dieser Zeit würde es niemand schaffen, ihnen auf die Spur zu kommen. Das hatte Paranoid auch auf die Idee für die Bezeichnung des Plans gebracht. Der Salamander besaß im Maul den schnellsten Muskel der Welt: Der Schwanzlurch konnte seine Zunge fünfzig mal schneller auf ein Insekt schießen, als der Mensch zwinkerte. Und dieses Mal würde BlackSec in den gehackten Systemen noch sarkastischere Botschaften hinterlassen.

Paranoid hatte seinen Partnern die Wahrheit über die Angriffsziele gesagt. Die anvisierten Firmen waren Rüstungsunternehmen und Waffenfabriken oder internationalen kriminellen Organisationen zugeordnete Tarnfirmen, die in alle möglichen kriminellen Geschäfte verwickelt waren, vom Menschenhandel bis zu illegalem Waffenhandel. Vor dem Hintergrund war es ein Leichtes gewesen, die anderen Mitglieder von BlackSec für diese Operation zu gewinnen; sie hatten auch früher schon gern kriminelle Organisationen und Waffenfirmen attackiert. Die Truppe ging mit einem solchen Eifer ans Werk, dass es gelang, die Datensysteme der Zielobjekte schon lange vor Ablauf der Frist zu zerstören. Der Cyberangriff, der für ihn und für BlackSec der letzte bleiben würde, war perfekt gelungen.

Von wem die Liste der Unternehmen stammte, die sabotiert werden sollten, hatte Paranoid seinen Partnern natürlich nicht gesagt. Und auch nicht, dass nur er für den gelungenen Angriff ein

Honorar von einer Million Schweizer Franken kassieren würde. Zwar hatte er sein Know-how auch früher schon für gesetzwidrige Zwecke verkauft, aber diesmal war er es selbst gewesen, der Kontakt zum Kunden aufgenommen hatte. Und das Beste daran war, dass man ihm für die Zukunft legale Aufträge und regelmäßige Einkünfte zugesagt hatte.

Paranoid verfolgte das Gewimmel endloser Codefransen auf dem Bildschirm und lächelte schließlich. Kati Soisalo hatte ihn um einen Gefallen gebeten, und auch der war jetzt erledigt.

Er wollte Kati anrufen und ihr vom Erfolg seiner Bemühungen berichten, aber etwas ließ ihn zögern. Vielleicht lag es daran, was er mit Leo Kara gemacht hatte. Kati war immerhin aufrichtig gewesen und hatte ihm gesagt, dass ihre Beziehung zu Ende war. Aber der doppelzüngige Kara hatte Kati hinter seinem Rücken aufgerissen und weiterhin ungeniert seine Fähigkeiten als Hacker ausgenutzt. Man musste sich ja wohl rächen dürfen.

16

Sonntag, 12. Februar

Kati Soisalo stand am Rande des schneebedeckten Willy-Brandt-Platzes in der Frankfurter Innenstadt, schaute nach oben und betrachtete den Eurotower-Wolkenkratzer, den Sitz der Europäischen Zentralbank. Ihr Gesicht glühte vor Empörung. Sie hielt alle Trümpfe in der Hand, und doch hatte Helena Poulsen festgelegt, wann und wo sie sich trafen, nämlich direkt neben Helenas Arbeitsstelle. Kati Soisalo wollte ihr die Neuigkeiten, die sie eben von Paranoid erfahren hatte, nicht am Telefon mitteilen, also hatte sie sich auf die Zunge gebissen und eingewilligt. Aber gleich würde sie dafür sorgen, dass der Frau die Worte im Hals stecken blieben, jetzt war Schluss mit den sanften Tönen. Außerdem war Helena Poulsen schon fast eine Viertelstunde zu spät.

Da stand Kati Soisalo nun, keine zwei Kilometer von ihrer Tochter entfernt, und konnte nur weiterhin alles versuchen. Am liebsten wäre sie in ein Taxi gestiegen, zu Vilma gefahren, um sie mitzunehmen, und wäre mit ihr verschwunden, ohne an die Folgen zu denken. Das Warten hielt sie nicht mehr lange aus.

Als sie die ihr bekannte Gestalt aus dem hundertachtundvierzig Meter hohen Eurotower herauskommen sah, straffte sie ihre Haltung und trat auf Helena Poulsen zu. Dieses Duell wollte sie gewinnen.

»Du hast darauf bestanden, dass wir uns noch mal treffen. Kapierst du wirklich nicht, dass es sinnlos ist?«, sagte Helena Poulsen und schaute über Kati Soisalos Schulter hinweg.

»Hör mir jetzt genau zu. Mein Helfer, einer der leistungsfähigsten Hacker weltweit, hat vor ein paar Stunden anderthalb Millionen Euro auf das Konto deines Mannes überwiesen. Das Geld hat er vom Konto der Waffenfirma Rheinmetall Defence gestohlen. Du kennst dieses Unternehmen ja sehr gut, da du jeden zweiten Dienstagvormittag mit der Frau von Generaldirektor Eberhardt Tennis spielst.«

Auf Helena Poulsens Gesicht erschien ein ungläubiges Lächeln, das der Bestürzung wich, als sie begriff, was Kati Soisalo meinte. »Das kann nicht sein.«

»Das kann sehr wohl sein. Es ist genau so passiert. Für eine Bestechung dieser Größenordnung sitzt du mehrere Jahre im Gefängnis und dein Mann ebenso.«

Helena Poulsen bewegte langsam den Kopf hin und her. »Das hättest du sagen müssen, ich wusste nicht ...« Plötzlich sah sie so aus, als würde sie in Tränen ausbrechen. »Ich habe schon Kontakt zu Metalla aufgenommen und ...«

»Dann holst du einfach dein Handy aus der Tasche und rufst den Mann noch mal an«, befahl Kati Soisalo.

Jetzt schüttelte Helena Poulsen den Kopf, den Blick nun noch starrer auf einen Punkt hinter Kati Soisalo geheftet. »Das wird wohl nicht mehr reichen. Ich habe einfach ... die Geduld verloren. Da habe ich ihnen vorgelogen, dass du deine Informationen über die Albaner überall verbreitest. Und ich habe mit allem Möglichen gedroht, wenn Metalla den Vertrag mit mir aufkündigt.«

Kati Soisalo schloss die Augen, öffnete sie aber sofort wieder, als sie Helena Poulsens nächste Worte hörte: »Sie sind hier. Ich habe auch von diesem Treffen erzählt.«

Rasch drehte sich Kati Soisalo um und erblickte einen dunkelhaarigen, breitschultrigen Albaner, der auf sie zukam, eine Hand in der Manteltasche und im Gesicht einen genauso leeren Ausdruck wie Selami Metalla.

* * *

Nun war er wieder hier, im Heim »Leena«, auf der Station »Stern« des Pflegeheims für Demenzkranke in Katajanokka. Wer würde dann herkommen, wenn er nicht mehr konnte? Seine Mutter saß im Schaukelstuhl und hatte ihre alte, gehäkelte Stola umgelegt. Sie zitterte ein wenig, als würde sie frieren, und ihr Mund formte Worte, die niemand hörte. Es roch nach Altsein. Jukka Ukkola hätte sich am liebsten in den Schoß seiner Mutter verkrochen, wie früher, als er ein kleiner Junge war und die Sommer ewig dauerten. Er konnte nichts gegen diesen Wunsch tun. Aber das gehörte sich für einen Erwachsenen natürlich nicht. Auch dann nicht, wenn sein Leben im Prinzip vorbei war.

Er hatte die weißen Rosen bereits in die Vase gestellt, an Routineabläufen musste man festhalten, sie verliehen dem Alzheimer-Patienten ein Gefühl der Sicherheit. Nun saßen sie einfach nur nahe beieinander da, er und seine Mutter, eingesponnen in weit zurückliegende Erinnerungen, über die nicht gesprochen wurde. In den Sommern seiner Kindheit wäre er gern mit seiner Mutter aufs Land gefahren, nach Schweden und Lappland, wohin sie in der warmen Jahreszeit zu verreisen pflegte. Aber der Vater hatte es untersagt, dass er die Mutter begleitete, er hielt das für Gefühlsduselei. Also hatte Jukka Ukkola seine Ferien in der Stadt verbracht, auf den heißen Asphalthöfen von Kallio und Karakallio.

Ukkola spürte, dass ihm die Tränen kamen. Das musste am Saufen liegen, dabei hatte er an diesem Morgen nur zwei, drei Schnäpse getrunken, um seine Lebensfunktionen in Gang zu bringen. Er gab sich alle Mühe, gelassen zu bleiben: Ein Alzheimer-Patient konnte unruhig, sogar aggressiv werden, wenn er instinktiv spürte, dass andere Menschen besorgt waren oder Kummer hatten. Er schaute seine Mutter an. Der leere, starre Blick und die sich bewegenden Lippen, die nicht fähig waren, die Sätze zu formulieren, die Mutter sagen wollte. Er war sich ganz sicher, dass Mutter auf irgendeiner Ebene des Unterbewusstseins wusste oder wahrnahm, wer er war, und es kümmerte ihn herzlich wenig, dass die Ärzte und Schwestern das nicht glaubten.

Es dürfte sein letzter Besuch bei seiner Mutter sein. Alles war bereit für das *Shinjū*. Die Bambusstöcke, die er im Baumarkt gekauft hatte, waren fast alle angespitzt, die Strecke und der Ort des Geschehens ausgewählt. Eine Waffe besaß er selbst, eine unvergleichliche Waffe: ein Katana-Schwert, oder genauer gesagt ein *Kanbun Shintō*, aus der Edo-Periode Mitte des 17. Jahrhunderts. Es war eine Replik, die genaue Kopie eines Schwertes aus der Zeit, in der die Handlung des Schauspiels *Shinjū Ten no Amijima* spielte. Er konnte auch den Text des Dramas schon so gut wie auswendig.

Ukkola beschloss zu gehen, bevor sich seine Niedergeschlagenheit auf seine Mutter übertrug. Er stand auf, beugte sich vor zum Schaukelstuhl und umarmte seine Mutter fest und lange. Die Nähe gab ihr Sicherheit und linderte ihre Unruhe; nach Nähe sehnten sich Alzheimer-Kranke im fortgeschrittenen Stadium wie Kleinkinder. Und ein Kleinkind war Mutter jetzt auch in gewisser Weise: Sie wurde gefüttert und gewindelt.

Ukkola ließ seine Mutter vorsichtig los und betrachtete sie, die einzige Frau, auf die er sich immer hatte verlassen können. Es war sein Pech, dass er das herzliche Wesen seiner Mutter nicht geerbt hatte. Wieder einmal musste er an den Grund für das endgültige Zerwürfnis zwischen ihm und seinem Vater denken, an das Eishockeymatch, als er versagt und sein Vater daraufhin das Versprechen zurückgenommen hatte, ihm zum Geburtstag ein Motorrad zu schenken. Zwei Jahre später hatte Jukka sich ausgiebig gefreut, als sein Vater, der ewige Hauptwachtmeister, einmal mehr nicht befördert worden war. Ein paar Stunden später brachte der Mann sich um.

Jukka Ukkola ging zur Tür, warf einen letzten Blick auf seine Mutter und erinnerte sich an seines Vaters Gesichtsausdruck, als der sein Versprechen brach – das Schwein hatte seine Grausamkeit auch noch genossen. Diesen Charakterzug stellte er auch bei sich oft fest. Anscheinend war so etwas erblich.

* * *

Leo Kara war eine halbe Stunde zuvor auf dem Flughafen Chek Lap Cock gelandet und saß nun im Airport Express, der eben in den Bahnhof Kowloon im Herzen von Hongkong einfuhr. Kara nahm seine schäbige Ledertasche, stieg aus und ging zum Taxistand. Bis zum Hotel waren es etwa zwei Kilometer, er hatte keine Lust, zu laufen oder den Plan der Metro zu studieren. Das Wetter wirkte frühlingshaft, und das im Februar.

»Mirador Mansions«, sagte Kara zu dem Fahrer, einem Hongkong-Chinesen mit Schirmmütze, dessen Ohren von riesigen Kopfhörern verdeckt wurden. Auf dem Armaturenbrett des Taxis steckten nebeneinander fünf Mobiltelefone.

»58 Nathan Road«, verkündete der Fahrer ein paar Minuten später und wies mit dem Finger auf die Anzeige des Taxameters. Es wimmelte überall von Menschen, die Gegend von Tsim Sha Tsui war das Touristenzentrum von Hongkong, die Spitze der Landzunge, direkt am Victoria-Hafen. Hier wurde jeder Millimeter des Bodens genutzt, die Wolkenkratzer standen dichter als irgendwo sonst auf der Welt. In Hongkong war es besonders einfach unterzutauchen – in der Sonderwirtschaftszone Chinas wohnten sieben Millionen Menschen auf einer Fläche wenig größer als Helsinki.

Kara bezahlte, stieg aus und schaute nach oben. Das riesige Mirador Mansions wirkte wie eine Mischung aus sowjetischem Plattenbau und Filmkulisse eines Science-Fiction-Streifens, also äußerst hässlich. An den Fenstern und Wänden waren Hunderte, wenn nicht Tausende Klimaanlagen befestigt. Elektrokabel von Neonlichtern und Reklameschildern hingen wirr durcheinander, es sah lebensgefährlich aus. Kara roch die verführerischen Düfte der Straßenküchen und stellte fest, dass er Hunger hatte. Das Mirador Mansions war wirklich ein perfektes Versteck, dachte er. Eigentlich war es kein Hotel, sondern ein Sammelsurium von Geschäften, Wohnungen, Gaststätten und Verkaufsständen, das aus mehreren Hochhäusern und deren Innenhöfen bestand. Auf dem Gelände könnte er es ewig aushalten, hier ließ sich alles beschaffen, was man zum Leben brauchte. Und das Beste war, dass hier niemand nach dem Pass oder Personalausweis fragte, außer der Polizei, aber auch die nur äußerst selten.

An den Wänden der ohnehin schon engen Flure in dem Gebäudekomplex waren alle möglichen Sachen gestapelt. Von irgendwo hörte man Hühner gackern. Kara lächelte, als er die an die Wand gemalten Worte sah – »Cosmic Guest House«. Die Angestellte am Empfang saß in einem kleinen Kabuff hinter einer Scheibe aus Sicherheitsglas und zeigte mit dem Finger nach unten, als Kara fragte, ob noch Zimmer frei seien.

Kara bemerkte das Schild an der Wand und wählte unter den verschiedenen Übernachtungsmöglichkeiten die Variante USA Hotel. Er bezahlte das Zimmer für eine Woche im Voraus und zwängte sich in den vollgestopften Aufzug. Das Mirador Mansions schien bei jungen Leuten beliebt zu sein.

Das Zimmer war klein und spartanisch, aber sauber, ganz im Gegensatz zu ihm, und auch die Klimaanlage schien zu funktionieren. Nachdem Kara seine Wunden eingeschmiert und festgestellt hatte, dass sie gut verheilten, ließ er sich aufs Bett fallen. Endlich allein. Düstere Gedanken machten sich in seinem Kopf breit. Er hatte einfach keinen Plan, wie, und keine Ahnung, wo er seinen Vater, Andrej Rostow, finden sollte. Und was würde geschehen, wenn er Kontakt zu Rostow bekam? Würde der ihn an Mundus Novus verraten? Sein Vater hatte zwar nach besten Kräften versucht, ihn und Emma zu schützen, aber auf wessen Seite würde er stehen, wenn es hart auf hart kam? Auf seiner oder auf der von Mundus Novus? Wessen Interessen bedeuteten Rostow mehr? Betha hatte bestätigt, dass sein Vater schon seit den siebziger Jahren für den KGB gearbeitet hatte, und Rostow war keineswegs ein Gefangener von Mundus, obwohl er das im letzten Oktober so behauptet hatte.

Kara holte aus seiner Tasche eine Flasche Skåne-Akvavit, die er auf dem Flughafen gekauft hatte, seine Lieblingsmarke Linie war in dem Geschäft nicht zu finden gewesen. Er goss einen Plastikbecher halb voll und ärgerte sich, dass es in dem Zimmer keine Minibar gab. Ohne Eis schmeckte Aquavit zu sehr nach Kümmel. Er trank zwei Schluck und spürte, wie sich sein Gehirn entspannte. Allmählich konnte er auch seine Lage besser erfassen. Klar war, dass als Treffpunkt für eine Begegnung mit seinem Vater nur ein öffentlicher Ort in Frage kam, am besten irgendwo in der Nähe einer Polizeiwache. Er würde versuchen zu fliehen, falls Vater nicht allein zu dem Treffen erschien. Doch dazu müsste er ihn in den verwinkelten Tiefen dieser unübersichtlichen Stadt erst einmal aufspüren.

Kara drückte die Schnellwahltaste seines Telefons. Wenn ihm jemand helfen könnte, dann Paranoid. Er würde den Computerzauberer bitten, Andrej Rostow aufzuspüren, und inzwischen selbst einen sicheren Ort für ein Treffen suchen. Paranoids Anrufbeantworter meldete sich und Kara hinterließ eine Rückrufbitte. Wohin zum Teufel war Paranoid verschwunden, gerade jetzt, wo man ihn am dringendsten brauchte?

Betha Gilmartin hingegen meldete sich, und Kara erzählte ihr, wo er sich befand.

»Du wohnst im Mirador Mansions? Warum, verdammt noch mal? Man sollte annehmen, dass dein Leben in der letzten Zeit auch so schon deprimierend genug war«, brach es aus Betha heraus.

»Hast du Neues über Emma oder Rostow erfahren?«, fragte Kara.

Normalerweise hätte Betha geantwortet, dass sie mit Kara nicht über laufende Operationen sprechen durfte, aber jetzt zögerte sie. Sie wollte Leo helfen. Er war ja so etwas wie ihr Adoptivsohn. Das Letzte, was jetzt passieren durfte, war, dass sie ihn auch noch verlor.

»Irina Rostowa, von der Emma behauptet, es sei ihre Mutter, wohnt in Moskau, seit zehn Jahren mindestens. Sie arbeitet beim FSB. Doch obwohl der FSB uns selbst seine Hilfe bei der Aufklärung des Mundus-Komplexes angeboten hat, will er uns aus irgendeinem Grund keinerlei Informationen zu dieser Frau schicken.«

»Woran könnte das liegen?«, fragte Kara.

»Keine Ahnung. Wir wissen gar nichts über Irina Rostowa. Aber ich vermute mal, dass es in der Vergangenheit der Frau etwas gibt, was der FSB nicht verraten will.«

Kara überlegte kurz. »Hast du irgendeinen Vorschlag, wo ich Rostow suchen sollte?«

Betha Gilmartin schnaufte. »Leo. Die halbe Welt sucht Andrej Rostow. Jegliche Hinweise werden auf der Stelle überprüft. Hongkong ist im Zusammenhang mit Mundus Novus kein einziges Mal aufgetaucht.«

Kara wurde langsam ungeduldig. »Kannst du mir nicht helfen oder willst du es nicht?«

Betha Gilmartin war schon im Begriff, ihn anzuschnauzen, da fiel ihr etwas ein. »Alan Beckley wurde übrigens in Kaliningrad verhaftet, ihr hattet also vollkommen recht, du und dein Gesichtsgedächtnis. Es sieht so aus, als wäre das Planungsbüro Fakel einer der vielen hundert Zulieferer, deren Dienste die Unternehmen in Anspruch nehmen, die Mundus Novus gehören. Aber bisher haben wir nichts über die Firma herausgefunden, was uns weiterhelfen würde. Und auch Beckley scheint nichts Wichtiges zu wissen. Der Mann hat die Führer von Mundus Novus wahrscheinlich nicht einmal getroffen, aber er wird natürlich weiter verhört.«

Betha sagte nichts mehr. Irgendwann dauerte ihr Schweigen so lange, dass Kara schon annahm, die Verbindung wäre abgebrochen.

»Alan Beckley war im letzten Dezember in Hongkong«, setzte Betha schließlich an. »Er behauptet, es sei eine Urlaubsreise gewesen. Der Mann konnte äußerst genau beschreiben, was er dort alles getan hat. Wenn dir nichts anderes einfällt, dann gehe seinen Bericht durch. Ich schicke ihn dir per E-Mail. Und du redest darüber mit niemandem.«

Kara bedankte sich bei Betha und hatte das Gespräch kaum beendet, da klingelte sein Telefon schon wieder. Die Anruferin war Saara Lukkari von der SUPO.

17

Sonntag, 12. Februar

Die Panoramafenster in der Residenz des Präsidenten der Republik gaben einen ungehinderten Blick auf die zugefrorene Bucht Seurasaarenselkä frei, nur die Lapinlahti-Brücke, die sich in der Ferne abzeichnete, und die grellfarbenen Hochspannungsmaste störten die Ansicht der vom aufgewirbelten Pulverschnee weiß gemalten Landschaft. Die Gräser und Halbsträucher von Mäntyniemi lagen unter einer dicken Schneedecke, die hohen Schneewehen reichten fast bis zu den Fensterbrettern. »Specht« entfernte sich von den Panoramafenstern und aus dem Großen Salon, als er einen Personenschützer von der Sicherungsgruppe der Polizei über die Meerterrasse gehen sah.

Im Kleinen Salon setzte er sich in einen Sessel neben der Tür seines Arbeitszimmers. Er war wehmütig. Das Kabinett war jetzt endgültig vernichtet, nur er blieb noch übrig. Die anderen wurden allerdings auch nicht mehr gebraucht, das Kabinett hatte seine Aufgabe erfüllt, und zwar sehr gut. In mehr als zwanzig Jahren hatte es für Mundus Novus eine gewaltige Menge Geld zusammengetragen. Künftig genügte es, dass Wolodja in Finnland eine Kontaktperson besaß, die alles wusste und beeinflussen konnte – ihn.

All die Jahre über waren sie nur deshalb so bemüht gewesen, das Kabinett geheim zu halten, weil Wolodja es selbst mit gegründet hatte. Es war die erste Geldmaschine für Mundus Novus, ein Prototyp. Wolodja hatte geschickt die Beziehungen Dutzender einflussreicher Persönlichkeiten genutzt, die in der finnischen Gesellschaft führende Positionen bekleideten und dem KGB in der Ära der Sowjetunion ins Netz gegangen waren.

»Specht« hatte Andrej Rostow noch nie leiden können, aber jetzt hatte der Russe ihm einen großen Gefallen getan und ihm berichtet, dass sein Deckname bei den Ermittlungen der KRP zum Kabinett aufgetaucht war. Es beunruhigte ihn, dass er das nicht von seinen finnischen Kontaktpersonen erfahren hatte. Anscheinend wurde es Zeit, den Leuten zu zeigen, dass er die Lage immer noch im Griff hatte. In diesem Land war es nie entscheidend gewesen, was ein Mensch tat, sondern wen er kannte. Finnland war kein Land, es war ein Club.

* * *

Mit quietschenden Gummisohlen drehte der einhundertachtzehn Kilo schwere Kriminaloberinspektor Klasu Nyman im Besprechungsraum »Heftmaschine« seine Runden. Irgendwie musste er seinen Tatendrang dämpfen. Im Hauptquartier der KRP in Jokiniemi war auch Saara Lukkari, die Leiterin der Abteilung für Gegenspionage der SUPO, mit zwei Mitarbeitern eingetroffen. Nyman hegte die Hoffnung, dass die Neuigkeiten in den Ermittlungen zum Kabinett nicht zu den Medien durchsickern würden, wenn sie nur schnell Ergebnisse erzielten. Er wollte lieber nicht daran denken, was für eine Hexenjagd die Nachricht von einem ehemaligen Spion, der sich an der Spitze des finnischen Machtapparates eingenistet hatte, auslösen würde.

Saara Lukkari ließ ihre Fingergelenke knacken. »Ich habe vorhin mit Leo Kara gesprochen, er ist in Hongkong und nicht bereit zu verraten, warum. Er sagt, er habe im letzten Oktober das Dokument aus dem Smirnow-Material gelesen, in dem alle finnischen Entscheidungsträger, die für den KGB gearbeitet haben, und ihre Decknamen aufgeführt sind. Seiner Ansicht nach gibt es acht Personen, die als Träger des Decknamens ›Specht‹ in Frage kommen«, erklärte Saara Lukkari.

»Wie ist es denn möglich, dass sich Kara daran erinnert? Die

Helfer des KGB, sollen das nicht Hunderte sein?«, fragte Nyman verwundert.

»Das stimmt«, bestätigte Saara Lukkari. »Aber Kara hat nach seinen eigenen Worten eine Art Bildgedächtnis. Er behauptet, bestimmte Seiten, in der Regel von Dokumenten und Büchern, die er für wichtig hält, sehe er vor sich. Nicht so, dass er sie aus dem Gedächtnis lesen könnte, aber er ist fähig, ungefähr zu erkennen, was auf der Seite an welcher Stelle steht.«

»Und hat Kara die acht Namen genannt?«, fragte Nyman und streckte die Hand aus, in der Erwartung, von Saara Lukkari eine Liste zu bekommen.

Doch die wirkte verlegen. »Ich möchte, dass die Namen zum jetzigen Zeitpunkt nur der SUPO bekannt sind. Wenn die irgendwie in die Öffentlichkeit durchsickern …«

Nyman wollte schon losfluchen – er konnte es nicht ausstehen, wenn sich jemand querstellte –, schaffte es aber gerade noch so, sich das zu verkneifen. Es war auch im Interesse der KRP und in seinem eigenen Interesse, wenn in der jetzigen Phase der Ermittlungen zum Kabinett noch kein Sturm in den Medien entfacht wurde.

Klasu Nyman setzte sich hin, suchte aus seinem Papierstapel ein Blatt heraus und las es laut vor: *»… hat Michail Sergejewitsch die als Anhang beigefügte Entscheidung zur Vernichtung der Unterlagen über die hochrangige finnische Persönlichkeit, die für uns unter dem Decknamen ›Specht‹ als Agent tätig ist, getroffen.«* Nyman schien sich seiner Sache sicher zu sein: »Dieser ›Specht‹ war also ein Helfer des KGB in Finnland. Und der Generalsekretär der Kommunistischen Partei der Sowjetunion wollte – ein paar Monate vor dem Ende der Sowjetunion – sicherstellen, dass dessen Identität geheim blieb. Somit arbeitete ›Specht‹ also, oder arbeitet immer noch, auch für Russland. ›Specht‹ muss eine lange, eine jahrzehntelange Karriere in wichtigen Positionen hinter sich haben. Schränkt das die in Frage kommenden Personen nicht auf einen ziemlich kleinen Kreis ein?«

Saara Lukkari nickte. »Vom britischen Geheimdienst SIS haben wir auch Informationen erhalten, die uns weiterhelfen könnten. Wir wissen ja schon, dass die Aufgabe und der Zweck des Kabinetts darin bestanden, Geld für die Stiftung Mundus Novus zu sammeln. Die Briten sind der Ansicht, dass wir nach einer Person suchen sollten, die über enge persönliche Beziehungen zur obersten Führung Russlands und zu den mit ihr kooperierenden Oligarchen verfügt.«

Nymans Gesichtsausdruck verriet, dass er mit diesen Fragen nicht vertraut war.

»Der SIS hat uns auch einige Namen genannt. Auf Platz eins der Liste steht ein guter Freund von Präsident Putin, Arkadi Timtschenko. Laut Nowaja Gazeta versteckt der Mann schon seit über zwanzig Jahren viele Milliarden geschickt überall auf der Welt, Milliarden der Mächtigen Russlands, die ihr Land geschröpft haben. Und wir wissen längst, dass von Timtschenko beherrschte Firmen in den letzten Jahren Milliarden Euro auf das Konto von Mundus Novus überwiesen haben, auf dasselbe Konto, auf das auch das Kabinett über fünfzehn Millionen Euro eingezahlt hat. Das kann kein Zufall sein. Zwischen dem Kabinett und Timtschenko muss eine Verbindung bestehen.«

»Sprich weiter«, bat Nyman nur.

»Wie ich bereits sagte, sind Timtschenko und Putin Freunde, beide stammen aus Sankt Petersburg und beide haben früher für die Auslandsaufklärung des KGB gearbeitet. Putin ist sogar in Südostfinnland in einer Villa zu Gast gewesen, die Timtschenko gehört, und er ist Ehrenmitglied des Judoclubs Javara Newa, den Timtschenko in St. Petersburg gegründet hat.«

Nyman hob die Arme. Verdammt, worum ging es hier eigentlich?

»Arkadi Timtschenko hat über verschiedene Firmen in den letzten Jahren den Hafen von Murmansk gekauft, und genauso in großem Umfang Land am Ufer des Finnischen Meerbusens in unmittelbarer Nähe von St. Petersburg«, führte Saara Lukkari weiter aus. »Zuletzt das vierhundert Hektar große Nowy Bereg, das ›Neue Ufer‹. Die Stadt Sankt Petersburg hat Timtschenko das Gelände bei einer Versteigerung zu einem Spottpreis überlassen, einen knappen Euro pro Quadratmeter, während der Boden in der Gegend auf dem freien Markt an die fünfhundert Euro pro Quadratmeter kostet. Und ›Versteigerung‹ trifft es eigentlich auch nicht ganz: Anwesend war außer Timtschenko nur ein weiterer Interessent.«

Nyman verlor allmählich die Geduld. »Was hat das mit ›Specht‹ zu tun?«

Saara Lukkari lächelte. »Unterstützung erhielt Timtschenko bei seinen Bodenkäufen von niemand anderem als seinem alten Freund, dem russischen Präsidenten. Putin traf die Entscheidung, das Areal von Nowy Bereg an die Stadt Sankt Petersburg anzugliedern, kurz bevor Timtschenko es kaufte, und die Stadt Sankt Petersburg sorgte im Eilzugtempo für die erforderlichen Bescheide und den Flächennutzungsplan. Putin ist ja mit Leib und Seele Petersburger. In Nowy Bereg sollen Grundstücke mit einer Gesamtfläche von dreieinhalb Millionen Quadratmetern bebaut werden. Da begreift selbst ein Dummkopf, dass Grund und Boden tatsächlich einen astronomisch hohen Wert haben.«

Nyman stand auf und drückte seine Handflächen auf den Tisch, aber Saara Lukkari fuhr rasch fort, noch ehe er etwas einwenden konnte.

»Die Ehefrau des Präsidenten, also des finnischen Präsidenten, besitzt einen kleinen Anteil von fünf Prozent an Timtschenkos Immobilieninvestmentfirma. Jener Firma, die Nowy Bereg verwaltet.«

Jetzt beruhigte sich Nyman. Er drückte sein Hinterteil wieder auf den Stuhl und dachte einen Augenblick nach. »Daran ist vermutlich nichts gesetzwidrig.« Fragend sah er auf.

Sein Kommentar überraschte Saara Lukkari. »Natürlich nicht, aber …«

Plötzlich öffnete sich die Tür. Timo Neulamaa, der Chef der KRP, trat auf die Schwelle und klopfte erst an, als er bemerkte, dass ihn die Anwesenden verblüfft anstarrten. »Claes, kommst du mal einen Augenblick?«, sagte er und bedeutete Nyman, ihm auf den Flur zu folgen.

Das Haar millimetergenau gescheitelt, ein Gesichtsausdruck von biblischem Ernst und ein dunkelgrauer Anzug, der ladenneu aussah. Lässt der seine Sachen bügeln, fragte sich Nyman, als er auf dem Flur neben Polizeirat Neulamaa stehen blieb.

Der KRP-Chef schloss die Tür und wartete, bis ein junger Kriminalhauptwachtmeister an ihnen vorbeigegangen und hinter der nächsten Ecke verschwunden war. »Ich habe gehört, dass in den Ermittlungen zum Kabinett eine Wende eingetreten ist?«

Wie um alles in der Welt hat der so schnell davon erfahren?, dachte Nyman, sagte aber: »Wende kann man das noch nicht nennen. Ich würde sagen, dass wir so etwas wie einen neuen Anfang gefunden haben. Wir haben Informationen über einen bisher unbekannten Decknamen erhalten, den der KGB einem seiner finnischen Helfer gegeben hatte. Der war bisher nicht einmal der SUPO bekannt.«

Wie immer in einer schwierigen Situation strich Neulamaa sich über das Kinn. »Der Leiter der Abteilung Polizei im Ministerium ist der Auffassung, dass ... Ermittlungen auf dieser Ebene nicht mit so einer großen Truppe geführt werden sollten.« Neulamaa nickte in Richtung des Beratungsraums.

Jetzt geht es los, dachte Nyman. Die Untersuchungen zu »Specht« liefen erst seit dem Vortag, und nun hatte er schon seinen obersten Chef am Hals. »In der Ermittlungsgruppe arbeiten sechs von uns aus der Aufklärungsabteilung, vier von der SUPO, und die stellvertretende Generalstaatsanwältin weiß im Großen und Ganzen ebenfalls Bescheid. Wen willst du da rausschmeißen?«

Neulamaa wirkte nun noch betretener. »Naja, um ehrlich zu

sein, war das nicht meine Idee. Aber vielleicht ist es wirklich am besten, wenn ihr, du und Lukkari, diese Angelegenheit künftig zu zweit bearbeitet. Ihr erzählt euren Mitarbeitern nur das, was unbedingt sein muss.«

»Alles klar«, erwiderte Nyman und meinte, schon die Schlinge um seinen Hals zu spüren.

* * *

Maximilian Messmer saß immer noch im Foyer des Appartmenthotels Guest House Kango II in Lubumbashi in der Demokratischen Republik Kongo. Der Arbeitstag der Rezeptionistin mit dem orangefarbenen Haar war vor einer Viertelstunde zu Ende gegangen, und der junge Mann mit dem strengen Gesichtsausdruck, der sie abgelöst hatte, schien sich nicht im mindesten für ihn zu interessieren, er hielt ihn wohl für einen Hotelgast. Messmer wartete auf Sylvain Zakuani und wurde allmählich ungeduldig; der Mann hätte längst da sein müssen.

Messmer blätterte in der Zeitung Le Potentiel, die er nun schon ein paarmal durchgelesen hatte. Sein Magen krampfte sich vor Hunger buchstäblich zusammen, und was seine Gemütsverfassung anging, befand er sich am Rande der Verzweiflung. Vielleicht war es einfach beschränkt gewesen, sich vorzustellen, er könnte den Russen entkommen. Die verfügten garantiert über alle möglichen Spezialisten für das Aufspüren von Menschen. Und er war nichts weiter als ein fast siebzigjähriger, übergewichtiger Bankier, der den Plan für sein Untertauchen selbst ausgearbeitet und sich dabei eingebildet hatte, an alles gedacht zu haben. Die Russen hatten nur fünf Tage gebraucht, ihn zu finden.

Im selben Augenblick sah Messmer, wie ein tiefschwarzer Mann mit feinen Gesichtszügen das Foyer betrat – Sylvain Zakuani. Er nahm sein Telefon und das Tablet, ging zu dem verdutzt dreinschauenden Zakuani, ergriff dessen ausgestreckte Hand und führte den Mann sofort aus dem Hotel hinaus.

»Sie sagten am Telefon, dass Sie in Schwierigkeiten stecken. In Gefahr sind. Dass jemand Sie sucht ...« Zakuani sah ihn fragend an.

»Wäre es Ihnen recht, wenn wir beim Essen darüber reden? Sie kennen sicher ein Restaurant hier in der Nähe, ich habe seit gestern Nachmittag nichts gegessen.«

Zakuani nickte, nahm Messmer am Arm und trat hinaus auf den Seitenstreifen der Avenue Sandoa. »Ich habe ein Ladegerät für das iPad mitgebracht, so wie Sie es wollten. Es kostet ...«

Messmer holte sein Portemonnaie aus der Tasche und drückte Sylvain Zakuani ein Bündel Kongo-Francs in die Hand.

Zakuani führte ihn in die nahegelegene Avenue Kasa Vubu. »Eines meiner Lieblingsrestaurants befindet sich hier ganz in der Nähe, La Calebasse. Dort gibt es kongolesische Speisen.«

Messmer war so hungrig, dass er mit Vergnügen selbst Schafsaugen gegessen hätte. »Das hört sich hervorragend an.«

Der Asphalt der Avenue Kasa Vubu schien unter der erbarmunglos sengenden Sonne zu glühen. Die beiden Männer liefen zweihundert Meter auf dem roten Sand am Straßenrand entlang und erreichten schließlich La Calebasse. Die Gaststätte war karg und einfach eingerichtet, aber gut gefüllt und quoll über von verführerischen Düften. Die Männer setzten sich an einen Ecktisch.

»Wenn ich es richtig sehe, steht dieses Treffen in keinerlei Zusammenhang mit unserem Gespräch vom letzten Donnerstag. Mit der Lage des Hema-Volkes, mit dem Völkermord?«, fragte Sylvain Zakuani in seinem schönen Französisch und griff nach der Speisekarte.

Das Weiße in Zakuanis Augen sah gelblich aus, das war Messmer schon beim ersten Treffen aufgefallen. Er schüttelte den Kopf. »Ich verspreche, dass ich das Volk der Hema mit einer ansehnlichen Spende unterstützen werde. Aber zuerst muss ich mich selbst retten.« Messmer hatte seinen Bericht kaum begonnen, da musste er ihn schon unterbrechen, weil der Kellner an ihrem

Tisch erschien und lächelnd etwas sagte. Zakuani antwortete in derselben Sprache, von der Messmer kein Wort verstand.

»Darf ich für Sie bestellen?«, fragte Zakuani, und Messmer nickte.

Als der Kellner gegangen war, erzählte Messmer, dass er aus Zürich vor russischen Kriminellen hatte fliehen müssen, die seine Bank mit Gewalt in ihren Besitz gebracht hatten und nun versuchten, ihn hier in Lubumbashi zu finden und zum Schweigen zu bringen. Namen nannte er seinem Gesprächspartner nicht.

Schließlich kam das Essen, serviert von zwei Kellnern, und Zakuani erklärte stolz die Speisen. »Kwanga-Brot aus Maniok, Batate und geröstete Erdnüsse, Tomaten-Zwiebel-Kräutersauce, Mwambe-Huhn in Erdnusssauce, gebratener Tigerfisch ...«

Messmer konnte es gar nicht erwarten, er schob seine Gabel in den aus Maniok zubereiteten Fufu, der äußerlich Kartoffelbrei ähnelte. Zakuani seinerseits nahm den Fufu mit der Hand, rollte daraus geschickt eine kleine Kugel, drückte mit dem Daumen eine Delle hinein und tauchte den Happen dann in die Bohnensuppe. In der Vertiefung sammelte sich etwas Flüssigkeit.

Der Bankier aß oder vielmehr verschlang seine Portion. Am besten mundeten ihm die Blätter der Tshitekutaku-Pflanze, die wie Spinat schmeckten.

Zakuani legte sein Besteck als Erster auf »20 nach vier«. Er schien zu zögern. »Ich habe schon am Donnerstag im Anschluss an unser Treffen ein paar Erkundigungen über Sie eingeholt. Über Ihre Vergangenheit und ähnliches. Und nach Ihrem Anruf heute Morgen habe ich ... äußerst besorgniserregende Neuigkeiten in Erfahrung gebracht.«

Messmers Hände mit dem Besteck hielten mitten über seinem Teller inne.

»Die Mai-Mai suchen Sie. Ich habe gehört, dass Kommandant Gédéon die Sache selbst in die Hand genommen hat«, erklärte Zakuani mit ernster Miene.

»Die Mai-Mai?«, fragte Messmer.

»Das sind örtliche Milizen, die in verschiedenen Teilen des Süd- und Westkongo gebildet wurden, ursprünglich um das eigene Dorf oder Wohngebiet zu verteidigen. Die Mai-Mai sind ganz unterschiedliche, chaotische bewaffnete Haufen. Ein paar dieser Gruppen sind ziemlich stark geworden, seit sie sich mit anderen kongolesischen oder auch ausländischen Armeen oder Guerillaeinheiten verbündet haben.«

»Und warum suchen die mich?« Messmer sah nun noch ängstlicher aus.

Zakuani zuckte die Achseln. »Sie haben den Auftrag bekommen ... von irgendjemandem. So hört man es auf der Straße. Leider ist Gédéon Kyungu Mutanga der berüchtigtste Mai-Mai-Anführer. Im Herbst 2010 ist er hier in Lubumbashi zusammen mit neunhundertsechzig Häftlingen aus einem Gefängnis entkommen. Die Mai-Mai von Kommandant Gédéon haben während des Zweiten Kongokriegs gegen die Regierung gekämpft und den Kampf auch nach dem Kriegsende 2003 fortgesetzt. Diese Provinz Katanga wurde noch vor ein paar Jahren als Todesdreieck bezeichnet. Gerade hier führten die Mai-Mai besonders heftig Krieg gegen die Regierungstruppen. Sie töteten, vergewaltigten, raubten und verbrannten Zehntausende Menschen und trieben Hunderttausende in die Flucht.«

Messmer wollte nicht glauben, was er da hörte. »Wie kann ich ihnen entkommen?«

»Wenn die Mai-Mai Sie nicht finden sollen, gibt es nur einen Fluchtweg«, antwortete Zakuani. »Den Tod.«

18

Sonntag, 12. Februar

Am frühen Abend trat Leo Kara in der City von Hongkong aus dem Gebäudekomplex Mirador Mansions auf die Nathan Avenue. Dort stauten sich Autos, die nur im Kriechtempo vorankamen, auf den Fußwegen und an den Straßenrändern wimmelte es von Menschen und die bunte Neonwerbung blinkte in grellen Farben. Die Luft war so stickig, dass er den Geschmack der Abgase auf der Zunge spürte.

Queen Victoria, geboren 1819, gestorben 1901, hatte das britische Imperium geschaffen. Und während Victorias Herrschaftszeit wurde Hongkong an Großbritannien angeschlossen, erinnerte sich Kara, als er auf einem Reklameschild am Straßenrand das Bild der Königin mit ihrem weißen Spitzentuch erblickte. Er hatte seinerzeit an der Knabenschule von Winchester die Herrscher Englands auswendig lernen müssen. Es half ihm natürlich nicht, dass er die Liste der Könige noch vollständig aufsagen konnte, und tatsächlich hatte er in diesen verdammten Jahren kaum etwas anderes gelernt, von seinem Durchsetzungsvermögen bei Prügeleien und der generellen Abneigung gegen Autoritäten einmal abgesehen.

Betha Gilmartin hatte ihm am Morgen einen Bericht geschickt, in dem alle Stationen Alan Beckleys auf seiner Hongkongreise im letzten Dezember genau aufgeführt wurden. Kara hatte schon mit der Star-Fähre eine Touristenrundfahrt durch den Victoria-Hafen und mit der Straßenbahn einen Ausflug zum Aussichtspunkt The Peak unternommen, um Hongkong vom Gipfel des fünfhundert Meter hohen Berges zu bewundern. Anschließend hatte er kurz drei Restaurants aufgesucht, in denen Beckley essen gewesen war.

Seinen UNODC-Ausweis und ein Foto Beckleys hatte er schon Dutzenden Menschen gezeigt. Vergeblich.

Kara fuhr mit der Rolltreppe hinunter in die beklemmend volle Metrostation Tsim Sha Tsui, bestieg einen Zug der Tsuen-Wan-Linie und verließ ihn an der Central Station. Er lief auf dem Fahrsteig die Strecke von wenigen Minuten bis zur Station Hongkong. Dort fuhr er aus dem Untergrund hinauf in den Wolkenkratzer des Hotels Four Seasons und mit dem Aufzug bis in das oberste Geschoss, wo er die haarsträubend teure Eintrittsgebühr des Bades bezahlte.

Anscheinend liebte Alan Beckley Wasserspiele. Kara erinnerte sich, dass es ihm im Oktober letzten Jahres in London gelungen war, seine Verfolger ausgerechnet im Bad Porchester Spa abzuschütteln. Kara betrat das Bad mit verhaltenem Optimismus. Beckley hatte auf seiner Hongkongreise im Four Seasons gewohnt, vielleicht war er auch im Bad des Hotels gewesen, womöglich hatte er gerade hier jemanden getroffen. Kara hielt es für unwahrscheinlich, dass Beckley so kurz nach seinem Untertauchen in Hongkong Urlaub gemacht hatte. Er wurde von Interpol steckbrieflich gesucht und ging mit der Reise ein großes Risiko ein. Die Angestellten an der Rezeption würden sich kaum an Beckley erinnern; das Hotel war riesig, und täglich gingen hier Hunderte, wenn nicht Tausende Gäste ein und aus.

Kara entkleidete sich in der Kabine, stieg in die ausgeliehene Badehose und einen Bademantel und steckte sich Alan Beckleys Foto, Rostows Phantombild, seinen Ausweis und ein paar Geldscheine in die Tasche und nahm, nach kurzem Überlegen, auch noch das Handy mit. Dann warf er sich das Handtuch über die Schulter und beschloss, einen kleinen Erkundungsgang zu machen.

Das Bad wirkte nicht nur luxuriös, sondern geradezu pompös: Das galt für das mit protzigen Steinbelägen beschichtete Dampfbad, den Springbrunnen, aus dem es Eiskristalle regnete, diverse Whirlpools mit Fontänen, die Behandlungsräume, Pediküreabteilungen und das überdachte Schwimmbecken mit einem unglaublichen Panoramablick auf das Meer, den Victoria-Hafen und Kowloon. Im Hintergrund erklang leise chinesische Instrumentalmusik, und die Badegäste wandelten in aller Ruhe umher. Kara nahm sich vor, erst in die finnische Sauna zu gehen, wenn er seine Aufgabe erledigt hatte.

Er setzte sich in der Foyerbar in einen Sessel und betrachtete die drei Kellner, alle Hongkong-Chinesen. Der älteste von ihnen, ein Mann um die vierzig mit Brille, hatte sich in einen abgelegenen Winkel des Foyers gestellt und starrte auf einen Fernseher. Eine junge, schlanke Frau wartete in der Ecke am Bartresen auf Kunden, warf einen Blick in den Spiegel und strich sich über das Haar. Der dritte Kellner war ein junger Mann, der hinter dem Bartresen Gläser ordnete. Seine Hände bewegten sich wie die eines Schlangenbeschwörers, und sein wacher Blick huschte immer wieder über die Foyerbar.

Als Kara aufstand und zum Tresen ging, tauchte der junge Kellner flink wie ein Wiesel vor ihm auf. Kara bestellte ein Bier.

»Tolle Räumlichkeiten«, sagte er auf Englisch, als das beschlagene Bierglas vor ihm stand.

»Dies ist das beste Hotelbad in Hongkong, Sir, da gibt es keinen Zweifel«, antwortete der junge Mann.

Kara nahm Beckleys Foto und seinen Dienstausweis aus der Tasche und legte sie auf den Tresen. »Ich suche einen verschwundenen britischen Staatsbürger. Erinnern Sie sich zufällig an diesen Mann? Er hat im letzten Dezember ein paar Tage hier im Hotel gewohnt«, fragte Kara fast beiläufig. Er klopfte auf Beckleys Foto und hob das Bierglas an den Mund.

Der Kellner zeigte sich äußerst interessiert. Er studierte sorgfältig Karas Ausweis und verglich das Foto mit dem Mann, der vor ihm saß. Dann runzelte er die Stirn, spitzte den Mund und betrachtete Beckleys Foto genau. Zu Karas Enttäuschung schüttelte er schließlich den Kopf.

Kara zögerte kurz und holte dann aus der Tasche seines Bademantels das Phantombild Andrej Rostows. Das E-Fit-Computerbild war im letzten Oktober unter Anwendung einer elektronischen Gesichtsidentifizierungstechnik hergestellt worden, auf der Grundlage der Beschreibungen von Rostows Kollegen, die in dem Forschungsinstitut in Liechtenstein mit ihm zusammengearbeitet hatten. Daneben legte er auf den Tresen auch sein Telefon mit Rostows Foto, das er von Emma bekommen hatte.

Der Kellner schaute sich die Fotos an, lächelte und nickte. »Ein Stammgast. Er ist seit einigen Monaten ein-, zweimal die Woche hier. In der Regel geht er nur in die finnische Sauna.«

Kara hätte beinahe einen Freudenschrei ausgestoßen. Endlich hatte er einmal Glück. »Kommt er immer am selben Wochentag hierher?«

Der Kellner überlegte eine Weile. »Wenn ich mich recht entsinne, interessiert er sich für Pferderennen, die finden in Hongkong fast jeden Tag statt. Er sitzt dann im Foyer, trinkt Wodka und Wasser und sieht fern. Meinen Sie, er wettet?«

Kara antwortete nicht. Er war so zufrieden, dass er dem Kellner ein reichliches Trinkgeld gab. Jetzt hatte er sich ein paar anständige Aufgüsse verdient.

In der Sauna war es viel zu kühl, nur etwa sechzig Grad, aber immerhin durfte man selbst Aufgüsse machen, anders als in den meisten amerikanischen Hotelsaunas. Die anderen Badegäste hatten sich Handtücher umgewickelt, zwei trugen auch einen Bademantel. Andere Länder, andere Sitten, dachte Kara und begann mit dem ersten Aufguss.

Als das Thermometer zehn Minuten später auf neunzig Grad geklettert war, saß Kara allein in der Sauna. Er hatte seinen Vater gefunden, jetzt musste er überlegen, wie er weiter vorgehen sollte. Betha würde er die Neuigkeit lieber nicht mitteilen. Noch nicht. Sonst würde sich der SIS Rostow schnappen, und er selbst bekäme mit größter Wahrscheinlichkeit wochen-, vielleicht monatelang keine Gelegenheit, mit seinem Vater zu sprechen. Er wusste ja, in was für eine Mühle Andrej Rostow geraten würde, wenn der SIS ihn in die Finger bekäme und verhörte.

Leo Kara goss noch einmal auf; sein Entschluss war gefasst. Er würde seinen Vater unter vier Augen in dieser Sauna treffen und Betha Rostows Aufenthaltsort unmittelbar nach der Begegnung mitteilen. Das schien ein guter Plan zu sein.

* * *

Auf der ersten Seite des Trainingshandbuches der Alfa-Spezialeinheiten des KGB war zu lesen:

> Die ideologische Grundlage unserer physischen Trainingsmethoden, der Marxismus-Leninismus, verkündet die Lehre von der Untrennbarkeit und Einheit des geistigen und körperlichen Wachstums.

Manas teilte diese Auffassung. Natürlich nicht in Hinsicht auf den Marxismus-Leninismus, sondern auf das geistige und körperliche Wachstum, auch er fand, dass sie untrennbar verbunden waren. Manas stand in einem Safehouse in Hongkong, in einer öden, unmöblierten Kellerwohnung. Er war gerade eingetroffen und betrachtete im Spiegel die rot leuchtende Wunde an seinem Hals. Er beschloss, sie zu verbinden und mit dem hohen Kragen eines Polohemdes zu verdecken.

Es war eine unbestreitbare Tatsache, dass er für die wichtigste Begegnung seines Lebens physisch nicht bereit war, geistig aber fühlte er sich stärker als je zuvor. Außerdem war es sinnlos, noch länger nachzugrübeln. Die Sache stand jetzt an, und als Fachmann begriff er, dass es keine Alternativen gab. Er war gezwungen, mit den Karten zu spielen, die man ihm zugeteilt hatte. Wie hieß es in einem kirgisischen Sprichwort? Ein Vogel verlässt sich auf sich selbst, ein Hund hingegen auf seinen Herrn.

Je länger er über seine Lage nachdachte, umso deutlicher sah er sie vor sich. Er musste seinem Schicksal folgen oder genauer gesagt zulassen, dass es sich erfüllte. Ganz offensichtlich gab es in seinem Leben verblüffend viele Berührungspunkte mit der Legende von Manas aus dem Nationalepos der Kirgisen. Auch er war ein ungezogener und ungehorsamer Junge gewesen. Den Manas der Legende hatte man zu einem Hirten namens Oshpur gebracht, der ihn erziehen sollte, er hingegen war in die Hände des größten Sadisten an der Spezialschule der Kommunistischen Partei der Sowjetunion geraten, des rundum unzurechnungsfähigen Lektors Ostapjuk oder »Stock«. Beide Männer, Oshpur wie »Stock«, hatten bei ihren Bemühungen, das Benehmen ihrer Schützlinge zu verbessern, keinen Erfolg gehabt. Weder er noch der Manas der Sagenwelt ließen sich zähmen.

Mit fünfzehn Jahren hatte der Manas der Sage eine Gruppe von Kriegern um sich geschart, für die er wilde Feste und Turniere veranstaltete. Als Speise setzte er ihnen das Fleisch von Schafen vor, die seinem Lehrer, dem Hirten Oshpur, gehörten. Er hingegen hatte aus dem Portemonnaie von »Stock« ein Bündel Rubel gestohlen, eine Kiste Wodka beschafft und ein Jagdfest veranstaltet, bei dem die von ihm zusammengestellte Schülertruppe die berüchtigtste Jungenbande der Stadt Iwanowo verprügelt und den Sieg davongetragen hatte.

Manas bemerkte, dass er abschweifte. Er setzte sich mit gekreuzten Beinen auf den Fußboden, wie es bei den kirgisischen Nomaden Brauch war. Er musste noch eine Reihe von Utensilien besorgen, aber diesmal hatte er nicht die Absicht, jemanden um Hilfe zu bitten, weder Mundus Novus noch den FSB noch irgendjemanden sonst. Dies war sein privates Projekt. Das erste und hoffentlich auch das letzte dieser Art.

* * *

Kati Soisalo stand auf dem Betonboden derselben verlassenen Frankfurter Fabrikhalle wie am Tag zuvor und spürte ihren Herzschlag im ganzen Körper. Das erste Mal in ihrem Leben erwartete sie, jeden Moment zu sterben. Selami Metalla kam mit der Pistole in der Hand auf sie und Helena Poulsen zu und entsicherte seine Waffe.

»Mein Helfer weiß alles, was ich weiß, es nützt dir überhaupt nichts, wenn du mich umbringst!«, rief Kati Soisalo hastig.

Metalla presste ihr den Pistolenlauf auf die Stirn. »Sein Name.«

»Paranoid. Jonny Karlsson. Die Kontaktdaten befinden sich auf meinem Han- ...« Als sie die Hand in ihre Tasche schob, schlug Metalla ihr auf die Schulter. Dann holte er sich ihr Telefon und winkte einen der beiden Albaner, die an der Wand standen, zu sich heran.

Metalla fragte, unter welchem Namen die Angaben zu finden seien, Kati Soisalo antwortete, und kurz darauf verließ der Albaner die Halle mit dem Telefon in der Hand und Metallas Anweisungen in den Ohren.

»Deine Tochter hat für mich keinerlei Wert. Der Ruf von Veliki dagegen schon. Er ist die Basis für unsere Geschäfte.« Metalla schwenkte seine Waffe in Kati Soisalos Richtung. »Laut der Poulsen hast du deine Informationen überall verbreitet. Wem hast du etwas von mir und Ethems Frauen erzählt?«

»Das war gelogen«, rief Helena Poulsen erregt. Sie war kreidebleich und zitterte. »Ich will mein Kind nicht verlieren.«

Selami Metalla sah so aus, als würde er abwägen, welche der beiden – ausgesprochen lästigen – Frauen er zuerst umbringen sollte.

In dem Moment kehrte der Albaner mit Soisalos Telefon, im Laufschritt und laut redend, zu Metalla zurück.

»Dein Helfer geht nicht ans Telefon. Wo wohnt er?«, schnauzte Metalla Kati Soisalo an. »Ich sorge dafür, dass einer meiner Landsleute in Finnland ihm einen Besuch abstattet.«

Kati Soisalo bekam einen Stift und Papier. Sie hatte nur einen verschwindend kurzen Augenblick Zeit zu überlegen, was sie tun sollte. Eines zumindest war ihr klar: Lügen halfen jetzt nicht weiter. Metallas Kontaktmann in Finnland würde Paranoids Adresse überprüfen, und sie hatte keine Lust herauszufinden, was Metalla wohl anstellte, wenn er sie beim Lügen erwischte. Kati Soisalo schrieb Paranoids Adresse in Punavuori auf den Zettel und fühlte sich wie ein Verräter der schlimmsten Sorte.

Metalla schnappte sich den Zettel mit der Adresse, brüllte seinen Männern Anweisungen zu und verließ die Halle. Das Albanerduo führte Kati Soisalo und Helena Poulsen mit derbem Griff zu einer Stahltür am anderen Ende der Halle. Kati Soisalo überlegte fieberhaft, ob sie jetzt einen Versuch unternehmen sollte, es waren nur zwei Mann in der Halle. Es könnte gut sein, dass sie imstande wäre, die Albaner zu überraschen. Aber was sollte sie danach tun? Fliehen und Vilma in Frankfurt lassen?

Hinter der Metalltür befand sich ein kleiner Raum mit Betonwänden, zwei Stahlstühlen und einem Tisch. Den beiden Frauen wurden die Hände mit Kabelbindern auf dem Rücken gefesselt, dann schoben die Albaner sie in die Zelle und verschlossen die Tür von außen.

»Wir müssen uns einigen, bevor die Albaner meinen Freund in Finnland finden«, sagte Kati Soisalo zu Helena Poulsen, die unendlich elend aussah.

»Du und dein Helfer könnt doch sicher die Überweisung auf das Konto meines Mannes stornieren. Metalla wird euch dazu zwingen«, erwiderte Helena Poulsen.

Kati Soisalo schüttelte den Kopf. »Was soll das denn bringen? Wir würden das Geld sofort wieder überweisen, sobald ich hier rauskomme. Ich gebe nicht auf, glaub mir das. Ich drangsaliere dich und deinen Mann, bis ich Vilma bei mir habe.«

Helena Poulsen schloss die Augen und saß eine ganze Weile schweigend da. »Ich möchte nicht wegen Bestechlichkeit vor Gericht kommen. Wir würden Vilma auf jeden Fall verlieren, wenn man uns verurteilt.«

»Gut«, erwiderte Kati Soisalo. »Dann sollten wir uns jetzt überlegen, was wir am besten tun.«

19

Sonntag, 12. Februar

Betha Gilmartin stand, die Hände in die Hüften gestützt, im riesigen, mit Elektronik vollgestopften Lagezentrum von Legoland und ließ den Blick über die großen Bildschirme wandern. Sie sah noch gestresster aus als sonst. Die dreißigköpfige Ermittlungsgruppe schien in eine kollektive Hypnose versunken zu sein, alle starrten auf die Berichte der verschiedenen Nachrichtensender zur Weltlage: BBC World News, ITV News, Channel 4, Sky News, CNN International, Al-Jazeera ...

Sie trat zum Leiter der technischen Abteilung des SIS und befahl ihm, den Ton der Fernsehsendungen abzustellen. Dann ließ sie einen schrillen Pfiff ertönen und klatschte in die Hände. »Zum Glück ist es nicht unsere Aufgabe, die politische Krise durch die Anschläge im Iran und in Myanmar zu lösen. Wir wollen nur herausfinden, wie die gestrigen Cyberangriffe vorgenommen wurden und wer hinter all dem steckt.«

Der Verbindungsmann des Staatlichen Kommunikationshauptquartiers GCHQ kam hinter seinem Schreibtisch hervor. »Die Amerikaner haben bei der Suche nach den Spuren der Täter noch keine Fortschritte erzielt. Es reicht wahrscheinlich nicht aus, wenn man den elektronischen Spuren folgt. Klar ist, dass die Angriffe langfristig vorbereitet wurden, wahrscheinlich jahrelang, und dass in ihre Ausführung eine gewaltige Menge Geld geflossen ist. Ganz sicher ist irgendein Staat beteiligt, vielleicht auch mehrere. Wir alle wissen, dass insbesondere China schon häufiger verdächtigt worden ist, Cyberangriffe begangen zu haben.«

Betha Gilmartin sah unzufrieden aus. »Was für Forderungen

oder eher Drohungen, werden denn im Zusammenhang mit den Anschlägen vorgebracht?«

Endlich kam Colleen Carter zu Wort. »Russland hat Verhandlungen über die Errichtung neuer Kernkraftwerke im Iran aufgenommen und kündigt an, Kriegsschiffe zu seinem Flottenstützpunkt im syrischen Tartus zu entsenden. China verlangt die Aufhebung aller – insgesamt ist das ein Dutzend – Sanktionen gegen das Land und für seine Firmen das Recht, auch auf dem Boden der USA Geschäfte zu machen. Nordkorea, Iran, Syrien und Myanmar fordern die Annullierung aller gegen sie gerichteten wirtschaftlichen Sanktionen. Nordkorea hat mitgeteilt, es werde sein Kernwaffenprogramm intensivieren, und Iran, Syrien sowie Myanmar schwingen große Reden und behaupten, diese Anschläge würden nur wieder zeigen, dass alle Staaten das Bedürfnis und das Recht haben sollten, sich gegebenenfalls auch mit Kernwaffen zu verteidigen.«

»Wem nützt all das am meisten?«, raunzte Betha Gilmartin.

Der Leiter der technischen Abteilung wirkte frustriert. »Sämtliche Staaten, die jetzt Forderungen stellen, würden enorm profitieren, sowohl ökonomisch als auch militärisch, wenn sie ihren Willen durchsetzen.«

Betha Gilmartin holte ein paarmal tief Luft, verteilte Aufgaben an ihre Untergebenen und winkte dann Colleen Carter, ihr zu folgen. »Keinerlei Fortschritt seit zwei Tagen«, murmelte sie beim Verlassen des Lagezentrums.

»Gibt es etwas Neues zu den Russen von Mundus Novus?«, fragte sie, als die beiden Frauen im Eilschritt Bethas Büro erreicht hatten. Hier zog Betha den Saum ihrer Bluse aus dem Rock und riss sich das Stützkorsett so heftig von den Hüften, dass die Klettbänder prasselten.

Es dauerte einen Moment, bis Colleen Carter den Blick von Betha Gilmartins Bauch abgewendet und ihre Gedanken geordnet hatte. »Ich glaube, dass sich Mundus Novus nur am Menschenhandel und all den anderen kriminellen Aktivitäten beteiligt hat, um sein Hauptziel zu finanzieren, was immer das auch sein mag.«

Betha Gilmartin setzte sich hin und legte die Füße auf den Schreibtisch. Sie wusste nicht, dass ihre Strumpfhosen an beiden Fersen Löcher so groß wie eine Münze hatten. »So sieht es tatsächlich aus. Die Wege der russischen kriminellen Organisationen und der Oligarchen scheinen sich seit dem Zusammenbruch der Sowjetunion immer wieder mit denen von Mundus Novus zu überschneiden. Das Geflecht ihrer gemeinsamen Unternehmen und die Eigentumsregelungen sind so geschickt organisiert, da sieht nicht mal der Teufel durch.«

Colleen Carter blieb stumm, sie starrte ihre Chefin an wie einen Messias.

»Steckt Russland hinter all den Ereignissen? Spielt Mundus Novus für Russland?«, fragte Betha Gilmartin.

Colleen Carter zuckte die Achseln. »Russland unterstützt Myanmar beim Aufbau eines Kernforschungsinstituts und nebenbei auch bei der Entwicklung von Kernwaffen. Russland ist neben China der stärkste Verbündete des Iran, es hilft dem Land bei seinem Atomprogramm, und die iranischen Luftstreitkräfte bekommen Waffen fast nur noch von den Russen, sind also auf sie angewiesen. Russland ist der wichtigste Waffenlieferant der syrischen Armee und hat einen Militärstützpunkt im syrischen Tartus. Auch zu Nordkorea hat Russland engere Beziehungen als die meisten anderen Staaten. Gott allein weiß, wie sehr Russland Nordkorea bei der Entwicklung von Kernwaffen geholfen hat; zumindest ist gut bekannt, mit welchem Eifer sich die Koreaner um russische Unterstützung bemüht haben. Im Jahre 1992 wurden sechzig russische Kernphysiker und Raketenexperten auf dem Flughafen von Moskau in einer Maschine nach Pjöngjang verhaftet.«

»Ein toller Staatenbund: Russland, China, Iran, Syrien, Nordkorea, Myanmar.« Betha Gilmartin zwirbelte mit einem Finger in ihrem roten Haarschopf. Sie versank für eine Weile in Gedanken und suchte dann aus ihrer Schreibtischschublade einen vergilbten Zeitungsausschnitt heraus. »Ich hebe in der Regel keine Zukunftsprognosen auf, aber das hörte sich schon vor mehr als zehn Jahren glaubwürdig an. Zbigniew Brzezinski, einst Berater von Jimmy Carter und heute von Barack Obama, sagte 1997, dass die gefährlichste Bedrohung für den Weltfrieden ein Bündnis zwischen China, Russland und vielleicht dem Iran wäre. Eine Koalition gegen die absolute Supermachtstellung der USA, und was die Staaten verbindet, ist nicht eine Ideologie, sondern die Unzufriedenheit mit der gegenwärtigen Situation, eben mit der Übermacht der Vereinigten Staaten.«

Colleen Carter schien überrascht zu sein. »Für ein Bündnis dieser Staaten gibt es doch wohl keinen Beweis.«

»Ach nein?«, entgegnete Betha Gilmartin ungehalten. Sie schnaufte eine Weile und wechselte schließlich das Thema. »Und Maximilian Messmer, wurde der schon gefunden?«

»Ja. In Lubumbashi, in der Demokratischen Republik Kongo. Aber er konnte fliehen.«

Betha Gilmartin sah sie verdutzt an. »Der Mann ist doch fast siebzig.«

Colleen Carter wirkte verlegen. »Messmer geht nicht ans Telefon und reagiert nicht auf E-Mails. Das ist doch klar, er hat Angst, dass man ihn ausfindig macht. Er weiß, er würde es nicht überleben, wenn er den Russen in die Hände fällt.«

Betha Gilmartin deutete mit der Hand in Richtung Tür, zum Zeichen, dass die Besprechung zu Ende war.

Colleen Carter rührte sich nicht von der Stelle. Sie kaute auf der Lippe und zögerte. »Da wäre noch eine Sache.«

»Spuck es aus«, befahl Betha Gilmartin.

»Hast du den Abschlussbericht des MI5 über Clive Grover gesehen?«

Betha Gilmartins Interesse war schlagartig geweckt. »Wann ist der fertig geworden?« Ihr engster Mitarbeiter, der Leiter der Aufklärungsoperationen des SIS, Clive Grover, war im letzten Oktober als Maulwurf Russlands oder genauer gesagt von Mundus Novus enttarnt worden und hatte seinem Leben selbst ein Ende gesetzt. Grover hatte jahrzehntelang geheime Informationen an Mundus verraten.

»Die Ermittlungen sind immer noch nicht abgeschlossen, das ist es ja.« Colleen Carters Stimme klang gedämpft. »Und auf den Fluren heißt es, bei den Ermittlungen sei eine Wende eingetreten. Der MI5 hat den Verdacht, dass jemand von uns weiterhin Informationen verrät.«

»›Auf den Fluren heißt es ...‹«, äffte Betha Gilmartin sie nach. »Aufgabe dieser Einrichtung ist es ausdrücklich, in Erfahrung zu bringen, was genau es auf den Fluren heißt!«

»Das ist halt so eine Redensart. Ich dachte, du willst es hören«, erwiderte Colleen Carter und verließ den Raum. Sie sah aus, als hätte sie von ihrem Bräutigam einen Korb bekommen.

Auch das noch, seufzte Betha Gilmartin. Ihr ging es nicht gut, und sie merkte selbst, dass sie ihre Stimmung und ihre Angst an den Untergebenen ausließ. Sie hatte keine Angst vor Mundus Novus, sondern davor, in welchem Zustand Albert sein würde, wenn er wieder aufwachte. Würde sie ihn je wieder gesund erleben? Wie schwer war sein Gehirn geschädigt? Es kam einer Folter gleich, die Antworten auf solche Fragen abwarten zu müssen.

* * *

Maximilian Messmer saß im Wohnzimmer von Sylvain Zakuanis Haus irgendwo am Rande von Lubumbashi, wobei man dieses Gebäude kaum als Haus bezeichnen konnte. Durch die Fugen der aus Pappe und Bretterresten zusammengeschusterten Wände wehte der Wind Sand herein und das Dach aus Wellblechresten schepperte.

Messmer hatte mindestens zehn Tassen starken Kaffee getrunken und ungefähr genauso oft den ekelerregend stinkenden Abort draußen aufgesucht. Ansonsten aber arbeitete er seit Stunden ohne Pause am Computer. Sein Bericht war auf einem guten Wege. Man sollte es nicht glauben, aber die Steckdosen in Zakuanis Hütte funktionierten tadellos. Messmer hatte auf die meisten seiner E-Mails, an Entscheidungsträger der Bankenwelt, eine Antwort erhalten und konnte jetzt ein umfassendes Schema anfertigen, in dem die Kooperationspartner von Mundus Novus und gleichzeitig all jene kriminellen Formen der Geldbeschaffung aufgeführt wurden, an denen sich Mundus Novus auf die eine oder andere Weise beteiligt hatte. Er war im Begriff, eine Karte der Kriminalität des neuen Jahrtausends zu erarbeiten. Besonders schmerzte es ihn, zu sehen, dass Mundus Novus tatsächlich tief in den Menschenhandel verwickelt war: Kinderhandel, Mädchenhandel, Sklavenhandel ... Tausende osteuropäische Frauen und Kinder hatte man zur Arbeit in der westeuropäischen Sexindustrie gezwungen, aus Afrika waren unzählige Sklaven in alle Teile der Welt gebracht worden ... Mundus hatte das Leben von Millionen Menschen zerstört.

Die Buchstaben verschwammen ihm vor den Augen. Der Kaffee hatte seinen Blutdruck ansteigen lassen, sein Gesicht war heiß. Er hatte Hunger.

Messmer rief Sylvain Zakuani, aber niemand antwortete. Hatte der Mann gesagt, er würde das Haus verlassen? Messmer war so sehr in seine Arbeit vertieft gewesen, dass er nichts gehört hatte. Er stand auf, reckte und streckte sich und ging in die Küche. Im Kühlschrank fanden sich Sprösslinge, etwas, das in Papier gewickelt war und übel roch, Margarine und Bohnen. Messmer brach ein Stück von dem Brot, das auf dem Tisch lag, schmierte Margarine darauf und griff nach einem Karton mit Juice, in dem Moment hörte er hinter sich Schritte.

Er wusste sofort, dass er in der Klemme steckte, als er einen

Mann im Tarnanzug mit einer grünen Schirmmütze erblickte. Den Mund des Kongolesen umgab ein Bart, die Haut über den Backenknochen hatte kleine, tiefe Löcher, und in der Hand hielt der Mann ein Sturmgewehr, in etwa so unbekümmert, als wäre es ein Regenschirm.

»Ich bin Sylvain Zakuanis Gast«, sagte Messmer auf Französisch, das war schließlich die offizielle Landessprache, auch wenn nicht alle Kongolesen sie beherrschten.

»Jetzt bist du mein Gast«, antwortete der Mann und bedeutete zwei Soldaten, die ihm folgten, in der Küchentür stehen zu bleiben.

Alle möglichen Gedanken schossen Messmer durch den Kopf. Hatten die Mai-Mai ihn gefunden? Hatte Sylvain Zakuani ihn verraten? Er war wirklich ein Idiot allererster Güte. Was wusste er überhaupt von Zakuani? Der war ungerufen in seinem Hotel aufgetaucht und hatte um Geld gebettelt. Es konnte gut sein, dass Zakuani selbst ein Mai-Mai war.

»Du wirst gesucht«, sagte der Mann.

»Haben die Russen euch geschickt?«, fragte Messmer.

»Kommandant Gédéon lässt sich von niemandem irgendwo hinschicken.«

Messmer war starr vor Angst, als ihm klar wurde, dass er genau dem Mai-Mai-Kommandeur gegenüberstand, vor dem Zakuani ihn gewarnt hatte – Kommandant Gédéon. Der Mann, den die Russen dafür bezahlten, dass er ihn zum Schweigen brachte.

»Zakuani behauptet, du hättest Geld in rauen Mengen«, sagte Gédéon.

Messmer begriff sofort, worauf der Mai-Mai anspielte. »Wie viel wollen Sie?«

»Wie viel bist du bereit, für dein Leben zu zahlen?«

Messmer zögerte. »Eine Million Dollar.«

Kommandant Gédéon versuchte zu lächeln, brachte aber nur ein Grinsen zustande.

»Zwei«, sagte Messmer.

Die Anspannung im Gesicht des Kommandanten löste sich.

»Ich muss deinen Tod vortäuschen. Sonst erfahren die Russen, dass ich sie hintergangen habe.«

»Meinen Tod vortäuschen? Aber wie?«, stammelte Messmer.

Kommandant Gédéon trat näher an Messmer heran, ganz offensichtlich genoss er die Situation. »Das können wir wirklich gut, wir haben da lange Traditionen. Es waren Belgier, genau solche Mastschweine wie du, die uns das beigebracht haben.« Der Mai-Mai-Kommandeur stieß Messmer mit den Fingern in den Bauch. »Vor reichlich hundert Jahren war es auf den Baustellen und in den Bergwerken hier im Kongo üblich, die Arbeiter mit der geringsten Produktivität umzubringen. Die belgischen Herren glaubten, das würde die Arbeitsmoral heben. Die Vorarbeiter hatten ein tägliches Tötungskontingent und bekamen für jedes Opfer eine Prämie ausgezahlt. Um die Anzahl der Umgebrachten nachzuweisen hackten sie ihren Opfern die rechte Hand ab und legten ihren belgischen Chefs die Hände als Beweis vor. Millionen, vielleicht Dutzende Millionen Kongolesen verloren ihr Leben. Und ihre Hand.«

Maximilian Messmer hörte auf zu atmen. Die Panik traf ihn wie ein Hammerschlag. Er war wie gelähmt, aber sein Puls raste, sein ganzer Körper schien zu pochen. Messmer wollte nicht noch mehr hören. Er schloss die Augen und hatte den Wunsch, sich in der Dunkelheit zu verstecken ...

Kommandant Gédéon sah amüsiert aus, als er weitersprach. »Allmählich bürgerte sich das Abhacken der Hände als normales Verfahren ein und wurde auch von der Force Publique eingeführt. Die FP bestand aus Söldnern, die in den Urwald geflohene Menschen jagten. Zum Beweis dafür, dass sie die Flüchtlinge gefunden hatten, brachten sie ihren Chefs die abgehackte rechte Hand ihrer Opfer.«

Kommandant Gédéon setzte sich. »Doch dann gab es eine überraschende Wende. Die Soldaten der FP durften mit ihrer Munition nämlich keine Wildtiere schießen, obwohl für Elfenbein und Tierfelle gutes Geld gezahlt wurde. Über die Patronen wurde ganz genau Buch geführt. Die Soldaten haben trotzdem hin und wieder mal einen Elefanten erlegt, um ein bisschen Geld zusätzlich zu verdienen. Dann stimmte allerdings die Anzahl der abgehackten Hände und der leeren Patronenhülsen nicht überein. Doch die Soldaten waren erfinderisch und sorgten dafür, dass die Rechnung wieder aufging, indem sie einigen lebenden Menschen die rechte Hand abhackten.«

Maximilian Messmer hätte sich beinahe übergeben. Es konnte doch wohl niemand so verrückt sein, ihm die Hand abzuhacken? Dann würde er ja sterben. So durfte das alles nicht zu Ende gehen, er hatte sein Leben doch gerade erst in die richtige Bahn gelenkt. Allzu viel war noch zu erledigen! Wie zum Teufel war er bloß in eine solche Welt geraten, er, ein ganz normaler Mensch …

»Sie bekommen drei Millionen Dollar. Aber nicht meine Hand«, sagte Messmer mit gebrochener Stimme. Ihm war schwindlig. Sein Herz schlug so heftig, dass er nach Luft schnappte. Er musste sich hinsetzen.

»Uns bleibt aber nichts anderes übrig«, entgegnete Kommandant Gédéon.

»Ich bin siebzig. Dann sterbe ich.«

Kommandant Gédéon stand auf. »Jammere hier nicht rum. Du würdest staunen, wenn du wüsstest, wie erfahren die kongolesischen Ärzte bei der Behandlung abgehackter Gliedmaßen sind. Wenn die schnellste Schlange der Welt, die Schwarze Mamba, auf dem Lande jemanden beißt, gibt es genau zwei Alternativen – Tod oder Messer. Gesetzt den Fall, das Opfer hatte Glück und wurde von der Schlange in die Hand oder das Bein gebissen.«

Maximilian Messmer begriff, dass der Mann es ernst meinte. Er spürte, wie ihm das Blut aus dem Gesicht wich. »Ich brauche etwas Zeit«, hörte er sich sagen. »Wir müssen warten, damit ich das Geld auf Ihr Konto überweisen kann.«

»Du bekommst achtundvierzig Stunden. Danach verlierst du noch mehr als deine Hand. Lubumbashi kannst du nicht verlassen, ohne dass ich es erfahre. Auf dieses Konto«, erwiderte Gédéon und gab Messmer einen Zettel.

Im selben Moment rief der Kommandant ein Wort – *Panga.* Daraufhin trat ein mürrisch aussehender Soldat mit einem fünfzig Zentimeter langen, breiten Buschmesser in die Küche.

Maximilian Messmer schrie vor Entsetzen auf.

17

Montag, 13. Februar

Kati Soisalo betrachtete Helena Poulsen, die neben ihr auf dem Betonboden schlief, und empfand Mitleid für sie beide. Sie waren nicht nur Gefangene der albanischen Verbrecher in einer elenden Fabrikhalle, beide waren sie auch in ihrem Leben gefangen. Helena hatte jahrelang vergeblich versucht schwanger zu werden, sich schließlich dank der Beziehungen ihres Vaters ein süßes finnisches Adoptivkind organisiert und müsste nun, nach drei glücklichen Jahren mit Vilma, ihr Kind wieder hergeben. Sie selbst war eine Mutter, deren dreijährige Tochter man vor langer Zeit im kroatischen Dubrovnik entführt hatte und die ihr Leben seitdem der Suche nach ihrem Kind widmete. Und nun musste sie Helena Poulsen Vilma wegnehmen.

Inzwischen waren sie sich im Prinzip über alles einig geworden: Unter dem Druck der Erpressung – die war Paranoids Idee gewesen – hatte Helena Poulsen eingewilligt, auf Vilma zu verzichten. Helena hatte tatsächlich kapituliert, zumindest war Kati Soisalo davon überzeugt. Sie hatten bis in die frühen Morgenstunden miteinander geredet, wie es nur Mütter können, und waren übereingekommen, dass Helena Urlaub nehmen und mit nach Finnland fahren würde, wenn Vilma nach Hause zurückkehrte. Kati Soisalo hoffte von ganzem Herzen, dass sie Vilma gemeinsam mit einer kompetenten Psychologin, ein harmonisches Leben und eine sichere Zukunft gewährleisten konnten. Eine Zukunft, die für alle besser war als die Vergangenheit.

Kati Soisalo fror und hatte Hunger, aber Müdigkeit spürte sie nicht, obwohl sie kein Auge zugemacht hatte. Sie glaubte nicht, dass der finnische Verbindungsmann von Selami Metalla Paranoid finden würde, wenn der nur irgendwie Wind davon bekommen hatte, dass man ihn suchte. Wenn Paranoid verschwinden wollte, dann fänden ihn nicht einmal Spürhunde. Es schien sicher, dass Metalla sie und Helena gefangen halten würde, bis er Paranoid fand oder die Nase von dem ganzen Problemknäuel voll hatte und sich die beiden Frauen vom Halse schaffte. Sie hatte keine Lust, darauf zu warten, dass eine der beiden Alternativen Wirklichkeit wurde. Ihr war schon aufgefallen, wie die albanischen Wächter sie und Helena anstarrten. Wenn das, was sie über die Grausamkeit der albanischen Mafia gehört hatte, auch nur ansatzweise zutraf, dann würden sich Metallas Gehilfen kaum damit zufrieden geben, sie beide schlicht und einfach ins Jenseits zu befördern. Sie versuchte mit aller Macht, nicht daran zu denken, was man ihnen antun könnte.

Im Laufe der Nacht hatte in ihrem Kopf ein Plan Gestalt angenommen. Er war schlecht und äußerst riskant, aber ein besserer fiel ihr nicht ein. Die Lage war zwar schwierig, aber nicht aussichtslos. Ihre Beine konnte sie frei bewegen, doch die Hände hatte man ihr auf dem Rücken mit Kabelbindern gefesselt. Die Stahltür der Gefängniszelle war verschlossen, und durch die kleine Luke ohne Scheibe könnte nicht einmal ein Kind hinausschlüpfen. Sie ging zur Tür und schaute hinaus. Der eine Wächter schlief schon fast die ganze Nacht an die Wand gelehnt. Der jüngere hingegen hatte versucht wach zu bleiben, aber jetzt, gegen vier Uhr morgens, war auch er auf seinem Stuhl mit der Pistole auf dem Schoß eingenickt.

Kati Soisalo stieß einen kurzen und schrillen Pfiff aus – der vor sich hin dösende Wächter reagierte nicht. Ein zweiter lauter Pfiff ließ ihn hochschrecken. Hastig griff er nach seiner Waffe, schaute sich um und stellte beruhigt fest, dass alles in Ordnung war. Er hörte das Schnarchen seines Kumpans, und als Kati das dritte Mal pfiff, kapierte er endlich, woher die Geräusche kamen. Er stand auf und kam zur Gefangenenzelle.

Mehr als je zuvor wünschte sich Kati Soisalo, sie hätte in den letzten Jahren wenigstens ein bisschen was für ihr Aussehen getan. Irgendwann vor langer Zeit hatten die Männer ihr mit gierigen Blicken hinterhergeschaut, doch jetzt war sie nur noch eine abgemagerte Frau fast schon mittleren Alters mit blassem Gesicht, in einer hemdartigen Bluse und schmutzigen Hosen. Sie leckte sich die Lippen, damit sie feucht wirkten, und rieb sich die Wangen an den Schultern, damit sie etwas Farbe bekamen.

Der schläfrige Wächter blieb an der Zellentür stehen.

»Ich muss aufs Klo«, sagte Kati Soisalo in ihrem dürftigen Deutsch.

Der Mann lachte demonstrativ und machte auf der Hacke kehrt.

»Warte! Ich muss wirklich dringend«, rief Kati Soisalo. Der Mann antwortete mit einem wütenden Blick.

Kati Soisalo wandte ihm ihre rechte Gesichtshälfte zu und stieß mehrmals mit der Zunge gegen die Wange.

Der Albaner lächelte, kehrte zur Tür zurück und schob den Kopf ins Fenster. Er betrachtete Kati Soisalo, die ihm ihren Hintern zeigte, abschätzend wie ein Bulle die neue Kuh.

Teil eins hat geklappt, dachte Kati Soisalo, als sie hörte, dass die Tür aufgeschlossen wurde. Aber der schwierigere stand noch bevor.

»Erst zum Klo«, sagte sie mit gequältem Gesichtsausdruck, und der junge Mann deutete mit seiner Waffe auf die gegenüberliegende Hallenwand. Dort waren zwei blaue Türen mit Toilettenschildern zu sehen. Der schlafende Wächter lag ein paar Meter daneben an der Wand.

Der Albaner folgte Kati Soisalo mit einem Abstand von einem reichlichen Meter, den Blick auf ihren Hintern geheftet. Das war ihr sehr recht. Sie blieb stehen, drehte sich um, versetzte ihm einen Basic Kick in die Weichteile, wechselte das Bein und ließ einen Drehkick ins Kreuz ihres Opfers folgen. Der Mann stöhnte und richtete den Rücken auf. Eine Drehung und dann ein Backkick gegen den Kopf, der bei ihm das Licht ausmachte, es dröhnte dumpf auf dem Betonboden. Im selben Moment fuhr der andere Wächter aus dem Schlaf hoch.

Kati Soisalo war mit einem Satz an der Wand, traf mit einem Sidekick den Arm des Albaners, dem die Waffe aus der Hand fiel. Sie holperte ein paar Meter über den Fußboden. Der Mann war größer und stärker als der andere, das wurde ihr sofort klar. Er griff sie an, sie versuchte zurückzuweichen, doch zu spät: Sein Schlag verfehlte sie zwar, aber er bekam ihren Kopf zu fassen und konnte einen Nackenhebel ansetzen. Kati Soisalo drehte sich heraus und fiel mit dem Rücken auf den Boden. Sie zog dem Mann die Beine weg, sodass er stürzte, dann sprang sie auf, legte all ihre Kraft in einen Kniestoß und traf mit einem dumpfen Knall den Kopf des Albaners, der sich gerade erheben wollte.

Sie gingen gleichzeitig zu Boden, Kati Soisalo schnappte nach Luft und der Wächter war ausgeknockt. Jetzt musste sie rasch die Fabrikhalle verlassen, sie brauchte irgendetwas Scharfes und schaute sich hastig um. Aber nirgendwo waren Werkzeuge, Zangen oder irgendwelche Geräte zu sehen …

Kati Soisalo rannte in die Damentoilette, ein kurzer suchender Blick, dann ein Tritt in den Spiegel über dem Waschbecken, der zersplitterte. Sie legte sich auf den Fußboden, tastete nach einer Scherbe mit scharfer Kante, nahm sie in die Hand und rieb den Kabelbinder, bis er aufplatzte. Ihre Finger und Handgelenke bluteten.

Sie verließ die Toilette, steuerte die Zelle an, um Helena zu befreien, und sah, dass der Albaner, den sie zuerst niedergeschlagen hatte, sich gerade aufrichtete und den Kopf hielt. Warum zum Teufel hatte sie seine Waffe nicht an sich genommen? Die Pistole lag direkt neben dem Mann. Plötzlich hörte sie hinter sich ein Geräusch. Sie duckte sich instinktiv und drehte sich um, der stärkere Albaner kroch mühsam zu seiner Waffe hin und murmelte dabei wirres Zeug … Sie musste fliehen.

Kati Soisalo stürzte in Richtung Tür, griff sich ihren Mantel und die Tasche auf dem Boden und zog an der Eingangstür – sie öffnete sich. Sie stürmte hinaus in die kalte Frankfurter Nachtluft und rannte zu der hell erleuchteten Straße.

Sie wusste ganz genau, was sie jetzt tun würde.

* * *

Seit dem Anruf aus dem Hotel Four Seasons waren sechzehn Minuten vergangen. Bei seinem zurückliegenden Besuch war Leo Kara, während er noch in der finnischen Sauna schwitzte, auf die Idee gekommen, den Kellner in der Foyerbar (Wah mit Namen) zu bestechen, damit der ihn anrief, sobald Andrej Rostow im Bad auftauchte, um die Pferderennen im Fernsehen zu verfolgen. Jetzt stand Kara schwankend in einem Wagen der Metrolinie Tsuen Wan, obwohl es auch freie Sitzplätze gab.

So aufgeregt war er noch nie im Leben vor einem Treffen gewesen, und dabei hatte er schon mehr als einmal einem kirgisischen Wahnsinnigen Auge in Auge gegenübergestanden. Das Schlimmste war, dass er es nicht geschafft hatte, sich einen halbwegs brauchbaren Plan auszudenken. So oder so, als Erstes musste er herausfinden, ob Rostow allein ins Bad gekommen war. Falls ja, würde er sich in der Sauna neben ihn setzen und ihm alles sagen, was er zu sagen hatte. Er würde Rostow alle Fragen stellen, die ihm im Laufe der Jahre durch den Kopf gegangen waren: zum Oktober 1989, zu Rostows Vergangenheit, zum Tod seiner Mutter und zu Emmas Schicksal ... Er würde Rostow nicht gehen lassen, bis er die Wahrheit erfahren hatte. Über alles. Danach würde er so schnell wie möglich verschwinden, das Gehörte eine Weile verarbeiten und dann Betha Gilmartin alles berichten. Oder zumindest alles, was für Betha von Nutzen war.

An der Central Station stieg Kara aus und ging auf dem nun schon vertrauten unterirdischen Fahrsteig zur Hongkong Station.

Sein Gehirn arbeitete mit Hochdruck. Gleich würde sich zeigen, ob Blut wirklich dicker war als Wasser. Andrej Rostow hatte schon jahrzehntelang für Mundus Novus gearbeitet, aber gleichzeitig ihm und Emma nach besten Kräften zu helfen versucht.

Kara fuhr mit der Rolltreppe hinauf zur Straßenebene und warf einen Blick in Richtung des Four Seasons Place. Die von Palmen gesäumte Straße war voller Taxis, und an den Straßenrändern parkte eine endlose Kette von Autos. Plötzlich spürte er, wie ihn jemand mit derbem Griff an den Armen packte. Man hob ihn hoch und trug ihn zum Fußweg. Es waren zwei Männer, zwei Europäer.

Kara versuchte sich loszureißen und wollte gerade schreien, da traf ihn ein Schlag in den Magen und nahm ihm die Luft. Ein paar Taxifahrer schauten träge zu, wie Kara zu einem chromfarbenen Transporter mit getönten Scheiben gezerrt wurde. Man stieß ihn hinein und schloss die Schiebetüren.

Sein Vater sah genauso aus wie bei ihrem letzten Treffen im Oktober. Von Angesicht zu Angesicht fiel es Kara schwer, in dem Mann Andrej Rostow zu sehen, für ihn war das Aleksi Kara. Vielleicht hatte sein Vater jetzt doch ein wenig mehr Sonnenbräune. Der weißhaarige Mann wirkte angespannt wie immer, auf aggressive Weise aufmerksam und bedeutend jünger als sechzig. Seine Augen ließen Leo Kara an ein Tier auf Beutezug denken.

»Woher wusstest du, dass ich komme?«, fragte Leo Kara auf Finnisch und schnappte immer noch nach Luft.

»Dein Freund Paranoid hat auf eigene Initiative Kontakt zu uns aufgenommen«, antwortete Rostow auf Russisch. »Er hat uns seine Dienste angeboten, natürlich gegen ein Honorar, und wollte deinen Aufenthaltsort verraten. Ich habe dem Jungen eine kleine Aufgabe übertragen. Er hat mit seiner Gruppe bei einigen unserer Zulieferer die Datensysteme unbrauchbar gemacht und so Beweise vernichtet. Und seit vorgestern übermittelt er uns die Daten deiner Kreditkarte, deines Telefons und Computers.«

Rostow zog die Augenbrauen hoch und wartete vergeblich auf eine Erklärung von Leo, warum Paranoid die Seiten gewechselt hatte.

»Der junge Wah aus der Foyerbar im Bad ist ein schlauer Kerl«, fuhr Rostow schließlich fort. »Anscheinend hast auch du das bemerkt, sonst hättest du nicht gerade mit ihm geplauscht. Wah hat sich für das höhere Angebot entschieden und dich auf meine Bitte hin vorhin angerufen.«

Kara schaute sich kurz in dem Laderaum des Transporters um. Zwischen zwei langen Bänken war ein Tisch am Boden festgeschraubt. Der Raum hatte nur eine Tür, und die Fahrerkabine war mit einer Wand abgetrennt, in der sich ein kleines verspiegeltes Fenster befand. Sein Vater saß genau davor.

»Die Tür lässt sich nur von außen öffnen. Eine Kindersicherung. Das passt ja zur Situation«, sagte Rostow und lächelte.

Eigentlich war es egal, wo sie sich unterhielten, fand Kara. Er wusste nicht, wie er anfangen sollte. »Du hast gelogen ... Du hast alles Wesentliche ausgelassen, als wir uns im letzten Oktober getroffen haben. Du heißt Andrej Rostow, du bist nicht Finne, sondern Russe, und der KGB hat dir vor Jahrzehnten die Identität des Aleksi Kara gegeben. Du bist schon die ganze Zeit auf deren Seite und hast erst für den KGB, dann für den FSB und Mundus Novus gearbeitet.«

Rostow war nicht überrascht. »Das Lügen ist eine der unabdingbaren Voraussetzungen in so einem Beruf. Oder hast du irgendwann von einem Agenten mit falscher Identität gehört, der seinen Kindern die Wahrheit verrät? Meine Tarnung funktioniert schon seit bald vierzig Jahren, und zwar unglaublich gut.«

»Dennoch hast du Emma in Sicherheit bringen lassen und mich beschützt. Warst du deshalb bereit, so lange an den Forschungsprojekten von Mundus Novus mitzuarbeiten?«

»Glaubst du das wirklich?« Rostow lachte ungläubig. »Das Ziel von Mundus Novus ist meine Lebensaufgabe. Meine Arbeit wird die Geschichte der Menschheit verändern. Alles andere ist nebensächlich.«

Kara hatte plötzlich das Gefühl, dass er den Mann, mit dem er die ersten vierzehn Jahre seines Lebens verbracht hatte, nicht einmal ansatzweise kannte. Er starrte vor sich, unfähig, noch etwas zu sagen.

»Was ist mit Emma passiert?«, fragte er schließlich.

»Was hat Eeva Rinne dir erzählt?« Andrej Rostow antwortete mit einer Frage.

Kara schwieg.

Rostow wartete, bis ihm klar wurde, dass er keine Antwort bekommen würde. »Ich wollte, dass Emma am Leben bleibt ... aus bestimmten Gründen. Das wäre nicht möglich gewesen, wenn sich das Mädchen an die Ereignisse im Oktober 1989 erinnert hätte. Emma hat uns nämlich zusammen gesehen, Manas und mich. Sie wusste, dass wir auf derselben Seite standen. Die wissenschaftlich-technische Abteilung des KGB hat sich darum gekümmert, dass ihr Gedächtnis gelöscht wurde, und ich habe für sie ein neues Leben aufgebaut. Erst habe ich Emma nach Russland in die Schule geschickt und ihr später eine Arbeit bei den Luftstreitkräften besorgt. Das war ziemlich anständig von mir, muss ich sagen. Was dich betrifft, ging der Plan gleich damals im Oktober 1989 schief, als du dich in die Schussbahn der Kugel geworfen hast. Und in den letzten Jahren hast du so viele Probleme verursacht, dass schließlich auch ich deine ... Beseitigung akzeptieren musste.«

Kara schüttelte den Kopf. »Emmas Gedächtnis soll wirklich gelöscht worden sein?«

Rostow richtete den Oberkörper auf. »Voraussetzung für die Bewahrung des menschlichen Langzeitgedächtnisses ist ein Enzym namens Proteinkinase M-zeta, das ständig die Nervenverbindungen zwischen den Neuronen des Gehirns stärkt. Man konnte Emmas Langzeitgedächtnis löschen, indem man die Wirkung des M-zeta unterdrückte. Du würdest dich wundern, wenn du wüsstest, was man im Labor des KGB in Iwanowo alles zustande gebracht hat.«

Rostows Kälte wirkte unmenschlich. Kara überlegte lange, bevor er die nächste Frage stellte. »Und Mutter?«

»Sie war bloß ein Mittel zum Zweck, eine vom KGB beschaffte Ehefrau als Kulisse. Anfangs lief alles ganz gut, sie war zufrieden, solange sie sich um euch Kinder kümmern durfte. Aber dann kam es allmählich zu … Komplikationen. Sie musste beseitigt werden.«

Jetzt verstand Kara, warum so viele Menschen Andrej Rostow als krankhaft grausam charakterisiert hatten. Bei der wichtigsten Frage zögerte er. Er wollte die Antwort gar nicht hören. »Wusstest du vorher, was … mit Mutter geschehen würde, damals, 1989?«

Andrej Rostows Gesicht blieb ausdruckslos. »Ich habe die Ereignisse des Oktobers 1989 selbst geplant. Die ganze Geschichte. Und ich habe auch deine Mutter erschossen. Sie war schon tot, als Manas für dich diese … Szene vorgeführt hat.«

Kara sah plötzlich rot. Er stürzte sich auf Rostow, packte ihn am Hals und drückte ihm die Kehle ab. Dann blitzte ein blaues Licht auf und ein unerträglicher Schmerz schoss ihm durch den ganzen Körper. Er spürte, dass er gelähmt war.

In dem Moment wurde die Schiebetür des Transporters geöffnet. Manas stieg ein, zog die Tür hinter sich zu und griff nach dem Elektroschocker, den Rostow in der Hand hielt.

Kara war bei vollem Bewusstsein, vermochte aber seine Arme nicht zu bewegen. Er war dem Killer ausgeliefert und würde sterben wie eine Flunder.

Rostow schlug in seiner Not mit der freien Hand gegen das Fenster zur Fahrerkabine, doch den Kirgisen kümmerte das nicht.

»Du klopfst umsonst. Ich habe deine Leute erledigt«, erklärte Manas.

»Na los! Töte den Jungen«, befahl Rostow. »Darauf hast du doch gewartet.«

»Mehr als du dir vorstellen kannst. Aber du hattest andere Pläne. Du hast denen den Auftrag erteilt«, sagte Manas und deutete mit dem Kopf in Richtung Fahrerkabine.

»Du bist alt geworden. Unzuverlässig. In den letzten Jahren hast du zu oft versagt.«

»Ein Mann wird alt, nicht aber sein Mut. Diesmal gelingt es mir«, erwiderte Manas und schlug mit der Handkante wuchtig erst Andrej Rostow und dann Leo Kara unter das rechte Ohr. *Trainingshandbuch Seite 195. Abbildung 169 D – seitliche Nackenmuskulatur.*

21

Montag, 13. Februar

Leo Kara hielt sich mit beiden Händen und aller Kraft an seinem Sitz in dem Passagierflugzeug fest, das ins Trudeln geraten war. Im Rumpf der Maschine gähnte ein großes Loch, die Luft schoss mit der Gewalt eines Orkans herein, aber es gab keinen Sauerstoff, er musste den Atem anhalten und sich ducken, während Menschen und Gegenstände an ihm vorbeischossen und hinausflogen. Jetzt wurde eine Sitzreihe vor ihm aus dem Boden gerissen, drei Menschen kreischten hysterisch, als sie in mehreren Kilometern Höhe aus der Maschine geschleudert wurden …

Kara wachte von seinem eigenen Schrei auf. Sein Herz hämmerte und kalter Schweiß rann ihm übers Gesicht. Er starrte in die Augen von Manas, der eine Injektionsspritze in der Hand hielt und zu lächeln versuchte.

»Adrenalin. Ich möchte, dass du gleich in bester Verfassung bist«, sagte der Kirgise ganz sachlich.

Die Wut packte Kara, als ihm Andrej Rostows Bekenntnisse einfielen. Sein Vater hatte die Entführung der eigenen Familie geplant und Leos Mutter 1989 in dem Londoner Fabrikgebäude umgebracht. Kara hatte bei dieser inszenierten Vorstellung eine Hirnverletzung davongetragen, ganz zu schweigen von den anderen Problemen. Mit Emmas Gedächtnis hatte Andrej Rostow etwas angestellt, was Kara immer noch nicht richtig verstand. Und jetzt hatte ihn auch noch dieser verrückte Kirgise aufgespürt.

Kara schlug mit der Faust so heftig auf den gepflasterten Boden, dass er sich fast die Knöchel verrenkte. Die belebende Wirkung des Adrenalins war deutlich zu merken. Kara versuchte sich zu beruhigen und die Situation richtig zu erfassen, aber er bekam seinen Vater nicht aus dem Kopf. »Ist Rostow tot?«, fragte er.

»Das wäre unprofessionell gewesen und äußerst kurzsichtig. Dein Vater hat außerordentlich einflussreiche Freunde.« Manas hörte sich geduldig, abwartend an.

Kara schaute sich um. Er saß in einer Tausende Quadratmeter großen Höhle mit Felsendecke, vielleicht eine verlassene Fabrik oder ein Bergwerk. Auf der linken Seite erhob sich eine breite, mindestens zehn Meter hohe hellbraune, verwitterte Ziegelwand. Die Fensterscheiben waren eingeschlagen oder fehlten ganz. Rechts von ihm war nur eine rohe Felswand mit einigen großen, schwarzen Löchern zu sehen, in denen sich das schwache Sonnenlicht zu verlieren schien. In der Mitte der Höhle befand sich ein von Metallgeländern umgebener Bereich, an dessen Rand ein großer Stahlkäfig stand – wahrscheinlich der Förderkorb eines Schachtes, vermutete Kara.

Manas trieb ihn in keiner Weise zur Eile an, er wartete einfach nur. Das wunderte Kara. Hatte der Kirgise ihn hier hergebracht, um sich in aller Ruhe zu rächen? Was beabsichtigte dieser Verrückte? Ihm wurde übel, als ihm die Foltermethode einfiel, die Manas im letzten Herbst angewendet hatte. Dabei wurden die Schädelknochen des Opfers in einen Helm aus feuchtem Kamelleder eingewickelt, der sich beim Trocknen spannte. Gott allein wusste, mit welchen anderen Grausamkeiten sich der kirgisische Killer in seiner Laufbahn befasst hatte.

»Das ist das Blei- und Silberbergwerk von Lin Ma Hang«, sagte Manas schließlich. »Es wurde 1962 aufgegeben und befindet sich im geschlossenen Grenzterritorium Chinas knapp fünfzig Kilometer von Hongkong entfernt. Ohne Sondergenehmigung kommt man nicht hierher, wir sind also ganz ungestört. Es sei denn, Wissenschaftler tauchen hier auf, um die Fledermäuse zu erforschen, die leben hier zu Millionen. Also die Fledermäuse.«

Kara antwortete nicht. Er schaute den Kirgisen an und überlegte zum x-ten Male, ob der Mann wohl selbst begriff, dass er völlig gestört war.

»Vielleicht weißt du ja, dass unser kirgisisches Nationalepos und sein Held ebenfalls den Namen Manas tragen. Nach der Legende gelangte Manas mit Hilfe von Aikojo, einem Boten Mohammeds, zu einem unvergleichlich tiefen Verständnis des Islam. Manas erhielt von Aikojo auch ein besonderes Schwert und eine Lanze, mit denen er all seine Schlachten gewann. Ich will dasselbe tun.«

Kara wusste nicht, ob er lachen oder weinen sollte.

»Auch ich will zum Verständnis gelangen, allerdings nicht des Islam, sondern ich will mich selbst verstehen. Und du darfst mein Aikojo sein, mir die Waffen geben, mit denen mir das gelingen wird. Wusstest du, dass ich unter sehr speziellen Krankheiten leide, die sich auf die Psyche auswirken? Ich bin nicht imstande, Gefühle zu empfinden.«

»Ach wirklich?«

»Aber ich habe einen Plan, wie ich das Gefühl der Angst empfinden kann. Mit deiner Hilfe.«

Das verhieß wahrlich nichts Gutes, dachte Kara. Der Kirgise hatte offenbar auch noch die letzten Reste seines Verstandes verloren.

Manas fuhr in seiner Predigt mit sichtlichem Eifer, aber zugleich ganz gelassen fort. »Wissen entwickelt den Menschen, Unwissen zerstört ihn. Wir Kirgisen sind ein Volk der Sprichwörter.«

Ihr seid ein total verrücktes Volk, dachte Kara.

»Wenn du bereit bist, kannst du aufstehen und dir die Beine vertreten«, erklärte Manas. »Du darfst dich frei bewegen. Überprüfe deine Reaktionen, teste, ob dein Körper funktioniert. Das ist jetzt extrem wichtig.«

Kara kam sich wie ein Versuchstier vor, als er gemächlich auf dem gepflasterten Boden im weiträumigen Eingangsbereich des Bergwerks auf und ab ging. Die Schritte hallten seltsam wider, es klang auf eine Weise hohl, wie er es noch nie gehört hatte. Ein unangenehmer Gestank hing in der Luft, vermutlich stammte der von den Ausscheidungen der Fledermäuse. Er versuchte Hinweise darauf zu finden, was der Kirgise mit ihm vorhatte, aber es war nirgendwo auch nur ein einziger Gegenstand oder Apparat zu sehen, der sich als Foltermittel eignete. Sein Körper stand unter Strom und auch sein Gehirn funktionierte ausgezeichnet – das war ganz ohne Zweifel die Wirkung des Adrenalins. Warum zum Teufel wollte Manas, dass er topfit war?

»Na, wie ist es, fangen wir an?« Manas war lautlos hinter ihm aufgetaucht.

Kara legte alle Kraft in einen Faustschlag, der Manas im Magen traf, aber die Reaktion des Kirgisen bestand nur aus einem erfreuten Lächeln. Er packte Kara im Genick, halb trug, halb führte er ihn zu dem eingezäunten Bereich in der Mitte der Halle.

Mit allen Mitteln versuchte Kara ihn aufzuhalten, doch das Ziel kam immer näher, und zu seiner eigenen Überraschung hoffte er, dass der Kirgise ihn nicht einfach nur in den verlassenen Schacht hinabstoßen würde, dass er sich etwas ausgedacht hatte, was mehr Phantasie verlangte. Wenn nicht, würde er in ein paar Augenblicken sterben.

Kara lehnte sich nach hinten und stemmte die Füße auf den Boden, aber der Griff von Manas war genauso eisern wie der Mann selbst. Sie blieben am Stahlgeländer neben dem Förderkorb stehen. Manas schaltete das Licht ein und bog Karas Kopf über das Geländer – ein Bergwerksschacht. Die Sohle war nicht zu sehen, das gut fünf Meter breite, gähnende Loch schien kein Ende zu nehmen. Wie lange musste jemand, der dort hinabstürzte, auf den Tod warten?

Manas zeigte mit dem Finger auf den Förderkorb, der seit Jahrzehnten am Rande des Schachtes vor sich hin rostete. »Damit wird es passieren.«

* * *

Als Maximilian Messmer den Mann mit der weißen Schutzkleidung und den Gummihandschuhen sah, glaubte er zunächst, er wäre im Krankenhaus aufgewacht, doch so gut war seine Lage wahrhaftig nicht. Im Mundwinkel des Mannes hing eine Zigarette, und er trug weder einen Atemschutz noch eine Haube. Messmer hatte das Gefühl, betrunken zu sein. Er versuchte sich im Bett aufzurichten, fiel aber zu seiner Überraschung auf die Seite. Irgendetwas stimmte nicht, stimmte ganz und gar nicht. Er kippte wieder auf den Rücken, hob den Arm vor die Augen und schrie, was die Lungen hergaben.

Seine rechte Hand war an der Handwurzel abgehackt. Er wollte es nicht glauben, dachte nur, das konnte nicht wahr sein, und starrte auf seine Hand, ober besser gesagt auf die Stelle, an der seine rechte Hand hätte sein müssen. Blitzartig tauchten die Bilder wieder auf: der Mai-Mai-Soldat mit dem Messer in der Hand, das Rauschen, als die Schneide durch die Luft sauste, das Poltern und der teuflische Schmerz ... Er hatte das Bewusstsein verloren.

»Alles in Ordnung. Die Wunde heilt in ein, zwei Wochen, Hauptsache, du denkst daran, sie sauber zu halten und den Verband früh und abends zu wechseln, nötigenfalls auch öfter.« Der Kongolese im weißen Kittel sprach französisch mit starkem Akzent.

Messmer setzte sich auf. Der Raum war nun wirklich kein steriler OP-Saal. Die Laken hatten Flecken, der Fußboden war schmutzig und Fliegen surrten herum. Lieber wäre er in der Toilette der Privatklinik seines Freundes Andreas Fankhauser behandelt worden als hier.

»Wo bin ich?«, fragte Messmer.

Der Weißkittel warf ihm einen erstaunten Blick zu. »In Lubumbashi, wo denn sonst. Deine Behandlung ist bezahlt, auch Verbände und Medikamente für eine Woche. Wenn du willst, kannst du herkommen und dir die Fäden ziehen lassen.«

Lieber lasse ich mir auch noch die andere Hand entfernen,

dachte Messmer, hielt aber den Mund. Er schaute zu, wie der Feldscher durch die offene Tür auf den Hof hinausging, um die Jungen anzufeuern, die auf der Straße Fußball spielten. Messmer musste sich eingestehen, dass Kommandant Gédéon und die Mai-Mai ihr Versprechen gehalten hatten: Er war noch am Leben und seine Hand war versorgt, zwar nur recht und schlecht, aber immerhin.

Das Zimmer drehte sich vor ihm. Es sah so aus, als hätte der Hund, der hereinkam, ein Mischling, zwei Schwänze. Hatte man ihn mit Meskalin vollgepumpt? Was sollte er jetzt tun? Wo bekäme er Hilfe? Sylvain Zakuani hatte ihn an die Mai-Mai verkauft, und die Mitarbeiterin der Organisation »Save the children« würde garantiert die Polizei informieren, wenn sie seinen Armstumpf sah. Aber vielleicht könnte er die Frau trotzdem wenigstens anrufen, überlegte Messmer und erschrak im selben Augenblick. Wo waren seine Sachen – das Telefon, der Pass, sein iPad, die Brieftasche?

Er setzte die Füße auf den Steinboden, der sich kalt anfühlte, obwohl in dem Raum garantiert dreißig Grad herrschten. Beim Aufstehen wurde ihm schwindlig, er musste einen Moment warten. Als er wieder klar denken konnte, trat er an die Tür.

»Deine Sachen findest du in einem Pappkarton unterm Bett«, sagte der Weißkittel. Messmer wandte sich um und ging zurück. Er musste sich aufs Bett setzen und tief Luft holen. In seiner Verfassung wäre er ganz gewiss nicht mehr imstande, vor irgendjemandem oder irgendetwas zu fliehen.

Die Erleichterung war riesig, als er seine Sachen und seine Kleidung in dem Karton fand, die Hälfte seines Geldes war allerdings aus dem Portemonnaie verschwunden. Er schaltete sein Telefon ein und rief die kanadische Mitarbeiterin der Hilfsorganisation an. Die Frau meldete sich und Messmer begrüßte sie trotz alledem genauso höflich, wie sie es von einem Züricher Privatbankier erwarten würde.

»Gut, dass Sie anrufen. Ich habe die Unterlagen für Ihre Spende gerade vorhin auf den Tisch bekommen. Wann könnten wir uns zum Unterschreiben treffen? Kommen Sie in mein Büro, oder …«

Jetzt sofort, hätte Messmer am liebsten geantwortet. Er wollte, dass seine guten Taten möglichst bald amtlich bestätigt waren, konnte sich in seinem Zustand jedoch nicht bei der Frau zeigen. Er beschloss, sie zu bitten, ihm die Unterlagen zur Unterzeichnung in sein Hotelzimmer zu schicken, aber erst musste er sich eins besorgen. Wo konnte er es wagen unterzukommen? »Ich muss das Bougain Villa leider verlassen, ich rufe Sie an, um zu fragen, welches andere Hotel Sie mir hier in Lubumbashi empfehlen können. Gern eines, das nicht alle Ausländer als Erstes ansteuern.«

Die Frau überlegte einen Augenblick. »Das Hotel Grand Karavia hat einen guten Standard und liegt außerhalb des Zentrums, zwischen dem Golfplatz und dem Kipopo-See. Aber auch dort wohnen größtenteils Touristen, wie in allen anderen guten Hotels.«

Messmer war nahe daran, ihr zu sagen, dass es nicht in Frage käme. Schließlich befand sich das Grand Karavia direkt neben den Pferdeställen, wo er vor dem russischen Killer geflohen war. Aber würde man ihn immer noch in der Gegend suchen? Wohl kaum. Die Russen hatten ja die Mai-Mai von Kommandant Gédéon angeheuert, die sich um ihn kümmern sollten.

»Gut, danke für die Empfehlung. Ich melde mich, sobald ich mein Zimmer bezogen habe. Und Sie denken doch daran, mit niemandem über mich oder meine Angelegenheiten zu sprechen«, sagte Messmer und beendete das Gespräch. Er würde sich nicht unter seinem eigenen Namen in dem Hotel anmelden, mit Geld ließ sich so etwas ja regeln, das wusste Maximilian Messmer nach den Jahrzehnten in der Welt der Banken besser als die meisten anderen Menschen.

Er hob den verbundenen Armstumpf hoch und spürte nichts

als Fassungslosigkeit. Es gab also auf der Welt immer noch Orte, an denen Menschen die Hand abgehackt wurde. Vielleicht musste er doch nicht unbedingt im Kongo oder in Lubumbashi wohnen, um die Realisierung seiner Spendenprojekte zu verfolgen. Er könnte die Verwendung seiner Gelder ganz gut auch von einem Land aus kontrollieren, in dem Recht und Ordnung herrschten.

Der Kongolese im weißen Kittel nahm noch einen tiefen Zug aus seiner Zigarette und trat dann zurück in das Zimmer. Er schaute auf seine Uhr. »Ich soll dir ausrichten, dass du vierundzwanzig Stunden Zeit hast, an Kommandant Gédéon zu zahlen.«

* * *

Leo Kara schaute hinunter in den bodenlosen Schacht, und der Schacht schaute Leo Kara an. Manas hatte Karas Genick immer noch fest im Griff und musste seinen Kopf mit Gewalt zur Seite drehen, hin zu dem verrosteten Förderkorb.

»Steig ein«, sagte der Kirgise und Kara gehorchte. Der Korb war ein käfigartiges Stahlgerüst, etwa zwei Meter breit und hoch, mit Sicherheitsgeländern aus Metallgeflecht, die nur bis zu einer Höhe von reichlich einem Meter reichten. Der Förderkorb war durch und durch verrostet und knarrte, als ungefähr zweihundert Kilo Menschenfleisch ihn beschwerten.

Die Gefahr in Gestalt des schwach beleuchteten Schachts zog Kara an wie Sirenengesang. Er reckte den Kopf über das Geländer, um hinunterzuschauen. An den nackten Felswänden des Schachtes waren matte Lampen zu erkennen, Stützkonstruktionen aus dicken Balken und die Öffnungen von Förderstrecken, die vom Schacht abgingen. Die Sohle war so weit entfernt, dass man sie nicht sah, der Schacht verengte sich vor seinem Ende zu einem bloßen schwarzen Punkt.

Manas drehte Karas Kopf in seine Richtung. »Dieser Förderkorb ist wer weiß wie alt, aber ein britisches Fabrikat. Der Hebemechanismus wird von einem Elektromotor angetrieben, ich musste ihn reparieren, aber nur ein bisschen. Auch das Notstromaggregat des Bergwerks funktioniert, und das Benzin reicht für mehrere Stunden. Diese Vorstellung braucht Licht.«

Plötzlich löste Manas die am Rand des Förderkorbs befestigte Kette, und der Stahlsarg begann knirschend zu schwanken. Kara ließ sich instinktiv auf die Knie fallen, damit er nicht über das niedrige Geländer kippte, hinab in die Dunkelheit. Die Felswände des Schachtes rundum waren etwa zwei Meter entfernt. Ihm drehte sich fast der Magen um.

»In diesen alten Förderkörben gab es erstaunlich wenig Sicherheitsvorkehrungen, keine automatische Bremse und keine Geschwindigkeitsbegrenzung. Nur eine Fangvorrichtung, die den freien Fall des Förderkorbs verhindert, aber die ließ sich leicht entfernen. Wir können mit Schallgeschwindigkeit hinabrasen, die Stahlseile halten das aus. Ich bin zwar kein Aufzugexperte, aber meine ehemaligen Kollegen haben mir versichert, dass es sich so verhält.«

Manas machte eine Pause zum Zeichen dafür, dass nun erst das Wichtigste kam. Er legte eine Hand auf zwei Hebel aus Metall. »Wenn ich den linken Hebel ziehe, setzt sich der Förderkorb in Bewegung. Je weiter sich der Hebel nach unten bewegt, umso schneller wird das Tempo, in dem wir fallen. Der rechte Hebel ist die handbetätigte Bremse, das wichtigste Instrument dieses Versuchs.«

Kara empfand zugleich abgrundtiefe Angst und vollkommene Verwirrung. Irgendetwas musste ihm doch einfallen ...

»Ich habe vor, den Hebel, der die Geschwindigkeit reguliert, allmählich bis zum Anschlag zu drücken. Deine Aufgabe besteht darin, an die Bremse heranzukommen. Der Schacht ist knapp einen Kilometer tief, also bleibt eine Minute Zeit, maximal anderthalb«, sagte Manas und starrte Kara mit irrem Blick an.

Kara konnte nichts anderes sagen als: »Wir werden beide sterben.«

»Nicht, wenn du an die Bremse herankommst«, erwiderte Manas. »Oder wenn ich die Bremse ziehe oder dich freiwillig an mir vorbeilasse. Doch die Voraussetzung dafür dürfte sein, dass ich Angst bekomme zu sterben. Die Angst jedoch ist ein Gefühl, und wie ich dir schon sagte, ist es mir noch nicht gelungen, so etwas zu empfinden. Verstehst du?«

Kara war sprachlos.

»Wenn es dir gelingt, darfst du am Leben bleiben«, fügte Manas hinzu.

»Ich will die Wahrheit hören. Über meinen Vater und Mundus Novus. Über alles.«

»Abgemacht. Aber erst, wenn wir das überstanden haben«, erwiderte Manas und riss den linken Hebel nach unten.

Der Förderkorb schaukelte. Für den Bruchteil einer Sekunde konnte Kara noch hoffen, dass die Stahlseile eingerostet waren und sich nicht bewegten, dann stürzte der Korb rasend schnell in die Tiefe. Kara hatte das Gefühl, sich in die Luft zu erheben, und klammerte sich am Geländer fest. Es blieb keine Zeit nachzudenken. Manas stand mit leicht gekrümmten Beinen da, eine Hand auf dem Geschwindigkeitshebel, und wartete mit aufgerissenen Augen. Ihr Tempo nahm zu, sie fielen wie ein Stein in den Brunnen.

Die Wut verlieh Kara Kraft. Er schnellte nach vorn und wollte sich auf die Beine von Manas stürzen, doch eine plötzliche Seitwärtsbewegung des Förderkorbs warf ihn gegen das Geländer. Dieser Zufall verwandelte sich in einen Vorteil für ihn, er war auf die Seite gefallen und konnte so Manas mit aller Kraft einen Tritt mit dem Absatz gegen die Kniescheibe versetzen.

Der Kirgise verzog das Gesicht und fiel auf die Knie, ließ aber den Hebel nicht los; im Gegenteil, beim Fallen zog er ihn bis zum Anschlag, sie wurden noch schneller. Kara trat noch einmal zu, aber Manas wehrte den Versuch leicht mit seinem freien Arm ab.

Der Luftzug ließ Kara die Augen tränen, der Korb und das Seil knarrten und quietschten ohrenbetäubend. Kara wurde klar, dass er so auf keinen Fall an die Bremse herankäme. Manas würde sie beide umbringen.

Im dem Moment rauschte das lange Rundholz einer Stützkonstruktion an ihm vorbei, nur eine Handbreit von seinem Kopf entfernt. Er schaute zur Seite und konnte im Augenwinkel noch die Öffnung einer vom Schacht in den Felsen getriebenen Förderstrecke erkennen, an der sie vorbeirasten. Am vorderen Rand befand sich ein hölzernes Podest, eine Beladerampe aus Holz. Kara traf seine Entscheidung. Er warf einen Blick zu Manas, der auf Karas nächste Aktion wartete, griff mit beiden Händen nach dem Geländer und schaute nach unten. Es verschlug ihm den Atem, die Sohle war schon sichtbar und kam viel zu schnell immer näher. An der Schachtwand war nur noch eine einzige Öffnung einer Strecke zu sehen.

Er setzte all seine Kräfte ein und schwang sich über den Rand wie ein Fallschirmspringer. Mit offenem Mund und vorgestreckten Armen fiel er, fast waagerecht, die Richtung stimmte, er näherte sich der hölzernen Beladerampe der Strecke, aber sein Tempo war viel zu hoch ...

Kara schlug auf der Rampe auf, die Luft wurde ihm aus der Lunge gepresst, ein Schmerz durchdrang seinen Körper und ihm wurde schwarz vor Augen.

* * *

Manas stand in dem stählernen Förderkorb, der im freien Fall abstürzte, und sah, wie Leo Kara über das Geländer in den Schacht sprang. Das sollte nicht passieren, es war schon zu viel Zeit vergangen, der Aufzug würde jeden Moment auf die Schachtsohle aufprallen und er mit ihm ... Manas spürte eine fiebrige Hitze auf der Stirn. Er wollte nicht sterben, er fühlte, wie ihn etwas lähmte, seine Muskeln spannten sich, er musste hier raus.

Rasch griff er nach dem Bremshebel und riss ihn mit aller Kraft nach unten. Ein markerschütterndes Quietschen erklang, Metall knirschte fürchterlich, dann krachte der tausend Kilo schwere Förderkorb mit ungeheuerer Wucht auf die Felssohle des Schachtes.

* * *

Das Geräusch wie bei einer Explosion bohrte sich in Leo Karas Schädel; er schloss die Augen, als sich die Luft mit Staub füllte. Er lag auf der Laderampe der Förderstrecke am Schachtrand und hielt sich mit beiden Händen fest. Jede Stelle seines Körpers schmerzte. Es kam ihm so vor, als würde er in die Dunkelheit hineingleiten. Seine rechte Hand war gefühllos, in seinem Oberkörper brannte ein unerträglicher Schmerz, und sein linkes Bein war in eine unnatürliche Stellung verdreht. Kara schob die Finger durch die Bretter und spürte den kalten Felsen, zumindest würde er nicht in den Schacht stürzen. Das war jedoch nur ein schwacher Trost, Blut floss ihm vom Hals herab und durchnässte sein Hemd. Er versuchte den Kopf zu heben, war aber nicht dazu imstande: Irgendetwas hatte seine Schulter durchbohrt, er war festgenagelt. So einen Schmerz hatte er noch nie erlebt. Er konnte nur hoffen, dass es schnell zu Ende ging …

Kara begriff, dass er in diesem kalten und feuchten Schacht sterben würde. Unter der Erde. Er lag schon in seinem Grab. Überrascht erkannte er, dass er dafür noch nicht bereit war, bei weitem nicht. Es gab Dinge, deretwegen er noch leben wollte. Dann glitt er immer tiefer in die Dunkelheit und hatte Angst, nie wieder aufzuwachen.

22

Montag, 13. Februar

Kati Soisalo stand schon seit zwei Stunden in Offenbach auf der Südseite des Mains vor dem Bürogebäude einer Baufirma, die dem Ethem-Clan gehörte. Von hier aus sah sie alle Autos, die auf den Hof der Firma fuhren. Es war kurz vor zehn, ihr blieb nichts anderes übrig, als zu hoffen, dass Agron Ethem bald zur Arbeit käme. Das einzige, was ihr an diesem kalten und windigen Morgen Hoffnung machte, war die Sonne, die gnädigerweise nach langer Zeit wieder einmal zum Vorschein gekommen war. Es gab niemanden, der ihr helfen könnte: Kara war auf der anderen Seite des Erdballs und Paranoid hatte sich nicht gemeldet, als sie ihn vor den Albanern warnen wollte. Sie fürchtete, dass Metallas Leute ihn schon gefunden hatten. Zudem machte sie sich Sorgen, was man nach ihrer Flucht Helena angetan hatte.

Den ganzen frühen Morgen war sie kreuz und quer durch Offenbach gelaufen, weil in Paranoids Unterlagen die genaue Adresse der Baufirma fehlte, die dem Ethem-Clan als Tarnung diente. Zweimal hatte sie sich in ein Tankstellenbistro gesetzt, um sich aufzuwärmen und etwas zu essen. Ins Hotel konnte sie auf keinen Fall gehen, solange sie von Selami Metalla und der Organisation Veliki gesucht wurde.

Beim Gedanken an die Ereignisse in der Fabrikhalle beschleunigte sich ihr Puls. Dass sie noch am Leben war, hatte sie dem Krav Maga zu verdanken und in gewisser Weise Jukka Ukkola, so unangenehm der Gedanke auch war. Nur aufgrund seiner Gewalttätigkeit hatte sie seinerzeit angefangen, diese Form der Selbstverteidigung zu trainieren.

Sie wollte sich lieber nicht vorstellen, was für ein Mann Agron Ethem sein mochte. Der Ethem-Clan war schließlich die größte albanische kriminelle Organisation. Nach den Informationen, die Paranoid ausgegraben hatte, war der Clan in Süddeutschland ein gewichtiger Faktor im Waffenhandel sowie im Geschäft mit der Prostitution und beherrschte den illegalen Organhandel in ganz Deutschland. Agron Ethem hatte die Fertigkeiten beim Raub von Organen als Oberst der Befreiungsarmee des Kosovo im Kosovo-Krieg 1999 gelernt. Ethems Männer hatten Hunderte gefangengenommene serbische Soldaten in die Garnison von Kukes in Nordalbanien gebracht, wo den Serben bei Operationen mit primitiven Instrumenten ohne Narkose innere Organe entnommen wurden. Leber, Nieren und die Hornhaut von Augen verkaufte man für einen hohen Preis in den Fernen Osten und anderswohin, wo niemand allzu genau nachfragte, woher sie stammten.

Nach allem zu urteilen, was Kati Soisalo über Agron Ethem wusste, würde sie womöglich in Kürze ihr Leben verlieren. Ein Mensch, der bei vollem Verstand war, ginge wohl kaum freiwillig zu einem albanischen Mafiaboss, um ihm zu erzählen, dass seine Frau und seine Tochter ein Verhältnis mit ein und demselben Mann hatten. Aber Kati Soisalo besaß keine Alternative.

Plötzlich verlangsamte ein schwarzer Opel Calibra sein Tempo und bog auf den Parkplatz vor dem Bürogebäude der Baufirma ein. Kati Soisalo schaute genau hin. Sie hatte von Agron Ethem nur ein jahrzehntealtes Foto gesehen, und auch das war schon wieder etliche Tage her, doch der Fahrer des Calibra konnte Ethem sein.

Sie ging im Kopf rasch noch einmal ihren Plan für das bevorstehende Gespräch durch und lief dann zur Tür des Gebäudes. Verschlossen. Oberhalb des Eingangs starrten sie die dunklen Augen von zwei Überwachungskameras an. Sie drückte auf den Klingelknopf.

Aus dem Lautsprecher dröhnte eine Frauenstimme, und Kati Soisalo raffte all ihre Deutschkenntnisse zusammen und sagte, sie sei eine finnische Juristin, die Agron Ethem Informationen zu Selami Metalla übermitteln wolle.

Es knackte, als die Sekretärin die Verbindung unterbrach. Die Hand auf der Klinke, wartete Kati Soisalo auf das Surren des elektrischen Schlosses. Nach einer Minute hatte sie genug und drückte erneut auf den Klingelknopf. Jetzt antwortete niemand. Sie trat zwei Schritte zurück, schaute direkt in die Überwachungskamera und bemühte sich um einen möglichst aufrichtigen und ausgeglichenen Gesichtsausdruck.

Plötzlich surrte es. Kati Soisalo stürzte zur Tür und konnte sie in letzter Sekunde noch öffnen. Im Windfang musste sie erneut warten. Sie stellte fest, dass die Scheiben ungewöhnlich dick aussahen. Der Ethem-Clan hatte sich offensichtlich sehr sorgfältig auf ungeladene Gäste vorbereitet.

Schließlich erschien eine junge und außergewöhnlich schöne dunkelhaarige Frau und öffnete die Tür. Ihre Augenbrauen waren dick und schwarz, genau wie das Make-up ihrer Augen. »Dürfte ich Ihre Visitenkarte haben?«, fragte sie auf Deutsch.

Kati Soisalo kramte nervös in der Handtasche und reichte der Frau ihre Karte. »Ich spreche leider nur sehr wenig Deutsch.«

Die Frau bedankte sich nicht, sondern forderte Kati nur mit einem Kopfnicken auf, ihr zu folgen. Sie gingen zu den Aufzügen fuhren bis in die oberste, die dritte Etage.

Agron Ethem saß hinter einem breiten Schreibtisch und zeigte nicht die geringste Absicht, aufzustehen oder seinem Gast die Hand zu geben. Die Sekretärin brachte ihrem Chef die Visitenkarte, sagte etwas auf Albanisch und verschwand.

Kati Soisalo stand mitten in dem großen Arbeitszimmer, als würde sie beim Schuldirektor darauf warten, zurechtgewiesen zu werden, und schaute Ethem an. Sie hatte nicht gewusst, was sie erwarten würde – so aber hatte sie sich den Mann sicherlich nicht vorgestellt: Agron Ethem war mindestens siebzig, runzlig wie ein Luftballon zwei Tage nach der Party, und er trug einen weißen Spitzbart, der bis auf sein weißes Hemd reichte. Schlagartig verstand sie sehr viel besser, warum Ethems Frau ein Verhältnis mit Selami Metalla hatte. Sie zwang sich, den Blick von dem Mann abzuwenden.

Das Büro wirkte sauber und asketisch, am auffälligsten war eine Flagge an der Wand mit einem prächtigen schwarzen doppelköpfigen Adler auf blutrotem Grund und einem Gemälde, das einen stolzen Recken zeigte.

»Das ist Skanderbeg«, sagte Agron Ethem auf Englisch und musterte dabei seine Besucherin. »Der Drachen von Albanien. Er hat die Osmanen im Mittelalter über zwanzig Jahre lang von unserem Boden ferngehalten.«

»Der Name klingt nicht sehr albanisch.« Kati Soisalo bereute ihre Worte schon, kaum dass sie ausgesprochen waren.

»Er entstammt dem Geschlecht der Kastrioti aus der Region Debar, das liegt heute im Grenzgebiet von Mazedonien und Albanien.«

Kati Soisalo traute sich nicht, ihr Anliegen vorzubringen.

»Sie haben meiner Sekretärin gesagt, dass Sie eine Nachricht übermitteln wollen, in der es um Selami Metalla geht.« Es klang so, als würde Agron Ethem den Namen ausspucken.

»Die Nachricht, die ich habe, ist leider sehr persönlich und aus Ihrer Sicht ... unangenehm. Ich erzähle Ihnen das nur, weil Metallas Organisation Veliki vor Jahren meine Tochter entführt hat.«

Agron Ethem schien erfreut und überrascht zu sein. »Sie wollen sich rächen.«

»Aus tiefstem Herzen«, antwortete Kati Soisalo. Sie hatte nicht die Absicht zu verraten, dass sie nur ihre Tochter zurückbekommen wollte.

Ethem hob seine faltige und knochige Hand und bedeutete ihr fortzufahren.

»Selami Metalla hat ein Verhältnis mit Ihrer Frau und Ihrer Tochter.«

Der Albaner blieb ungerührt und verzog keine Miene. »Ich weiß«, sagte Ethem.

Kati Soisalo starrte ihn mit offenem Mund an. Das hatte sie nun wahrlich nicht erwartet. In ihrer Waffe befand sich nur ein Schuss und der war soeben nach hinten losgegangen.

»Wer weiß sonst noch davon?«, fragte Ethem.

Kati Soisalo spürte, dass sie in Gefahr war. »Ein Freund von mir in Finnland und zumindest zwei Bekannte, die in Frankfurt wohnen.« Sie fürchtete, dass sie nun gezwungen wäre, den Namen Paranoids und der Poulsens zu verraten. Dieses Gespräch war auf dem besten Wege, in einer totalen Katastrophe zu enden.

»Das ist ein Problem. Ein ernsthaftes Problem«, sagte Ethem und erhob sich. Der Mann war krumm und von geringem Körperwuchs, deutlich kleiner als Kati Soisalo.

»Ich habe die Seitensprünge der Frauen geduldet, weil die beiden mich nicht interessieren, wir begegnen uns kaum. Solange die Sache geheim blieb, hat mich die Situation nicht gestört. Ich wollte einen offenen Krieg mit Veliki vermeiden, so etwas schadet allen Beteiligten. Aber jetzt bin ich gezwungen zu reagieren, das ist eine Sache der Ehre.«

Kati Soisalo erinnerte sich lebhaft an das, was Selami Metalla ihr über die Blutrache erzählt hatte: »Gjakmarrja.«

Agron Ethem nickte mit ernster Miene.

»Metalla hält meine ... Freundin, eine Finnin, immer noch in seinem Stützpunkt gefangen«, erklärte Kati Soisalo. »Das ist ein Fabrikgebäude ...«

Ethem unterbrach sie: »Ich kenne den Ort. Diese Angelegenheit muss auf jeden Fall sofort erledigt werden. Bevor sich die Nachricht ausbreiten kann.«

* * *

Jukka Ukkola saß auf dem Dielenfußboden im Wohnzimmer seines Kriegsveteranenhauses in Pitäjänmäki und lachte. Im Fernseher ertönte der laute Trubel einer Kindersendung, der Couchtisch war vollgestellt mit leeren Flaschen und Büchsen und die aufgestapelten Teller quollen über von Speiseresten. Gerüche nahm Ukkola nicht mehr wahr, nicht einmal seinen eigenen, das war sein Glück. Plötzlich bemerkte er ein Stück Pizza, das unter seinen Liegesessel gefallen war, er streckte die Hand aus, hob es auf und pustete den Dreck darauf weg. Salami dürfte nicht zu den besonders leicht verderblichen Fleischprodukten gehören, überlegte Ukkola und steckte sich das vertrocknete Stück in den Mund.

Er war genau im rechten Maße betrunken und hatte endlich den Mut gefasst, die Unterlagen seines Vaters zu lesen, die seit Jahrzehnten in einem Pappkarton lagen. Ein Tagebuch hatte Vater nicht geführt, das machte wohl kaum ein finnischer Durchschnittsmann. Nach der Lektüre war Ukkola auf schmerzliche Weise klar geworden, dass sein Vater gar nicht zu literarischen Hobbys imstande gewesen wäre. Der arme Alte hatte sein ganzes Leben lang unter einer schweren Lese-Rechtschreib-Schwäche gelitten. Es war ihm nicht gelungen, aus Schulbüchern etwas zu lernen, und bei Prüfungen konnte er nicht einmal das Wenige niederschreiben, das er wusste. In den vierziger und fünfziger Jahren hatten Kinder mit Legasthenie vermutlich keinen Förderunterricht bekommen. Vater hatte seine Behinderung um jeden Preis verheimlicht. Vermutlich wollte er lieber dumm wirken als anormal. Das Schicksal des Vaters und des Großvaters, der als Armenkind bei Versteigerungen von einem Hof zum anderen verkauft worden war, vereinten sich in Ukkolas Vorstellung zu einem einzigen Lobgesang auf die Erbärmlichkeit.

Dabei bedauerte er es keineswegs, dass beide, sein Vater und sein Großvater, wenn auch nicht gerade zum Bodensatz der Gesellschaft, so doch zum jämmerlichen Clan derer gehört hatten, die mehr schlecht als recht durchs Leben kamen. Nur wenige

Theorien hatten während Ukkolas Studium in seinem Kopf Wurzeln geschlagen; die Vorstellung von einem kollektiven Unterbewusstsein hatte er jedoch mit Haut und Haar übernommen. Demnach erbten die Menschen die Erfahrungen ihrer Vorväter. Er glaubte, dass er von seinem Großvater und Vater alles erdenkliche Wissen über die unedle Kunst, den Kampf gegen die Schwierigkeiten im Leben zu verlieren, geerbt hatte. Und dieses Wissen wollte er nun für sich nutzen. Mit ihm würde die Kette der Loser abbrechen, Jukka Ukkola hatte beschlossen, dass sein letzter Auftritt ein Erfolg werden sollte.

Plötzlich sah Ukkola für einen Moment an der Wand unter der Decke ein kleines zottiges Tier. Ein Marder? Er drehte den Kopf, aber zu spät. Diese verdammten Halluzinationen. Er stand schwankend auf, trat an den Couchtisch und griff zur Amontillado-Flasche. Leer. Auch die Whiskyflasche enthielt nur noch ein paar Tropfen, aber wenigstens war die Branntweinpulle noch halbvoll. Er trank gierig. Wohl oder übel musste er sich eingestehen, dass er nach dem allerletzten Besuch bei seiner Mutter niedergeschlagen war, sehr viel mehr, als er erwartet hatte. Auch sein großartiger, selbst aufgestellter Plan für den Alkoholentzug war ein totaler Schlag ins Wasser gewesen, es kam ihm so vor, als wären die letzten vierundzwanzig Stunden im Nichts verschwunden. Aber das war egal, morgen würde er sich am Riemen reißen. Es blieb ja genug Zeit – Kati war noch nicht von ihrer Reise zurückgekehrt. Er hatte seine Exfrau jeden Tag einmal angerufen, und da das Fräulein nicht geruhte, ans Telefon zu gehen, war er abends mit dem Taxi nach Herttoniemi gefahren, um nachzuschauen, ob in Katis Wohnung Licht brannte.

Jukka Ukkola setzte sich wieder auf den Boden, nahm sein Messer und begann, die letzten Bambusstöcke anzuspitzen. Seine bevorstehende Begegnung mit Kati, das *Shinjū*, erforderte sorgfältige Vorbereitungen.

Doch seine Arbeit wurde gleich wieder unterbrochen, weil es

an der Tür klingelte. »Herein!«, rief Ukkola und war überrascht, als er Lilia erblickte. Er war schon im Begriff, der Frau zu sagen, sie solle verschwinden, aber dann überlegte er, dass ein wenig Gesellschaft ihm nicht schaden könnte. Und vermutlich hatten sie bei Lilias letztem Besuch vereinbart, dass sie heute saubermachen sollte.

Lilia zog im Flur ihren Mantel aus und steuerte, wie gewohnt, die Besenkammer an.

»Was zum Teufel machst du eigentlich hier?«, fragte Ukkola, schraubte sich vom Fußboden hoch und setzte sich in seinen Sessel.

Lilia erstarrte. »Du hast gesagt, ich soll herkommen.«

»Ich meine in Finnland. Warum haust du nicht wieder ab auf den Balkan? Du bist die Leute doch losgeworden, die dich gezwungen haben herzukommen. Bist du bei dem guten Leben hier auf den Geschmack gekommen? Reizt dich das Kühemelken nicht mehr?«

Lilia wandte sich Ukkola zu, und jeder halbwegs nüchterne Mensch hätte auf ihrem Gesicht ablesen können, was sie von dem Mann und seinen Fragen hielt. »In Moldawien verdiene ich im Monat höchstens zweitausend Lei, gut hundert Euro. Hier werden selbst wir, die keine Papiere haben, besser bezahlt.«

»Du würdest mehr verdienen, wenn du deinen Arsch verkaufst«, sagte Ukkola und lächelte.

Lilia schüttelte voller Abscheu den Kopf.

* * *

Jonny »Paranoid« Karlsson trat aus dem Hotel Four Seasons hinaus und warf einen Blick auf den Wolkenkratzer, der sich nebenan gen Himmel reckte. Dort hatte er vor ein paar Stunden Andrej Rostow getroffen, und alles war genau so verlaufen, wie es sollte. Allerdings sah Rostow seinem Sohn Leo Kara überraschend wenig ähnlich, nur das Grübchen am Kinn und der durchdringende Blick waren Paranoid ansatzweise vertraut vorgekommen.

Mit der Rolltreppe erreichte er den Bahnsteig der Metrostation Hongkong und fuhr mit einem Zug der Tung-Chung-Linie bis zum Bahnhof Lai King, wo er umstieg. Es wunderte ihn, dass sich Rostow kaum nach der von BlackSec ausgeführten Operation Salamander erkundigt hatte, schließlich war die perfekt gelungen: Sie hatten über das Internet alle sechsunddreißig von Rostow aufgeführten Unternehmen angegriffen und den größten Teil der Datensysteme dieser Firmen zerstört. Es war ihm so vorgekommen, als hätte Rostow schon alles gewusst, was er über die Cyberangriffe erzählen konnte. Erheblich mehr hatte den Mann interessiert, was sein Sohn Leo machte.

Paranoid stieg an der Station Sham Shui Po aus und ging auf die Cheung Sha Wan Road, auf der es von Autos und Menschen nur so wimmelte. Irgendwo hier in der Gegend musste das Computerkaufhaus Golden Computer Arcade sein, angeblich ein Paradies der Informationstechnologie; die Sachen waren billig und das Angebot sagenhaft. Und wenn er hier nicht bekam, was er suchte, würde er weiterfahren zum Mong Kok Computer Center zwei Kilometer weiter südlich. Paranoid fand, dass er sich wirklich ein paar kleine Belohnungen verdient hatte: Innerhalb einer Woche hatte er seine Angelegenheiten in Ordnung gebracht und seine Zukunft geregelt. Er war der Strafverfolgung entkommen, die ihn in Finnland erwartete, er hatte sich finanziell mit dem von Rostow gezahlten Honorar abgesichert und von ihm auch noch Arbeit bekommen. Er war erst Mitte zwanzig, und die Dinge nahmen allmählich den richtigen Platz ein. Ihm würde es nicht so ergehen wie seinem britischen Kollegen Gary »Solo« McKinnon, der über ein Jahrzehnt lang unterm Galgen stehen musste, die Schlinge schon um den Hals gelegt, weil die Yankees hartnäckig seine Auslieferung verlangt hatten, um ihn in den USA vor Gericht zu stellen.

Die Golden Computer Arcade verdiente ihren Namen, das wurde Paranoid klar, als er das Warenhaus betrat: Vier große Etagen vollgestopft mit Computerkram, und auch das Preis-Leistungs-Verhältnis schien in Ordnung zu sein. Überall herrschte dichtes Gedränge, ihm war so, als würde er sich die ganze Zeit in einer nicht abreißenden Schlange von Menschen vorwärts schieben. Laptops, die dazugehörige Software und Festplatten gab es offenbar im Kellergeschoss, las Paranoid auf einem Wegweiser. Er trat auf die Rolltreppe und fluchte über das Getümmel.

Dann musste er lächeln: Er lief hier als freier Mann herum, obwohl er in den letzten Tagen gegen zahllose Gesetze verstoßen hatte. Um Gesetze scherte er sich allerdings nicht, seit er mit ungefähr sechzehn begriffen hatte, dass die Parlamentsabgeordneten im mittleren Alter sie nur ausarbeiteten, um ihre eigenen Interessen und die der Großunternehmen und des Staates zu sichern. Das galt zumindest für die Informationstechnologie, doch er hatte nicht den geringsten Grund, daran zu zweifeln, dass es in anderen Bereichen ähnlich war. Politik interessierte ihn ungefähr so viel wie Stickerei. Er wusste, dass es richtig gewesen war, in die Systeme von Rüstungsunternehmen, Geheimdiensten, Armeen oder anderen für das Töten verantwortliche Einrichtungen einzubrechen. Richtig und falsch waren Fragen der Definition. Ebenso Freund und Feind. Er bereute es nicht im Geringsten, dass er Andrej Rostow alles verraten hatte, was er über Leo Kara wusste; der hatte ihm schließlich die Frau ausgespannt, ihn zum Hahnrei gemacht und trotzdem, ohne mit der Wimper zu zucken, seine Hilfe in Anspruch genommen.

Paranoids Miene hellte sich auf, als er vor den Hybridfestplatten stehen blieb. Das war hier wirklich wie im Paradies. Er versuchte, aus der vorwärts wogenden Menschenmenge auszuscheren, und spürte plötzlich einen schmerzhaften Stich in der Seite. Erschrocken schaute er sich um, aber niemand schien sich für ihn zu interessieren. Paranoid rieb die Stelle und griff nach einer La-

Cie-Festplatte, nicht ahnend, dass sein Leben eine halbe Minute später hier in diesem Paradies enden würde. Sobald die Wirkung des Succinylcholinchlorids einsetzte, das man ihm in die Seite gespritzt hatte.

23

Montag, 13. Februar

Betha Gilmartin saß in der neurologischen Station des Krankenhauses von Torbay auf der Bettkante ihres Mannes, und ihr liefen die Tränen über die Wangen. Sie konnte sich nicht erinnern, wann sie das letzte Mal geweint hatte. Ihr ganzes Leben als Erwachsene hatte sie in der Welt der Aufklärung verbracht und dabei mit Angelegenheiten zu tun gehabt, von denen eine unangenehmer war als die andere. Sie hatte schon vor langer Zeit gelernt, dass man gut daran tat, die Arbeit und die persönlichen Gefühle auseinanderzuhalten, und das war ihr in all den Jahrzehnten auch gelungen – vor allem dank der Sicherheit und Ruhe, die Albert ihr gab. Wenn man davon absah, dass sie sich zuweilen mit Leo Karas verrückten Aktionen beschäftigen musste, waren ihr größere Widrigkeiten im Privatleben erspart geblieben. Bis jetzt. Es schien so, als würden sich nun ihre schlimmsten Befürchtungen alle auf einmal bewahrheiten.

Albert war aufgewacht oder besser gesagt zu Bewusstsein gekommen. Seine Augen standen offen, starrten aber mit glasigem Blick zur Decke. Er konnte nur sein linkes Bein bewegen, das heftig und unkontrolliert zuckte.

Chefarzt Douglas Imrie stand im weißen Kittel an der Tür und betrachtete sie mitfühlend. »Es hat Ihren Mann wirklich schlimm getroffen, viel schlimmer konnte es nicht kommen. Er hatte mehrere schwere Hirninfarkte. Er ist erblindet, hat seine Sprechfähigkeit verloren und die rechte Seite seines Körpers ist komplett gelähmt. Auch die linke Seite funktioniert nicht normal, wir untersuchen derzeit, ob es sich um eine Apraxie handelt – die Unfähigkeit, koordinierte Bewegungen auszuführen.«

Betha Gilmartin strich über die ergraute Schläfe ihres Mannes. »Hörst du mich?«

Im selben Augenblick krümmte sich Alberts linkes Bein heftig. Betha Gilmartin biss sich auf die Lippen und wandte sich dem Chefarzt zu. »Was für eine Prognose hat Albert? Wird er wieder gesund?«

Chefarzt Imrie legte Betha Gilmartin eine Hand auf die Schulter und deutete mit dem Kopf zum Flur. Sie verließen das Zimmer und schlossen die Tür.

»Die Untersuchungen sind noch lange nicht abgeschlossen«, sagte Imrie. »Aber Sie können sich schon darauf einstellen, dass es Ihrem Mann nicht wieder so gehen wird wie früher. Nicht einmal annähernd. Seine vaskuläre Demenz wurde zu spät festgestellt, im Gehirn war bereits reichlich Gewebe zerstört, schon vor dieser ... Katastrophe.«

»Wird er wieder sehen können, wieder sprechen?«

Imrie schüttelte den Kopf. »Ich fürchte, nein. Es tut mir leid. Aber wir wollen den Dingen jetzt nicht vorgreifen. Warten wir die Untersuchungsergebnisse ab und sehen dann von Tag zu Tag weiter. Ich bin mir sicher, dass sich Ihre Anwesenheit positiv auf den Zustand Ihres Mannes auswirkt.«

Betha Gilmartin spürte, dass ihr erneut die Tränen kamen. Dutzende Fragen gingen ihr durch den Kopf, Fragen, auf die niemand eine Antwort wusste. Was sollte sie jetzt tun? Würde Albert ein stummer und blinder bettlägriger Patient bleiben?

Sie nickte fragend in Richtung von Alberts Zimmer, und Imrie gab ihr die Erlaubnis, zu ihrem Mann zurückzukehren.

* * *

Es war nicht zulässig, den Puma-Helikopter des SIS für Privatflüge zu nutzen, aber Betha Gilmartin war schließlich die Vizechefin des SIS. Zwar hatte auch sie einen Vorgesetzten, doch Alexander

Curruthers würde es kaum wagen, sich in ihr Handeln einzumischen, auch wenn er Ritter des britischen Imperiums war. Sir Alex wusste, dass er ohne sie in der Klemme steckte. Der Puma setzte auf dem Hubschrauberlandeplatz von Legoland in Vauxhall Cross auf, und Betha Gilmartin rannte durch die von den Rotorblättern angefachten Böen ins Hauptquartier des SIS.

Als sie Mantel und Schal in den Kleiderschrank ihres Büros gehängt hatte, blieb sie stehen und betrachtete ihr Spiegelbild. Am liebsten hätte sie in den Spiegel getreten. Es war nicht einfach so, dass ihr Gewissen sich regte, weil sie Albert allein im Krankenhaus zurückgelassen hatte – nein, ihr Gewissen schrie so laut, dass es weh tat. Sie konnte nicht sagen, woher ihre Selbstbezogenheit rührte: War sie ganz einfach nicht imstande, nur dazusitzen und die Hand ihres Mannes zu halten, der erblindet und gelähmt war und nicht mehr sprechen konnte? Oder lag es daran, dass sie einen Punkt hinter die Ermittlungen zu Mundus Novus setzen wollte? Sie wusste nur so viel: Nach diesen Ereignissen würde nichts mehr so sein, wie es vorher gewesen war.

Betha Gilmartin hatte keine Kraft und keine Lust, sich das Stützkorsett um die Hüften zu legen, die Zeit der Albernheiten war vorbei. Mit forschem Schritt marschierte sie in das Lagezentrum der siebenten Etage, und als sie die ungewöhnlich zurückhaltende Atmosphäre spürte, fragte sie sich, ob die Kunde von Alberts Schicksal die Flure von Legoland schon vor ihr erreicht hatte. Die Ermittlungseinheit war gewachsen und umfasste jetzt vierzig Personen.

Colleen Carter kam im Laufschritt auf Betha Gilmartin zu. »Die Yankees haben einen der Server gefunden, der für den Cyberangriff verwendet wurde, überraschenderweise …«

Betha Gilmartin unterbrach sie: »Wo?«

»Auf dem Flughafen und Weltraumbahnhof von Mojave in Kalifornien. Das ist ein gemeinsames Testzentrum mehrerer privater Weltraumtechnikfirmen. Der Server gehörte einem Konsortium namens Repertega. So hieß übrigens auch das Schiff, mit dem der Forschungsreisende Amerigo Vespucci seinerzeit segelte.« Colleen Carter warf ihrer Vorgesetzten einen nach Anerkennung heischenden Blick zu. Bei ihren Ermittlungen zu Mundus Novus waren sie schon mehrmals auf den Namen Amerigo Vespucci gestoßen.

Betha Gilmartin bedeutete ihr fortzufahren.

»Zu den Eigentümern des Repertega-Konsortiums gehören vier Unternehmen, und alle vier konnten schon mehrfach mit Mundus Novus in Verbindung gebracht werden.«

»Was wurde sonst noch in Mojave gefunden?«, drängte Betha Gilmartin. »Anlagen, Waffen ...«

Colleen Carter lachte. »Natürlich nichts. Die beseitigen doch immer alle Spuren, bevor die Behörden vor Ort erscheinen.«

Betha Gilmartin schluckte die Flüche hinunter, die ihr schon auf der Zunge lagen. »Und die politische Lage, die Forderungen der Staaten, die wegen der Anschläge erbost sind? Ist in den letzten Stunden etwas passiert?«

Colleen Carter sah ihre Vorgesetzte erstaunt an, aber dann fiel ihr ein, wo Betha die letzten Stunden verbracht hatte. An sich war es ein Wunder, dass die Chefin überhaupt weiterarbeitete, nachdem sie gerade vom Schicksal ihres Mannes erfahren hatte. Betha Gilmartin war eben ein absoluter Profi. »Für morgen wurde eine Sondersitzung des UN-Sicherheitsrates einberufen, ebenso eine außerordentliche Sitzung des EU-Ministerrats. Und auch der US-Kongress will die Forderungen der durch die Anschläge aufgebrachten Staaten behandeln.«

Betha Gilmartin schnaufte verärgert. »Amateure. Sie verstehen nicht, dass es jetzt darum geht, Zeit zu gewinnen. Für solche Sitzungen ist es viel zu früh. Aus diesem Chaos wird doch niemand innerhalb von ein oder zwei Tagen schlau.«

Colleen Carter schien der gleichen Meinung zu sein.

Betha Gilmartin beugte sich näher zu ihrer Assistentin hin. »Ist auf den Fluren immer noch von diesem Informationsleck die Rede, das du erwähnt hast? Von einem Maulwurf, der sich bei uns eingenistet hat?«, fragte Betha Gilmartin, und die von ihrem Wesen her sonst so energische und gesprächige Colleen Carter schien in sich zusammenzufallen. Sie schaute woanders hin und schüttelte den Kopf. Betha Gilmartin wusste die ausweichende Reaktion nicht zu deuten.

Die Vizechefin rief ihre Truppe zusammen und bombardierte sie mit einer Reihe von Befehlen, hauptsächlich, um dafür zu sorgen, dass ihre Mitarbeiter aufmerksam und konzentriert blieben. Dann verließ sie das Lagezentrum und das laute Stimmengewirr.

In ihrem Büro stieß Betha Gilmartin die Absatzschuhe von ihren Füßen und goss sich drei Fingerbreit Kilbeggan-Whisky ein, der am Rande ihrer Heimatregion in Nordirland abgefüllt wurde. »*Sláinte*«, murmelte sie und kippte die goldbraune Flüssigkeit in einem Zug hinunter. Wenn Butter und Whisky nicht helfen, dann hilft gar nichts mehr, dachte sie und sah das schweiß- und staubbedeckte Gesicht ihres Vaters nach der Feldarbeit erstaunlich lebendig vor sich.

Sie setzte sich an den Schreibtisch und beschloss, John Elliott, den Generaldirektor des Geheimdienstes MI5, anzurufen, in der Hoffnung, dass sie wenigstens eines der Probleme, die ihr auf der Seele lagen, von der Tagesordnung streichen könnte.

Elliott meldete sich an seinem Privathandy nach dem ersten Klingelton.

»Bei euch ist sicherlich auch genug los, ich komme mal sofort zur Sache. Ich habe gehört, dass der Fall Clive Grover immer noch offen ist. Hat der MI5 den Verdacht, dass noch jemand anders von uns Informationen verrät?«

Elliott schwieg so lange, dass Betha Gilmartin sich schon Sorgen machte.

»Du weißt doch, dass ich mit dir nicht über Ermittlungen reden kann, die nicht abgeschlossen sind. Übrigens auch nicht über solche, die abgeschlossen sind.«

Betha Gilmartin verstand, dass hier etwas ganz und gar nicht stimmte.

* * *

Saara Lukkari, die Leiterin der Abteilung für Gegenspionage der SUPO, konnte sich ein Grinsen gerade noch verkneifen. Es sah so aus, als wäre Kriminaloberinspektor Klasu Nyman, ein Mann wie ein Gorilla, endlich daheim angekommen: Er stand im Schatten der Palmen und Bambussträucher von Gardenia, dem Tropischen Garten auf dem Universitätsgelände von Viikki in Helsinki. Die Luft hier drinnen war feucht und ungewohnt warm, Saara Lukkari musste ihren Wintermantel ausziehen und den Hut abnehmen. Sie hatten beschlossen, sich in dem Garten zu treffen, weil der Weg hierher für beide ungefähr gleich lang war.

Lukkari und Nyman schauten sich an wie Verschwörer.

Klasu Nyman redete als Erster. »Der Chef hat mir befohlen, an einem Seminar über die Prävention von Schulmorden in Hamburg teilzunehmen.«

»Und mich hat man nach Frankreich beordert, nach Lyon, zu einem von Interpol organisierten Kurs über die Analyse von Aufklärungsinformationen.«

Nyman ließ den Blick eine Weile über die Obstbäume und die verschiedenen Rosensorten wandern. »Erst nimmt man uns die Mitarbeiter weg und dann werden wir ins Ausland geschickt. Irgendjemand will nicht, dass ›Specht‹ enttarnt wird.«

»Es ist an der Zeit, dass du die Liste der acht Personen siehst, die Kara aus dem Gedächtnis aufgeschrieben hat. Er war sich vollkommen sicher, dass ›Specht‹ einer von denen ist«, sagte Saara Lukkari mit ernster Miene und reichte Nyman einen Zettel.

Ein ehemaliger Ministerpräsident, der Präsident der Republik, der Vorstandsvorsitzende des Sampo-Konzerns, der Präsident des

Obersten Verwaltungsgerichts, der Generalstaatsanwalt, der Präsident des Obersten Gerichts, ein weiterer ehemaliger Ministerpräsident, der Leiter der Abteilung Polizei im Innenministerium. Nyman zerriss den Zettel in kleine Schnipsel und steckte sie in die Hosentasche; diese Namen würde er sich auch ohne Spickzettel merken.

»Und die Russen? Hast du irgendwelche neuen Verbindungen zwischen Timtschenko und diesen acht Namen gefunden?«, fragte Nyman und klopfte auf die Tasche, in die er eben die Schnipsel gestopft hatte.

Saara Lukkari schüttelte den Kopf. »Das einzige Verbindungsglied ist weiterhin die fünfprozentige Beteiligung der Frau des Präsidenten an Timtschenkos Immobilieninvestmentfirma. Dieser Anteil bringt im Laufe der Jahre einen Aktiengewinn im Wert von mehreren Millionen. Die Wege des Sampo-Konzerns und der Unternehmen Timtschenkos haben sich bei verschiedenen Geschäften berührt, aber das ist bei einem Land von der Größe Finnlands wohl normal.«

Nyman zog die Lederjacke aus. »Wenn ich die Aktivitäten der Frau des Präsidenten näher untersuchen will, brauche ich die Unterstützung des Chefs, aber Neulamaa kuscht vor dem Leiter der Abteilung Polizei. Und dessen Name steht ... auf der Liste.«

»Es gibt in Finnland schließlich noch den Justizkanzler, der überwacht, ob sich die Regierung an die Gesetze hält, und den Ombudsman des Parlaments.« Saara Lukkari dachte laut nach. Dann zögerte sie. Schließlich holte sie einen zweiten Zettel aus der Innentasche ihres Mantels und reichte ihn ihrem Kollegen. »Zumal wir noch das hier haben. Das ist die Übersetzung eines russischsprachigen Textes.«

Die Gelder (zwölf Millionen US-Dollar) sind über vom FSB geprüfte Kanäle an die Bank Messmer & Cie. in Zürich zu überweisen. Es wird angeordnet, bei der Transaktion Vertrauenspersonen des

FSB zu nutzen, die in der Bank tätig sind. Das Verfahren wurde mit der Führung des FSB abgestimmt.

»Wo hast du das her? Was bedeutet das?«, fragte Nyman. Er war Feuer und Flamme.

»Das fand sich unter der von Wikileaks enthüllten Diplomatenpost, abgeschickt wurde es aus der Kanzlei des russischen Präsidenten. Bisher konnte niemand irgendeinen Zusammenhang herstellen, aber jetzt wird die Sache klar. Sieh dir mal das Datum an«, sagte Saara Lukkari. Sie wirkte nun noch ernster. »Das ist genau der Tag, an dem Arkadi Timtschenko bei einer Versteigerung Hunderte Hektar am Ufer des Finnischen Meerbusens in Nowy Bereg bei St. Petersburg gekauft hat.« Sie schwieg einen Augenblick, doch nur um ihre nächsten Worte noch mehr hervorzuheben. »Und wir wissen, dass die Frau des Präsidenten ein Konto bei der Bank Messmer & Cie. besitzt.«

Klasu Nyman wollte zugleich lachen und weinen. »Und wer könnte uns wohl ihre Kontodaten bei der Schweizer Bank beschaffen?«

* * *

Maximilian Messmer betrat das Hotel Grand Karavia einhändig. Es bereitete ihm kaum Sorgen, dass die kanadische Mitarbeiterin der Organisation »Save the children« wusste, wo er sich einquartieren wollte. Zwar hatte sie Sylvain Zakuani seine vorherige Hoteladresse verraten, doch Messmer hatte ihr danach zweimal unmissverständlich klargemacht, dass seine Kontaktdaten an niemanden weitergegeben werden durften. Außerdem hatte er ja keine andere Wahl; in Lubumbashi gab es nur wenige Hotels mit einem drahtlosen Internetanschluss in den Zimmern. Und es wäre zum jetzigen Zeitpunkt auch noch keine Katastrophe, wenn sein Aufenthaltsort verraten würde. Kommandant Gédéons Männer behielten ihn garantiert im Auge, bis sie ihr Geld bekamen.

Er blieb auf dem Marmorfußboden mitten im Foyer des Hotels stehen, genoss den kühlen Luftzug aus der Klimaanlage und spürte seinen Herzschlag im Handstumpf. Die Schmerztabletten des Medizinmanns wirkten verblüffend gut; ihm wurde Angst bei dem Gedanken, was sie womöglich alles enthielten.

Das Hotel hatte anscheinend einen guten westlichen Standard, und der Blick auf den Kipopo-See begeisterte garantiert all jene Gäste, die noch nicht wie er am Seeufer unter einem Fischerboot übernachtet und sich dabei die nächtlichen Geräusche im Kongo angehört hatten.

Messmer ging aufrecht und mit erhobenem Kopf weiter und bemühte sich, so seriös auszusehen, wie das in den Sachen von Sylvain Zakuani nur möglich war. Er trat an die Rezeption. »Ich möchte ein Zimmer für eine Woche reservieren. Gern eine Suite«, verkündete er, obwohl er nicht die geringste Absicht hatte, im Grand Karavia auch nur eine Sekunde länger als nötig zu bleiben.

»Aber natürlich. Wenn Sie das bitte ausfüllen könnten«, antwortete der hyperkorrekte, großgewachsene kongolesische Rezeptionist in gepflegtem Französisch und reichte ihm ein Anmeldeformular. »Ich benötige auch eine Kopie Ihres Passes und Ihres Visums.«

»Mein Assistent trifft später am Abend hier ein. Er kümmert sich um meine Papiere. Sie werden sicher einen alten Mann nicht zwingen, stundenlang hier im Foyer zu warten«, erklärte er, legte einen Hundert-Dollar-Schein auf den Tresen und begann die persönlichen Angaben eines Bekannten in das Formular einzutragen. Mit der linken Hand dauerte das entnervend lange.

»Das ist in Ordnung. Dann kopiere ich Ihre Reisepapiere, wenn Ihr Assistent eintrifft. Soll ich auch für ihn ein Zimmer reservieren?«, fragte der Angestellte, während er gleichzeitig den Geldschein einsteckte.

Die Frage überraschte Messmer, der aufschaute. »Natürlich.

Allerdings keine Suite«, antwortete er und hoffte, dass der Mann sein Zögern nicht bemerkt hatte. Dessen Blick war auf seine mit Verbänden bedeckte Hand gerichtet.

»Ein kleiner Unfall. Nicht alle Bergwerke in der Region Katanga sind, was die Sicherheit angeht, auf dem letzten Stand«, sagte Messmer. Zum Glück war der Stumpf so dick verbunden, dass man das Fehlen der Hand nicht bemerken konnte.

Das Hotelzimmer war ausgesprochen sauber, sogar stilvoll. An einer Wand des geräumigen Wohnzimmers hing ein Flachbildfernseher, die Badewanne war funkelnagelneu und vom Balkon bot sich eine prächtige Aussicht.

Messmer nahm eine Flasche Mineralwasser aus der Minibar und steckte sich eine halbe Schmerztablette in den Mund. Das musste sein, auch wenn die Medikamente ihn schläfrig machten. Er wäre nicht imstande, sich auf seine Aufgabe zu konzentrieren, wenn er unter Schmerzen litt.

Sein Tablet fand einen Zugang zum drahtlosen Netz, und Maximilian Messmer überwies ohne Umschweife zwei Millionen Dollar auf das Konto von Kommandant Gédéon – es war Teil des Blutgelds von Mundus Novus. Dass er die Überweisung ausgeführt hatte, wollte er Gédéon erst mitteilen, wenn er bereit war, Lubumbashi zu verlassen. Für alle Fälle.

Jetzt konnte er sich endlich an die Arbeit machen. Messmer öffnete sein E-Mail-Postfach und fand dort zu seiner Freude sieben neue Nachrichten vor. Mit einer Ausnahme hatten ihm nun alle einflussreichen Bankiers geantwortet, bei denen er wegen Mundus Novus angefragt hatte. Er öffnete in einem zweiten Fenster ein Textverarbeitungsprogramm sowie die Zusammenfassung, die er über Mundus Novus geschrieben hatte, und begann die fehlenden Puzzlestücke einzusetzen. Das ging überraschend schnell, als er feststellte, dass er sowohl mit dem Zeige- als auch mit dem Mittelfinger der linken Hand tippen konnte.

Nach zwei Flaschen Mineralwasser, drei Tassen Kaffee, einer

Miniflasche Whisky, fünf Toilettengängen und einem, beim Zimmerservice bestellten, Clubsandwich war er fertig. Die sechsundzwanzigseitige Zusammenfassung bewies lückenlos die gesetzwidrigen Geschäfte aller Begünstigten der Stiftung Mundus Novus mit Dutzenden kriminellen Organisationen und ihre Zusammenarbeit mit den schlimmsten Problemstaaten der Welt, sie bewies, welche Firmen der Stiftung gehörten – sie bewies alles.

Messmer rieb sich die Augen, holte aus der Minibar eine kleine Flasche Cognac und betrat das Bad. Er öffnete die Hähne der Badewanne, stellte eine angenehm warme Wassertemperatur ein, kehrte ins Wohnzimmer zurück und legte sich aufs Sofa. Es war kurz vor zwei Uhr nachts. Er würde sich jetzt fünf Stunden Schlaf gönnen, dann die kanadische Mitarbeiterin der Hilfsorganisation anrufen und sie bitten, die Unterlagen über seine Spende zur Unterzeichnung ins Grand Karavia bringen zu lassen. Dann würde er Kommandant Gédéon mitteilen, dass er das Geld überwiesen hatte, seine Zusammenfassung noch einmal durchlesen und sie den Behörden erst kurz vor dem Verlassen des Hotels schicken, um denen, die eventuell seine elektronischen Spuren verfolgten, die Arbeit zu erschweren. Am Schluss würde er aus Lubumbashi verschwinden. Nur wohin? Er brauchte Hilfe, wusste aber niemanden, der ihm helfen konnte.

Plötzlich musste Messmer einmal mehr an den Misthaufen neben dem Restaurant Le Centaure denken und an den Mann, der behauptet hatte, ein Vertreter der britischen Behörden zu sein. Und wenn die Briten nun wirklich versucht hatten, Verbindung zu ihm aufzunehmen? Er hatte sein Handy aus der Schweiz nicht einmal mitgenommen und das E-Mail-Fach aus seinem alten Leben seit dem Verschwinden aus Zürich noch nicht geöffnet. Rasch ging er wieder an seinen Computer.

Messmer lächelte, als das E-Mail Programm die eingegangenen Nachrichten zählte: 1316 in einer knappen Woche, er hatte gar nicht gewusst, dass er so beliebt war. Er nahm einen Schluck Cognac aus der Flasche und sah die Absender durch, bis er auf die Abkürzungen »SIS«, »gov« und »uk« stieß. Die Nachricht war vor fünf Tagen abgeschickt worden. Soweit sich Messmer erinnerte, war der SIS der Auslandsnachrichtendienst von Großbritannien.

> Wir möchten Sie unverzüglich treffen … über die Begünstigten und die Gefährlichkeit der Stiftung Mundus Novus reden … Die Aktivitäten der Bank Messmer & Cie. selbst werden wir nicht untersuchen … Wir garantieren Ihnen Ihre völlige persönliche Unversehrtheit …

Maximilian Messmer fluchte selten, aber jetzt rief er lauthals »Scheiße!«. Hatte er sich etwa umsonst stundenlang im Pferdemist versteckt? War sein Verfolger ein britischer Beamter gewesen, wie er es behauptet hatte? Messmer entschloss sich, seine Zusammenfassung sofort abzuschicken, und loggte sich auf der Internetseite des SIS ein, die Anweisungen dazu fanden sich unter der Rubrik »Kontakt«.

Eben war Maximilian Messmer dabei, seine Zusammenfassung als Anhang in das Kontaktformular des SIS einzufügen, als auf dem Balkon der Suite Nr. 387 des Hotels Grand Karavia eine Gestalt auftauchte.

24

Montag, 13. Februar

Als Leo Kara zu sich kam, dauerte es eine geraume Weile, bis er wusste, wo er sich befand. Diesmal war die Realität noch schlimmer als der Alptraum, aus dem er erwachte. Tiefste Verzweiflung übermannte ihn. Er spürte, wie er innerlich zusammenbrach. Sollte alles so zu Ende gehen?

Kara lag auf der Rampe der untersten Förderstrecke im aufgegebenen Bergwerk Lin Ma Hang und versuchte, seinen Kopf zu bewegen. Der Schmerz schoss ihm durch den ganzen Körper, er schrie so laut, dass es durch den Schacht hallte. Irgendetwas steckte zwischen seiner Schulter und seinem Hals fest. Kara versuchte seine rechte Hand zu heben, das führte aber nur zu einer neuen Schmerzwelle. Wenigstens die linke Hand funktionierte, ebenso das rechte Bein, aber als er die Zehen des linken Fußes anspannte, tat das so sehr weh, dass ihm das Wasser aus den Augen lief. Er bereute aus tiefstem Herzen, dass er die Medikamente nicht mehr einnahm; nun hatte er nichts bei sich, was ihn von diesen höllischen Schmerzen befreien könnte. Er war es gewöhnt, sich vorzustellen, wie er in äußerst schwierige Situationen geriet – schon als kleiner Junge war die Phantasie sein Zufluchtsort gewesen, sein privates Universum, in dem er selbst die größten Widrigkeiten überwunden hatte. Doch eine derart hoffnungslose Lage wie jetzt hatte er sich nicht einmal ausdenken können.

Er hob die linke Hand zum Hals und berührte Metall, der Schmerz ließ ihn erneut aufschreien. Er musste die Wunde abtasten, obwohl ihm die Hand zitterte. Auf der rechten Seite, in der Nähe des Schlüsselbeins, war eine etwa zwei Zentimeter dicke

Metallstange mit rauer Oberfläche in seinen Hals eingedrungen. Er biss die Zähne zusammen und bewegte seine Schulter; das tat verdammt weh, aber es schien so, als hätte die Stange seinen Körper nicht durchbohrt.

Kara lag bäuchlings auf den kalten Brettern der Laderampe und sammelte Kräfte. Er wollte nicht darüber nachdenken, was er nun tun konnte. Doch was ihm auch durch den Kopf ging, ein Gedanke war trostloser als der andere: Der Förderkorb war beim Aufprall auf der Schachtsohle zerschmettert worden, mit einer tiefen Wunde im Hals, mit nur einem Bein und einer Hand käme er auf keinen Fall hinauf... Sein Handy hatte Manas, und hier tief unter der Erde würde sowieso kein Telefon funktionieren.

Er griff nach der Metallstange und zog daran. Blut spritzte, der Schmerz war unerträglich. Seine wilden Schreie hallten durch den Schacht. Dann fiel die Stange klirrend auf den Fels. Er drückte die Hand auf die Wunde, wenigstens floss das Blut nicht in Strömen. Mühsam stemmte er sich hoch, bis er saß, und biss sich dabei vor Schmerzen auf die Zunge, bis er das Blut schmecken konnte. Seine rechte Hand hing unnatürlich herab, er hatte keine Lust herauszufinden, an welcher Stelle der Knochen gebrochen war. Der Schmerz im linken Bein hingegen ließ sich leicht lokalisieren. Er betastete sein Knie, es war angeschwollen und so groß wie ein Volleyball.

Kara riss sein schwarzes Hemd auf, dass die Knöpfe flogen, er schaffte es irgendwie, das Hemd auszuziehen, und wimmerte vor Schmerzen, als er den Stoff mit den Zähnen zerriss. Er drückte ein Stoffknäuel auf die Wunde neben dem Schlüsselbein und versuchte dann, es mit einem langen Stofffetzen festzubinden. Das war mit einer Hand nicht einfach, er musste sich ausruhen und warten, bis der Schmerz etwas abflaute. Schließlich gelang es ihm, sich einen Stoffstreifen um die Schulter zu legen und ihn mit den Zähnen und seiner gesunden Hand festzuziehen. Kara stand auf und bemerkte zu seiner Überraschung, dass der Schmerz nachließ. Er knüpfte aus den restlichen Stofffetzen eine primitive Armschlinge für seine rechte Hand, aber für sein Knie konnte er nichts tun. Die rechte Hand war völlig außer Gefecht gesetzt, doch das linke Bein hielt immerhin eine leichte Belastung aus.

Es gab genau einen Fluchtweg – den Schacht. Kara wagte sich so nahe wie möglich an den Rand und schaute hinunter. Der Förderkorb lag auf der Sohle, verbogen zu einem unförmigen Stahlklumpen. Diesen Aufprall hatte Manas nicht überlebt, das verstand sich von selbst. Er hob den Blick nach oben und fühlte die Verzweiflung wie den Tritt eines Maultiers, als er in den Hunderte Meter hohen Schacht hinaufsah, der immer schmaler wurde und sich schließlich zu einem kleinen Punkt verengte.

* * *

Maximilian Messmer sah die Gestalt auf dem Balkon seines Zimmers im Hotel Grand Karavia. Ihm blieb keine Zeit nachzudenken – er drückte auf die Eingabetaste seines Tablets, und seine Zusammenfassung zu den Aktivitäten von Mundus Novus samt des dazugehörigen Anschreibens verschwanden im Äther und rasten nach London ins Hauptquartier des SIS. Messmer hatte keine Ahnung, wer auf seinem Balkon stand.

Im nächsten Moment trat ein hellhäutiger, sonnengebräunter und durchtrainierter Mann mittleren Alters in einem sandfarbenen Leinenanzug durch die im Wind flatternden Gardinen in das Hotelzimmer.

Messmer erkannte, dass es nicht derselbe Mann war, der ihn an den Pferdeställen verfolgt hatte, aber er wusste nicht, ob er sich darüber freuen sollte oder nicht. Zumindest war es kein Mai-Mai, also blieben wohl nur zwei Alternativen übrig – die Russen oder der SIS. Messmer kam sich vor wie beim Russisch-Roulette.

»Ich überbringe Grüße von deinen Freunden bei Mundus Novus«, sagte der Mann auf Russisch und setzte sich in einen Sessel.

Aus irgendeinem Grund musste Maximilian Messmer an den

Zürichsee und sein Boot Lieselotte denken. Dann erinnerte er sich an die mit Holzpaneelen verkleidete und stets nach Orchideen duftende Foyerbar Le Hall des Hotels Baur au Lac, an den exzellenten trockenen Fendant und seine geruhsamen abendlichen Gespräche mit Andreas Fankhauser in den Ledersesseln der Bar. Schließlich landete er in Gedanken bei den Ereignissen der letzten Tage, den Schmerzen und Ängsten, bei seinem Plan. Das war alles in seinem Leben, was ihm fehlen würde. Er bereute seine Entscheidung, aus Zürich zu fliehen, immer noch nicht.

»Anscheinend hat Kommandant Gédéon Ihnen meine Hand nicht gezeigt«, sagte Messmer schließlich.

»Doch, das hat er«, erwiderte der Mann und befestigte währenddessen einen Schalldämpfer aus Titan am Lauf seiner Neun-Millimeter-Pistole, einer CZ 75 Phantom. »Aber ich hatte Zeit genug, mich mit den Mai-Mai und der Geschichte des Kongo zu beschäftigen, als ich darauf wartete, dass man dich fand. Zufällig habe ich irgendwo gelesen, dass schon während der frühen Kolonialzeit, im Freistaat Kongo, die Soldaten ihre Vorgesetzten übers Ohr hauten, indem sie ihren Opfern die Hand abhackten, sie jedoch am Leben und weiter arbeiten ließen.«

»Ließe sich diese Situation nicht mit irgendeiner Geldsumme ... regeln?«, bat Messmer flehentlich.

»Welche Informationen hast du schon weitergegeben? Und wem?«

Messmer deutete mit der Hand auf seinen Computer. »Darauf befindet sich alles. Ich habe es eben fertig bekommen. Der SIS der Briten weiß jetzt alles, was ich weiß.«

Die Polizisten, die am nächsten Morgen in Messmers Hotelzimmer gerufen wurden, fanden weder einen Computer noch ein Handy. In Messmers Brieftasche entdeckte man ein Testament, mit dem der neunundsechzigjährige, kinderlose und ledige Bankier aus Zürich sein stattliches Vermögen vier verschiedenen Hilfsorganisationen vermacht hatte. Es gab niemanden, der das Testament anfechten würde.

* * *

Der Schmerz pochte überall in Leo Karas Körper, und die angestaute Angst verwandelte sich allmählich in Panik. In dem engen Stollen des schmalen Schachtes, fast einen Kilometer unter der Erde, war das beklemmende Gefühl so schlimm wie in keiner der Zellen, in die man ihn während der letzten zwanzig Jahre gesperrt hatte. Und das waren mehr als genug gewesen.

Sein linkes Knie, die rechte Hand und die Wunde am Schlüsselbein schmerzten pausenlos. Eben hatte er versucht, ob das an der Schachtwand verlaufende Stromkabel das Gewicht eines Mannes aushielt, und eine Enttäuschung erlebt. Eine der Lampen, die den Schacht schwach erleuchteten, hatte sich aus ihrer Befestigung gelöst, als er an dem Kabel ruckte. Er wollte nicht einmal daran denken, dass sein Leben in diesem düsteren, kalten und feuchten Schacht zu Ende ginge.

Es gab nur einen Weg hinauszukommen – die gerissenen stählernen Tragseile des Förderkorbs. Sie hingen in der Mitte des Schachtes etwa zweieinhalb Meter von ihm entfernt. Wo sollte er irgendein Werkzeug finden, um an sie heranzukommen?

Die an den Schachtwänden festgeschraubten Lampen beleuchteten nur das vorderste Stück der in den Fels gehauenen Strecke. Kara erblickte ein schmales Gleis und einen kleinen verrosteten Hunt, er humpelte in den Stollen und erlebte die nächste Enttäuschung – der Wagen war leer. Er ging weiter, folgte der einen Schiene bis ins Stockdunkel hinein. Mit der gesunden Hand ruderte er vor sich durch die Luft. Dann stieß sein Fuß auf Metall – ein zweiter Hunt. Er betastete ihn und freute sich, als er Kettenglieder fühlte. Kara ergriff seinen Fund und ging zurück ins Licht der Schachtlampen. Die Kette war mehr als zwanzig Meter lang, und an einem Ende hing ein Metallhaken. Perfekt!

Kara zerrte die Kette bis zum Schachtrand und legte sie auf dem Felsboden sorgfältig kranzförmig zusammen. Nachdem er sich eine Weile ausgeruht hatte, ergriff er die schwere Kette unterhalb des Hakens, schwenkte sie ein paarmal hin und her, zielte und schleuderte die klirrende Kette in Richtung der gerissenen Förderseile. Treffer! Aber der Haken verfing sich nicht an den abgerissenen, verbogenen Seilenden, sondern flog in hohem Tempo hinunter zur Schachtsohle.

Das andere Ende! Er musste es festhalten! Im letzten Moment bekam Kara die Kette zu fassen, bevor sie in der Tiefe verschwand, doch ihr Gewicht riss ihn mit aller Wucht in Richtung Schacht. Er war gezwungen, beide Füße auf den Boden zu stemmen, um nicht abzustürzen. Ein Schrei hallte durch den Schacht, als ein jäher Schmerz sein Knie durchzuckte. Aber er hielt die Kette fest.

Er atmete eine Weile tief durch, zerrte dann die Kette aus dem Schacht heraus und bereitete sich auf einen neuen Versuch vor. Diesmal warf er die Kette weiter nach oben und beobachtete ihren Flug – der Haken klirrte gegen das verbogene Ende eines Seils und blieb hängen. Vorsichtig, äußerst vorsichtig, zog Kara die Kette zu sich hin und fühlte eine ungeheure Erleichterung, als er das Stahlseil des Förderkorbs in der Hand hielt. Jetzt noch das andere Seil.

Kara ging in die Strecke hinein und zog das Seil mit sich, um das Ende des anderen, immer noch in der Schachtmitte hängenden Seils weiter nach oben zu befördern. Er schwenkte das Seil hin und her. Da oben, Hunderte Meter über ihm, waren die Förderseile immer noch miteinander verbunden, und so fing das Seil im Schacht an zu schaukeln und schwang schließlich so weit hin und her, dass Kara es sich angeln konnte.

Er wälzte einen Stein auf die Seile und humpelte in den Stollen hinein. Sein ganzer Körper schmerzte, als er den Hunt mit der gesunden Schulter schob, das verrostete Metall quietschte ohrenbetäubend. Der Hunt besaß ungefähr das richtige Gewicht, war vielleicht etwas schwerer als er. Kara bugsierte das Gefährt an den Schachtrand und befestigte ein Seilende daran. Das andere band er sich um die gesunde Schulter und den Arm. Sein Plan war töricht, gefährlich und wahrscheinlich auch schmerzhaft, aber eine bessere Idee hatte er nicht. Er musste dieses Kunststück jetzt sofort vollbringen, bevor er zur Vernunft kam und seinen Vorsatz aufgab.

Kara atmete zweimal tief durch, spannte seine Kräfte an und schob den verrosteten Hunt auf den Schienen in den Schacht. Der schwere Wagen aus Eisen stürzte hinab und Kara, der sich am Tragseil festklammerte, wurde nach oben geschleudert. Als der Hunt auf der Schachtsohle aufschlug, flog er noch ein ganzes Stück weiter hoch, dann wirkte die Schwerkraft und er fiel herab, bis der Absturz abrupt endete und ein höllischer Schmerz durch seinen ganzen Körper schoss. Aber jetzt hing er vor der Öffnung der nächsthöheren Strecke, so wie er es gewollt hatte. Kara schwang sich hin und her wie auf einer Schaukel. Wenig später berührte er mit den Füßen den Boden der Strecke und landete keuchend auf dem Felsboden. Jetzt musste er nur den sündhaft schweren Hunt von der Schachtsohle hochhieven und das Kunststück so oft wiederholen, bis er oben ankam und den Schacht verlassen konnte. Kara war sich vollkommen sicher, dass seine Kräfte ihn vorher verlassen würden.

* * *

Kati Soisalo saß im Restaurant Knoblauch an einem Fenstertisch und behielt das Haus der Poulsens im Auge. Auf der Straße in Frankfurts Westend waren nur vereinzelt Autos unterwegs. Sie hatte zunächst draußen auf Helena Poulsens Rückkehr gewartet und war auf der Staufenstraße hin und her gegangen, bis der Hunger sie schließlich zwang, eine Gaststätte zu betreten. Dort hatte sie Entenbrust mit Quitten gegessen, ein Glas Rotwein getrunken und genoss nun die Mousse au Chocolat. Der Kaffee wirkte belebend.

Sie hatte nicht die geringste Ahnung, was sich im Laufe der letzten Stunden ereignet hatte. War es schon zum Zusammenstoß zwischen dem Ethem-Clan und Selami Metallas Organisation Veliki gekommen? Und wie hatte Helena Poulsen das überstanden? Zu Hause war sie jedenfalls noch nicht eingetroffen. Kati Soisalo konnte aber auch nicht zu der Fabrikhalle von Veliki gehen, um herauszufinden, was geschehen war. Dort würde sie den Albanern wieder in die Hände fallen oder schlimmstenfalls mitten in die Auseinandersetzung zwischen Veliki und dem Ethem-Clan geraten.

Kati Soisalo betrachtete das fünfgeschossige hellbraune Gebäude, dessen Fassade von den kahlen Ästen der Laubbäume in ein Mosaik zerlegt wurde. Das war Vilmas Zuhause. Gott sei Dank befand sich das Mädchen jetzt in der Kindertagesstätte, ansonsten wäre sie garantiert in die Wohnung der Poulsens gestürmt und hätte ihre Tochter in die Arme geschlossen. Der Gedanke, dass sie Vilma ganz fremd sein könnte, machte ihr Angst. Sie hatte ihre Tochter nicht vor allem beschützt, sie hatte zugelassen, dass böse Männer Vilma entführten. Ob sich Vilma überhaupt noch an ihr Gesicht erinnerte? Das Mädchen hatte schon länger bei den Poulsens gelebt als in Helsinki mit ihr zusammen. Sie empfand ein bitteres Gefühl des Mitleids, als ihr klar wurde, wie Helena Poulsen jetzt zumute sein musste. Die ganze Geschichte war für alle Beteiligten mit so viel Schmerzen und Trauer verbunden.

Ihre Hand mit dem Löffel Mousse hielt kurz vor dem Mund inne, als sie sah, wie Helena Poulsen auf der Staufenstraße aus einem beigefarbenen Taxi stieg. Sie schnappte sich ihre Tasche und den Mantel, reichte der Kellnerin, die hinter dem Bartresen mit dem Getränketablett hantierte, einen Fünfzig-Euro-Schein, murmelte eine Entschuldigung und verließ die Gaststätte.

»Helena!«, rief sie der Frau zu, die gerade die Haustür öffnete. Sie sah schockiert und todmüde aus und starrte Kati Soisalo nur an.

»Habe ich das dir zu verdanken, dass ich dort gehen durfte?«, fragte Helena Poulsen schließlich.

Kati Soisalo nickte. »Ich wusste von Metalla ... etwas Wichtiges. Und ich habe meine Information an den Chef einer anderen albanischen Organisation weitergegeben, eines Konkurrenten von Veliki. Sind die Albaner aneinandergeraten?«

Helena Poulsen schaute sie mit ernster Miene an. »Ich dachte, ich muss sterben. Gesehen habe ich nicht, was passiert ist, die Schießerei war außerhalb der Halle. Metallas Leute haben das Aufeinandertreffen jedenfalls nicht gewonnen. Die Männer, die mich aus der Zelle herausgelassen haben, hatte ich noch nie gesehen. Ich habe ihnen gern versichert, dass ich all das niemals irgendjemandem erzählen werde.«

»Wie gut, dass du es heil überstanden hast«, sagte Kati Soisalo und seufzte erleichtert.

»Danke für das, was du getan hast.« Helena Poulsen berührte Kati Soisalos Schulter mit der Hand.

Kati Soisalo wusste, das war jetzt der entscheidende Moment. Wollte Helena Poulsen ihr Wort halten, war sie immer noch bereit, auf Vilma zu verzichten? Oder hatte sie letzte Nacht nur eingewilligt, damit das quälende Gespräch endlich aufhörte?

»Komm, gehen wir hinauf«, sagte Helena Poulsen, zog die Tür auf und wartete, bis Kati Soisalo ins Treppenhaus gekommen war. Sie stiegen bis in die zweite Etage und betraten die Wohnung der Poulsens. Vilmas Zuhause.

Nachdem Helena Poulsen sich den Mantel ausgezogen hatte, goss sie ein Glas fast randvoll mit Amaretto, öffnete die Balkontür und zündete sich eine Zigarette an. Ihre Hand zitterte.

»Darf ich Vilmas Zimmer sehen?«, fragte Kati Soisalo mit kaum hörbarer Stimme. Sie hatte Angst.

Helena Poulsen deutete mit der Hand in Richtung Flur.

Ein »Hello Kitty«-Plakat schmückte die Zimmertür. Kati Soisalo trat ein und spürte, wie ihr die Tränen kamen. Der Raum war ganz in Pink und Rosa gehalten, das waren schon früher Vilmas Lieblingsfarben gewesen, und an einem Schrankgriff hing ein mit Spitze besetztes Prinzessinnenkleid. Buntstifte, ein ABC-Buch, Knetmasse und ein Wandregal, auf dem Dutzende Schmuckstücke für Kinder lagen. Sie erkannte Vilmas Duft und begriff zugleich, dass der schon lange aus dem Kinderzimmer in Helsinki verschwunden war, das sie in ein Vilma-Mausoleum verwandelt hatte. Sie wusste, dass sie es nicht hinnehmen würde, wenn Helena Poulsen nein sagte. Kati Soisalo kehrte ins Wohnzimmer zurück und ballte die Fäuste, um ruhig zu bleiben. Jetzt würde sie die wichtigste Frage ihres Lebens stellen.

Helena Poulsen trat auf den Balkon, um ihre Zigarette auszudrücken, und schloss die Tür. Der Tabakgeruch hing noch in der Wohnung.

»Hältst du dein Wort? Bringen wir Vilma zusammen nach Helsinki?«, fragte Kati Soisalo.

»Ja, das machen wir«, antwortete Helena Poulsen. »Am besten rufst du jetzt die Psychologin an, die du kennst.«

25

Montag, 13. Februar

Leo Kara wachte auf und für einen flüchtigen Augenblick war alles gut. Dann wurde er sich seiner Lage bewusst und spürte den Schmerz, der überall im Körper pulsierte. Die Wunde neben seinem Schlüsselbein, das geschwollene Knie und die gebrochene Hand brannten wie Feuer. Wahrscheinlich hatte er für eine Weile das Bewusstsein verloren. Er musste die allerletzte Anstrengung versuchen, bevor ihn die Kräfte endgültig verließen.

Kara erhob sich mühsam, bis er auf einem Bein stand. Die Schmerzen ließen ein wenig nach. Wie durch ein Wunder hatte er es bis zur obersten vom Schacht in den Fels führenden Strecke geschafft. Nach jedem Heraufziehen des schweren Hunts war er schwächer geworden, aber jetzt brauchte er das rostige Ding nur noch zehn Meter hoch zu zerren, das würde ihm genug Schwung verleihen, und er könnte das Plateau des Schachtes erreichen und wäre gerettet.

Kara griff nach dem Ende des Förderseils, hörte etwas und hielt den Atem an. Schritte, mindestens zwei Männer redeten miteinander ... Er wälzte einen Stein auf das Seilende, trat ein paar Meter tiefer in den Stollen hinein und lauschte angestrengt. Die Fremden gingen mehrere Minuten lang in der Halle umher. Schließlich stoppten die Schritte am Schachtrand genau über ihm. Kara verstand die Männer schlecht, die russisch sprachen. »Das Auto von Manas ... Rostow hat befohlen, sie zu suchen ... Die Seile des Förderkorbs sind gerissen ... der Korb ist abgestürzt ... Vielleicht auf der Schachtsohle ...«

Dann hörte Kara erneut Schritte und nur noch ein gedämpftes

Gemurmel. Er kehrte an den Schachtrand zurück. Vielleicht hatten die beiden das Auto von Manas vor dem Schachtgebäude entdeckt und wollten sich den Kirgisen jetzt schnappen. Wenn sie ihn nirgendwo fanden, konnte es gut sein, dass sie den abgestürzten Förderkorb untersuchten. Und zur Schachtsohle gelangte man nur mit den gerissenen Tragseilen, die aber brauchte er, um sich zu retten.

Eine Panikattacke zwang Kara, sich zu setzen, der Schmerz pochte heftig. Wenn die Männer beschlossen, zur Schachtsohle hinabzusteigen, müsste er stundenlang warten. Auch seine letzten Kräfte würden schwinden. Und danach bliebe ihm nichts anderes, als die Tragseile wieder aus der Schachtmitte herüberzuangeln. Dazu wäre er nicht noch einmal imstande. Plötzlich fiel sein Blick auf eine hölzerne Stützkonstruktion, die sich ein paar Meter über ihm an die Schachtwand schmiegte und bis hinauf zum Rand reichte. An ihr käme er aus dem Schacht hinaus. Doch zuerst müsste er etwa zwei Meter die blanke Felswand hinaufklettern, mit einem Bein und einer Hand. Das würde niemals gelingen.

In dem Moment tauchten die Russen wieder am Schachtrand auf. Kara spähte vorsichtig nach oben und erblickte zwei großgewachsene Männer, die er kannte. Sie hatten ihn vor dem Hotel Four Seasons mit Gewalt zu Andrej Rostow in den Transporter gezerrt. Der eine trug eine Art altertümlichen Klettergurt. Das von Kara mit einem Stein beschwerte Seilende wurde in den Schacht gerissen, als die Männer an den Tragseilen ruckten. Es verging eine Weile, während die Russen den Gurt an den Seilen anbrachten, dann ließ sich einer von ihnen langsam in den Schacht hinab. Kara trat tiefer in die Strecke hinein und wartete. Es gab keine Alternative, er musste es über die Stützkonstruktion versuchen, obwohl er sich so schwach fühlte, dass ihm fast schwarz vor Augen wurde.

Schließlich kehrte er an den Schachtrand zurück und schaute nach unten und dann nach oben. Den Mann, der sich hinabließ, konnte er nicht mehr sehen, doch oben am Rand waren zwei Schuhe aufgetaucht – Rostows zweiter Mann saß da und wartete. Nur einen Meter von der Stelle entfernt, an der die hölzerne Stützkonstruktion endete.

Kara betrachtete die Felswand prüfend. Er versuchte eine Kletterroute zu finden, um die zwei Meter bis zu dem aus dicken Balken errichteten Tragwerk zu überwinden. Etwa einen halben Meter von ihm entfernt steckte ein Bolzen im Fels und noch einen halben Meter weiter ragte eine Steinspitze ein paar Zentimeter hervor. Zwei Fußstützen. Von dort könnte er das letzte Stück springen, sich sogar fast auf die Balken fallen lassen. Und Handgriffe? Kara schaute weiter nach oben. Die Felswand war schlecht beleuchtet, dennoch erkannte er zwei Vorsprünge mit rauer Oberfläche und ein in den Fels gebohrtes, ein paar Zoll breites Loch.

Seine Freude war allerdings nur von kurzer Dauer, ihm fiel der Russe ein, der oben wartete. Er selbst war unbewaffnet, schwer verletzt und total erschöpft. Wie zum Teufel sollte er da mit einem gesunden, bewaffneten Mann fertig werden? Kara hob einen scharfkantigen Steinbrocken auf und steckte ihn in die Tasche.

Mit schmerzverzerrtem Gesicht zog er den Wanderschuh an seinem gesunden, rechten Fuß aus und rieb sich die Hände mit Steinstaub ein. Ein Blick nach oben verriet, dass der Russe noch an der selben Stelle saß. Kara stellte eine Bretterkiste, die er in der Strecke gefunden hatte, an den Schachtrand. So reichte er mit der linken Hand bis zu dem Stein, der aus der Wand herausragte, und konnte ihn umfassen. Er zögerte nur kurz und setzte dann den rechten Fuß auf den Bolzen in der Wand. Der Schmerz schoss durch seinen Körper, aber sein Griff hielt, wenngleich er das Gefühl hatte, dass ihm der Bolzen durch die nackte Fußsohle drang. Er musste mit der linken Hand schnell weitermachen, bevor seine Kräfte ganz versiegten.

Kara zielte, ließ den Stein los und steckte Zeige- und Mittelfinger sofort in das Loch, das jemand irgendwann einmal in den Fels gebohrt hatte. Er hing schief an der Wand, sein Puls beschleunigte sich, für einen Augenblick musste er sein ganzes Gewicht allein mit den Fingern halten … Kara hob den rechten Fuß hoch, der Schweiß lief ihm in die Augen, er tastete mit den Zehen nach der nächsten Fußstütze – und fand sie. Nun stand er wieder gerade und konnte sich festhalten. Der nächstgelegene Stützbalken war einen knappen Meter entfernt. Kara zog die Finger aus dem Loch in der Wand und fiel auf den Stützbalken zu, die gesunde Hand ausgestreckt. Er stürzte einen knappen Meter hinab, legte den Arm um den Balken und ächzte vor Schmerzen.

Kara hörte, wie sich der Russe oben bewegte. Er hielt den Atem an, obwohl er am liebsten vor Schmerzen geschrien hätte. Dabei stellte er sich vor, wie der Mann mit seinen Blicken den Schacht absuchte. Kara wagte es nicht hinaufzuschauen und wartete mehrere Minuten, bis wieder absolute Stille herrschte. Schließlich stieg er vorsichtig nach oben. Die Stützbalken waren mit stabilen Brettern aneinander befestigt, die ihm nun als Sprossen dienten. Zweimal war er gezwungen, eine Pause einzulegen und sich auszuruhen; es kam ihm so vor, als hätte sein Körper überhaupt keine Energie mehr, keinen einzigen Tropfen.

Endlich erreichte er den Rand des Schachtes, nur einen Meter von den abgelaufenen Schuhsohlen des Russen entfernt. Kara drückte den Kopf auf seinen gesunden Ellbogen und schloss die Augen. Er war völlig am Ende. Jeder Versuch, den Russen herauszufordern, wäre unsinnig. Noch eine schreckliche Entscheidung, die er treffen musste. Und dabei half es ihm nicht viel, dass es sich um einen Mann handelte, der für Andrej Rostow arbeitete.

Kara schätzte mit einem Blick die Entfernung bis zu den Tragseilen ein, die in der Mitte des Schachtes hingen. Vorsichtig hob er den Fuß seines gesunden Beines auf die oberste Brettersprosse und schob den restlichen Körper hinterher. Er duckte sich, damit sein Kopf nicht aus dem Schacht herausragte.

Gern hätte Kara in diesem Moment ein Gebet gesprochen,

doch da ihm keins einfiel, begnügte er sich damit, einige Male tief durchzuatmen. Dann packte er den Mann mit der gesunden Hand am Knöchel und zog mit aller Kraft. Der Russe fiel auf den Rücken und rutschte auf dem Felsboden in Richtung Abgrund. Kara erwischte ihn am Gürtel, zerrte noch einmal und verfolgte mit hämmerndem Herzen, wie der Mann in den Schacht flog – er suchte mit den Händen einen Halt, berührte die Tragseile ...

»Halt dich an den Seilen fest!«, rief Kara auf Russisch und sah, wie der Mann mit den Armen ruderte und ins Leere griff. Es herrschte eine beängstigende Stille, als die dunkle Gestalt in der Finsternis verschwand und Leo Kara zum Mörder machte.

* * *

Leo Kara humpelte schwankend aus dem Verwaltungsgebäude des Blei- und Silberbergwerks hinaus und schloss die Augen, als ihn das grelle Licht der Februarsonne blendete. Sein linkes Bein tat weh, am rechten Fuß fehlte der Schuh und in der Schulter und der rechten Hand klopfte der Schmerz. Er würde sich nicht mehr lange auf den Beinen halten können.

Vor dem Gebäude standen zwei Autos. Am Lenkrad des silberfarbenen Mercedes steckte kein Schlüssel, als Kara dann aber die Schlüssel im Zündschloss des schwarzen Jeep Grand Cherokee erblickte, wäre er vor Erleichterung fast zu Boden gesunken. Er setzte sich in den Wagen, verriegelte die Türen und legte den Kopf aufs Lenkrad. Einnicken durfte er nicht; wenn er jetzt das Bewusstsein verlor, würde er in tiefen Schlaf sinken, in seinen letzten.

Plötzlich bemerkte Kara die Wasserflasche, die aus der Mittelkonsole zwischen den Vordersitzen herausragte, und trank gierig. Noch nie war ein Getränk so ein himmlischer Genuss gewesen wie lauwarmes Wasser, dieser halbe Liter, der nach Plastik schmeckte. Er spürte, wie er zu Kräften kam. Vielleicht reichte das, um irgendwohin zu gelangen, wo er in Sicherheit wäre und seine Wunden versorgt wurden.

Kara startete den Wagen und stellte erfreut fest, dass der Tank halbvoll war. Er schaltete das Navigerät ein, ein Modell, das er kannte, und wählte als Ziel das Zentrum von Hongkong. Manas hatte gesagt, dass sich das Bergwerk in der geschlossenen Grenzzone befand, er müsste also vermutlich nur immer geradeaus fahren, um auf Vertreter der Behörden zu stoßen und Hilfe zu bekommen. Das hoffte er zumindest.

Er gab Gas und lenkte den Jeep auf einen schmalen staubigen Sandweg. Das Bergwerk von Lin Ma Hang lag offenbar auf dem Lande, umgeben von Hügeln. Kara fühlte sich grauenvoll, und das nicht nur körperlich. Er hatte einen Menschen umgebracht, in voller Absicht, nach reiflicher Überlegung. In seinem Leben hatte er zahllose Dummheiten begangen, in jungen Jahren hatte ihn sogar ein Gericht für sein gewalttätiges Verhalten verurteilt, jetzt aber hatte er die letzte Grenze überschritten.

Dem Helfer Rostows, den er in den Schacht geworfen hatte, war nicht mehr zu helfen, der hatte den Sturz keinesfalls überlebt, aber den Russen, der im Gurt hing, könnte er retten. Und auf der Schachtsohle würden die Behörden auch die Leiche von Manas finden. Der Kirgise musste beim Aufprall des Förderkorbs auf der Stelle tot gewesen sein.

* * *

Die Alarmglocken der Kontrollstation Shek Chung Au, im geschlossenen Grenzgebiet zwischen der Sonderverwaltungszone Hongkong und dem chinesischen Mutterland, läuteten um 18:03 Uhr. Ausgelöst wurden sie, weil am Schlagbaum ein Geländewagen Jeep Grand Cherokee anhielt, an dessen Lenkrad eine bewegungslose Gestalt lehnte.

Der Constable der Hongkong Police, der vor der Wache patrouillierte, zog seine Dienstwaffe und näherte sich vorsichtig der

Fahrerseite des Wagens. Als er sah, dass der auf dem Sitz zusammengesunkene blonde Europäer unbewaffnet und bewusstlos war, nahm er über sein Sprechfunkgerät Verbindung zur Wache auf und forderte einen Krankenwagen an. Der Oberkörper des Fahrers war nackt, am Schlüsselbein befand sich ein unbeholfen angelegtes blutiges Verbandsknäuel, und seine rechte Hand lag in einem merkwürdigen Tragverband. Der Polizist öffnete vorsichtig die Tür, tastete am linken Handgelenk des Mannes nach dem Puls und erschrak, als er hörte, wie der Mann ein englisches Wort röchelte – »Bergwerk«.

Exakt vier Minuten später wurde der bewusstlose Fahrer in den Krankenwagen getragen und sein Geländewagen an den Straßenrand gefahren. Sergeant Kan Seng Wong und Constable Ka Wai Lam erhielten den Auftrag, das aufgegebene Blei- und Silberbergwerk Lin Ma Hang zu überprüfen. Sergeant Wong trug ein Sturmgewehr M16 und eine Pistole Beretta 92 und Constable Lam eine Maschinenpistole MP5 von Heckler & Koch sowie eine Pistole Glock 17. Beide hatten am Gürtel einen Teleskopschlagstock hängen.

Das blau-weiß-rote Polizeiauto, ein Volkswagen Passat, stoppte siebzehn Minuten später in der Nähe des silberfarbenen Mercedes vor dem Verwaltungsgebäude des Bergwerks von Lin Ma Hang. Die beiden Polizisten stiegen aus, schalteten ihre Taschenlampen ein, entsicherten ihre Waffen und überprüften den Mercedes – leer.

Constable Lam hielt über Sprechfunk Verbindung zur Kontrollstation, als die beiden vorsichtig das Verwaltungsgebäude betraten. Überrascht erkannten sie, dass es sich zu einem Bergwerk weitete. In der Mitte der gewaltigen Höhle befand sich ein mit Metallgeländern abgetrennter Bereich, an dessen Rand das Stahlgerüst für den Förderkorb aufragte, es war verbogen und sah gefährlich aus.

Nachdem die Polizisten die Mundlöcher aller Stollen, die von der Bergwerkshalle in den Fels führten, überprüft und festgestellt hatten, dass sie stockdunkel waren, blieben sie an dem Geländer stehen, das den beleuchteten Schacht umgab. Sergeant Wong wartete in sicherer Entfernung, aber Constable Lam stützte sich auf das Geländer und spähte nach unten. Er lauschte.

»Der Förderkorb ist in den Schacht gestürzt. Die Tragseile sind gerissen«, sagte er. »Ich sehe die Schachtsohle gar nicht. Dieser Mann an der Kontrollstation kann sich keinesfalls aus dem Schacht gerettet haben.«

Plötzlich hörte man von unten eine schwache, klagende Stimme, es klang wie ein Flüstern. Die Polizisten lauschten angestrengt, doch noch einmal wurde die Stille nicht unterbrochen.

»Ruf den Rettungsdienst«, befahl Sergeant Wong schließlich. »Ich nehme an, der Bergrettungsdienst des CAS verfügt über die entsprechende Ausrüstung, um da hinunter zu steigen.«

* * *

Um 18:58 Uhr landete die Gruppe des Bergrettungsdienstes der privaten Hongkonger Organisation CAS mit dem Hubschrauber im stillgelegten Blei- und Silberbergwerk von Lin Ma Hang.

Nach einem kurzen Lagebericht von Sergeant Wong bereiteten die Männer des Rettungsdienstes mit ihren roten Jacken und Helmen die Gurtsysteme für das Abseilen von vier Personen sowie von zwei speziell für die Arbeit in engen Räumen geeigneten Rettungstragen vor. Damit könnte man Leichen oder Überlebende, die sich möglicherweise auf der Schachtsohle fanden, in senkrechter oder waagerechter Position bergen.

Auch die erfahrenen Mitarbeiter des Bergrettungsdienstes brauchten fast eine Stunde, bis sie die Schachtsohle erreichten. Schließlich erschienen im Lichtkegel der Stirnlampe des Gruppenführers der zerschmetterte Förderkorb, der wie ein Schrotthaufen aussah, und gleich danach die Leichen, die daneben lagen.

»Mindestens zwei Opfer! Ich seile mich jetzt bis ganz unten ab«, rief der Gruppenführer. Sie hörten einander so gut, dass sie die Sprechfunkgeräte nur für die Kommunikation mit ihren Kollegen oben am Schachtrand benötigten.

Das Seil rauschte und die Metallösen der Gurte klirrten, dann setzte der Gruppenführer mit den Füßen auf der Schachtsohle auf. Er fuhr zusammen, als er den beim Aufprall zu Brei zerquetschten Körper des einen Opfers erblickte, da konnte man nichts mehr tun. Doch der ein paar Meter weiter weg liegende Körper wirkte unversehrt. Der Gruppenführer hüpfte in seinen Gurten bis zu dem Mann hin und beugte sich vor, um ihm den Puls zu fühlen. Plötzlich erschrak er so sehr, dass er mit den Füßen den Halt verlor und auf die Leiche stürzte. Er rappelte sich wieder hoch und schaute erneut hin: Auf der Stirn des Mannes war ein kleines schwarzes Einschussloch zu sehen.

Am liebsten hätte er rasch und mit quietschenden Seilen die Flucht ergriffen, aber dann siegte die Vernunft. Hier war niemand, den Absturz des Förderkorbs konnte niemand überlebt haben. Er holte aus der Tasche eine LED-Leuchte, die mehr Leistung brachte als seine Stirnlampe, hüpfte auf den Schrotthaufen, der einmal ein Förderkorb gewesen war, und bückte sich, um hineinzuschauen. Der Anblick lähmte ihn. Er starrte einem dunkelhaarigen Mann ins Gesicht, der nicht wie ein Chinese aussah, sondern eher wie ein Mongole. Und er lächelte, wobei alle seine blutverschmierten Vorderzähne zu erkennen waren.

Der Gruppenführer des Bergrettungsdienstes konnte nicht wissen, dass der Asiate gerade das erste Mal in seinem Leben lächelte, weil er Freude empfand.

26

Montag, 13. Februar

Leo Kara wachte in einem Krankenhaus auf, das war ihm sofort klar, als er den für alle Krankenhäuser der Welt typischen abstoßenden Geruch wahrnahm. Aber er verstand nicht, warum er diesmal keinen Alptraum gehabt hatte oder sich zumindest an keinen erinnern konnte. Ihm lag doch jetzt eine größere Last auf der Seele als je zuvor. Eine erdrückende Last. Und das nicht nur, weil er einen Mann getötet hatte, sondern auch wegen der abscheulichen Wahrheiten, die er aus Rostows Mund erfahren hatte. Was seiner Familie im Oktober 1989 widerfahren war, hatte nicht Mundus Novus geplant, sondern sein Vater. Nicht Manas hatte seine Mutter umgebracht, es war sein Vater gewesen. Es quälte ihn, zu wissen, dass Andrej Rostow an seiner Kopfverletzung und auch an der Manipulierung von Emmas Gedächtnis schuld war. Seit seinem fünfzehnten Lebensjahr zappelte er in dem von seinem Vater gesponnenen Lügennetz. Kara wollte, dass Rostow verurteilt wurde, er wünschte sich das so sehr, dass es fast weh tat. Jemand musste für all das zur Verantwortung gezogen werden.

Kara sah den Gips an seiner rechten Hand, versuchte die Finger zu bewegen und spürte Schmerzen. Er tastete mit seiner gesunden Hand die Halsgegend ab – die Wunde war verbunden und tat nicht weh. Sein linkes Bein vermochte er hingegen nicht zu bewegen. Er hob die Decke und sah, dass sein Knie in dicke Verbände gehüllt war. Im gleichen Moment bemerkte er, wie sich eine Krankenschwester in weißem Kittel und mit einer lustigen kegelförmigen Mütze seinem Bett näherte. Diese Übung kannte er schon.

»Guten Morgen. Schön, dass Sie aufgewacht sind. Ihre Wunde …«

Kara unterbrach die freundliche Schwester: »Es geht mir ausgezeichnet. Können Sie mir sagen, wo ich bin?«

»Dies ist das Krankenhaus Tuen Mun. Wir haben hier eine der besten Abteilungen für die Notfallversorgung in Hongkong …«

»Wissen Sie etwas über die Ereignisse in dem stillgelegten Bergwerk? Wurde jemand lebend gefunden, ist es gelungen, jemanden zu retten?«, fragte Kara hastig.

Die lächelnde Krankenschwester rückte Karas Kopfkissen zurecht. »Dazu kann ich Ihnen leider nichts sagen. Ich melde dem Stationsarzt, dass Sie aufgewacht sind. Unterhalten Sie sich mit ihm.«

Nicht einmal eine Minute später traf der Arzt an Karas Bett ein, gefolgt von einem Polizisten in Zivil, der sich kurz vorstellte. Der Arzt erkundigte sich nach Karas Befinden und überprüfte die Reaktion seiner Augen mit einer Stiftlampe. »Ihr Zustand ist anscheinend recht gut. Sind Sie in der Lage, die Fragen des Polizisten zu beantworten?«

»Wurde in dem Schacht jemand gefunden, der noch lebte?«, wollte Kara wissen.

Der Polizist nickte. »Es gelang, aus dem Schacht zwei Leichen zu bergen und einen Mann, der mit dem Tode rang.«

»Wer? Wie sah er aus? Was für eine Nationalität?«, drängte Kara.

»Der Überlebende war ein Asiate, vielleicht ein Mongole. Jedenfalls kein Chinese«, antwortete der Polizist.

Leo Kara schloss die Augen.

* * *

Im Lagezentrum von Legoland im Londoner Vauxhall Cross herrschte eine angespannte Stimmung. Alle zweiundvierzig Mitglieder der Ermittlungseinheit zur Aufklärung der Ursachen und

Folgen der überraschenden Angriffe von US-Kampfflugzeugen im Iran und in Myanmar vor zweieinhalb Tagen warteten auf Betha Gilmartin. Die Vizechefin hatte gegen ihre sonstigen Gewohnheiten eine Besprechung anberaumt. In der Regel teilte Gilmartin das nicht vorher mit, sondern kam einfach herein und begann situationsabhängig entweder Anweisungen zu erteilen oder allen die Leviten zu lesen.

Das Stimmengewirr verebbte, als Betha Gilmartin den Raum betrat. Ihr Schildknappe Colleen Carter folgte ihr auf den Fersen, einen Papierstapel in der Hand – mancher nannte sie jetzt schon Sancho Pansa. Die SIS-Mitarbeiter schauten sich verwundert an, als sie Betha Gilmartins zufriedenen, fast frohen Gesichtsausdruck sahen. Offensichtlich war bei den Ermittlungen eine Wende eingetreten.

Betha Gilmartin blieb vor ihrer Truppe stehen und wartete, bis Colleen Carter einen Bericht an alle verteilt hatte.

»Maximilian Messmer, der Finanzverwalter der Stiftung Mundus Novus, hat uns vor drei Stunden die sechsundzwanzig Seiten starke Zusammenfassung geschickt, die ihr in der Hand haltet.« Betha Gilmartin machte eine Pause und genoss eine Weile die erwartungsvollen Blicke ihrer Mitarbeiter.

»Messmer hat alles aufgedeckt: die Unternehmen, die Mundus Novus gehören, die illegalen Geschäfte der Stiftung mit Dutzenden kriminellen Organisationen, die Forschungsinstitute, die sie überall in der Welt betrieben hat, die Kooperation mit den schlimmsten Problemstaaten der Welt ... Wir werden jetzt den Sack zubinden«, verkündete Betha Gilmartin, und ihre Mitarbeiter klatschten Beifall.

Betha Gilmartin gab ihren Kollegen mit Handbewegungen zu verstehen, dass sie sich wieder beruhigen sollten. »In Bezug auf die Ressourcen habt ihr freie Hand, Carter verwirklicht all eure Wünsche – sofern sie sich in einem vernünftigen Rahmen bewegen, natürlich. Besorgt ausreichend Übersetzer, bittet die Abteilung für Wirtschaftskriminalität und wen ihr sonst noch braucht um Unterstützung, jetzt werden alle Kräfte mobilisiert. Ich stehe in Kontakt mit den anderen einheimischen und den ausländischen Behörden. Wir können mit Haftbefehlen rechnen, sobald Namen ermittelt sind. Und Lagebesprechungen machen wir im Abstand von einigen Stunden oder wenn etwas besonders Überraschendes passiert. Fragen?« Betha Gilmartin lauschte ein paar Sekunden der Stille und verließ dann das Lagezentrum genauso rasch, wie sie gekommen war. Alle wussten ja, wo sie sie finden konnten.

Wenig später schloss sie sich in ihrem Büro ein, nahm die Spangen aus dem Haar und schüttelte den Kopf, bis ihre rote Mähne offen herabhing. Sie musste zugeben, dass auch sie ganz begeistert war. Schließlich hatte sie sich schon 1989, nach der Tragödie von Leo Karas Familie, mit Mundus Novus beschäftigt. Und im Laufe der letzten Jahre war sie mit den Ermittlungen zu Mundus regelrecht verheiratet gewesen, zumindest immer wieder vorübergehend.

Betha Gilmartin zündete sich eine Benson & Hedges an. Bei einem Whisky könnte sie besser entspannen als mit der Zigarette, aber sie musste jetzt einen klaren Verstand behalten. Ihr Herzfehler hatte sie jahrzehntelang daran gehindert, zu rauchen, aber sie wusste noch, wie es ging, gelernt hatte sie es schon als Teenagerin. Es war nie zu spät, von neuem anzufangen. Sie dankte dem Himmel für Messmers Zusammenfassung. Endlich würden sie bei den Ermittlungen zu Mundus Novus den Schlusspunkt setzen, und sie könnte sich pensionieren lassen ... Ihre Begeisterung schwand, als sie wieder an Alberts Zustand dachte.

Plötzlich klingelte ihr Festnetztelefon, sie zögerte einen Augenblick und meldete sich dann, die qualmende Zigarette immer noch zwischen den Fingern.

»Du gehst nicht an dein Privathandy.« Leo Kara hörte sich müde und gereizt an.

Betha Gilmartin holte ihr Telefon aus der Tasche des Blazers, sie hatte es schon vor geraumer Zeit ausgeschaltet, um Messmers Zusammenfassung ungestört lesen zu können. »Rufst du wegen deines Freundes an?«

»Wen meinst du?«, fragte Kara.

»Jonny Karlsson ist gestorben. Heute. Dort in Hongkong.«

Kara schwieg, er hätte jetzt wirklich keine schlechte Nachricht mehr gebraucht. Gäbe es ihn nicht, wäre auch Paranoid noch am Leben.

»Von wo rufst du an?«, erkundigte sich Betha Gilmartin.

Kara wollte schon antworten, dass er wieder einmal im Krankenhaus lag, doch er beschloss, Betha wenigstens diese eine Sorge zu ersparen, wenn er schon einmal die Gelegenheit dazu besaß. »Ich bin immer noch in Hongkong. Aber ich komme nach London, sobald ich kann. Ich habe meinen Vater ... Andrej Rostow getroffen. Und Dinge erfahren, die du sehr gern hören würdest.«

»Verdammt noch mal. Wo ist Rostow?«, rief Betha wütend. »Wann habt ihr euch getroffen? Warum hast du nicht früher angerufen?«

Kara erzählte ihr alles, was dem SIS und Betha, seiner Ansicht nach, bei der Suche nach Rostow helfen würde.

»Bei manchen Ermittlungen wartet man Monate auf einen Durchbruch, bei anderen jahrelang und in diesem Fall jahrzehntelang. Aber ein Durchbruch kommt immer«, sagte Betha Gilmartin und warf die Zigarette in eine Blumenvase. Sollte sie doch da schwimmen. »Ich habe auch Neuigkeiten für dich. Mundus Novus ist am Ende, alles wurde aufgedeckt. Vollständig.«

»Wie? Woher habt ihr ...«

»Wir treffen und unterhalten uns, sobald du in London bist«, erklärte Betha und verabschiedete sich von Kara. Dann rief sie Douglas Imrie im Krankenhaus von Torbay an, aber der war nicht erreichbar. Sie hoffte, dass Imrie daran dachte, sich sofort zu melden, wenn er neue Informationen über Alberts Zustand erhielt.

Betha Gilmartin zündete sich noch eine Benson an. Sie wusste, dass Albert ihre Unterstützung brauchte, aber trotzdem saß sie hier. Zwei Tage, so viel Zeit würde sie sich geben. Wenn es ihnen nicht gelang, das Hauptziel, das Mundus Novus verfolgte, innerhalb von achtundvierzig Stunden herauszufinden, dann würde sie das Handtuch werfen. Betha schaute erst auf die Uhr und dann auf ihren Schreibtischkalender. Nachdem sie ihre Entscheidung getroffen hatte, fühlte sie sich sofort besser.

Wenig später öffnete sich die Tür ihres Arbeitszimmers und Colleen Carter trat herein, als wäre sie hier zu Hause.

»Meine Sekretärin sitzt nicht zufällig in dem Raum, den du vor diesem betreten hast«, schnauzte Betha Gilmartin und wollte Carter schon hinausscheuchen. Die junge Frau war ihr allmählich ein wenig zu selbstsicher.

Colleen Carter starrte auf den Teppich und zögerte.

»Na, raus damit«, drängte Betha Gilmartin in der Hoffnung, dass die Ermittlungsgruppe schon ihren ersten durchschlagenden Erfolg erzielt hatte.

»Noch mal zu dem, was auf den Fluren geredet wird«, sagte Colleen Carter schließlich.

Betha Gilmartin richtete sich auf und wartete. Sie vermutete, dass die junge Frau mit ihrem Gewissen rang. Anscheinend wusste sie etwas.

»Ich weiß nicht, ob das stimmt. Aber ich habe etwas von der Kontaktperson im Kommunikationshauptquartier gehört.«

Betha Gilmartin nahm sich vor, bis zehn zu zählen. Als sie bei sieben angelangt war, öffnete Colleen Carter den Mund.

»Anscheinend überwacht dich der MI5.«

* * *

Claes »Klasu« Nyman, der Chef der Aufklärungsabteilung der KRP, stand im eisigen Wind auf dem von Schneewällen umsäumten Senatsplatz und betrachtete den hell erleuchteten Regierungspalast. Wenn der finnische Staatsapparat ein Herz hätte, dann läge es ziemlich genau hier.

Nyman war sauer, das musste er sich eingestehen. Er hatte keine Angst davor, gefeuert zu werden, er machte seinen Job bei der Polizei schließlich schon lange genug und hatte nie einen besonderen Wert auf eine Karriere gelegt. Polizist war er geworden, weil er irgendetwas tun musste, um sich seine Brötchen zu verdienen. Das Sozialamt zahlte nun mal so ein verdammt schlechtes Gehalt, wenn man bloß zu Hause saß und an die Decke starrte. Trotzdem hatte er nicht die Absicht, sich gleich auf den Rücken zu legen wie ein junger Hund, wenn es die großen Jungs so wollten. Immerhin stammte er aus Österbottnien, verdammt noch mal, da ließ man sich nicht so leicht unterkriegen.

Nyman marschierte zum Haupteingang des Regierungspalastes auf der Snellmaninkatu, drückte den Knopf des Summers und musste eine ganze Weile warten, bis sich jemand meldete. Die Sprechzeit war schon zu Ende. Endlich ging die Tür auf, und die Sekretärin des Justizkanzlers begleitete ihn in die Amtsräume seiner Behörde. Nyman setzte sich hin und wartete. Er war etwas aufgeregt, ein wenig wie in seiner Jugend, als er mit zwei Kumpels aus seinem Dorf Myran in einem durchgerosteten Lada nach Kauhajoki gefahren war, um Streit mit Leuten zu suchen, die etwas gegen Finnlandschweden wie ihn hatten. Nyman roch fast den Gestank der Nerzscheiße und kam sofort genau in die richtige gereizte Stimmung.

Nach einer Wartezeit von zehn Minuten empfing ihn der Justizkanzler.

»Kriminalinspektor Nyman?«, sagte der Justizkanzler, der in der Mitte des geräumigen Zimmers stehen geblieben war, und reichte ihm die Hand.

»Kriminaloberinspektor Nyman«, erwiderte Nyman und schüttelte die Hand des Gastgebers kräftig, wie es seine Art war.

»Aha. Mein Name ist Pekka S. Puuska.«

»Gibt es so viele Leute, die nur Pekka Puuska heißen?«, fragte Nyman, setzte sich unaufgefordert an den Beratungstisch und öffnete seine Tasche.

Der Justizkanzler wirkte verwirrt und nahm Nyman gegenüber Platz. »Hoffentlich steht dein Besuch nicht im Zusammenhang mit irgendwelchen Ermittlungsfragen. Die Hierarchie der Polizei ist in diesem Land ein derartiger Dschungel, dass ich nicht gern ...«

»Diese Sache lässt sich nicht in zwei Sätzen erklären. Ich nehme deine Zeit am wenigsten in Anspruch, wenn du mir einfach ein paar Minuten still zuhörst«, entgegnete Nyman und sprach sicherheitshalber einfach weiter, sodass Pekka S. Puuska gar nicht zu einer Antwort kam.

Nyman berichtete dem Justizkanzler in knapp zehn Minuten all das über die Ermittlungen zum Kabinett, was er für notwendig hielt.

»Wir haben den begründeten Verdacht, dass der Präsident der Republik für den KGB und den FSB tätig war«, fuhr Nyman fort und reichte dem Justizkanzler die Kopie eines Schreibens des KGB-Chefs Wadim Bakatin aus dem Jahre 1991.

»Den begründeten Verdacht?«, fragte der Justizkanzler.

»Von acht ... möglichen Namen ist er es mit größter Wahrscheinlichkeit.« Nyman setzte seine Worte mit Bedacht. Die Liste der Verdächtigten, die auf Leo Karas Erinnerung beruhte, war die Schwachstelle in seiner und Saara Lukkaris Theorie.

Der Justizkanzler nickte und las den Brief. Sein Gesichtsausdruck war erst neugierig und dann erschrocken.

Nyman räusperte sich. »Ich kann mich in der Sache nicht an meinen Vorgesetzten, den Chef der KRP, wenden. Neulamaa gehorcht blind dem Leiter der Abteilung Polizei im Innenministerium, und der ist Mitglied des Kabinetts. Das gilt nach unseren Informationen auch für den Generalstaatsanwalt. Man hat ziemlich unverblümt versucht, diese Ermittlungen abzuwürgen: Erst wurde die Ermittlungsgruppe verkleinert, sodass sie nur noch aus mir und der Leiterin der Abteilung für Gegenspionage der SUPO, Saara Lukkari, bestand, und dann wurden auch wir ins Ausland zu Kursen und Seminaren beordert. Ich habe gerade meine Tasche im Hauptquartier der KRP gepackt, als meine Sekretärin mir das auf den Tisch gelegt hat.«

Es sah so aus, als hätte der Justizkanzler Angst vor dem, was die Blätter in Nymans Hand enthielten.

»Wir haben vom britischen SIS ein umfassendes Verzeichnis der Unternehmen, die Mundus Novus benutzt hat, und der Kooperationspartner der Stiftung sowie der Daten zu ihrem Zahlungsverkehr bekommen. Darunter befinden sich auch die Angaben zu dem Konto der Frau des finnischen Präsidenten bei der Schweizer Bank Messmer & Cie. einschließlich der Kontonummer.«

Der Justizkanzler rutschte betreten auf seinem Stuhl hin und her und strich sich über die Schläfen, wo seine letzten verbliebenen Haare abstanden.

»Auf eben dieses Konto wurden vor gut einem Jahr, am 24. November, zwölf Millionen Dollar eingezahlt. Die Zahlungsanweisung wurde in der Kanzlei des russischen Präsidenten abgeschickt und die praktischen Dinge regelte der FSB.« Nyman reichte dem Justizkanzler das von Wikileaks veröffentlichte Dokument und wartete, damit er es lesen konnte.

»Die Zahlungsanweisung ist auf denselben Tag datiert, an dem Arkadi Timtschenko bei einer Versteigerung Hunderte Hektar an der Küste des Finnischen Meerbusens in Nowy Bereg bei Sankt Petersburg kaufte. Unserer Ansicht nach ist es interessant, dass die Frau des Präsidenten das Geld, das sie von der Kanzlei des russischen Präsidenten bekam, unverzüglich weiter überwies an die Firma, die im Auftrag von Timtschenko Nowy Bereg verwaltet. Die Frau des Präsidenten hat also mit dem Geld, das sie von der

Kanzlei von Präsident Putin erhielt, einen Anteil von fünf Prozent an diesem Unternehmen gekauft. Der Wert der Besitzanteile wird in den nächsten Jahren garantiert steigen und dann bei Hunderten Millionen liegen. Egal, in welcher Valuta.«

»Verdammt noch mal, nein!«, entfuhr es dem Justizkanzler, dabei sprang der hagere und großgewachsene Mann auf wie von der Tarantel gestochen. »Du schlägst doch wohl nicht ernsthaft vor, dass ich mit so einer wackligen Begründung Untersuchungen zu den Aktivitäten der Frau des Präsidenten einleite?«

»Natürlich nicht. Timtschenkos Grundstücksgeschäfte hat Präsident Putin organisiert, dessen guter Freund unser Präsident ist. Seine Frau wird nur als Strohmann verwendet.«

Der Justizkanzler brachte eine Weile kein Wort heraus, er starrte Nyman nur ungläubig an. »Ist dir klar, von welcher Immunität wir hier reden? Der Präsident kann nur wegen im Amt begangenen Landesverrats, wegen Hochverrats oder Verbrechen gegen die Menschlichkeit angeklagt werden. So einen Verdacht hingegen, wie du ihn vorbringst, könnte ich dem Parlament nicht mitteilen, selbst wenn du Recht haben solltest.«

Nyman drückte seine großen Fäuste auf den Beratungstisch und beugte sich zu dem Justizkanzler hinüber. »Korrigier mich, wenn ich irre, aber der Präsident kann doch so wie jeder normale Bürger für Verbrechen angeklagt werden, die er vor seinem Amtsantritt begangen hat. Und um genau so ein Verbrechen handelt es sich hier. Oder?«

»Die Beweise müssten absolut hieb- und stichfest sein«, erwiderte der Justizkanzler.

* * *

Kati Soisalo war so angespannt, dass sie beim Atmen die Bewegungen ihrer Bauchmuskulatur spürte. Sie fühlte Schweiß auf der Stirn und wischte ihn ab, aber die Haut war kalt und trocken. Es gab viele Arten von Angst, lähmende, beklemmende, vorübergehende, aber eine Angst, die ihr das Herz abschnürte, hatte Kati Soisalo noch nie empfunden. Sie stand vor Vilmas jetzigem Zuhause in der Staufenstraße 36, es war schon spät am Abend. Den eisigen Winterwind im Frankfurter Stadtteil Westend nahm sie nicht wahr. Sie wusste nur eins: Gleich durfte sie ihre Tochter in den Arm nehmen.

»Es ist besser, den Stier bei den Hörnern zu packen. Vom Warten wird es doch nicht leichter«, sagte die Psychologin Eve Björkman und legte Kati Soisalo die Hand auf die Schulter.

»Gott sei Dank bist du gekommen und hilfst mir«, erwiderte Kati Soisalo und starrte durch die Glastür unablässig auf die Treppe, die zu Vilma führte. Sie schloss die Augen, spürte, wie sich das Blut in ihrem Kopf staute, und erinnerte sich aus irgendeinem Grund daran, dass sie als Kind, auf Drängen ihrer Freundinnen, versprochen hatte, vom Zehn-Meter-Turm in der Schwimmhalle zu springen. Als sie die Betonstufen des Turmes hinaufsteigen musste, war das die schwierigste Situation gewesen, die sie bis dahin erlebt hatte. Nicht an die Angst erinnerte sie sich, sondern an das Gefühl der Schutzlosigkeit.

Sie riss die Tür des mehrstöckigen Hauses auf, in dem Helena und Joakim Poulsen wohnten, und stürmte mit großen Schritten und in einem derartigen Tempo die Treppe hinauf, dass Eve Björkman ihr nicht folgen konnte. Kati Soisalo blieb vor der Tür der Poulsens stehen, klingelte und hörte ihr Herz, das im ganzen Körper dröhnte. Das Warten schien eine Ewigkeit zu dauern ...

Helena Poulsen öffnete die Tür, aber Kati Soisalo sah nicht ihre geröteten Augen und ihr unsicheres Lächeln. Sie schaute ihr Kind an, Vilma, das Mädchen, das sie vor Jahren verloren hatte. Als sich ihre Blicke trafen, verschwand all ihre Angst wie vom Winde verweht. Vilma erkannte ihre Mutter, und ihre Augen leuchteten. Kati Soisalo fiel auf die Knie, schloss ihr Kind in die Arme und spürte, wie drei Jahre ihres Lebens irgendwohin verschwanden. Dorthin würde sie nie wieder zurückkehren.

27

Montag, 13. Februar

Andrej Rostow stand im Wolkenkratzer des International Finance Centre in Hongkong am Fenster und schaute hinaus. Von hier oben bot sich ein verwirrender Anblick. Die Lichter der Schiffe im Victoria-Hafen durchlöcherten die Dunkelheit des frühen Morgens mit Tausenden leuchtenden Punkten. Aber Rostow interessierte sich nicht für die Aussicht. Er wartete ungeduldig auf die Männer, die er schon vor Stunden Leo Kara und Manas hinterhergeschickt hatte. Rostow wusste, dass er Karas Tod nicht betrauern würde – er kannte den Mann ja kaum, den Leo Kara der Gegenwart. Er kannte nur den Jungen, den er vor über zwanzig Jahren seinem Schicksal überlassen hatte, um seine eigenen Pläne zu verwirklichen, und diesen Jungen gab es nicht mehr. Seine Pläne hingegen würden in zwei Tagen Wirklichkeit werden.

Väter und Söhne lebten immer in verschiedenen Welten, das hatte seinerzeit schon der Schriftsteller Turgenew gewusst, es lag in der Natur der Dinge. Sein eigener Vater hatte den überwiegenden Teil des Großen Vaterländischen Krieges im finnischen Kriegsgefangenenlager Nr. 9 in Ajossaari in Kemi verbracht. Es war den Geschichten seines Vaters, über seine Zeit als Kriegsgefangener, zu verdanken, dass Andrej sich damals für Finnland interessiert hatte.

Laut seinem Vater waren die verwundeten Soldaten der Roten Armee in Ajossaari nur von einigen Sanitäterinnen der Lotta-Organisation betreut worden, unterstützt von Mädchen, die nicht einmal eine Erste-Hilfe-Ausbildung besaßen. Es hatte viel zu wenig Instrumente und Operationszubehör gegeben, manchmal mussten Gliedmaßen mit einfachen Taschenmessern amputiert werden, und die Verpflegung war natürlich erbärmlich gewesen. Man hatte die Kriegsgefangenen aller möglichen Nationalitäten nach den Kriterien der Rassenkunde eingeteilt, finnischsprachige Gefangene und Angehörige finnisch-ugrischer Völker wurden am besten behandelt. Die Gefangenen waren gestorben wie die Fliegen. Als Vater ins Lager kam und in der Zeit danach, von Oktober bis Dezember 1941, kamen in Ajossaari insgesamt 221 sowjetische Gefangene um. Strafen hatten die Finnen mit großem Eifer verhängt: Isolierzelle, Auspeitschen und Hinrichtungen, für die schon die Aussagen von zwei Wachsoldaten über ein schweres Fehlverhalten eines Gefangenen reichten.

Andrej Rostow erinnerte sich immer noch an die tief in Vaters Rücken eingegrabenen Narben, Spuren der Peitschenhiebe zur Strafe dafür, dass er in seiner Baracke ein Stück Brot versteckt hatte. Den Gefangenen wurde befohlen, draußen auf dem Stellplatz in vier Reihen anzutreten. In der Mitte des Platzes befand sich ein Podest, eine Pritsche, auf die sich Vater mit nacktem Oberkörper bäuchlings legen musste. Als Peitsche diente Stacheldraht, festgebunden an einem Holzstiel; der führte nicht zu Knochenbrüchen, zerfetzte aber die Haut wie Seidenpapier.

Ein Klopfen an der Tür unterbrach seine Erinnerungen. Er hörte Nikolai Mironows Stimme und rief ihn herein.

Andrej Rostow war kein Mann, der sich leicht überraschen ließ, jetzt aber hätte er fast seine Zunge verschluckt. Die Tür ging auf und acht bewaffnete Gesetzeshüter der taktischen Einheit der Hongkonger Polizei stürmten in voller Ausrüstung herein.

* * *

Die Begünstigten der Stiftung Mundus Novus hatten sich im Restaurant »Zum Kaiser Franz im Rössl« versammelt, in der Schweizer Kleinstadt Zug, einem wahren Postkartenidyll, nur eine halbe

Autostunde von Zürich entfernt. Das Restaurant der Spitzenklasse lag direkt am Zugersee.

Arkadi Timtschenko, Gennadi Kowaltschuk und Thorbjörn Lindqvist, der Geschäftsführer des weltweit drittgrößten Öltraders Gunvor Oil B. V., waren nicht zusammengekommen, um über Mundus Novus zu reden; die Gelder der Stiftung hatte Maximilian Messmer auf sehr erfinderische Weise schon an sie verteilt. Die drei Männer feierten Thorbjörn Lindqvists neunundfünfzigsten Geburtstag und all jene Verträge, die ihre Unternehmen in der nächsten Zeit abschließen würden; dabei ging es um gewaltige Öllieferungen, Bergbaurechte, bedeutende Projekte im Energiesektor und manches mehr.

Arkadi Timtschenko, Inbegriff des gepflegten Geschäftsmanns, ergriff sein Wodkaglas, um einen Toast auszubringen. Da fiel ihm etwas auf. An der Decke war eine stählerne Dekoration befestigt, die ein Fischernetz imitierte, an dem Hechte aus Metall hingen, die nun klirrend aneinanderschlugen. Er schaute zum Fenster hinaus und sah am Seeufer eine Gruppe dunkler Gestalten im strömenden Regen.

Arkadi Timtschenko wusste nicht, dass die Spezialeinheit der Fedpol, der Schweizer Bundespolizei, die Einsatzgruppe Tigris, eine der weltbesten war. Und er wusste auch nicht, dass sie genau fünf Sekunden später das Kabinett des Restaurants »Zum Kaiser Franz im Rössl« stürmen würde.

* * *

»Mundus Novus existiert nicht mehr«, rief Colleen Carter und gab dem Korken der Flasche Veuve Clicquot mit dem Daumen den letzten Stoß. Es knallte, und dann flog er nur einen Zentimeter an Betha Gilmartins Kinn vorbei. Colleen Carter schüttelte die Flasche und wollte der Chefin zu Ehren ihres Sieges eine Dusche verpassen, ließ es aber lieber bleiben, als sie ihren warnenden Gesichtsausdruck sah.

Betha Gilmartin hielt ihr Champagnerglas hin und lächelte fast. »Wir werden doch jetzt nicht mittendrin aufhören, lasst uns das Ganze gleich unter Dach und Fach bringen!«, rief sie im Versuch, den Trubel zu übertönen.

Der Krach nahm noch zu, als überall im Lagezentrum des SIS die Korken weiterer Champagnerflaschen knallten. Die Ermittlungseinheit lärmte wie eine Schar Marktweiber. Es war spät am Abend, und das Feiern hatte vor über einer Stunde begonnen.

Betha Gilmartin wusste, dass sich diese Truppe eine richtige Nachtruhe verdient hatte und sie auch brauchte. Aber es passte nicht in ihre Planung, die Ermittlungen jetzt zu unterbrechen. Sie hatte sich selbst zwei Tage Zeit gegeben, die Angelegenheiten hier im SIS zu regeln, und die Zeit lief.

Sie pfiff schrill und laut. »Versammelt euch doch mal! Wir fassen die Lage zusammen und feiern gleichzeitig.« Doch nichts geschah. Die tagelange Anspannung entlud sich nun, und das ergab zusammen mit dem Alkohol eine Mischung, gegen die sogar Betha Gilmartins Autorität keine Chance besaß.

»Wieso haben wir es jetzt noch eilig?«, fragte Colleen Carter, während sie ihr Glas füllte. »Rostow, Mironow, Timtschenko, Kowaltschuk ... Die Mistkerle sind alle gefasst und in Verwahrung. Und diesmal haben wir Beweise. Ich könnte wetten, dass irgendjemand bei den Verhören auspacken wird, diese Leute wollen doch nicht im Knast sitzen, und dann wirkt der Dominoeffekt ...«

»Genau diese Verhöre sind es, die mir Sorgen bereiten. Wir müssen Andrej Rostow nach London bekommen«, erwiderte Betha Gilmartin.

Colleen Carter schüttelte den Kopf. »Die Yankees haben schon Auslieferungsanträge für die ganze Truppe gestellt.«

»Wenn die erst mal in der Maschinerie der Amerikaner stecken, kriegt man sie nie wieder heraus«, entgegnete Betha Gilmartin verärgert.

»Rostow ist doch russischer Staatsbürger. Vermutlich. Wir könnten versuchen, uns in der Angelegenheit mit dem FSB abzustimmen«, schlug Colleen Carter vor.

Betha Gilmartin wirkte sehr konzentriert. »Gehen wir lieber davon aus, dass Andrej Rostow Aleksi Kara ist. Juristisch gesehen stellt das ja eine Tatsache dar, der Mann besitzt weiterhin einen finnischen Pass, nur die Behörden in Helsinki können daran etwas ändern. Und Aleksi Karas letzte Adresse war hier in London. Wenn die Finnen einwilligen, können wir die Hongkonger ... die chinesischen Behörden bitten, Rostow an uns auszuliefern.«

»Mit welcher Begründung?«, fragte Colleen Carter verwundert.

»Wegen der Ereignisse von 1989«, antwortete Betha Gilmartin. »Wir haben glaubhafte Gründe für den Verdacht, dass Rostow-Kara zumindest teilweise die Verantwortung für diese Ereignisse trägt.«

»Der Mann steht doch aber aus allen möglichen Gründen auf der Fahndungsliste von Interpol«, entgegnete Colleen Carter beharrlich.

Betha Gilmartins Gesicht nahm nun einen angespannten Ausdruck an. »Sprecht mit dem Außenministerium. Sagt, dass diese Angelegenheit sowohl mit den Yankees und Russen als auch mit den Finnen geregelt werden muss. Wir überlassen den anderen Mironow, Timtschenko und den Rest ... Sagt, dass wir Rostow nur zu den Ereignissen im Oktober 1989 befragen wollen, und versprecht, ihn sofort weiterzureichen, sobald wir fertig sind.«

* * *

Vilma saß auf dem Schoß ihrer Mutter Kati im Wohnzimmer der Poulsens auf einem dänischen Designersofa und gähnte. Die Zeit, in der sie sonst schlafen ging, war längst vorbei. Kati Soisalo sagte nichts, sie hatte die Arme um ihre Tochter gelegt, atmete ihren

Duft ein und bemühte sich, nicht vor Glück zu weinen. Vilmas Nähe ließ Dutzende kostbare Erinnerungen auftauchen, die sie im Laufe der letzten dreieinhalb Jahre vergessen hatte. Auch, was es für ein Gefühl war, Mutter zu sein.

Gemeinsam mit der Psychologin Eve Björkman hatte sie schon drei Stunden bei den Poulsens verbracht. Sie waren sich alle einig, dass die Psychologin entscheiden musste, wie sie mit Vilma weiter vorgehen würden, was ihr gesagt werden sollte und was nicht. Eve Björkman hatte Vilma vorsichtig erzählt, dass sie in Dubrovnik entführt und gegen den Willen ihrer richtigen Mutter adoptiert worden war. Die Schuld dafür lag allein bei den Kriminellen, über die Poulsens sagte sie kein kritisches Wort.

Vilma ging durch ein Wechselbad der Gefühle. Erst freute sich das Mädchen grenzenlos, seine Mutter wiederzusehen, dann suchte es aus Protest Schutz bei Helena Poulsen und kehrte schließlich zu seiner Mutter zurück. Nach Ansicht von Eve Björkman war das erst der Anfang: Die Konfrontation mit der Vergangenheit, die Stabilisierung ihrer Gefühlslage, die Erholung und die Anpassung an die neue Situation würden Monate dauern, vielleicht Jahre. Das geht nur Schritt für Schritt, hatte Eve Björkman immer wieder erklärt. Kati Soisalo machte das nichts aus, sie hatte endlich ihre Tochter wieder, alles andere war nun nicht mehr wichtig.

»Ich bin hier, um dir und deiner Mutter, um euch allen zu helfen«, sagte Eve Björkman zu Vilma. Das Mädchen beobachtete die Psychologin voller Zurückhaltung. »Als du kleiner warst, sind dir wirklich schlimme Sachen passiert, aber jetzt soll alles wieder so werden wie vorher. Du bist doch damit einverstanden?«

Vilma erhob sich vom Schoß ihrer Mutter und setzte sich neben Helena Poulsen. Sie hatte verlangt, dass sie alle drei auf einem Sofa saßen. Das Mädchen nahm seine beiden Mütter an der Hand. Helena Poulsen versuchte tapfer zu lächeln, obwohl die ganze Situation sie sehr mitnahm. Joakim Poulsen saß mit rotgeweinten Augen auf der Armlehne des Sofas, Vilma hatte das so gewollt. Kati

Soisalo stellte fest, dass sie stolz darauf war, wie gut Vilma in dem internationalen Kindergarten Englisch gelernt hatte. So verständigte sie sich mit ihrem Vater; mit Helena hatte Vilma immerhin ihre Muttersprache verwenden können. Und angeblich hatte das Mädchen auch etwas Deutsch gelernt.

»Morgen reisen wir nach Finnland und du wirst dort dein altes Zuhause sehen«, sagte Eve Björkman in ganz normalem Tonfall. In dieser Angelegenheit wollte sie das Kind nicht nach seiner Meinung fragen.

»Mutter kommt mit«, entschied Vilma, schaute dabei aber weder Kati Soisalo noch Helena Poulsen an.

»Natürlich«, erwiderte die Psychologin und lächelte. »Wir reisen alle zusammen, mit dem Flugzeug.«

Sie warf Kati Soisalo einen bedeutungsvollen Blick zu.

Kati Soisalo umarmte Vilma und stand dann entschlossen auf. »Mutter übernachtet mit Tante Eve im Hotel, aber morgen früh sehen wir uns wieder.«

In Vilmas Augen flackerten Zweifel und tausend Fragen auf, aber das Mädchen sagte nichts. Sie folgte ihrer Mutter in den Flur und sah traurig aus.

Kati Soisalo zog im Eiltempo die Schuhe und den Mantel an, wegzugehen war viel schlimmer, als sie befürchtet hatte. Sie bemühte sich, fröhlich zu klingen, als sie Vilma zum Abschied zurief: »Bis morgen früh!« Dann verließ sie die Wohnung der Poulsens hastig. Es dauerte einen Augenblick, bis Eve Björkman ihr ins Treppenhaus folgte.

»Vilma hat sich sofort auf den Schoß von Helena gesetzt und nicht einmal geweint«, berichtete die Psychologin. »Besser hätte eure erste Begegnung gar nicht verlaufen können.«

Kati Soisalo schwieg, bis sie auf der Staufenstraße standen. »Laufen wir zum Hotel? Die frische Luft tut gut.«

Eve Björkman nahm sie am Arm und zog sie mit. »Wie hast du die Begegnung empfunden, willst du darüber sprechen?«

Kati Soisalo dachte lange nach, es schien so, als gäbe es für ihre Gefühle einfach keine Worte. »Vilma wirkte irgendwie erstaunlich ... normal. So als wäre das Mädchen, das ich verloren hatte, nur ein bisschen größer geworden. Oder sehr viel größer. Ist das so?«

»Kleine Kinder passen sich überraschend gut an die merkwürdigsten Veränderungen an. Die Poulsens machen den Eindruck, als wären sie gute Eltern, und es kann natürlich sein, dass sich bei Vilma in gewissem Maße ein Stockholm-Syndrom herausgebildet hat.«

Kati Soisalo warf der Psychologin einen besorgten Blick zu.

»Gekidnappte Menschen entwickeln zuweilen ein wohlwollendes Verhältnis zu ihren Entführern, sie versuchen, deren Mitgefühl zu gewinnen. Allerdings haben die Poulsens Vilma nicht selbst entführt. Wir werden unmöglich in Erfahrung bringen, was sich in Vilmas Kopf damals nach der Entführung abgespielt hat. Jedenfalls sollten wir versuchen, das alles in kleinen Schritten abzubauen. Vergiss nicht, dass dieser Prozess erst ganz am Anfang steht, aus den ersten Reaktionen können wir keine Schlussfolgerungen ableiten, weder in die eine noch in die andere Richtung. Aber wir sollten uns darauf einstellen, dass es nicht leicht werden wird. Vilma hat garantiert schwerwiegende Traumata erlitten.«

Ganz im Gegenteil, dachte Kati Soisalo. Nach diesem Tag würde alles sehr leicht sein.

DRITTER TEIL

Die endgültige Wahrheit

14. Februar – 18. Februar, Gegenwart

»Was die Vorherrschaft im Weltraum angeht, so haben wir sie, wir lieben sie und werden sie bewahren.«

Keith Hall, Direktor des für die militärischen Satelliten verantwortlichen National Reconnaissance Office der USA, 15. September 1997

28

Dienstag, 14. Februar

Leo Kara wurde den Schmerz nicht los, er war ständig da, vom Aufwachen morgens bis zum Einschlafen. Zuweilen ruhte er schwer irgendwo in der Tiefe, wartete gelassen ab, nur um dann wieder heftig und messerscharf an die Oberfläche zu drängen. In Karas Leben war nichts so beständig wie der Schmerz.

Kara lag in einem Liegestuhl auf der Terrasse der Villa von Betha und Albert am Rande von Torquay und schaute hinüber zur Torbay-Bucht. Das digitale Thermometer zeigte fünf Grad Wärme an, aber der vom Meer landeinwärts wehende Wind sprach eine ganz andere Sprache. An diesem Tag wurde die englische Riviera ihrem Namen nicht gerecht. Bethas Katze Violet drückte sich an seine nackte Seite und schnurrte; aus irgendeinem Grund hatten ihn Tiere schon immer besonders gemocht, vielleicht weil er sie nicht sonderlich beachtete.

Früh um fünf Uhr war er mit einem Direktflug aus Hongkong in London eingetroffen und hatte sich auf dem Flughafen Heathrow ein Auto gemietet, um möglichst schnell an einen ruhigen Ort zu gelangen. Er wollte niemanden treffen, nicht einmal Betha. Nachdem er im letzten Jahr während seiner Krankschreibung mehrere Wochen hier verbracht hatte, kannte er alle Geheimnisse des Hauses.

Kara war nur halb bekleidet, er hatte Jacke und Hemd ausziehen müssen, um den linken Arm freizumachen. Auf dem kleinen Terrassentisch lagen ein dickes Gummiband zum Abbinden des Armes, eine Injektionsspritze und eine Ampulle Morphium. Auf der Vene in seiner linken Ellbogenbeuge war ein winziger Blutstropfen eingetrocknet. Er hatte eine Ewigkeit gebraucht, um die Nadel mit dem Mund und der eingegipsten rechten Hand richtig in die Vene zu bekommen.

Er hatte sich nur die Minimaldosis von 0,2 Milliliter Morphium gespritzt, das Wohlgefühl schwand schon allmählich. Das blieb der einzige Fluchtweg, wenn die Verzweiflung unerträglich wurde. Er schloss die Augen, aber die Erinnerung, die intensiver war als sonst, wollte nicht weichen: Sie wohnten damals in Tapanila, er war sechs Jahre alt und seine Mutter reinigte eine Wunde an seinem Knie, nachdem er auf dem Hof hingefallen war. Er hatte geweint, doch er wusste immer noch genau, wie dank der tröstenden Worte seiner Mutter allmählich alles wieder gut geworden war. Ein solches Gefühl der Sicherheit hatte er jahrzehntelang nicht erlebt. Wegen Andrej Rostow. Des Mannes, der Leos Mutter hingerichtet hatte. Seine eigene Ehefrau.

Auf der Herfahrt war er kurz im Krankenhaus von Torbay gewesen. Albert hatte geschlafen, und das war auch gut so. Kara fehlte die Kraft, sich selbst aus dem Sumpf zu ziehen, und erst recht konnte er anderen derzeit keine Stütze sein. Er badete im Selbstmitleid. Albert und Betha waren seit mehr als zwanzig Jahren seine Familie, und Albert war ihm mehr Vater gewesen als Aleksi Kara oder Andrej Rostow.

Am schwersten aber lastete auf seiner Seele die Tatsache, dass er in dem stillgelegten Bergwerk mit voller Absicht einen Menschen getötet hatte. Diese Tat war mit flammenden Buchstaben in sein Gehirn eintätowiert, ein unbestreitbarer Fakt, dagegen konnte er nicht aufbegehren. Auch zu dieser Tat hatte ihn Andrej Rostow getrieben. Er musste schon seit über zwanzig Jahren wegen Rostow leiden, und jetzt hatte der Mann ihn auch noch zum Mörder gemacht. Dafür würde Andrej Rostow büßen müssen, egal, wie.

Plötzlich klingelte irgendwo weit weg das Telefon. Kara fiel ein, dass er sein Handy bei der Vorbereitung der Morphiumspritze in der Küche gelassen hatte. Er stand schwankend auf und humpelte durch die Terrassentür in das Haus.

Kara blieb mitten in der Küche stehen. Plötzlich hatte er keine Lust mehr, ans Telefon zu gehen, nicht einmal, um nachzuschauen, wer da in der Leitung hing. Die Küche von Betha und Albert war sein Lieblingsort, hier hatten sie unzählige schöne Momente erlebt. Der offene, vollkommen verrußte Herd, die alten, von Albert sorgfältig restaurierten weißen Möbel, die Tellerbretter voller Porzellangeschirr mit Blumenmuster, die Gewürzdosen, Bilder, Kupferpfannen und -töpfe, die breiten Bodendielen, die unter jedem Schritt knarrten ...

Schließlich hatte er doch genug von dem Geklingel, er meldete sich, hörte Kati Soisalos Stimme und befürchtete schon das Schlimmste. Er hielt jetzt keine weitere schlechte Nachricht aus, erst recht nicht, wenn es darin um ein sechsjähriges Kind ging.

»Es ist überstanden. Ich bin mit Vilma in Finnland«, sagte Kati Soisalo und ihre Stimme war ein einziges Lächeln.

Kara begnügte sich damit, ihr zu gratulieren. Nichts, was er sagen würde, könnte ihr Glück vergrößern, das war ihm sehr wohl klar. Er goss sich zwei Fingerbreit eiskalten Linie-Aquavit aus dem Gefrierfach in ein Glas und hörte sich Kati Soisalos Freude an.

»Und du? Was gibt es Neues? Bist du noch in Hongkong?«, fragte Kati Soisalo schließlich.

»In England, ich bin heute früh angekommen. Ein Flug von über dreizehn Stunden, ich bin völlig fertig.« Plötzlich fiel ihm Paranoids Schicksal ein, aber er beschloss umgehend, Kati noch nicht davon erzählen. Er wollte ihr die Freude nicht verderben. »Du, kann ich dich etwas später zurückrufen? Ich bin müde, und du hast jetzt Wichtigeres zu tun, als dir mein Geschwätz anzuhören.«

Das Gespräch endete, Kara nahm sein Aquavitglas und ging ins Fernsehzimmer. Er ließ sich in den Sessel fallen, griff nach der Fernbedienung und fand einen Filmkanal, auf dem gerade *The*

Dark Knight anfing. Düstere Action und Fantasy, das passte genau zu seinem Zustand. Er machte sich Gedanken, wie er nun weiterleben sollte. Sollte er überhaupt? Er ging auf die vierzig zu, er besaß nichts und hatte praktisch keine Angehörigen, nur Betha, er war kinderlos und nach seiner Kündigung beim UNODC bald auch arbeitslos. Und das alles war das Verdienst von Andrej Rostow, der ihn in den letzten zwanzig Jahren willkürlich herumgewedelt hatte wie einen Putzlappen und sich wahrscheinlich nie für seine Verbrechen verantworten müsste.

»*Some men just want to watch the world burn*«, sagte die von Michael Caine gespielte Figur auf dem Bildschirm.

* * *

Die Frau hieß Delbar und war fünfundsechzig, sah aber bedeutend älter aus. Sie selbst machte sich über solche Fragen keine Gedanken, in ihrem Leben gab es zur Genüge echte Sorgen.

Delbar ging etwas krumm, sie trug ihren alten Schafspelzmantel und darunter zwei Pullover. Um den Kopf hatte sie das größte und dickste ihrer bunten Tücher gewickelt, und der Schnee auf dem Fußweg knirschte unter ihren Schuhen, obwohl in Westsibirien an diesem Tag nur sechzehn Grad Frost herrschten. Delbar kannte sich gut aus in der Innenstadt von Tomsk, seit zwanzig Jahren kaufte sie im Warenhaus Central ein. An diesem Tag freute sie sich von ganzem Herzen, wenngleich ihr das nicht anzusehen war. Delbar hatte einen Anruf bekommen, mit dem sie niemals gerechnet hätte.

Sie betrat das Warenhaus und öffnete die Lederknöpfe ihres Mantels. Als junges Mädchen hatte sie den Frost nicht gefürchtet, aber nun, mit dem Alter, konnte ihr das sibirische Klima sehr wohl etwas anhaben. Selbst ein Kaminfeuer vermochte die Kälte nicht mehr richtig aus ihren alten Knochen zu vertreiben.

Sie konnte es kaum glauben, dass Manas sie besuchen wollte,

ein Wiedersehen nach zweiundzwanzig Jahren. Jetzt musste das beste Essen besorgt werden, das man für Geld kaufen konnte. Natürlich gab es auch in der Dokumentenzentrale des FSB immer etwas zu essen, aber das würde sie Manas nicht vorsetzen.

Delbar war nicht dazu gekommen, zu fragen, wie lange Manas bleiben wollte, also nahm sie sich vor, so viel zu kaufen, dass es ganz sicher reichte. Was sollte sie auch sonst mit ihrem Geld machen. Die Lebensmittelabteilung im Warenhaus Central war die beste in Tomsk – und entsprechend auch die teuerste. Delbar kaufte je zwei Kilo Pferdefleisch und Hammel, ein Kilo Pferdewurst sowie Schafsleber, die sie selber braten würde, und natürlich die Zutaten für die Zubereitung des *Besh Barmak*, der »Fünf Finger«. Weiß der Himmel, wann Manas das letzte Mal echtes kirgisisches Essen bekommen hatte. Als Suppe wollte sie *Shorpa* kochen. Und sie würde einen großen Topf Paloo-Risotto zubereiten, Manas' Lieblingsspeise. Dass ihr Magen die feurigen Paprikaschoten nicht mehr vertrug, war ihr egal. Stutenmilch fand sie in der Lebensmittelabteilung des Central nicht, aber die würde sie schon noch irgendwo besorgen.

Delbar hatte Manas' Leben in seiner Jugend aus der Nähe verfolgt. Sie war Putzfrau in der Militärflugakademie der Sowjetunion in der Stadt Kant gewesen, als der Junge mit fünf Jahren dort hinkam. Und ein paar Jahre später, nach vielerlei Wechselfällen, hatte sie Arbeit in der nächsten Lehranstalt von Manas gefunden, an der Internationalen Schule »E. D. Stasowa« in Iwanowo, genauer gesagt in deren Wäscherei. Das waren die besten Jahre ihres Lebens gewesen. In der Sonderschule der Kommunistischen Partei wetzte der Nachwuchs großer Männer die Pulte ab, und Manas durfte damals die Söhne von Mao Tse-tung und Josip Broz Tito kennenlernen. Die Wege von Manas und Delbar hatten sich erst getrennt, als der Junge ein Teenager war und an der Hochschule des KGB in Moskau zu studieren begann.

Delbar knöpfte sich den Mantel zu und band das Tuch fester,

bevor sie mit ihren schweren Plastiktüten das Warenhaus verließ. Auf dem Fußweg erblickte sie ein Taxi und winkte dem Fahrer, einer Eingebung des Augenblicks folgend. Es war ein Luxus, auf dem Rücksitz des warmen Lada Kalina Platz zu nehmen, auch wenn der Fahrer nach altem Wodka und Tabak stank. Sie konnte nicht ausmachen, ob der sonnengebräunte Mann ein Tatar war, ein Tuwiner oder vielleicht ein Jakute.

Die Dämmerung kam früh an dem kurzen sibirischen Wintertag, und Delbar wäre im Taxi fast eingeschlafen, ehe das gut getarnte, flache und dabei Hunderte Meter lange Betongebäude der Dokumentenzentrale zwischen Kiefern und Lärchen auftauchte. Ein halbes Dutzend Wachleute war zu sehen, wie immer. Sie arbeitete schon über zwanzig Jahre hier.

Delbar freute sich sehr, dass Manas zu Besuch kam, zugleich aber war sie auch sehr verwundert. Natürlich waren sie Freunde, zwei Kirgisen, die sich vor langer Zeit kennengelernt hatten, aber warum kam Manas jetzt, so viele Jahre später, nach Sibirien, um der Putzfrau Delbar einen Besuch abzustatten?

* * *

Am Dienstagmorgen um 09:02 Uhr rief der Leiter der Aufklärungsabteilung der KRP Klasu Nyman seinen Vorgesetzten, den Polizeirat Timo Neulamaa, an und meldete sich krank. Sechsundzwanzig Minuten später traf er am Helsinkier Bahnhof die Chefin der Abteilung für Gegenspionage der SUPO Saara Lukkari, die ihm einen schweren Pilotenkoffer übergab und aufrichtig viel Glück wünschte. Dann machte sie sich auf den Weg zum Flughafen und nach Frankreich zu einem Interpol-Kurs über die Analyse von Aufklärungsinformationen. Nyman fuhr mit der Metro nach Vuosaari in das Neubauviertel, in dem er zu Hause war.

Um 10:18 Uhr knarrten die Holzstreben in der Rückenlehne des Küchenstuhls, auf den sich der einhundertachtzehn Kilo schwere Kriminaloberinspektor in der Ulappatie in Mittel-Vuosaari sinken ließ. Diesmal machte sich Nyman ausnahmsweise nicht die geringsten Sorgen, wann die Heizungsrohre seines Plattenbaus wohl platzen würden. Er hatte über Wichtigeres nachzudenken.

Nyman öffnete den Pilotenkoffer, holte einen dicken Stapel Unterlagen heraus, legte sie auf den Tisch und goss sich Kaffee in einen Pott. Die Oma-Droge hatte zwei Stunden gestanden und roch wie Bremsflüssigkeit.

Der Justizkanzler wollte Beweise für die Straftaten des Präsidenten haben, und die sollte er bekommen, das hatten Nyman und Lukkari gemeinsam beschlossen. Sie waren übereingekommen, dass sich Lukkari nicht krankschreiben ließ. Neulamaa, der Leiter der Abteilung Polizei im Ministerium, oder ein anderes Kabinettsmitglied in den Reihen der Polizei wären garantiert misstrauisch geworden, wenn sie sich beide vor ihrer Dienstreise gedrückt hätten. Sie suchten Beweise für die KGB-Kontakte des Präsidenten der Republik, den sie verdächtigten, »Specht« zu sein, und nach Ansicht von Saara Lukkari bestand der beste – und einzige – Weg, sie zu finden, darin, die von der SUPO angelegten Personenakten der vorherigen finnischen Präsidenten durchzugehen. Irgendetwas musste sich dort finden, eine Verbindung oder ein Hinweis, der auf die Spur von Beweisen führte. »Specht« hatte schließlich schon vor 1991 lange für den KGB gearbeitet. In der Akte des aktuellen Präsidenten selbst fand sich laut Lukkari nichts Interessantes.

Klasu Nyman gedachte, sich gründlich mit dem Material vertraut zu machen, obwohl ihn Papierkram sonst kaum interessierte. Es war ein ganzer Berg Unterlagen, die Aufgabe würde mehrere Tage in Anspruch nehmen, selbst wenn er nur die Überschriften las. Er beschloss, chronologisch vorzugehen, und legte die dickste Mappe des ganzen Stapels vor sich auf den Tisch.

Personenakte Nr. 942

Sicherheitspolizei

Kekkonen Urho Kaleva (03. 09. 1900) – »Timo«

Nyman schlug die Mappe auf und erblickte als Erstes zwei vergilbte Personalakten der Etsivä Keskuspoliisi, eines frühen Vorgängers der SUPO: Kekkonens Akte aus dem Jahr 1921 (P. k. n:51./21) und die seiner späteren Ehefrau Sylvia Salome Uino von 1920 (K. D.539/1560). Nyman blätterte weiter, bis er auf die Überschrift »Anwerbung« stieß.

Die Vorgänger des KGB warben Kekkonen, d. h. den Agenten »Timo«, schon in den vierziger Jahren an. Kekkonen hielt im Zweiten Weltkrieg während des finnischen Fortsetzungskrieges gegen die Sowjetunion enge Verbindung auch zum Westen, seine Kontaktpersonen waren Wilho Tikander, der Leiter des Stockholmer Büros des damaligen US-Nachrichtendienstes OSS, und Rex Boxley (»Kunsthändler«) vom SIS, der in der britischen Botschaft in Helsinki arbeitete. Laut Anatoli Golitsyn wurde Kekkonen 1948 vom sowjetkarelischen Oberstleutnant Iwan P. Pakkanen (»Jussi«), dem zweiten Botschaftssekretär in der sowjetischen Botschaft in Helsinki, angeworben. Am Ende der vierziger Jahre war S. G. Lapin Kekkonens Kontaktperson.

Es ist jedoch wahrscheinlich, dass Kekkonen schon vor 1948 angeworben wurde, auf Veranlassung von Jelisei Jelisejew (in Helsinki Jelisei Sinitsyn), dem Leiter der Residentur des NKWD in Helsinki, der vier Jahre zuvor mit der Alliierten Kontrollkommission nach Finnland gekommen war. Man weiß, dass Kekkonen im Herbst 1944 gleichzeitig sowohl der Sowjetunion als auch den Vereinigten Staaten Informationen übermittelt hat. Im Oktober 1944 bot Jelisejew Kekkonen die Möglichkeit, zur Führungskraft der finnischen Politik in der Ära Stalins aufzusteigen und Garant der späteren Jahre der Freundschaft zu werden. Kekkonen willigte ein.

Der Sowjetunion gelang es, Kekkonen davon zu überzeugen, dass sie als Gegenleistung für seine Kooperation mit dem sowjetischen Nachrichtendienst Kekkonens frühere antikommunistische Aktivitäten ignorieren würde: Kekkonen hatte 1918 im Bürgerkrieg als Freiwilliger in einer Hinrichtungskompanie der Weißen in Hamina gedient, war später als Mitarbeiter der damaligen Geheimpolizei Etsivä Keskuspoliisi bei Verhören hart gegen Kommunisten vorgegangen und hatte in seiner Amtszeit als Innenminister in den dreißiger Jahren Kommunisten ins Gefängnis gebracht. Die Sowjetunion versprach auch, alles in ihrer Macht Stehende zu unternehmen, um Kekkonen zu einer bedeutenden politischen Persönlichkeit zu machen.

Klasu Nyman hatte Feuer gefangen, er verschlang den Text und las alle interessanten Passagen.

Kekkonen führte seine wichtigsten Verhandlungen mit seinen Kontaktpersonen vom KGB in der Wohnung seines Sohnes in Helsinki …

Kekkonen agierte so, wie es bei einflussreichen Sowjetagenten üblich war: Er honorierte in seinen Reden jene, die auf Wunsch der Sowjetunion honoriert werden sollten, und er besprach im Voraus mit dem KGB politische Ernennungen und Entscheidungen. Seine politischen Gegner vernichtete er, um seine eigene Macht zu stärken …

Kekkonen übermittelte dem KGB detaillierte Informationen über seine Verhandlungen mit den Führern der anderen nordischen Länder …

Kekkonen nutzte aktiv die Hilfe von Kustaa Vilkuna (»Ahti«), einem anderen Agenten der Sowjets …

Nyman wusste zwar, wie die meisten Finnen, dass der finnische Präsident mit der längsten Amtszeit enge Verbindungen zum KGB unterhalten hatte. Es überraschte ihn aber, dass die finnische Sicherheitspolizei Kenntnis von Kekkonens Rolle als echter Spion hatte. Nyman machte einen Sprung zum Abschnitt »Präsidentenwahlen – 1956«.

1956 wollte die Sowjetunion verhindern, dass J. K. Paasikivi zum Präsidenten gewählt würde, und beschloss, den Ministerpräsidenten Urho Kekkonen zu unterstützen. Den finnischen Kommunisten wurde von Moskau befohlen, ihre Stimmen beim zweiten Wahlgang so abzugeben, dass Kekkonens ärgster Konkurrent Paasikivi aus dem Rennen schied. Vor der dritten Abstimmungsrunde gelang es dem Kekkonen-Lager, dank der Hilfe Kustaa Vilkunas und des KGB, sieben Wahlmänner auf die Seite von Kekkonen zu ziehen, was die Wahl im Endergebnis zu seinen Gunsten entschied und zur Niederlage von K. A. Fagerholm, dem gemeinsamen Kandidaten der Sozialdemokraten und der konservativen Kokoomus, führte.

Im Ergebnis dieser in Moskau geplanten und geschickt umgesetzten speziellen Operation wurde Kekkonen 1956 zum Präsidenten gewählt. Die Herbeiführung der Wahl Kekkonens war ein Geschenk des KGB an den Parteitag der KPdSU, der unmittelbar nach der finnischen Präsidentenwahl begann.

Das Zentralkomitee der Kommunistischen Partei der Sowjetunion verlieh am 1. 3. 1956 drei KGB-Mitarbeitern (Michail Kotow, Viktor Wladimirow, Juri Woronin) in Würdigung ihres Beitrags zum Endergebnis der finnischen Präsidentenwahl eine hohe Auszeichnung, den Lenin-Orden.

Überrascht las Nyman am Ende des Abschnitts eine Notiz:

Botschaftsrat Wladimirow bestätigte 1992 gegenüber dem Historiker R., die diesbezüglichen Beweise (Zahlungsquittungen) werde man eines Tages in den Archiven der KPdSU finden.

Nyman überlegte, ob die Quittungen wohl zum Smirnow-Material gehörten, und blätterte weiter bis zum Kapitel »Die Note der Sowjetunion vom 30. 10. 1961, die Notenkrise und die Präsidentenwahlen 1962«.

Als sich die Lage zwischen den Großmächten zuspitzte, schlug die Sowjetunion Finnland am 30. 10. 1961 militärische Konsultationen vor. Die auf die Bitte um Verhandlungen folgende Notenkrise war eine von Kekkonen und dem KGB gemeinsam geplante Maßnahme zur Stärkung von Kekkonens Macht und zur Sicherung seines Sieges bei den Präsidentenwahlen im Jahre 1962. Die Notenkrise hatte zur Folge, dass sich sein Konkurrent, der von den Sozialdemokraten und der konservativen Kokoomus unterstützte Präsidentschaftskandidat Olavi Honka, aus dem Rennen zurückzog; Kekkonens Wiederwahl war gesichert. All das bestätigte der im Dezember 1961 via Helsinki in den Westen übergelaufene KGB-Offizier Anatoli Golizyn (in Helsinki unter dem Namen Anatoli Klimow) gegenüber dem amerikanischen Diplomaten Frank Friberg, der ihm bei der Flucht geholfen hatte. Golizyn verriet den USA auch das Ausmaß der Zusammenarbeit von KGB und Kekkonen und die Stärke der KGB-Besatzung in der sowjetischen Botschaft in Helsinki.

Die Sicherheitspolizei erhielt die von Golizyn an die Amerikaner übermittelten Informationen, als Frank Friberg nach Finnland zurückkehrte. Die CIA unterrichtete auch den Kommandeur der finnischen Streitkräfte Sakari Simelius und den Generalstabschef Aatos Maunula von Kekkonens KGB-Verbindungen. Danach besuchte der US-Botschafter Bernard Gulfer Kekkonen in seiner Residenz in Tamminiemi und berichtete ihm, Golizyn habe verraten, die Note vom Oktober 1961 sei eine Inszenierung gewesen. Kekkonen gab das zu und warf der Sowjetunion Erpressung und Drohungen vor. Kekkonen sagte, die Sowjetunion nutze in Finnland Personen, die »unter dem Druck und der Kontrolle« der Sowjetunion stünden. Zusätzlich würden jene Leute benutzt, die unter dem Einfluss der Sowjetunion stünden, ihr aber nicht direkt unterstellt seien (einflussreiche Persönlichkeiten als Agenten). In seinem Tagebuch schrieb Kekkonen später über die letzteren: »Deren Anzahl ist bemerkenswert groß, und sie sitzen in allen Positionen der Regierung und der Gesellschaft.«

Nyman schüttelte den Kopf. Man musste sich wirklich wundern, wie es gelungen war, all das geheim zu halten. Warum war niemand vor Gericht gekommen? Er goss sich noch mehr Kaffee ein und las weiter.

Seit dem Ende seiner ersten Amtszeit als Präsident, seit Anfang der sechziger Jahre, war Kekkonen bestrebt, die Arbeit der Sicherheitspolizei mit strenger Hand zu steuern …

29

Dienstag, 14. Februar

In Legoland, dem Hauptquartier des britischen Auslandsnachrichtendienstes SIS, gab es genau zwei Büros mit einem gut ausgestatteten Bad. In einem davon rauschte das Wasser in der Duschkabine. Jemand klopfte so heftig an die Rauchglaswand, dass sie wackelte, Betha Gilmartin erschrak und ließ die Seife fallen.

Die Tür der Duschkabine öffnete sich, und Colleen Carter begriff, dass sie einen Fehler begangen hatte, als sie die Wut in den Augen ihrer Chefin auflodern sah, die nur eine weiße Duschhaube trug.

»Menschenskind, das geht aber zu weit, verdammt noch mal! Verschwinde hier und zwar schnell …«

»Sie überlassen uns Rostow«, sagte Colleen Carter als Entschuldigung und kümmerte sich nicht darum, dass das Wasser aus der Brause, die Betha in der Hand hielt, ihr die Wollhose bespritzte.

Betha Gilmartin beruhigte sich genauso schnell, wie sie in Rage geraten war. Sie drehte den Hahn zu. »Los, erzähl schon. Und gib mir das Handtuch.«

Colleen Carter tat, was sie verlangte. »Im Außenministerium hat man endlich mal was zustande gebracht. China ist nicht an Rostow und Mironow interessiert, und Russland ist einverstanden, dass Rostow an uns ausgeliefert wird. Sie wollen vermutlich beweisen, dass sie nichts mit Mundus Novus zu tun haben. Im Falle von Mironow, Kowaltschuk und Timtschenko hingegen bestehen sie darauf, dass die nach Moskau gebracht werden. Die finnischen Behörden willigen ein, Aleksi Kara bzw. Andrej Rostow an uns auszuliefern – unter der Bedingung, dass wir ihnen alle Informationen mitteilen. Die Schweiz will nur den Direktor von Gunvor, Thorbjörn Lindqvist, an die Yankees ausliefern.«

»Und die üblichen Beschwerdeprozesse? Wenn sie wollen, schaffen Juristen es doch, die Auslieferungen um Monate aufzuschieben«, erwiderte Betha Gilmartin und warf Colleen Carter das nasse Handtuch in die Arme. Ohne ihre Nacktheit zu bedecken, ging sie zum Kleiderschrank.

»Das ist ja das Merkwürdigste daran. Alle außer Lindqvist haben die Entscheidungen akzeptiert.«

»Der Schwede hat anscheinend den Schwarzen Peter gezogen«, sagte Betha Gilmartin, während sie sich eine Stützstrumpfhose anzog.

»Das Trio, das an Russland ausgeliefert werden soll, lacht sich bestimmt ins Fäustchen«, vermutete Colleen Carter. »Als Vertraute Putins kommen sie garantiert mit einem Tadel davon, und den kriegen sie auch nur, weil sie sich haben erwischen lassen.«

»Aber warum ist Rostow bereit, nach England zu kommen?«, fragte Betha Gilmartin.

Colleen Carter zuckte die Achseln.

»Du kannst etwas von mir anziehen, da du dir nun mal die Hosen nass gemacht hast.« Betha Gilmartin nickte in Richtung Kleiderschrank.

Colleen Carter nahm einen schwarzen Rock vom Bügel und hielt ihn sich an die Taille; das gute Stück sah so groß aus, dass sie darin hätte zelten können. »Die Hosen sind schon fast trocken«, sagte sie leise.

»Gibt es noch etwas?«, fragte Betha Gilmartin.

»Eine ganze Menge. Das Außenministerium sagt, die EU wird heute der Aufhebung der Sanktionen gegen den Iran, Myanmar, China … gegen all diese Länder zustimmen. Solche Dinge müssen angeblich auf prinzipieller Ebene vorab vereinbart werden, weil man sonst bei den Sitzungen des EU-Ministerrats keine Beschlüsse zustande bekommt. Auch die USA haben grünes Licht gegeben, und die Mitglieder des UN-Sicherheitsrates.«

»Das ist klug. Die Sanktionen kann man schließlich schnell wieder in Kraft setzen, wenn die Sache geklärt ist«, fand Betha Gilmartin. »Und jetzt darfst du abschwirren, wir sehen uns gleich im Lagezentrum.«

Betha Gilmartin wartete, bis ihre Mitarbeiterin aus der Tür war, und ließ sich dann aufs Sofa fallen. In der Welt und beim SIS mochte noch so viel passieren, ihr gesamtes Denken und Fühlen wurde von Albert und dem Warten auf einen Anruf des Chefarztes beherrscht. Sie hatte Angst vor Imries endgültigem Urteil über den Zustand ihres Mannes. Das würde ihr weiteres Leben bestimmen.

Plötzlich klingelte ihr Privathandy, als könnte es Gedanken lesen. Eine Welle der Erleichterung durchlief ihren Körper, es war Leo Kara.

»Ich habe Albert besucht«, sagte er mit gedämpfter Stimme.

Betha Gilmartin antwortete nichts.

»Solltest du nicht lieber auch hier sein?«, fragte Kara.

»›Hier‹?«

»Ich bin in Torquay, seit heute Morgen. Reg dich nicht auf, weil ich nicht vorher Bescheid gesagt habe. Ich musste ... in Ruhe nachdenken.«

Betha Gilmartin wollte nicht am Telefon über Albert sprechen, nicht einmal mit Leo. »Wir sollten uns treffen und reden. Ich komme spätestens morgen nach Torquay.«

»Habt ihr meinen Vater ... Habt ihr Rostow in Hongkong gefunden?«, erkundigte sich Kara.

»Andrej Rostow wird an den MI5 ausgeliefert. Er müsste morgen in London eintreffen.«

Anscheinend war es für den Jungen zu viel, das zu erfahren, dachte Betha, als sie hörte, wie Kara das Gespräch abbrach.

Sie stand auf, streckte sich ein paarmal und versuchte, das Chaos in ihrem Kopf unter Kontrolle zu bekommen. Sogleich fiel ihr wieder ein, dass der MI5 einen Verdacht gegen sie hegte. Seltsam, wie nun alles auf einmal über sie hereinbrach. Sie fühlte sich schmutzig. In den Schmutz gezogen. Sie hatte für ihre Arbeit alles gegeben, viel zu viel, und jetzt bildeten die sich ein, dass sie ihre Laufbahn wissentlich gefährdete, indem sie Informationen verriet. Das brachte ihr Blut in Wallung.

Betha Gilmartin holte ihr Privathandy aus der Tasche. Jetzt war die Zeit der harten Bandagen gekommen. Sie wusste natürlich, wer in der Lage wäre – wenn er es wollte –, ihr zu verraten, weswegen der MI5 sie genau genommen verdächtigte.

* * *

Gerührt schaute Kati Soisalo zu, wie Vilma das erste Mal nach fast vier Jahren ihr altes Zimmer betrat. Das Mädchen ging schnurstracks zu seinem Bett, nahm die Puppe Saara und drückte sie an sich. Kati Soisalo bekam feuchte Augen, als ihr einfiel, wie sie die Puppe im Dubrovniker Gradac-Park im Gebüsch gefunden hatte; damals war ihr klar geworden, dass sie ihre Tochter verloren hatte. Vilma und Saara waren stets unzertrennlich gewesen. Vilma hatte die Puppe ihr Kind und sich selbst Mutter genannt und Saara höchstens für einen kurzen Moment aus der Hand gegeben.

Vilma schaute sich ihr Zimmer genau an, sie stand mitten im Raum und drehte sich hin und her, als würde sie eine Ausstellung in einem Museum betrachten. Kati Soisalo hatte alles so gelassen, alles war wie damals und wartete: das Kinderbett, die Plüschtiere, der Lego-Baukasten, der Puppenwagen, die Tapete mit den Motiven von Pu der Bär … Auf den Fotos an der Wand lächelte ein einnehmendes kleines dreijähriges Mädchen.

»Du hast mein ganzes Spielzeug aufgehoben«, sagte Vilma schließlich.

»Du kannst selbst entscheiden, was in die Abstellkammer soll und womit du noch spielen willst«, erwiderte Kati Soisalo.

Plötzlich drehte sich Vilma um, rannte zu ihrer Mutter, fiel ihr in die Arme und drückte sie ganz fest. Kati Soisalo empfand Sehnsucht nach der Vergangenheit, als sie ihre Tochter hochhob und in die Arme nahm – und sie musste sich anstrengen, ihr kleines Mädchen war groß geworden.

Sie trug Vilma ins Wohnzimmer, wo sich die Poulsens und die Psychologin Eve Björkman mit ernster Miene unterhielten. Auf dem Kaffeetisch stand Vilmas Lieblingsgebäck: Quarkschnecken, kleine Blaubeerkuchen und dazu Trio-Eis. Kati Soisalo ließ ihren Blick auf Helena ruhen, der man deutlich ansah, wie schmerzlich es war, verzichten zu müssen. Helena tat ihr leid.

»Oma und auch Opa möchten bald zu Besuch kommen«, sagte Kati Soisalo, nachdem sich Vilma strampelnd aus ihrer Umarmung befreit hatte, um an die Leckerbissen zu gelangen.

Eve Björkman schaute Kati besorgt an. »Das hat bestimmt keine Eile. Vielleicht möchte sich Vilma erst einmal einige Tage ans Zuhausesein gewöhnen.«

»Genau. Wir können ja Oma erst einmal anrufen.« Kati Soisalo beeilte sich, ihren Fehler wiedergutzumachen. Es war schwierig, ständig daran zu denken, dass die Psychologin über das Tempo der Fortschritte entschied, das hatten die vier Erwachsenen so miteinander vereinbart.

Kati Soisalo hörte ihr Handy in der Küche klingeln, sie beeilte sich und spürte, wie der Hass in ihr aufloderte, als sie den Namen auf dem Display erblickte.

»Ruf nicht hier an«, sagte sie so wütend ins Telefon, dass sich im Wohnzimmer alle ihr zuwandten.

»Du hast doch versprochen, mit Vilma nach Pitäjänmäki zurückzukehren.« Jukka Ukkola hörte sich gutgelaunt an.

»Darüber reden wir ein andermal. Ich beantrage sofort ein Annäherungsverbot, wenn ich auch nur dein Foto sehe«, erwiderte

Kati Soisalo und nahm das Telefon vom Ohr, um das Gespräch abzubrechen. Ukkolas nächste Worte aber sorgten dafür, dass sie es sich anders überlegte.

»Hab keine Angst, ich lasse euch in Ruhe. Aber wir müssen uns treffen und besprechen, wie es weitergeht. Du brauchst eine DNA-Probe von mir für die Annullierung der Vaterschaft, und hier sind auch noch Sachen von Vilma. Die Patengeschenke und ...«

Kati Soisalo war für einen Moment irritiert, begriff jedoch, dass es besser wäre, Ukkola nicht zu reizen, sich nicht gleich wieder mit ihm anzulegen. »Nach Pitäjänmäki komme ich aber nicht, und Vilma darfst du nicht treffen.«

»Einverstanden.«

»Ich überlege es mir«, sagte Kati Soisalo. Sie brach das Gespräch ab und war sich völlig darüber im Klaren, dass dieser Anruf nichts Gutes bedeutete. Nichts, was Jukka Ukkola tat oder sagte, bedeutete Gutes.

* * *

Manas ging in der Innenstadt von Bischkek den Bürgersteig entlang, seine Bewegungen wirkten steif und mechanisch und er starrte genau geradeaus – etwas anderes blieb ihm auch gar nicht übrig, aufgrund des Stützgerüsts aus Plastazote für die Halswirbelsäule, an dem eine spezielle Nackenstütze sowie zwei Verlängerungen befestigt waren. Die Konstruktion hinderte ihn daran, den Kopf auch nur einen Millimeter zu bewegen. Ihm kam in den Sinn, dass der Name der Hauptstadt Bischkek von einer Art Butterfass stammte, in dem das kirgisische Nationalgetränk Kumys aus Stutenmilch hergestellt wurde.

Die Flasche in seiner Hand enthielt zwar Kumys, aber vermutlich war der nicht auf traditionelle Weise zubereitet worden. Er setzte sich auf eine Parkbank am Rande des zentralen Platzes und betrachtete das Monument des Nationalhelden Manas, der auf seinem Zauberpferd Ak-Kula mit erhobenem Schwert dahinstürmte, um einen Drachen zu töten. Das dunkle Denkmal hob sich deutlich gegen das weiße Marmorgebäude der Kirgisischen Philharmonie ab. Er nahm einen Schluck aus der Glasflasche, auf deren Etikett Pferde an einem Flussufer galoppierten, und war enttäuscht. Die Brühe enthielt so gut wie keinen Alkohol. In Massenfertigung produziertes Zeug konnte sich nicht mit dem messen, was nach den überlieferten Rezepten der Alten hergestellt wurde.

In seiner Jugend, in der sowjetischen Zeit, hieß Bischkek noch Frunse, zu Ehren eines Heerführers der Bolschewiken, doch nachdem das Sowjetsystem an seiner eigenen Unmöglichkeit gescheitert war, hatte das kirgisische Parlament der Stadt ihren ursprünglichen Namen zurückgegeben. Auch das Denkmal seines Namensvetters Manas war erst gut zwei Jahrzehnte alt. Im Sommer ließen Tausende Laubbäume Bischkek grün aussehen, aber jetzt im Winter wurde das Bild der Stadt von den Gebäuden aus der Sowjetzeit beherrscht und die Luft stank von den Abgasen. Das Gebirge des Tian Shan, das sich am Horizont abzeichnete und kilometerhoch in den Himmel ragte, verlieh Bischkek dennoch etwas Majestätisches.

Manas trank die Flasche Kumys aus. Vielleicht hätte er doch nach Talas reisen sollen, um sich das Kümböz Manas anzuschauen, das Mausoleum von Manas am Rande der Stadt. Nach der Inschrift an der Fassade des im vierzehnten Jahrhundert errichteten Denkmals war es allerdings »der ruhmreichsten der Frauen, Kenizek-Khatun, der Tochter des Emirs Abuka« gewidmet. Die Gebeine von Manas aus der Legende wurden wohl kaum in dem Mausoleum aufbewahrt.

Das erste Mal in seinem Leben fühlte sich Manas als freier und vollständiger Mensch, als ein harmonisches Ganzes. In dem Moment vor dem Aufprall des Förderkorbs auf der Schachtsohle hatte er Todesangst gehabt. Er hatte ein Gefühl empfunden, ein starkes Gefühl. Und als der Bergrettungsdienst eintraf, hatte er Freude gespürt.

Manas erhob sich mühsam von der Parkbank. Sein ganzer Körper schmerzte, das war auch kein Wunder, er hatte ein halbes Dutzend Knochenbrüche. Sein Leben verdankte er den Männern vom Bergrettungsdienst des CAS und den Mitarbeitern der Notaufnahme eines Krankenhauses in Hongkong. Vielleicht sollte er sich irgendwie bei seinen Rettern bedanken. Er hatte das Krankenhaus klammheimlich verlassen, aber ohne jemandem Schaden zuzufügen.

Er schuldete Leo, seinem Boten, Dank und wollte den Wunsch des Mannes erfüllen, so wie er es ihm in dem Förderkorb versprochen hatte. Doch dazu musste er nach Tomsk in Sibirien reisen, um die Putzfrau Delbar zu treffen.

30

Dienstag, 14. Februar

Der vom britischen Nachrichtendienst MI5 gecharterte Business-Jet Gulfstream V war auch früher schon für den Transport wichtiger Gefangener verwendet worden, aber das war purer Zufall. Im Jahr 2005 war das Flugzeug mehrmals auf dem Luftwaffenstützpunkt Szymany in Polen gelandet und mit laufenden Motoren am äußersten Ende der Start- und Landebahn stehen geblieben, bis Transporter von der nahegelegenen Geheimdienstbasis Stare Kiejkuty die Fracht der Maschine – als Al-Kaida-Terroristen verdächtigte Gefangene des CIA – abgeholt hatten. Die Landegebühren wurden in bar bezahlt und die Quittungen auf eine erfundene amerikanische Firma ausgestellt. Nichts an dem Vorgehen war legal.

Diesmal landete die Gulfstream-Düsenmaschine auf dem Flughafen Northolt der Royal Airforce in Westlondon. Sie beförderte nur einen Gefangenen. Die dunkelblauen Kleintransporter des MI5 holten Andrej Rostow am Ende der Landebahn ab. Ihre Fahrer scherten sich nicht um Geschwindigkeitsbegrenzungen und schafften die fünfundzwanzig Meilen in deutlich weniger als einer halben Stunde. Die Fahrt endete auf dem Hof eines Gutshauses in der Nähe des Dorfes Horley in der Grafschaft Surrey.

Ketten klirrten, als Rostow aus dem Transporter stieg: Er trug schwere Fesseln an den Handgelenken und Knöcheln. Immerhin hatte er seine eigenen Sachen anziehen können, bevor ihn die Männer des MI5 am Vorabend aus der liebevollen Obhut des chinesischen Nachrichtendienstes übernommen hatten. Der Guoanbu hatte ihn tatsächlich sehr gut behandelt, aus Gründen, die nur die wenigsten kannten. Er hätte natürlich in China bleiben können, wenn das sein Wunsch gewesen wäre, aber er hatte sich anders entschieden – er wollte die nächsten Jahre nicht ausschließlich in China verbringen. Plötzlich hörte er einen ohrenbetäubenden Lärm. Er schaute hinauf zum Himmel und erblickte den dicken Bauch eines riesigen Passagierflugzeugs so nahe über sich, dass er instinktiv den Kopf einzog.

»Flughafen Gatwick«, sagte ein junger und selbstbewusster Mitarbeiter des MI5 und versetzte Rostow einen Stoß, damit er sich in Richtung des zweistöckigen Gutshauses bewegte, das über die Jahrhunderte Patina angesetzt hatte. Das Gelände war nicht eingezäunt, und Andrej Rostow wusste auch warum: Das Gut, ein Safehouse des MI5, wäre bei den Einheimischen ins Gerede gekommen, wenn man hier Stacheldrahtzäune errichtet hätte. Eines war sehr wahrscheinlich: Hier auf dem Land in Surrey könnte ihm niemand helfen – zum Beispiel helfen, hier wegzukommen.

Die Inneneinrichtung des Hauses sah genauso alt aus wie seine Fassade, alles wirkte antik, mit Ausnahme der Elektronik. Die Schließ- und Alarmsysteme der Türen und Fenster befanden sich technisch auf dem neuesten Stand, und an der Wand unterhalb der Decke hingen Bewegungsmelder und Kameras. Rostow wurde in das geräumige Wohnzimmer geführt. Im offenen Kamin knisterte ein Feuer und mitten im Raum saßen zwei Inquisitoren in zweifellos sehr wertvollen antiken Sesseln. Der eine Vernehmer, ein reichlich übergewichtiger Mann mittleren Alters mit fliehendem Kinn, machte einen recht entspannten Eindruck, aber der dicklippige Ältere starrte Rostow durch seine Brille mit Metallgestell feindselig an.

Rostow blieb vor den Inquisitoren stehen und ließ seine Fesseln klirren. »Die sind völlig überflüssig.«

Die Fesseln wurden ihm abgenommen, und Rostow setzte sich in einen bequemen Sessel.

»Dir ist sicher schon klar geworden, dass Mundus Novus zerschlagen ist«, begann der Dicklippige.

»Das war so beabsichtigt«, sagte Rostow.

»Wie meinst du das?«

»Der Zweck von Mundus Novus ist erfüllt.«

»Was war der Zweck von Mundus?«, fragte der Inquisitor mit dem fliehenden Kinn.

»Das erfahrt ihr morgen.«

»Was passiert morgen?«, wollte der Dicklippige wissen.

Rostow lächelte.

»Dir ist klar, dass du hier erst rauskommst, wenn wir alles wissen, was du weißt.« Nach seinem Gesichtsausdruck zu urteilen, kostete der Dicklippige die Drohung, die seine Frage enthielt, richtig aus.

»Nimm es mir nicht übel, aber solche Entscheidungen werden nicht in deiner Gehaltsklasse getroffen«, antwortete Rostow.

Der Mann mit dem fliehenden Kinn schien sich über Rostows Spitze zu freuen. »Das ist lediglich ein erstes, vorbereitendes Verhör. Als Nachrichtendienstoffizier weißt du ja vielleicht, was wir, mein Kollege und ich, gerade tun.«

»Ihr wollt meine Einstellung klären: Ob ich kooperativ und angenehm bin, neutral und unabhängig oder aggressiv und feindselig.«

Die beiden Inquisitoren schwiegen.

»Ich bin ganz ruhig und habe keine Angst vor dem, was mir hier in diesem Safehouse oder außerhalb des Hauses passieren wird. Ihr kennt meine Vergangenheit als Aufklärer und auch als Wissenschaftler und wisst, dass ich euch entscheidende Informationen über die Arbeit von Mundus Novus liefern kann. Ich bin die ideale Quelle.«

»Wenn du kooperierst, wird das belohnt«, sagte der Mann mit dem fliehenden Kinn.

»Ich kooperiere ab morgen.«

»Eine solche Antwort akzeptieren wir nicht. Das weißt du«, erwiderte der Dicklippige schroff.

»Ich habe nichts zu verlieren, ich kann nur gewinnen. Morgen versteht ihr das alles besser.«

»Du hast zwei Kinder, einen Sohn und eine Tochter«, sagte der Mann mit dem fliehenden Kinn.

»Ich habe schon im letzten Oktober angeordnet, dass Leo Kara getötet werden soll, und meine Tochter treffe ich ein-, zweimal im Jahr. Ich habe sie beide vor über zwanzig Jahren aus freien Stücken aufgegeben.«

Der Mann mit dem fliehenden Kinn zog die Brauen hoch. »Interessiert es dich auch nicht, wie du den Rest deines Lebens verbringen wirst? Du bist erst Anfang sechzig und angeblich in einer guten Verfassung.«

»Das erzähle ich euch morgen«, erwiderte Andrej Rostow.

»Dann müssen wir wohl ein paar Chemikalien ins Spiel bringen«, sagte der Dicklippige und lächelte.

* * *

Leo Karas Beschluss stand fest. Man hatte seinem Leben den Inhalt genommen und ihm damit die Entscheidung aufgezwungen.

Er hatte Alberts geliebten Jaguar XJ auf dem Seitenstreifen der Torbay Road, der Fernverkehrsstraße A3022 nahe am Ärmelkanal, abgestellt, einen Kilometer hinter Torquay und ungefähr genauso weit von der Stadt Paington entfernt. Nach Karas Begriffen waren die Städte der englischen Riviera allerdings eher gemütliche Dörfer. Auf der hell erleuchteten Straße herrschte nur noch wenig Verkehr. Es war kurz vor Mitternacht und empfindlich frisch.

Prüfend betrachtete Kara die riesige Baustelle und las auf dem Schild mit dem Logo einer Firma namens Pennecon Limited, dass auf dem Gelände Spreng- und Erdarbeiten für weitere Fahrspuren und die Ausfahrt auf eine Umgehungsstraße ausgeführt wurden.

Ein paar Dutzend Meter vor ihm ragte ein hoher Metallgitterzaun auf, hinter dem er schwere Bulldozer und Asphaltiermaschinen sowie ein halbes Dutzend Baustellenbaracken sah. Eine der Baracken war hell erleuchtet, und über der Stahltür hing eine Überwachungskamera.

Kara war nicht sonderlich erfahren darin, irgendwo einzubrechen, aber diesmal brauchte er zumindest keine Angst zu haben. Niemand verfolgte ihn, und für dieses Vergehen würde er, falls er doch erwischt wurde, wahrscheinlich mit einer Ermahnung davonkommen. Kara erblickte keine einzige Überwachungskamera, die in seine Richtung zeigte; Alberts Autokennzeichen wurde also nirgendwo gespeichert. Er würde die Angelegenheit schnell erledigen.

Rasch zog er sich die schwarze Wollmaske über den Kopf, die er am Nachmittag in einem Laden für Bikerzubehör gekauft hatte, jetzt waren nur noch seine Augen zu sehen. Seine rechte Hand war eingegipst und das linke Knie dick verbunden, aber trotz dieses Handicaps musste das jetzt klappen. Er ging los.

Es war für ihn keine große Leistung, nur mit einer Hand über den Zaun zu klettern. Kara trat vor die Tür der hell beleuchteten Baracke und zog einen Kuhfuß aus der Hose. Er setzte dessen Zähne am Schloss an und versuchte es aufzubiegen, so gut das mit einer Hand ging. Da war nichts zu machen. Allerdings wirkte die Stahltür so robust, dass er es vielleicht auch mit beiden Händen nicht geschafft hätte, sie aufzuhebeln.

Kara ging um die Baracke herum und sah unterhalb des Daches ein breites Fenster und dahinter ein Gitter aus Maschendraht. Er holte sich ein Warnschild mit einem Dreifuß, das ein paar Meter entfernt stand, stieg auf den Dreifuß und schlug mit dem Ellbogen die Fensterscheibe ein. Ein Alarmsignal war nicht zu hören. Dann nahm er aus der Innentasche von Alberts dunkler Öltuchjacke eine Zange und kniff einen Draht nach dem anderen durch. Das dauerte entnervend lange, die Lederhandschuhe wurden vom

Schweiß so feucht, dass er immer wieder abrutschte, aber schließlich hielt sich Kara mit der gesunden Hand am Fensterrahmen fest, den er von Splittern gesäubert hatte, und zog sich in die Baracke hinein. Drinnen ließ er sich auf den Fußboden hinab und holte eine Stirnlampe aus der Tasche.

Er fand sofort, was er suchte. In den Traglastregalen waren kiloweise Sprengstoffe gelagert: Anit, ANFO, plastisches Dynamit, mit Hexogen verstärktes Dynamit und Pentaerythrityltetranitrat, kurz PETN oder Pentrit. Das war es, was er sich hier holen wollte. Ein Kilo, das wusste er, würde reichen. Er steckte zwei Schachteln mit jeweils einem halben Kilo Sprengstoff in die Taschen seiner Jacke und verschwand auf demselben Weg, wie er gekommen war.

Eine Stunde später saß Leo Kara mit einem Glas eisgekühltem Aquavit in der Küche der Villa von Betha und Albert an seinem Laptop. Es hatte seine Zeit gedauert, im Internet das Original des *The Anarchist Cookbook* zu finden. Die Behörden hatten es schon vor Jahren verboten, und das nicht ohne Grund: Es enthielt die Antworten auf alle Fragen rund um die Verwendung von PETN-Sprengstoff.

* * *

Jukka Ukkola war den ersten Tag nüchtern. Er zitterte kaum, aber wenn es irgendwo leise knackte, erschrak er und zuckte zusammen. Die Küche wagte er nicht zu betreten, von dort hörte er Stimmen. Ukkola saß in seinem Wohnzimmersessel und wartete. Alles war bereit, nun musste er es nur noch mit irgendeinem Trick schaffen, dass Kati Soisalo an den Vantaa-Fluss zur Stromschnelle Vanhankaupunginkoski kam.

Ukkola startete seinen DVD-Player, auch wenn er sich den Film von Masahiro Shinoda schon mindestens zehnmal angesehen hatte. Es war die einzige Kinoversion des Schauspiels *Shinjū Ten no Amijima*, die sich finden ließ. Die angespitzten Bambusstäbe lagen aufgeschichtet an der Tür und warteten darauf, am Rande des

Weges, den er mit Kati entlanggehen würde, in die Erde gesteckt zu werden. Er konnte sich nur nicht entscheiden, ob es besser wäre, das jetzt zu tun oder erst, wenn der Zeitpunkt ihres Treffens feststand. Womöglich würden kleine Jungs oder andere Übeltäter die Stöcke am Ufer der Stromschnelle klauen. Es ärgerte ihn, dass er Kati Soisalo wahrscheinlich nicht zu einem Treffen bei Sonnenaufgang bewegen könnte. Das wäre aber erforderlich, wenn er sich an den Handlungsablauf des Dramas halten wollte. Der Tagesanbruch galt als Symbol für das Paradies.

Ukkola roch an seinen Achselhöhlen. Es kam ihm seltsam vor, sowohl sauber als auch nüchtern zu sein. Er hatte seine Wohnung geputzt und in Ordnung gebracht, sodass der Nachlassverwalter ihn für einen reinlichen und gewissenhaften Mann halten würde. Die uralten Pornofilme hatte er in die Mülltonne geworfen und alle Unterlagen, die das Tageslicht scheuten, im Kamin verbrannt. Ein Testament hatte er schon früher aufsetzen lassen, zu einer Zeit, als er noch unter Menschen gekommen war. Sein ganzer Besitz würde Vilma zufallen, obwohl sie nicht verwandt waren. Es gab niemanden anders. Für wohltätige Zwecke würde er keinen Pfennig hinterlassen, so weit ging es nicht mit seiner Doppelmoral. Jukka Ukkola hatte in seinem Leben niemandem außer sich selbst absichtlich etwas Gutes getan, und diesem Stil würde er auch nach seinem Tod treu bleiben. Das Geld auf dem Küchentisch war die einzige Ausnahme. Lilia würde die Scheine und das Begleitschreiben morgen finden, wenn sie zum Saubermachen kam. Und fünftausend Euro würden ja wohl reichen als Wiedergutmachung dafür, dass er Dutzende Huren vom Balkan zwangsweise nach Finnland hatte bringen lassen.

Alles war bereit. Mit der Auswahl des Ortes hatte er sich besondere Mühe gegeben. In Helsinki fand sich bedauerlicherweise kein Gelände, auf dem ein Friedhof, eine Kapelle, ein Schleusentor und eine Brücke nahe beieinander lagen. Aber die Insel Kuninkaankartanonsaari und Vanhankaupunginkoski, die Altstadt-

Stromschnelle, waren bestens geeignet: Kapelle und Friedhof fehlten, aber immerhin hatte in der Nähe seinerzeit Helsinkis erste Kirche gestanden. Sie war im 16. Jahrhundert erbaut worden, und in der Hauptstadtregion gab es noch nicht viele Kirchen zu der Zeit, als Chikamatsu Monzaemon, der japanische Shakespeare, im 17. Jahrhundert sein Stück schrieb. Einen Bambushain fand man in Helsinki natürlich nicht, also würde er selbst dafür sorgen, dass einer entstand, und zwar mit den Bambusstäben aus dem Baumarkt. Er hatte die Klinge seines Katana-Schwerts gesäubert und geschliffen, eine Haarschere für das rituelle Schneiden der Haare gekauft, einen vier Meter langen japanischen Seidengürtel besorgt, einen *Kaku Obi*, und gelernt, wie man einen Muschelmaulknoten knüpfte, einen Kai-no-kuchi-musubi. So würde es funktionieren.

* * *

Klasu Nyman hatte sich ein Kissen unter den Nilpferdhintern gelegt. Er wusste nicht, wie lange er nun schon an seinem Küchentisch saß, aber er war erst bis zur Akte der SUPO über Präsident Koivisto vorgedrungen. Vom vielen Kaffee tat ihm der Magen weh.

Mauno Koivisto stand bereits in engen Beziehungen zur Sowjetunion, als er Verbindungen zum KGB knüpfte. In einem Brief vom Dezember 1965 an Erkki Lindfors, den Bürgermeister von Tampere, rühmte er seine Beziehungen zum östlichen Nachbarn: »Ich habe seit einigen Jahren mit Leuten aus der Sowjetunion zu tun – ihre Anzahl ist nicht gering, und es handelt sich durchweg um Personen von Bedeutung.«

Den Residenten des KGB in Helsinki, Viktor Wladimirow, traf Koivisto das erste Mal wahrscheinlich am 17. 2. 1971, als er den Abend in der Dienstwohnung Wladimirows in der Pietarinkatu 3 verbrachte …

Koivisto hatte die ganzen siebziger Jahre enge Kontakte zum KGB …

Nyman trank einen Schluck Kaffee und blätterte ein paar Seiten weiter.

Koivistos Verbindungsmann zum KGB war während seiner zweiten Amtszeit als Ministerpräsident von 1979–1982 der Botschaftsrat Valentin Kossow und nach seiner Wahl zum Präsidenten der Resident des KGB, Viktor Wladimirow …

Die Präsidentenfrage in Finnland wurde im Politbüro der KPdSU nach der Erkrankung Kekkonens dreimal behandelt, am 3. 1. 1980, am 24. 6. und am 18. 12. 1981. Auf der Basis dieser Sitzungen gab der KGB im August 1982 folgende Instruktionen: »Die vertrauensvollen Beziehungen zu Koivisto müssen aufrechterhalten und ausgebaut werden, um sicherzustellen, dass er unerschütterlich an der Paasikivi-Kekkonen-Linie festhält. Auf Koivistos Ansichten muss eingewirkt werden, hierzu sind die operativen Ressourcen der Residentur des KGB unter den Vertrauten des Präsidenten, in den Parteiführungen und der Wirtschaft zu nutzen. Sofern sich Koivisto an eine den Interessen der Sowjetunion entsprechende außenpolitische Linie hält, muss er politisch und moralisch unterstützt und somit sein Interesse vergrößert werden, diese Unterstützung zur Schaffung günstiger Voraussetzungen für seine Wiederwahl zum Präsidenten zu erhalten …

Nyman blätterte um und las die Überschriften.

Die Sowjetunion betrachtete Koivisto nicht in dem Maße als »ihren Mann« wie Kekkonen, Ahti Karjalainen oder Paavo Väyrynen, aber dennoch hatte man mit Koivisto auf allen Ebenen (Zentralkomitee der KPdSU, Außenministerium und KGB) gearbeitet, schon bevor er Ministerpräsident und später Präsident wurde …

Nachdem er Präsident geworden war, bemühte sich Koivisto, dem KGB zu zeigen, dass alles beim Alten blieb. Er fuhr fort, wichtige Fragen persönlich mit Viktor Wladimirow, dem Chef der Residentur des KGB in Helsinki, zu klären, um »komplizierte Angelegenheiten inoffiziell zu erledigen und so Kollisionen zu vermeiden, die nur zu einer Verschlechterung der Beziehungen führen würden« …

Koivisto erkundigt sich im Voraus, sogar schriftlich, nach der Meinung des Kreml zu allen wesentlichen Fragen. Er ist in seinen Entscheidungen deutlich unselbständiger als Kekkonen …

Keinerlei Hinweise auf »Specht«! Nyman klappte Koivistos Akte mit einem lauten Knall zu und fluchte, als er die Mappen sah, die noch auf ihn warteten. Die Ahtisaari-Akte war dünn, aber in den Akten des jetzigen Präsidenten und seiner Vorgängerin Tarja Halonen gäbe es noch genug zu lesen.

31

Mittwoch, 15. Februar

Der fischäugige Premierminister Großbritanniens hatte das Krisenbewältigungskomitee COBR vor einer Stunde, um sechs Uhr früh, einberufen. Die Mitglieder versammelten sich im Kern von Westminster, in der unterirdischen Stadt Citadel, verborgen unter den wichtigsten britischen Verwaltungsgebäuden. Eine Wand des schallisolierten Beratungsraumes bedeckte eine riesige Lagetafel, und die Beistelltische an den Wänden waren vollgestellt mit Elektronik. Die verschiedenen Aufklärungseinheiten überall in England sowie die Einrichtungen des Verteidigungsministeriums waren live mit der Sitzung des COBR-Komitees verbunden.

Die Vizechefin des SIS Betha Gilmartin betrat den Raum und schaute verlegen drein, als sie bemerkte, dass sie fast die letzte war. Der Premierminister klopfte mit seinem Stift auf die lackierte Oberfläche des ovalen Verhandlungstisches.

Als Erster erhielt der Leiter des DI, des Nachrichtendienstes der Streitkräfte, das Wort: »Etwas ... äußerst Überraschendes ist geschehen. Inzwischen können wir uns ein Gesamtbild der Lage machen, aber es ist, offen gestanden, so unglaublich, dass ... Die Fakten haben wir gemeinsam mit den Amerikanern überprüft, somit können und müssen wir uns darauf verlassen, dass es sich um Tatsachen handelt.«

Der Premierminister hustete.

»121 US-amerikanische Militärsatelliten und 118 von administrativen Einrichtungen genutzte amerikanische Satelliten befinden sich derzeit auf Umlaufbahnen um die Erde. Die US-Streitkräfte sowie staatliche Einrichtungen nutzen zusätzlich die

Dienste von 68 kommerziellen Satelliten. Auf alle diese Satelliten wurde innerhalb der letzten vier Tage ein Teststrahl mit einer Laserwaffe der Gigawattklasse geschossen. Jemand hat die Messergebnisse dieser Tests dem US Strategic Command geschickt. Demnach ...«, der Gesichtsausdruck des DI-Chefs wurde noch ernster, »ist jemand imstande, alle für die Kriegsführung der USA wichtigen Satelliten zu zerstören oder zu blenden, und zwar, wenn er will, jederzeit.«

»Wer ist dieser Jemand?« Der Kommandeur des Aufklärungsregiments SRR stellte die Frage, die alle brennend interessierte.

»Das weiß man nicht.« Der DI-Chef sprach jetzt lauter. »Auf Erdumlaufbahnen kreisen derzeit insgesamt 996 aktive Satelliten, davon gehören den Russen 105, China 82 und den Amerikanern 439. Alle übrigen Staaten und privaten Betreiber verfügen insgesamt über 370 Satelliten. Und da es von diesen ... Angriffssatelliten alles in allem 136 Stück gibt, ist auch klar, dass kein einzelner Staat und kein einzelnes Unternehmen dahinterstecken kann. Natürlich mit Ausnahme der USA selbst.«

»Die Satelliten wurden vom Weltraumcenter Tanegashima in Japan, vom Kosmodrom Baikonur in Kasachstan, das von Russland genutzt wird, und vom Europäischen Weltraumbahnhof in Französisch-Guyana aus auf ihre Umlaufbahnen gebracht«, erklärte der Leiter des Staatlichen Kommunikationshauptquartiers GCHQ.

Betha Gilmartin unterbrach ihn: »Wer hat die Satelliten denn in den Weltraum geschickt? Die müssen doch irgendjemandem gehören.«

»Derzeit kennen wir die Herkunft von etwa fünfzig der Angriffssatelliten, sie befinden sich alle in Privatbesitz«, antwortete der Leiter des GCHQ.

»Man hat diese ... Laserwaffen also mit kommerziellen Satelliten oder als Teil davon auf die Erdumlaufbahn gebracht?«, fragte der Außenminister.

Der DI-Chef nickte. »Wie ich bereits sagte, befinden sich mehrere hundert kommerziell genutzte Satelliten im Weltraum.«

»Werden denn Satelliten gar nicht … überprüft, bevor man sie in den Himmel schießt?«, fragte der Verteidigungsminister.

Der Generaldirektor des britischen National Space Center lachte kurz auf. »Die Chinesen, Russen und Inder können praktisch alles in den Himmel schicken, sie haben ihre eigenen Weltraumzentren. Und in den westlichen Ländern gibt es en masse private Weltraumzentren, und auch die Satelliten, die dort gestartet werden, zerlegt kein Außenstehender vorher in ihre Einzelteile. Sie enthalten die weltweit fortschrittlichste Technologie, Geheimnisse, die Gold wert sind …«

»Jemand hat die Streitkräfte der einzigen Supermacht der Welt ausgeschaltet«, stellte der Premierminister fest. »Militärisch ist diese Situation ein absolutes Schachmatt. Und die USA können nicht mal Lärm schlagen, denn dann würden alle erfahren, dass sie derzeit verteidigungsunfähig sind.«

»Haben die Amerikaner irgendeine Ahnung, was derjenige vorhat, dem diese Waffen gehören?«, fragte Betha Gilmartin.

»Es sind keinerlei Forderungen gestellt worden«, antwortete der Premierminister. »Aber wir werden schon noch erfahren, worauf der Besitzer dieser … Satellitenwaffen aus ist.«

»Das verändert das politische Kräftegleichgewicht in der ganzen Welt«, sagte der Verteidigungsminister. »Die USA sind aus dem Spiel, und auch die NATO ist praktisch handlungsunfähig, wenn sie die Satelliten der Amerikaner nicht nutzen kann. Wir werden erfahren, wer hinter all dem steckt, sobald jemand in Erscheinung tritt, um das Machtvakuum auszufüllen.«

Der Premier hob die Hände. »Ist das alles? Sollen die USA und die NATO warten, bis sich der Schuldige meldet?«

»Niemand besitzt eine Waffe, mit der man all diese … feindlichen Satelliten vernichten könnte. So etwas gibt es weder bodengestützt noch auf Umlaufbahnen. Und selbst wenn man sie hätte, könnten zumindest die USA sie nicht einsetzen, die Angreifer würden dann einfach die Satelliten der USA lähmen oder zerstören und ihre militärische Führung lahmlegen«, erwiderte der DI-Chef.

Der Verteidigungsminister strich sich übers Haar. »Russland und China wissen schon lange, dass sie die Militärmacht der USA gerade auf diesem Gebiet der Kriegsführung herausfordern können. Die Amerikaner verfügen über die Hälfte aller militärischen Satelliten, der Weltraum ist gewissermaßen der Kern ihrer Verteidigung. Die Raketensysteme der USA und sämtliche Systeme der Nachrichtenübertragung und der militärischen Führung beruhen auf Satellitenkommunikation. Die einzige Supermacht der Welt kann ohne ihre Satelliten keinerlei anspruchsvolle Militäroperation durchführen.«

»Wie lange ist das denn alles geplant worden«, sagte der Premier, und es hörte sich eher wie eine Feststellung an.

»Wahrscheinlich jahrzehntelang.« Betha Gilmartin klang so, als wäre sie sich da ganz sicher. »Das Poljus Skif-Programm der Russen stammt aus den achtziger Jahren. Die Rede von Präsident Reagan über den Krieg der Sterne hat die Russen damals dermaßen aufgeschreckt, dass sie eine Forschungsgruppe zur Entwicklung einer Weltraumwaffe gegründet haben. Der massive Satellit der Sowjets sollte einen Laser mit hoher Leistung enthalten, der imstande wäre, den künftigen Raketenschild der USA zu zerstören.«

»Und im Lawrence Livermore National Laboratory in Kalifornien arbeitet man im Geheimen ebenfalls seit Jahrzehnten an Weltraumwaffen«, ergänzte der Kommandeur des Aufklärungsregiments SRR. »Die USA haben schon 1962 bei einem Test unter dem Codenamen Starfish Prime mit einer Kernwaffe sechs Satelliten auf einer Umlaufbahn im Weltall zerstört, und 1997 haben die Yankees einen ihrer eigenen Satelliten mit einem schwachen 30-Watt-Laser geblendet. Inzwischen verfügen sie über eine Menge unterschiedlicher Energiewaffen.«

Betha Gilmartin meldete sich erneut zu Wort. »In den russischen Flugzeugen mit dem System Sokol Eshelon befindet sich auch eine Laserwaffe. Und China besitzt in seinem Laserforschungszentrum im Tian Shan eine Waffe, die Satelliten zerstören kann. China hat doch schon offiziell verkündet, dass es den Weltraum militarisieren will, um den Frieden zu schützen.«

»Als Allererstes muss natürlich der Besitzer dieser ... Angriffssatelliten aufgespürt werden«, sagte der Premierminister.

Betha Gilmartin versuchte verzweifelt, ein Bild von der Lage zu bekommen, ein Gesamtbild. *Full spectrum dominance*, dachte sie, die totale Beherrschung aller Schlachtfelder. Das war das Ziel von Mundus Novus, das hatten sowohl Nikolai Mironow, damals noch Erster Stellvertretender Leiter des FSB, als auch Andrej Rostow Leo Kara gegenüber bestätigt. Und Mundus Novus hatte im vergangenen August beim Abschuss einer chinesischen Trägerrakete eine Laserwaffe getestet. Hatte Mundus nun die Kontrolle über das wichtigste Schlachtfeld der Zukunft, den Weltraum, übernommen?

* * *

Andrej Rostow war im Safehouse des MI5 direkt am Londoner Flughafen Gatwick mit Handschellen an einen hölzernen Sessel gefesselt. In seinem Mund schmeckte es nach Erbrochenem, aber in die Hosen hatte er nicht gemacht. Alles drehte sich; er versuchte aufzustehen, stürzte aber mitsamt dem Sessel kopfüber zu Boden. Ein Mann so groß wie ein Wal stellte den Sessel wieder hin. Rostow schloss die Augen, doch dadurch verschlechterte sich sein Befinden nur noch, in seinem Kopf zerbarsten die Farben. Er hatte seine Gefühle und seinen Verstand nicht unter Kontrolle, und diesen Zustand mochte Andrej Rostow gar nicht. Er war es gewöhnt, sich selbst im Griff zu haben, so wie er andere im Griff hatte.

Er vermutete, dass man ihm SP-117, Thiopental oder ein anderes psychotropes Mittel gespritzt hatte. Sie schwächten die Funktion des Nervensystems und erschwerten das Denken. Die Chemikalien sollten bewirken, dass er tat, was man ihm befahl, und ungewollt die Wahrheit sagte. Es war stets schwieriger zu lügen, als die Wahrheit zu sagen, das wusste er. Rostows Kopf kippte auf die Brust, ruckte aber fast sofort wieder hoch. Er war offensichtlich eingeschlafen und konnte nicht mehr einschätzen, wie viel Zeit vergangen war, eine Sekunde oder eine Stunde.

»Weißt du etwas über die Waffen, die derzeit die Satelliten der Yankees bedrohen?«, fragte der Vernehmer mit den dicken Lippen.

»In unmittelbarer Nähe jedes einzelnen Satelliten, den die USA für ihre Verteidigung brauchen, befindet sich eine einsatzbereite Energiewaffe. Den Yankees bleibt nichts anderes übrig, als darauf zu warten, dass der ... Besitzer der Waffen seine Forderungen mitteilt. Niemand verfügt über so eine ... irgendeine Vorrichtung ... oder Technologie, mit der man die Angriffssatelliten zerstören könnte. Ich weiß alles darüber, ich ...«

»Wem gehören sie?« Der Mann mit dem fliehenden Kinn lenkte Rostow in die gewünschte Richtung.

»China hat seine Laserwaffe schon 2006 an einem amerikanischen Satelliten getestet und ihn erfolgreich geblendet. Und in seinem Laserforschungszentrum im Tian Shan besitzt China eine bodengestützte Laserwaffe, die Satelliten zerstören kann ... ähnlich der Waffe, wie sie die Yankees in ihrem Starfire Optical Range Labor hatten ... die haben wir im letzten Oktober vernichtet und damit den Vorsprung der Yankees beseitigt. Das ist einer meiner schönsten Siege gewesen. Dafür wurde ...«

Die beiden Vernehmer schauten sich an.

»Unsere Geräte funktionieren und haben ihre Positionen auf den Umlaufbahnen eingenommen, uns kann niemand mehr etwas anhaben«, fuhr Rostow fort, obwohl er es nicht wollte. »Niemand anders verfügt über Waffen, um die Satelliten zu schützen ... zu zerstören ... außer Gefecht zu setzen. Das war ein Wettlauf ... und wir haben gewonnen. Wir werden ...«

»Ein Wettlauf? Mit wem hat Mundus Novus denn konkurriert?«, fragte der Mann mit den dicken Lippen.

Rostow konnte einfach nicht den Mund halten. Er schloss die Augen und sah überall Funken in grellen Farben sprühen. »Die Forschungs- und Entwicklungsprogramme, die mit uns hätten konkurrieren können, wurden jahrelang überall in der Welt sabotiert ... nichts kann unsere Waffen bedrohen ... heute nicht und in naher Zukunft auch nicht. Im Laufe der letzten zwei Jahre wurden drei neue Trägerraketen vom Typ Taurus der Firma Orbital Sciences vernichtet ... ebenso Minuteman-3-Raketen der Amerikaner, die dazu dienen sollen, Satelliten zu zerstören ...« Rostow verstummte für einen Augenblick, um Luft zu holen. Vergeblich versuchte er sich zu konzentrieren.

»Wir haben zwei russische Proton-M-Trägerraketen zerstört ... insgesamt vier für das GLONASS-Navigationssystem erforderliche Satelliten ... ROKOT- und Progress-Trägerraketen ... eine Mars-Sonde ...«

Der Dicklippige unterbrach ihn: »Mundus Novus gibt es nicht mehr. Wir wollen wissen, wer diese Angriffssatelliten im Moment kontrolliert. Wer hinter all dem steckt!«

Andrej Rostow schien sein Gedächtnis anzustrengen, er atmete tief durch und zwang sich, die Worte auszusprechen. »Der Preis für diese Information ist meine Freiheit«, sagte er und ließ die Augenlider zufallen.

* * *

Leo Kara hatte den ganzen Vormittag versucht Betha auf ihrem Privathandy, ihrer dienstlichen Nummer oder über die SIS-Zentrale zu erreichen. Er saß in der Küche des Hauses in Torquay und starrte auf den Haufen des pulverartigen Pentritsprengstoffs, der vor ihm auf dem Tisch lag, und auf *The Anarchist Cookbook.* Ihm war nur ein Mittel eingefallen, seine Rechnung mit Andrej Rostow zu begleichen.

Plötzlich klingelte sein Handy, und er meldete sich. Es war Betha.

»Hattest einen stressigen Vormittag, was?«, fragte Kara.

»Einen katastrophalen Vormittag«, erwiderte Betha und begnügte sich damit, obwohl sie den brennenden Wunsch verspürte, Kara von den neuesten Ereignissen zu erzählen. Sie war sich ganz sicher, dass der MI5 ihre Gespräche abhörte, und wollte den Jungs von The Box nicht noch mehr Beweise dafür liefern, dass sie brisante Informationen weitergab, die der absoluten Geheimhaltung unterlagen.

»Ich möchte Andrej Rostow treffen«, verkündete Kara.

Betha lachte. »Das dürfte schwierig werden. Der MI5 hat Rostow in seiner Gewalt. Zumindest vorläufig.«

»Was heißt denn das?«

»Rostow weiß so viel, dass man wahrscheinlich eine Vereinbarung mit ihm treffen wird.«

Kara traute seinen Ohren nicht. »Würde man Rostow freilassen?«

»Das ist möglich, sogar wahrscheinlich, falls Rostow helfen kann, das ... all das aufzuklären. Vielleicht bietet man ihm Hausarrest in irgendeinem der britischen Überseegebiete an – auf den Bermudas, den Cayman-Inseln, auf St. Helena, den Jungferninseln, was weiß ich ... Eine angenehme kleine Wohnung am Strand, eine neue Identität, Bewachung rund um die Uhr und ein angemessenes Girokonto.«

»Dann käme er um eine Strafe herum und würde überhaupt nicht zur Verantwortung gezogen?« Kara sprach jetzt lauter. »Man würde ihn noch dafür belohnen, dass er Menschen hat umbringen lassen?«

»So läuft das in der Welt der Geheimdienste. Wissen ist die härteste Währung, und Rostow hat die Taschen voll davon.«

In der Leitung herrschte Schweigen.

»Ich will meinen Vater treffen«, sagte Kara schließlich. »Mir erzählt Rostow möglicherweise Dinge, die er den Vernehmern des MI5 nicht sagen würde.«

»Ich reiche deinen Vorschlag gern weiter, mal sehen, was der MI5 dazu sagt. Mehr kann ich nicht versprechen.«

»Rostow hat etwas mit Emmas Gedächtnis angestellt und meine Mutter umgebracht. Und mir hat er zwanzig Jahre meines Lebens geraubt. Ganz zu schweigen von all dem, was Rostow nicht seiner Familie, sondern anderen Menschen angetan hat. Jemand muss dafür büßen … verantwortlich gemacht werden.«

»Du solltest die Vergangenheit und die Toten ruhen lassen«, sagte Betha ruhig. »Du hast als Junge einfach zu viel Schlimmes erlebt. An keinem dieser Ereignisse warst du schuld, aber sie bestimmen dein Leben immer noch. Deine Ruhe findest du erst, wenn du dich von all dem frei machst.«

»Ich finde meine Ruhe erst, wenn sich Andrej Rostow für seine Taten verantworten muss«, sagte Kara und brach das Gespräch ab.

Betha Gilmartin stand von ihrem Schreibtisch in Legoland auf und streckte die Beine. Leos Idee war nicht schlecht, es könnte tatsächlich sein, dass Rostow seinem Sohn etwas Wichtiges erzählte. Sie nahm sich vor, dem MI5 Leo Karas Vorschlag zu übermitteln, obwohl ihr diese Wendung nicht gefiel. Leo hatte so rachsüchtig geklungen, dass sie sich Sorgen machte.

Sie trat an das kugelsichere dreifachverglaste Fenster zur Themse. Ihre bösen Ahnungen wurden immer stärker. Sie war sich jetzt beinahe sicher, dass Leo Kara irgendetwas plante. Betha warf einen Blick auf ihre Armbanduhr und beschloss, sofort nach Torquay zu fahren. Sie würde den Jungen zur Vernunft bringen und Albert besuchen.

Als sie ihr Privathandy klingeln hörte, schrak sie zusammen. Sie ahnte, wer der Anrufer war. Es gab kein Mittel, sich auf diesen Anruf einzustellen.

Chefarzt Douglas Imrie meldete sich gewohnt höflich und kam zur Sache. Seine Aussage war eindeutig und brutal. Für Albert bestand nicht die geringste Hoffnung auf Genesung.

Albert war schon von ihr gegangen, dachte sie. Sie beendete das Gespräch schnell, sank aufs Sofa und griff nach dem Blatt Papier, das verkehrt herum auf dem Teetisch lag.

PATIENTENVERFUGUNG

Diese Patientenverfügung wurde am 6. Januar 2001 verfasst.

Ich, der Unterzeichnende, Albert Aldous Gilmartin, wohnhaft Carlton Drive, Putney, London SW15, erteile bei vollem Bewusstsein und aus freiem Willen meiner Familie, meinen Ärzten und allem sonstigen Betreuungspersonal sowie den Krankenhäusern und anderen Einrichtungen im Zusammenhang mit meiner medizinischen Behandlung diese Vorausverfügung für den Fall, dass ich nicht selbst fähig bin, meinen Willen zu erklären.

Ich verfüge Folgendes:
Mein Leben darf nicht künstlich verlängert werden und Behandlungsformen, die Lebensfunktionen künstlich aufrechterhalten, dürfen nicht angewendet werden, sofern der für meine Behandlung zuständige Arzt und ein unabhängiger Fachmann auf medizinischem Gebiet schriftlich versichern, dass ich ihrer Ansicht nach:
a) unter einer zum Tod führenden oder unheilbaren Verletzung, Erkrankung oder Krankheit leide, oder
b) dauerhaft bewusstlos oder im Koma bin, und keine berechtigte Möglichkeit einer Genesung besteht, und
c) selbst nicht mehr imstande bin, Entscheidungen über meine medizinische Behandlung zu treffen.

In der oben angeführten Situation wünsche ich, dass man mir erlaubt, auf natürliche Weise zu sterben und dass mir nur Medikamente verabreicht werden, die meine Schmerzen oder mein Leiden lindern, um mein Befinden zu verbessern.

Das oben Angeführte gilt ohne Ausnahme.

VORSORGEVOLLMACHT

Ich bevollmächtige Betha Neala Gilmartin, wohnhaft Carlton Drive, Putney, London SW15, alle meine medizinische Behandlung betreffenden Entscheidungen für mich zu treffen, sofern ich physisch oder psychisch selbst nicht fähig bin, meinen Willen zu erklären. Den Entscheidungen von Betha Neala Gilmartin muss in allen Situationen Folge geleistet werden, und ich bestätige hiermit, dass sie sich aller meiner Wünsche voll bewusst ist.
Zur Gewähr …

Mehr konnte man einem anderen Menschen nicht anvertrauen, dachte Betha Gilmartin, als sie die auf die letzte Seite der Verfügung gekritzelten Unterschriften betrachtete und sich mit dem Handrücken über die Augen wischte. Sie befand sich in einer Lage, in die kein Mensch geraten wollte. Man konnte unmöglich im Voraus begreifen, wie entsetzlich es sein würde, über das Leben und den Tod eines geliebten Menschen entscheiden zu müssen.

32

Mittwoch, 15. Februar

Andrej Rostow spürte im Atem seiner Inquisitoren einen leichten, etwas bitteren Malzgeruch. Er wusste nicht, ob sie zum Mittagessen Bier oder Whisky getrunken und dass sie in der Horleyer Kneipe Ye Olde Six Bells Hähnchen nach Jägerart mit geräuchertem Cheddarkäse, Speck, Pommes frites und Erbsen gegessen hatten. Die Wurzeln des Pubs reichten zurück bis ins neunte Jahrhundert, angeblich war es das zweitälteste in England.

Eines aber wusste Andrej Rostow genau: Dieses Gespräch würde seine Zukunft bestimmen. Nachdem der Arzt des MI5 ihm eine weitere Spritze gegeben hatte, ging es ihm allmählich besser. Rostow hatte verkündet, er werde seine Informationen über die in Angriffsposition gebrachten Satelliten nur dem Generaldirektor des MI5 John Elliott preisgeben, aber die Inquisitoren behaupteten, Elliott käme erst am Abend von einer Dienstreise nach England zurück.

Rostow hatte den Eindruck, dass die Vernehmer irgendetwas von ihm hören wollten, was bewies, dass er wirklich wusste, wer die Satelliten der Amerikaner ins Visier genommen hatte. Er musste noch eine Weile den Demütigen spielen – Generaldirektor Elliott würde ihm aus der Hand fressen, wenn er erst mal hörte, was Rostow zu berichten hatte.

»Falls wir das richtig verstanden haben, willst du uns eine Vereinbarung vorschlagen, ein Tauschgeschäft«, sagte der mit den dicken Lippen.

»Geld habe ich, aber ich brauche meine Freiheit.«

»Wenn deine Informationen wertvoll sind, können wir dir vielleicht ... einen Zufluchtsort bieten«, erwiderte der mit dem fliehenden Kinn.

»Ich will keinen Hausarrest. Ich will arbeiten.«

»In deiner Lage sollte man nicht zu anspruchsvoll sein. Wer würde nicht gern auf den Jungferninseln leben und am Strand kalte Getränke genießen ...«

Der mit den dicken Lippen unterbrach seinen Kollegen: »Zunächst einmal müssen wir deine Tauschware – deine Informationen – überprüfen. Wer steckt hinter dem Satellitenangriff?«

»China«, antwortete Andrej Rostow.

Für eine Weile trat Stille ein, restlose Stille.

»In jedem Artikel, der in den letzten Jahren in China über den Weltraum geschrieben wurde, steht ein und derselbe zentrale Satz: *Wer den Weltraum kontrolliert, kontrolliert auch die Erde*. Das ist für die Chinesen eine Selbstverständlichkeit«, versicherte Rostow.

Die beiden Vernehmer schauten sich verblüfft an.

»Es ist ja auch nicht überraschend. China hat schon 2006 einen amerikanischen Satelliten mit einer bodengestützten Laserwaffe geblendet. Ein Professor der chinesischen Militärakademie erklärte damals: *Der äußere Weltraum wird noch zu unseren Lebzeiten militarisiert werden*. Und 2010 teilte das US-Verteidigungsministerium in seinem Jahresbericht mit: *China entwickelt die Fähigkeit zum Angriff auf die im Weltraum stationierten Geräte und Systeme anderer Staaten und beschleunigt die Militarisierung des Weltraums. Schriften der chinesischen Volksarmee betonen, es sei von zentraler Bedeutung, die Arbeit der Aufklärungs- und Kommunikationssatelliten der Gegner vernichten, schädigen und stören zu können.*« Rostow sah die Sätze, die er vor langer Zeit gelesen hatte, klar und deutlich vor sich wie die Seiten eines gedruckten Buches. Sein phänomenales Gedächtnis umfasste eine ganze Bibliothek.

»Jeder weiß, dass China Weltraumwaffen entwickelt, mit denen Satelliten abgeschossen oder außer Gefecht gesetzt werden können, das hat das Pentagon sogar öffentlich mitgeteilt«, fügte er noch hinzu.

Der mit dem fliehenden Kinn brachte eine Frage zustande: »Warum will China die USA gerade jetzt herausfordern?«

»Warum nicht?« Rostow lachte. »Das Wettrüsten im All hat vor langer Zeit begonnen. Das Pentagon und China haben Milliarden Dollar für die Planung und Entwicklung von Weltraumwaffen ausgegeben. In einem Bericht über die Zukunft der militärischen Aktivitäten der USA im Weltraum steht schon 2006: *Die USA behalten sich das Recht und die Handlungsfreiheit vor, die anderen zu zwingen, auf die beabsichtigte Störung der US-Unternehmungen im Weltraum zu verzichten, und ihren Kontrahenten zu verbieten, im Weltraum Geräte einzusetzen, deren Nutzung aus Sicht der nationalen Interessen der USA als feindselig anzusehen ist.*«

Rostow las die Texte von der Festplatte seines Gedächtnisses vor. *»Und das U. S. Space Command vermutete schon 1997: Anfang des 21. Jahrhunderts wird sich die Beherrschung des Weltraums zu einem eigenständigen und gleichwertigen Mittel der Kriegsführung entwickeln ... Wir müssen unsere Überlegenheit im Weltraum sicherstellen, genau so wie wir es zu Lande, zu Wasser und in der Luft getan haben.«*

Jetzt schienen der mit dem fliehenden Kinn und der Dicklippige überzeugt zu sein.

»Die beste Zukunftsprognose gab 2001 die US-Kommission zur Untersuchung der nationalen Sicherheit im Weltraum ab«, sagte Andrej Rostow. *»Wenn die USA ein Pearl Harbor im Weltraum vermeiden wollen, müssen sie die Möglichkeit eines Angriffs auf ihre Systeme im Weltraum ernst nehmen ... Wer den USA gegenüber feindlich eingestellt ist, kann sich auf dem globalen Markt die Mittel beschaffen, um die US-Weltraumsysteme zu zerstören oder lahmzulegen, und unsere Satelliten oder deren Steuerungssysteme angreifen.«*

»Was will China von den Amerikanern fordern?«, fragte der mit dem fliehenden Kinn, nachdem er Rostows Äußerungen halbwegs verarbeitet hatte.

»Das werde ich Generaldirektor Elliott gern erzählen«, antwortete Rostow.

»War Mundus Novus nichts weiter als ein Gehilfe Chinas?«, wollte der mit den dicken Lippen wissen.

»Mundus Novus war ein für einen bestimmten Zweck gegründetes Konsortium. Es beschaffte Geld und entwickelte die von China bestellte Technologie. Die Gründung von Mundus Novus fiel mit der Auflösung der Sowjetunion zusammen, damals übernahmen die Kriminellen und die Oligarchen die Macht in Russland. Aber genauer erzähle ich auch das nur Elliott.«

»Vielleicht sollten wir jetzt erst mal mit dem Generaldirektor reden«, sagte der Dicklippige.

Das finde ich auch, dachte Rostow, hielt aber den Mund.

* * *

Manas war am frühen Morgen mit einem Flug der Avia Traffick Company von Bischkek nach Nowosibirsk gereist und saß nun in einem Ford Mondeo der Eurasia-Autovermietung. Er seufzte erleichtert, als die Scheinwerfer seines Wagens einen Wegweiser aufleuchten ließen: Nur noch achtzehn Kilometer bis Tomsk. Das Stützgerüst drückte ihm im Nacken, er hatte etliche Male wegen Krämpfen in den Beinen anhalten müssen und für die mickrigen zweihundert Kilometer fast vier Stunden gebraucht. Zudem war das Wetter in Sibirien unberechenbar: Das Schneetreiben hatte die Fernverkehrsstraße stellenweise zugeweht, sodass er im Schneckentempo fahren musste, um überhaupt die Fahrbahn zu erkennen. Plötzlich wies ihn die Frauenstimme des Navi-Geräts an, von der Hauptstraße abzubiegen, und Manas gehorchte.

Es konnte kein Zufall sein, dass er die Putzfrau Delbar gerade heute traf, an dem Tag, an dem Mundus Novus seine Aufgabe erfüllen und China die Kontrolle über den Weltraum übernehmen würde. Manas kannte die Legenden. China war der Erzfeind des mythischen Manas seit der Zeit, als der Herrscher Esen-Khan in Peking von der Geburt eines Jungen namens Manas unter den Kirgisen des Altai erfahren hatte. Die Seher des Khans hatten berichtet, das Kind Manas werde zum schlimmsten Feind Esen-Khans heranwachsen. Also befahl Esen, alle neugeborenen Kirgisen des Altai mit dem Namen Manas zu töten, aber der richtige Manas wurde natürlich nicht gefunden. Als Erwachsener schlug Manas die Chinesen tatsächlich in zahlreichen Schlachten bis hin nach Peking, aber schließlich gelang es den Chinesen doch, ihn zu töten. Konurbai-Khan fiel bei einem Fest, feige von hinten, über Manas her, und ein anderer chinesischer Krieger schoss Manas einen Pfeil in die rechte Wange.

Er verlangsamte die Geschwindigkeit, als das riesige Betongebäude der Dokumentenzentrale zwischen den Bäumen auftauchte. Er hielt am Straßenrand an, schaltete den Navigator seines Telefons aus und rief die Putzfrau Delbar an. Die Wachposten schauten vom Tor aus in seine Richtung.

Es dauerte einige Minuten, bis Delbar am Eingang erschien. Sie redete kurz mit den Soldaten und winkte dann Manas heran.

Er fuhr zum Eingang. Einer der Wächter forderte ihn auf, den Kofferraum zu öffnen, ein zweiter überprüfte, mit einem Spiegel an einer langen Metallstange, den Unterboden des Wagens und der dritte fragte, was den Ankömmling hierher führte, obwohl Delbar ihnen das schon erzählt hatte. Die beiden waren übereingekommen, anzugeben, Manas sei Delbars Neffe und habe vor einer Woche einen Autounfall gehabt. Seine Nackenstütze schien die Soldaten zu interessieren.

Schließlich setzte sich Delbar neben Manas ins Auto und zeigte mit dem Finger, wohin er fahren sollte. Sie musterte ihn. »Es ist zweiundzwanzig Jahre her, dass wir uns das letzte Mal gesehen haben.«

»Viel zu lange«, sagte Manas und hielt auf dem Parkplatz an.

Delbar führte ihn in das Betongebäude und in einen langen Flur, auf dem es nach Knoblauch, Tee und Zigaretten roch. An einer von Dutzenden identischen Holztüren blieben sie stehen und betraten dann die kleine Wohnung. Manas erblickte mitten im Zimmer den reich gedeckten Tisch voller Töpfe und Pfannen.

Er zog seinen Mantel aus und setzte sich auf den Stuhl, den Delbar ihm anbot.

»Shorpa-Suppe, Paloo-Risotto und natürlich Barmak«, sagte Delbar, goss Manas Kumys in ein Glas und stellte das Brot, das sie schon geschnitten hatte, und die Pferdewurst näher zu ihrem Gast hin.

Manas griff zu, so gierig, als fürchtete er, das Essen könnte jeden Moment vom Tisch verschwinden. Wegen der Nackenstütze musste er den ganzen Oberkörper vorbeugen. »Du bist schon damals eine gute Freundin gewesen. Ich habe oft überlegt, ob es reiner Zufall war, dass du mir von der Luftwaffenakademie in Kant in die Stasowa-Schule gefolgt bist. Von Kirgisien bis nach Iwanowo sind es immerhin dreitausend Kilometer.«

Delbar setzte sich neben Manas und schöpfte Shorpa-Suppe auf den Porzellanteller mit Blumendekor. In der Suppe schwammen große Hammelfleischstücke. »Ich wollte damals weg aus Kirgisien und wusste nicht, wohin ich sonst hätte gehen sollen. Und ich hatte dich ins Herz geschlossen«, log Delbar. »Du hast als kleiner Junge anfangs in meinem Zimmer gewohnt, erinnerst du dich noch? Sie wollten nicht, dass ein fünfjähriger Junge allein wohnt.«

»Ich danke dir«, murmelte Manas, den Mund voller Pferdefleisch.

»Anscheinend kannst du dich immer noch nicht an deine Kindheit erinnern. An deine ersten Jahre vor der Akademie in Kant?«, erkundigte sich Delbar.

Manas schüttelte den Kopf. »Als kleiner Junge habe ich manchmal im Traum … Gesichter gesehen, die mir bekannt vorkamen.«

Delbar konnte ihre Augen nicht von dem zum Mann herangewachsenen Manas abwenden. Gern hätte sie gefragt, wie er sich das Genick verletzt hatte, aber sie schwieg.

»Du hast sicher schon erraten, dass ich mit meinem Besuch einen Zweck verfolge«, sagte Manas.

Delbars Hand mit dem Löffel hielt kurz vor ihrem Mund inne. Hatte er die Wahrheit herausbekommen?

»Weißt du, was diese Einrichtung, genau genommen, ist?«, fragte Manas.

Delbar lachte auf. »Ich mache in diesem Betonkoloss seit über zwanzig Jahren sauber. Das ist die Dokumentenzentrale des FSB, ich kenne hier jeden Winkel, sogar mit verbundenen Augen.«

Manas legte sich eine dicke Scheibe Pferdewurst auf eine Schnitte. »Weißt du, warum für die Archivierung der Unterlagen so eine riesige Einrichtung benötigt wird? Und warum die sich hier in Sibirien in einer gottverlassenen Gegend befindet?«

Delbar schwieg, schaute ihren Gast aber unverwandt an.

»Das liegt an der doppelten Archivierung des KGB. Die wurde angeblich irgendwann zu Beginn des Kalten Krieges eingeführt, für den Fall, dass ein Atomkrieg ausbricht und die Archive in Moskau zerstört werden. Letzteres ist leider nicht geschehen. Hier wurden Kopien aller Dokumente des KGB aufbewahrt, aller Personenakten, Befehle, Berichte, Meldungen, Operationspläne, Quittungen, Geldüberweisungen, Zahlungen ... Und aus irgendeinem Grund hat der FSB diese Praxis des KGB weitergeführt.«

Delbar sah enttäuscht aus. »Du bist wegen dieser Unterlagen hier?« Sie deutete mit der Hand auf ihre Umgebung.

Manas lächelte, weil er annahm, es würde Delbar aufmuntern. »Du hast immer noch einen scharfen Verstand. Wie alt ist Delbar denn jetzt?«

»Zu alt, schon über das Rentenalter hinaus. Aber hier kommt ja niemand allein mit der Rente zurecht. Man muss so lange arbeiten, bis sie einen ins Altersheim kutschieren. Oder man das Zeitliche segnet.«

»Ich kann dir helfen. Dir eine Wohnung beschaffen und genug Geld ... zum Leben.«

Jetzt war Delbar ganz sicher, dass Manas die Wahrheit erfahren hatte. Warum sonst würde er ihr nach all den Jahren helfen wollen?

»Ich benötige die Kopien einiger Unterlagen. Und dafür brauche ich deine Hilfe.«

»Das ist mir natürlich recht«, erwiderte Delbar und bemühte sich, ihre Enttäuschung zu verbergen. Manas wusste es immer noch nicht.

* * *

Betha Gilmartin saß mit ihrer Assistentin Colleen Carter und einer Analytikerin der China-Abteilung des SIS in ihrem Büro. Sie sah blass aus, und in ihrem Augenwinkel war die Wimperntusche verlaufen. Der MI5 hatte soeben mitgeteilt, sie sollten sich bei den Ermittlungen zu den Cyberangriffen vom vergangenen Samstag und zu den Satelliten, die eine Bedrohung für die militärische Führung der USA darstellten, auf die Klärung der Rolle Chinas konzentrieren. Einzelheiten würde es erst später geben.

»Wie zum Teufel wollen die Chinesen jetzt weiter vorgehen?« Betha Gilmartin dachte laut nach. »Wenn China tatsächlich hinter all dem steckt, dann wird das irgendwann wohl oder übel öffentlich bekannt. Interessiert es die überhaupt nicht, was die UNO dann macht? Die anderen Länder lassen das doch nicht einfach so geschehen, das wird Panik auslösen.«

»In China interessiert man sich nicht so sehr für die Meinungen anderer. Das ist keine Demokratie«, stellte Colleen Carter fest.

»Man darf nicht vergessen, dass China noch als Entwicklungsland eingestuft wird«, sagte die Analytikerin der China-Abteilung. »Auch Großbritannien war keine Demokratie, als hier vor zweihundert Jahren die industrielle Revolution einsetzte. Noch 1850 besaß nur ein Fünftel der Männer das Stimmrecht. Die Industrialisierung hat in den meisten Ländern unter mehr oder weniger undemokratischen Verhältnissen begonnen. Und China ist bei seiner Industrialisierung erst auf halbem Wege angelangt, der überwiegende Teil der Bevölkerung ist bettelarm und die Hälfte der Menschen wohnt auf dem Lande.«

»Hat China einen Staatenbund hinter sich versammelt?« Es schien immer noch so, als redete Betha Gilmartin mit sich selbst. »Womöglich verlangen die Staaten auf Chinas Betreiben die Aufhebung der Sanktionen.«

Die Analytikerin zuckte die Achseln. »Der Iran ist schon lange Chinas wichtigster Verbündeter im Nahen Osten. Beide Länder haben eine uralte Zivilisation und betrachten sich jeweils als einzigartiges Volk. Beide wurden von den westlichen Staaten gedemütigt und streben jetzt mit aller Macht danach, sich deren Einfluss zu entziehen. Chinas Verhältnis zu Russland ist gut: Russland liefert Öl, Gas und Waffen nach China. Pakistan ist Chinas bedeutendster Verbündeter in Asien und in der islamischen Welt, und Myanmar in Südostasien. China unterstützt Syrien bei seinem Raketen-Programm, und für Nordkorea ist China traditionell der wichtigste Stützpfeiler.«

Betha Gilmartin schüttelte den Kopf. »Was werden die Amerikaner jetzt tun? Was sagt eine ehemalige Analytikerin der USA-Abteilung des SIS?«

Colleen kaute noch eine Weile auf ihrer Unterlippe herum, dann sagte sie: »China hat die USA in die Zange genommen. Und China ist der bei Weitem größte Importeur von Waren in die USA, wohingegen der US-Export nach China gering ist. So entstand auf chinesischer Seite schon vor Jahren ein riesiger Überschuss in der Leistungsbilanz, das sind Gelder in Milliardenhöhe. China hat seine Mittel in amerikanische Schuldverschreibungen investiert, das heißt, China hat in gewisser Weise den USA Kredite gegeben. Das wiederum ermöglichte es, das Zinsniveau in den USA auf künstliche Weise niedrig zu halten, trotz der immensen Schulden des Landes. Die USA konnten, dank China, die Verschwendung und das Leben in Saus und Braus weiterführen. Die Staatsverschuldung der USA beträgt über dreizehntausend Milliarden Dollar.«

»China hat die USA also ökonomisch in der Hand«, fasste Betha Gilmartin zusammen.

Die China-Analytikerin lachte kurz auf. »Chinas Währungsreserven betragen mehr als drei Trillionen Dollar, also dreitausend Milliarden. China ist ein Riese der Finanzwelt. Das Land schwimmt im Geld, während die USA und die EU mit Schuldenproblemen kämpfen.«

Colleen Carter nickte. »Die Frage, wie China sein Geld einsetzen könnte, ist in den USA mit enormen Ängsten besetzt, weil der größte Teil des chinesischen Vermögens in auf Dollar lautenden Schuldverschreibungen steckt. Sollte China einen wesentlichen Teil seiner Mittel an andere Währungen binden, würde der Wert des Dollars einbrechen und das Zinsniveau in den USA nach oben schießen. Somit verfügt China über einen gewaltigen Einfluss auf die Wirtschaft der USA. China kann praktisch über den Wert des Dollars entscheiden.«

»Wirtschaftlich waren die USA China also schon vorher ausgeliefert, und jetzt sind sie es auch militärisch«, sagte Betha Gilmartin und schaute kurz auf ihre Uhr. Sie müsste jetzt sofort nach Torquay fliegen, wenn sie abends wieder hier sein wollte. Sie hatte einfach zu viel auf ihrem Teller, das erste Mal seit Jahren fiel es ihr schwer, Entscheidungen zu treffen. Jedenfalls die richtigen Entscheidungen.

»Was hat der MI5 sonst noch über die Verhöre Rostows berichtet?«, fragte Colleen Carter.

»Sie sind noch nicht vorbei«, antwortete Betha Gilmartin.

»Rostow will Elliott treffen, vorher verrät er nicht mehr. Wir sollen mitteilen, wo in den Überseegebieten ein Safehouse frei ist.«

»Das heißt, die wichtigsten Nachrichten kommen erst noch, und Rostow will sich mit seinem Wissen die Freiheit erkaufen«, sagte Colleen Carter.

Betha Gilmartin dankte ihren Mitarbeitern für die Besprechung und wartete, bis sie allein im Zimmer war. Sie musste eine Zigarette rauchen. Die Vizechefin des SIS hatte Angst. Nicht vor dem, was in der Welt geschah, sondern vor dem, was sie schon bald in Torquay tun musste: Leo Kara sagen, dass man Andrej Rostow freilassen würde. Und Albert besuchen.

Das Telefonklingeln unterbrach ihre düsteren Gedankengänge.

»Ich hätte nicht gedacht, dass du dieses Treffen vergisst«, sagte eine Männerstimme.

Betha Gilmartin blickte auf die Uhr und fluchte. »Ich bin in fünf Minuten da«, antwortete sie, schnappte sich ihren Mantel und stürmte auf den Flur hinaus.

Sie verließ Legoland, rannte auf dem Albert Embarkment hundert Meter bis zur Kennington Lane und stieg hinab in die Unterführung zur Metrostation Vauxhall. Ein paar Minuten später blieb sie keuchend auf dem Bahnsteig des Zuges der Bakerloo-Line in Richtung Elephant & Castle stehen.

Der Vizegeneraldirektor des MI5 Terence Faulkner lehnte in einem abgetragenen Dufflecoat an der mit Reklameplakaten bedeckten weißen Fliesenwand und las den Belfast Telegraph – zum Zeichen dafür, dass alles in Ordnung und ein Treffen möglich war.

Betha Gilmartin brauchte eine Weile, bis sie wieder halbwegs ruhig atmete. Die wichtigste Regel in der Welt der Geheimdienste bestand darin, niemandem zu trauen – zu Faulkner aber hatte sie Vertrauen. Sie waren Nordiren aus derselben Grafschaft, stammten beide aus dem Westen von County Down. Und sie dienten der Queen beide schon seit dreißig Jahren, Betha Gilmartin beim SIS und Faulkner beim MI5. Sie hatten zusammen unzählige Stunden in denselben Komitees und Arbeitsgruppen verbracht. Das Vertrauen zwischen ihnen war allmählich gewachsen und inzwischen unerschütterlich.

»Deine Vermutung trifft zu«, sagte Faulkner, als sie sich schließlich aufrichtete und neben ihn stellte. Faulkner tat so, als würde er weiter Zeitung lesen, und Betha Gilmartin schaute unverwandt in Richtung U-Bahntunnel.

»Der MI5 überwacht also alles, was ich mache?«

»Und das mit gutem Grund, ich habe die Bänder gehört. Du verrätst Informationen.«

»Wem?«, fragte Betha Gilmartin, dabei hatte sie schon eine schlimme Vermutung.

»Leo Kara.«

Betha Gilmartin war ein Profi und viel zu erfahren, um das abzustreiten. Sie wusste, dass es den MI5, der die SIS-Mitarbeiter überwachte, oder die Gerichte nicht die Bohne interessieren würde, ob Leo Kara für sie wie ein Sohn war. Regeln sind dazu da, eingehalten zu werden.

»Habt ihr vor, Maßnahmen zu ergreifen?«, fragte Betha Gilmartin.

»Wir können nicht anders.«

»Wann?«

»Schon sehr bald. In ein, spätestens zwei Tagen.«

»Habe ich noch Zeit, die Situation zu … bereinigen? Es wenigstens zu versuchen.«

»Nein.«

»Danke, Terence.« Betha Gilmartin drehte den Kopf und wechselte mit Faulkner kurz einen Blick. Sie wusste genau, was für ein großes Risiko er eingegangen war, indem er ihr, der Zielperson laufender Ermittlungen, verriet, in welcher Lage sie sich befand. Und ihr wurde auch klar, dass ihre Laufbahn zu Ende war. Da gab es nicht den Hauch eines Zweifels.

33

Mittwoch, 15. Februar

Kati Soisalo stand auf dem Spielplatz an der Karhutie im alten Teil von Herttoniemi, ganz in der Nähe ihrer Wohnung. Der Sandkasten lag unterm Schnee begraben, ebenso das Karussell und die Wipptiere, aber das störte Vilma nicht. Sie schlitterte zum millionsten Mal die Rutschbahn hinunter bis in die Schneewehe und stürmte dann zur Schaukel. Die Kinder hatten beim Schaukeln mit ihren Füßen den Schnee weggestoßen, sodass unter den Sitzen tiefe Löcher entstanden waren. Der klirrende Frost hatte sich vorläufig verabschiedet. Die Sonne schien, die Eiszapfen an den Dachrinnen tropften und überall murmelte das Tauwasser.

Sie hätte gern alles, was Vilma machte, fotografiert oder gefilmt, aber nach Ansicht der Psychologin Eve Björkman könnte Vilma dann das Gefühl haben, es handele sich bloß um irgendeinen Besuch oder eine Feier. Schließlich würde man den normalen Alltag doch nicht verewigen, hatte Björkman erklärt. Kati Soisalo sagte sich immer wieder, dass nichts in Sicht war, was den Bestand ihres Glückes gefährdete, aber ihr Unterbewusstsein war anderer Meinung. Es kam ihr so vor, als müsste sie sich mit Ketten an Vilma festbinden, um sich ganz sicher zu fühlen. Allmählich erkannte sie, dass die schrecklichen Ereignisse der letzten Jahre auch in ihre Seele tiefe Wunden gerissen hatten. Dank ihrer Jugend hatte Vilma die Belastungen vielleicht besser überstanden als sie. Sorgen bereitete ihr auch, dass Vilma sie noch kein einziges Mal Mutter genannt hatte.

Kati Soisalo gähnte so kräftig, dass es ihr fast den Unterkiefer ausrenkte. Die Nächte forderten ihren Tribut. Vilma litt zuweilen unter Alpträumen, und wenn sie davon wach wurde, war sie es gewöhnt, zu Helena ins Bett zu kriechen und bei ihr Schutz zu suchen. Doch diese Gewohnheit musste laut Eve Björkman nun angepasst werden. Also schliefen Kati und Helena im Doppelbett, und letzte Nacht hatte sie sich schlaflos hin und her gewälzt und gewartet, wann Vilma aufwachen und sich zwischen ihre Mütter legen würde.

Ihre Gedanken wurden unterbrochen, als Helena Poulsen und Eve Björkman zu ihr kamen, sie hatten ein paar Meter entfernt gestanden und sich unterhalten. Joakim Poulsen beobachtete Vilma mit trauriger Miene beim Schaukeln.

»Ich habe Helena gerade vorgeschlagen, dass wir damit beginnen könnten, eine gewisse ... wie soll ich sagen? Differenzierung zu üben«, erklärte die Psychologin. »Vilma sollte mehr Zeit zu zweit sowohl mit Helena als auch mit dir verbringen. Das würde eure Rollen deutlicher zeigen. Vilma muss allmählich verinnerlichen, dass ihr ständiges Zuhause in Helsinki ist, mit dir zusammen. Und dass Helena und Joakim hier nur zu Besuch sind.«

»Das klingt einleuchtend«, sagte Kati Soisalo.

»Die Poulsens wollen abends ins Kino gehen, dann kannst du Vilma allein ins Bett bringen. Und du solltest dir überlegen, was du am Nachmittag tun könntest. Geh beispielsweise einkaufen oder in deine Kanzlei ...«

»Da fällt mir gleich zumindest eine beschissene Sache ein, die erledigt werden müsste«, erwiderte Kati Soisalo, ohne groß nachzudenken. »Wartet mal einen Augenblick.«

Sie ging auf den Fußweg der Karhutie, rief Jukka Ukkola an und war überrascht, als der sich gleich nach dem ersten Klingeln frisch und munter meldete.

»Wäre es dir recht, wenn wir uns heute treffen, zum Beispiel jetzt am Nachmittag? Ich hätte etwa eine Stunde Zeit«, sagte sie.

»Das wäre mir sehr recht.« Ukkola war die Begeisterung anzuhören.

»Kommst du hierher in Richtung Herttoniemi?«, schlug Kati Soisalo vor.

»Wenn wir nur eine Stunde Zeit haben, können wir uns dann auf halbem Weg treffen? Wir haben doch ziemlich viel zu besprechen ... zu regeln. Wie wäre es an der Stromschnelle Vanhankaupunginkoski?«

»Geht es in einer Stunde?« Kati Soisalo schaute kurz auf ihre Uhr. »Um drei? Ich parke mein Auto an der Kunikaankartanonsaari.«

»Alles klar«, sagte Jukka Ukkola und beendete das Gespräch.

Die Sonne stand schon tief, als Kati Soisalo eine Stunde später ihren Wagen auf dem kleinen Parkplatz an der Kuninkaankartanonsaari abstellte. Es widerte sie an, Ukkola zu treffen. Sie ging fest davon aus, dass er sie nur wieder beschimpfen würde, auch wenn es ihm bei ihren letzten Telefonaten gelungen war, die Zunge im Zaum zu halten.

Kati Soisalo stieg aus ihrem Smart, hielt vergeblich Ausschau nach Ukkola und seinem Audi und dachte, dass in gewisser Weise auch dieses Treffen einen Schritt hin zum Besseren darstellte: Ukkola hatte nicht einmal versucht, sie zu zwingen, in sein Haus nach Pitäjänmäki zu kommen.

Plötzlich hörte sie, wie hinter ihr etwas im Schnee knirschte, sie drehte sich um und erstarrte vor Entsetzen.

Jukka Ukkola hielt ein Samuraischwert und eine Schere in den Händen. Er war schwarz gekleidet, trug um die Hüften einen dicken Seidengürtel und sein strahlendes Gesicht sah vollkommen irre aus.

* * *

Der Hubschrauber vom Typ SA 330 Puma landete auf dem Rasen neben Betha Gilmartins Villa in Torquay. Die Vizechefin des SIS lief gebückt davon, um dem Lärm und der von den Rotorblättern aufgewirbelten Luft zu entkommen. Sie wusste sehr gut, dass sie den Hubschrauber des SIS kein einziges Mal mehr benutzen könnte, wenn sie in der »Firma« den Laufpass bekäme, aber das war auf ihrer Kummerliste die geringste Sorge.

Die Hintertür des Hauses stand offen. Betha Gilmartin rief ein paarmal Leos Namen, bekam aber keine Antwort. Es war niemand im Wohnzimmer, in der Bibliothek und in der Küche, nicht einmal die Katze Violet. Sie ging durch den Raum neben der Küche, der als Hauswirtschaftsraum diente, in den Schuppen, wo ihr auffiel, dass auf der Werkbank allerlei Kram herumlag. Der stammte nicht von Albert, ihr Mann war nur sehr selten hier. Er hatte zwei linke Hände.

Betha Gilmartin nahm einen leeren Pappkarton, sah das Warnzeichen für Sprengstoff und las: *Pentaerythrityltetranitrat*, PETN. Auch der andere Karton auf dem Tisch war leer.

»Darf ich Rostow treffen, ist der MI5 einverstanden?« Kara war in Socken so überraschend an der Schuppentür zum Haus aufgetaucht, dass Betha Gilmartin zusammenschrak.

»PETN ist Sprengstoff! Verdammt, was ist hier im Gange?«, rief sie.

»Nichts, weswegen du dir Sorgen machen müsstest«, erwiderte Kara, der Betha viel lieber umarmt hätte.

»Du planst doch nicht etwa irgendeinen unsinnigen Racheakt? Falls du Rostow treffen darfst, ist hundertprozentig sicher, dass du nicht mal eine Pinzette mitbringen kannst.«

»Das weiß ich ja wohl«, erwiderte Kara und schaute an Betha vorbei. »Haben sie zugestimmt?«

»Bis jetzt noch nicht.«

Kara wirkte enttäuscht. »Hast du etwas über Rostows Verhöre gehört?«

Betha Gilmartin zögerte nur kurz. »Angeblich hat Mundus Novus für die Chinesen gearbeitet. Es hat Geld gesammelt und diese ganze ... Waffentechnologie auf Bestellung von China entwickelt. Derzeit kreisen weit über hundert Satelliten um die Erde, die von China kontrolliert werden und imstande wären, die gesamte US-Militärführung technisch lahmzulegen. Und hinter jedem dieser Satelliten stecken eine oder mehrere Firmen der Rüstungs- oder Weltraumindustrie, die mit Mundus Novus in Verbindung gebracht werden.«

Kara schien nicht überrascht zu sein. »In allen Matrjoschka-Puppen findet sich ein Kern, wenn man sie lange genug auseinander nimmt.«

»Wir müssen reden«, sagte Betha Gilmartin, trat näher an Leo heran und nahm ihn an der Hand. Sie gingen ins Wohnzimmer, wo sie ihn anwies, neben ihr auf dem Sofa Platz zu nehmen.

»Alberts Prognose ist nach Ansicht des Arztes äußerst schlecht. Er ist erblindet und gelähmt und kann nicht sprechen.«

»Dauerhaft? Endgültig?«, fragte Kara.

Betha schloss die Augen. »Albert litt schon vor dem Schlaganfall am letzten Sonntag an einer vaskulären Demenz. Die Erkrankung wurde zu spät bemerkt, in seinem Gehirn waren schon vor dieser ... Katastrophe Schäden entstanden.«

Die beiden saßen still auf dem Sofa. Kara wollte nicht fragen, was Betha nun vorhatte. Er fürchtete die Antwort.

»Wir haben beide eine Patientenverfügung«, sagte Betha schließlich. »Die haben wir vor Jahren gemeinsam aufgesetzt. Keiner von uns beiden will leben ... will an irgendeine Maschine angeschlossen werden.«

Es dauerte lange, bis Kara etwas sagen konnte. »Gibt es gar keine Hoffnung, dass er sich wieder erholt?«

Betha schüttelte den Kopf. »Nach Ansicht des Arztes nicht.«

Sowohl Betha als auch Leo fühlten sich hilflos und verlegen. Keiner von beiden fand die richtigen Worte.

Schließlich sagte Betha etwas ganz anderes. »Du bildest dir doch wohl nicht ein, dass ich dieses Haus verlasse, solange du mir nicht sagst, warum du Sprengstoff besorgt hast?«

»Ich habe nicht die Absicht, irgendetwas Verrücktes anzustellen, da kannst du ganz beruhigt sein. Es ist für dich besser, wenn du nicht ... alles weißt«, erwiderte Kara und hoffte, dass Betha die Angst in seinen Augen nicht bemerkte.

»Ich weiß nicht, ob ich dir das glauben kann. Du hast in deinem Leben schon reichlich idiotisches Zeug angestellt. Aber zu Rostow ins Safehouse kannst du zum Glück keinen Sprengstoff mitnehmen, selbst wenn du es vorhättest. Du willst dir doch nicht etwa selbst etwas antun?«

Kara lachte gezwungen.

Betha Gilmartin war mit seiner Antwort alles andere als zufrieden.

* * *

Der Fußboden im Schlafzimmer der Zweizimmerwohnung in Vuosaari erbebte, obwohl Klasu Nyman versuchte, die Gewichtheberhantel möglichst vorsichtig auf die Sperrholzplatte zu setzen, die das Parkett schützte. Die Nachbarn beschwerten sich oft genug über das Poltern und den Lärm. Irgendwie musste er aber Aggressionen abbauen: Das Durchwühlen des Materials über die finnischen Präsidenten dauerte unendlich lange, und er war einfach ein Mann der Praxis und kein Aktenfuchs.

Nyman wischte sich mit dem Ärmel des T-Shirts den Schweiß von der Stirn, unter die Dusche könnte er auch später gehen. Er hatte nun auch die Personenakten der zwei vorletzten Präsidenten gelesen und nichts gefunden, was auf die Spur von »Specht« führte. Martti Ahtisaari hatte am Beginn der achtziger Jahre Kontakt zu Organisationen estnischer Flüchtlinge in den USA gehabt. Tarja Halonen war Anfang der siebziger Jahre im Vorstand des Komitees für die diplomatische Anerkennung Ostdeutschlands gewesen und ihr Exmann, damals Sekretär der Parlamentsfraktion der Sozialdemokratischen Partei, hatte Ende der siebziger, Anfang der achtziger Jahre Verbindung zu Sergej Pereletow vom KGB gehalten. Das war alles. Jetzt blieb nur noch die Mappe des aktuellen finnischen Präsidenten übrig, und Saara Lukkari hatte ihn schon im Voraus gewarnt, die enthalte keine nützlichen Hinweise.

Nyman nahm sich eine Dose Bier aus dem Kühlschrank und setzte sich an den Küchentisch, er keuchte immer noch von der Anstrengung. Das Kissen auf dem Stuhl war unter seinem Gewicht längst platt gedrückt worden.

Er öffnete die letzte Mappe und erblickte überrascht eine handschriftliche Nachricht Saara Lukkaris, die obenauf lag:

Soviel Mumm, alle Unterlagen dieser Mappe außer Haus zu geben, hatte ich dann doch nicht, immerhin handelt es sich um den amtierenden Präsidenten. Aber ich habe dir alles aufgeschrieben, was meiner Ansicht nach von Nutzen ist.

Auch Saara Lukkaris Mut hat also Grenzen, dachte Nyman und las die erste handbeschriebene Seite.

- Studierte 1973–74 Russische Sprache (zur selben Zeit wie Putin Jura) an der Staatlichen Universität Leningrad. War nicht im Studentenheim der Universität untergebracht, erhielt auf seine Forderung hin (aus unbekanntem Grund) eine eigene Wohnung im Leningrader Zentrum. Sie war nach sowjetischen Maßstäben luxuriös ausgestattet: Telefon, Kühlschrank, Fernseher usw.
- Traf in den siebziger Jahren mehrmals privat Anatoli Wasin und Valeri Silow, die in der Botschaft der Sowjetunion für den KGB arbeiteten. Nach seinem Einzug ins Parlament fungierten als Kontaktperson (Betreuer) die Chefs der Residentur des KGB in Helsinki (Viktor Wladimirow 1977–1984 und Feliks Karasew 1984–91).
- Im Anschluss an seine damalige politische Laufbahn arbeitete er in der Leitung der Europäischen Investitionsbank (EIB). War an mehreren Dutzend Finanzierungsentscheidungen beteiligt, die der russischen Energieindustrie zugute kamen.

Nyman blätterte um und fand einen Zeitungsartikel aus dem Jahre 2002:

> Während ihres Besuches in Moskau unterzeichneten der Generaldirektor der Europäischen Investitionsbank (EIB) Philippe Maystadt sowie der Generaldirektor der Europäischen Bank für Wiederaufbau und Entwicklung Jean Lemierre zusammen mit dem russischen Vizepremier und Finanzminister Alexej Kudrin ein Rahmenabkommen über die fünfhundert Millionen Dollar umfassende Finanzierung von Hafenprojekten in St. Petersburg.

Er kniff die Augen zusammen und betrachtete das Foto in Postkartengröße genauer, vor allem die Leute, die hinter dem Trio der Unterzeichner standen. Im Vordergrund dieser Gruppe gab der jetzige finnische Präsident einem elegant ergrauten, gut gekleideten Geschäftsmann die Hand. Nyman musste die Sache erst noch im Internet nachprüfen, ehe er wirklich glaubte, dass es sich um Arkadi Timtschenko handelte.

Nyman sprang auf. Vielleicht waren sie alle an der falschen Stelle auf der Suche nach Hinweisen und Beweisen gewesen. Die Sicherheitspolizei hatte sich vermutlich mehr für die politischen Kontakte des Präsidenten interessiert als für seine Geschäftsverbindungen ...

Er griff nach seinem Handy, rief den Pressesprecher der KRP an und bat ihn, von der Europäischen Investitionsbank alles Bildmaterial über den Präsidenten der Republik zu besorgen, jetzt sofort oder möglichst noch schneller.

* * *

In dem Einzelzimmer für Privatpatienten im Krankenhaus von Torbay surrten die Geräte, es roch nach Desinfektionsmittel und die Luft war durchdrungen von Trauer. So empfand es zumindest

Betha Gilmartin. Sie versuchte, ihr Denken auszuschalten und nicht in den Erinnerungen zu versinken, die mit einer solchen Wucht über sie hereinbrachen, dass sie zitterte. Doch ein klares Bild voller Wärme war stärker als jeder Wille. Es war die Erinnerung an jenen Tag, an dem sie und Albert übereingekommen waren, keine Kinder zu bekommen. Dieser Entschluss hatte sie fester zusammengeschweißt als das Amen des Pfarrers. Sie hatten sich gemeinsam entschieden, ihr Leben zu zweit zu verbringen.

Albert lag bewegungslos im Bett. Ein Mundwinkel hing ihm immer noch herab, und seine offenen Augen starrten an die Decke, ohne etwas zu sehen.

Betha trocknete sich die Augen mit dem Handrücken. Sie wollte nicht wie ein Straftäter handeln, schließlich hatte Albert ihr erlaubt, vielmehr befohlen, das zu tun. Sie hatten sich geschworen, dass keiner von beiden irgendwann ein ans Bett gefesselter Hirntoter werden dürfte. Sterbehilfe war in Großbritannien verboten, und sie würde Albert und sich nicht erniedrigen und in die Schweiz fahren, um den letzten Willen ihres gelähmten und an Maschinen gefesselten Mannes zu erfüllen. Sie war zwar vom Krankenhauspersonal und den Überwachungskameras unbemerkt in Alberts Zimmer geschlüpft und beabsichtigte, auch genau so wieder zu gehen, sodass es keine Beweise für ihren Besuch gab. Aber sollten die Behörden doch erfahren, was sie getan hatte, dann wollte sie die Verantwortung übernehmen. Sie wusste natürlich, was die Folge wäre, wenn man sie erwischte: ein Prozess und ein Urteil.

Betha holte mit zitternden Händen drei Fünfzig-Milliliter-Injektionsspritzen aus ihrer Umhängetasche, in die sie, schon vorher in der Villa, Nembutal-Pentobarbital aufgezogen hatte. Und das erwies sich jetzt als kluge Entscheidung, denn ihre Hände zitterten wie Espenlaub.

Betha Gilmartin beugte sich über ihren Mann, strich ihm übers Haar und küsste Albert zum letzten Mal.

34

Mittwoch, 15. Februar

Jukka Ukkola, ein Katana-Schwert in der Hand, warf Kati Soisalo auf dem kleinen Parkplatz direkt an der Stromschnelle Vanhankaupunginkoski einen breiten Kabelbinder vor die Füße. Um diese Jahreszeit waren hier keine Touristen unterwegs und an Werktagen kamen während der Arbeitszeit auch kaum Jogger vorbei. Aber die in den letzten Jahren errichteten mehrstöckigen Wohnhäuser lagen nicht weit entfernt, er musste schnell hinter einen Sichtschutz gelangen. »Binde dir die Handgelenke vor dem Körper zusammen.«

Kati Soisalo starrte ihren Exmann an und die Angst, die sie befiel, war anders als je zuvor. Ukkola hatte eine Grenze überschritten, er war verrückt geworden. Das hätte sie auch gesehen, wenn er sein japanisches Karnevalskostüm nicht angezogen hätte. Sein Blick war leer und glasig. Der Schnaps, die Suspendierung und die bevorstehende Haftstrafe hatten den Verstand dieses Psychopathen endgültig ausgehebelt.

Ukkola ging einen Schritt auf sie zu und vollführte mit seinem Katana einen senkrechten Hieb, einen Kirioroshi.

Kati Soisalo schob das Ende des Kabelbinders durch die Öse und zog die Schlaufe über ihre Handgelenke, ihr blieb keine Zeit nachzudenken …

»Zieh ihn mit den Zähnen an.« Ukkola wartete darauf, dass Kati Soisalo gehorchte, und trat dann etwas näher an seine Exfrau heran. Allerdings nicht allzu nahe – er wusste, wozu Kati imstande war. Er wollte ihr jetzt erklären, was gleich geschehen würde.

»In Japan glaubte man in der Edo-Periode und auch später, dass

Liebende, wenn sie Doppelselbstmord begehen, im Himmel wieder zusammenkommen. Die Bindung zwischen Mann und Frau besteht dann in der nächsten Welt weiter.«

Kati Soisalo konnte nichts anderes tun, als Ukkola anzustarren. Was zum Teufel sollte man so einem Wahnsinnigen sagen?

»Die beste Beschreibung des *Shinjū*, eines Doppelselbstmordes, findet sich in dem dreihundert Jahre alten Schauspiel *Shinjū Ten no Amijima* – Selbstmorde aus Liebe in Amijima. Die junge Kurtisane Koharu ist in einen Kaufmann namens Jihei verliebt, und sie können nur zueinander kommen, indem sie Doppelselbstmord begehen oder Koharu aus dem Freudenhaus freikaufen. Da sie kein Geld haben, bleibt ihnen nur die eine Möglichkeit. Das Schauspiel beruht auf einer wahren Begebenheit, auf einem Doppelselbstmord, der am 14. Oktober 1720 in Osaka begangen wurde.«

Jetzt begriff Kati Soisalo, was Ukkola beabsichtigte. Sie drehte sich plötzlich um und rannte los zur Viikintie. Die Straße war glatt und mit zusammengebundenen Händen kam sie nicht besonders schnell vorwärts. Wenn es ihr nur gelänge, ein Auto anzuhalten …

Sie spürte den Schlag, der ihren Schuh traf, dann zog es ihr die Beine weg und sie schlug der Länge nach hin. Es tat weh, aber sie hoffte, dass Ukkola ihr hochhelfen würde. Vielleicht käme er ihr so nahe, dass sie ihm einen Tritt versetzen könnte … Plötzlich spürte sie eine eiskalte Berührung im Genick und dann einen Schmerz. Etwas Warmes floss über ihren Hals. Sie stand auf und sah Blut an der Spitze von Ukkolas Schwert.

»Eine Flucht ist Bestandteil dieses Dramas, aber nicht so.« Ukkola schwenkte die Schneide seines Katana in Richtung der tosenden Stromschnelle. »Koharu und Jihei flohen aus dem Rotlichtviertel und gingen zum Schleusentor am Fluss, einem Ort mit dichtem Bambusgestrüpp.« Ukkola packte Kati Soisalo am Arm und zerrte sie zum Ufer der Stromschnelle. Der abschüssige Pfad war schneebedeckt und glatt, das Wasser dröhnte ohrenbetäubend und die aufschäumende Gischt durchtränkte die Luft.

Kati Soisalo sah die wild tobende Stromschnelle, die darüber führende Brücke und die in den Uferhang geschlagenen Bambusstäbe und begriff, dass sie sich in echter Lebensgefahr befand. Ihr blieb nicht viel Zeit.

Ukkola stieß sie auf die vielleicht zwanzig Meter lange Stahlbrücke, wo die Gischt ihnen beiden ins Gesicht spritzte. »Setz dich und steck die Beine zwischen die Geländerpfosten«, sagte Ukkola und griff nach der Schere im Seidengürtel. »Mit dem Rücken in diese Richtung.«

»Du bist wahnsinnig! Warum sollte ich mich setzen?«, rief Kati Soisalo.

»Um dir unnötige Schmerzen zu ersparen. Ich schneide dir nur die Haare ab.«

Kati Soisalo setzte sich hin und fuhr zusammen, als sie Ukkolas Hände auf ihrem Kopf spürte. Er schnitt von ihrem ohnehin kurzen Haar dicke Büschel ab und warf sie in die Luft wie Konfetti. Kati Soisalo wusste, dass es sich nicht lohnte, ihn irgendetwas zu fragen, aber das Sprechen könnte Ukkola vielleicht ablenken. »Warum schneidest du mir die Haare ab?«

»So werden wir ein buddhistischer Mönch und eine buddhistische Nonne, und die im früheren Leben gegebenen Versprechen haben keine Bedeutung mehr.«

Nachdem Ukkola ihr die Haare geschnitten hatte, verließ er die Brücke, legte sein Katana auf den verschneiten Weg und begann sein eigenes rabenschwarzes Haar abzuschneiden.

Kati Soisalo stand auf und schaute sich um. Ihr musste etwas einfallen, ehe Ukkolas Fanatismus seinen Höhepunkt erreichte. Etwas Scharfes brauchte sie. Ihr Blick wanderte über das Brückengeländer …

Ukkola warf die Schere in den Schnee, als auf seinem Kopf nur noch ein paar kurze Haarbüschel in die Höhe standen. Er nahm sein Schwert und hob es bis in Kopfhöhe. »Auch ich tue das widerstrebend, so wie Jihei, doch die Situation zwingt mich dazu.

Keiner von uns beiden will sterben, aber das ist der einzige Weg, um wieder beisammen zu sein.«

Jukka Ukkola war bereit, aber etwas ließ ihn verharren – der Wunsch, diesen Augenblick zu genießen. Er würde Kati mit dem Schwert töten und sich erhängen, indem er seinen Seidengürtel an das Brückengeländer band und in die durch das Schmelzwasser angeschwollene Stromschnelle sprang. Damit würde er die Handlung von *Shinjū Ten no Amijima* so genau wie möglich wiederholen. Jiheis Leiche hatten Fischer gefunden; blieb nur zu hoffen, dass es ihm ebenso ergehen würde.

»Das ist der letzte Akt, *Michiyuki*«, sagte Ukkola und ging in Richtung Brücke.

Kati Soisalo drehte sich um, lief zwei Schritte, hockte sich hin und schlug ihre Handgelenke auf ein Stützeisen, dessen Spitze sich aus dem Geländer gelöst hatte. Sie schrie auf vor Schmerz und schlug noch einmal zu – an beiden Gelenken riss die Haut ein, aber der Kabelbinder zerplatzte mit einem Knall.

Ukkola hob sein Schwert über den Kopf und war bereit zum entscheidenden Hieb, als Kati Soisalo sich auf einmal aufrichtete. Sie standen beide auf der Brücke, drei Meter voneinander entfernt.

»Du solltest das akzeptieren, nimm den Schwerthieb entgegen«, sagte Ukkola und holte mit der Waffe aus, um seinem Schlag Wucht zu verleihen. Kati Soisalo erkannte ihre Chance, machte zwei schnelle Schritte auf Ukkola zu und lud all ihre Kraft in einen Drehkick, der gegen den Brustkorb des Mannes krachte. Ukkola wurde nach hinten geschleudert, stieß gegen das Geländer, kippte darüber und stürzte hinunter.

Nur das Getöse der Stromschnelle war zu hören, als Jukka Ukkola in die Gischt eintauchte, auf das Geröll prallte und sich das Rückgrat brach. Seine Beine zuckten und waren noch einen Augenblick zu sehen, dann riss die Strömung den Leichnam mit sich fort.

Kati Soisalo schaute der Leiche Jukka Ukkolas hinterher, die in

Richtung Meer trieb, und dachte, dass auf der Welt niemand diesen Menschen vermissen würde.

* * *

Der MI5-Generaldirektor John Elliott sah müde aus. Vor achtzehn Minuten war er mit seiner Maschine auf dem Flugplatz Gatwick gelandet und saß nun schon im Wohnzimmer des Safehouse von Horley. Der Mann mit den dicken Lippen und der mit dem fliehenden Kinn standen vor dem Kamin und wirkten so ernst, wie es bei Mitarbeitern üblich ist, die nur selten Gelegenheit bekommen, ihrem obersten Vorgesetzten Gesellschaft zu leisten.

Andrej Rostow hingegen spielte im Kopf Schach: Wie viel könnte er erzählen, ohne sein Leben zu verlieren, und wie viel müsste er erzählen, um eine Haftstrafe zu vermeiden? Das würde sich nach und nach herausstellen.

Elliott kam ohne Umschweife zur Sache. »Du hast meinen Leuten erzählt, dass China die Satelliten der USA bedroht.«

»Ich ... wir ... Mundus Novus hat Energiewaffen hergestellt, mit denen China jederzeit, wenn es will, die Satelliten der Amerikaner zerstören kann. Das Projekt wurde 1991 in Angriff genommen und heute abgeschlossen.«

»Was strebt China an?«, fragte Elliott.

»Ich bin nicht der Sprecher der Chinesen. Aber ich könnte beispielsweise Professor Liu Mingfu zitieren, einen Oberst der Chinesischen Volksbefreiungsarmee, der kürzlich schrieb: Chinas großes Ziel ist es, im 21. Jahrhundert die führende Supermacht der Welt zu werden.«

Elliott war nicht überzeugt. »Ich habe von diesem Kommentar gehört. Das ist lediglich die Stellungnahme einer Einzelperson.«

»In China ist das die vorherrschende Meinung«, wandte Rostow ein. »Die Chinesen verweisen in ihren Reden und Schriften ständig auf ihre fünftausendjährige Geschichte. Dieses Volk definiert sich nicht als Nationalstaat, sondern als Zivilisation, als Träger der chinesischen Kultur, die unübertrefflich ist und schon seit Jahrtausenden ohne Unterbrechung in voller Blüte steht.«

»Und was macht Andrej Rostow zu einem Kenner des chinesischen Volkscharakters?«, fragte Elliott geringschätzig.

»Die Chinesen halten sich, im Vergleich zu den Menschen aus westlichen und anderen Ländern, für unübertrefflich. Selbst nach Ansicht der Durchschnittschinesen ist es eine Selbstverständlichkeit, dass ihr Land die Rolle der weltweit führenden Supermacht wieder übernehmen wird, die ihm ihrer Meinung nach auch zusteht. Die letzten zweihundert Jahre sind nur eine kleine Abweichung von der Normalität gewesen. Jeder Führer Chinas im Laufe der letzten hundert Jahre hat es als seine historische Aufgabe angesehen, die Machtposition Chinas wiederherzustellen und die Demütigungen durch die koloniale Abhängigkeit zu beseitigen. China ist über so lange Zeit Supermacht gewesen, dass es in seinem Großmachtstreben kein Trachten nach einer neuen Stellung sieht, sondern die Rückkehr zum Normalzustand.«

Elliott dachte über das Gehörte nach.

Rostow musste Elliott unbedingt überzeugen. »Laut Internationalem Währungsfonds wird China vielleicht schon 2016 die größte Volkswirtschaft der Welt sein, seine Industrie ist in den letzten Jahrzehnten in gewaltigem Tempo gewachsen. Deshalb besteht das größte Problem Chinas im Mangel an Ressourcen. Es braucht ständig mehr Boden, Wälder, Wasser, Öl und Metalle ... alles, was für die industrielle Produktion erforderlich ist. Im Laufe der letzten vierzig Jahre wurde fast die Hälfte der chinesischen Wälder vernichtet, und China muss heute schon fünfzig Prozent seines benötigten Öls aus dem Ausland einführen. Um das Wachstum zu halten, braucht China Bodenschätze, aber es will von seinen strategischen Gegnern, den anderen Großmächten, nicht abhängig werden. Deshalb richtet es den Blick auf die Naturressourcen Afrikas, Lateinamerikas und Russlands. Und auf den Mond.«

Elliott richtete den Oberkörper auf und beugte sich ein wenig zu Rostow hin. »Auf den Mond?«

Rostow wirkte selbstsicher. »An dieser Stelle sollten wir uns vielleicht über die Bedingungen einer Zusammenarbeit einigen.«

»Du weißt ja, wie das funktioniert«, erwiderte Elliott und schniefte. »Völlige Freiheit kann ich dir nicht versprechen, das verbietet das Gesetz. Aber du darfst deinen künftigen Wohnort aus den zur Verfügung stehenden Alternativen auswählen, und du erhältst die Möglichkeit, zu arbeiten. Das war es doch, was du wolltest.«

Rostow akzeptierte das Angebot mit einem Lächeln. »Der Mond ist für China nur eine Option unter anderen, wenn es darum geht, sich seltene Elemente und Metalle der Platingruppe zu beschaffen. Eine Option auf lange Sicht.«

»Willst du damit behaupten, dass China all das gemacht hat, um sich Bodenschätze auf dem Mond zu sichern?«, fragte Elliott.

Rostow schüttelte den Kopf. »Das ist nur ein kleiner Teil des Ganzen. Auf dem Mond wird man vielleicht in einigen Jahren Bergwerke anlegen. Oder China will nur absichern, dass es als Erster vor Ort ist. China hat ein anderes Verhältnis zur Geschichte als die westlichen Länder, ein paar Jahrzehnte – das ist für die Menschen dort keine große Zeitspanne. Russland hat ja auch mitgeteilt, dass es auf dem Mond eine ständige Station errichten will, um Elemente und Metalle abzubauen.«

»Elemente?«, fragte der Mann mit dem fliehenden Kinn.

»Wenn es endlich gelingt, Fusionsreaktoren zu bauen, wird der Mond dank seiner Vorräte an Helium-3 der neue Persische Golf, eine unerschöpfliche Energiereserve. Der Wert der Elemente auf dem Mond ist praktisch unermesslich. Und der Staat, der die erste ständige Station auf dem Mond errichtet, könnte sehr wohl in den nächsten hundert Jahren über die von der Erde benötigten Energieressourcen verfügen.«

Elliott wirkte verblüfft.

»Der Mond hat natürlich auch eine gewaltige strategische Bedeutung«, fuhr Rostow fort. »Wer den ersten ständigen Stützpunkt dort oben aufbaut, ist militärisch in der Vorhand. Der Mond ist in gewisser Weise die Straße von Gibraltar im Weltall. De facto ist er sogar weniger verwundbar als Gibraltar, auf dem Mond gibt es nämlich Süßwasser. Der darin enthaltene Sauerstoff und Wasserstoff kann auch als Treibstoff verwendet werden, das heißt, der Versorgungsbedarf des Mondes ist geringer als der in Gibraltar während der Kriege vom achtzehnten bis ins zwanzigste Jahrhundert.«

»Darum geht es hier? Um den Mond?«

»Nein, es geht um den Weltraum.« Rostow versuchte zu lächeln. »Wer den Weltraum beherrscht, wird die nächste Supermacht sein. Das wissen alle Staaten. Ein Land, das Führer der Welt werden will, kann es sich einfach nicht leisten, bei der Militarisierung des Weltalls nur den zweiten Platz zu belegen. Und derzeit sieht es ganz danach aus, als müssten sich die USA mit Silber begnügen, obwohl das Weltraumbudget ihrer Streitkräfte rund zwanzig Milliarden Dollar pro Jahr beträgt. In jedem Krieg der Geschichte, von der Steinzeit angefangen, befand sich derjenige im Vorteil gegenüber seinen Widersachern, der die höchstgelegene Stelle des Schlachtfeldes beherrschte. Und heutzutage ist der höchstgelegene Ort des Schlachtfeldes das Weltall.«

Elliott stand auf. Er sah zufrieden aus, ging zum Servierwagen und goss sich einen Whisky ein. Dann hielt er die Flasche in Rostows Richtung, aber der schüttelte den Kopf.

»Wie werden die chinesischen Satelliten gesteuert? Von wo aus?«, fragte Elliott.

»Die Kommandozentrale befindet sich in der Weltraumstadt Dongfeng.«

»Ausgezeichnet«, sagte Elliott. »Damit kommen wir und die Amerikaner schon weiter.«

Der mit den dicken Lippen räusperte sich. »Ich verstehe immer noch nicht, warum für dieses Projekt Mundus Novus und die Russen gebraucht wurden. Timtschenko, Kowaltschuk ...«

»Sie und ihr Umfeld besaßen den direkten Kontakt zu kriminellen russischen Organisationen, als Mundus Novus gegründet wurde. Mit den kriminellen Aktivitäten hat man sich Geld beschafft, mit dem wiederum die wissenschaftliche Arbeit finanziert wurde.«

Elliott griff das Thema auf: »Wie profitieren die Russen von all dem?«

»Die kriminellen russischen Organisationen haben Geld kassiert, die Gründer von Mundus Novus haben ihre Energieunternehmen ausgebaut, und China bekam eine starke Position im Weltraum und hat nun die USA im Würgegriff.«

»Was haben die Energieunternehmen der Mundus-Novus-Leute denn damit zu tun?«, fragte der mit dem fliehenden Kinn.

»Das könnt ihr demnächst in der Presse lesen. Die Unternehmen von Timtschenko und Kowaltschuk und insbesondere Gunvor werden von China gewaltige Aufträge im Bereich Öl, Erdgas und Bergbau erhalten. Im Wert von mehreren Milliarden.«

»In welcher Währung?«, fragte der Dicklippige.

»Egal in welcher«, antwortete Rostow.

Elliott nahm einen Schluck Whisky und überdachte die Lage. »Gut. Ich gebe diese Informationen weiter. Über Namen und Einzelheiten unterhalten wir uns später genauer.«

Rostow wäre beinahe ein Stoßseufzer der Erleichterung entfahren.

Elliott stellte sein Glas auf den Kaminsims und dabei schien ihm etwas einzufallen. »Ich habe gehört, dass dein Sohn dich treffen will. Ich könnte das genehmigen, sagen wir einmal als ... kleinen Bonus.« Und weil du möglicherweise deinem Sohn etwas verrätst, was du mir nicht verraten würdest, dachte Elliott.

»Ich würde Leo Kara gern treffen«, sagte Rostow.

35

Mittwoch, 15. Februar

Manas trug einen mit Schmutzflecken übersäten weißen Kittel, Gummistiefel und als Kopfbedeckung ein Schiffchen aus Papier, in der Hand hielt er einen Wischlappen. Zum ersten Mal in seinem Leben.

Im sibirischen Tomsk war es schon später Abend, das ließ sich aber nur an den Uhrzeigern ablesen, denn in der riesigen Halle der Dokumentenzentrale des KGB und jetzt des FSB gab es kein einziges Fenster. Nur Leuchtstoffröhren, die nicht im Gleichklang knackten, und Hunderte Rollregale auf Schienen. Manas drehte eine graue Kurbel und der Regalwagen setzte sich in Bewegung. Er hatte schon in Dutzenden Regalen die Ordnerrücken überprüft, ohne das Gesuchte zu finden. Das entmutigte ihn jedoch nicht, Manas war es gewöhnt, seine Aufgaben zu erfüllen, daran konnte ihn auch die Nackenstütze nicht hindern, die ihm jede Bewegung erschwerte. Versprechen musste man halten.

Seine Hand erstarrte auf einem Ordner, als die Tür der Archivhalle dumpf dröhnte. Eine Männerstimme fragte, wer da noch arbeite, und die Putzfrau Delbar meldete sich als Schuldige. Was die krumme Alte machte, interessierte den Wachmann nicht, die Stahltür fiel wieder ins Schloss. Manas setzte seine Arbeit fort, er fuhr mit dem Zeigefinger über die Ordnerrücken, las die Titel und bewegte dabei die Lippen. Auch in diesem Regal fand er nicht, was er suchte. Doch irgendwo hier standen die Akten, das wusste er, Andrej Rostow hatte es ihm erzählt. Die Kopien aller in Moskau archivierten KGB-Unterlagen befanden sich in dieser Halle. Man müsste nur wissen, unter welcher Bezeichnung sie in diesem Dokumentengrab archiviert waren. Die Unterlagen, die er suchte, bildeten einen ganzen Komplex, vielleicht hatte man sie ja in einer Abteilung zusammengefasst …

Manas hielt inne, als ihm plötzlich etwas einfiel. Rasch wandte er sich von dem Regal ab, humpelte zu den Ordnern, die mit dem Buchstaben O des kyrillischen Alphabets begannen, und fand nach ein paar Minuten das Regal mit den 1990/91 archivierten Mappen *Objekty spezialnye*. Die Schienen quietschten, als der Kirgise die Kurbel drehte. Er schlüpfte zwischen die Regalreihen und überflog die Rücken der Ordner … Spezielle Objekte – SUOMI. Manas unterdrückte einen Freudenschrei, den ohnehin nur Delbar hören würde. Die Abteilung umfasste mehrere Regalmeter Unterlagen, aber auf jedem Ordner war mit wenigen Begriffen der Inhalt angegeben: Name der Partei, Deckname des Agenten oder Helfers, Bezeichnung der Universität oder des Unternehmens … Er hatte das Gesuchte gefunden.

Manas vergewisserte sich, dass die Ordner enthielten, was die Titel auf dem Rücken versprachen, trug seinen Fund zum Wagen mit den Putzutensilien und bedeckte ihn mit unbenutzten Wischlappen. Dann kurbelte er, bis das Regal wieder geschlossen war, und rief Delbar zu, dass er fertig sei.

Ein paar Minuten später saßen die beiden in Delbars enger, kleiner Wohnung. Auf dem Herd in der Kochnische wurden die Shorpa-Suppe, das Barmak und das Paloo-Risotto aufgewärmt. Pferdewurst, Brot und Kumys standen schon auf dem Tisch.

Manas betrachtete nachdenklich, wie Delbar am Herd hantierte. Sie hatte ihr ganzes Leben lang schwer gearbeitet und war mit den Jahren krumm geworden. Er bot ihr nicht noch einmal an, sie finanziell zu unterstützen, das hätte die altgewordene Kirgisin womöglich beleidigt. Anscheinend hatte Delbar ihn damals in der Luftwaffenakademie in Kant mehr als ihm bewusst gewesen war ins Herz geschlossen. Wahrscheinlich war er ein bedauernswerter Knirps gewesen. Und noch dazu ein Waisenkind. Manas trank sein Kumysglas aus.

Schließlich war das Essen warm, und Delbar stellte die Töpfe auf den Tisch. Manas brauchte sie nicht erst aufzufordern, er griff zu und ließ sich die Leckerbissen schmecken. »Ich habe aus dem Archiv zwei dicke Ordner mitgenommen«, murmelte er und kaute dabei ein Stück Hammelfleisch. »Aber ich schaffe es vermutlich nicht, die unbemerkt hinauszubekommen.«

»Ich könnte sie in einen Karton packen und für dich abschicken«, schlug Delbar vor. »Das ist der einfachste Weg.«

»Ich kann dir gar nicht genug danken.« Manas meinte das so, wie er es sagte.

»Brichst du jetzt wieder auf?«, fragte Delbar und schaute Manas an wie das Licht ihres Lebens.

»Viel länger kann ich nicht bleiben. Das wäre auch für deine Sicherheit nicht gut.«

Delbar spürte, wie ihre Augen feucht wurden. »Wir werden uns wohl nicht mehr sehen. Ich fühle mich schon schwach, ich kann nicht noch einmal zwanzig Jahre warten.«

Manas kaute, schluckte alles hinunter und wunderte sich, was in Delbar gefahren war. Die Frau zeigte ihm zum ersten Mal ihre Gefühle.

Delbar weinte, tränenreich, aber lautlos. »Es war kein Zufall, dass ich dir fünfzehn Jahre lang gefolgt bin. Du hast das Recht, es zu wissen. Das kann niemand anders mehr erzählen.«

Es dauerte eine Weile, bis sich Delbar so weit beruhigt hatte, dass sie fortfahren konnte.

»Ich habe dich im Februar 1968 in Bischkek zur Welt gebracht und dann Bekannten von mir zur Adoption gegeben, aber ...« Delbar musste ein paarmal tief durchatmen, bevor sie weiterreden konnte.

Wärme breitete sich in Manas aus, als hätte er ein Glas Wodka getrunken. Er spürte das jetzt schon zum dritten Mal – ein Gefühl. Und diesmal war es nicht Angst oder Freude, die hatte er schon erleben dürfen.

»Ich habe dich natürlich immer im Auge behalten, soweit das bei meiner Arbeit möglich war. Anfangs schien auch alles gut zu gehen, aber als du ins Spielalter kamst, habe ich so Dinge gesehen und gehört. Dass bei dir irgendetwas nicht stimmte. Dass du anderen gegenüber grausam und gefühllos warst. Und schließlich konnten ... wollten deine neuen Eltern dich nicht mehr behalten.«

»Du hast mich in die Luftwaffenakademie gebracht und auf der Treppe liegen lassen, damit man mich findet?« Manas klang schockiert, wie er verblüfft feststellte.

»Das musste ich, nachdem Matkurban, dein Adoptivvater, anfing, dich zu verprügeln. Ich habe damals schon in der Akademie gearbeitet und gehofft, dass du dortbleiben dürftest und ich in deiner Nähe sein könnte.«

»Und so kam es dann auch«, sagte Manas, da ihm nichts anderes einfiel. »Wer ist mein Vater?«

Delbar senkte den Blick und starrte auf die Tischplatte. »Ich weiß es nicht.« Sie schaute Manas kurz an, als fürchtete sie, dass er sie beim Lügen ertappte.

»Weißt du es nicht oder willst du es mir nicht sagen?«

»Es ist besser, wenn ich nicht darüber rede.«

Manas war nahe daran, wieder ein Gefühl zu empfinden. Auch diesmal konnte er es nicht bezeichnen. »Du hast eben selbst gesagt, dass ich das Recht habe, es zu wissen!«

Delbars Tränen waren versiegt und ihr Gesichtsausdruck wurde härter. »Temirkul Teschebajew war Soldat der Roten Armee, einer von hunderttausend Kirgisen. Er wurde im August 1941 als junger Bursche, nur ein paar Wochen vor Beginn der Belagerung, nach Leningrad geschickt. Die Lebensmittel in der Stadt reichten nur für einen Monat, und die Belagerung dauerte über zwei Jahre. Es gab kein fließendes Wasser, keine Heizung, keinen Strom. Der erste Belagerungswinter war eisig kalt, die Temperatur sank bis auf dreißig Grad minus, und die Menschen bekamen pro Tag schlimmstenfalls nur einen kleinen Brotkanten zu essen. Durch den Hunger und die Bombardierungen starben über eine Million Zivilisten, mehr als je zuvor oder irgendwann später in einer anderen Stadt. Dieser Ort war eine eisige Hölle.«

»Was hat das zu tun mit …« Als er Delbars schmerzvollen Blick sah, brach Manas ab.

»Nachdem die Katzen, Hunde, Vögel, Ratten, Lederstiefel und Sägespäne aufgegessen waren, behalf sich manch einer mit Menschenfleisch. Das ging ganz leicht: Ungeziefer, Hunger und Frost töteten viele Menschen, überall in der Stadt lagen aufgeschichtete Leichen. Schließlich geriet das außer Kontrolle, am Ende wurden auch lebende Menschen umgebracht und gegessen. Die Leningrader Polizei musste eine Sondereinheit für den Kampf gegen die Menschenfresser aufstellen.« Delbar nahm ein Stück Brot aus dem Korb, steckte es aber nicht in den Mund. Für einen Moment sah es so aus, als wollte sie nicht weiterreden.

»Der Mörder, den diese Polizeieinheit am beharrlichsten jagte, wurde ›Kirows Tier‹ genannt. Zeugen berichteten, sie hätten den Mann, der Kinder tötete, um sie zu essen, im Hafen gesehen. Wahrscheinlich mochte er das gefrorene Fleisch toter Menschen nicht; in Leningrad gab es am Ende des ersten Belagerungswinters nichts mehr zu verbrennen, es war unmöglich, Feuer zu machen. Die Polizei jagte ›Kirows Tier‹ monatelang, bekam den Mann jedoch nie zu fassen. Dutzende andere wurden wegen Kannibalismus hingerichtet.«

Manas zögerte, die Frage zu stellen, die ihm auf den Lippen lag.

»›Kirows Tier‹ war Temirkul Teschebajew. Dein Vater«, sagte Delbar. Sie konnte ihren Sohn nicht ansehen.

»Woher kennst du seine Geschichte?«

»Er hat sie mir erzählt, als er mich vergewaltigt hat.«

Manas stand auf und klopfte Delbar auf die Schulter. Etwas anderes konnte er nicht tun. Bei einem Menschen mit einem Schicksal wie Delbar wäre das vermutlich jedem so gegangen.

»Ich sende dir Geld, wie ich es versprochen habe. Und ich teile dir die Adresse mit, an die du die Ordner mit der Post schicken kannst«, sagte Manas und verließ das Zimmer seiner Mutter.

Auf dem Weg zu seinem Wagen blieb er stehen und schaute zurück. Jetzt war er ein freier Mensch, in jeder Hinsicht – Manas Teschebajew lautete sein Name. Er beherrschte nur ein Handwerk und hatte seine Arbeit immer gemocht. Die Fähigkeit zum Töten schien bei ihm in der Familie zu liegen.

* * *

Leo Kara saß am Küchentisch des Hauses in Torquay, ihm war übel. Als er den Gürtel und den obersten Knopf seiner Jeans öffnete, ächzte er vor Erleichterung. Er hatte noch den Olivenölgeschmack im Mund und konnte sich nicht erinnern, jemals so voll gewesen zu sein. Doch es gelang ihm trotz aller Versuche nicht aufzustoßen. Die eingegipste rechte Hand juckte. Er stand auf, humpelte zu den Schubfächern des Küchenschranks und suchte ein Essstäbchen heraus. Das ließ sich leicht unter den Gips schieben, das Kratzen war eine Wohltat. Er ballte die eingegipste Hand zur Faust und öffnete sie wieder, das funktionierte schon gut; er konnte wieder fast genauso fest zugreifen wie mit der gesunden Hand.

Er war bereit. In vier Stunden würde er Andrej Rostow, seinem Vater, begegnen, im Hotel Stanhill Courts in Horley. Noch nie im Leben hätte er auf etwas so gern verzichtet wie auf dieses Treffen, aber er hatte keine Wahl. Als er erfuhr, dass Rostow auf freien Fuß gelangen würde, hatte er eine Entscheidung getroffen. Wenn er wollte, dass der Mann für seine Taten zur Rechenschaft gezogen wurde, dann musste er bereit sein, alles zu opfern. Zum Glück hatte er kaum etwas zu verlieren.

Das Telefonklingeln jagte Kara einen Schreck ein. Er meldete sich gereizt, war aber sofort besänftigt, als er Bethas Stimme hörte.

»Albert ist nicht mehr.«

Kara begriff, was geschehen war, Betha hätte sonst zuvor nicht von den Patientenverfügungen gesprochen. Er wusste nicht, was er sagen sollte, ihm lastete ohnehin schon ein Tonnengewicht auf der Seele. Jetzt ging ihm nur der Gedanke durch den Kopf, dass er Albert nie wieder sehen würde.

»Haben sie dich auch angerufen?«, fragte Kara schließlich.

»Wer?«

»Ich darf Rostow heute Abend treffen.«

Betha runzelte die Stirn. »Wo?«

»In Horley, im Hotel Stanhill Court.«

»Naja, dort werden so viele Leute vom MI5 sein, dass du zumindest keine Dummheiten machen kannst.« Betha Gilmartins Feststellung klang wie eine Frage.

Kara schwieg lange, er versuchte in Worte zu fassen, was er fühlte. Es gelang ihm nicht. »Du bist der wichtigste Mensch in meinem Leben gewesen.«

Auch Bethas Antwort ließ lange auf sich warten. »Danke. Aber nicht ich bin gestorben, sondern Albert«, antwortete sie. So ein Gespräch hatte sie mit Leo noch nie geführt.

Kara schloss die Augen. »Ich muss jetzt los. Pass auf dich auf«, sagte er und brach das Gespräch ab, bevor ihm die Stimme versagte.

* * *

Der Chef der Aufklärungsabteilung der KRP Klasu Nyman starrte in seiner Küche auf den Computer und stampfte mit dem Fuß auf. Er wartete. Nyman hatte seit seinem Anruf beim Pressesprecher der KRP vor zwei Stunden mindestens zehn Tassen Kaffee getrunken.

Auf seinem Display sah er nebeneinander zwei Fotos, auf denen der Präsident der Republik Finnland mit beiden Händen Arkadi Timtschenko und einem anderen Mann die Hand schüttelte. Nyman wusste, dass er den anderen kürzlich irgendwo gesehen hatte, aber sein Name und seine Tätigkeit waren ihm nicht richtig in Erinnerung geblieben. Die Fotos stammten von privaten Veranstaltungen, der Leiter der Abteilung für Öffentlichkeitsarbeit der Europäischen Investitionsbank hatte sie der KRP auf seine Bitte hin geschickt.

Plötzlich erklang auf Nymans Laptop der Klingelton, der den Eingang einer E-Mail anzeigte. Er öffnete die Nachricht des Pressesprechers der KRP und sah den Steckbrief von Interpol und Maximilian Messmers Foto. Dasselbe, das er vor einigen Tagen in seinem Büro gesehen hatte, sein Gedächtnis funktionierte also doch noch. Nyman drückte ein paar Tasten, verglich Messmers Foto mit dem Mann, der dem Präsidenten der Republik und Arkadi Timtschenko die Hand gab, und lächelte. Der Schweizer Bankier Messmer, der Bevollmächtigte von Mundus Novus, hatte den Präsidenten und Timtschenko mehrmals getroffen, und legte man die Fotos zugrunde, dann kannten sie sich gut. Das musste dem Justizkanzler genügen.

Eine gute halbe Stunde später tauchte Klasu Nyman aus dem Fußgängertunnel der Metrostation Kaisaniemi auf und betrat die Yliopistonkatu. Er lief mit großen Schritten über den Senatsplatz zum Regierungspalast und glaubte zu erkennen, dass die Mundwinkel der Menschen nun nicht mehr herabhingen, sondern wieder nach oben zeigten, seit die Dunkelheit des Winters allmählich weichen musste.

Die Sekretärin, die so aussah, als hätte sie ihre Arbeit satt, brachte Nyman vom Wartezimmer an der Information ins Büro des Justizkanzlers und befahl ihm, Platz zu nehmen; der Justizkanzler sitze noch in einer Besprechung.

Nyman ließ sich auf das Ledersofa fallen und suchte im Zeitschriftenstapel auf dem Tisch nach Heften der Tekniikan Maailma, fand aber nur Frauenmagazine. Er legte es nicht drauf an, in schwierige Situationen zu geraten, aber zugleich stank es ihm gewaltig, wenn man einen altgedienten Polizisten daran hinderte, Straftaten zu untersuchen, und ihn auch sonst behandelte wie einen kleinen Jungen in kurzen Hosen. Immerhin war es seine Arbeit, Gangster vor Gericht zu bringen, er schwadronierte nicht fein herausgeputzt auf Cocktailpartys oder Hundehochzeiten herum wie seine Vorgesetzten.

Nachdem Nyman eine Viertelstunde gewartet hatte, fragte er nach, ob die Besprechung des Justizkanzlers noch lange dauern würde, und erhielt als Antwort die Aufforderung, beim nächsten Mal im Voraus einen Termin zu vereinbaren. Nach einer halben Stunde wurde der Kriminaloberinspektor allmählich wütend, er schnauzte die Sekretärin an, berief sich auf seine Dienststellung und teilte mit, er sei nicht zum Vergnügen hier, sondern wegen einer akuten Strafsache.

Justizkanzler Pekka S. Puuska empfing den aufgebrachten Nyman schließlich nach vierzig Minuten Wartezeit. Sie gaben einander die Hand.

Nyman ging zum Beratungstisch, öffnete seine Tasche und legte ein halbes Dutzend Fotos nebeneinander auf den Tisch. »Du wolltest Beweise, und hier sind sie. Der Präsident der Republik, wie er während seiner Zeit in der Europäischen Investitionsbank Arkadi Timtschenko in Moskau die Hand schüttelt. Der Präsident, Timtschenko und Maximilian Messmer, der Bankier von Mundus Novus, in Privatvillen an verschiedenen Schweizer Orten: in Zürich, Davos, Zug …«

Der Justizkanzler setzte die Lesebrille auf, betrachtete die Fotos und gab mehrmals ein leises Schnalzen von sich. »Woher hast du diese Fotos? Wer hat sie aufgenommen? Das sind doch private Veranstaltungen …«

Nyman unterbrach ihn unwirsch: »Der Präsident der Republik

kennt sowohl Timtschenko als auch Messmer persönlich. Und die Frau des Präsidenten besitzt einen Anteil an Timtschenkos Firma im Wert von Millionen Euro. Gekauft mit Geldern, die der FSB auf das Konto der Frau des Präsidenten bei Messmers Bank überwies. Der Präsident hat ein gewaltiges Bestechungsgeld ... eine Prämie vom russischen Nachrichtendienst angenommen. Reichen dir die Beweise jetzt?«

»Das hatte ich offen gesagt befürchtet«, sagte der Justizkanzler und ging ans andere Ende des Zimmers, um die Tür zum Beratungsraum zu öffnen.

Nyman verzog das Gesicht, als der Leiter der Abteilung Polizei im Innenministerium, der Generalstaatsanwalt und der Chef der SUPO mit ernster Miene hereintraten. Die Arbeit des Kabinetts war vielleicht eingestellt worden, aber seine ehemaligen Mitglieder hatten sich keineswegs in Luft aufgelöst. Nyman spürte seine Wut hochkochen, und fragte sich, ob das daran lag, dass man ihn mal wieder unterbuttern wollte, oder daran, dass er wirklich geglaubt hatte, er könnte die finnischen Machtstrukturen aushebeln. Wie naiv kann ein Mensch denn sein?

Als alle am Beratungstisch Platz genommen hatten, räusperte sich der Leiter der Abteilung Polizei und beugte sich auf väterliche Weise ein wenig vor. »Wir haben gehört, was du dem Justizkanzler erzählt hast, Claes, und ich bin offen gestanden verwundert. Ich verstehe nicht, wie sich ein derart erfahrener Polizist so verrennen kann.«

»Ich habe mich nicht verrannt, im Gegenteil. Diese Beweise zwingen die Polizei, zu untersuchen, welcher Vergehen sich der Präsident und seine Frau schuldig gemacht haben, als sie eine Zahlung von zwölf Millionen Dollar angenommen und mit diesem Bestechungsgeld einen noch erheblich wertvolleren Besitzanteil an einer Firma Arkadi Timtschenkos gekauft haben. Welche Gegenleistungen hat man den Russen versprochen oder erbracht?«

Der Chef der Sicherheitspolizei schniefte. »Die SUPO braucht deine Hilfe nicht, wir beherrschen nämlich unser Handwerk. Die Aktivitäten des Präsidenten vor seinem Amtsantritt sind nicht Gegenstand polizeilicher Ermittlungen. Die Fotos, die du da hast, lassen sich leicht erklären. Und nichts hindert die Frau des Präsidenten daran, Aktien einer russischen Firma zu besitzen.«

»Ich an deiner Stelle würde mir mehr Sorgen wegen dieser Beweise machen«, sagte der Leiter der Abteilung Polizei und legte eine dicke Mappe auf den Tisch.

Klasu Nyman hatte auch vorher schon mit Leuten im Ring gestanden, die in ihren Mitteln nicht zimperlich waren, er war auf das Schlimmste gefasst, als er die Mappe öffnete. Das half ihm aber nicht. Nymans Augen weiteten sich, während er entgeistert die Dokumente überflog, die ihn mit Jukka Ukkolas Verbrechen der letzten Jahre in Verbindung brachten: Gefälschte, von Claes Nyman unterzeichnete Entscheidungen der KRP über die Einstellung von Ermittlungen; Verhörprotokolle, denen sein Name nachträglich hinzugefügt worden war; ein Bericht der Abteilung für interne Kontrolle über seine persönlichen Kontakte zu verurteilten Drogendealern; ein vom Leiter der Abteilung Polizei im Innenministerium unterschriebener Brief an den Chef der KRP zu Nymans Dienstvergehen ...

»Wie du vielleicht bemerkst, sind sie alle vor dem heutigen Datum unterzeichnet worden«, erklärte der Justizkanzler, der angespannt wirkte.

Klasu Nyman hatte schon immer genau gewusst, wann er sich geschlagen geben musste. Das war jetzt einer dieser Momente. Es hatte keinen Sinn, um Hilfe zu rufen, er war ja aus freiem Willen in den Ring gestiegen. Das Kabinett hatte gewonnen, und er könnte nichts dagegen tun.

»Ich kann meine Informationen über den Präsidenten ins Netz stellen. Oder an die Medien schicken«, entgegnete Nyman, weil er es nicht gewöhnt war, einfach das Handtuch zu werfen.

»Nur zu«, antwortete der Leiter der Abteilung Polizei. »Auf

Grund dieser Informationen wird man keine Ermittlungen einleiten, egal, wo du sie veröffentlichst. Aber deine Karriere hättest du ganz sicher ruiniert.«

»Und Saara Lukkari?«, fragte Nyman.

»Mit ihr wurde schon geredet. Sie ist jetzt krankgeschrieben.«

36

Mittwoch, 14. Februar

Nach einer chinesischen Legende lebten die unsterbliche Chang'e und ihr Ehemann, der unsterbliche Houyi, einst im Himmel. Eines Tages verwandelten sich die zehn Söhne des Jadekaisers in zehn Sonnen und die Erde verbrannte und verkohlte allmählich. Der Jadekaiser rief den als hervorragenden Bogenschützen bekannten Houyi zu Hilfe. Houyi erschoss neun Söhne des Jadekaisers und ließ nur einen am Leben – die Sonne. Der Jadekaiser raste vor Wut über Houyis Entscheidung, denn er hatte nun außer einem alle seine Söhne verloren. Zur Strafe verdammte er Chang'e und Houyi dazu, als gewöhnliche Sterbliche auf der Erde zu leben.

Chang'e war nach dem Verlust ihres göttlichen Lebens innerlich gebrochen, also beschloss Houyi, ihr zu helfen. Er trat eine gefährliche Reise an, um eine Arznei zu suchen, die sie wieder unsterblich machen würde. Am Ende seiner Wanderung fand er die Königinmutter des Westens, die sich bereit erklärte, ihm die Pille der Unsterblichkeit zu geben, ihn jedoch warnte, niemand dürfe mehr als eine halbe solche Pille einnehmen.

Houyi kehrte nach Hause zurück, versteckte die Medizin in einer Dose und verbot seiner Frau, sie zu öffnen. Doch als Chang'e eines Tages allein zu Hause blieb, vermochte sie ihre Neugier nicht zu zähmen und öffnete die Dose. Im selben Augenblick kehrte Houyi zurück, und aus Angst, ertappt zu werden verschluckte Chang'e versehentlich die ganze Pille.

Chang'e, die somit eine Überdosis der Unsterblichkeit eingenommen hatte, begann zu schweben und zum Himmel aufzusteigen. Houyi hätte das nur verhindern können, wenn er einen Pfeil auf sie geschossen hätte, aber das brachte er nicht fertig. So schwebte Chang'e weiter, bis sie schließlich auf dem Mond landete.

»Die Sonde Chang'e der Chinesen ist auf dem Mond gelandet, und China hat Forderungen gestellt!« Colleen Carter stand keuchend in der Tür von Betha Gilmartins Arbeitszimmer in Legoland.

Die Vizechefin des SIS machte sich nicht einmal die Mühe, ihre Assistentin anzuschnauzen, weil sie einmal mehr in ihr Zimmer hereingestürmt kam, als wäre es ihr eigenes. Albert war tot, ihre glänzende Karriere beim SIS würde in den nächsten Tagen mit einem Skandal zu Ende gehen, und sie saß einfach nur hier und arbeitete. Ihr ging immer noch durch den Kopf, was Leo Kara vor ein paar Stunden gesagt hatte. Sie wusste natürlich, dass Terroristen gern mit Pentrit hantierten, aber mit dem Sprengstoff hing noch irgendetwas anderes zusammen. Etwas, an das sie sich eigentlich erinnern müsste ...

»Was für Forderungen stellt China?«, fragte sie schließlich müde.

»Gebietsforderungen.«

Jetzt war Betha Gilmartins Interesse geweckt. »Ach, Gebietsforderungen auf dem Mond? Die haben ja wohl keinen Wert.«

Colleen Carter setzte sich, ohne um Erlaubnis zu fragen. »Wer weiß, wohin das führt, bisher hat niemand Gebiete auf dem Mond für sich beansprucht. Die Aktivitäten Chinas werden nur durch den Internationalen Weltraumvertrag eingeschränkt, und den hat China heute aufgekündigt. Offiziell wird es erst in einem Jahr von seinen Verpflichtungen entbunden, aber ...«

Betha Gilmartin schniefte. »Verträge werden geschlossen, um sie zu brechen. Es würden definitiv weniger Kriege geführt, wenn die Staaten sich an Verträge halten würden.«

Colleen Carter wechselte das Thema: »Die Motive von Mundus Novus kommen auch allmählich ans Licht. Das Unternehmen Gunvor hat heute einen Vertrag bekanntgegeben, durch den es jetzt und für alle Zukunft das Monopol auf Öllieferungen aus Russland nach China erhält. Und die von Gennadi Kowaltschuk geführte Russia Bank bekam das Alleinrecht, weltweit die gesamte Finanzierung im Zusammenhang mit dem Bergbau Chinas und den Geschäften im chinesischen Energiesektor zu regeln.«

»China belohnt die Gründer von Mundus Novus«, konstatierte Betha Gilmartin nachdenklich. »Und Putin?«

Ihre Assistentin zuckte die Achseln. »Möglicherweise wird bei den Verhören jemand etwas über ihn preisgeben, aber was bringt das schon? Der russische Präsident genießt absolute Immunität, ihn kann man für nichts zur Verantwortung ziehen.«

Betha Gilmartin schüttelte den Kopf. Es war nicht mehr weit, bis die Grenze des Erträglichen bei ihr erreicht wäre.

»Es gibt noch mehr schlechte Nachrichten«, sagte Colleen Carter und wunderte sich, warum die Chefin so seltsam abwesend wirkte, obwohl in der Welt unglaubliche Dinge passierten. »China hat angefangen, seine US-amerikanischen Schuldverschreibungen zu verkaufen. Die Börsen sacken ab, ebenso der Wert des Dollar.«

In dem Augenblick klingelte Bethas Privathandy. Sie schaute auf den Namen, der auf dem Display blinkte, und wusste, was Douglas Imrie wollte. Der Chefarzt teilte ihr einsilbig mit, Albert sei entschlafen.

»Ist er ... friedlich gestorben?«, fragte Betha Gilmartin, da ihr nichts anderes einfiel.

»Wahrscheinlich im Schlaf.«

In der Leitung trat Schweigen ein.

»Es sieht so aus, als müssten wir bei Ihrem Mann eine Obduktion durchführen, um die Todesursache zu klären«, sagte Chefarzt Imrie schließlich. »Sein Zustand war kritisch, aber stabil, offen gesagt, verstehe ich nicht, was geschehen ist.«

»Ist das unumgänglich?«, fragte Betha Gilmartin.

»Ich fürchte ja«, antwortete Imrie. »Erteilen Sie Ihre Einwilligung?«

Betha Gilmartin schloss die Augen. Sie wusste genau, was man in Alberts Körper finden würde.

»Diese Erlaubnis ist eine bloße Formalität«, erklärte Imrie. »Der Arzt, der die Todesursache feststellen soll, kann auch ohne Ihre Erlaubnis eine gerichtsmedizinische Obduktion anordnen.«

»Sie haben meine Erlaubnis«, sagte Betha Gilmartin und beendete das Gespräch. Sie sah keinerlei Grund, den Augenblick, in dem sich die Wahrheit herausstellte, noch hinauszuzögern. Vielleicht war es am klügsten, allen Katastrophen, die ihr bevorstanden, der Amtsenthebung und den Polizeiverhören, gleichzeitig ins Auge zu blicken.

»Schlechte Nachrichten?«, erkundigte sich Colleen Carter mit herabgezogenen Brauen.

Plötzlich fiel es Betha ein, die Erkenntnis überrollte sie wie eine Flutwelle. Abschied. Leo hatte sich von ihr verabschiedet. *Du bist der wichtigste Mensch in meinem Leben gewesen*, hatte der Junge gesagt. Weil Leo glaubte, keine Zukunft zu besitzen, hatte er eine Vergangenheitsform verwendet. Betha Gilmartin fühlte sich wie gelähmt. Sie musste den Kopf auf die Knie legen und tief einatmen. Dann stellte sie sich vor, dass ihr Körper aus Luftballons bestand, und öffnete die Ventile an ihren Beinen: Die Luft entwich, bis die Beine leer waren. An der Brust öffnete sich ein weiteres Ventil, dann am Kopf …

Als die Entspannungsübung endlich wirkte, richtete Betha Gilmartin sich auf und betrachtete sich im Spiegel des Kleiderschranks. Albert, die Arbeit und jetzt auch noch Leo, sie war im Begriff, alles zu verlieren.

Colleen Carter verfolgte mit verdutzter Miene, was ihre Vorgesetzte tat.

Betha Gilmartin warf einen Blick auf die Uhr, sie würde es noch schaffen. »Ruf die Ermittlungseinheit zusammen und erzähle ihnen dasselbe, was du mir eben erzählt hast.«

Der verblüffte Ausdruck auf Colleen Carters Gesicht verschwand wie durch einen Zauberspruch, als sie ihre Chance witterte.

Betha Gilmartin griff nach ihrem Mantel, ging zur Tür und scheuchte ihre Mitarbeiterin mit hinaus.

»Wohin hast du es jetzt so eilig?«, fragte Colleen Carter auf der Schwelle.

»Ins Safehouse des MI5.«

* * *

Leo Kara nahm drei Arzneikapseln vom Beifahrersitz in Alberts Jaguar, warf sie sich in den Mund und spülte sie mit Wasser hinunter.

Erschöpft von vier Stunden Fahrt, rollte er auf den Hof des Hotels Stanhill Court und hatte kein Auge für die Schönheit des alten Gebäudes: Das Hotel sah aus wie eine Kette viktorianischer Reihenhäuser aus dem neunzehnten Jahrhundert. Er schaute kurz auf die Uhr – zehn Minuten zu früh. Es war sein Glück, dass sich bei den Briten der Schaltknüppel links vom Fahrer befand, so konnte er mit seiner gesunden Hand schalten, allerdings nur, wenn er das Lenkrad losließ. Er hatte nie ein besonderes Verhältnis zu Autos besessen, genauso wenig wie zu anderen Gegenständen, aber auf dem luxuriösen Ledersitz von Alberts Jaguar hatte er sich immer wohlgefühlt. Er bemerkte, dass er schwitzte, und das obwohl der Wagen über eine Klimaanlage verfügte.

Zwei Mitarbeiter des MI5, eine großgewachsene Frau und ein Mann mit kleinen Augen, erschienen schon an der Tür des Jaguars, als der Wagen noch gar nicht richtig zum Stehen gekommen war.

Kara stieg mühsam aus und hinkte zwischen seinen Begleitern in das eindrucksvolle Foyer des Hotels. Überall sah man patinierte Holztäfelungen, und die gewölbte Decke war mindestens zehn Meter hoch. Sie durchquerten das vom Stimmengewirr der Hotelgäste erfüllte Foyer und schlängelten sich durch schmale Flure bis in einen geräumigen Versammlungssaal.

Der MI5-Mitarbeiter forderte Kara auf, hinter eine faltbare Trennwand zu treten und sich nackt auszuziehen. Kara tat, was man ihm befahl, mit einer Gipshand ging das nur sehr langsam. Der Mann überprüfte Karas Kleidungsstücke erst mit einem tragbaren Metalldetektor und dann mit der Hand. Er tastete sorgfältig Karas Gips ab und schob die Spitze seines Kugelschreibers hinein. Dann zog der Kleinäugige sich Gummihandschuhe an, schaltete eine Stiftlampe mit unangenehm grellem Licht ein, überprüfte Karas Mundhöhle, ob darin Gegenstände versteckt waren, und fuhr mit den Fingern durch Karas kurzes Haar. Schließlich befahl er Kara, sich wieder anzuziehen. Diese Leibesvisitation war eine der gründlichsten in seinem ganzen Leben, und er hatte schon etliche über sich ergehen lassen müssen.

Die Frau klappte die Trennwand zusammen und verließ den Versammlungssaal. Dann zeigte der Kleinäugige auf einen Stuhl. Kara setzte sich. In dem länglichen Saal befanden sich ein riesiger rechteckiger Tisch aus mehreren Teilen sowie jede Menge Stühle, es mussten bestimmt hundert sein. Bis zum anderen Ende des Saales waren es geschätzte dreißig Meter. Die Wände schmückten Ölgemälde und halbhohe Holzpaneele. Gegebenenfalls konnte man den Saal in der Mitte durch eine Ziehharmonikatür unterteilen. Kara schaute genauer hin und kam zu dem Schluss, dass die andere Seite des Saals älter war als diese hier.

Plötzlich ging die Tür auf, und die große Frau vom MI5 kehrte mit Andrej Rostow und zwei Männern zurück; der eine war stark übergewichtig und schien kein Kinn zu haben, und die Lippen des anderen erinnerten an einen Fisch, einen Küssenden Gurami.

Rostow und Kara wurden ans andere Ende des Versammlungssaals geführt. In der Ecke war ein kleiner gemütlicher Platz für

Pausen eingerichtet. Man befahl Rostow, auf einer langen schmalen Bank Platz zu nehmen, die an der Wand befestigt war und fast bis in die nächste Ecke des Saales reichte. Kara setzte sich in einen Ledersessel. Die lackierte Oberfläche eines niedrigen, aber breiten Holztisches glänzte metallen. Durch ein großes vergittertes Fenster fielen die letzten Sonnenstrahlen des Tages.

Kara war sich nicht sicher, was er empfand. Es war das letzte Mal, dass er Andrej Rostow begegnete. Seinem Vater.

Der MI5-Mitarbeiter mit den dicken Lippen sollte offenbar als Vorsitzender agieren. »Wir haben entschieden, dieses Treffen zu erlauben, in der Hoffnung, dass ihr euch darauf konzentriert, über die Ereignisse der letzten Wochen zu reden.«

»Wenn alles gut läuft, habt ihr später auch Zeit, eure aktuellen Familienangelegenheiten zu besprechen«, sagte der mit dem fliehenden Kinn.

»Ich will unter vier Augen mit meinem Vater reden«, verkündete Kara.

Der mit den dicken Lippen lächelte und schüttelte den Kopf. »Das geht nun gar nicht.«

»Warum nicht?«, fragte Kara. »Ihr hört doch in jedem Fall alles mit und zeichnet es auf.« Er nickte in Richtung des Geräts, das der Mann mit dem fliehenden Kinn auf den Tisch gestellt hatte.

»Es ist bekannt, dass du impulsiv und aggressiv bist. Und ich erinnere mich auch an eine Körperverletzung gegen einen Polizisten«, erklärte der Dicklippige.

Kara schwenkte seine eingegipste Hand und klopfte auf das dick verbundene Knie. »Soll ich ihn mit einer Hand erledigen? Ich kann mich mit Müh und Not selbst bewegen.«

»Dein Vater hingegen ist in bester Verfassung«, entgegnete der mit dem fliehenden Kinn und lächelte. »Und er ist dir ganz sicher nicht sonderlich dankbar dafür, dass du den Behörden geholfen hast, ihn zu finden.«

»Auch ich möchte mit meinem Sohn unter vier Augen reden«,

sagte Rostow. »Ihr könnt mich ja an der Bank festbinden, wenn ihr wollt.«

Die beiden Männer vom MI5 schauten sich an. Dann zog der Dicklippige die Brauen hoch und befestigte Rostows rechtes Handgelenk mit einem Kabelbinder an der Bank, die an der Wand festgeschraubt war.

»Allein lassen wir euch nicht«, entschied der mit dem fliehenden Kinn. »Aber wir können am anderen Ende des Saales warten.«

Kara betrachtete prüfend seine Umgebung: Alle Möbelstücke bestanden aus Holz, an der Wand hingen eine alte Bahnhofsuhr mit Arm und beeindruckend viele Gemälde, an den Fenstern prächtige blaue Gardinen und an der Decke eine kleine Lampe aus Bronze; auf dem Parkettfußboden lagen wertvoll aussehende Wollteppiche. Dann entdeckte er einen Metallständer mit drei Fahnen an etwa zwei Meter langen Fahnenstangen. Vielleicht waren es die Wappen alter Geschlechter dieses Ortes oder aus dieser Gegend, dachte Kara, für Werbebanner des Hotels sahen sie zu abgenutzt aus. An der Spitze jeder Fahnenstange glänzte ein runder Metallknauf. Das war das Wichtigste.

Karas Überlegungen wurden unterbrochen, als der Dicklippige ihm befahl, sich in einen anderen Sessel zu setzen, fünf Meter von Rostow entfernt. Zwischen ihnen stand ein großer, niedriger Teetisch, den kleine Figurinen aus Metall zierten.

»Wir sitzen am anderen Ende des Saales, hören euer Gespräch mit und behalten euch im Auge. Sprecht ausschließlich englisch und genießt euer Zusammensein«, sagte der mit dem fliehenden Kinn, dann ging das Duo vom MI5 in den neueren Teil des Versammlungssaals.

»Weißt du, wer Pawel Trofimowitsch Morozow war?«, fragte Andrej Rostow statt einer Begrüßung.

Kara schüttelte den Kopf.

»Pawlik Morozow zeigte 1932 seinen eigenen Vater bei der damaligen Sicherheitspolizei OGPU an, weil er Getreide versteckt hatte. Der Vater wurde ins Gefängnis geworfen, und die wütenden Verwandten brachten Pawlik um.«

Kara sah vor sich nicht seinen Vater, sondern ein menschliches Ungeheuer namens Andrej Rostow. Das machte es ihm etwas leichter. »Ist das eine Drohung?«

Rostow lachte.

»Mundus Novus ist vernichtet. Deine Arbeit von Jahrzehnten ist im Sande verlaufen«, sagte Kara.

»Bis jetzt funktioniert alles genau so, wie es sollte«, erwiderte Rostow und wirkte unverstellt fröhlich.

Kara verstand nicht, was Rostow meinte. Er wusste, dass man die Gründer von Mundus Novus gefasst hatte und die Arbeit der Stiftung eingestellt war. Doch im Moment interessierte ihn das Böse an Andrej Rostow mehr als alles andere. »Du warst an allem beteiligt. In einem deiner Forschungszentren, im Sudan, wurden Menschenversuche durchgeführt, du hast Sklaven als Arbeitskräfte genutzt, du wusstest vom Menschenhandel und vom Sklavenhandel ...«

»Unser Ziel hat all dem eine Berechtigung gegeben.« Rostow überlegte kurz, wie er seine nächsten Sätze formulieren sollte. »Du wirst das schon bald verstehen. Wir mussten eine unglaubliche Menge Geld beschaffen, und im Menschenhandel werden jährlich Dutzende Milliarden Euro umgesetzt.«

»Also wusstest du von all dem ... von den Verbrechen, den Morden?«

Rostow dachte einen Augenblick nach. »Ob ich davon wusste? Ich war für das wissenschaftliche Gesamtprojekt verantwortlich, vom Erfolg meiner Arbeit hing ab, ob unser Ziel erreicht wurde. Man hat mir nichts verheimlicht. Menschenversuche wurden auf meine Anordnung hin vorgenommen, wenn der Bau oder der Test irgendeines Gerätes sie erforderte. Ich habe alles getan, was meine Arbeit verlangte. Ohne Kompromisse.«

»Und all das fing schon lange vor dem Jahr 1989 an?« Kara hörte sich trotz seiner Anspannung ganz ruhig an.

»Das Weltraumprogramm der Sowjetunion wurde offiziell 1983 ins Leben gerufen, kurz vor der Initiative Präsident Reagans für den ›Krieg der Sterne‹. In dem Jahr ist auch ansonsten einiges vorgefallen. Ich habe Oberstleutnant Stanislaw Petrow viel zu verdanken, dem Mann, der den Ausbruch des dritten Weltkriegs verhinderte. Vielleicht sagt dir das gar nichts. Petrow sah die Meldung des Raketenalarmsystems der sowjetischen Luftstreitkräfte über einen Atomraketenangriff der Amerikaner, vertraute ihr aber nicht und erteilte deshalb nicht den Befehl für einen Gegenschlag. Dieser Fall zusammen mit Reagans Plänen brachte den damaligen Führer der Sowjetunion Juri Andropow zu der Überzeugung, dass es gar keine schlechte Sache wäre, wenn man die künftigen Kriege im Weltraum führen würde.«

Kara hörte konzentriert zu.

»Anfang 1989, als das Ende des Kalten Krieges sich schon abzeichnete, machten sich die stärksten Generale und die anderen wahren Machthaber der Sowjetunion Sorgen um die Zukunft ihres Landes. Man inszenierte die Zerschlagung der von mir in London geleiteten Forschungsgruppe Piloto Mayor und brachte uns nach Liechtenstein, wo ein neues großes Forschungszentrum gegründet wurde. Die meisten meiner Wissenschaftler kamen freiwillig mit, der KGB hatte sie schon angeworben, bevor ich die Leitung der Forschungsgruppe übernahm. Dann entstand die Russische Föderation und alles änderte sich. Jelzin und sein Umfeld erkannten die kommerziellen Möglichkeiten meines Forschungszentrums. Wir bekamen Geld wie Heu, als die Alphamännchen den Besitz der Sowjetunion unter sich aufteilten.«

»Aber so ging es doch nicht weiter«, sagte Kara, der blass geworden war.

Rostow nickte. »Nachdem Putin an die Macht kam, passierte etwas. Es war nicht mehr so viel Geld da, also musste man woanders welches auftreiben, um Mundus Novus zu finanzieren. Putin und seine Vertrauten verfügten über glänzende Beziehungen zu den kriminellen Kreisen Russlands. Die beschafften Geld – und zwar mit Methoden, die besonders krass gegen die Gesetze verstießen. Putins Freunde unter den Oligarchen erledigten das Geschäftliche, und für Putin als ehemaligen Chef des FSB war es ein Leichtes, auch die wichtigsten Männer der Sicherheitsorgane für seine Zwecke einzuspannen.«

»Und wie kam China ins Spiel?«

»Um es mit Termini der Astronomie auszudrücken: Wenn ein gewaltig angeschwollener sterbender Stern, ein roter Riese, in sich zusammenfällt, bleibt nur der dichte heiße Kern übrig – ein weißer Zwerg. Mundus Novus war ein roter Riese und China ist ein weißer Zwerg. Es war politisch ein genialer Schachzug Putins, ein Kooperationsabkommen mit China zu schließen. China wird in jedem Falle binnen kurzem zur Nummer Eins der Supermächte aufsteigen. Dank unserer Hilfe wird es sein Ziel erheblich schneller erreichen. Und wir erhielten ... ein äußerst gutes Honorar.«

Rostows Erklärungen rauschten an Karas Ohren vorbei. Nichts von dem, was sein Vater sagte, konnte seinen Entschluss noch beeinflussen. Aber ganz fertig war er nicht. »Warst du es, der sich all die Namen ausgedacht hat, die mit Amerigo Vespucci zusammenhängen? Mundus Novus hieß ein Brief, den Vespucci geschickt hat, Piloto Mayor war sein offizieller Titel, und ihr habt auch die Namen der Schiffe Vespuccis verwendet, Girmand und Repertega.«

»Ein bisschen Symbolik kann nicht schaden. Der Weltraum ist jetzt die Neue Welt, Mundus Novus, so wie seinerzeit der Kontinent Amerika. Und Amerigo Vespucci war der wahre Entdecker Amerikas. Er wusste, dass er einen neuen Kontinent gefunden hatte, wohingegen Kolumbus glaubte, er sei nach Indien gesegelt. Wir werden bald dasselbe ...« Rostow verstummte, als ihm klar wurde, dass er mehr als nötig verriet.

Plötzlich verzog Kara das Gesicht, drückte die Hand auf den Bauch und richtete den Oberkörper auf. »Die Finnen sind vermutlich die einzigen Menschen auf der ganzen Welt, die bei jeder Gelegenheit, egal mit wem sie zusammensitzen, verkünden, dass sie mal aufs Klo müssen«, sagte er in Richtung des Aufnahmegeräts und stand auf. Es dauerte eine halbe Minute, bis der Dicklippige bei ihm war, um ihn zu begleiten.

Er führte Kara aus dem Versammlungssaal in den Flur zur Herrentoilette. Dort öffnete er den Deckel des Spülkastens, schaute ins Klobecken hinein, tastete mit der Hand die Wandlampe ab und durchwühlte den Papierkorb, um sich zu vergewissern, dass in der Toilette keine Waffe und auch sonst nichts versteckt war. Dann verließ er den Raum, damit Kara seine Notdurft verrichten konnte.

37

Mittwoch, 15. Februar

Betha Gilmartin wäre fast gestorben vor Angst, sie könnte zu spät kommen, als ihr Dienstwagen, ein Jaguar XJ, um 18:42 Uhr vor dem Hotel Stanhill Court anhielt. Einen Moment lang fühlte sie sich erleichtert, denn sie sah eine Gruppe von Geschäftsleuten gemächlich aus dem Haupteingang des Hotels herauskommen – alles schien ruhig zu sein. Sie bat ihren Chauffeur zu warten und eilte hinein.

Eine geschäftige Frau mit Dauerwelle hinter dem Rezeptionstresen war erst bereit, ihr zu sagen, welchen Versammlungssaal der MI5 gemietet hatte, als sie ihren SIS-Ausweis zeigte. Betha Gilmartin ging nach ihren Anweisungen bis in einen schmalen Flur und erblickte den Dicklippigen, der an der Tür der Herrentoilette stand. Harry Downton war ein alter Bekannter von ihr, ein altgedienter Geheimdienstmann, der karrieretechnisch seit zehn Jahren auf der Stelle trat.

Als Downton sie erkannte, wirkte er überrascht und zugleich neugierig. Sie begrüßten sich.

»Ich habe gehört, dass ihr ein Treffen von Rostow und Leo Kara genehmigt habt«, sagte Betha Gilmartin. Sie konnte ihre Erregung nicht verbergen.

Downton antwortete nicht.

»Ich würde um einen kleinen Gefallen bitten. Ich möchte bei ihrem Gespräch dabei sein.«

»Warum?«

»Ich bin die erste Vertreterin einer britischen Behörde gewesen, die gegen Mundus Novus ermittelt hat. Schon 1989. Ich war zuständig für die Untersuchung des Falls der Familie Kara. Und Leo Kara ist im Laufe der Jahre für mich so etwas wie ein ... Sohn geworden.« Betha Gilmartin überlegte, ob es besser wäre, wenn sie sich auf ihre Dienststellung berief oder eine Gegenleistung anbot. Sie beschloss, Downtons Antwort abzuwarten, der natürlich wusste, dass sie die Vizechefin des SIS war.

»Dafür müsste ich in der Box um Erlaubnis bitten, und die würde ich garantiert nicht bekommen«, erwiderte Downton ausweichend.

Betha Gilmartin gab sich große Mühe, ruhig zu bleiben. »Der SIS darf doch sowieso eure Verhörberichte lesen. Und ihr könnt das Treffen unterbrechen, wann immer ihr wollt, falls ich störe.«

Nun wirkte Downton nicht nur peinlich berührt, sondern auch verärgert. »Die Antwort ist nein, du darfst nicht am Gespräch der Männer teilnehmen. Derzeit ist der MI5 für Rostows Verhöre verantwortlich. Wenn du willst, kannst du mit mir am anderen Ende des Saals sitzen und zuhören, was die beiden besprechen.«

Betha Gilmartin hätte Downton am liebsten mit einem Tritt dorthin befördert, wo die Sonne nie scheint. »Es ist euer Treffen, da gelten eure Regeln.« Sie gab nach, aber ihr Tonfall klang jetzt aggressiv.

Downton war angesichts ihrer Antwort erleichtert, schaute auf die Uhr und warf einen Blick zur Tür der Herrentoilette.

Betha Gilmartin wollte ihm nicht sagen, dass sie den Verdacht hatte, Kara könnte seinem Vater und sich selbst etwas antun. Dann brach Downton das Treffen höchstwahrscheinlich auf der Stelle ab, und das würde Leo ihr niemals verzeihen. Das hier war womöglich für Jahre, vielleicht für immer, Leos letzte Gelegenheit, seinem Vater zu begegnen. Außerdem wusste Betha, dass sie sich, was Leos Absichten anging, auch irren könnte, ihre Nerven lagen wegen Albert blank, unter Umständen hatte sie Leos Worte überinterpretiert. Wahrscheinlich bedauerte auch Leo Alberts Ableben und hatte mit diesen Worten nur versucht, sein Mitgefühl auszudrücken. Und was könnte Leo denn seinem Vater und sich selbst überhaupt antun, mit einer Hand?

»Ist Leo Kara kontrolliert worden?«, fragte Betha Gilmartin.

Downton lachte kurz. »Beide Männer. Und zwar gründlich. Gründlicher geht es nicht.«

»Wie viele Leute habt ihr hier?«

»Zwei im Versammlungssaal, zwei auf dem Flur und fünf patrouillieren im Außenbereich des Hotels«, antwortete Downton kurz angebunden und wischte sich die dicken Lippen ab.

Die Antwort konnte Betha Gilmartin nicht so recht beruhigen. Der Pentritsprengstoff, mit dem Leo in Torquay hantiert hatte, erinnerte sie an irgendetwas, an was nur? Sie hätte alles dafür gegeben, wenn es ihr wieder einfallen würde.

* * *

Leo Kara öffnete die Toilettentür und hätte um ein Haar vor Verblüffung aufgeschrien, als er Betha erblickte. »Was zum Teufel machst du hier?«

Betha musterte Kara, und ihre schlimmen Ahnungen verstärkten sich noch, als sie die Angst in seinen Augen sah. Leo war nicht so leicht zu erschüttern, jetzt aber war der Junge kreidebleich. »Ich will auch hören, was Rostow zu erzählen hat. Ich habe fast genauso lange mit diesen Ermittlungen zu tun wie du.«

»Komm nicht in den Saal!« Kara fuhr sie so heftig an, dass der Dicklippige die Brauen hochzog. »Diese Unterhaltung bringt dir keinen Nutzen. Ich stelle Vater Fragen zu ... Angelegenheiten der Familie.«

Der Dicklippige nahm Kara an der Schulter und schob ihn in Richtung Saal.

»Komm nicht in den Versammlungssaal, Betha. Mach wenigstens einmal das, was ich dir sage«, rief Kara über die Schulter.

Betha Gilmartins Gehirn arbeitete auf Hochtouren. Was war

das Schlimmste, was der gründlich kontrollierte Leo mit einer Gipshand anstellen könnte? Den Sprengstoff, mit dem er in Torquay hantiert hatte, konnte er keinesfalls hierher gebracht haben.

Sie ging in den Versammlungssaal und setzte sich neben Harry Downton. Im neueren Teil des Saals saß außer ihnen auch ein übergewichtiger MI5-Mitarbeiter mit fliehendem Kinn, den Betha schon getroffen hatte, dessen Name ihr aber partout nicht einfiel. Der Abstand zu Rostow und Kara betrug bestimmt dreißig Meter, ohne den Lautsprecher am Ende des langen Versammlungstisches hätte man von ihrer Unterhaltung kaum etwas verstanden.

»Das hat aber gedauert«, sagte der mit dem fliehenden Kinn zu seinem Kollegen.

»Auf dem Flur ist mir Betha Gilmartin über den Weg gelaufen«, antwortete der Dicklippige.

* * *

Nachdem Kara in die Ecke zu Andrej Rostow zurückgekehrt war, stellte er, ohne ein Wort zu sagen, die Figurinen auf dem Teetisch in Reih und Glied an der Tischkante vor Rostow auf.

»Was machst du da, verdammt?«, fragte Rostow.

Kara antwortete nicht. Er setzte sich und betrachtete seinen Vater schweigend eine ganze Weile. Das Atmen fiel ihm schwer und auf der Stirn stand ihm kalter Schweiß. Er warf einen Blick hinüber auf die andere Seite des Saales: Dort saß Betha, zwischen ihnen standen nur die langen Verhandlungstische mit den vielen Stühlen.

»Wir werden uns nach heute nicht mehr wiedersehen«, sagte Kara schließlich. »Du könntest mir noch erzählen, warum du Mutter umgebracht hast. Und ob es möglich ist, Emmas Gedächtnis wiederherzustellen?«

Rostow überlegte eine Weile. »Was im Oktober 1989 mit uns geschehen ist, hatte den alleinigen Zweck, dass ich und meine Forschungsgruppe die Arbeit in Liechtenstein in Ruhe fortsetzen konnten. Deine Mutter wollte sich nicht für den Rest ihres Lebens verstecken, und ich konnte einen Zeugen nicht am Leben lassen. Sie wusste fast alles über mich.«

Der Mann begründete selbst den Mord an seiner Frau rein rational, dachte Kara. Er spürte, wie ihm die Zunge am knochentrockenen Gaumen klebte. »Und Emma?«

»Ich weiß, offen gesagt, nicht, ob man ihr Kindheitsgedächtnis wiederherstellen könnte. Vielleicht, wenn man versucht, die Produktion der Proteinkinase M-Zeta zu forcieren.«

»Es wäre sicher einfacher, Emma die Wahrheit zu erzählen. Über dich«, sagte Kara und sah, dass der Gedanke Rostow nicht gefiel.

»Ich bin auch nach all dem, was jetzt geschieht, nicht endgültig aus dem Spiel. Ein paar Jahre muss ich ... versteckt wohnen, alles hat eben seinen Preis, oder? Ich verschwinde für eine Weile von der Bildfläche, aber wer weiß, was künftig passieren wird. Ich glaube, dass sich für meinen Sachverstand bald wieder Verwendung findet.«

Das wohl kaum, dachte Kara.

Betha Gilmartin verstand nicht, was Leo beabsichtigte, aber ihr war klar, dass er etwas vorhatte. Sie kannte Leo seit mehr als zwanzig Jahren und wusste genau, dass es nicht zu den Stärken des Jungen gehörte, sich zu verstellen. Sie weigerte sich zu glauben, dass sie die Anzeichen der Gefahr falsch gedeutet hatte. Aber den Pentritsprengstoff hätte Leo nur in seinen Eingeweiden hierher bringen können ...

Sie sprang auf. Auf einmal erinnerte sie sich an das, was ihr die ganze Zeit nicht eingefallen war – Abdullah Hassan al-Asiri. Der Selbstmordattentäter, der vor ein paar Jahren versucht hatte, einen saudischen Prinzen mit in seinem Körper, im Darm, verstecktem Sprengstoff umzubringen. Mit Pentrit. Der Stoff war in seiner reinen Form so empfindlich, dass man ihn beispielsweise mit einem Hammerschlag zur Explosion bringen konnte …

»Es sieht in der Tat so aus, als würden wir uns in der nächsten Zeit nicht sehen«, erklärte Rostow auf der anderen Seite des Versammlungssaals. »Da wäre noch eine Sache. Eine Information, die dich betrifft. Ich wollte nicht alles erzählen, als wir uns in Hongkong getroffen haben, aber jetzt hat sich die Situation verändert«, sagte Rostow, nickte in Richtung des Mikrofons auf dem Tisch und zog die Brauen hoch wie ein Verschwörer.

»Ich weiß schon alles, was ich wissen will«, erwiderte Kara. Sein Gesicht war weiß wie eine gekalkte Wand, er atmete heftig und hatte den Blick auf die Fahnenstangen geheftet.

Rostow kümmerte sich nicht um Leos Kommentar. »Das willst du garantiert hören, glaub mir«, sagte er auf Finnisch und beugte sich zu Kara hin.

Der stand auf, schob die Hand unter sein Hemd und zog ein mit Pentritsprengstoff gefülltes Kondom hervor, das er vorhin in der Herrentoilette ausgeschieden hatte. Er riss den Gummi auf und schüttete das weiße Pulver zu einem Häufchen auf den Teetisch.

Betha Gilmartin rannte sofort los, als sie bemerkte, dass Leo etwas unter seinem Hemd hervorzog – den Sprengstoff. Sie sah, wie er das Pulver auf den Tisch streute, und ruderte mit den Armen, um ihr Tempo zu beschleunigen. Albert war tot, ihre Laufbahn vorbei, und jetzt wollte der Junge sich in die Luft sprengen … Leo griff nach einer zwei Meter langen Fahnenstange. Der Junge hätte keine Chance, das zu überleben! Bis zu den beiden waren es noch etwa zehn Meter. Leo stand neben dem Fenster, noch vier Meter, er hob die Fahnenstange und holte aus. Betha sah Metall am Ende der

Stange aufblitzen, Leo beugte sich nach vorn und die Fahnenstange rauschte herab …

Der Knauf traf das Pentrithäufchen genau in dem Moment, als Betha Gilmartin in vollem Lauf mit Leo Kara zusammenprallte, die Arme ausstreckte und ihn mit aller Kraft und mit der Masse ihres Körpers zum Fenster stieß.

Nur einer von beiden blieb am Leben, als eine gewaltige Explosion das Hotel Stanhill Court erschütterte.

* * *

Kati Soisalo saß am Küchentisch ihrer Wohnung in Herttoniemi und schaute zu, wie sich Vilma Würstchengulasch und Kartoffeln in den Mund stopfte, als fürchtete sie, jemand könne es ihr wegessen. Sie selbst hatte jetzt nicht den Nerv, etwas zu sich zu nehmen. Zum ersten Mal seit man Vilma vor über dreieinhalb Jahren mit Gewalt aus ihrem Leben gerissen hatte, waren sie wieder zu zweit allein. Und zum ersten Mal seit damals hatte sie Vilmas Lieblingsessen zubereiten können. Helena und Joakim Poulsen waren im Kino.

»Kann ich noch etwas Milch haben?«, fragte Vilma, und Kati Soisalo lächelte. So vieles im Verhalten des Mädchens hatte sich im Laufe der Jahre überhaupt nicht verändert. Sie goss das Glas ihrer Tochter halb voll und aß einen Bissen, damit sich Vilma nicht über ihre Appetitlosigkeit wunderte. Jukka Ukkola war tot. Ein Jogger hatte auf seiner Runde um die Insel Kuninkaankartanonsaari gesehen, wie Ukkola von der Brücke stürzte, und die Polizei alarmiert. Der Ablauf der Ereignisse war am Tatort so einfach abzulesen gewesen, dass man sie nach einem ersten, nur einstündigen Verhör in der Polizeiwache von Pasila nach Hause gehen ließ.

Mit Ukkola war auch in ihr etwas gestorben – die Angst. Sie war nicht nur ungeheuer erleichtert, sondern auch todmüde. Das erste Mal seit Jahren hatte sie das Gefühl, sie würde ruhig schlafen können.

»Danke, das hat gut geschmeckt«, sagte Vilma und wischte sich den Mund am Küchenpapier ab.

»Willst du nichts mehr?«

»Nein, zwei Teller sind genug. Muss ich mir die Zähne putzen?«

»Das muss man doch immer«, erwiderte Kati Soisalo lächelnd, und Vilma verschwand im Bad. Es tat ihr gut, dass ihre Tochter keine Sehnsucht nach Helena zu haben schien.

Kati Soisalo stellte den Abwasch in den Geschirrspüler, ging in den Flur und bemerkte am Spiegel die Unicef-Postkarte mit der Aufforderung: *Stoppt den illegalen Kinderhandel.* Sie zerknüllte die Karte und warf sie in den Mülleimer. Im Moment wollte sie nichts sehen, was sie an die letzten Jahre erinnerte. Natürlich wusste sie, dass sich Millionen Mütter und Väter überall in der Welt auch an diesem Abend genauso schmerzlich nach ihrem Kind sehnten, wie sie es jahrelang getan hatte. Aber sie war glücklich, sie hatte ihr Kind zurückbekommen. So war die menschliche Natur. Vielleicht würde sie irgendwann die Kraft aufbringen, auch anderen zu helfen.

Kati Soisalo ging in Vilmas Zimmer.

»Was lesen wir?«, fragte das Mädchen, das unter die Bettdecke geschlüpft war.

»Wir müssen erst mal in die Bibliothek gehen, hier sind nur deine alten Bücher. Wie wäre es mit *Pettersson und Findus*?«

Kati Soisalo stellte den Stuhl neben das Bett und begann vorzulesen. Sie kannten die Geschichte beide, aber das störte sie nicht. Nach den Gutenachtküssen schaltete Kati Soisalo die Nachttischlampe an und ging zur Tür.

»Gute Nacht, Mutti«, sagte Vilma mit müder Stimme.

38

Freitag, 17. Februar – Samstag, 18. Februar

Leo Kara lauschte auf dem Sofa im Wohnzimmer von Bethas und Alberts Londoner Wohnung dem Rauschen, das die Explosion im Hotel Stanhill Court in seinem Kopf hinterlassen hatte. Er saß, oder besser lag schon eine Ewigkeit da, ohne sich zu rühren. Er hatte keine Lust zu essen, zu schlafen, sich zu bewegen, und nur sehr wenig Lust weiterzuleben. Die Explosion vor zwei Tagen hatte er mit ein paar oberflächlichen Schrammen überstanden, allerdings musste ein Glassplitter aus seiner Schulter herausgeholt und die Hand neu eingipst werden. Betha hatte sich zwischen ihn und den explodierenden Sprengstoff geworfen und ihn hinausgestoßen: Er war aus dem Fenster hinter die Hauswand gefallen, sonst hätte ihn eine ganze Salve von Glassplittern durchsiebt.

Das alles erschien ihm wie ein Traum. Vor der Abfahrt zum Treffen mit Rostow hatte er in Bethas Küche zwölf Kondome geschluckt. Sie enthielten die geeignete Menge Pentrit und waren durch Olivenöl gleitfähig geworden. Vor dem Hotel hatte er ein Abführmittel genommen und konnte so die Sprengstoffkondome in der Herrentoilette ausscheiden. Erstaunlicherweise war es ihm gelungen, sie aus dem Toilettenbecken herauszuangeln, ohne sich zu übergeben, vielleicht, weil er zuvor nur Energie-Gels zu sich genommen hatte, zwei Tage lang. Auf der Toilette hatte er das ganze Pentritpulver in eines der Kondome geschüttet, es sorgfältig gewaschen, die restlichen Pariser zusammengeschnürt und weggespült. Und dann hatte er außer seinem Vater auch Betha umgebracht.

Es kam ihm wie ein Wunder vor, dass er nicht verhaftet worden war. Dem Vernehmen nach hatte keiner der beiden MI5-Mitarbeiter im Versammlungssaal richtig gesehen, was im anderen Teil des Saales geschehen war. Sie hatten die Lage erst erfasst, als Betha losrannte. Und gesehen hatten sie nur ihn mit der Fahnenstange in den Händen und Bethas Rücken. Außerdem hatte der Dicklippige versäumt, Betha einer Leibesvisitation zu unterziehen. Also zogen die Behörden die einzig mögliche Schlussfolgerung: Der Sprengstoff musste mit Betha Gilmartin in den Versammlungssaal gelangt sein. Rostow und ihn hatten die Männer vom MI5 äußerst sorgfältig kontrolliert. Er selbst hatte sich geweigert, mit irgendjemandem über das Geschehen zu sprechen.

Kara quälte eine Frage, die ihm keine Ruhe ließ: Warum hatte Betha nicht versucht sich gemeinsam mit ihm aus dem Fenster zu stürzen? War ihr klar gewesen, dass sie mit ihrem Tod die Verantwortung für die Explosion auf sich nahm? Hatte Betha ihn vor einer jahrelangen Haftstrafe bewahren wollen?

Von Andrej Rostow fand man außer Knochenstücken keine Überreste, die größer waren, als eine Handspanne. Die Explosion hatte die Figurinen auf dem Teetisch zerfetzt und mit diesen kleinen Geschossen den Mann fast pulverisiert. Die MI5-Mitarbeiter auf der anderen Seite des Saales waren, dank des riesigen Verhandlungstisches und des großen Abstandes zur Explosion, mit geringfügigen Verletzungen davongekommen.

Kara hätte seinen Kopf gern in jemandes Schoß gelegt, aber es gab niemanden in der Nähe. Er war mit dem, was er getan hatte, und mit dem Blut an seinen Händen allein. Jetzt musste er sich entscheiden. Entweder er versank wieder in demselben inhaltsleeren Leben, in das man ihn vor langer Zeit genötigt hatte, oder er ließ alles hinter sich, was geschehen war.

* * *

In Leo Karas Ohren knackte es erst, als die Reifen der Maschine auf der mit Pulverschnee bedeckten Landebahn des Flughafens

Helsinki-Vantaa aufsetzten. Die Männer, die am Boden die Frachträume der Flugzeuge entluden, stießen beim Atmen kleine Dampfwolken aus. Also herrschte draußen strenger Frost. Kara hatte das Gefühl, von einer langen Reise, zu der er als zehnjähriger Junge gegen seinen Willen aufgebrochen war, nach Hause zurückzukehren.

Er fuhr mit dem Taxi nach Herttoniemi, bezahlte und blieb mit seiner uralten Ledertasche in der Kälte stehen. Es kam ihm so vor, als würde er hausieren gehen. Er wusste jetzt genau, was im Oktober 1989 passiert war, und Kati Soisalo hatte ihre Tochter zurückbekommen. Die Gründe, die Kati und ihn zusammengeführt hatten, waren weggefallen.

Kara stieg die Treppe hinauf bis zu Kati Soisalos Wohnung und klingelte. Es verging eine Weile, dann flog die Tür auf und ein kleines blondes Mädchen schrie vor Schreck. Vilma ließ die Tür sperrangelweit offen, rief nach ihrer Mutter und rannte in die Wohnung.

In Kati Soisalos Augen leuchtete nicht Liebe, sondern etwas anderes, als sie mit dem Brotmesser in der Hand an der Wohnungstür erschien. Die Angst verwandelte sich in Erstaunen, sobald sie Kara erblickte, der auf den Abstreicher im Flur getreten war.

»Leo! Menschenskind, warum hast du nicht angerufen, dass du kommst«, sagte sie, betrachtete den Mann, der leidend aussah, und klopfte auf seinen Gips. Erst danach folgte die Umarmung, die lange dauerte und bis ins Mark zu spüren war.

»Was ist denn jetzt mit dir passiert?«, fragte Kati Soisalo.

»Das ist eine lange Geschichte. Und sie wird dir sicherlich nicht gefallen«, antwortete Kara und hatte Angst, was nun kommen würde. Ein Mord war ein Mord und ein Mörder ein Mörder.

»Vilma. Das ist Muttis guter Freund. Komm und sag guten Tag«, rief Kati Soisalo.

Das Mädchen trat schüchtern neben seine Mutter und legte ihr die Arme um die Hüften.

»Du bist genauso hübsch wie auf den Fotos«, sagte Kara, weil ihm nichts anderes einfiel. »Ich habe dir auch etwas mitgebracht.« Er holte eine Plastiktüte aus seiner Tasche, in der sich neben einer Flasche Linie-Aquavit auch eine Riesentüte Schokobonbons befand.

Jetzt kam Leben in Vilma. Sie schnappte sich die Tüte aus Karas Hand, bedankte sich und verschwand in ihrem Zimmer.

»Die Tüte wird erst am Bonbontag aufgemacht!«

Als Kara mit Kati allein war, zögerte er einen Augenblick, drückte ihr dann aber die Lippen auf den Mund und spürte eine ungeheure Erleichterung, als er bemerkte, dass sich zwischen ihnen nichts geändert hatte.

»Mann, nun zieh deine Jacke aus. Du bekommst auch gleich was zu essen, hier wird jetzt anders gekocht als früher«, erklärte Kati Soisalo. Plötzlich fiel ihr Blick auf einen Zettel, der auf dem Telefontischchen lag.

»Erwartest du übrigens ein Paket?«, fragte sie und hielt eine Benachrichtigung der Post hoch. »Das ist aus irgendeinem Grund mit meiner Adresse an Leo Kara geschickt worden.«

Besorgt nahm Kara ihr den Zettel aus der Hand. Ein Absender war nicht aufgeführt, aber als Gewicht des Pakets waren stattliche sechs Kilo angegeben. »Keine Ahnung, was das ist. Das können wir morgen abholen.«

»Es geht auch heute noch. Das ist der Vorteil, seit man überall die Postämter schließt und die Pakete in Kiosken und Lebensmittelläden verteilt werden. Jetzt bekommt man sie noch bis neun Uhr abends.«

Kara folgte ihr ins Wohnzimmer. Sie setzten sich nebeneinander aufs Sofa. Kati legte ihre Beine in seinen Schoß und schien zu warten.

»Mein Vater ... Andrej Rostow ist tot, und Betha Gilmartin auch. Und das ist meine Schuld.« Kara vermochte nicht auszusprechen, dass er jemanden umgebracht hatte. Sicherheitshalber erzählte er alles, was seit ihrem letzten Treffen passiert war: Von Manas, von dem stillgelegten Bergwerk und Rostows Übereinkunft mit dem MI5 bis zu Alberts Tod und der Explosion im Hotel Stanhill Court. Paranoids Schicksal verschwieg er ihr noch, er wollte sie nicht schockieren. Die Geschichte dauerte fast eine halbe Stunde, und Kati Soisalo unterbrach ihn nur ein-, zweimal, um nach Einzelheiten zu fragen.

Kara beendete seinen Bericht mit Bethas Tod, dann stand er auf, wich Katis Blick aus und ging in die Küche, um sich ein Glas Wasser zu holen.

»Du musst mit irgendeinem Fachmann reden. So eine Last kannst du allein nicht tragen, das kann niemand«, sagte Kati Soisalo. »Wie fühlst du dich denn?«

Kara überlegte einen Augenblick. »Ich bin das gesündeste Pferd in der Leimfabrik. Allen, die ich kenne oder kannte, geht es noch schlechter. Mit Ausnahme von dir und Vilma, zum Glück.«

Anscheinend war Kara noch nicht bereit, mehr über seine Erlebnisse zu erzählen, also brachte Kati Soisalo ihn auf den aktuellen Stand, was die Poulsens betraf, die am Vortag abgereist waren, und die kompetente Unterstützung der Psychologin Eve Björkman. Ihr Bericht wurde unterbrochen, als die Tür von Vilmas Zimmer zufiel.

»Mutti, ich hab Hunger«, verkündete Vilma. Kati Soisalo hatte es auf einmal sehr eilig und verschwand in der Küche. Wenig später bekam auch Kara einen Teller mit Fetasalat und Gemüsepasta mit Huhn vorgesetzt. Er beobachtete Vilma und war überrascht, wie gutgelaunt und unbefangen das Mädchen wirkte. Vielleicht hätte auch er alles besser überstanden, wenn er jünger gewesen wäre, damals, 1989, als die grauenvollen Ereignisse ihren Anfang nahmen.

Kara und Kati Soisalo kamen überein, sich später weiter zu unterhalten. Sie spielten mit Vilma zwei Runden »Stern von Afrika« und schauten sich über den Digitalreceiver eine alte Folge einer

Naturfilmserie an. Die Wunder von Madagaskar sorgten dafür, dass sich auch Kara ein wenig entspannte. Als Kati Soisalo mit Vilma die Vorbereitungen fürs Schlafengehen begann, fragte Kara nach der zuständigen Postagentur und zog seine Steppjacke über.

Die Entfernung von dem Kiosk am Rande des Erätori bis zu Katis Wohnung betrug nur einen halben Kilometer, aber Kara wünschte, er hätte ein Auto, als er sah, wie groß der Karton war. Auf dem Rückweg musste er dreimal stehen bleiben, um sich auszuruhen. Mit einer Hand konnte er den Karton nicht richtig halten.

Im Flur blieb Kara stehen und lauschte. Kati las Vilma in deren Zimmer eine Gutenachtgeschichte vor. Ihm fiel ein, dass auch seine Mutter ihnen Märchen vorgelesen hatte.

Kara zog die Jacke aus, dann trug er den Karton ins Wohnzimmer, stellte ihn auf den Tisch und holte aus der Küche ein Messer. Er öffnete das Paket vorsichtig und erblickte Dokumentenordner, die dicht ineinander verschränkt eingepackt waren. Obenauf klebte ein kleiner Zettel:

Du wolltest die Wahrheit erfahren.
Danke.
Manas Teschebajew

Kara war so verdutzt, dass er einen Moment brauchte, bis er den obersten Ordner herausnehmen konnte. Er setzte sich und begann zu lesen. Es dauerte eine Weile, ehe er begriff, was er da in der Hand hielt – Unterlagen aus dem Smirnow-Material. Die gleichen Dokumente, die er im letzten Oktober bei Jukka Ukkola zu Hause eilig hatte überfliegen dürfen. Aber damals war er nur auf der Suche nach Informationen über seinen Vater gewesen.

Er holte den zweiten Ordner aus dem Karton, blätterte auch darin und war nun sicher: Es handelte sich um mengenweise als geheim gekennzeichnete Dokumente über Finnland. Beschlüsse der

Kommunistischen Partei der Sowjetunion in Bezug auf Finnland. Schriftstücke, in denen die sowjetische Botschaft in Helsinki die KPdSU über die Einstellung und die Beziehungen finnischer Politiker zur Sowjetunion unterrichtet hatte. Berichte über die Diffamierung von Menschen, die sich kritisch über die KPdSU geäußert hatten, und über die Anwerbung oder Belohnung von Finnen, die mit ihr sympathisierten. Informationen über Personalentscheidungen, die von der Sowjetunion beeinflusst worden waren: Präsidentenwahlen, Parlamentswahlen, Wahlen von Parteivorsitzenden ... Zahllose Aufzeichnungen von brisanten Gesprächen mit finnischen Politikern, einflussreichen Vertretern der Wirtschaft, Beamten, Diplomaten, Professoren, Journalisten und anderen Personen in Machtpositionen. Zusammenfassungen von Unterredungen der finnischen Staatsführung mit Leonid Breschnew, Konstantin Tschernenko, Juri Andropow und Michail Gorbatschow ...

Er legte den Ordner auf seinen Schoß, als er hörte, wie sich Kati und Vilma gute Nacht sagten. Dann ging das Licht im Kinderzimmer aus und Vilma bat ihre Mutter, noch eine Weile bei ihr zu bleiben.

Ihm war sehr wohl klar, was für ein Chaos die Veröffentlichung des Smirnow-Materials auslösen würde. Zahlreiche Lebenswege wären zerstört, Dutzende oder Hunderte Köpfe würden rollen, von führenden Politikern, Wissenschaftlern, einflussreichen Vertretern der Wirtschaft ... Das Smirnow-Material belegte, welche Finnen als Helfer des russischen Nachrichtendienstes gearbeitet hatten – und vielleicht immer noch arbeiteten – und welche Honorare sie erhielten. Die Informationen würden zu Anklagen wegen Spionage führen, zu Prozessen, zur Einberufung des Staatsgerichtshofes ... Etliche finnische Politiker und andere einflussreiche Persönlichkeiten müssten ihre Ämter aufgeben, und viele müssten sich für ihre Taten vor Gericht verantworten. Endlich würde auch in Finnland die Aufarbeitung der Zeit der Sowjetunion beginnen.

Plötzlich sah Kara, dass aus dem Ordner, der im Karton obenauf lag, die Ecke eines rosafarbenen Zettels herausschaute. Er nahm den Ordner auf den Schoß und öffnete ihn da, wo der Zettel klebte. Auf der ersten Seite des russischsprachigen Dokuments prangte das Symbol des KGB, das Aktenzeichen, ein Datum aus dem Jahre 1975 und der rote Stempel *unitschtoschit*, zu vernichten. Die Überschrift des Dokuments lautete *Identitäten, die durch Auslandsagenten zu verwenden sind.* Auf der Seite waren zwei Schwarzweißfotos zu sehen. Ein blonder Mann mit eingefallenen Wangen und dunklen Augenbrauen und einem Grübchen am Kinn:

Aleksi Juhani Kara, geboren in Helsinki am 2. Februar 1944. Keine nahen Verwandten, die noch leben. Mitglied der Kommunistischen Partei Finnlands seit 1962. Wohnhaft in Moskau seit 1964. Abschluss des Studiums am Moskauer Institut für Physik und Technologie 1972, im Doktorandenausbildungsprogramm seit 1972. Gestorben bei einem Verkehrsunfall in Moskau am 4. November 1975. Ehefrau: Molly Dorothy Kara (geb. Dalston). Kinder: Leo Albert Kara, geb. 3. August 1975.

Das andere Foto zeigte eine Frau mit dunklem, langem Haar und einem runden Gesicht:

Molly Dorothy Kara (geb. Dalston), geboren in Carlisle in England am 9. November 1943. Keine nahen Verwandten, die noch leben. Mitglied der Kommunistischen Partei Großbritanniens seit 1963. Wohnhaft in Moskau seit 1967. Gestorben bei einem Verkehrsunfall in Moskau am 4. November 1975. Ehemann: Aleksi Juhani Kara. Kinder: Leo Albert Kara, geb. 3. August 1975.

Kara war wie betäubt. Ihm wurde klar, dass er das erste Mal die Gesichter seines richtigen Vaters und seiner richtigen Mutter anschaute, des Mannes und der Frau, die ihm das Leben geschenkt hatten und an die er überhaupt keine Erinnerung haben konnte. Die plötzliche Erkenntnis nahm ihm fast den Atem. Sein Geburtsdatum lag nur drei Monate vor dem Tod seiner biologischen Eltern bei einem Verkehrsunfall in Moskau. Emma konnte nicht seine Schwester sein.

Kara blätterte die Seite um und sah die Fotos jener beiden Menschen, die er sein ganzes Leben lang für seine Eltern gehalten hatte, und dazu den Text: *Die neuen Inhaber der Identität von Aleksi J. Kara und Molly D. Kara.*

Er betrachtete die mit Fotos versehenen KGB-Personalkarten von Andrej A. Rostow und Irina V. Rostowa, die für ihn eben noch sein Vater und seine Mutter gewesen waren, und versuchte das alles zu verstehen. Man hatte diesen beiden KGB-Mitarbeitern die Identität seiner leiblichen Eltern übergestreift. Zwei russische Agenten hatten ihn als ihr Kind angenommen, weil ihr Auftrag es so verlangte. Und Emma war tatsächlich nicht seine Schwester. Bei den Angaben zu Andrej A. Rostow und Irina V. Rostowa war eingetragen: *Kinder: Elena Andrejewna Rostowa, 12. September 1979.* Am selben Tag hatte das Mädchen Geburtstag, als dessen Bruder Kara aufgewachsen war.

Kati Soisalo kam ins Wohnzimmer. »Du wirkst so, als hättest du gerade ein Gespenst gesehen.«

»Zwei Gespenster«, sagte Leo Kara.

TAAVI SOININVAARA
Das andere Tier
Ratamo ermittelt
Übersetzt von Peter Uhlmann
384 Seiten
ISBN 978-3-7466-3094-6
Auch als E-Book erhältlich

Ratamo lebt

Bei Ratamo, dem Liebhaber schwieriger Frauen, kühlen Biers und siedender Saunagänge, scheint alles unverändert: Er macht sich Sorgen um seine 14-jährige Tochter, und sein Exchef betritt noch immer ungefragt die Wohnung. Doch etwas ist anders: Ratamo hat eine Hüfte aus Titan und ist psychisch labil. Als er mit Schmerzmitteln und eisernem Willen seinen Dienst antritt, wird er sofort degradiert. Trotzdem ist er mitten im Geschehen: eine Leiche, kriminelle Geschäfte mit illegalen Einwanderern und atomares Wettrüsten im explosiven Nahen Osten.

Von Spionage über Terroranschläge bis zum atomaren Wettrüsten: Soininvaara ist unbestritten der Meister des politischen Thrillers.

Mehr Informationen erhalten Sie unter www.aufbau-verlag.de oder in Ihrer Buchhandlung.

atb aufbau taschenbuch

DEON MEYER
Cobra
Thriller
Übersetzt von Stefanie Schäfer
448 Seiten
ISBN 978-3-352-00686-9
Auch als E-Book erhältlich

Der beste Polizist von Kapstadt

Eines kann Bennie Griessel gar nicht gebrauchen: Arger. Er ist trockener Alkoholiker, er belügt seine Kollegen, und er ist bei seiner Freundin Alexa eingezogen. Ein Riesenfehler! Als auf einem Weingut drei Bodyguards erschossen werden und ein berühmter britischer Mathematiker verschwindet, will der südafrikanische Geheimdienst den Fall übernehmen, doch Bennie widersetzt sich. Die Täter sind völlig skrupellos und hinterlassen nur eine Spur: Geschosse mit dem Kopf einer Schlange. Einer könnte Bennie helfen: Tyrone, ein smarter, gerissener Taschendieb aus Kapstadt. Denn er hat etwas, das sie Mörder suchen: ein Handy mit geheimen Daten.

Packend, voller wunderbarer Schauplätze und mit einem unvergleichlichen Helden – Deon Meyers Meisterwerk.

Mehr Informationen erhalten Sie unter www.deon-meyer.de oder in Ihrer Buchhandlung.

rütten & loening

NORA LUTTMER
Schwarze Schiffe
Kommissar Ly ermittelt in Hanoi
239 Seiten
ISBN 978-3-7466-2907-0
Auch als E-Book erhältlich

Tödliches Hanoi

Hanoi ist geschäftig, ruhelos und eng. Auf den Straßen wird gehandelt und gefeilscht. Korruption ist allgegenwärtig, und auch die Polizei verlangt Schmiergelder, wo es geht. In diesem Umfeld ermittelt Kommissar Ly. Die junge Frau, die im Hof eines taoistischen Tempels ermordet aufgefunden wurde, ist kaum älter als Lys Tochter, weshalb der Fall ihm besonders nahegeht. Die Frau ist über mehrere Tage misshandelt worden. Der Rechtsmediziner notiert als auffallend: Brandwunden von Zigaretten, auf dem Rücken eine Tätowierung in Form des chinesischen Glückszeichens. Bald führen die Ermittlungen auf die Spur von Hai Au, einem Mann, von dem es heißt, er habe in allen möglichen illegalen Geschäften seine Finger im Spiel.

Kommissar Ly, Mitte vierzig, Einzelgänger und Vespa-Fahrer, im Kampf gegen Korruption und Verbrechen.

Mehr Informationen erhalten Sie unter www.aufbau-verlag.de oder in Ihrer Buchhandlung.

aufbau taschenbuch